JN234826

源氏物語版本の研究

清水婦久子　著

和泉書院

凡　例

1　源氏物語版本の本文の引用は、原本を忠実に活字翻刻したものによる。（　）内に、当該版本の丁数（漢数字）と表裏の区別（オまたはウ）を記し、「・」の下に『大成』の頁数（漢数字）と行数（算用数字）を示した。版本の影印や活字本がある場合は、その頁数（算用数字）も記した。

［例］御つぼね（三オ6・七3）……版本原本の三丁の表、活字本6頁、『大成』の七頁3行目

2　一般的な源氏物語本文として引用する場合には、『源氏物語大成』底本により、私に句読点・濁点を施し、漢字を当て、（　）内に『大成』の頁数（漢数字）と行数（算用数字）を示した。

3　和歌の引用は、論旨によっては『古今類句』や『源氏引歌』から引用する例もあるが、特に断らない場合は、『新編国歌大観』（角川書店）により、適宜表記を改め、（　）内に巻名・歌番号を示した。

4　挿絵を示す場合、『絵入本源氏物語考』（文献2）の図録に倣い、巻名と○数字によって、各巻の前から何番目に当たるかを記した。例えば桐壺巻②は、桐壺巻の挿絵五図の内の第二図の挿絵を指す。

5　源氏物語の注釈書の引用は、特に断らない限り、参考文献に示した活字本によった。

6　巻末に示した参考文献を引用する場合は、個別に注を付けず、（文献1）、（文献2）……とする。

7　人名を挙げる場合、歴史上の人物を除き、すべて「……氏」で統一した。

8　注は、各節の末尾に記した。引用文献の発表年は、西暦表示のものを含み、すべて年号に統一して示した。

目次

序章　総論

序

十七世紀以後、源氏物語をはじめ、八代集、伊勢物語、徒然草など、さまざまな古典が、出版によって広く普及した。古活字本に始まり、整版本（板本）として刊行され、さらにそれが市販されるに至って、古典は、次第に、身分を問わず「読む」ことのできるものとなったのである。源氏物語のような大部の古典についても、出版によって、同じ本文を有する多くの部数のテキストを作ることが可能となり、さまざまな層の人々が源氏物語の読者となった。

従来、源氏物語の版本は、その由緒や素姓に疑問があるという点で、資料的価値の低いものとして扱われてきた。平安文学としての源氏物語を復元するために古写本を尊重するのは当然であるが、そのこととは別に、源氏物語が多くの人々の手にわたり、現代の我々の手にわたるまでの過程を明らかにすることもまた必要であろう。源氏物語の版本は、現代に至る古典研究にさまざまな影響を与えている。多くの古写本が調査され、現代の流布本の基になった『源氏物語大成』が出るまでは、多くの人は、寛文十三年（一六七三）刊『首書源氏物語』や、延宝元年（一六七三）北村季吟の『湖月抄』、あるいはそれを底本とした本によって源氏物語を読んでいた。また、最初の口語訳を成した与謝野晶子の愛読書が、寛文頃刊無刊記小本の絵入り版本『源氏物語』（「絵入源氏物語」）であったことも知られている。にも関わらず、これら版本については、十分な研究がなされてこなかった。源氏物語を「もののあはれ」の文学と説いた国学者、本居宣長（一七三〇～一八〇一）が、『湖月抄』を読んで研究していたことは、その著書『玉の小櫛』から明らかである。ところが、その『湖月抄』がどのような本を底本としていたかは不明である。『大和物語抄』、『土佐日記抄』、『枕草子春曙抄』など、多くの古典作品の注釈書を手がけた季吟なら、源氏物語もおそらく由緒ある写本で読んでいたのであろう――現代人はこのように思いがちであるが、果たしてそうだろうか。

現代では、源氏物語の古写本を写真複製や活字翻刻の形で手軽に読むことが可能で、事実上、定家自筆本に近いとされる明融本や大島本を活字化したものが流布本となっている。その手軽さゆえか、こうした写本が常に流布本であり続けたかのように思ってしまう。しかし実際は、源氏物語の研究史においては、河内本系統の本によって注釈が行われ、あるいは、注釈によって本文が改変される例もあった。これらの研究を踏まえて作られた源氏物語の版本は、より純粋な源氏物語本文を伝えることよりも、「読みやすい」本文を提供することを最優先した。その結果、江戸時代の流布本は、純粋な青表紙本系統とされる本文とは異なるものとなった。

現代の多くの源氏物語テキストは、本文こそ古写本に依っているが、その読解・注釈においては、古注である『河海抄』や『花鳥余情』だけではなく、『湖月抄』や『玉の小櫛』などから多大な恩恵を受けている。近世初期の源氏物語版本は、源氏物語の読者層を急激に広げ、古注とは別の視点から源氏物語を読解することを可能にしたところに大きな意義がある。つまり、古典文学の「出版」は、文学史における緩やかな流れを、大きく変化させたものと言っても過言ではない。

本書の意図は、源氏物語を庶民の手に届けた初期の版本について明らかにすることにある。慶長年間から寛永年間（一五九六～一六二四）の三十年間は古活字版の時代があり、その後、整版本の時代になるが、そのうちの寛永年間から延宝三年（一六二四～一六七五）の約五十年間に出版された源氏物語テキストおよび源氏物語梗概書を、主として対象とする。そして、この時代の版本研究がもっとも立ち後れている。本書では、謎の多いこの時代の出版文化に少しでも光を当ててみたい。ただ、出版文化を論じると言っても、版本の書誌や出版活動の解明のみを目的としているわけではない。源氏物語がどのように伝えられたのかという、伝本の享受、読解の歴史を明らかにし、現代の源氏物語読解に与えた影響について考えるものである。従って、版式や刊記、本文版面の検討はもちろん、版本の成立事情や編集方針、編者の問題、版本相互の関係、本文・注釈・挿絵といった内容に至るまで、さまざまな観点から考察する。

第一節　源氏物語の版本

本書では、近世初期に出版された源氏物語版本を対象とする。その中でも、源氏物語本文全文を刻した版本の研究は確立していない。そこでまず、それぞれの版本の書誌と概略を明確にし、論の中で用いる用語や、本の名称についても、その理由とともに、ここで示しておきたい。

一　概　略——『日本古典籍書誌学辞典』より——

以下は、岩波書店『日本古典籍書誌学辞典』（文献29）の一項目「源氏物語の版本」のために書いた拙文である。ここで書いたことの多くが、本書で論じる自説によっている。その箇所に傍線部を施し、あとで説明する番号に対応させるため、版本の初版の発行順に1～7の番号を加えた。なお、最後の参考文献の項は省いた。

源氏物語の版本（げんじものがたりのはんぽん）

『源氏物語』の古活字版には異版が多いが、［1］慶長中期（一六〇〇頃）刊の古活字本（伝嵯峨本）と、［2］元和九年（一六二三）刊の古活字本が代表的。［3］物語全文を刻した最初の整版本は、寛永正保頃（一六二四～四八）の無跋無刊記本。これら初期の版本には物語本文のみが刻されており、付録や注釈などは付けられていない。

［5］承応元年（一六五二）松永貞徳による跋文のある版本『万水一露』は、能登永閑の注釈書『万水一露』

に源氏物語の全文を加えた版本で、源氏物語全文を注釈とともに鑑賞し得る書物として重宝された。この物語本文は、先の無跋無刊記本の本文にほぼ一致する。

［4］「絵入源氏物語」と称される挿絵入り版本には、物語本文に読点・濁点・振り仮名と簡単な傍注が記された。『源氏目案』『源氏系図』などの別冊付録とともに六十冊で刊行。初版は慶安三年（一六五〇）山本春正による跋文のある無刊記本で、承応三年（一六五四）八尾勘兵衛版は再版。これは同板によって繰り返し増刷されたが、ある時期に丁付けだけ改変されたらしく、巻名と丁付けが折り目にある初期の版と、ノドの部分に巻名記号と丁付けのある後刷りの二種があり、後者には無刊記本や出雲寺和泉掾版も見られる。「絵入源氏」には大本である慶安三年版の他に、これを模した二種の異版、万治三年（一六六〇）版の横本と、寛文頃（一六六一～七三）の無刊記小本とがある。

［6］寛文十三年（一六七三）刊『首書源氏物語』は、頭注・傍注形式を採った最初の源氏物語版本で、『源氏系図』を加えた五十五冊が積徳堂から刊行された。一竿斎による寛永十七年（一六四〇）の跋文があるが、版本の体裁と物語本文は寛文年間のもの。

［7］最も流布し後世の源氏物語研究に大きな影響を与えた版本は、延宝元年（一六七三）北村季吟跋『湖月抄』で、『源氏系図』『年立』などを加え六十冊で刊行。物語本文の表記は、慶安版「絵入源氏」を踏襲している。初版の書肆は「林和泉、村上勘兵衛、八尾甚四郎、村上勘左衛門」、再版では「八尾」が「吉田四郎右衛門」に代わる。現代でも多くの活字本が出ているが、成立事情になお不明の点も多い。

以上の整版本には、注釈の付け方や本文表記など、読みやすくするためのさまざまな工夫が施されている。また、市販されたために、源氏物語の大衆化に大いに貢献した。これらの影響を受けて、挿絵入りの入門書や梗概書なども数多く出版された。（参考文献……省略）

1と2は古活字版、3～7は整版本の説明である。辞典の意図を考慮して、いずれも書誌的説明を主とした。注釈だけの書物や梗概書・入門書には触れず、注釈付きの本や絵入り本を含めて、物語全文を持つ源氏物語版本について説明した。ここで、4「絵入源氏物語」を5『万水一露』の説明のあとに配置したのは、慶安三年成立の「絵入源氏」を「承応版本」「承応三年版本」と称する研究者の多いことを配慮したからである。

川瀬一馬氏の『増補古活字版之研究』（文献12）によると、古活字版の『源氏物語』には、慶長期の古活字版が二種、元和年間に一種、そして寛永年間に二種の、合計五種が確認されている。このうち、1の慶長中期刊（一六〇五～一〇頃）の伝嵯峨本と、2の元和九年（一六二三）刊古活字版は、所蔵している機関も多く、広く出回っていたと思われる。伝嵯峨本は、『源氏物語』の最初の版本であり、一方、元和九年本は、出版年代が明記されている。この二つは、『源氏物語』における古活字本の代表と言ってよいだろう。

これまで「源氏物語の版本」の説明といえば、古活字版か『湖月抄』を主としたものであったが、右の文では、江戸時代初期から中期にかけて流布していた本文版本をすべて示した。そのため、従来は、専ら能登永閑の注釈書として扱われてきた版本『万水一露』についても、（物語全文を有するので）源氏物語版本の一つに含めた。違和感を受ける読者もあるかもしれないので、ここでは注釈書としての説明を略し、物語本文についてのみ記した。『首書源氏』と『湖月抄』の説明において、頭注の説明をしていないのも、同様の意図による。「絵入源氏物語」の場合は、絵入り梗概書である『十帖源氏』『おさな源氏』『源氏鬢鏡』などとともに絵本の扱いを受けることが多いが、源氏物語本文全文を有するテキストであるという点において、他の絵本とは一線を画する。

「古典籍書誌学辞典」であるから、書誌的説明のみでよいはずだが、「源氏物語の版本」という限り、それぞれの物語本文の性格に言及する必要があると考えた。この辞典の参考文献としては、個々の本文についての拙論をまとめた「源氏物語版本の本文」（風間書房『源氏物語研究集成13』所収）(1)を挙げたが、本書第三章では、版本別に、それぞれの本文の特徴や関係を詳しく論じる。

源氏物語版本は、印刷方法によって、古活字版と整版本に分けられるが、それとは別に、物語本文の表記方法によって二種類に大別できる。古活字版、無刊記整版本、『万水一露』においては、古写本と同様に、かな表記を中心とした本文のみが刻され、句読点、濁点、傍注などは施されていない。これに対して、三種の「絵入源氏」、『首書源氏』、『湖月抄』では、漢字表記に振り仮名が付けられ、本文のすべてに読点と濁点、そして本文の傍らに主語などの簡単な注が施されている。『首書源氏』と『湖月抄』の本文が「絵入源氏」に近いのは、それぞれ「絵入源氏」の異版を底本としたことによるが、そのことは同時に「絵入源氏」で新しく採り入れた本文表記への工夫をも受け継ぐことでもあった（第三章第一節、第二節参照）。つまり、江戸時代の流布本は、古写本の本文を刻しただけのものではなく、当時の人々にとって読みやすくされた解釈本文であったと言える。そしてここに、写本で問題にされる本文系統とは別の、版本の本文特有の問題がある。

二　各種版本の書誌

本書で問題とする1～7の版本を、あらためて初版の発行順に列挙する。

1慶長中期頃刊、古活字版（伝嵯峨本）『源氏物語』
2元和九年刊、古活字版『源氏物語』
3寛永頃刊、無跋無刊記整版本『源氏物語』
4慶安三年山本春正跋、絵入り『源氏物語』
　万治三年刊、絵入り『源氏物語』

無刊記小本、絵入り『源氏物語』
5承応元年松永貞徳跋、版本『万水一露』
6寛文十三年刊『首書源氏物語』
7延宝元年北村季吟跋『湖月抄』

先の辞典の説明は、あくまでも近世初期の「源氏物語の版本」の全体像を述べたものであり、個々の書物の説明としては当然の事ながら不十分と言わざるを得ない。そこで、それぞれの版本1~7についての書誌的説明をし、別の章で論証する問題点を挙げておきたい。なお、※は、版本の複製・影印を示す。

1　伝嵯峨本『源氏物語』

慶長中期（一六〇〇頃）刊、古活字版『源氏物語』
二八・八×二一センチの美濃版。袋綴。小紋様雲母模様入り瓶覗色表紙。
本文　十一行二十二字。版面は、約二二・〇×一五・五センチ。
刊記なし
諸本　天理図書館の他に、京都大学、東京大学、大東急記念文庫、東洋文庫などに所蔵。

この本の呼称は、「伝嵯峨本」が一般的であるが、天理図書館蔵書目録では「角倉本」となっている。慶長十三年（一六〇八）刊の嵯峨本第一種『伊勢物語』が中院通勝の識語と花押を有しているのとは異なり、本文や形態が嵯峨本に似通っているというだけで、刊記や跋文など出版事情を客観的に知らせるものがない。この本の特徴を明らかにするには、本文を一つ一つ比較するのが有効であろう。本書では「伝嵯峨本」と称する。

2　元和本『源氏物語』

元和九年（一六二三）刊、古活字版『源氏物語』

二七・五×二〇センチの美濃版。袋綴。紺色菱形毘沙門格子模様行成表紙。

本文　十一行二十一字。版面は、約二一・〇センチ×一六・〇センチ。

刊記　元和九年孟夏上旬／洛陽二条通鶴屋町富杜哥鑑　開板

諸本　天理図書館の他、東洋文庫、坂本竜門文庫などに所蔵。

この本は、古活字版としては珍しく刊記を持っている。この本が多くの機関に所蔵され、所在を『国書総目録』などで知ることができるのは、この刊記のおかげと言ってもよいだろう。本書では、この本を「元和本」とする。ただ残念なことに、この刊記だけでは本の出版事情がわからない。「富杜哥鑑」という書肆名が不明で、他に見られないため、刊年と地名から判断するには材料があまりにも少ない。そもそも近世初期の出版は、商売として成り立っていたわけではなく、多くは私家版で出されたと思われる。また、その出版物をきっかけにして本屋（書肆）を家業にした例もあり、少なくとも、当時の出版物の素姓を書肆名から割り出すことは困難を極める。江戸時代に出版された各種書籍目録（文献10）や、本屋仲間の記録（文献23）など、近世書誌学において参照される資料の多くは、寛文年間以後、つまり出版が商売として成り立つようになって後の記録である。本書で課題とする、初期の源氏物語版本の成立・出版事情を明らかにしてくれるものは、こうした目録や記録ではなく、やはり本そのもの、つまり本文にあると言わざるを得ない。本書では、1と2の古活字版の本文について、以下の整版本諸本の本文との関係を考える（第三章参照）。

3　無跋無刊記本『源氏物語』

無跋無刊記整版本『源氏物語』

二六・五〜二七・〇×一八・〇〜一八・八センチの美濃版。

本文　十一行二十字程度。版面は、平均一九・二センチ×一五・〇センチ。

版式　匡郭・柱刻なし。巻名（ひらがな）と丁数がノドの奥に植版。

古活字版に次いで出版された『源氏物語』は、寛永正保頃（一六二四〜四八）の無跋無刊記の整版本である。川瀬一馬氏は、源氏物語の初期の版本について、

「源氏物語」は寛永の末年か、或はその少し後くらいかと思われる整版本が最初で、絵入りの整版本は慶安頃の刊行である。（「物語文学書の江戸初期開版について」）

と述べておられる（文献13）が、ここで「最初」の整版本とされたのが、この版本に当たる。各図書館に所蔵され、今でも古書店に時々出ているから、かなり普及していたことが想像される。装訂の粗末さや本文のみの簡素さのためか、これまで詳細に紹介されたことがなかったが、本の体裁から見て、もっとも早い時期に刊行された整版本と推定される。また、本文の調査により、きわめて由緒正しい本文を有していることがうかがえる。(2)

古写本や古活字版に比べると、稀書としての価値は低い。素姓を知るための手かがりとなる刊記や跋文も、また他の整版本に添えられたような別冊もない。源氏物語の本文のみを刻した、装訂も簡素な版本である。しかし、謎の多い近世初期の出版文化の様子や源氏物語享受のさまを知るための資料としての価値は高い。

この無刊記整版本のように、付録や注釈などがなく物語本文のみが記されているという特徴は、写本の時代から古活字版に至る古い時代の源氏物語諸本の体裁に共通している。また、本文に対して句読点、濁点、振り仮名などといった、読解に便なる表記上の工夫が施されていない点においても、写本と古活字版に共通している。こうした簡素

な本文表記、他の版本の影響を受けていない本文系統、そして柱刻や匡郭のない版式から、この版本の刊行年代は、寛永～正保頃（一六三〇～四五年頃）と推定される。本書では、この本を「無跋無刊記本」または「無刊記（整版）本」とする。なお、この本文は、5の版本『万水一露』の本文と酷似している（第三章第三節参照）。

4　三種の「絵入源氏物語」

挿絵入り版本『源氏物語』（「絵入源氏物語」または「絵入源氏」）には、大本・横本・小本という三種類の型の異版がある。そのすべてに共通することは、次の三点である。

○源氏物語本文五十四巻すべてに挿絵（二二六図、うち見開き一二図）があること。
○源氏物語五十四巻と別巻の本文に、読点・濁点・振り仮名・傍注が施されていること。
○別冊付録として、『源氏目案』三巻・『源氏引歌』・『源氏系図』・『山路の露』が添えられたこと。

「絵入源氏」の諸本には、後に出版された横本・小本ともに、刊記などの異なる複数の版がある。それぞれの版の違いや特徴を示す。

〈大本〉慶安本

二六・五～二七・五×一八・二～一九・三センチの美濃版。
本文版面　平均二〇・五×一五・〇センチ。挿絵匡郭　一九×一四・五センチ。
本文　十一行二十一字程度。匡郭なし。本文読点は「。」
題簽　巻名と、その下に小文字で巻名の由来（「歌と詞による」など）を記す。
本文識語　夢浮橋巻末に、永正七年（一五〇四）の本文識語
跋文　山本春正による慶安三年（一六五〇）の跋文。

別巻　『源氏目案』三冊、『源氏引歌』、『源氏系図』、『山路の露』
版式（二種）Ⅰ折り目に巻名（漢字表記）と丁数　例「若紫　一」「若紫　二」
　Ⅱノドに巻名記号（カタカナ）と丁数　例「ワカムラサキ一」「ホ二」
刊記（三種）無刊記・承応三年八尾勘兵衛版・出雲寺和泉掾版
諸本（五種）版式Ⅰ（無刊記・八尾版）・版式Ⅱ（無刊記・八尾版・出雲寺和泉掾版）
※『源氏物語（絵入）［承応版本］ＣＤ―ＲＯＭ』（文献5）

〈横本〉万治本
一四・五～一五・〇×二一・〇～二一・五センチの横本
本文版面・挿絵匡郭ともに、平均一二・〇×一八・〇センチ
本文　十六行十六字程度。匡郭なし。本文読点は「。」
題簽　巻名のみを記す。
本文識語　夢浮橋巻末に、永正七年の本文識語あり。
跋文　慶安三年山本春正の跋文なし。万治三年（一六六〇）の跋文あり。
別巻　『源氏目案』三冊、『源氏引歌』、『源氏表白』、『源氏系図』、『山路の露』
版式　ノドの奥に巻数記号（漢数字）と丁数　例「五ノ二」「二十五ノ三」
刊記（二種）かしは屋渡辺忠左衛門版・林和泉掾版
※雄松堂マイクロフォーム「物語文学書集成」（静嘉堂文庫蔵本）

〈小本〉無刊記小本
一一・三～一二・〇センチ×一四・七～一五・〇センチの小型袖珍本

本文・挿絵ともに匡郭あり。匡郭の大きさ、平均八・八センチ×一一・九センチ

本文版面　十一行、一行に二十二字程度。本文読点は「。」

題箋　巻名のみを記す。

本文識語　なし

跋文　なし　『源氏引歌』巻末に、引歌についての一文を添える。

別巻　『源氏爪印』（『源氏目案』と同じ）、『引歌』、『系図』、『山路の露』

版式　折り目に柱刻を設け、巻名（漢字）と丁数　例「ワカムラサキ　〇二」

刊記なし。寛文頃（一六七〇年頃）の刊行と推定される。

※日本文化資料センターの複製（底本は日光山輪王寺旧蔵の五十七冊）

このうち、大本の「絵入源氏」には、巻末に編集の事情を詳細に記した山本春正《しゅんしょう》の跋文がある。承応三年（一六五四）の刊記のある版が有名で、それゆえ「承応版本」と呼ばれることも多いが、これは大本「絵入源氏」の呼称として適切ではない。右の「諸本」で示した通り、この本には、八尾版の他にも複数の版がある。版本の名称を刊記によって称することは簡便であるが、無刊記本や他の刊記の本をも含んだ同じ版本の総称とはならない。そこで本書では、この本の総称を、跋文の慶安三年（成立時期）によって「慶安本」とする。

これら三種の本は、単に本の形態（版型）が異なるだけではない。万治本の場合には『源氏表白』が加わり、無刊記小本の場合には『源氏目案』が『源氏爪印』と改題されている。また、巻末の跋文や識語はそれぞれに異なってお り、山本春正編と認められるのは慶安本のみである。本文・傍注そして挿絵などの内容は一致しているから、これらを一括して「絵入源氏物語」あるいは「絵入源氏」とする。

吉田幸一氏は、『絵入り本源氏物語考』（文献2）において、「絵入源氏」の諸本を分類し、その特徴と書誌について

詳しく解説された。本書においても、この書によるところが多い。しかし、「絵入源氏」の成立事情に関する説には従いがたい。従って、先の辞典の説明は、吉田説と大きく異なっている。詳しくは第一章で論証するが、簡単に、吉田説と私見（清水説）の違いを示しておきたい。

		吉田説	清水説
ア	慶安本の初版	承応三年八尾勘兵衛版	無刊記本（慶安三年頃刊）
イ	初刷りと後刷り	版式Ⅱが初版、版式Ⅰが後刷り	版式Ⅰが初版、版式Ⅱが後刷り
ウ	万治本・無刊記小本	いずれも山本春正自身が改刻	それぞれ慶安本を模して別人が編集

アの説は、大本の初版を明らかにするもので、同時に、版本「絵入源氏」の成立時期を意味する。吉田氏は、跋文から四年後に出版された八尾勘兵衛による承応三年版を初版とされた。ところが、吉田氏が初版とされた東京大学総合図書館本（吉田氏の分類［甲］）が、実は別の版本（3の無跋無刊記本）との取り合わせ本であったことが判明し、承応三年版は初版としての条件を満たしていないことから、あらためて調査した結果、アとイの結論に至った（第一章第一節参照）。ウの説は、万治本・小本に山本春正の跋文がないことと、それぞれの本の内容が大本の編集方針と異なっていることによる。吉田説では、この二つの事実が考慮されていない（第一章第二節参照）。

本書では、第一章で「絵入源氏」諸本の成立を明らかにし、第二章で四種の別冊付録について考察する。また、本文については第三章、挿絵については第五章で論じる。内容の概略は、第二節で述べる。

5　版本『万水一露』

承応元年（一六五二）貞徳跋版本『万水一露』

二八・〇×一九・五センチの美濃版。

本文　十三行二十四字程度。版面　平均二一・五×一六・五センチ。

題簽に「万水一露」、その下に巻名を記す。

物語および注釈本文五十四巻五十四冊。物語本文・注釈ともに濁点・句読点・振り仮名なし。

物語本文を区切り「閑」「碩」などを冠し注釈を引用。注釈本文は字下げ。

版式　匡郭なし。折り目に巻名の頭文字（漢字）と丁数　例「若　一」「末　三」

刊記（二種）　無刊記・寛文三年村上平楽寺版
夢浮橋巻末に、松永貞徳による承応元年の跋文あり。
※雄松堂マイクロフィルム「物語文学書集成」あり。

『万水一露』は、室町時代に能登永閑という連歌師が師の宗碩から伝授した注と古来の説に自説を加えた注釈書である。源氏物語古注集成『万水一露』（文献50）には、版本『万水一露』の活字翻刻と河野記念館蔵の写本による校異とが記され、巻末には伊井春樹氏の詳しい解説がある。版本『万水一露』は、承応元年（一六五二）松永貞徳の跋文を添えて出版されたものであり、永閑の注釈とともに源氏物語の全文が刻されている。その本文を調査した結果、この源氏物語本文が、3の無跋無刊記本の本文にきわめて近いことが明らかとなった。これらの版本の成立に密接な関係のあったことがうかがえる（第三章第三節参照）。

6　『首書源氏物語』

寛文十三年（一六七三）刊『首書源氏物語』
二七・五×一九・七センチの美濃版。注釈本文部分に匡郭・柱刻あり。

匡郭　二三・〇×一七・〇センチ。十二行十八字程度。

題簽に「首書源氏物語」、その下に小さく巻名を記す。

物語本文に、濁点・句読点・傍注を施す。句点「○」は段落を示す。読点は黒丸「・」

柱刻に、巻名（漢字）と丁数をそれぞれ魚尾「〈」の下に記す。例「〈ワカムラサキ　〈一」

物語本文五十四巻と『源氏系図』の計五十五冊で刊行。

夢浮橋巻末に、一竿斎による寛永十七年の跋文あり。

刊記　寛文十三癸丑歳二月吉辰／洛陽西御門前／書林積徳堂梓行
※影印本『首書源氏物語』（文献1①～⑯）

寛文十三年刊『首書源氏物語』は、源氏物語の本文にはじめて頭注を付けたテキストである。その本文は、さまざまな本の底本として採用され、『湖月抄』とともによく読まれていた。右に挙げた通り、巻末には、一竿斎による寛永十七年（一六四〇）の跋文と、寛文十三年の刊記がある。影印本の企画者である片桐洋一氏は、『首書源氏物語　総論・桐壺』（文献1①）解説でこの事実を明記し、「刊行の三十余年も前に成立していたことが知られるのであるが、編著者一竿斎については残念ながら誰人か不明である。大方の示教をまちたい。」とされた。

これに対して、日下幸男氏は、一竿斎を北野天満宮の社僧能貨であると特定された(3)。日下説は、『首書源氏』の成立と出版の謎を解く大きな手がかりになると思うが、能貨の活動時期や『首書源氏』の内容を考えると、不自然な点も多い。本書では、『首書源氏』の出版時期や編者の素姓についても考察する（第四章参照）。

『首書源氏物語』各巻の本文や注釈については、片桐氏の解説をはじめ、影印本『首書源氏物語』編者諸氏による解説が詳しい。これらを受けて、私は、1～7の版本の本文を調査し、『首書源氏』が万治本「絵入源氏」を底本とし、校訂には版本『万水一露』が使用されていたことを推定した（第三章第一節、第四章第二節参照）。

なお、書名「首書」の読みは「しゅしょ」と音読みされることが多いが、「頭書」と同じ意味で用いられているので、江戸時代には「かしらがき」と読まれた。(4) 長沢規矩也氏の『図書学辞典』(文献20)には「頭書」とともに「かしらがき」として掲載され、「しゅしょ」の読み方は示されていない。また、片桐洋一氏は『日本古典籍書誌学辞典』(文献29)の一項目「首書(しゅしょ)」の説明で、「『首書』と書いて『かしらがき』と読むこともある」とされた。

7 『湖月抄』

延宝元年(一六七三)北村季吟跋『湖月抄』

物語本文五十四巻に、『湖月抄発端条目』、『表白』、『雲隠』、『源氏物語年立』、『源氏物語系図』を付ける。

二七・一〜二七・六×一九・二〜一九・六センチの美濃版。

題簽に「湖月抄」、その下に巻名を記す。

本文　匡郭二三・五×一七・五センチ。字高一六・〇センチ。十二行十九字程度。

物語本文に、濁点・読点・振り仮名・傍注を施す。読点は「。」

頭注の字高六・五センチ。二十四行十一字程度。抄出本文のあとに注釈者の略称を記して注釈を引用。

頭注と本文がずれると、注釈のみの頁を設け、余白は設けない。

柱刻を設け、巻名(漢字)と丁数を記す。

夢浮橋巻末に、北村季吟の延宝元年(一六七三)跋文。四つの版元を列記。

版元(二種)林和泉／村上勘兵衛／八尾甚四郎／村上勘左衛門(八尾版)

林和泉／村上勘兵衛／吉田四郎衛門／村上勘左衛門(吉田版)

諸本　計二十一冊(合冊)〜六十冊のものなど、多数。

※影印本「北村季吟古注釈集成」（文献35）の底本は八尾版

北村季吟の『湖月抄』はよく知られている。本居宣長や柳亭種彦などの知識人がいずれも『湖月抄』を呼んでいたことは周知の事実であり、戦前まで長く流布本であった源氏物語テキストは、『湖月抄』の本文であったと言ってもよい。明治二十三年に猪熊夏樹が宣長の『玉の小櫛』の注などを加えた『訂正増補源氏物語湖月抄』[5]、昭和二年にはその書に有川武彦が校訂を加えた『増註源氏物語湖月抄』[6]が出された。また、吉沢義則は、忠実な翻刻の『湖月抄』[7]を出す一方、『湖月抄』の本文を底本とした『対校源氏物語新釈』[8]を著した。

しかし、こうした普及度・知名度に比べて、この書の成立事情には不明なところが多い。この問題については、野村貴次氏が『北村季吟の人と仕事』（文献38）、『季吟本への道のり』（文献45）という二つの大著において詳しく論じておられる。野村氏は、御所蔵の複数の本を比較し、数多く出ている季吟による版本の出版時期の前後を推定された。『湖月抄』については五種紹介し、そのうち、八尾版を初版、吉田版を再版とされた。本書で使用する架蔵本は、再版本に当たる吉田版である。

『湖月抄』の本文を調査すると、慶安本「絵入源氏」を底本として、版本『万水一露』や『首書源氏』などを参照しつつ作成されたことがうかがえる。これは、第三章第二節で論じる。

注

（1）増田繁夫・鈴木日出男・伊井春樹編『源氏物語研究集成13』（平成一二年五月、風間書房）

（2）長沢規矩也『図書学辞典』（文献20）によると、装幀は誤用、装釘は宛字、装丁の方がよいが、きちんとまとめる意の「訂」が最良とする。『日本古典籍書誌学辞典』（文献29）もこの説に従う。

（3）「鍋島光茂の文事」（昭和六三年一〇月、「国語と国文学」65）、「後水尾院歌壇の源語注釈」（平成六年三月、汲古書院『源

氏物語古注釈の世界』）、『近世古今伝授史の研究　地下篇』（平成一〇年一〇月、新典社）
（4）江戸時代の書籍目録では、『湖月抄』を「頭書源氏」「首書」、『首書源氏』を「頭書」とする記事もあり、「首書」「頭書」の区別はなく、いずれも現在の頭注の意味として用いられていた。中には両方に「かしらがき」と振り仮名を付けた目録もあるが、「しゅしょ」とはしていない。第四章第四節に詳述
（5）猪熊夏樹『訂正増補源氏物語湖月抄』（明治二三年九月、積善館）
（6）有川武彦校訂『増註源氏物語湖月抄』（昭和二年九月・昭和五四一月年名著普及会より復刻版刊行）
（7）吉沢義則・宮田一郎『湖月抄』（大正一五年八月、文献書院・昭和一一年四月、平楽寺書店）
（8）吉沢義則『対校源氏物語新釈』（昭和一二年六月、平凡社・昭和四六年二月、国書刊行会より復刊）

第二節　源氏物語の絵入り版本

一　源氏物語の大衆化と絵入り版本

以下は、新日本古典文学大系『偽紫田舎源氏　下』（岩波書店）(1)付録の「月報63」として書いた拙文である。源氏物語の大衆化が、前節で説明した整版本を含むさまざまな版本の出版によってなされたことを述べたものである。本書で扱う版本の特徴と歴史的意義を簡潔に説明しているので、引用し補足しておきたい。

源氏物語の大衆化と絵入り版本

『偐紫田舎源氏』作者の柳亭種彦は、源氏物語テキストとして北村季吟の『湖月抄』を丁寧に読んでいたようだが、読者はどのようなもので原典の源氏物語を知っていたのだろうか。江戸時代の庶民は源氏物語を原文や注釈書ではなく、梗概書や俗訳書の類で親しんだというのが通説になっている。しかし『田舎源氏』の文章を読んでいると、その読者は意外に源氏物語の原文を読んでいたのではないかと思われる。『田舎源氏』だけで楽しむことも十分可能ではあるが、源氏物語の原文をよく知っていればその高度なパロディを一層楽しむことができる。読者の中にも、源氏物語全文を既に読んでいた者や『田舎源氏』に触発されて源氏物語を読み始めた者がいたと思う。種彦自身も、十編の序で若い友人の「源氏を読《よま》ざる者《もの》やはある」という言を取り入れて俗文に仕立てたと述べている。江戸時代の出版目録「書籍目録《しよじやく》」を参考に、庶民が入手できた源氏物語テキスト（整版本）を初版の発行順に挙げてみよう。

①寛永正保頃刊、無跋無刊記「源氏物語」

②ａ慶安三年（一六五〇）山本春正跋、絵入り「源氏物語」

　ｂ万治三年（一六六〇）刊、絵入り「源氏物語」（横本）

　ｃ寛文頃刊無刊記、絵入り「源氏物語」（小本）

③承応二年（一六五三）松永貞徳跋『万水一露』

④寛文一三年（一六七三）刊、一竿斎跋『首書源氏物語』

⑤延宝元年（一六七三）北村季吟跋『湖月抄』

①は現代で言うなら源氏物語写本の翻刻に当たるが、②〜⑤は注釈付きで、この古典大系などに相当する。江戸時代の庶民は源氏物語テキストを各自の好みに応じて選び得たことがわかる。

この中で『湖月抄』とともに長く読まれたのが、②の「絵入源氏」である。この版本には、各巻に三〜五図、五十四巻で全二二六図の挿絵がある。蒔絵師で歌人の山本春正が、俳諧で名高い松永貞徳の教えを受けながら編集、読解を助けるために源氏物語全文に初めて句読点・濁点・振り仮名・簡単な傍注を付けた書であり、この本文表記は、二十年後の『湖月抄』にそのまま採用される。従って、その挿絵には源氏物語読解の成果が如実に表れている。「絵になる」場面を視覚的に示すだけではなく、歌人であった春正が源氏物語のことばや和歌のすばらしさに着目して描いたもので、絵としての美しさよりも物語の文章表現を忠実に描くことを目指している。別巻には注釈書『源氏目案』や『源氏引歌』『源氏系図』も付いているので、源氏物語を学問的に読もうとする者から絵本として鑑賞する者まで、その読者層は『湖月抄』よりもはるかに広かったことが想像される。また、この図をもとにした肉筆画がいくつも残されており、絵師たちが図案書として利用していたこともうかがえる。

源氏物語最初の絵入り版本である②a慶安本「絵入源氏」が承応三年（一六五四）に八尾勘兵衛から市販された後、これをもとにした異版（海賊版）bとcが相次いで出版される。横本bの挿絵は、大本であるaの挿絵の上下を切り取って左右を稚拙な絵で補ったものであるが、aとcとともに後々までよく売れた（因みに、最初の源氏物語口語訳を著した与謝野晶子の愛読書はcの小本であった）。源氏物語全文を有する絵入り版本はこの三種の「絵入源氏」の他に作られることはなかったが、「絵入源氏」刊行後の数年間に集中して、源氏物語関係書の絵入り本が出版される。

⑥承応三年（一六五四）一華堂切臨跋『源氏綱目』
⑦承応三年（一六五四）頃野々口立圃跋『十帖源氏』
⑧明暦三年（一六五七）刊、絵入り『源氏小鏡』
⑨万治三年（一六六〇）小島宗賢・鈴村信房跋『源氏鬢鏡』
⑩寛文元年（一六六一）野々口立圃跋『おさな源氏』

⑥の『源氏綱目』は、各巻一面ずつの挿絵とその解説を記した書であるが、注の内容や問題とする図柄から見て「絵入源氏」挿絵に異議を唱えた書であることがわかる。また俳諧師野々口立圃は、源氏物語を六分の一に要約し、独自の挿絵を付けた⑦『十帖源氏』を編集した。これは同時期に貞徳門下にあった山本春正の「絵入源氏」を意識したものと思われる。「絵入源氏」の絵が古来の絵巻や白描画に見られる大和絵風であるのとは対照的に、立圃による挿絵は表情豊かな動きのある俳画風の画面になっている。立圃は後に『十帖源氏』をさらに簡略化した⑩『おさな源氏』五巻を作る。

⑧は、古活字版をはじめ数多くの版が出ていた『源氏小鏡』の最初の絵入り本である。挿絵は各巻に一面で、源氏物語絵で有名な土佐派の絵師（光信や光吉）の描いた図様に一致する。貞徳の門人による⑨『源氏鬢鏡』は

『源氏小鏡』の本文を基に巻名を詠んだ発句と挿絵を付けた俳書であるが、この挿絵五五図のうち三七図が「絵入源氏」の模倣から成っている。江戸時代初期にはまだ著作権もなく、十八世紀頃までにこれら絵入り版本の異版・海賊版が江戸の版元を中心に出版される。代表的なものを挙げてみよう。

⑪松会版『おさな源氏』　⑫鶴屋版『源氏小鏡』

⑬鱗形屋版『源氏鬢鏡』　⑭須原屋版『源氏小鏡』

⑩『おさな源氏』の異版である⑪の挿絵は、菱川師宣の初期の作品であったらしいが、その挿絵は、⑧『源氏小鏡』の異版である⑫の挿絵にもそのまま利用されている。⑬も⑨『源氏鬢鏡』の異版で、その挿絵は⑨と⑪との折衷であり、⑭の挿絵には⑬の図が流用されている。例えば、⑨⑬⑭に共通する帚木巻の挿絵は、巻名に関わる源氏と空蟬との曙の別れの場面の図と見られるが、この図はもともと「絵入源氏」で左馬頭が嫉妬深い妻と「手を折りて」の歌を詠んで別れる場面を描いたものであった。「絵入源氏」では鄙びた建物から指を曲げた男が出てくる図であったものを、⑨の初版『源氏鬢鏡』はその図を空蟬との別れの場面に転用、曙の空に有明の月を書き込み、風情のある建物・背景に変えた。⑬や⑭ではそれを月夜の別れの図にしたのである。また宿木巻で、「絵入源氏」では薫が紅葉に宿る蔦（宿木）を折る場面の図が、⑨から⑬⑭へと転用されるにつれて蔦から他の植物に変形し、最後には紅葉の枝を折る図に変わってしまう。このように江戸版の異版には、絵と文との整合性や初版の編集意図を考えずに作られたものも多いが、浮世絵風に描かれた絵本として、源氏物語の雰囲気を一般大衆に広く伝えるのには大いに貢献した。⑬の版元鱗形屋は、これらを受けて貞享二年（一六八五）、絵を主とした師宣画による『源氏大和絵鑑』を出す。以後、宝永三〜五年（一七〇六〜八）には奥村政信画『若草源氏』『紅白源氏』『雛鶴源氏』が、『偐紫田舎源氏』の読まれた頃には、天保八年（一八三七）刊『源氏物語絵尽大意抄』などが出版され、源氏物語関係の「絵本」はますます普及してゆく。

現代の少女が大和和紀の『あさきゆめみし』で源氏物語に関心を持つように、江戸時代の庶民と源氏物語との出会いは、入門書や梗概書というよりも、以上のような様々な絵入り版本によってであったと思う。『偐紫田舎源氏』三編の「引書目録」にはこれらの絵入り本が挙げられ、その本文と挿絵の配置は、現代の漫画に通ずる。そして書名こそ挙がってはいないが、挿絵の随所に「絵入源氏」の影響が見られる。この趣向は、原典を知らない者にも、また「絵入源氏」や『湖月抄』などで源氏物語原文を熟読した者にとっても楽しめるものであったと思う。由緒を重んじる写本や古注釈から『湖月抄』そして寛政一一年（一七九九）刊行の『玉の小櫛』へと受け継がれた源氏物語読解の流れとは別に、源氏物語の大衆化は、庶民が源氏物語に親しめるような数々の工夫を施した個性的な絵入り版本の出版と普及によってもたらされたと言ってよいだろう。（新日本古典文学大系「月報63」掲載の拙稿より）

「大衆化」という問題と、『田舎源氏』の作者および読者層に関わる本ということで、ここでは、寛永末年以後に出版され、後に市販された整版本のみについて書いた。本書において、主として整版本を扱っている意図も、右の文で述べた「庶民が入手できた源氏物語テキスト（整版本）」に焦点を当てることにある。このうち、①〜⑤の版本が、先に説明した3〜7に当たる。あとの絵入り版本のうち、⑥は伊井春樹氏編『源氏綱目付源氏絵詞』（文献49）、⑦〜⑭は吉田幸一氏『絵入本源氏物語考』（文献2）に負うところが大きい。

ここで江戸時代の出版目録である「書籍《しょじゃく》目録」を参照したのは、延宝以後に出版された各種書籍目録（文献10）がその当時市販されていた書物を示しており、庶民が金銭によって入手し得たことを前提としているからである。少なくとも、現代の我々が、影印や活字翻刻によって手軽に参照し得る古写本、あるいは古活字版などが大衆化に関わっていたわけではないことを、これら書籍目録が物語っている。逆に、今は知る人の少ない無跋無刊記整版本が市販されていたことも知られる。従って、近世における源氏物語の享受を考えるには、古典大系でも角川文庫でも、また、

『湖月抄』を底本とする活字本でもなく、これらの版本原本によることが基本となる。繰り返すが、江戸時代の人々は、たびたび言われるように梗概書や入門書のみで源氏物語を享受していただけではない。梗概書や入門書である⑥〜⑭のような書物がある一方で、①〜⑤のような源氏物語原文を鑑賞し得る環境があり、その環境の中から、浮世草子などの近世文芸が生まれたのである。

二 「絵入源氏物語」の概略

本書では、源氏物語の本文版本の他に、さまざまな絵入り版本についても論じる。「絵入源氏」は、この両方に属し、本書の課題の核となる。以下、「絵入源氏」の概略を述べ、本書の各所で別々に論じることを結ぶ一助としたい。書誌については前節で説明したので省略する。

編集方針

「絵入源氏物語」（「絵入源氏」とも）は、慶安三年（一六五〇）、蒔絵師で歌人の山本春正《しゅんしょう》（一六一〇〜一六八二）によって編集された挿絵入り版本『源氏物語』六十巻とその再版・異版を含む版本の総称（通称）である。「絵入源氏」には、大本・横本・小本の三種類の版型の版本がある。

慶安本の跋文によると、春正は和歌を志す者として源氏物語に心をそめ、自分で解釈できない所は、師の松永貞徳から直接講義を受け、朋友にも教わりながらほぼ全体の内容を会得したと言う。また、源氏物語の諸本には異同が多くて読みづらいので、数本を集め諸抄を参照して校訂し、濁点と読点を付け、誰の会話か誰の記事か等についての傍注を施し、さらに物語の歌や詞の優れた場面を選び、古来の絵より図を増して挿絵を付けたと記している（跋文の全文は、第一章第二節で引用）。この跋文によって「絵入源氏」の成立事情は明らかである。

これに対して、後に版型を変えて出版される万治本と無刊記小本には、この跋文がない。そして内容を調査すると、春正自身によるものではなく、いずれも慶安本を模写して作られた版本であったことが知られる。万治本には、慶安本にあった振り仮名が省略され、本文に意味不明の誤植が多く見られる。挿絵も、慶安本の図を敷き写しにして上下を機械的に省き、左右に粗雑な絵を描き足している。無刊記小本は慶安本を縮小した形で、本文の誤植や挿絵の省略も少ないが、部分的に慶安本と異なる方針が見られる（第一章第二節参照）。

なお、「絵入源氏」は、『源氏目案』『源氏系図』『源氏引歌』『山路の露』という別冊付録とともに、六十巻として刊行された。これら別冊は、別の書物として扱われる場合も多いが、体裁や内容から見て、本文とともに編集され、出版されたと考えられる（第二章参照）。

本文の特色

慶安本「絵入源氏」の夢浮橋巻末には、後崇光院宸翰本を一条兼良が書写した本を証本にして八種の異本を使用したという永正元年（一五〇四）叡山の権僧正による識語がある。兼良が河内本系統の本を使用していたことは、その注釈書『花鳥余情』の抄出本文や高松宮家蔵耕雲本桐壺巻の奥書によって知られる。(2) しかし、「絵入源氏」の本文は河内本系統とは言えない。本文全体としては、青表紙本の中の三条西家系統に属し、河内本系統の本文やそのいずれにも属さないものを含む混態本文である。巻末識語にある永正元年本が既に混態本文であったと思われるが、春正が跋文で、数本を集め諸抄を参照して校訂したと記す通り、「絵入源氏」本文には多くの本の影響がうかがえる。伝嵯峨本『源氏物語』を中心として、『河海抄』や『花鳥余情』の抄出する河内本系統の本文、『弄花抄』や『孟津抄』の抄出本文など、さまざまな本文が採り入れられている。

春正は、解釈不可能な本文のままで伝えることよりも、わかり易い源氏物語テキストを提供することを選んだのであろう。「絵入源氏」以前の本文は、古活字版も寛永頃の整版本においても、多くの写本と同様、仮名の多い、濁点

・読点のないものであったが、春正は跋文に記した通り、本文に濁点・読点を施し、仮名を意味の理解しやすい漢字表記にして振り仮名を付けた。「絵入源氏」は、現代の多くの源氏物語テキストと同様、本文表記自体が物語の解釈を表す上に、主語やせりふを指示した画期的な書物だったのである（第三章第五節参照）。

挿絵の図様

吉田氏は『絵入本源氏物語考』（文献2）において、「絵入源氏」の挿絵二二六箇所の図様と、大阪女子大学蔵『源氏物語絵詞』（文献59・64）の記事二八三箇所とを比較し、両者が無関係であるとされた。実際、『絵詞』で指示され（あるいは多くの源氏絵で描かれ）た場面と、「絵入源氏」の描いた場面とが一致しない例が多い。また同じ場面を選んでいても、『絵詞』の指示や他の絵とまったく異なる画面もたびたび見られる。

山本春正は蒔絵師であったから、源氏物語を素材にした蒔絵を作ることや、源氏絵を鑑賞する機会も得られたと思う。跋文に「古来有絵図書中趣……」とあるから、「絵入源氏」挿絵作成のために絵画資料を参照したこともうかがえる。大和絵の画風は古来の絵に倣い、構図や描法のヒントを得たかもしれない。しかし、二二六図もの図様の大半は、春正が源氏物語の文章を読み、本文に読点や濁点を付け、漢字を当てて振り仮名を施しながら、独自に考えたものと思われる（第五章第一節参照）。

「絵入源氏」の挿絵が目指したのは、『絵詞』の目指す「絵になる所」を描くことでも源氏絵の伝統でもなかった。源氏物語の文章そのものを尊重し、跋文で述べた通りに、歌や詞の優れた場面を選び、その文章に従って描くことだったのである。挿絵を見る読者は、その画面に描かれた景物や人物の様子、そして和歌表現に着目し、それが物語の文章に書かれたものであったことに気づく。春正は歌人として、挿絵の画面によって、源氏物語の文章や和歌の素晴らしさを読者に伝えようとしていたのではないだろうか（第六章第一節参照）。

「絵入源氏」の挿絵画面は、春正が物語本文に対して行なった工夫・苦労が反映され、定家本の古写本とは異なった版本特有の本文によってのみ理解され得る例もある。「絵入源氏」挿絵の最大の特徴は、物語本文に忠実に描かれていることである。美術作品としての源氏絵が、物語世界を絵画として表したものであるなら、「絵入源氏」の挿絵は、物語の文章の一部をそのまま視覚化して読者に提供したものと言ってよいだろう。美術としての源氏絵のように「絵になる」かどうかではなく、文章表現や和歌の優れた箇所を挿絵として描いている。従って、それぞれの画面は、物語の原文の素晴らしさを読者に気付かせる効果をもたらす。画面を単独で鑑賞する限り、『源氏物語絵巻』などには及ばないかもしれないが、本文とともに鑑賞してみると優れた点の多いことに気づく。

後世への影響

「絵入源氏」は従来、もっぱら絵入り版本として評価されてきたが、諸本や諸注によって校訂された本文に漢字を当て、読曲（よみくせ）を示す振り仮名や読点・濁点を初めて付けた画期的な源氏物語テキストでもあった。これは、近世の人々に歓迎された。寛文十三年（一六七三）刊『首書源氏物語』の本文は、万治本を底本にしたものであり（第三章第一節参照）、延宝三年（一六七五）頃に出版された北村季吟の『湖月抄』の版下作成にも、慶安本が参照された（第三章第二節参照）。いずれも、『万水一露』他の版本や注釈書によって校訂しているが、同じ「絵入源氏」を親本にしたために、その本文間には自ずから親近性が認められる。

挿絵もまた、後世に大きな影響を与える。『源氏綱目』は、「絵入源氏」の挿絵を参照して、その図や他の絵の誤りを正して挿絵に示した。『源氏鬢鏡』の挿絵は、五十五図のうち三十七図まで「絵入源氏」を模倣したものである（第五章第一節参照）。この他、「絵入源氏」の挿絵を借用したり、他の場面に流用・盗用する版本も現れる。そして江戸時代中期以降においては、絵師による作品にまで、「絵入源氏」の特殊な図と同じ構図のものが見られるようになる（第五章第二節参照）。一部の貴族だけのものであった源氏物語が、広く一般庶民の手にゆきわたるようになるのに、最も大きな役割を果たしたのが、この「絵入源氏」であったと言っても過言ではない。

三　各種絵入り版本の概略

本書で扱う絵入り版本について、簡単に説明しておく。同じ書物でも、初版、再版、後刷り、異版、改題本など、さまざまな版が出回っているので、本書で使用する本がどの版かを明確にしておきたい。

1　絵入『源氏小鏡』

『源氏小鏡』には、さまざまな系統の伝本があり、翻刻や影印としても紹介されている。伊井氏の『源氏物語注釈書・享受史事典』（文献56）には、写本・版本の『源氏小鏡』伝本系統の分類と、翻刻・複製本文や文献が挙げられている。また、吉田氏は『絵入本源氏物語考』（文献2）において、古活字版・整版本の多くの版を分類し、詳しい書誌を示された。それによると、古活字版だけでも嵯峨本をはじめ七種、本文のみの整版本が三種、そして絵入り版本が八種類あると言う。本書では、絵入り版本『源氏小鏡』の挿絵に限定して論じるので、以下、吉田氏の分類に従い、版の種類を簡単に示す。

第一類　上方版大本

イ　明暦三年（一六五七）刊安田十兵衛版（内題「源氏目録」）

ロ　明暦三年、浅見吉兵衛・吉田三郎兵衛の相版

第二類　上方版小本

ハ　寛文六年（一六六六）版小本

ニ　寛延四年（一七五一）吉田・加賀屋相版

ホ　文政六年（一八二三）加賀屋版

第三類　江戸版大本

へ　延宝三年（一六七五）鶴屋版

ト　鶴屋版

第四類　江戸版小本

チ　文林堂須原屋版

最初の版は、イの明暦三年安田十兵衛版と思われ、吉田氏は初版初刷り本かとしておられる。影印本『首書源氏物語』（文献1）で紹介した大阪女子大学蔵『源氏小鏡』や、本書の図録に使用する帝塚山大学蔵本もこの版である。また、架蔵本は、チの須原屋版である。本書の第五章第一節では、絵入『源氏小鏡』の最初の版として、明暦版の挿絵と土佐派の絵との相似について論じる。

絵入り版本の挿絵は、多少なりとも、既刊の版本挿絵の影響を受けている。特に、吉田氏が指摘された通り、江戸版の絵入り版本には、上方版を模倣したり、時に安易な流用・借用が横行する。これは、本屋が商業として成り立ってゆくことと深く関わっている。挿絵が模倣されてゆく過程において、図の内容は、物語の内容や当初の意図からずれて次第に変化してゆく。また、菱川師宣のような職業絵師の出現により、画風が変化し、絵入り版本は、物語テキストや梗概書よりも絵本としての要素を強めてゆく。源氏物語が梗概書やダイジェスト版によって専ら普及したとされる従来の説明は、主としてこの時代以降の大衆文化を対象としたものと言える。第五章第二節では、須原屋版『源氏小鏡』を例として、上方版から江戸版への挿絵の変遷の一端を示す。

2 『源氏綱目』

『源氏綱目』は、『源義弁引抄』を著した一華堂切臨が、万治二年（一六五九）に作った書物である。序文に「昔より描ける絵に人の齢のほど装束の色品誤り多し。されば絵に描くべき所の詞を載せ、絵を入畢。」とある通り、すでに出回っている絵の誤りを正そうとして作った梗概書だと言う。

伊井春樹氏が源氏物語古注集成（文献49）で翻刻紹介し、詳しい解説を加えられた本である。また同氏の『源氏物語注釈書・享受史事典』（文献56）にも、詳しい解説がある。伝本数が少ないのは、あまり出回っていなかったためであろう。その底本である京都大学本の他、静嘉堂文庫本が雄松堂マイクロフィルムになっている。京都大学本は無刊記であるが、伊井氏によると、万治三年の刊記のある版もあったと言う。

序文末尾に万治二年とあるが、料簡に慶安三年（一六五〇）の年が記載されていることから、伊井氏は、慶安三年成立とされる。しかし、序文末尾の「万治己亥の年やよひ吉辰洛下一花堂接伝野衲切臨叟これを輯録す」を見る限り、万治二年に書物が完成したとするのが自然であろう。料簡の慶安三年は、着手した年と考えるべきではないだろうか。ただ、成立事情については、同じ著者による『源義弁引抄』との関わりをも考慮に入れるべきで、今これ以上のことは問題にしない。

なお、先の「月報」の説明で「『絵入源氏』挿絵に異議を唱えた書」としたのは正確ではなく、序文で「装束の色品誤り多し」とある通り、「絵入源氏」以外の彩色画の誤りをも正した書である。ここで訂正しておきたい。この点をも含め、本書の第五章第一節では、『源氏綱目』の挿絵の画面を検討し、それぞれどのような意図で描かれたかを論じる。

3 『源氏鬢鏡』

『源氏鬢鏡』は、万治三年（一六六〇）、貞徳の弟子であった小島宗賢と鈴村信房が編纂した、俳諧のための入門書である。『源氏小鏡』の本文から主として巻名の由来を記した部分を引用し、巻の名を詠み込んだ俳諧の発句を掲載、巻毎に一枚ずつの挿絵を付した書物である。かな書きの序文と漢文による後序（跋文）に、成立の経緯が記される。巻末に「万治庚子」「洛下素栢撰」とある万治三年に成立、まもなく初版が出されたと推定される。

吉田幸一氏『絵入本源氏物語考』（文献2）によると、『源氏鬢鏡』にも上方版と江戸版があり、それぞれ複数の刊記が見られる。それらを列挙する。

上方版

A　万治三年洛下素栢跋度々市兵衛版『源氏鬢鏡』

B　万治三年洛下素栢跋天和三年永田長兵衛版『源氏物語絵抄』（外題）

C　正徳三年（一七一三）大野木市兵衛版『金玉源氏絵宝枕』（外題）

江戸版

D　万治三年洛下素栢跋　鱗形屋版『源氏鬢鏡』

E　元禄七年（一六九四）鱗形屋版『発句絵入源氏道芝』（外題）

吉田氏が示された図版を見る限り、Aの度々市兵衛版の刊記「度々市兵衛開板」は、跋文の版面・書体ともに跋文と同じで、不自然さがないので、これを初版としてよいと思う。古典俳文学大系『貞門俳諧集一』[3]所収の『源氏鬢鏡』の底本である愛知県立大学付属図書館本は、このAの本であり、その解説でも同様の説明がある。また、影印本『首書源氏物語』（文献1）巻末で紹介した大阪女子大学蔵『源氏鬢鏡』はB、伊井春樹氏が『源氏物語の探求六』[4]で紹介された国立国会図書館本『源氏鬢鏡』はDに当たる。

ＡＢＣの上方版は、右の頁に本文、左の頁に挿絵を見開きに仕立てているのに対して、江戸版ＤＥは、一頁の上部に本文、下三分の二に挿絵を配している。挿絵の大半は「絵入源氏」からの模倣であり、上方版の方が巻名の由来を示す意図が明確で、「絵入源氏」挿絵にも近い。これに対して江戸版になると、背景に描かれた草木などが変化し、本来の意図がわかりにくくなる。また、吉田氏が明らかにされた通り、江戸版の『源氏鬢鏡』の挿絵は、先の須原屋版『源氏小鏡』に似ている。詳しくは、第五章第一節および第二節で述べる。

なお、伊井春樹編『源氏物語注釈書・享受史事典』（文献56）には、①万治三年跋、鱗形屋版、②正徳三年大野木市兵衛版、③万治三年跋、天和三年永田長兵衛版の三つの刊記が紹介されている。これだけを見ると、鱗形屋版が初版のように見えるが、挿絵・本文・版式・体裁のすべてにおいて、②③が①に先立つ要素を持っている。吉田氏の分類に従い、本書で『源氏鬢鏡』について述べる際は、Ｂの大阪女子大本による。

4　『十帖源氏』

『十帖源氏』は、俳諧師で雛人形師でもあった野々口立圃（親重）の編集した源氏物語梗概書である。五四巻を約六分の一のダイジェスト版にしたもので、「絵入源氏」挿絵の約半数に当たる一三一図の挿絵を刻している。大和絵の画法で描かれた「絵入源氏」や明暦版『源氏小鏡』に比べて、こちらは俳画風の絵になっている。立圃の挿絵については、吉田氏も詳しく述べておられるが、第五章第一節では、「絵入源氏」と比較しつつ、画風と編集方針との関わりについて論じる。

吉田氏は、『絵入本源氏物語考』（文献2）において『十帖源氏』諸本を詳しく紹介し、さらに、ご自身の主宰される古典文庫においても、初版の全巻を影印されている。(5) 以下、吉田説によって、諸本を列挙する。

Ａ　万治四年（一六六一）荒木利兵衛版

B　万治四年　立圃署名（入木）本
C　立圃自跋無刊記本
D　無跋無刊記本

結論から言えば、初版からDCABの順に刊行されたと言う。佐賀大学鍋島文庫本は、Dの無跋本に立圃の自筆奥書が加えられたものであり、その奥書はC以後の跋文と筆跡・本文ともに一致する。このことから、吉田氏はDを初版と推定された。Cは、その奥書を跋文にし、あらためて出版したものと考えられる。古典文庫の底本は、吉田氏ご架蔵のCの本である。また、BはAに比べて「摺りが悪く、文字に摩滅がある」ことから、Bは「荒木利兵衛」の名を削り、立圃の署名を入れ木（埋木）して作った後刷り本で、刊行時期は万治四年よりさらに後の版と推定された。大阪女子大には二種の版があり、影印本『首書源氏物語』巻末では、このうち立圃の署名がある万治四年版の挿絵を紹介してきたが、もう一つの無跋無刊記本を使用すべきであった。本書で用いる架蔵本もまた、前者と同じ後刷り本Bであり、印刷や保存状態も良くないが、必要に応じて、古典文庫の『十帖源氏』や『絵入本源氏物語考』の図録（文献2③）を参照いただきたい。

成立を承応三年（一六五四）とするのは、渡辺守邦氏が『日本古典文学大辞典』（文献25）において、跋文の「老て二たび児に成たりといふにや」が立圃還暦を言うと指摘されたことによる。影印本『首書源氏物語』（文献1）巻末の解説では、「『十帖源氏』は、承応三年に成立、万治四年に刊行された」と書いた（第五章第三節参照）。しかし、『十帖源氏』初版に万治三年の刊記はなく、立圃の跋文が記されているのみである。従って、初版は、六年後の万治三年にまで下らず、成立時期である承応三年以後の早い時期の刊行とするべきであろう。

5　『おさな源氏』

『おさな源氏』は、寛文元年（一六六一）、立圃が『十帖源氏』を基にして、その半分の五巻に縮小した版本である。跋文によると、『十帖源氏』を本物の源氏物語だと思って暗唱する女房がいるのを恥じて書き改め、婦女子のための書物として「おさな源氏」と名付けたと記す。この跋文には、寛文元年仲春とあるが、仲春は改元前の万治四年であるため、吉田氏は、この本文版下の筆耕が万治四年のもので、実際の版行は寛文改元後と推定される。

この書物にも上方版と江戸版があり、江戸版はすべて、松会市郎兵衛または三四郎という書肆の開板による「松会版」である。氏は、上方版を六種に分類されたが、そのうちの二種は五冊本・一〇冊本の違いなので、ここではそれを一括して五種とし、甲乙丙……で示されていた記号をａｂｃ……に変えて挙げる。

上方版

ａ　寛文元年（一六六一）立圃自署本

ｂ　寛文十年（一六七〇）山本義兵衛版（二種）

ｃ　寛文十年八尾勘兵衛版

ｄ　天明八年（一七八八）版『源氏物語大概抄』

ｅ　無刊記『源氏物語大概抄』

江戸版

Ａ　寛文十二年（一六七二）松会版

Ｂ　延宝九年（一六八一）初春日松会版

Ｃ　刊年無初春日松会版

Ｄ　無刊記松会版

E　天和二年（一六八二）松会版

これは、それぞれa～e、A～Eの順に刊行されたとされる。初版のa立圃自署本（広島大学国文学研究室蔵）は、日本書誌学大系『おさな源氏』[6]に収められている。また、『絵入本源氏物語考』図録編（文献2③）に、bの大阪府立図書館蔵本の挿絵が収録されている。影印本『首書源氏物語』で紹介した大阪女子大学蔵『源氏物語大概抄』は、無刊記の後刷り改題本であり、上方版の最後の版eに当たる。この本の刷りは良くないので、本書では、参考までに、bの京都大学文学部蔵の山本義兵衛版をも示した。

立圃は、本文については『十帖源氏』を全面的に書き直したが、挿絵を改めて作ることはしていない。『おさな源氏』の挿絵は、『十帖源氏』の挿絵とまったく同じ図か、左右逆転した構図になっている。少なくとも挿絵については、立圃は人任せにしたのであろう（第五章第二節参照）。

一方、江戸版の『おさな源氏』の初版のAに当たるのが、影印本『首書源氏物語』付録に掲載した大阪女子大本『おさな源氏』である。この本は、丹・緑・黄の彩色が簡単に施された「丹緑本」である。一般に、丹緑本は、寛永～慶安年間までのものを言うようだ（文献20・29）が、これは、それより二十年以上後の版本に筆彩されたものということになる。

なお、Eの天和版には刊記の上に「絵師　菱川吉兵衛」と、菱川師宣の名が入れ木されている。寛文十二年松会版の挿絵が師宣によるものであり、天和二年以後有名になったその名を後に加えたのであろう。師宣の名のある早期の例としては、寛文十二年刊『武家百人一首』があり、それ以前は無款で仕事をしていたと見られる。

6『源氏大和絵鑑』

貞享二年（一六八五）鱗形版『源氏大和絵鑑』（外題「新版源氏絵鏡」）は、以上の梗概書よりもさらに絵本の要素を強めた書物である。この書物には、最初から「大和画師　菱川師宣筆」と刻されている。版元は、江戸版『源氏鬢鏡』と同じ鱗形屋であり、本の作り方もよく似ている。吉田氏は、天和・貞享頃に出版された師宣絵本のほとんどが鱗形屋によることから、無款の『源氏鬢鏡』についても師宣画の可能性があると推定される。

物語の細かい内容にこだわらず、場面を簡潔に描くが、絵師の力量も手伝って、優雅な意匠の絵本になっている。絵の部分を丸い窓で囲み、詞書として、丸枠外に、後光明院御製の巻名長歌を（7）「源氏物語の目録を長歌にして　後光明院御製」として掲載、続けて巻の簡単な説明を記す。この版本は、他の版が見あたらず、『偐紫田舎源氏』の「引書目録」にも名が挙がっていない。限定版として出されたのだろうか。この書物には不明な点も多く、本書では、挿絵の構図が、土佐派の絵を模した明暦版『源氏小鏡』に似ていることを指摘するのみである（第五章第一節参照）。

注

（1）新日本古典文学大系『偐紫田舎源氏　下』（平成七年一二月、岩波書店）
（2）『源氏物語大成　巻七　研究資料編』（文献30）第二部第七章
（3）古典俳文学大系『貞門俳諧集二』（昭和四五年一一月、集英社）中村俊定・森川昭校注
（4）伊井春樹「資料源氏鬢鏡」（昭和五六年六月、風間書房『源氏物語の探求六』）
（5）吉田幸一『十帖源氏』（平成元年一月、古典文庫）
（6）『おさな源氏』（昭和六二年一〇月、青裳堂書店日本書誌学大系）
（7）『源氏文字鎖』、『源氏巻次第長歌』、『源氏名寄文章』などの書名を持つ巻名歌。伊井春樹『源氏物語注釈書・享受史辞典』（文献56）による。

第一章　版本「絵入源氏物語」諸本の成立

第一節　慶安三年本の成立と出版

三種の「絵入源氏物語」のうち、最初に出された慶安三年跋のある大本（以下、慶安本と称す）には、もっとも流布していたと思われる承応三年（一六五四）八尾勘兵衛版の他に、無刊記本などがある。『国書総目録』や『源氏物語事典』など、慶安三年初版とする説に対して、吉田幸一氏は『絵入本源氏物語考』（文献2）において、八尾勘兵衛による承応三年版を初版とされた。しかし、この初版とされる本には多くの問題があり、また氏が分類された諸本のいずれにも該当しない本が他にもあることから、私は数種の本を独自に比較調査した。その結果、承応三年版は、初版としての条件を満たしていない可能性の高いことが判明した。本節では、慶安本の諸版の成立と出版について明らかにしたい。

一　慶安本の初版

吉田氏は、慶安本諸本を、次の四版に分けて解説しておられる。氏の挙げる各版の特徴を簡単に示しておく。

〔甲〕　承応三年刊初版本　　東京大学総合図書館蔵〈E23 44〉

六十巻六十冊揃（内訳、本文五十四冊。山路露、源氏系図、引歌各一冊。源氏目案三冊）。

二七・五×一八・二センチ。版心なし。

ノド（綴じ目の中）に巻名符号と丁数を植版。

手習巻のみ、挿絵皆無で、本文版下も他本と異なる。

（刊記）夢浮橋巻末の跋文の後と引歌巻末に「承応午甲三稔八月吉日　洛陽寺町通　八尾勘兵衛開板」。

〔乙〕　承応三年再版本　　内閣文庫蔵〈202 353〉他に、数本あり。

六十巻三十冊（内訳、本文五十四巻二十六冊。目案三巻三冊。系図引歌一冊）

二六・七×一九・三センチ。版心なし。

料紙が〔甲〕より一センチ程広く、巻名符号と丁数がノドに見える。

手習巻に、挿絵あり、本文版下は〈丙〉と同じ。

〔甲〕と同じ、承応三年刊八尾勘兵衛版。

他に、六十冊本、本文のみの五十四冊本、合三十二冊本などがある。

〔乙2〕　無刊記再版後摺本　　吉田幸一氏所蔵
六十巻六十冊揃。刊記なし。

その他は、〔乙〕と全く同じ。

〔丙〕　版心付植無刊記本　　東洋文庫蔵堀田氏旧蔵本〈三Faい9〉　他に、数本あり。

六十巻六十冊揃。二七・一×一九・〇センチ。

本文・挿絵は〔乙〕に同じ。刊記なし。

袋綴の折目に版心を設けて、巻名と丁付けを付植。

これらのうち、吉田氏が〔甲〕を初版と認定された根拠は、次の四点である。

1版心がないこと

2古活字版と同様、丁付けを綴じ目の中に隠れるように付植した古い形式であること

3印刷が鮮明であること

4〔甲〕のみ手習巻に挿絵を欠く不備な本で、〔乙〕〔丙〕はそれを補正した後のものとしたこと

そして、氏は、資料として〔甲〕〔乙〕の二種の手習巻の巻頭一頁の写真を掲載し、その本文版下が異なることを説明された。つまり、編者春正が、挿絵のなかった（入れ忘れたか）〔甲〕の不備を訂正すべく、〔乙〕において、その手習巻に挿絵6図を入れ、本文の版下をも書き替えた、と推定されたのである。

手習巻のみ〔甲〕と〔乙〕〔丙〕の本文版下が異なっているという事実の指摘は非常に興味深い。しかし、挿絵と本文との関係を考えるべく常に慶安本を参照していた私には、『絵入本源氏物語考』に掲載された写真で見る〔甲〕の版面がきわめて不自然なものに思われた。慶安本「絵入源氏」では全般的に、濁音表記がかなり細かい部分にまで見られるが、〔甲〕の手習巻の本文には濁点が極端に少なく、書体も異なる（図1〜図4参照）。そこで、東京大学総合図書館において〔甲〕の原本を確認してみた。すると、〔甲〕の手習巻とそれ以外の巻とは、本文の相違だけではなく、「本」自体が異なるものであることが判明したのである。

まず、表紙は藍色の同じ紙を用いているが、題簽が異なっている。料紙は他の巻々より薄く、縦も約二ミリ小さい。そして内容は、本文のみの版本に傍注・振り仮名・読点を手書きで加えたものであった。傍注や振り仮名の表記や書体は、慶安本のそれと似ているが、筆の色と跡、かすれ具合から、それが手書きであることは明らかで、読点も、裏から見れば、本文とは別に後で付けたものであることがわかる。

図1　慶安本〔乙〕手習巻頭

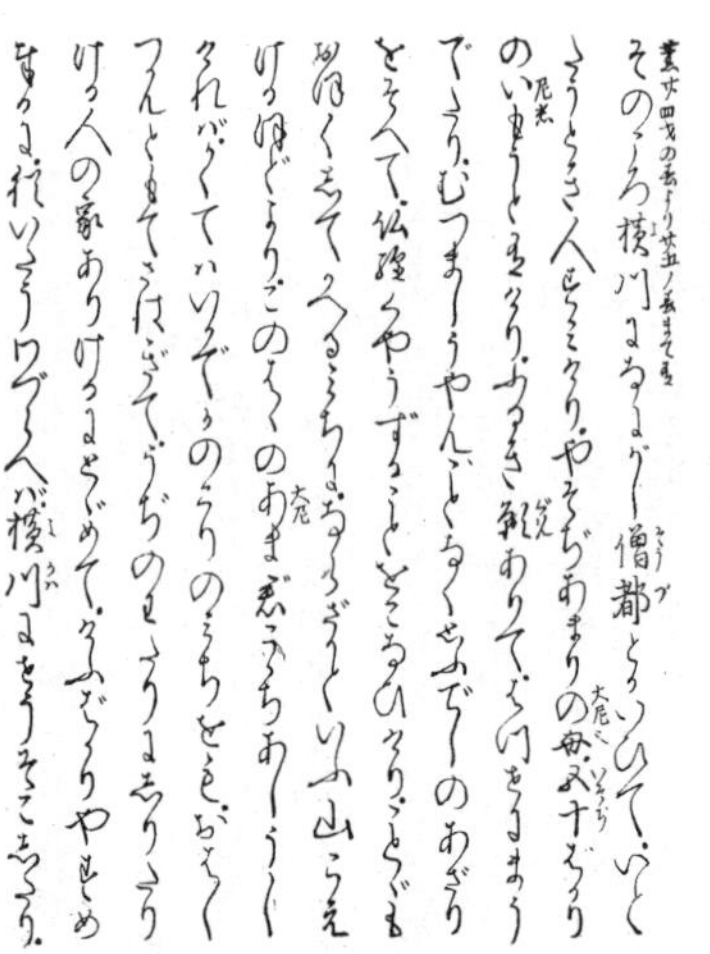

図3　慶安本〔甲〕手習巻頭

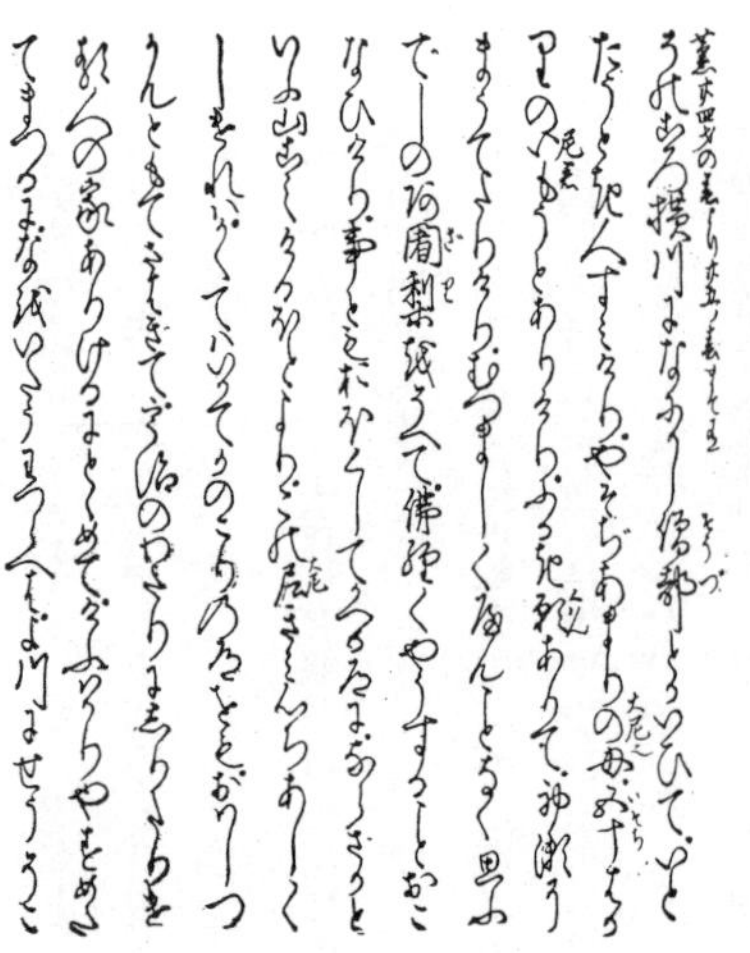

図2　慶安本〔乙〕手習巻末

図4　慶安本〔甲〕手習巻末

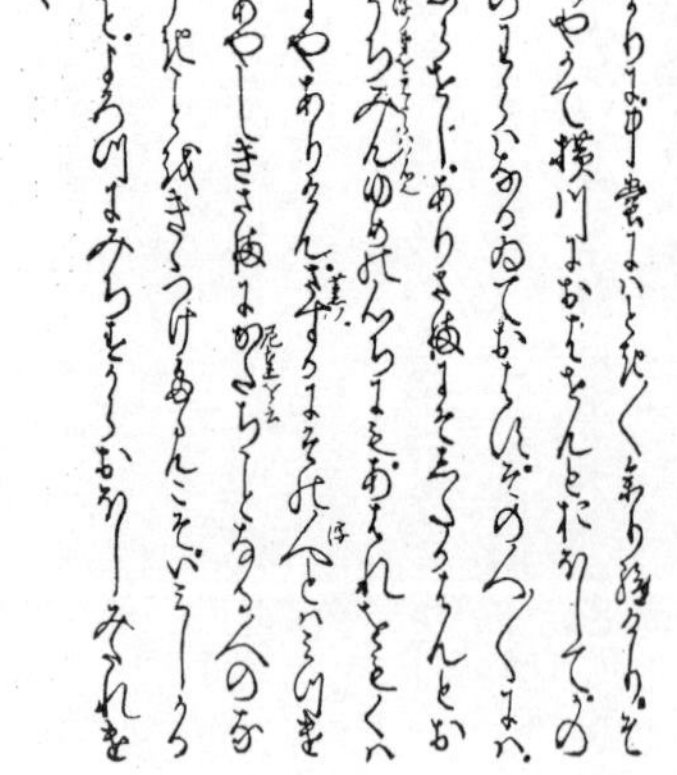

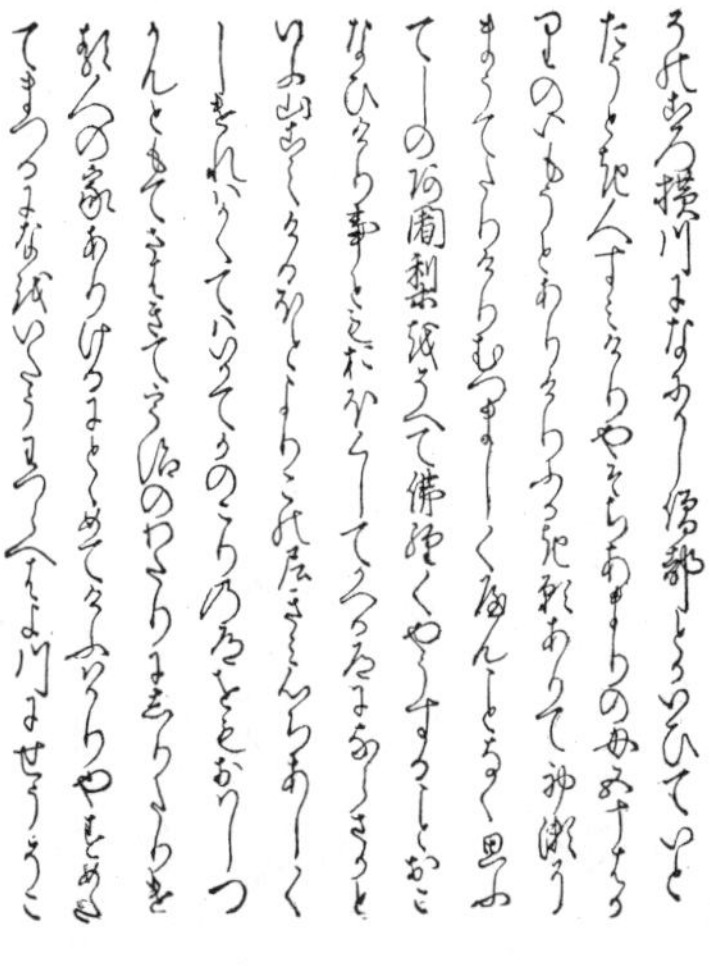

図5　無跋無刊記整版本　手習巻頭

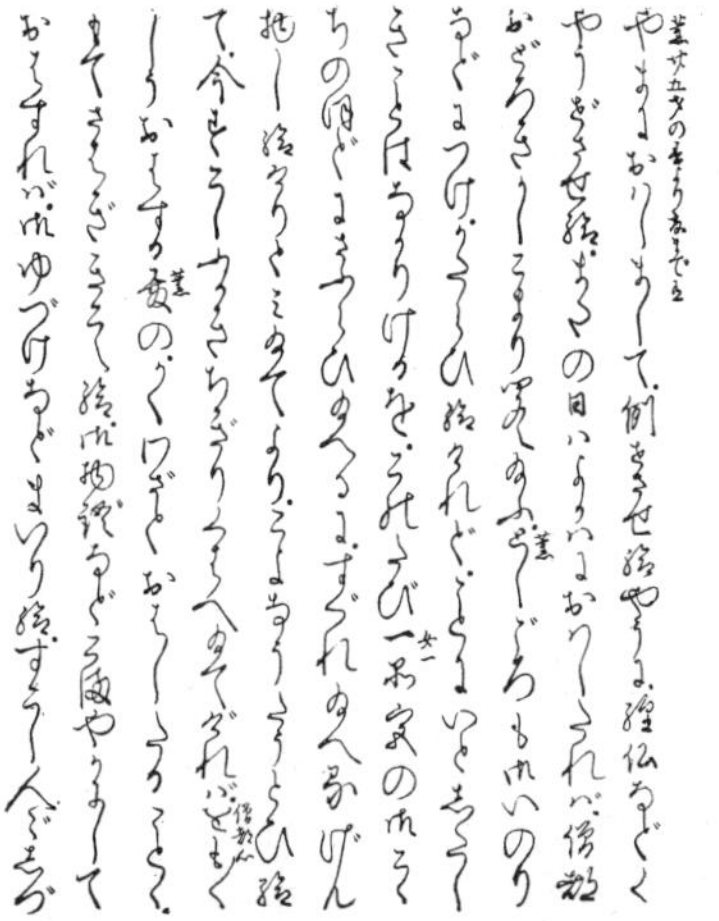

図7　慶安本　夢浮橋巻頭

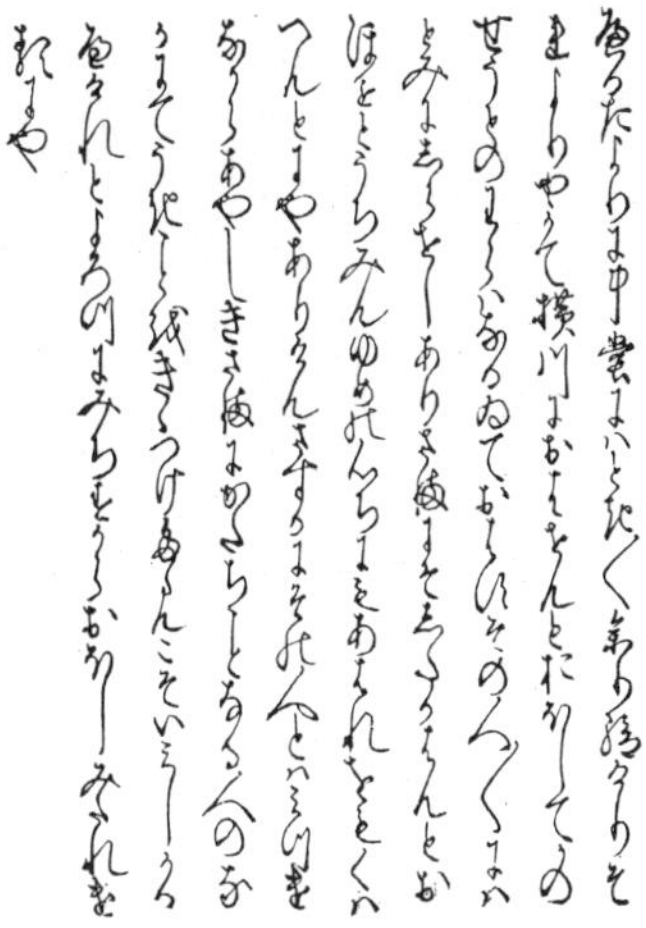

図6　無跋無刊記整版本　手習巻末

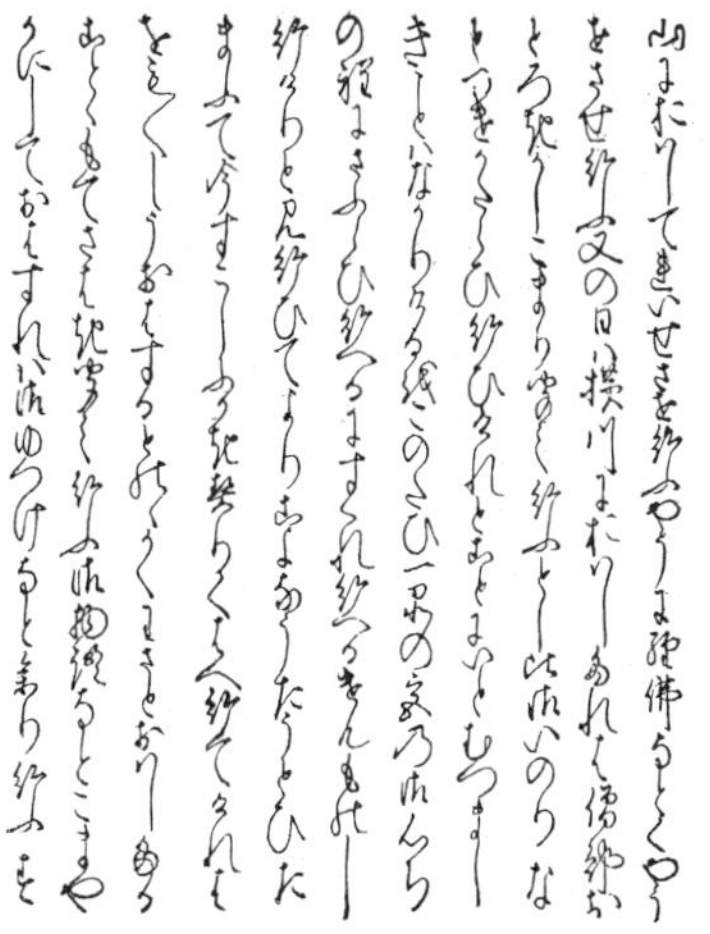

図8　無跋無刊記整版本　夢浮橋巻頭

また、他の巻ではノドに巻名と丁数が半分見えているが、手習巻の本のみ、全く見えず、本文版面の字高も約一センチ短い。では、この版本は何であろうか。

実は、この〔甲〕の手習巻の本文と一致する版本がある。図5と図6を見ていただきたい。図3と図4に示した〔甲〕手習巻から、書入れによる振り仮名・句点・傍注を削ると、この写真の本文に一致することがわかるであろう。〔甲〕の手習巻は、この版本を基にしたものであると言わねばなるまい。

この本は、序章でも紹介し、本書の第三章第三節において詳しく論じる「無跋無刊記整版本」である。初出稿では、天理図書館の所蔵本を紹介し、仮に「天理版本」と称して説明したが[1]、その後、大阪府立図書館の二本を確認し、私自身も同じ版本を入手し得たので、図版として今回は架蔵本を用いた。同じ版本は、国文学研究資料館のマイクロフィルムの中にも数本見られる。いずれも物語本文のみの五十四冊本である。

〔甲〕の手習巻は、すべて「無跋無刊記整版本」の手習巻に一致し、異なる所はない。そして、その他の五十九冊は、慶安本「絵入源氏」の〔乙〕にすべて一致する。一例として図7と図8に夢浮橋巻頭を示したが、このように、手習巻以外はすべて慶安本諸本に共通するもので、「無跋無刊記整版本」とは一致しない。これに対して「無跋無刊記整版本」は、当然のことながら体裁・内容ともに五十四冊が統一のとれたものである。つまり、〔甲〕の手習巻は、「無跋無刊記整版本」の一本を基にしたものと考えなければなるまい。〔甲〕の東大本六十冊は、〔乙〕の五十九冊に、欠けていた手習巻のみを、他の版本（無跋無刊記本）の手習巻で代用し、表紙を揃えて六十巻の体裁に整えた〈取り合わせ本〉だったのである。従って〔甲〕の手習巻は、吉田氏が予想されたような初版としての形態ではなく、〔甲〕一本における特殊な形と言わざるを得ない。

ただ、仮に〔甲〕を作ったのが他ならぬ春正であったなら、初版ではなくても、慶安本の原型であったとする可能性は残される。そこで、「無跋無刊記整版本」を元版にした〔甲〕手習巻から〔乙〕の手習巻が生じた可能性があるかどうかを確認しておきたい。〔甲〕と〔乙〕の手習巻本文には、図1~図4に示した通り、巻頭頁四行目「たりけり」（慶安本「たり」）、七行目「この尼きみ」（慶安本「このは、のあま君」）、巻末頁の一行目「中堂には」（慶安本「中堂に」）、三行目「わらはなる」（慶安本「わらは」）などという異文が見られる。この〔甲〕の本文は、三条西家本・伝二条為氏筆本・榊原家本および『首書源氏物語』と一致するが、「絵入源氏」諸本および『湖月抄』とは異なる。また、そこに書き込まれた振り仮名や表記においても、〔乙〕や〔丙〕とは全く異なるものなのである。つまり、〔甲〕の手習巻の本文は、「絵入源氏」ではないばかりか、その原形や親本であったと考えることも不可能で、「絵入源氏」とは異系統に属するものであることが知られる。〔甲〕の手習巻は、慶安本の成立には無関係であったと考えるべきであろう。

〔甲〕が〔乙〕と異なる点は、この手習巻の他には、その料紙が狭く、丁付けが綴じ目に隠れていること、印刷が鮮明であることであった。〔甲〕を初版とする最も有力な根拠であった手習巻が他の版本であり、他の巻が〔乙〕に含まれるとわかった今、吉田氏が〔乙〕を〔丙〕に先行するとされた根拠も希薄になる。と同時に、初版を承応三年八尾勘兵衛版であると断定することも難しくなり、話は振り出しに戻さねばならない。

二　版式の変化

〔甲〕を初版とする理由の一つであった版式についても、吉田氏の推定に疑問がある。氏は、丁付けが綴じ目に隠れている〔甲〕について、古活字版と同様の古い形式であるとされた。しかし、〔甲〕は初版ではなく、手習巻は異なる版本で、その丁付けは綴じ目から全く見えない。その他の巻でも、〔乙〕と同じ丁付けが少し隠れているが、それは、無刊記整版本の幅が一八センチで、慶安本の諸本の大半が一九センチであることから、手習巻に代用した版本の幅に合わせて〔乙〕の本五十九冊を裁断した結果と思われる。従って、版式から先後関係を考えるとすれば、問題にすべきは、綴じ目に隠れているかどうかではなく、丁付けの位置が、ノド部か折り目か、ということになる。〔乙〕は、ノドに丁付けがあり、巻頭に「キリツホイ一」とし、第二丁からは「イ二」「イ三」と続き、各巻をイロハ、宿木からは一〜六の符号で「二ノ六」などとする。〔丙〕は、版心（柱は設けず、折り目部分）に、巻名を漢字で「桐壺」などとし、下部に丁数を記している。この二つの形式から、版本の先後関係を決定し得るのであろうか。

そこで、仮名で書かれた他の書物の版本をいくつか調べてみた。まず、古活字版については、吉田氏の言われる通り、綴じ目に隠れ、背の部分から巻名（題名）と丁数が見えるようになったものが多い。これは、「無跋無刊記整版本」と同様である。しかし、古活字版でも、例えば、元和三年（一六一七）刊『類字名所和歌集』は、〔乙〕とよく似た文字で「六　三」（巻六の第三丁）などと、版面ノド部にはっきり見えており、寛永中期刊『藻塩草』では、〔丙〕と同じく、折り目上部に「藻鹽巻六」下部に「三」と刷られ、寛永期刊『竹取物語』や『大和物語』も、折り目に丁数が記されている。〔乙〕と〔丙〕は、ともに古活字版に見られた形式であり、これらに共通するのは、匡郭のないことであった。

整版本においても、寛永〜慶安頃には匡郭のないものが多く、その場合にも〔乙〕と〔丙〕の両様が見られた。長沢規矩也氏は、古活字版と初期の整版本の版式について、次のように説明しておられる（文献14）。

漢字の刊本は、唐本・韓本に倣って、匡郭（わく）が周辺にあったが、……（中略）……仮名交じり本の場合、片仮名交じり本には多く匡郭があったのに対して、平仮名交じり本には大抵匡郭がなかったという特徴があった。

また、匡郭のある場合でも、紙の周囲の線のみで、折り目部分に柱を設けておらず、この場合にも、丁付けの位置は折り目とノドの二通りある。「絵入源氏」の成立した時代には、（漢籍は別として）匡郭と柱刻の揃った形式はまだ定着していない。折り目に丁付けのある〔丙〕について、吉田氏の「版心を設けた」と言う表現は適切ではなく、また、それが新しい形式であったとも言えまい。

例えば、寛永期刊古活字版『大和物語』の場合、一本は、先に示したように〔丙〕と同じ形式をとり、別の一本では、丁数が綴じ目の中にある。寛永十六年（一六三九）の整版本においても、綴じ目の中に丁数が隠れている。しかし、明暦三年（一六五七）の刊記を持つ本になると、匡郭があり、版心（柱刻）に巻名と丁付けを記したものに変わっている。この明暦三年版本の形式が新しいものであることは明らかで、寛文以後の版本の多くは、この匡郭・柱刻のある形式になっている。明暦版『大和物語』はその中でも初期の例と思われるが、他に、万治三年（一六六〇）刊『土佐日記』、無刊記小本「絵入源氏」、寛文十三年（一六七三）刊『首書源氏物語』、延宝元年（一六七三）跋『湖月抄』などがある。

〔丙〕のように、匡郭がなく、折り目に丁付けのあるものは、寛永～慶安頃の古活字版や整版本に多く見られる。従って、これが「絵入源氏」成立の慶安三年にとられた形式であったとしても、何ら不思議ではない。一方、匡郭がなく、ノドの部分に巻名の符号と丁数を示した〔乙〕と同様の形式は、「絵入源氏」より後の『源氏雲隠抄』の無刊記本（万治～寛文頃）と延宝五年（一六七七）版に見られ、やはり巻名の略称を用いて「桜三ノ四」などとしている。万治三年刊「絵入源氏」も、ノドの部分に巻名の略称と丁数が見え隠れする。つまり、〔丙〕が〔乙〕に先行する可能性が十分あることになる。

『源氏小鏡』の場合を見てみよう。古活字版においては、綴じ目の中に巻名・丁数が隠れており、慶安四年（一六五一）刊整版本では、匡郭がなく、折り目に巻名と丁数を記した〔丙〕と同じ形式であった。ところが、明暦三年（一六五七）版（絵入）と寛文六年（一六六六）版では、ノドの見える部分に丁付けがある〔乙〕と同様の形式になっているのである。慶安本「絵入源氏」が、『源氏小鏡』と同様の過程で、版式を変化させたとすれば、〔丙〕が初版の形式で、後に〔乙〕の形式に変わったと考えることもできる。このように、〔乙〕と〔丙〕の版式を当時の書物と比べてみると、吉田氏の推定とは逆の結果が予想されるのである。

三　慶安本の諸版

そこで私は、あらためて独自に慶安本の諸本を調査してみた。慶安本を二種以上所有している図書館において原本を付き合わせ、それを別の図書館所蔵の本の原寸大コピーと比較するという方法である。この中には、吉田氏の分類にはない二種の版も見られたので、分類の記号をA～Eの五種に改め、氏の用いられた「版心」の有無については、「折り目に丁付け」（版式Ⅰ）、「ノドに丁付け」（版式Ⅱ）と言い換えた。ここでは、初出稿発表後に入手した架蔵の数種（完本・零本）をも加えた。これを含め、新たに調査した本には＊を付けた。また、Cに分類される『源氏物語（絵入）〔承応版本〕ＣＤ―ＲＯＭ』（文献５）の底本（本編五十四巻のみ）である国文学資料館本についても、その付録２の「底本書誌」によって加えた。

Ａ折り目に丁付けのある版式Ⅰ、刊記なし――吉田氏の分類〔丙〕に該当

東京大学総合図書館蔵南葵文庫本〈Ｅ23 198〉

五十九冊（藤はかま欠）。二七・〇×一九・〇センチ。

形式はＢと同じ。艶出し砥粉色表紙、紗綾形卍繫ぎに草花唐草の型押。

京都大学蔵大惣本〈30ケ４〉＊

五十九巻五十九冊（系図のみ欠）。二七・〇×一九・二センチ。

形式・刊記ともに〔丙〕と同じ。綴じ目の中に丁数を記した巻もある。

艶出し藍表紙、紗綾形卍繫ぎに牡丹唐草の型押。挿絵すべてに奈良絵本風の極彩色が施されている。

（備考）空蟬、紅葉賀、引歌の三冊は、別の本である（濃紺無地表紙。二六・八×一八・九センチ。挿絵に彩色なし）が、引歌巻末に刊記なく、次の東大青州文庫本と同種のものと認められる。

東京大学総合図書館蔵青州文庫本〈E23 47〉

五十五巻五十五冊（花宴、目案三巻、引歌欠）。二七・〇×一九・〇センチ。

艶出し濃紺無地表紙。

架蔵ａ＊

零本（本文のみ十六冊、他は欠）。二八・九×一八・一センチ。

夢浮橋巻末に刊記なし。浅縹色表紙。原題簽。

（備考）紅葉賀、澪標、関屋、松風、薄雲、朝顔、梅枝、若菜上、若菜下、御法、紅梅、椎本、早蕨、東屋、浮舟、夢浮橋の計十六巻あり。

Ｂ折り目に丁付けのある版式Ⅰ、承応三年八尾版

架蔵ｂ＊　※ＣＤ―ＲＯＭ（別巻六冊）の底本

六十巻六十冊揃。二七・一×一八・四センチ。

形式はＡと同じ。

刊記はＣと同じ承応三年八尾版。縹色表紙。

（刊記）夢浮橋巻末の跋文の後と引歌巻末「承応午甲三稔八月吉日／洛陽寺町通／八尾勘兵衛開板」

大阪女子大学蔵〈913.36 M2〉＊

六十巻六十冊揃。二七・一×一八・二センチ。

形式はＡと同じ。

刊記はCと同じ承応三年八尾版。香色表紙（布目）。

京都大学附属図書館松岡文庫本〈30ケ49〉＊

零本（本文のみ三十五冊。他は欠）。二六・五×一九・〇センチ。

形式はAと同じ。濃紺表紙。

（備考）夕顔～賢木、須磨～若菜下、横笛～御法の計三十五巻あり。夢浮橋巻、引歌ともに欠であり、ABの判別は確実ではないが、版面からBに分類した。

Cノドの部分に丁付けのある版式Ⅱ、承応三年八尾版――吉田氏の分類〔乙〕に該当

架蔵c＊

零本（本文のみ三十冊、他は欠）。二六・九×一八・二センチ。

形式はDと同じ。艶出し濃紺無地表紙。

（備考）桐壺、夕顔、若紫、末摘花、葵、賢木、澪標、蓬生、朝顔、乙女、玉鬘、初音、胡蝶、蛍、常夏、篝火、行幸、真木柱、柏木、横笛、鈴虫、夕霧、竹河、橋姫、椎本、総角、宿木、蜻蛉、手習、夢浮橋の計三十冊。

（刊記）夢浮橋巻末の跋文の後に「承応午甲三稔八月吉日　洛陽寺町通　八尾勘兵衛開板」

架蔵c2＊

零本（本文のみ五冊、他は欠）。二七・七×一八・二センチ。

形式はDと同じ。香色無地表紙。

（備考）梅枝、藤裏葉、御法、紅梅、匂兵部卿宮の計五巻。版面より仮にCに分類した。

東京大学総合図書館蔵〈E23 44〉――吉田氏の分類〔甲〕

六十巻六十冊（手習巻のみ別の版本）のうちの手習巻を除く五十九冊。二七・五×一八・二センチ。
（備考）数冊を合冊にしてハードカバーで装訂してあるために、原本の正確な寸法は不明。
大阪女子大学蔵〈913.36 M2〉＊
六十巻六十冊揃（内訳、Bに同じ）。二七・二×一九・二センチ。
京都大学附属図書館蔵〈30ケ52〉＊
零本（本文二十七巻二十七冊、山路露、引歌、系図。他三十冊欠）。二六・六×一八・〇センチ。
浅縹色表紙。替題簽。
国文学研究資料館蔵〈サ4-26-1 54〉※CD—ROM（本編のみ）の底本
零本（本文のみ五十四巻五十四冊、他は欠）。二七・二×一九・三センチ。
薄青色表紙に、金泥で草花模様あり……CD—ROMの「底本書誌」による
（備考）桐壺巻のみ、版式Ⅰの取り合わせ本
Dノドの部分に丁付けのある版式Ⅱ、出雲寺版
京都大学文学部蔵＊
六十巻六十冊揃（内訳、Bに同じ）。二七・四×一八・五センチ。
形式はCと同じ。濃紺表紙（艶出し）に、金泥で雲や草花などの模様あり。
（刊記）夢浮橋巻末の跋文の後に「京師三条通升屋町　御書物所　出雲寺和泉掾」。引歌巻末にはなし。
Eノドの部分に丁付けのある版式Ⅱ、刊記なし——吉田氏の分類［乙2］に該当
吉田幸一氏蔵　無刊記再版後摺本（未見）
六十巻六十冊揃。刊記なし。その他はCと同じ。

図9　A無刊記本（版式Ⅰ）巻末

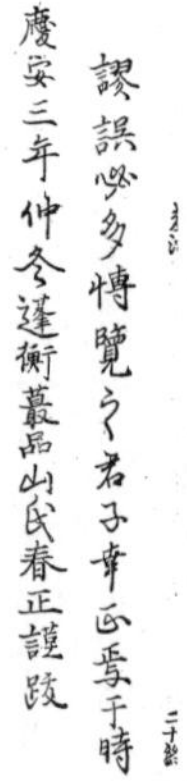
謬誤必多博覧之君子幸正焉于時
慶安三年仲冬蓬衡蕞品山氏春正謹跋

図10　B八尾版（版式Ⅰ）巻末

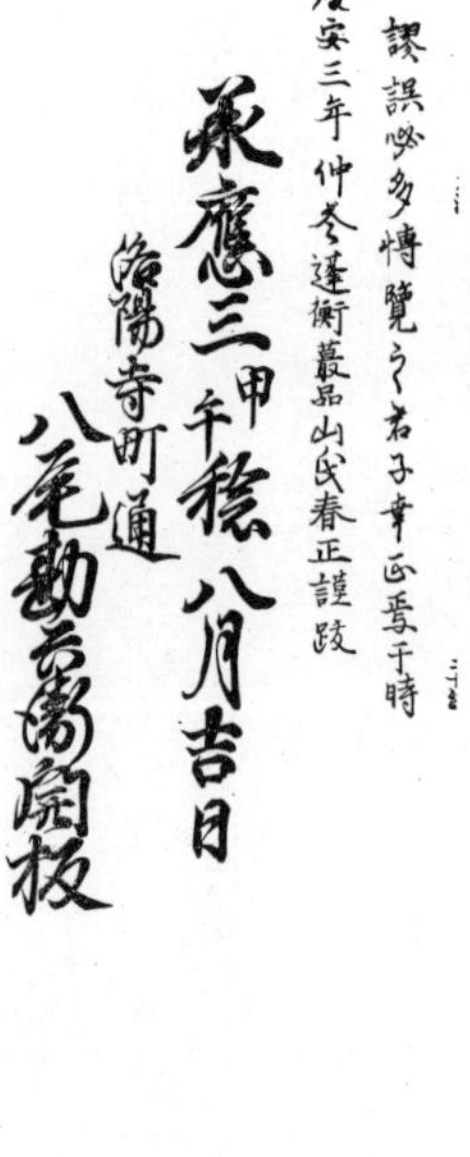
謬誤必多博覧之君子幸正焉于時
慶安三年仲冬蓬衡蕞品山氏春正謹跋
承應三甲午稔八月吉日
洛陽寺町通
八尾勘兵衛開板

図11　C八尾版（版式Ⅱ）巻末

謬誤必多博覧之君子幸正焉于時
慶安三年仲冬蓬衡蕞品山氏春正謹跋
承應三甲午稔八月吉日
洛陽寺町通
八尾勘兵衛開板

図12　D出雲寺版（版式Ⅱ）巻末

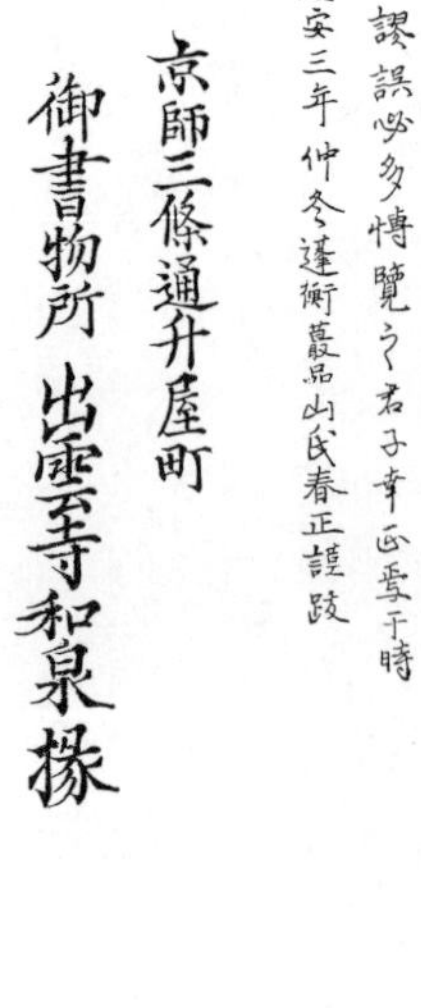
謬誤必多博覧之君子幸正焉于時
慶安三年仲冬蓬衡蕞品山氏春正謹跋
京師三條通升屋町
御書物所　出雲寺和泉掾

AとC（つまり〔丙〕と〔乙〕）に該当する本は多く、ここに挙げたものの他にもいくつか参考にした。これらの中には零本もあるが、以下に述べる版面その他の特徴によって、それぞれ調査結果との矛盾もない。国文学研究資料館のマイクロフィルムにもそれぞれ複数ある。それに対して、Dの出雲寺版は、京都大学文学部蔵本以外には見あたらない。また、Bについては、目録などからの判別が難しいために見出しにくいが、今後さらに出てくる可能性は高い。初出稿では、大阪女子大本のみを紹介したが、幸い、私個人でも同じ版の本を完本で入手し得たので、「架蔵b」として加えた。この本は、すでに国文学研究資料館の原本テキストデータベース監修員会議において全巻を公開、別巻は、そのCD―ROM（文献5）の底本となっているのでご確認いただきたい。

巻名・丁数の位置によって、ABは〔丙〕に属し、CDは〔乙〕に属すが、Bには〔乙〕と同じ刊記があり、逆にDには刊年なく跋の後に書肆名が記されている。BおよびDは、〔乙〕でも〔丙〕でもないのである。このBおよびDの存在によって、これまでとは別の観点からの考察が必要になる。BとCとは、刊記が同じであるにも関わらず、形式が異なっているのである。どちらかが後刷り本であり、版式に修正が加えられたものであることは間違いないが、それがどちらであるかは直ちに決定し得ない。そして、この二種が、時間的に連続しているものなのか、あるいは、一方が、かぶせ彫りなどで重版したものなのかを確認する必要がある。このように、八尾勘兵衛の名が記され出版された版が二種あるかと思うと、Dのように刊年がなく、書肆名のみが刷られているものもあった。これら諸本の関係がすべて説明されなければ、これらのうちのいずれが初版であるかを決定することはできない。なお、吉田幸一氏は、このほかに〔乙2〕として、御所蔵の無刊記後刷り本を紹介しておられる。私自身は、これと同じ版式Ⅱの無刊記本を確認し得ていないが、きわめて欠損の多い、明らかに後刷りと見られる端本はいくつも見られるので、その中に無刊記のものがある可能性は高い。ここでは吉田氏蔵本を、仮にEとして分類しておいた。

四　版面の比較

そこで、A〜Dの諸本について、その版面を細かく比較することによって、各々の先後関係を考えてみたい。Dの出雲寺版が後刷り（後印）であることは、その版面から明らかである。単に印刷が悪いだけではなく、文字や挿絵の匡郭の欠損が目立つ。その程度は、他のどの版よりも甚だしい。吉田氏は、印刷が鮮明であるかどうか、という基準を判断材料の一つにされた。しかし、刷りの良し悪しが本の一つ一つ、丁の一枚によって異なるのは、手作りによる版本の宿命とも言えるから、それだけで、初刷りか後刷りかを決定することはできない。ただ、文字や匡郭の欠損と思われる箇所が他の本にも共通して見られる場合は、単に出来栄えの問題ではなく、板木の痛みによる欠損と見なさねばなるまい。

私は、二種類の八尾版があることから、どちらかがかぶせ彫りによる覆刻本ではないかと疑ってみた。しかし、それぞれの版面を丁寧に比べてみると、匡郭や文字の欠損部分が、程度の相違はあっても、すべて同じ箇所に見られる。つまり、すべて同じ板木によって刷られたものであると考えられるのである。そして、板木の痛みによると思われる欠損が、A、B、C、Dの順に進み、ABと同じ文字の同じ箇所が、Cで欠け、Dでさらに摩滅していく過程が歴然としている。例えば、Aで「ハ」「ん」とあったものが、Bで「ハ」「ん」、CDでは「、」「ん」になり、ABであった濁点・句点がCDでは消える。かぶせ彫りの場合にも、元版の欠損部をわざわざ残すこともあるかと思うが、そうした人為的なものではなく、BCのように欠損の途中の段階の版面を見ると、ともに木が痛んで自然に欠けたものであることがわかる。BとCの欠損部については、特に細かく調査したが、そのすべてにおいて、CがBに先行し得ないことも明らかになった。Cの欠損はBと同程度かそれ以上で、その逆は見当たらないのである。

それぞれの字高は、A、B、Cの順に約一ミリずつ短くなり、CDとAとの差は平均二ミリ程度になっている。また、BとCの刊年の印刷部分については、CがBより約二ミリ短い。例として、夢浮橋巻の巻頭本文と巻末の跋文・刊記について、それぞれの字高（単位センチ）を、架蔵本三本によって示してみよう。

	A架蔵a	B架蔵b	C架蔵c
巻頭一行目（やまにおはし……）	二〇・二	二〇・一	二〇・〇
八行目（て、今すこし……）	二〇・二	二〇・一	二〇・〇
巻末一行目（跋文最終行）	一五・六	一五・五	一五・五
二行目（慶安三・春正）	一五・三	一五・二	一五・二
三行目（承応三年八月）	なし	一七・六	一七・四
四行目（洛陽寺町通）	なし	七・四	七・三
五行目（八尾勘兵衛開板）	なし	一一・六	一一・五

挿絵の匡郭についても、ABCの順に縦の寸法が小さくなることが多いが、縦に差が見られない頁もあり、その場合、横幅は逆に、Aが最も短く、中には、CDとの差が四ミリになる部分まである。参考までに、夢浮橋巻の第一図と第二図について、匡郭の縦横の寸法（単位センチ）を示しておく。

	A架蔵a	B架蔵b	C架蔵c
六丁ウ第一図（縦）	一九・二	一九・一	一八・九
同（横）	一四・六	一四・六	一四・六
九丁ウ第二図（縦）	一九・二	一九・二	一九・一
同（横）	一四・五	一四・六	一四・六

野村貴次氏は『季吟本への道のり』（文献45）において、出版年代の異なる二本の版面の測定値を挙げ、初刷りに比べて、年数を経て印刷された後印の本は、横幅にさほどの相違はなくても縦の長さにいくらかの縮小が見られると述べておられる。しかし、そこに示された実測表によっても、横幅は後のものの方がわずかであるが伸びていることがわかる。このA～Dにおける収縮の程度は、かぶせ彫りと元版との関係とするにはやはり小さいので、CDがABの後刷りであることが予想される。

また、初刷りに対して後刷りの字面は、板木が磨耗するために鋭さがなくなり肉太になるが、この違いはAとBの間に顕著に見られる。Aの版面には、刀の冴えが表れ、鋭利な部分を最も多く残しており、BはAより少し肉太になっている。Cの東大本は、印刷が鮮明なために吉田氏が初版とされた本で、確かに墨が濃く、丁寧に刷ってあるが、欠損はABより進んでいる。この本はCにおける初刷りであったとしても、Bに先行するものではない。挿絵においても、CDでは、ABで鋭利だった箇所が丸くなったり、細かい模様を描いた部分がつぶれて不鮮明になっている例が多い。また、Cの大阪女子大本と京大図書館本、Dの京大文学部本は、他の本よりも文字が細くなっているが、この細さは不自然で、筆の勢いや丸みが感じられない。そして、部分的には、Cの東大本以上に肉太の箇所が見られ、全体のバランスが悪い。これは、Cの東大本の後に、さらに摩滅して浅くなった板木の文字面の周囲を深く削って修正した結果ではないかと考えられる。

ちなみに、CとDには、夢浮橋巻のノドの部分に見える丁数「十四」が、実際の十二丁と十四丁に重複して印刷されており、Dでは、そのために十二丁と十四丁とを入れ替えて綴じてある。綴じ誤りは、後人の手になるとしても、丁付けの誤りは版木を彫る段階で起きた現象である。AとBには、このような誤りは見られない。編者の関わった版であれば、こうした初歩的な誤りは生じ得ないことからも、ABが初版により近いものであることがうかがえるであろう。

これまで、版面の比較から、ABCDの順に時代が下るものと考えたが、その推定は、先に述べた版式の変化についての考察とも矛盾しない。繰り返すと、〔乙〕およびCDの形式は、必ずしも「古い形式」ではないが、〔丙〕すなわちABの形式は、寛永〜慶安頃によく見られ、後者が初版であった可能性が高い。これに関して、CDの版面には注目すべき特徴がある。ABの折り目に刷られた巻名と丁数の印刷が、他の字面と同一であると思われるのに対して、CDのノド部分の丁付けの刷りは、本文部分より格段に劣る。頁によって、濃淡が極端に異なり、その文字の具合は、古活字版の版面とよく似ている。特に、Cの大阪女子大本とDの京大文学部蔵出雲寺版の丁付けは、にじみやかすれが甚だしく、殆ど判読できないものも多い。また、その同じ行（表の一行目の傍注）が、丁付けとともににじんでいる箇所も目立つ。これらの点から、折り目に巻名・丁数のあるABが本来の状態で、CDの丁付けは後で埋木によって加えられたのではないかと思われる。

以上のように版面を比較してみると、無刊記のAが、承応三年八尾勘兵衛版のBに先行すると予測される。そこで次に、BとCの刊記の版面に注目してみよう。Cの字高は、全体にBより短いが、Aとの差ほどには大きくなく、場所によって、殆ど差が見られない所もある。ところが、末尾の刊記「承応三甲牛稔八月吉日」「八尾勘兵衛開板」の二行については、BとCとの差が他の箇所に比べて極端に大きいのである。同じ最終頁の二行の春正跋においてはBとCとの版面が殆ど重なるのに対して、刊記の二行においては、BCの版面にはっきりとしたずれが生じている。同じ頁でこれほどまでに収縮率が異なるのは、刊記と他の部分との板木が別のものであったことを示す証になるだろう。本来は刊記のなかったものに、承応三年八尾勘兵衛の刊記を埋木によって加えたために、使用された板木の質の相違から収縮率が異なったと考えられる。

また、Cの架蔵本と東大本の場合、墨が濃く印刷が鮮明であるが、この刊記と引歌巻末の刊記のみが極端に濃い。刷りが悪くなっていた板木の欠点を補うために墨を濃くした場合、新しい板木の部分だけが極端に濃くなる。つまり、刊記が削られたのではなく、刊記が後に加えられたと考える方が自然である。以上のことからも、慶安本の初版は承応三年八尾版ではなく、無刊記のA、吉田氏分類の〔丙〕であったと考えることができよう。

整版本の初期すなわち寛永〜慶安頃の版本について、長沢氏は、匡郭のないものが多いとの指摘に続けて「この頃には無刊記のものが、大部分を占めていた。」とし、「寛永から慶安にかけて、初印本が無刊記で、後印本になって刊記を加えた実例がかなりあり」とも説明された（文献14）。私自身の調査によっても、寛永〜慶安頃の版本には、成立時期を記した跋文のみのものや、「無跋無刊記整版本」のように成立時期や編者すらわからない例が多い。慶安本「絵入源氏」の場合には、前者の例が当てはまるであろう。

五　慶安本の初版と山本春正

次に、Aが初版としての条件を備えているかどうか確認しておく必要がある。まず、欠損が少なく、ある程度は印刷が鮮明でなければならない。Aの四本については、既に報告した通り、欠損が最も少なく、刀の鋭利な感じや筆の自然な勢いが版面に残されており、CDは勿論、Bよりも美しい版面であることは歴然としている。その中でも、東大南葵文庫本は、特に印刷も良好で、欠損が見当たらない。

東大南葵文庫本の表紙は、砥粉色の艶出しで、裏面には卍繋ぎ（紗綾形）に草花唐草の模様が型押しされている。(2) 表面がかなり摩滅しているから模様はわかりにくいが、その光沢は残り、裏面には唐草模様の押し型が表れている。これと同じ意匠の表紙は、やはりAに分類される京大大惣本にも見られる。この場合は、藍色地に牡丹唐草模様であるが、型押しの卍繋ぎ地で、表が艶出しである点は同様である。

これらと同様の表紙は、元和や寛永期の古活字本にたびたび見られ、卍繋ぎやこれとよく似た雷文繋ぎ（総称して毘沙門格子とも言う）地に、菊花文や蓮華唐草模様などの型押しなどがある。『源氏小鏡』の場合には、寛永の古活字版及び整版本、慶安四年（一六五二）秋田屋平左衛門版、明暦三年（一六五七）刊安田十兵衛版にも、これと同じ意匠の表紙が見られる。これらの書における同版には、表紙が濃紺の無地表紙になっているものもあり、慶安本のAにも、濃紺の無地表紙のものがあった。このことから、この型押しの表紙による装訂は、濃紺無地表紙の装訂本とは別に、特定の読者のために特に古活字版と同様の装訂に仕立てたものだったのかもしれない。Aの京大本のうち、この表紙を有した本文五十四巻には、すべての挿絵に奈良絵本風の極彩色が施されている。この彩色は、後の丹緑本と呼ばれる粗末なものではなく、金や白などを用いた、整版本の彩色としては贅沢なもので、この点からも、限定品であったことが想像される。

　装訂や体裁のみで、それを初版とすることはできないが、これまでの考察と合わせ、Aの東大本や京大本は、その装訂においても、慶安三年の初版にふさわしいものであったと言えるであろう。なお、架蔵本の中に、卍繋ぎ（紗綾形）に草花唐草の模様が型押しされた濃紺艶出しの表紙を持った花宴巻がある。一冊だけなので刊記の有無は不明だが、ABと同様に折り目に巻名のある版式Ⅰであり、印刷も良好である。一見して、初版の無刊記本であると予想されるが、果たしてそれが先の推定と一致するかどうかを、字高および匡郭の寸法によって確認しておこう。この本を架蔵a2として示す。

	架蔵a2	B架蔵b	C架蔵c
巻頭一行目（きさらぎの……）	二〇・五	二〇・四	二〇・四（単位センチ）
八行目（り給、宰相……）	二〇・四	二〇・四	二〇・三
巻末一行目（あづさ弓……歌）	一七・九	一七・九	一七・八
四行目（こゝろいる……歌）	一七・九	一七・九	一七・八

四丁オ第一図（縦）	一九・〇	一九・〇	一九・〇
同（横）	一四・八	一四・八	一四・八
十二丁オ第二図（縦）	一九・一	一九・一	一九・一
同（横）	一四・五	一四・六	一四・七

顕著な差は見られなかったが、このａ2の花宴巻を早い時期の版Ａとする予想に反するものではない。少なくとも、表紙の装訂、版式（巻名丁数の位置）、そして版面との関係に矛盾のないことを裏付ける結果と言える。

さて、初版として最も重要なことは、それが山本春正の手になることである。以下、春正の伝記に関して、小高敏郎氏の『近世初期文壇の研究』（文献11）を参照しつつ、「絵入源氏」の初版について考察してみたい。春正は、自身の編書『古今類句』や『絵入科注法華経仮名新注抄』を、その子山本景正の名で開板している。『挙白集』にしても、春正の出した慶安二年の初版には春正の書名と花押、そして隣に「四条立うり中町」と記されており、編者春正の私家版であったことが想像される。とすれば、「絵入源氏」の出版のみ専門の書肆に委ねたとは考え難い。慶安本には、夢浮橋巻末の頁に、「絵入源氏」の成立事情を示す、編集の経緯と苦労を山本春正が述べた跋文が一丁余り続き、そして最後に「慶安三年仲冬蓬衡叢品山氏春正謹跋」と記されている。その最後の一行は、慶安本の成立と出版の時期を示す。当時の版本には、跋文のみで刊年も書肆名もないものが多く、その大半が商売抜きの私家版であったと思われる。慶安本「絵入源氏」もまた、本来はそうした書物だったと思うが、刊記のないＡの場合には、跋文が刊記に代わるものであったと考えてよいだろう。

松永貞徳の和歌の門人として、比較的初期の入門をした春正は、寛永年間末期（一六四〇頃）に、古今集や源氏物語の講義を、和田以悦らとともに貞徳から直接受けている。この「絵入源氏」編集も、この頃からの企画であったと思われる。また、正保三年（一六四六）には、幽斎相伝の古今集秘伝書の書写を貞徳から許されており、他の門人の羨むような立場であったと思う。ところが、この時期に、春正は先輩の打它公範とともに、木下長嘯子に入門しており、公範は、長嘯子の家集『挙白集』や、『古今類句』の編纂を春正に託して亡くなった[3]。そして、慶安元年（一六四八）には長嘯子が没し、翌二年三月に、春正は、公範の子景範とともに木下長嘯子の歌集『挙白集』を発刊した[4]。ここで春正は苦況に立たされるのである。慶安三年二月に、その仕事を痛烈に批判する『難挙白集』が、「尋旧坊」と称する者によって出されたのである[5]。「尋旧坊」は、貞徳の門下を離れた春正や打它公軌達に反感を持つ貞門の誰かであろうが、「絵入源氏」完成間近の春正にとって、源氏物語の師と仰ぐ松永貞徳の門下からの攻撃が大きな打撃であったと思う。

承応三年刊〔甲〕本を初版とする吉田氏は、このような春正の状況から、「絵入源氏」完成の慶安三年（一六五〇）から承応三年（一六五四）まで版行が延期されたのではないかと説明された。しかし、これまで見てきたように、承応三年刊本が初版ではないとすれば、そのような窮地に立たされた春正であったからこそ、「絵入源氏」の版行を急いだ、という逆の見方も成り立つ。貞徳は、承応二年（一六五三）に亡くなるが、その数年前に病気で死を覚悟していたというから、春正が貞徳への敬愛を示し、汚名を晴らすためには、「絵入源氏」の刊行は、貞徳の在世中にと急がれたのではないか。一丁表裏に記された長い跋文には、貞徳は勿論のこと、貞門の人々への春正の思いが綴られているように思う。長嘯子の家集を出したからと言っても、決して、貞門での恩を忘れたわけではないという、『難挙白集』への答えとも言うべきものである。この跋文から見ても、承応三年まで刊行を引き延ばしたとは考えられない。

春正は、苦況に立たされたとは言え、『難挙白集』のすぐ後に京を逃れることはしていない。京都を逃れ、飛騨に行ったのは、慶安本の跋文にある慶安三年（一六五〇）仲冬（十一月）の翌年十月のことである。この一年足らずの間に、慶安本の出版が行われたと考えることも可能であろう。飛騨からいつ帰ったのかはわからないが、次に京を離れるのは、貞徳の没後まもなくのことである。貞徳の死は、承応二年（一六五三）十一月、春正が京都を出発して薩摩へ行ったのは、翌年正月のことである。貞徳の忌が明けるのを待って出かけたのであろうが、この時は約一年間薩摩に滞在したと言う。八尾版の版行された承応三年八月は、京都を留守にしていた丁度その時期に当たる。そのような時期をわざわざ選んで、大事な編著の出版をしたとは考えられず、この点からも、承応三年版を春正による初版とは見なし難い。むしろ、八尾勘兵衛が、京を離れる春正から版木を譲り受け、承応三年八月に再版したと考えるべきであろう。

春正は、「絵入源氏」の初版を恩師貞徳の在世中に出したことで、とりあえず師の恩に報いることができたと考えたのではないだろうか。また、蒔絵師としても歌人としても、生活に困ることはなかったはずであるから、『挙白集』や「絵入源氏」の出版によって生計を立てる必要はなかったであろう。春正の花押のある慶安二年版『挙白集』は、その後増刷されず、翌年春に、何者かによってかぶせ彫りによる重版が出されている(6)。これは、むしろ春正とは関わりの薄い人々の要請が強かったことを示す。「絵入源氏」もそれと同様の事情で、八尾勘兵衛が求板した。そしてその時点から、慶安本「絵入源氏」は、編者春正の手を離れて一人歩きを始めたと思うのである。

六　出雲寺版の刊年

この「絵入源氏」は、その承応三年以後、どのような過程で増刷、再版されたのであろうか。後刷り本のうち、「三条通升屋町　御書物所　出雲寺和泉掾」という刊記のあるDの京大本について、その刊年を推定してみたい。慶安本巻末の跋文「慶安三年仲冬蓬衡叢品山氏春正謹跋」に続けて記された刊記のみを、活字にして挙げてみると、Dが初版のように思える。しかし、実際の版面を見ると、それが後刷り本であることは明らかである（図12）。

当時の書肆にはよくあったことだが、「出雲寺和泉掾」という書肆は、後刷りであるにも関わらず、このように出版年を記さずに、初版の跋文や刊記にあった年代をそのまま残して、出雲寺の名だけを記している場合が多い。寛文元年（一六六一）刊『土佐日記抄』において、刊記に「出雲寺和泉掾」と刷られたものは、「中野小左衛門」版の後刷り本であり、『益増書籍目録大全』の宝永三年（一七〇六）版・正徳五年（一七一六）版ともに『土佐日記抄』の項に「中野小」とあることから、これ以後の版と考えられる。出雲寺の最初の出版物とされている「慶安庚寅四月望　雲堂大居士跋」の『堀川院百首和歌』についても同様である。慶安本のDと同様、この跋文に続けて「御書物屋　出雲寺和泉掾」とあることから、出雲寺が慶安三年に出版したかのように見えるが、その版面には匡郭などの欠損が多く、西田勝兵衛版（京都大学蔵大惣本）の後刷り本であることがうかがえる。版本に記された刊年を刷られた時期とすることが甚だ危険であることは、たびたび指摘されているが、出雲寺版の場合にも、その刊記は刊年推定の根拠にならないのである。

「三条通升屋町」と明記されている出雲寺和泉掾の出版物は、宝永～享保の間に集中し、出雲寺の江戸店とともに出版していることが多い(7)。江戸の出雲寺については、元禄頃からの書肆で、武鑑の類を多く出版していることなど、彌吉光長氏の『江戸時代の出版と人』（文献21）に詳しいが、京の三条通りの出雲寺との関係には、特に触れられていない。また、井上和雄氏編『慶長以後書賈集覧』（文献6）は、出雲寺和泉掾を林和泉掾の別名として挙げ、「近年まで三條通高倉東入北側に在りし出雲寺文次郎（松柏堂）は乃ち其の後継者なり」として、林和泉掾と元文以後の出版物に見られる出雲寺文次郎との関係を説明するが、京都三条の出雲寺和泉掾の位置付けは明確にしていない。

宗政五十緒氏は、『近世京都出版文化の研究』（文献23）で、「出雲寺和泉掾―禁裏・柳営の御書物師―」の章を設けて詳しく解説された。出雲寺家は、禁裏御用と徳川家の御書物師を勤めた名門の書肆で、第二代目時元が和泉掾を受領した明暦三年以後、「今出川林和泉掾」の名で出版活動が盛んになった。地所を今出川から小川一条（松柏堂）へ移したが、その蔵書は膨大な量であったと言う。これら先学のご研究において注意したいのは、出雲寺和泉掾と林和泉掾が同一の書肆として扱われていることである。先の『慶長以来書賈集覧』、井上隆明氏編『近世書林版元総覧』（文献22）、矢島玄亮氏編『徳川時代出版者出版物集覧』（文献16）においても、「林和泉掾」を「出雲寺和泉掾」の項目に一括して挙げている[8]。

しかし、実際の出版物の刊記を調べてみると、出雲寺和泉掾の先祖が林氏であるからと言って「出雲寺和泉掾」と「林和泉掾」とを全く同一に扱うべきではないことがわかる。書肆名としての「出雲寺和泉掾」は、初代の林時元（白水、松柏堂）の時には見られず、その出版物は、元禄〜享保頃のものが大多数であるから、明暦〜延宝頃に歌書を数多く出版していた林和泉掾とは時代が重ならない。明暦三年（一六五七）『古今秘註抄』（顕註密勘）には「洛陽和泉掾林時元刊」とあるのに対して、元禄五年（一六九二）の同書の書肆は「洛陽出雲寺和泉掾刊」であることを見ても、両書肆名には時代の隔たりがあることがわかる。この出雲寺の当主は、林時元よりも四代後に和泉掾を受領した元丘であろう。

宗政氏は、前掲書で、『京羽二重』『諸国万買物調方記』『国花万葉記』を挙げて、元禄頃に、時元以来の一条の店とは別に三条にも出雲寺の店が出されたと説明、また、『諸職受領調』の「是者、三条通桝屋町、書物屋出雲寺和泉父明暦三年（略）受領名ヲ名乗申候由」を引用し、この記事を元禄頃に書かれたものと推定された。この記事を参考にして、実際の出版物の刊記と照査すると、「三条通桝屋町」の出雲寺和泉掾は、今出川の林和泉掾の子孫で、三条通高倉東入の出雲寺文次郎の先代に当たる書肆であり、その活動時期は、元禄五年（一六九二）〜享保（一七一六〜一七三六）の約四十年間であったことが知られる。

なお、源氏物語注釈書『源氏遠鏡』の版本に、慶安本Dの出雲寺版の刊記「三条通升屋町　御書物所　出雲寺和泉掾」と似たものを見たので、紹介したい。

天保十一年（一八四〇）五月、城戸千楯の端書きが記された『源氏遠鏡』の刊記で、「京師三条通升屋町　御書物所出雲寺和泉掾」とある（図13）。これによると、「三条通升屋町　御書物所　出雲寺和泉掾」の出版物の刊年は、先に推定した享保年間よりもさらに一世紀も下ることになる。これをどのように考えるべきかはわからないが、林和泉掾などと混同して刊年を早い時期に見誤るべきでないことだけは確かであろう。

Dの出雲寺版「絵入源氏」は、その印刷や文字などの欠損から、板木がかなり痛んでいたものと思われる。判読不可能な部分もあり、後刷り本の中でも最も遅いものであったと思う。その出版時期は、以上の考察によって、元禄五年以降、遅ければ享保まで下ると推定されるが、この板木の痛みや、現存する慶安本の数から考えて、初版以来の慶安本全体の延べ出版部数は相当なものであったと思われる。出雲寺版の出された当時の書籍目録によれば、八尾版は非常に高価なものであったらしく、たとえ印刷は悪くても、それなりの売り上げが見込まれたのであろう。この出雲寺版の表紙には、金泥で各巻の内容に合わせた図柄の模様が描かれている。吉田氏によると、これと似たものが、同じ形式の東洋大学桃園文庫本（八尾版）と吉田氏蔵本（無刊記）の表紙にもあるらしい。また、紺色無地表紙に金泥で模様を描いた表紙は、元禄頃によく作られた「嫁入り本」と称される豪華装訂本（この場合は写本であり、裏表紙は金箔が多い）にも見られる。そして現存する「嫁入り本」の多くが、ほとんど読まれた形跡を残していない。このことから、「嫁入り本」のように贈答品・装飾品であれば、内容よりも表紙の美しさの方が重視されたのではないだろうか。逆に、初版と思われる本には、学問的な注

図13『源氏遠鏡』刊記

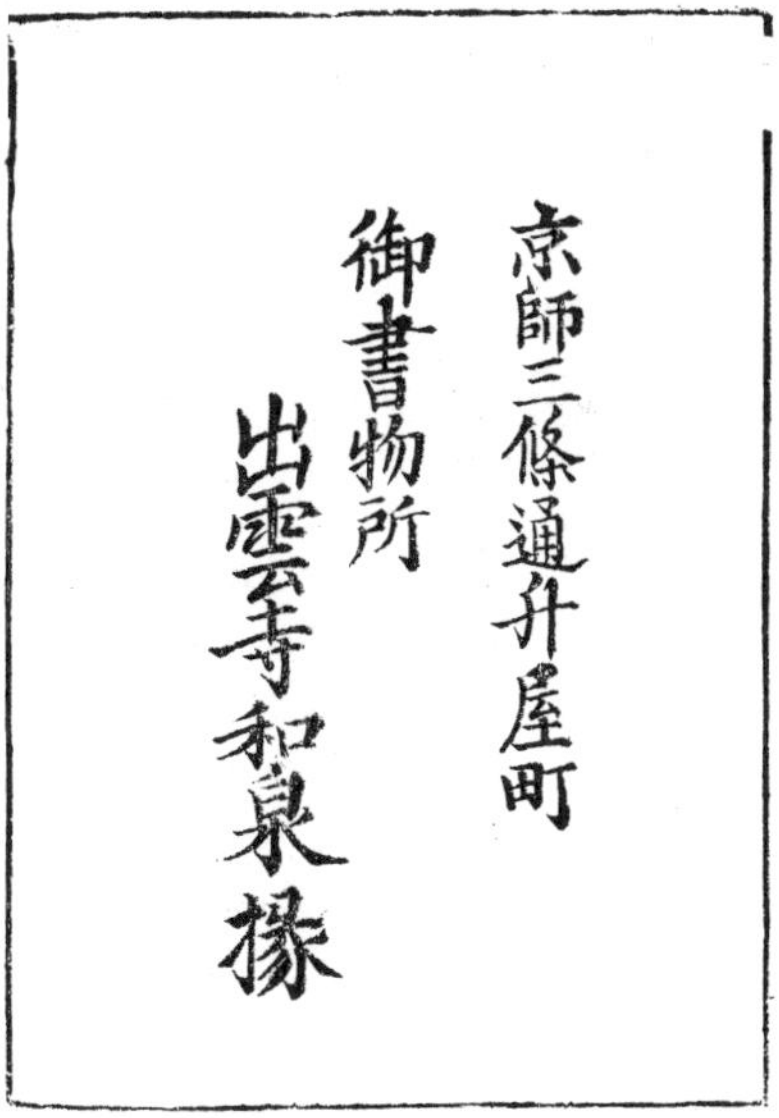

釈が本文のいたる所に書き込まれている例が多い。ここには、源氏物語を読もうとする初期の読者に対して、「絵入源氏」を宝として扱う出雲寺版の所蔵者という、享受のあり方とその層の違いが表れているように思う。

七　増刷の過程

版面からの予想通り、Dが後刷り本で、その印刷時期は元禄年間以後であることが推定できた。また、Aが初版であり、その出版時期は、慶安三年十一月の跋文から慶安四年十月までの間であることも、山本春正の伝記から推定される。慶安本は、初版から五十年以上も、形式を変え、書肆を変えながら、何度も増刷されたのであろう。初版は、慶安三年の跋文のみで書肆名のない版、承応三年には、八尾勘兵衛による版が出され、その後、同じ刊記で、丁付けの位置の異なる版が出され、さらに後に、無刊記本や出雲寺版などの後刷り本が出されたのである。川瀬一馬氏は『入門講座日本出版文化史』(文献24)において「初めは無刊記本であったものに、刊記が入り、出版書肆の出版物になりかわるが、今度は逆に、原の刊記を取って、無刊記本にして摺るということも屡々あった」と述べておられる。慶安本もまた、このような過程で版を重ねたのである。最後に、初版から後刷りに至る過程について、憶測を交えながら、詳しく述べてみたい。

初版は、吉田氏が推定された通り、編者春正自身による私家版であったと思う。この時には、おそらく市販されず、春正からの贈呈という形で人々の手に渡ったのであろう。嵯峨本を初めとする古活字版や、慶安頃までの整版本には、このような例が多い。そして嵯峨本などと同様に、贈呈する相手によって装訂を変えている。整版本であるから古活字版よりははるかに部数が多かったと思う。貞徳を初め、春正が蒔絵師として出入りしていた貴族などには、元和や寛永の古活字版に使用された毘沙門格子に唐草模様の型押しという意匠の表紙を用い、同輩などには、濃紺色の並製の表紙にしたのであろう。そして、一部の本の挿絵には、すべて奈良絵本を真似た彩色を施している。これは、金泥などの極彩色が挿絵の細かい部分を隠している場合もあり、おそらく、貞徳などの学者よりも、源氏物語を絵本として楽しみたい貴族の姫君などのために施されたものと思われる。

「絵入源氏」は増刷が容易な整版本であるから、春正も、企画した当初は自ら増刷することを想定していたのかもしれない。しかし、『難挙白集』による中傷、貞徳の死という出来事に、京に居づらくなり、薩摩への旅を思い立ったのではないか。この時、春正から板木を譲り受けた八尾勘兵衛は、その頃、まだ盛んに出版を手がけていたわけではなかったと考えられる。浮世草子『元禄太平記』には、京都の本屋について「十哲」として、林、村上、風月などの大手の本屋とともに「八尾勘兵衛」の名が挙げられるが、出版物の種類は決して多くはなかったと思う。明暦元年（一六五五）に、『古今和歌集』二冊以下、八代集を次々と出版したが、これは「絵入源氏」と同様、従来の無刊記本の再版であろう。また、寛文十年（一六七〇）の刊記で出した『おさな源氏』も、吉田幸一氏によれば同じ刊年を記した山本義兵衛版の後刷りであると言うから、この時期の八尾は、限定品であった私家版の板木を求めて、部数を多く印刷して売り出した（利益も大きかった）と思われる。しかしながら、限定品であった古典の版本を数多く出版し、源氏物語や八代集などを庶民の手にまで行き渡らせた功績は大きく、それゆえ「十哲」とされたのかもしれない。いずれにしてもこの出版活動が、古活字版から整版へと前進してきた文学史をさらに一歩進めることになったことは間違いないだろう。

つまり、「八尾勘兵衛開板」とあるのは、「絵入源氏」が初めて出版された、ということではなく、初めて市販（公刊）されたものという意味ではないだろうか。その点において、Bは、八尾勘兵衛における初版には違いないが、形式・内容ともに春正の私家版をそのまま印刷したものである。これは、八尾が、春正から譲り受けた当初、試しに刷った最初の版だったのであろう。その後、注文が殺到したのを見て、時代の流行や注文主の要請に応じて版式を変え、本格的に売り出したのではないだろうか。八尾勘兵衛は、「絵入源氏」を開板したことで、書肆として旗揚げしたのではないかとも思うのである。

八尾勘兵衛は、Ｃの段階において、ＡＢにあった版心を削り、ノド部に巻名符号と丁数を埋木して印刷した。ＣＤの丁付けに注目してみると、それが、古活字版の文字によく似ていることに気付く。同様の形式をとっていても、『源氏小鏡』や『源氏雲隠抄』、万治本「絵入源氏」などのそれが、本文の版面文字と異ならないのに対して、ＣＤでは、その文字のみが、整版より木活字に近い。刷りが本文より極端に悪く、数字の一部が欠けていることも多い。これは、丁数を後に埋木で活字のように加えた証拠になる。しかし、新たに、丁付けの部分を作って埋める手間は並大抵のことではない。吉田氏説の通りに版心の丁付けが後に「付植」されたなら、本の前小口から丁付けが見える形式に改善されたことになるから、論理的ではある。

では、なぜ、さほど痛んでいない版心をわざわざ削ったのであろうか。まず考えられるのは、本屋の特色を出すため、あるいは「開板」とする限り、何らかの新しさを出さねばならなかったために、源氏物語関係書に見られる、承応三年当時の一般的な版式に揃えたということである。また、初出稿では思いつかなかったが、他に、合冊の都合と職人の手間を省くため、そして版本らしさを消すため、という理由などが考えられる。はじめの二つは経済効率である。Ｃに該当する〔乙〕の諸本に、原装三十冊本や三十二冊本が紹介されていた。後のものでは、このように合冊にする傾向があったのに対して、ＡＢの諸本が六十冊という原初形態を保っていることからも、ＣがＡＢの後刷りであることが知られる。合冊は経済的で、安価で売り買いするために欠かせない方法であるが、外から見える折り目に丁付けがあっては都合が悪い。ノドの部分なら仮に見えても不体裁ではない。異版の万治三年（一六六〇）版横本は、合冊の方がはるかに多く出回っていたらしく、一巻一冊の本を探す方が難しいほどであるが、万治本の丁付けは初めからノドのところにある。二つ目の職人の手間とは、紙を折る手間のことである。折り目に巻名・丁付けがあると、その文字を中心に丁寧に折らなければならない。それがなければ、紙の端を合わせるだけでよく、また、折るときに丁付けの墨の汚れを心配する必要もない。いずれも少ない人手でより多く印刷するための工夫と言える。明暦以後の匡郭や注刻のある版式となると、さらに大量の印刷のために事情も変わるのであろうが、初期の本屋の印刷技術としては合理的な版式であったと言えよう。

経済効率という点において、私は当初、紙の幅が少なくて済むように丁付けを削ったのかと考えた。一般的に、江戸時代の版本は後になるほど、余白が小さく文字の間が狭く作られるようになる。これは、本を作ることが商売となったことと関わりがあるだろう。「絵入源氏」の場合にも、初版に比べて、後の版になるほど本の幅が狭く作られている。このことから、折り目の巻名・丁数が削られたのは、巻名の刻印のために料紙の大きさが限定されるからではなかったかと考えたのである。しかし、幅の異なる本を比べても、折り目から本文までの幅は変わらず、丁付けを削った部分は詰められているどころか空白のままになっている。紙の幅は、折り目ではなく、ノドに当たる紙の端の部分で節約されているだけなのである。その理由は、版木の作り方にあった。一枚の版木には、通常、二丁から四丁が一度に彫られていたらしく、一丁の表と裏を別々に彫ることはあり得ないと言う(9)。従って、折り目に当たる丁付けを削っても版木の幅は変わらないが、幅の狭い紙を版木に当てて印刷すれば、綴じ代は狭くなるが、紙の節約になる。ノドの丁付けが綴じ目に隠れている本は紙を節約したものと言える。版式を変えた事情は、紙幅の節約とは直接関係はなかったようだ。

この版式には、別の効果もある。八尾版や後刷り本の中に、本文版面の粗悪さとは対照的に、表紙に装飾を施した立派な装訂の本がいくつか見られる。それらの表紙には、金泥で絵を描いたものや型押し模様のものなどがあり、そうした本に限って読んだ形跡がない。これは商人の娘などの嫁入り本として特別に作られたものと想像される。厨子棚などに横積みして飾っておくためのものであり、この場合は、いかにも版本だとわかってしまう、折り目に丁付けのある版式よりも、横から見る限り写本かと見まがう体裁が望ましい。あるいは得意先の商人の求めに応じて、初版にあった旧式の丁付けを削り、当時の流行に合わせて嫁入り本にも利用できる体裁に変えたのであろうか。この時期は、もはや承応三年よりかなり年数が経っていた可能性もあるだろう。八尾勘兵衛も二代目が継いでいたかもしれない。

さて、版式を変えた時に、本屋は丁数の誤りをしてしまった。この誤りも、春正が関与していればあり得ないことである。Cの東大本〔甲〕は、この初期に出されたものと思われるが、墨が特に濃い。ABのそれぞれの本においても、文字に欠損の少ないものほど墨が薄く、文字の欠損が進んでいる（後の）ものほど、墨が濃くなっている。付け加えておくと、印刷が良好であることと印刷が濃いこととは別である。Aの本はいずれも、BCDに比べると薄墨で印刷されている。そのため、吉田氏が誤解されたように、BCの方が鮮明に見えるが、よく見ると、BCの場合、濃い墨を大量に付けているために特に小さい文字はつぶれている場合が多い。これに対してAの印刷は、薄い墨であるが、細かい部分まではっきりと読みとることができる。墨の量や濃さは、むしろ欠損や摩耗によって刷りが悪くなっていた板木の欠点を補うための手法であったと思う。基本的に、薄墨の方が上品であるから、板木が新しいうちは墨を薄く、板木が古くなり刷りが悪くなると、墨を濃くしたのであろう。Cの東大本の後、さらに板木が摩擦して文字が肉太になったために、板木の文字の周囲を深く彫り直したと思われる。その結果、Cの京大本や大阪女子大本以後、刷られた文字面は不自然に細くなってしまう。出雲寺版の欠損が甚だしいのは、このような修正によって板木が一層欠け易くなったためではないだろうか。

無刊記本Aの板木を八尾勘兵衛が求板し、版式を変えながら長くその刊記で刷られていたが、その後、再び無刊記になった。ノドに丁付けがあり、刊記のない本を、吉田氏は〔乙2〕として挙げておられた。その版面を確認していないので明らかではないが、吉田氏が「後摺」としていることから、これは川瀬氏の言われる「原の刊記を取って、無刊記本にして摺る」例に当たるであろう。そして、Dの出雲寺版の引歌巻末には刊記がないことから見て、三条通の出雲寺和泉掾が、その〔乙2〕の無刊記本に、書肆名を埋木したことがうかがえるが、これも、版面を比較してみれば確認できるであろう。

慶安本のC本が出されていた時期に、「絵入源氏」の異版が相次いで出版された。万治三年刊の横本と、寛文頃の無刊記小本である。吉田氏は、慶安本とこれら異版のすべてに春正が関与しているとされるが、私は、春正が関わったのは慶安本の初版のみで、後に出版された二種の異版についても、春正以外の人物の手になるものと推定している（第二節参照）。また、後に言う版権や著作権という規制はこのころはまだなかった。(10) 従って、春正が八尾勘兵衛に慶安本の版木を譲り、薩摩へ下った時点で、「絵入源氏」の編者としての権利は、事実上消失していたと思う。蒔絵師として認められていた春正は、生計を立てるためには「絵入源氏」の増刷や異版の出版を必要としない身分であったと思われる。学問的な業績を上げ、貞徳への敬愛を示すためには、慶安本の初版を出すだけで十分だったはずで、再版を望んだのは、春正よりもむしろ、貞徳没後、源氏物語の講義を受けることのかなわぬ人々であったと思う。貞徳が没して九ケ月後の承応三年八月に八尾勘兵衛から「絵入源氏」が出版されたことは、そのことと関わりがあるように思う。

注

（1）拙稿「版本「絵入源氏物語」の諸本（上）―慶安三年跋本の成立と出版―」（一九八九年一二月、「青須我波良」38号）。「天理版本」という名称はもとより適切ではなく、この時点においては他に所在を確認し得なかった本なので、仮に「天理図書館所蔵の版本」という程度の意味で用いた。

（2）吉田氏は、この表紙について「雷文繋ぎ模様改装本」としているが、雷文ではなく卍模様であり、また「改装」とされる根拠も原本から見い出せなかった。

（3）小高氏は『近世初期文壇の研究』（文献11）で、長嘯子の死を慶安二年、『挙白集』成立を慶安三年とするが、初版を慶安二年とすれば、長嘯子の死を通説通り、慶安元年とすることに無理はない。

（4）現存数の多い再版の刊記は「慶安庚寅暮春吉辰奥」のみで、花押も版元住所もない。

（5）この尋旧坊について、貞徳自身とする説もあるが、小高敏郎氏は『松永貞徳の研究』（文献8）において、貞徳の門人の誰かとしている。吉田幸一氏も、貞徳と長嘯子の注釈を加えた幽斎の『百人一首抄』を春正に伝授した氏の所蔵本を紹介し、貞徳自身とする説を否定された。筆者も両氏の説をとる。

（6）『季吟本への道のり』（文献45）第三章第一節Ⅲ「二つの「挙白集」」参照。

（7）元禄十五年刊『和歌古語深秘抄』、宝永二年刊『通俗南北朝軍談』『通俗北魏南梁軍談』、正徳三年刊『絵入本朝智恵鑑』『定家難題藤河百首鈔』、享保三年刊『唐和纂要』、享保十一年刊『唐音雅俗語類』などを、江戸の出雲寺和泉掾とともに出版している（『京都大学蔵大惣本目録』による）。

（8）『徳川時代出版者出版物　続編』では、林和泉掾と出雲寺和泉掾とが別項になっている。

（9）永井一彰「『おくのほそ道』蛤本《はまぐりぼん》の謎」（平成一三年三月、「奈良大学総合研究所所報」9）他による。

（10）諏訪春雄『出版事始—江戸の本』（文献18）や、宗政五十緒『近世京都出版文化の研究』（文献23）によると、書肆による重版・類版が規制されるようになったのは元禄以後のことで、「作者並版元実名」を出版物の奥書に明記することが義務づけられたのは、享保七年であったと言う。

第二節　万治版横本と無刊記小本の成立

「絵入源氏」には、編者山本春正による慶安三年（一六五〇）跋のある大本（慶安本）、万治三年（一六六〇）の刊記を有す横本（万治本）、そして無刊記の小本の三種類がある。前節では、このうち、最初に出された慶安本について、初版の刊行時期を、跋文に記された慶安三年頃と推定し、承応三年（一六五四）八尾勘兵衛の刊記のある版以後は、春正が直接関与していた可能性が希薄であろう、と述べた。吉田幸一氏は『絵入本源氏物語考』（文献2）において、慶安本の諸版の出版と、万治本、無刊記小本の編集を、すべて山本春正によるものとしておられるが、万治本、無刊記小本に、山本春正が関わっていたという根拠はない。

慶安本とこの二種の版本との関係は、果たしてどのようなものだったのだろうか。本節では、慶安本、万治本、無刊記小本という三種の「絵入源氏」について、それぞれの内容を比較し、その成立を明らかにしたい。

一　慶安本の編集方針

慶安本は、松永貞徳の門人で蒔絵師の山本春正によって編集された。編集の経緯について、春正は、夢浮橋巻末十九ウ～二十ウに渉る長い跋文において記している（図14）。まず原文のまま引用してみよう。

源氏物語之書行于世也尚矣然諸家之本
頗有同異開闔清濁不分明不能令読者無

一読俊成卿之言潜心此書握玩不釋乎或問
明師而受口授之奥義或從朋友而决狐疑
與烏馬粗得梗概也頃聚数本參諸抄校同
異訂開闔分清濁点句読且傍註誰某詞誰
某事等聊初学之捷徑也古來有絵図書中
之趣者今亦於詞與辞之尤可留心之處則
附以臆見更増図書僭竊之罪無所遁逃然依
圖知事依事知意則亦婦人女兒之一助也乎
甞聞以紫吏部之筆比關雎之篇則字詩賦
之輩亦不可不読之書也而况於倭詞之徒哉
此書陽述冶態艶情而陰垂教誨監戒所謂變
風止乎禮義者亦紫吏部之微意也善読者
當須極其情而歸之正也仍今弁山路露系
譜目案等付剞劂氏鐫梓欲廣行于當世永
傳千万年矣非敢射利只欲善與人同者也尚
謬誤必多博覧之君子幸正焉于時
慶安三年仲冬蓬衡叢品山氏春正謹跋

これではわかりにくいので、次に概略を示す。吉田氏がお示しになった大意を基に、さらに簡略化した。

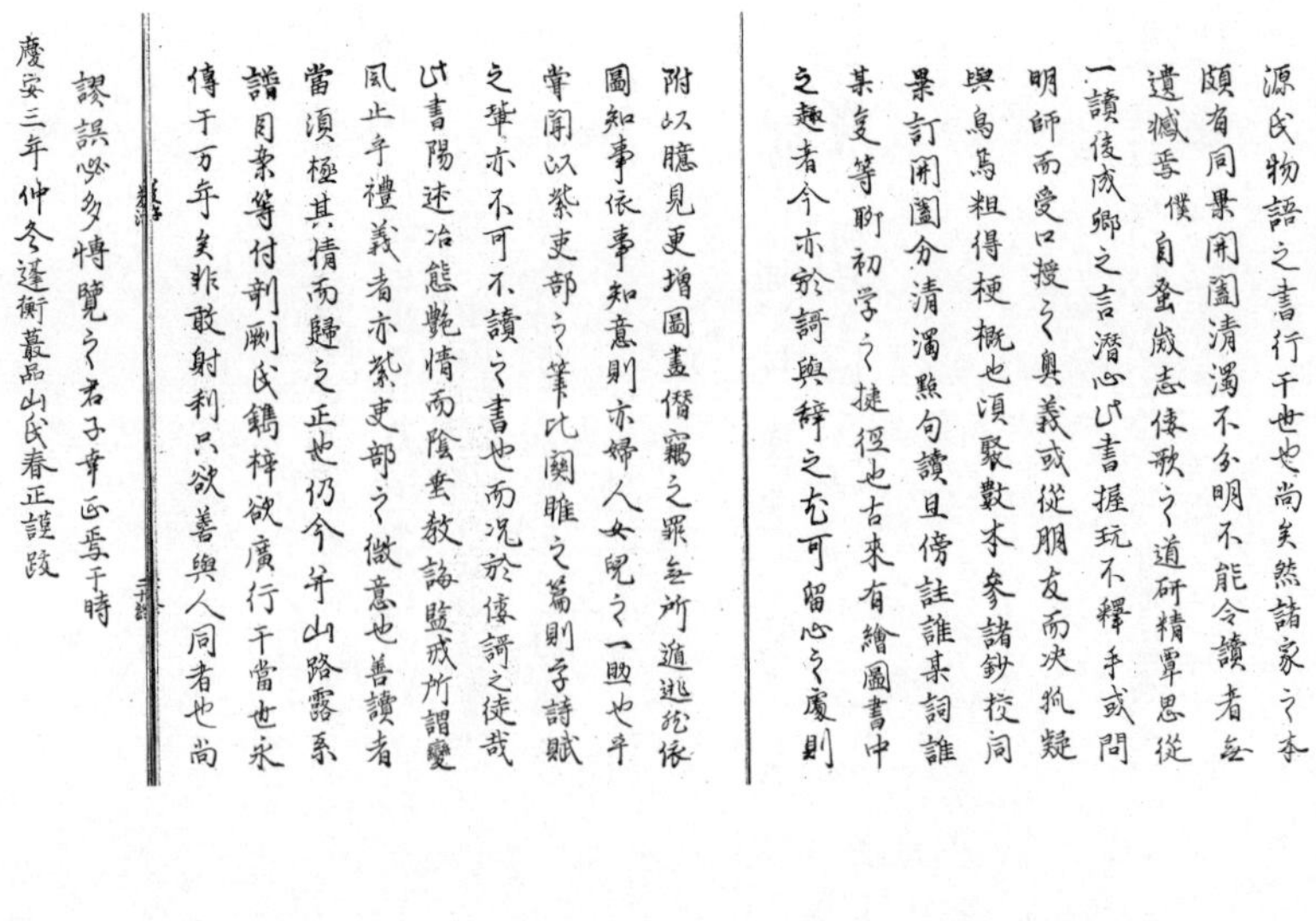
源氏物語之書行于世也尚矣然諸家之本
頗有同异開闔清濁不分明不能令讀者無
遺憾焉僕自蚤歳志倭歌之道研精覃思從
一讀俊成卿之言潜心此書握玩不釋手或問
明師而受口授之奥義或從朋友而决狐疑
與烏焉粗得梗概也頃聚數本參諸鈔校同
异訂開闔分清濁點句讀且傍註誰某詞誰
某事等聊初学之捷徑也古来有繪圖書中
之趣者今亦於詞與辞之尤可留心之處則
附以臆見更増圖書僭竊之罪無所遁逃然依
圖知事依事知意則亦婦人女兒之一助也乎
甞聞以紫吏部之筆比關雎之篇則字詩賦
之輩亦不可不讀之書也而况於倭詞之徒哉
此書陽述冶態艶情而陰垂教誨監戒所謂變
風止乎禮義者亦紫吏部之微意也善讀者
當須極其情而歸之正也仍今弁山路露系
譜目案等付剞劂氏鐫梓欲廣行于當世永
傳千万年矣非敢射利只欲善與人同者也尚
謬誤必多博覧之君子幸正焉于時
慶安三年仲冬蓬衡叢品山氏春正謹跋

図14　慶安本の跋文

源氏物語は、諸家の本によって異同があり、清濁もわかりにくいので、読みづらいのが残念である。私は若い頃から和歌の道を志し、俊成の詞に従って源氏物語に執心した。解釈できない所は、明師貞徳先生から直接講義を受け、朋友に疑問箇所を教わりながら、ほぼ梗概を会得した。数本を集め、諸抄（注釈書）を参照して校訂し、清濁と句読点を付け、また誰の会話か誰の記事かという傍注を施した。古来の絵図でも歌や詞の最も印象的な所が良いが、臆見によって更に図を増した。僭越の罪は逃れ難いが、図で事柄を知り、事柄で意味を理解できるなら、婦女子の助けぐらいにはなるだろう。源氏物語は和歌を志す人の必読書である。今、ここに山路露、系図、目案等を添えて、上梓し、広く世に伝えたい。これは利益のためではなく、志を同じくする人を得たいからである。誤謬は多いと思うが、博識の人々が正して下されば幸いである。

慶安三年仲冬、山氏春正謹跋。

この跋文によって、慶安本「絵入源氏」が、物語の学問的な解釈を下地にしていることが知られる。実際、「絵入源氏」の本文には誤りが少なく、傍注には、『花鳥余情』や『弄花抄』などの注を的確にまとめて示している。清濁の点（声点と濁点）、読点、そして振り仮名にも細心の注意が払われている（第三章第五節参照）。また、挿絵においても、この学問的な態度は貫かれ、物語の歌やことばの優れた場面を選び、その情景を忠実に描いている。春正が物語の一字一句を誠実に解釈して表現した挿絵は、跋文に言う通り、物語の解釈をも大いに助けてくれる（第六章参照）。

前節で述べたように慶安本が増刷を繰り返した理由は、学問的でありながら親切な書であったからで、単に挿絵が入っていたからというだけではない。これ以前に出版された源氏物語の版本には、挿絵はもちろん、傍注、振り仮名、濁点、読点など、読解を助けるものは何も施されていなかった。慶長、元和の古活字版『源氏物語』には、嵯峨本『伊勢物語』のような挿絵もなく、読点、濁点もない。「絵入源氏」に先だって出版されていたと思われる「無跋無刊記整版本」五十四冊も、古活字本と同様の体裁である。春正の手になる慶安本「絵入源氏」は、物語を読むためのテキストとして画期的なものであった。

二　慶安本の挿絵と万治本

慶安本が増刷を重ねていた頃の万治三年（一六六〇）には、それとほぼ同じ内容で、形態が、縦一四～五センチ、横二一センチの横本（枕本）である万治本が刊行された。慶安本の大きさは、縦二六・五～二七・五センチ、横一八～九センチ、その挿絵は、縦一九センチ、横一四・五センチであるのに対して、万治本の挿絵は、縦一二センチ、横一八センチである。

挿絵の数と種類は慶安本と全く同じであることから、吉田氏は、慶安本の編者春正が横長の形態に挿絵を描き変えたと説明されたが、果たしてそうであろうか。慶安本と万治本の挿絵を一枚一枚比較してみると、後者は、前者の挿絵を写し、横本の版式に合わせて、慶安本の縦長の画面の上下を省き、左右に描き足したものに過ぎないことがわかる。慶安本の画面の多くは上下に雲霞を描いているため、横本にすると、画面の無駄を省くことができるように思えるが、実際に慶安本の画面の上下を切り取ってみると、物語の場面の重要なものまでが省かれてしまうのである。以下、慶安本の挿絵の特徴を見ながら、万治本の挿絵について述べてみたい。

物語で月が出ていると明記されている場面において、慶安本では必ず雲の上空に月を描いている。しかし、万治本の挿絵では、その月がない（桐壺巻②、帚木巻⑦、若紫巻⑤、花宴巻②、賢木巻①、花散里巻①、須磨巻①、蓬生巻③、朝顔巻③、藤裏葉巻①、鈴虫巻②、夕霧巻④、早蕨巻③、宿木巻③、浮舟巻⑤⑥）。月を画面の雲の中や空に描き足した例もあるが、絵として明らかに不自然である（帚木巻③、夕顔巻④、葵巻④）。末摘花巻①（図16）に至っては、月の不自然さを隠そうともしていない。

図15　慶安本　末摘花巻①

図17　慶安本　薄雲巻③

図16　万治本　末摘花巻①

図18　万治本　薄雲巻③

薄雲巻③（図17）は、藤壺の死に念誦堂に籠もって泣き暮らす源氏を描く。物語の文章では、「夕日はなやかにさして山際の梢あらはなるに雲の薄くわたれるが鈍色なるを」とあり、源氏が「入り日さす峰にたなびく薄雲はもの思ふ袖に色やまがへる」と詠む場面である。慶安本では、この文と歌の情景を表すべく、遠山にたなびく薄雲と夕日が描かれている（第六章第一節参照）。しかし万治本（図18）には、この遠山も夕日もなく、「山際の梢」もただの雑木林に見える。この場面の情景が、万治本の挿絵では的確に表現されていないことになる。

須磨巻⑦（図19）は、慣れぬ須磨の生活で寝つかれない源氏を描いている。源氏は、これまで「あまの塩やく煙」と思っていた煙を、「おはします後の山に、柴といふものふすぶるなりけり」と気付いたり、冬になると「月いと明うさし入りて、はかなきおまし所は奥までくまなし。……例のまどろまれぬ暁の空に、千鳥いとあはれに鳴く」といった夜々を過ごす。挿絵には、源氏の詠歌にある「山がつのいほりにたける柴」や、空に月と千鳥を描く（第五章第三節参照）。万治本（図20）では、慶安本で上空に描かれていた千鳥が、画面に入らないため、源氏の居る建物の上部に移されているが、その不自然さは隠せない。

賢木巻①（図21）は、野の宮にいる六条御息所を訪ねた源氏が「さか木をいささか折りて持たまへるを、さし入れ」る場面である。この場合、最も重要な題材は、野の宮の特徴を示す「黒木の鳥居」であり、慶安本では、樹皮を剥いていないために黒っぽい木肌の鳥居と、その上部にかけられたしめ縄を描く。しかし、万治本（図22）では、「はなやかにさし出でたる夕月夜」のみならず、この「黒木の鳥居」を表す上部までも削ってしまったのである。万治本の挿絵からは、これが鳥居であるとはわからない。慶安本で、丁寧に表されていた物語の最も重要な物についても、万治本では、このように簡単に削り取り、描き直すことはしていないのである。

手習巻①（図23）は、宇治の院にやってきた横川の僧都達が、門前で浮舟を発見した場面である。慶安本は、手前に宇治の院を描くが、その屋根も、万治本（図24）では、画面下部に少し見えるのみであるから、やはり寺院の屋根

図19　慶安本　須磨巻⑦

図21　慶安本　賢木巻①

図20　万治本　須磨巻⑦

図22　万治本　賢木巻①

図23　慶安本　手習巻①

図25　慶安本　松風巻②

図24　万治本　手習巻①

図26　万治本　松風巻②

図27　慶安本　若菜下巻②

図29　慶安本　幻巻③

図28　万治本　若菜下巻②

図30　万治本　幻巻③

図31　慶安本　東屋巻⑦

図33　慶安本　総角巻④

図32　万治本　東屋巻⑦

図34　万治本　総角巻④

であることが読者には理解できないであろう。松風巻②（図25）でも、巻名「松風」を画面で表すために、松の木は欠かせない景物である（第五章第一節参照）。しかし、慶安本で描かれた松の木が、万治本（図26）になると根の部分しか写されておらず、これも物語の挿絵として不備である。

源氏の住吉詣でを描いた若菜下巻②（図27）も、慶安本では、画面上に海を表す波と舟を描くが、万治本（図28）ではこの部分がない。幻巻③（図29）は、「雲居をわたる雁のつばさもうらやましく」という情景である（第六章第一節参照）。慶安本の上空の飛ぶ雁は、万治本（図30）で削られており、源氏がただ中空を眺める図に変わっている。東屋巻⑦（図31）では、薫と浮舟が、宇治の山荘で「川のけしきも山の色もてはやしたる造りざまを見出して」いる場面であるが、万治本（図32）は、その遠山を切り取ってしまった。

総角巻④（図33）では、夜明けの宇治川を眺める匂宮と中の君が描かれている。物語の文章では、匂宮が「例の、柴摘む舟のかすかに行き交ふあとの白波」に目を止め、また「宇治橋のいともの古りて見えわたさるる」と言う。その通り、慶安本では、右上に宇治橋を、川の中に「柴積む舟」を描くが、万治本（図34）では、はみ出した宇治橋が削られた上に、舟には柴も人もなく、からの舟がただ波に漂っている図に変わっている。

万治本の編集が仮に春正によるものならば、慶安本の挿絵を描く時に最も注意を払ったであろう物語の重要な景物を落とすはずはない。画面の意味や物語の内容を十分に理解しない人が慶安本の挿絵を写し、機械的に画面の大きさに合わせたのであろう。吉田氏は、万治本について、春正が「挿絵全部を描き直」し、「画面の天地の縮小、左右空間の拡大に伴い、新たな構図としての均整と調和とを考えての工夫」「一場面一枚ずつの再生にも、心を籠めての作業」が成されたと言われたが、そのような工夫や心づかいがあったとは思えない。

たとえば、桜の花びらを、慶安本で一枚一枚丁寧に描いてある場面（若紫巻②図35・④図37）において、万治本は遠山の桜のように点で表してしまう（図36・図38）。散った紅葉も、万治本になると紙きれのようになっている（宿木巻

図35　慶安本　若紫巻②

図37　慶安本　若紫巻④

図36　万治本　若紫巻②

図38　万治本　若紫巻④

図39　慶安本　葵巻①

図41　慶安本　絵合巻①

図40　万治本　葵巻①

図42　万治本　絵合巻①

⑥)。左右に描き足した図柄にしても、そのほとんどが、屋外であれば何の植物かわからない草木(朝顔巻②、若菜下巻②図28)であったり、室内であれば、慶安本の左右の端に描かれたのと同じ柄の襖や格子を横に並べたり、あるいは稚拙な柄を描き足したもの(桐壺巻⑤、帚木巻⑤)や、一枚の襖が異様に広いもの(空蟬巻②、夕顔巻②⑤、若紫巻⑥、宿木巻⑦)もあり、ただ画面を間延びさせるのみである。そこには、まともな工夫などというものは見られない。

まれに、新しく描き足した例はあるが、他の部分との違いが顕著である。葵巻①(図40)の右端の人物は、慶安本(図39)になく、万治本で新たに描き加えられたものであるが、烏帽子を被った頭部や衣装が、寛文十年刊『十二人姫』や松会版『おさな源氏』に描かれた(師宣風の)人物に似ており、慶安本のそれとは明らかに異なる。また絵合巻①(図41)において、慶安本になく、万治本(図42)で新たに描き込まれた左端の人物などは、まるで江戸時代の装束で、万治三年刊『儒仏物語』[1]の挿絵や、承応～寛文頃の浮世草子などの挿絵には見られる[2]が、慶安本の大和絵風とは、明らかに異質である。

これらの点から、万治本の挿絵は、慶安本を単純に写し、版型のみを変えたものであること、そして、描き加えられた部分の稚拙さによって、これが山本春正の仕業でないことも明白である。重なる部分の図の大きさは慶安本の挿絵とほとんど同じ大きさである。従って、一見、慶安本を一丁ずつ版木にかぶせて丁寧に彫る「かぶせ彫り」によるかと思われがちであるが、それほど精巧な作り方ではなく、輪郭だけを紙に写して雑な絵を描き加えただけの作り方であった可能性もある。

三　万治本の編集方法

では、挿絵以外の点、本文や全体の編集については、どうだろうか。万治本には、刊記の異なる二種の版がある。

ひとつは、静嘉堂文庫蔵本の「洛陽二条通観音町　かしは屋　渡辺忠左衛門開板」という刊記のあるもの、もうひとつは、現存部数も多い「林和泉掾板行」の本である。吉田氏は、元禄九年刊『増益書籍目録大全』に「源氏物語絵入半切」を「三十冊　いづみ」として載っていることを手がかりに、静嘉堂文庫蔵本を初版、林和泉掾版を再版としておられる。版面から見ても、そのご判断は妥当と思われる。

慶安本の跋文（前掲）には、編者山本春正によって「絵入源氏」の成立事情が詳しく記されていた。この跋文から、人々は「絵入源氏」を春正による書と知り、松永貞徳の学統の本として利用したはずである。ただ挿絵があり内容が良いから、というだけではなく、慶安本の増刷が繰り返され、形を変えて横型の万治本まで出版されたのは、成立の事情が明白であったことも大きな要因であったと思う。

しかし、万治本の巻末（十七ウ）には、春正自身の跋は全くなく、その代わりに、次の跋文と刊記がある。

今此開板之本者桃花老人
写於校合之巻卦者頓阿
法師寄於六半之形畢
系図引歌山路露目案等
令添書而為善歟略為
読目録私表白一巻刊梓
　龍集万治三年庚子
除念一日

図43　万治本　跋文・刊記

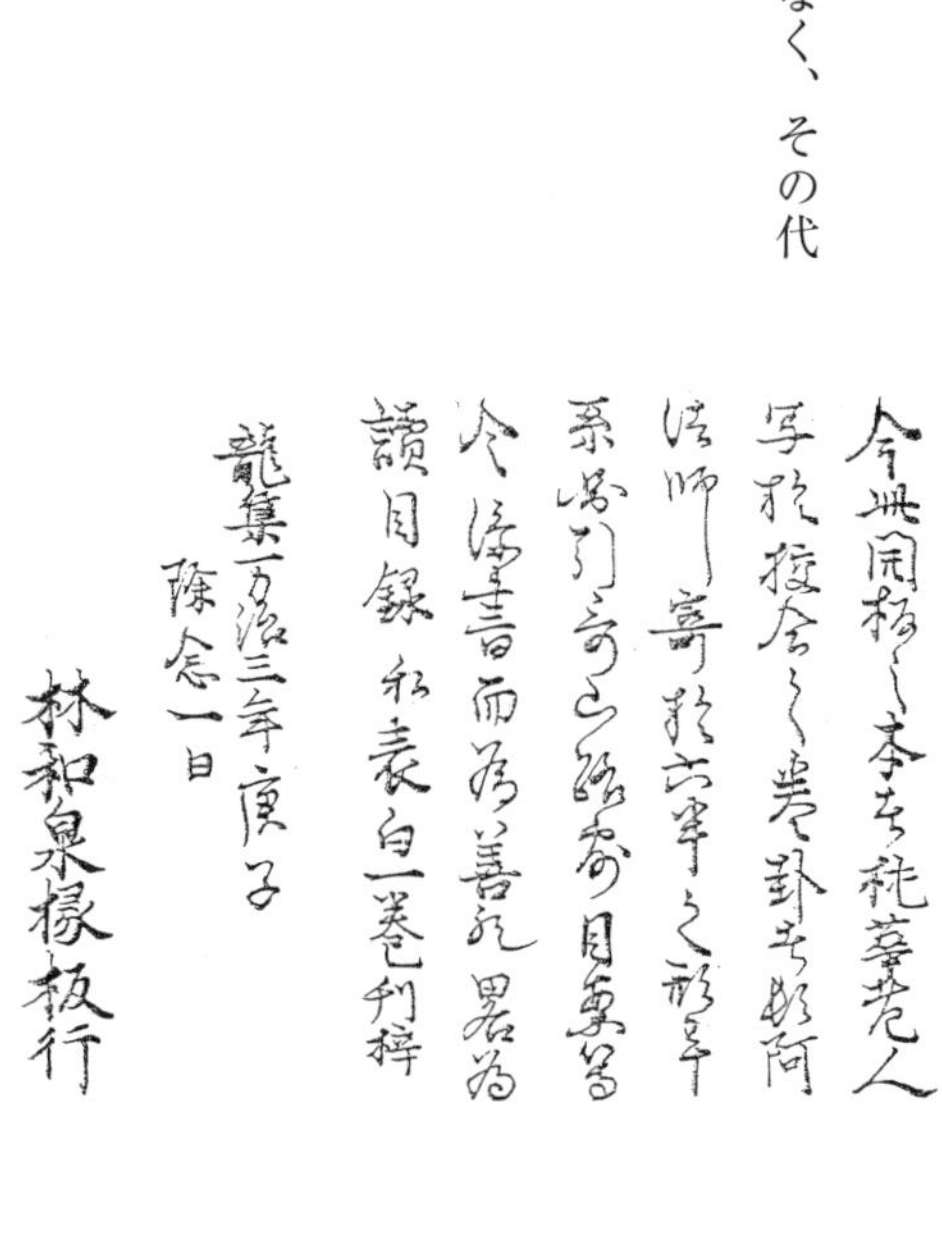

洛陽二条通観音町
かしは屋
渡辺忠左衛門開板

上段の活字は、初版（静嘉堂文庫蔵本）によるが、図版（図43）では再版の林和泉掾版を示した。初版の版元「洛陽二条通観音町／かしは屋／渡辺忠左衛門開板」の筆跡が跋文と同じであるのに対して、「林和泉掾板行」は明らかに異なる。版元となった「林和泉掾」の名を、再版の時に埋木で入れ替えたのである。

ともかく、万治本においては、春正の「絵入源氏」編集への思いを長々と綴った重要な跋文と、慶安本の成立を示す「慶安三年仲冬蓬衡叢品山氏春正謹跋」のすべてが削除されているのである。これは、春正が万治本に全く関わっていなかった証拠ではないだろうか。先に、万治本の挿絵が春正の手になるものではないことを確認したが、慶安本の跋文が削除され、右の跋文が新たに刷られていることから見て、挿絵のみならず、その編集と出版のすべてにおいて、春正が万治本に係わっていた可能性は低い。

ただ、万治本においても、跋文の前頁（十七オ）の本文識語（図44）は、慶安本の跋文の前頁（十九オ）にあったもの（図45）をそのまま受け継いでいる。

写本云
抑此本者以後崇光院宸翰
桃花入道殿下被再治之者也
尤以為證本者也惣而八種

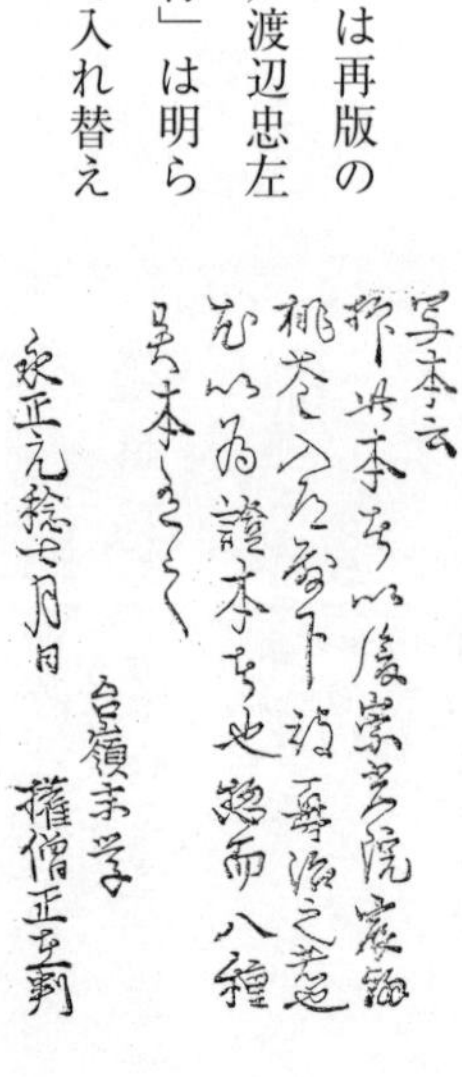
図44　万治本　本文識語

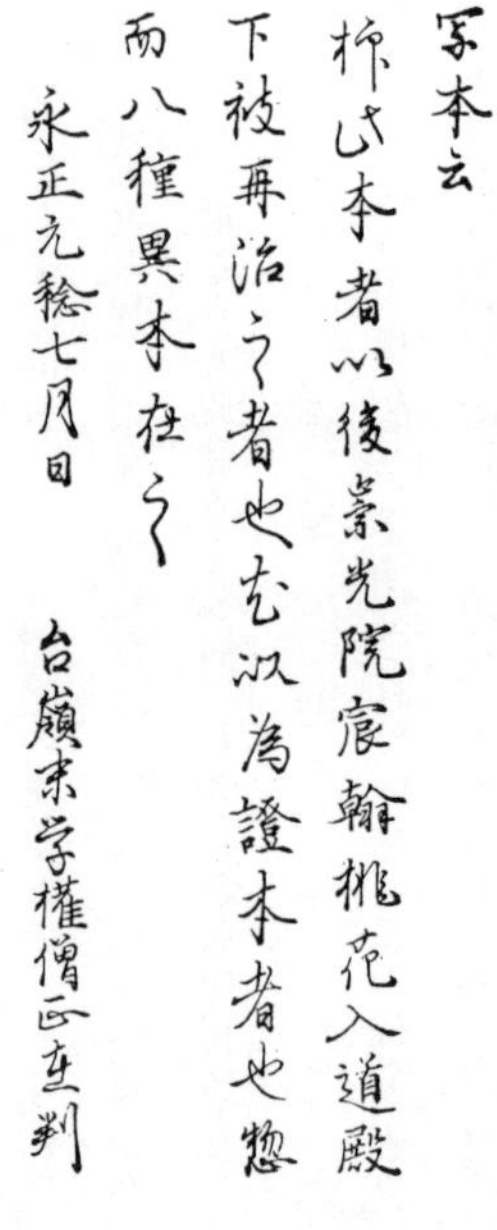
図45　慶安本　本文識語

異本在之
永正元稔七月日　台嶺末学権僧正在判

春正自身が本文を集めて校訂したという記事は省いても、後崇光院の宸翰本を「桃花入道」一条兼良が再治したものを証本にした、という由緒ある一文は残したのである。

そして、この本文識語に続けて、版元跋で「今此開板之本者桃花老人写於校合之」とする。あくまでも、万治本の本文が「桃花老人」兼良の本によっていることを強調するのである。吉田氏は、万治本で新たに加えられた「源氏表白」について、次のように説明しておられる。

もとより漢文体の表白は、澄憲（―一二〇三）の作、この仮名表白は、その子安居院聖覚（?―一二三五）作かとして知られているものであるのに、一条兼良（好は誤刻か）作としていることに問題があるけれども、これから十五年後の延宝三年（一六七五）に、北村季吟（一六二四―一七〇五）がこれを『湖月抄』首巻に引用していることは無視できない。すなわち、季吟へ影響を与えているのである。それにも拘らず、以後「源氏表白」は『湖月抄』によって知られ、萬治版をいう者はいないようだ。

春正が「新しい試み」として「源氏表白」を加えたことを評価されたのである。その評価は、春正ではない他の誰かに与えるべきであろうが、挿絵についてはただ慶安本を写すのみであった万治本が、ここで別の試みをしていたことは確かである。そして本文の識語と同様、この「表白」の作を一条兼良と記している点に注目したい。万治本の編者は、貞徳の学統を受けた山本春正の仕事であることを示す慶安本の跋文を削除する代わりに、遡って、さらに権威のある一条兼良の系統の本であることを示そうとしていたことがわかる。

しかし、万治本が、春正とは異なる独自の調査によって、兼良本を底本にしたというわけではない。慶安本と万治本の本文を比較してみると、万治本は、本文においてもほとんどが慶安本を基にしていることがわかる。桐壺巻に、次のような異文があるが、いずれも慶安本を誤読したために発生したものであることがわかる。以下、上段に慶安本の本文、下段に万治本の本文と、それぞれの丁数を示す。

1ことゞもあり（慶、三ウ・七7）――こと共゛もあり（万、三オ）

2いとかうしも見《人にイ》えじ（慶、十五オ・一六12）――いとかうしも見《大にイ》えじ（万、十三ウ）

3御ひとへごゝろに（慶、二十七オ・二七8）――御ひと人心に（万、二十五オ）

3の「ひとへごゝろ」の「へ」は慶安本で「人」と誤読し易い字で書かれている。2の異文注記「人に」は、文字が小さく、「大に」と読み違えたのであろう。いずれも、慶安本の本文を意味も考えずに写した結果である。2の「人の」という異文注記は、河内本の本文を示しており、兼良の注釈書『花鳥余情』の抄出本文が河内本系統であったことを思うと、慶安本が兼良の再治した本によったとあることとの関わりがうかがえる。万治本の編者は、この異文注記を誤って写しているのであるから、兼良の本によったことを強調していながら、実は、このような知識がほとんどなかったことがわかる。

また、慶安本が、独自の振り仮名を付けている場合、万治本はそれをも踏襲する。例えば、桐壺巻の「ひきいれの大臣」（二四11・二五6）について、慶安本が「ひきいれの大臣《だいじん》」（二十四オ・二十五オ）とすると、万治本は「ひきいれの大゛臣」とする。また、「御前」に対して、慶安本が「御前《ごぜん》」とすると、万治本も「御前゛」としているのである。

若紫巻に見られる異文も、慶安本を誤読・誤写したために生じたものであることがわかる。

4にほひみちたるに（慶、十一ウ・一六〇4）――にほひみちくるに（万、十一ウ）

5人の程もあてにおかしう（慶、十三オ・一六一10）――人のほどもあてもおかしう（万、十三オ）

6泪もよほすたきのをとかな（慶、十八オ・一六五12）――なみだもよほすしきのをとかな（万、十八オ）

7もてなしきこゆなと（慶、四十三ウ・一八七9）――もてなしきこゆるなと（万、四十三ウ）

特に、5の「あてに」が「貴なり」であることは一見して気づかねばならない例である。また、6の「たきのをとかな」は和歌であり、前後の文章から誤るはずのない例である。物語そして古典について知識の足りない人が版下を作成したとしか思えない。慶安本にも物語本文として適切でない例はあるが、その多くは他の版本――古活字版や『首書源氏物語』『湖月抄』などとの共通異文である。それらは、江戸時代のことばとしてわかり易くなっている場合などであり、万治本に見られるような重要な誤りは見出せない。そして、万治本の本文において慶安本と異なるのは、これら初歩的な誤りによって生じたものの他には見あたらないということである。また、4の「みちたる」「みちくる」、7の「きこゆな」「きこゆる」は、ともに慶安本の「た」「な」の文字がそれぞれ「く」「る」と読み違えられる書体であることから発している。以上のことから、万治本の本文版下は、慶安本を単純に模写したものであったことがわかる。

万治本の本文は、このように慶安本を単純に写すだけではなく、振り仮名を省いて漢字に濁点を付けたり、平仮名を漢字に改めている。読点や濁点、振り仮名などを、作成上の都合で省いた結果、万治本は慶安本よりも読みづらいものになっている。読点も濁点もない古活字本よりは読み易いが、慶安本において伝えられた「読曲」の表示は、「御」を「み」と読ませる箇所（例「御《み》心」）に受け継がれる程度で、ほとんど省略されている。また、慶安本では意味がわかり易い漢字表記になっていたものを、その振り仮名の部分を本文にして仮名表記に変えたために、読みは伝えても意味のわかりにくい文になってしまった例も多い。つまり、春正が最も苦労した部分は、万治本で十分に反映されているとは言い難く、本文についても、挿絵と同様の傾向がうかがえるのである。

絵合巻には、慶安本と万治本との異文が四例あるが、ここからさらに面白い事実が浮かび上がってくる。

8御心におもほしけんこと（慶、二オ・五五八1）――御心におもほしけること（万、一ウ）

9おほかたの世につけては（慶、三ウ・五五九13）――おほかたの世につけても（万、三ウ）

10きえたるもいとあへなし（慶、十ウ・五六五7）――きえたるいとあへなし（万、九ウ）

11おぼす所ありて（慶、十二オ・五六七4）――えりおぼす所ありて（万、十一オ）

11の異文の発生原因は単純である。慶安本で、「おぼす所」の文は行頭にあり、その右隣に「えりとどめ給へる」の文がある。この隣の「えり」との目移りで、再び「えり」を加えたのであろう。文章としては、「すまあかしのふたまきはえり、おぼす所ありて」となるから不自然ではなく、その誤りに気付かなかったのだと思う。

10の場合は、万治本の版下の段階でのミスであろう。万治本では「きえたる」が行末にあるから、「も」を落として改行、これも「きえたる、いとあへなし」で意味は通じる。そしてこの場合は、慶安本を誤読した結果の11のように他の本を通じてでも起こり得る種類の異文ではなく、万治本の版下を作成する際に生じた異文と言える。

8と9の場合は、少し事情が異なる。万治本では、かしは屋版も林版も同文であるこの箇所、実は慶安本では、本によって異なっている。埋木などで本文が改変されているというわけではない。前節で挙げた慶安本のABCDの四種の各本を比較してみると、重版を繰り返した後のCD本では、板木が痛み文字の部分が欠けて、他の文字のように見えるのである。

8の場合、初刷りのABに「おもほしけん」とある。この本文は、『大成』所収の写本すべてと、当時のほとんどの版本と一致する。ところが、後刷りのCDでは、行末の「ん」の文字の下が、すべて欠けている。Bでも既に右下に欠損が見られるが、それがCDの文字になると、「おもほしける」と読んででしまうのは無理のないところであろう（図46）。

9も同様である。AとBの二本では「世につけてハ」とあり、これも

図46　8本文

慶安本B

慶安本CD

万治本

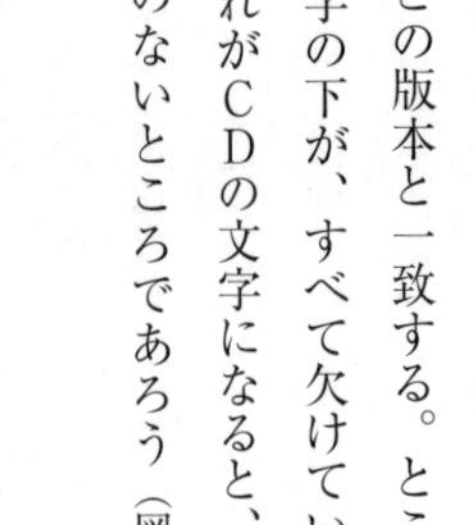

他の写本や版本と一致する本文であるが、CとDの二本では、やはり行末にある「ハ」の左側が欠けている（図47）。この場合も、意味の通じる「世につけても」と読むことが可能である。

図47　9本文
慶安本B
慶安本CD
万治本

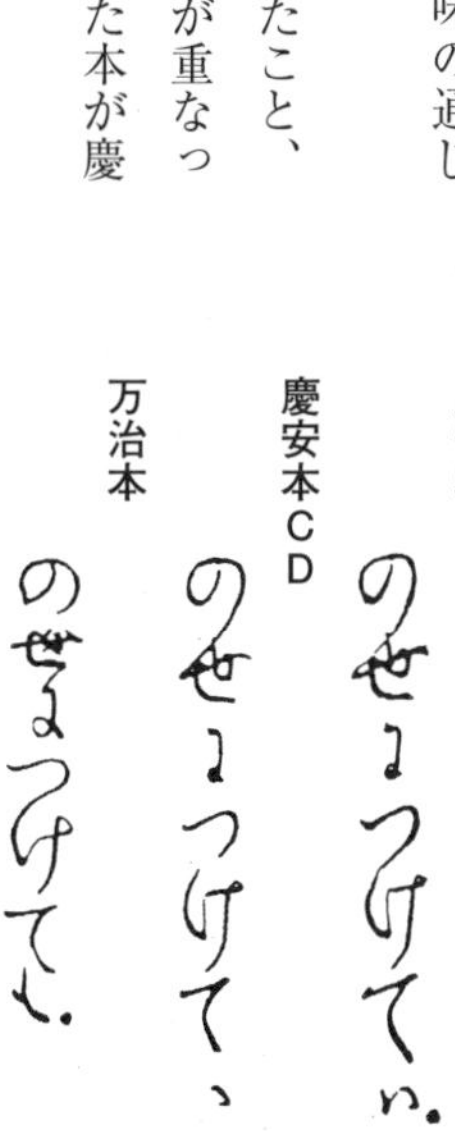

この８９の場合、版木に欠損のあった文字が他の文字に見えたこと、しかも前後の文脈から不自然ではなかった、という二つの偶然が重なったものと言える。この二例から、万治本が版下作成の参考にした本が慶安本の後刷本であった可能性がうかがえる。

これと同様のことは、先に挙げた総角巻④（図33）においても認められる。慶安本の初版では、はっきりと描かれていた「柴積む舟」が、後刷本の、特にDの出雲寺版などでは、板木が摩滅した結果、舟の上の柴や人がかすれて判別できなくなっている。万治本の挿絵（図34）において、これが波に漂う舟に変わってしまった原因を、慶安本の後刷り本の挿絵を写したことに求めることもできるであろう。

四　無刊記小本について

慶安本と万治本の編者が同一人物であったなら、以上に挙げた特徴は生じ得ない。万治本は、山本春正の手になるものではなく、慶安本の享受者の何者かが慶安本を模倣して企画編集したものと考える他はないだろう。となると、もう一つの無刊記版小本「絵入源氏」についても、当然、春正自身の仕事であるかが疑われる。

わずか縦一五センチ横一二センチ、現代の文庫本の大きさの袖珍本「絵入源氏」には刊記も跋文もない。『国書総目録』や『源氏物語事典』では、この本を寛文六年刊としている。吉田幸一氏は、江戸時代の書籍目録を参考にして、次のように説明し、小本の初版を寛文三年（一六六三）前後かと推定しておられる。
「源氏小本」は、まず寛文六年（一六六六）以前に初印六十冊本が版行され、三十年後の元禄九年（一六九六）以前に合三十冊本が重版されており、その時の版元は、吉田屋四郎右衛門と中野小左衛門で、両者の相版だったと知ることができる。

三十冊本において、複数の巻が一冊になっている場合でも、丁数が巻毎に付けられており、これは、本の体裁として不自然である。吉田氏の言われる通り、本来は六十冊であったと考える方が自然である。慶安本の再版後刷り本である〔乙〕版のうち、吉田氏の紹介された二本も、合冊三十冊という体裁であり、『湖月抄』の場合にも、後刷り本の中に合冊のものが多い。これらと同様に、無刊記小本の三十冊本もまた、本屋の商売上の都合で表紙を節約したものであろうか。

無刊記小本「絵入源氏」には、匡郭があり、柱刻に巻名と丁数が記されている。丁数は「〇十二」「〇二十二終」などと表記、読点は、慶安本や万治本が「.」であったのに対して、「。」と白抜きになっている（図49参照）。この版式は、前節でも触れたように、寛文以後のものに多く見られるが、早いものでは、明暦三年（一六五七）刊『大和物語』が、これと同じ形式をとっている。また、寛文頃の無刊記『古今書籍目録』において、「五十四　源氏物語」の次の項目に、「六十　同絵入」と「六十　小本」が挙げられるが、万治本を示す「半切」は記されていない。従って、小本「絵入源氏」の成立が、万治本の刊行（一六六〇）以前であった可能性も残されている。とりあえず、従来の説のように万治本よりも後のものとする先入観は払拭した上で、この本について考えてゆきたい。

無刊記小本の挿絵は、画面が小さいためとは言え、慶安本よりも稚拙である。しかし、慶安本を縮小した縦長の形であるから、画面はほとんど同じ構図であり、万治本で見られたような重大な削除や不自然な加筆は見られない（図48参照）。本文においても、慶安本と一行の字数や表記が異なっているにも係わらず、初歩的な誤植や、慶安本との異文はほとんど見られない。慶安本においては、読みをできるだけ正確に示すため、漢字にすべて振り仮名を付け、その振り仮名にまで細かく濁点を施していたが、無刊記小本では、慶安本が振り仮名を付けて漢字表記しているものを、仮名表記に直している例が多い。これは、慶安本で基本とされた源氏物語の読曲を明示する方針を受け継いだものと言えるが、万治本のように、意味がわからなくなるほどの仮名表記にはしていない。

例えば、図49の五行目「女別当」（絵合巻、一ウ・五五七10）の場合、「別当」を「べつたう」と仮名表記にしても、読みが問題になる「女」については、振り仮名を付している。

〈慶安本〉　かくなんと女別当《ねうべつたう》御《斎宮に》らんぜさす．たゞ御ぐしのはこのかたつかたをみ給に《斎宮の》．

〈万治本〉　かくなんと女別当御《斎宮に》らんぜさす．たゞ御ぐしの箱のかたつかたをみ給に《斎宮の》．

〈小本〉　かくなんと女《ねう》べつたう御らんぜさす。ただ御ぐしのはこのかたつかたをみ給に。（絵合巻）

さて、右の例において注意したいのは、無刊記小本で、慶安本と万治本にある「斎宮に」と「斎宮の」という傍注が削除されていることである。この傍注は、『弄花抄』の注による。慶安本

図48　無刊記小本　若紫巻②

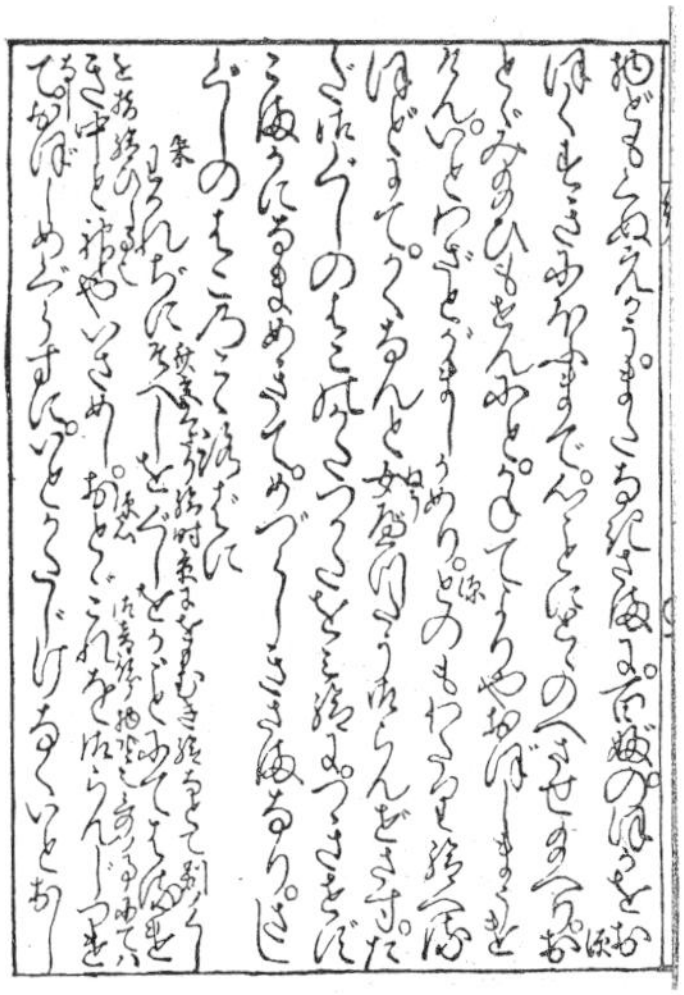

図49　無刊記小本　絵合巻

「絵入源氏」は、『弄花抄』を『花鳥余情』とともに重んじ、頻繁に傍注に引いている。しかし、この部分の注、実は『弄花抄』の誤りで、「源氏に」（女別当が見せ）「源氏の」（見給ふ）が正しいことは、『細流抄』が指摘している。『首書源氏物語』の頭注にも、『弄花抄』説とともに『細流抄』説が引用され、『湖月抄』では、『細流抄』説のみが挙がっている。

無刊記小本において、傍注を落とした例は、桐壺、帚木、若紫、末摘花、絵合、松風の六巻を調査した限り、他には見当たらない。また、この時代になって訂正された二箇所の関連ある注が省かれているのである。これは、単なる見落としや偶然ではなく、故意に削除したものと考えてよいのではないか。無刊記小本は、源氏物語の内容について、いくらかの知識があった人物によって編集されたものではないだろうか。

このことは、無刊記小本の『引歌』巻末に新たに加えられた、次の四行の文からも想像できる（第二節の図51参照）。

此物語の引歌是只三つの一つにもあらす今
ことく書くはふへけれととてもかゝる事
斗にて正しき伝へなくはかひ有へきにあらねは
たゝかの大本のかたことを所々けつりなし侍るのみ也

吉田氏はこの一文を備考に引用しながらも特に問題にしておられないが、私は、この一文に、無刊記小本の編者の姿勢が表れていると考える。この物語の引歌は「三つの一つ」（三分の一）にもならず、今すべて書き加えるべきではあるが、とても正しい伝えの通りにはできないので、ただ「かの大本」（慶安本）にあったものの一部を訂正しただけである、と言うのである。

「絵入源氏」の諸版と前後して成立、刊行された『首書源氏物語』や季吟の『湖月抄』においても、物語本文の頭注には、『細流抄』や『河海抄』を引用する形で引歌を挙げるが、「引歌」の巻を別に立てていない。これらの編者が、引歌を問題にする難しさを知っていたからであろうか。無刊記小本の編者は、慶安本の挙げた引歌の一部に手を加えた、と跋文で言う。実際に、どのように手を加えているのか見てみよう。

若紫巻に引かれた催馬楽「葛城」の本文は、慶安本では、

かつらきの寺の前なるやとよらの寺のやにしなるや江の葉井しら玉しつくやましら玉しつくやをしとんとをしとんと（慶安本『源氏引歌』四ウ）

とある。この本文が、無刊記小本では次のように改変されている。

かつらきの寺の前なるやとよらの寺のや西なる江の葉井にしら玉しつくやましら玉しつくやをしとんとをしとんと（無刊記小本『源氏引歌』七オ）

『首書源氏』頭注では、

河　かつらきの寺のまへなるやとよらの寺の西なるや江のは井に白玉しつくやましら玉しつくや下略

となっており、『湖月抄』も同文である。この「や」「に」といった一字程度の「けづりなし」は、あまりにも些細で改正とは言い難いが、何らかの資料やある程度の知識に基づいて行われたことには違いあるまい。若菜下巻でも同じ催馬楽を挙げているので、確認してみよう。

かつらきの寺のまへなるやとよらの寺のやにしなるや二段江のはゐしら玉しつくやましら玉しつくやをしとんとをしとんと三段しらしては国ぞさかえんや．わいゑらぞとみせんや．をしとんととしとんと．をしとんととしんと（慶安本『源氏引歌』三十五ウ）

三段の「しらしては」は「しかしては」が正しいと思われるが、「可」のくずしに似た字体「ら」となっている。これに対して、無刊記小本（三十八ウ）では、「にしなるや」はそのままであるが、「江のはゐに」「しかしては」と直している。

若菜上巻に引かれた伊勢物語歌は、慶安本と万治本、そして『首書源氏』においても、出典を「伊勢」としながらも、『義経記』で静御前の誦じた、

しつやしつしつのをたまきくりかへし昔を今になすよしもかな

の本文で挙げている。これは『河海抄』の引用と同じである。ところが、無刊記小本では、伊勢物語本文と同じ「いにしへのしつのをたまきくりかへし……」に訂正しているのである。この訂正に、古典の知識が必要であることは言うまでもあるまい。春正が慶安本の編集にかけた情熱や調査に比べると、安易な姿勢であったことは否定できないが、無刊記小本の編者が慶安本を批判的に受け止めていたことは確かであろう（第二章第一節参照）。

以上、挿絵、本文、注釈、引歌という別々の側面から見たが、無刊記小本の特徴は、それらすべてに一貫している。慶安本の編者とは別の人物が、慶安本を模倣して作ったという点においては、万治本と同様であるが、物語の内容を理解していた人物によって、より注意深く作られた書であることが知られる。挿絵を慶安本と同じ形にしたのも、春正の描いた挿絵の意味を理解していたからかもしれない。

五　成立事情

では、この二種の異版を編集したのは、果たしてどのような立場の人物なのであろうか。万治本の編者が慶安本を模倣する際に利用した本は、春正が限定品として配った初版ではなく、八尾勘兵衛版以後の後刷り本であったことが想像された。これは、万治本の編者が、慶安本の編者春正と直接の交流がない一読者であったことを意味している。しかし、春正とは全く無関係だったのだろうか。そこで次に、二種の「絵入源氏」の出版書肆から、その刊行に関わった人物の層を考えてみたい。

無刊記小本「絵入源氏」のうち、その再版と思われる三十冊本の出版は、元禄九年刊『増益書籍目録大全』によって、吉田四郎右衛門と中野小左衛門の相版であったことがわかる。吉田四郎右衛門は、寛文頃に開業した書肆で、小本『二十一代集』や、北村季吟の『湖月抄』の再版も、やはり相版で出版している(3)。また、中野小左衛門は、季吟の門人であり、和田以悦編『貞徳家集』(延宝五年刊)や、季吟が貞徳のもとで最初に著した古典注釈書『大和物語抄』(承応二年刊)を出し、同じく季吟の『土佐日記抄』(寛文元年刊)や『和漢朗詠集注』(寛文十一年刊)をも請け負った書肆である。すなわち、無刊記小本三十冊本の出版は、季吟の周辺において行われたことが知られる。

万治本の再版を出した林和泉掾もまた、季吟の『湖月抄』を相版で出した書肆である。そして、万治本の開板書肆「かしは屋　渡辺忠左衛門」は、素姓不明であるが、寛文二年加藤磐斎跋『貞徳頭書百人一首抄』の書肆「蛸薬師油小路西町　柏屋九郎左衛門」などと関わりがあるとすれば、貞門の何者かが万治本を作ったと考えることもできる。つまり、万治本も無刊記小本も、貞門の、春正にとっては後輩にあたる人物が関与していた可能性が高いのである。そして、万治本と無刊記小本の成立出版に関わった人物が、同じ貞門でも別人であるとすれば、両者の方針に相違が見られるのも不思議ではない。小本は、源氏物語をより理解していた人物の手になるもので、万治本は春正の意図を理解し得ない人物が機械的に慶安本を写し、兼良の権威を借りたものと考えることもできよう。

慶安本の跋文において、貞徳の教えによると明記していることは、当時の人々にとって、絵入であることとともに、この書の最大の長所であったと思われる。貞徳の説は尊経閣文庫蔵『光源氏物語聞書』に見られるが(4)、それは桐壺・帚木の二巻のみで、貞徳の源氏物語の教えが全巻揃って残されているものは、「絵入源氏」の他には見あたらない。同じ門人でも、貞徳の若い頃の弟子であれば、源氏物語や古今集の講義を直接受けることができたが、晩年の弟子には、それもかなわなかった。現在、貞徳の学問を伝える数少ない書としても評価されている『湖月抄』にしても、貞徳の源氏物語を忠実に伝えるものではない。

『湖月抄』発端の部で、季吟は、物語の大部分は箕形如庵から講義を受けたと言う。そして、貞徳の説としては、「先師逍遊軒貞徳に桐壺一巻の講釈を聞て」と述べ、その師九条稙通の孟津抄をこの抄では基にする、と述べる。しかし、貞徳自身は、稙通など貴族の学問のみならず、季吟が『湖月抄』において全く触れることのなかった、地下の文化人による学問も尊重していた。特に、能登永閑の『万水一露』を貞徳は尊重し、弟子達に何度も書写させた上に、承応二年（一六五二）には、「此抄一部あれば諸抄はなくてもくるしからず」とまで述べた自跋を寄せている。その『万水一露』には、堂上の注釈書のみからは理解し得ない物語の解釈も多く見られるから、堂上の注釈書のみを引用する『湖月抄』は、貞徳の学問を真に反映したものであるとは言い難い。おそらく、季吟が貞徳から直接受けた源氏物語の講義は、『湖月抄』で言う通り、桐壺巻一巻の他にはなかったのであろう。

貞徳は、寛永十七年（一六四〇）に、古今集と源氏物語の講義を行った。(5) この時の講義を受けた人物には、先の『光源氏物語聞書』を受け継いだ和田以悦などの他に、山本春正も含まれている。ところが、この春正は、後に貞門を離れて木下長嘯子の門下に入り、慶安二年（一六四九）には、長嘯子の歌集『挙白集』を編纂する。この『挙白集』に対して、その翌年、尋旧坊と称する人物によって『難挙白集』が著され、この仕事が痛烈に批判された。以来、春正は、京都、特に貞門から疎遠になっており、この当時はほとんど江戸で生活していたという。(6)『難挙白集』事件に関わったのは、貞徳の門人であると思われるが、それらの人物には、その後すぐに出版された慶安版「絵入源氏」に対しても、春正への嫉妬や反感があったはずである。

万治本と無刊記小本において、慶安本の春正による跋文が削除されてしまった背景には、この『難挙白集』事件があったのではないだろうか。多くの弟子の中で、貞徳の講義を直接受けることができた者は、ほんの一握りにすぎなかったであろう。春正は、その栄誉を受け、「絵入源氏」という書まで出した。にも関わらず、木下長嘯子の門下に入り、長嘯子の歌集『挙白集』を編撰するなどとは、恩を仇で返すように、貞門の他の人々からは見えたであろう。

『難挙白集』を著しただけで、春正に対する感情が簡単に治まるとも思えない。万治本や無刊記小本における春正跋の削除という行為には、「絵入源氏」を師匠貞徳の学統を受けた源氏テキストとは認めながらも、春正の名は出したくない、という貞門の人々の思いが、表れているように思う。

権威主義の人物にとっては、貞徳のテキストと明記するよりも一条兼良の権威を借りた方が都合の良いこともある。現に地下の注釈書を頭注に多く採用した『首書源氏』よりも、貴族の注釈書のみを引用した『湖月抄』の方が、世に受け入れられている。貞徳が、伊勢物語や源氏物語について、自身の注釈書を世に出すことがなかったのは、これよりさらに権威偏重の時代に生きた人物だったからかもしれない。しかし、その弟子の世代になると、『湖月抄』の発端にある通り、季吟においても、貞徳自身が一つの権威になっている。従って、慶安本の春正跋を削除したのは、貞徳の学問を否定したものではなく、春正への反感によるものと考えるのが妥当であろう。

六　「絵入源氏」の位置づけ

「絵入源氏」の挿絵は、それ以前の源氏絵の常識を越えた斬新な図柄であり、その構図や描法は、以後の源氏物語版本に受け継がれる。近世の庶民に広く知られた源氏物語絵は、国宝の『源氏物語絵巻』でないことはもちろん、土佐光吉などによる装飾的絵画でもなく、「絵入源氏」を発端とする絵入り版本に他ならない。先に万治本の挿絵が慶安本より劣ると述べたが、万治本が次々と出版される他の絵入り版本より粗悪というわけではない。

明暦三年（一六五七）の絵入り『源氏小鏡』の画面は、土佐派の色紙絵の構図を模倣したと思われるが、絵の技術が万治本より特に優れているわけではない。また、承応三年（一六五四）に作られた野々口立圃の『十帖源氏』と、万治四年（一六六一）の『おさな源氏』でも、万治本で描き加えられた部分と同様、桜の花びらや草木の種類まで留意して描いていない。寛文十二年（一六七二）に江戸で出版された松会版『おさな源氏』になると、図柄はさらに簡略化され、物語の梗概書よりも絵本としての要素が強くなる。その他の絵入版本に至っては、「絵入源氏」をそのまま盗用したり、物語の内容を理解せずに模倣する例がほとんどで、「絵入源氏」がいかに流布し、卓越していたかがうかがえる（第五章参照）。万治本の挿絵を慶安本と細かく比較すると、いかにも万治本が劣悪なものに見えたのだが、実は、慶安本の挿絵があまりにも優れていたのである。万治本は、単なる儲け主義ではなく、挿絵とわずかの注だけで源氏物語を読み通すことのできる文化人によって作られたものであることには違いあるまい。

「絵入源氏」が流布したのは、挿絵だけではない。本文もまた、近世に広く伝わってゆく。「絵入源氏」の本文は、寛文十三（一六七三）年刊『首書源氏物語』と延宝三年（一六七五）刊『湖月抄』の二書にも受け継がれる。『首書源氏』は万治本を、『湖月抄』は慶安本を底本にしていたと推定される（第三章参照）。

近世の庶民に広く流布した源氏物語は、現在の研究に用いられる青表紙本系統の写本でもなく、また古活字版でもなく、『首書源氏』『湖月抄』の本文に受け継がれて間接的に後世に伝わった整版本の本文である。『湖月抄』はそれ以後の源氏物語の流布本になり、『首書源氏』本文は、近代になって旧版の岩波文庫や有朋堂文庫の底本にもなるのであるから、版本「絵入源氏」の本文は、江戸時代から戦前までの約三百年もの間の流布本であったと言ってもよい。この年月は、『源氏物語大成』刊行以後現在までの『大成』の底本を現代の流布本としてきた年月より、はるかに長いのである。

注

（1）市古夏生『近世初期文学と出版文化』（文献28）第七章「『儒仏物語』と書肆野田基春」参照。

（2）『古版小説挿画史』（文献58）参照。

（3）宗政五十緒『近世京都出版文化の研究』（文献23）Ⅱ二「吉田四郎衛門―古典の版元―」参照。

（4）小高敏郎『松永貞徳の研究　続篇』（文献9）で詳しく紹介されている。

（5）小高敏郎『近世初期文壇の研究』（文献11）参照。『傳授抄（古今集註釈）』（西下経一氏蔵）識語に、寛永十七年、貞徳が和田以悦他の高弟達に古今集の講義を行い、正保三年には、春正は古今集の秘伝一巻の書写を許された、と言う。また、『光源氏物語聞書』によって、同じ頃に源氏物語の講義も行われたことがわかるから、春正は、この時に貞徳の源氏物語講義を受けたと思われる。

（6）『近世初期文壇の研究』（文献11）参照。

第二章　版本「絵入源氏物語」の別冊付録

「絵入源氏」は計六十冊が揃いで出版された。物語本文五十四冊に加えて、その別冊として、『源氏目案』三巻、『源氏系図』、『源氏引歌』、そして『山路の露』が添えられている。『湖月抄』の別巻が北村季吟によって作られたのと同様、普通に考えれば、これら「絵入源氏」の別巻もまた山本春正によるものということになる。しかし、『湖月抄』とは異なり、「絵入源氏」の題箋には巻名のみが記され、全体のまとまりを示す情報がない（図50・図51・図57参

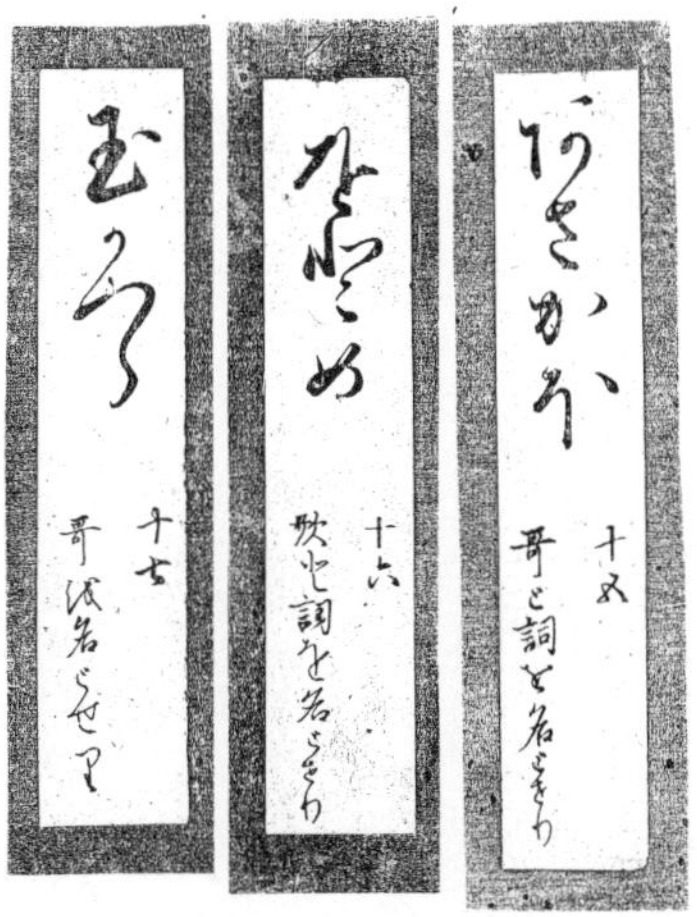

図50　「絵入源氏」本編題箋

図51　「絵入源氏」別巻題箋

照）。このことから、挿絵のない別巻がそれぞれ独立した書物として伝わり、その成立も「絵入源氏」と関わりのないものとして説明されてきた。しかし、果たしてそうだろうか。以下、四種類の別巻について、その内容や構成を紹介し、「絵入源氏」本編との関わりについて考察する。

第一節　『源氏引歌』について

一　『源氏引歌』の概要

『源氏引歌』は、古来の注釈書の挙げる引歌を列挙した和歌一覧である。題箋には『源氏引歌』、内題には『源氏物語引歌』と記されている。巻頭頁（図52）の本文を番号を付けて引用しておこう。

きりつほ
1さもこそは夜半のあらしのさむからめあなはしたなのまきの板戸や
朗詠
2君と我いかなる事をちきりけん昔の世こそしらまほしけれ
後撰雑二
3なをき木にまかれる枝もある物をけをふき疵をいふかわりなき　高津内親王
古今恋二
4ことに出ていはぬはかりそみなせ河下にかよひてこひしきものを　友則
万
5夢にたもなにかもみえぬみゆれともわれかもまとふこひのしけきに
古哀傷
6うつせみはからをみつゝもなくさめつふか草の山けふりたにたて　僧都勝延
拾遺恋五
7もえはてゝはいとなりなん時にこそ人を思ひのやまんこにせめ　よみ人しらす（『源氏引歌』一オ、桐壺）

桐壺巻から、巻ごとに分けて本文中に出てきた順に引歌（本歌）を引用している。一頁に十一行（十一首）の和歌本文とその右肩に出典名、左下に作者名を挙げる。一冊四十五丁の中に、総数九〇二首の本歌が記されている。

参考までに、巻ごとの歌の数を挙げておく。

桐壺20、帚木31、空蟬8、夕顔20、若紫25、末摘花22、
紅葉賀22、花宴6、葵23、賢木19、花散里3、須磨27、
明石23、澪標11、蓬生14、関屋2、松風16、薄雲14、
朝顔12、乙女9、玉鬘10、初音21、胡蝶12、蛍2、
常夏18、篝火2、野分7、行幸10、真木柱17、梅枝10、
藤裏葉19、若菜上38、若菜下24、柏木20、横笛14、
鈴虫8、夕霧29、御法14、幻26、匂宮6、紅梅4、
竹河16、橋姫18、椎本28、総角51、早蕨20、宿木45、
東屋24、浮舟28、蜻蛉14、手習18、夢浮橋2

この数は、伊井春樹氏編『源氏物語引歌索引』（文献33）に掲載された引歌総数の約三分の一に当たる。『源氏物語引歌索引』は古来の注釈書の挙げる引歌を網羅しているから、『源氏引歌』がすでにかなりの数の歌を掲載していることがわかる。

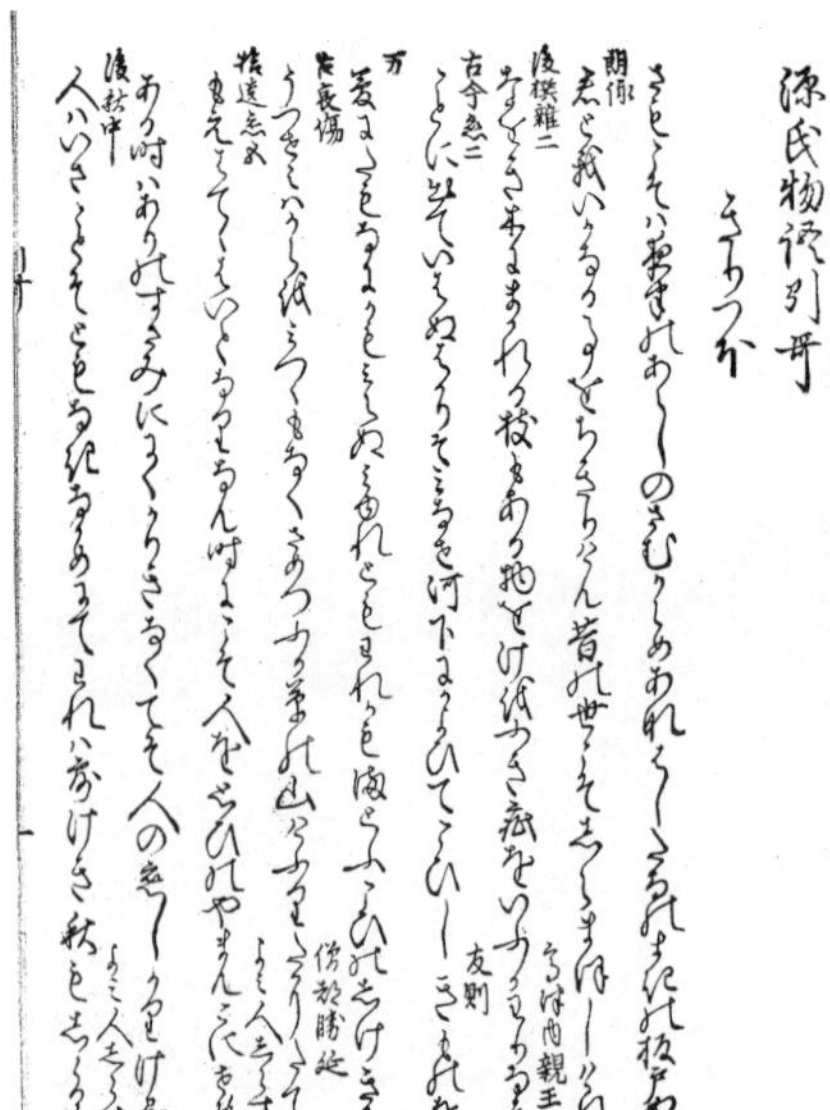
図52　慶安本『源氏引歌』巻頭

二　『源氏引歌』の成立

『源氏物語事典　下』（文献29）の「注釈書解題」（大津有一氏）には、二種の「源氏物語引歌」が挙げられる。一つは所在不明の「伝姉小路済継筆本」で、和歌とともに漢詩を引用しているのが特色であると言う。もう一つの「源氏

物語引歌」の説明を引用してみよう。

【著者】不詳。【名称】内題外題ともに『源氏物語引歌』とあるから、原題と見て間違いないと思われる。【巻冊】一冊。【成立】年時不詳。【諸本】九州大学付属図書館蔵本は奥に「此物語の引歌、是只三つが一つにもあらず。今こと〳〵く書くはふべけれど、とてもかゝる事斗にて正しき伝へなくば、かひ有べきにもあらねば、たゞかの大本のかたことを所々けづりなし侍る也」とある。版本には無刊記の十一行整版を見かける。【内容】「さもこそは夜半のあらしのさむからめあなはしたなのまきの板戸や」から「あふことはくもゐはるかになる神のをとにきゝつゝこひわたるかな」までを挙げている。【価値】引歌を列挙するのは『源氏釈』『奥入』など古注釈の常であるが、かように引歌だけを集めたものも便利ではある。【参考】藤田徳太郎『源氏物語研究書要覧』一一九頁、武笠正雄『源氏物語書史』二四一頁

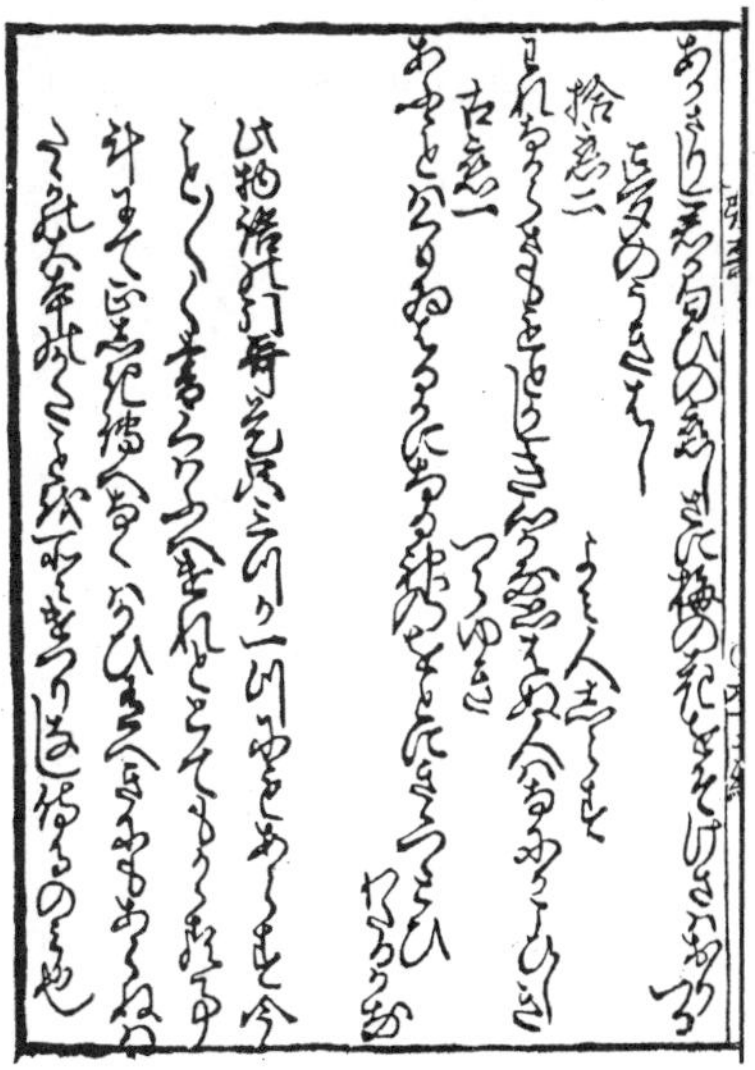

図53　無刊記小本『源氏引歌』奥書

これは、写本である九州大学本が版本に先立つものとする考えを前提とした説明である。しかし、奥書の一文「此物語の引歌は……」は、無刊記小本「絵入源氏」別巻『源氏引歌』巻末の奥書（図53）と一致している。

　此物語の引歌是只三つの一つにもあらす今こと〳〵く書くはふへけれととてもかゝる事斗にて正しき伝へなくはかひ有へきにあらねはたゝかの大本のかたことを所々けつりなし侍るのみ也

この文は、慶安本にはなく、無刊記小本においてはじめて付け加えられたものである。無刊記小本は慶安本を基に作

られた異版であり、この跋文で言う「かの大本」とは、慶安本「絵入源氏」別巻の『源氏引歌』に他ならない。従って、同じ奥書を有する九州大学本は、その内容から判断して、無刊記小本「絵入源氏」の別冊である『源氏引歌』（内題「源氏物語引歌」）を写した本であると推定される。『源氏物語事典』に言う「版本には無刊記の十一行整版を見かける」という説明も適切ではない。「絵入源氏」の三種の異版、慶安本・万治本・無刊記小本における『源氏引歌』が原本であり、九大本はそのうちの無刊記小本を写したものとするべきであろう。宮内庁書陵部本「源氏物語引歌」をはじめ、『国書総目録』において紹介されているものもまた、この三種の版本そのものか、それを基にした写本のいずれかに該当する。従来、版本よりも写本の価値を高く見る傾向があったが、実際は版本を写した本も多く伝えられ、江戸時代の写本の中には、「絵入源氏」や『湖月抄』を底本とした写本が数多く見られることに注意しておかねばならない。

もちろん「伝姉小路済継筆本」などのような異系統の本で『源氏引歌』と称する本が存在する可能性はあるが、少なくとも、「絵入源氏」の初版である慶安本の別冊の親本である『源氏引歌』は伝えられていない。版本について、研究者の多くはその由緒ある底本が存在すると確信している。しかし、本書で扱う版本の多くがそうであるように、源氏物語の版本には、何らかの写本をそのまま公刊したものよりも、版本刊行のために編集された場合の方が多い。能登永閑の注釈書『万水一露』を基に出版した版本『万水一露』は、新たに源氏物語本文全文を加えたテキストとして読み得るように再編集されたものであり、そのほかの源氏物語版本においても、版下にそのまま用いられたことが明らかな写本は、むしろ少ない。

三　引歌と物語本文

「絵入源氏」本文には、いたる所に鉤型の合点「〽」が付けられている。この記号は、本によってさまざまな意味があり、物語中の和歌や、異本を校合した時の改行位置などに付けられることがある。『首書源氏物語』の場合には、異文を注記する時の本文に「〽」を付けて異文を挿入する箇所を表している（第四章第二節参照）。ところが「絵入源氏」の場合、合点「〽」が付けられた箇所は、いずれも引歌の部分に当たる。

たとえば、「絵入源氏」桐壺巻の本文（図54）七行目の「はしたなき」の上に合点「〽」がある。桐壺巻頭から順に番号を付けて、物語本文を引用してみよう。

1　いと〽はしたなきことおほかれど．（一ウ）

2　〽さきの世にも御ちぎりやふかかり．（二オ）

3　おとしめ〽きずをもとめ給ふ人は（三オ）

4　〽ことにいで丶も聞えやらず．（五オ）

5　〽われかのけしきにてふしたれば．（五ウ）

6　〽むなしきからをみる〱．（七オ）

7　〽はいになり給はんを（七オ）

「〽」の付けられた部分と、先に引用した『源氏引歌』の本文（図52）とを比べると、右の本文1の「〽はしたなき」は「さもこそは……」に、2の「〽さきの世にも」は「君と我……」に、

図54 「絵入源氏」桐壺巻一ウ

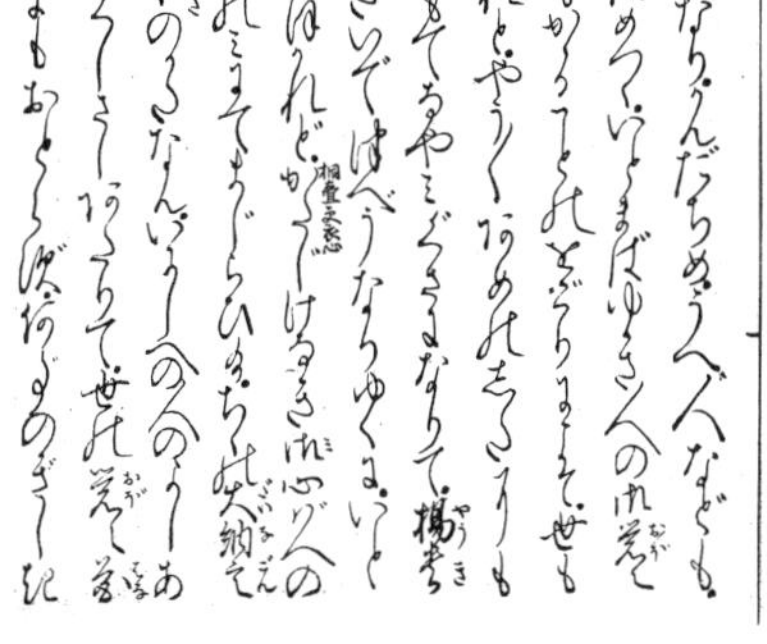

3の「〳〵きずを」は「なをき木に……」以下の引歌に、いずれも対応している。これは、どの巻のどの部分においても同様で、両者はことごとく対応しているのである。つまり、「絵入源氏」における『源氏引歌』は、挿絵入りの物語本文とともに読み合わせることによって、その役割を発揮するように作られているのである。

しかし、このことだけなら、既にあった本を基にして、「絵入源氏」本文に合点を付けたとも考えられる。そこで『源氏引歌』の内容を見ると、古来の注釈書に引用された和歌本文だけではなく、右肩に出典名、右下に作者名を記していることが注目される。近世前期までの注釈書で、引歌の出典として勅撰集の部立と作者名まで明記したものは見あたらないので、この『源氏引歌』において新たに加えられたものと考えられる。現代では歌の出典を『国歌大観』などで確認するが、「絵入源氏」成立以前にこうした索引はなかった。それゆえに、『源氏引歌』の基になった本が既にあったと考えがちであるが、実は、この作業をもっともたやすくできた人物は、他ならぬ「絵入源氏」の編者山本春正であった。

四　『源氏引歌』と『古今類句』

春正は、源氏物語を松永貞徳に学ぶ一方、木下長嘯子のもとで和歌を学び、「絵入源氏」成立から十六年後の寛文六年（一六六六）に、『古今類句』を編纂し出版する。この書は、二十一代集、伊勢物語・源氏物語・狭衣物語・大和物語、六家集の歌を、第四句で引けるように、いろは順に配列した歌句索引である。三十四巻二十冊という大部の書で、現代の『国歌大観』に相当する和歌索引である（図55）。第三句さえ覚えていれば、和歌全文とその典拠とを知ることができる便利な書物である。

このような大部の書を、春正はほとんど一人で編纂したのである。同門の先輩であった打陀公軌が作成の途中で没したので、それを受け継いだと言うが、根気のいる大変な作業であったと思う。この書とその作業のための知識があれば、源氏物語引歌の本歌を一覧することは、さほど難しいことではない。逆に、こうした索引などがなければ、古注釈書に記されていない出典や部立てを確認することは困難を極める。

たとえば『源氏引歌』の第三首目、

後撰雑二 なをき木にまかれる枝もある物をけをふき疵をいふかわりなき 高津内親王（一オ、桐壺3首目）

の歌を、『古今類句』で第三句「けをふき……」によって検索してみよう。『古今類句』第十三巻「けふ」の二オ～ウに下の句が「けを」で始まる歌が二首見える。

続千雑体　かち人の野分にあへるふかみの、　けをふくよこそ苦しかるらめ　前大納言為家

後撰雑二　なをきゝにまかれる枝もある物を　けをふききすをいふかわりなき　高津内親王

あとの「なをきゝに」の歌を検索することができた。しかも、「後撰雑二」「高津内親王」という出典の表記も、第五句の本文「わりなき」（諸本「わりなさ」）も、『源氏引歌』の表記と一致している。第四首目の歌、

古今恋二 ことに出ていはぬはかりそみなせ河下にかよひてこひしきものを 友則（一オ、桐壺4首目）

についても検索してみよう。『古今類句』第十八巻「し」の十五ウに、下の句が「したにかよ……」で始まる歌が七首、「したにかよひて」の句を持つ歌が三首列挙されている。

続拾恋一　年ふとも誰にかしらんかくれぬの　したにかよひてこゝろを　正三位知家

図55　寛文六年刊『古今類句』

古今恋三　紅の色には出しかくれぬの　したにかよひて恋はしぬとも　きのとものり
同恋二　ことに出ていはぬはかりそみなせ川　したにかよひて恋しき物を　とものり

同様に、六首目の歌、

《古哀傷》うつせみはうらをみつゝもなくさめつふか草の山けふりたにたて《僧都勝延》（一オ、桐壺6首目）

についても、下の句「ふか草の……」で検索すると、『古今類句』第十三巻「けふ」の十オに一首ある。

古今哀傷　空蟬はうらをみつゝもなくさめつ　ふかくさのやま煙たにたて　僧都勝延

これもまた、本文・出典・作者名ともに一致している。第七首目、

《拾遺恋五》もえはてゝはいとなりなん時にこそ人を思ひのやまんこにせめ《よみ人しらす》（一オ、桐壺7首目）

はどうだろうか。第十九巻「ゑひ」の十三オに、

新勅恋二　夏虫にあらぬ我身のつれもなく　ひとをおもひにもゆるころかな　よみ人しらす
拾遺恋五　もえはてゝはひとなりなん時にこそ　ひとをおもひのやまんこにせめ　同

とあるのが検索される。

いずれも、本文・出典表記ともに『源氏引歌』と『古今類句』とが一致している。ただし、ここに挙げた歌は勅撰集の歌である。『古今類句』は、勅撰集の歌を網羅しているが、万葉集や和漢朗詠集などの歌は掲載していない。『源氏引歌』には、勅撰集の歌の部立てと作者名が、特に詳しく記されていることに気づく。たとえば、

《後雑二》むすひをきしかたみのこたになかりせはなにゝしのふの草をつまゝし《兼忠朝臣母のめのと》（八ウ、葵12首目）

は、後撰集に同じ本文と作者名で入っている。しかし、『河海抄』などの注釈書では第一句が「結びおく」、作者名も「兼忠がめのと」となっている。『源氏引歌』が、古来の注釈書から引用しただけの和歌一覧であれば、このように本文や作者名が訂正されることはないだろう。次の帚木巻三番目の引歌では、異文注記が見られる。

拾恋四
思ふとていとこそ《なにしかイ》人になれさらめ《むつれけんイ》しかならひてそみねは恋しき《よみ人しらす》（二オ、帚木3首目）

この異文注記は、古注釈書に記された「なにしか」「むつれけん」の本文に対して、拾遺集の本文では「いとこそ」「なれざらめ」である、という意味である。『古今類句』でも、拾遺集の歌として左側の本文で掲載している。この場合、古注釈書の挙げる引歌を承知の上で和歌本文を訂正したと考えてよいだろう。

逆に、帚木巻二十八首目の「恋しさを」の歌には出典が記入されていない。

恋しさをなに丶つけてかなくさまん夢にも見えすぬる夜なけれは　（三オ、帚木28首目）

これと似た歌は拾遺集にあり、『古今類句』「ゆ」二十八ウにも、

拾遺恋二　恋しきをなに丶つけてかなくさめ《まイ》ん夢たに見えすぬね夜なけれは　したかふ

として掲載されているが、編者はこの歌を拾遺集の歌と認識していなかったのであろう。『古今類句』には、第四句が「ゆめ」で始まる歌が二六〇首あり、「夢にも」と「夢だに」は何頁も離れたところに掲載される。編者がこの引歌を拾遺集の歌としなかった事情は、このあたりにあるように思える。また、帚木巻の引歌、

とりかへす物にもかなや世中をありしなからのわか身とおもはん　（三オ、帚木24首目）

は、『河海抄』で「古今《こきん》」とされているが、古今集にこの歌は見あたらない。その誤りを踏襲した注釈書が多い中、『源氏引歌』では出典名を空欄にしているので、この歌が古今集にないことを確認したのだろう。

これに対して、同じく帚木巻「わかさなる」の歌は、万葉集ではなく古今六帖の歌であるが、古注釈書に記された出典名をそのまま受け入れて「万」としている。

万
わかさなるのちせの山の後に又あはんかならすけふならすとも　（三オ、帚木25首目）

この場合は、万葉集を確認し得なかったものと推定される。古今六帖の歌については、次の二首のように、巻数「五」「六」を加えた上に、本文を訂正して掲載しているからである。

六帖五 たき物のこのしたけふりふすふとも我ひとりをはしなすへ《まイ》しやは（二十一ウ、真木柱3首目）
六帖五 みやま木によるはきてぬる《なくイ》はこ鳥のあけはかへらんことをこそ思へ（二十五ウ、若菜上38首目）

これに対して、和漢朗詠集や万葉集の場合は、それぞれ「朗詠」「万」と記すのみであるから、おそらく『河海抄』などにあった出典をそのまま引用したのであろう。

以上のように、『源氏引歌』の編者は、勅撰集と古今六帖については出典の所在を確認し、部立と作者名を厳密に表記することができた。特に、勅撰集を出典とする和歌本文や部立および作者名は、『古今類句』の表記と一致する。『源氏引歌』で引用される歌と『古今類句』とでは方針が異なるから、出典のすべてが重なるわけではないが、これらの歌の引用の仕方は、あまりにも似ている。『万水一露』や『首書源氏物語』などの引歌の挙げ方と比べても、『古今類句』との近似は際だっていることが知られる。仮に基になった「源氏引歌」という本があり、それを写して印刷したものであれば、親本の名残が見られるはずであり、春正自身の編集した『古今類句』とのこれほどの一致は見られないだろう。春正が『古今類句』編集に携わっていた時期は、慶安本「絵入源氏」編集の時期とも重なっている。従って、『古今類句』と『源氏引歌』の編者が同一人物、すなわち山本春正であった可能性がきわめて高いということになる。

個々の引歌の是非、古来の注釈との関係など、考えるべき問題は多い。しかし、『源氏引歌』を「絵入源氏」の一部として捉え、これが挿絵の入った本文とともに近世の大衆に読まれていたという歴史的事実を受け入れてみると、『源氏引歌』という書物が、ただ引歌を羅列しただけの和歌一覧ではないことに気づく。先の『源氏物語事典』の説明で、「【価値】引歌を列挙するのは『源氏釈』『奥入』など古注釈の常であるが、かように引歌だけを集めたものも便利ではある」は、単に「引歌だけを集めたもの」としての評価にすぎない。ところが実際は、合点「〽」の付けられた本文とともに参照するように作られた書物であり、和歌に初めて出典が明記された、親切できわめて便利なものと言うべきであろう。

なお、「思ふとて」「たき物の」「みやま木に」の三首に記された異文注記と本文との関係については、第三章第五節で論じる。

五　版本による引歌の相違

無刊記小本の巻末に記された跋文（図53）には、引歌を一覧する難しさが述べられている。先に述べたように、物語文のいずれを引歌と認めるか、また、引歌の本歌をどの歌とするか、といったことは、時代や学統によって、あるいは個人によっても考え方が異なる。そのため古来、引歌については、さまざまな注釈書がとりあげ、議論してきた。ある部分についてはどの注釈書も一致して引歌と認め、その本歌を特定している一方、ある部分においては、引歌と認めない立場があったり、その本歌が注釈書によって異なっている例などがある。そうした事情のためか、『湖月抄』にも『首書源氏物語』にも、引歌一覧はなく、頭注の中で引用するのみである。

この無刊記小本では、先に引用した通り、「かの大本」つまり慶安本が挙げる引歌だけでは三分の一にも満たないのでことごとく書き加えるべきだと、引歌の認定をさらに増やそうとする立場を表明している（第一章第二節参照）。これとは対照的に、『細流抄』や『湖月抄』では「引歌に及ばず」と本歌の指摘を否定していることが多く、本居宣長になると、引歌を「古き歌によりていへる詞にて、かならず其歌によらではきこえぬ所也」と、引歌を明らかな引用のみに限定するべきだと説いている。

そこで、部分的にではあるが、版本による引歌の相違について見てみよう。たとえば『源氏引歌』巻頭の歌、

さもこそは夜半のあらしのさむからめあなはしたなのまきの板戸や

は、古注釈書には見られず、異系統の「源氏物語引歌」と判別する目安にもなる特殊な引歌である。同じ版本でも、『万水一露』と『湖月抄』では、「はしたなし」の語釈をするのみである。これに対して、『首書源氏物語』の頭注には「いとはしたなき　引歌　さもこそはよはの嵐のさむからめあなはしたなのまきの板戸や（以下略）」と引用されている。

また、『源氏引歌』では、桐壺巻の十一首目として、

後雑一　人のおやの心はやみにあらねとも子を思ふみちにまとひぬるかな　兼輔

を挙げる。これは、「絵入源氏」の物語本文、

めやすきほどにてすぐし給つるを、〳〵やみにくれてふし給へるほどに……（八ウ）

に対応している。兼輔のこの歌は、源氏物語中にたびたび引かれ、多くの注釈書が引歌とする歌であるが、この「やみにくれて」の箇所で引用したものは少ない。

参考までに、同時代の版本である、承応二年（一六五三）跋『万水一露』、寛文一三年（一六七三）刊『首書源氏物語』、延宝元年（一六七三）跋『湖月抄』において、『源氏引歌』桐壺巻の第一～第七の引歌が、それぞれどのように扱われているかを比較してみよう。いずれの場合にも、『源氏引歌』のような独立した書としてではなく、注釈とともに記されている。先に付けた1～7の引歌番号で示す。

『万水一露』

1　語釈のみ

2　語釈のみ

3　高津御子述懐歌　後撰なをき木にまかれる枝も有物を毛をふききすをいふかわりなき

4　古今小町　ことに出ていはぬはかりそみなせ河下にかよひて恋しき物を

万　ことに出ていはゝゆゝしみ山川の滝つ心をせきそかねつる
5　語釈のみ
6　閑これは母の詞なり此引うた当流にはもちひす
　空蟬はからを見つゝもなくさめつ深草の山煙たにたて
7　碩引歌なくても心はあきらかなるか
　もえいてゝ灰になりなん時にこそ人を思のやむ期にはせめ

『首書源氏物語』
1　引歌　さもこそはよはの嵐のさむからめあなはしたなのまきの板戸や
2　河引　君と我いかなることをちきりけんむかしの世こそしらまほしけれ
3　巴抄　後撰引　なをき木にまかれる枝もある物をけをふききすをいふかわりなき
4　河万引　ことに出ていはゝゆゝしみ山川の滝つ心をせきそかねつる
　古今引　ことに出ていはぬはかりそみなせ川下にかよひてこひしき物を
5　河引万　夢にたも何かも見えぬ見ゆれとも我かもまとふこひのしけきに
6　河引古今　空蟬はからを見つゝもなくさめつ深草の山けふりたにたて
7　引拾遺　もえはてゝ灰になりなん時にこそ人を思ひのやむこにはせめ

『湖月抄』
1　語釈のみ
2　河　引〳〵君と我いかなる事をちきりけんむかしの世こそしらまほしけれ
3　引〳〵なをき木にまかれる枝もある物をけをふききすをいふがわりなき

4　〳〵ことに出ていはゝゆゝしみ山川の滝つ心をせきそかねつる　万猶あまたあり
5　語釈のみ
6　細母君の詞也引歌に付加及歟
7　河〳〵もえ出て灰になりなん時にこそ人を思のやむこにせめ

『万水一露』と『湖月抄』は、『源氏引歌』よりも挙げる歌の数が少ないのに対して、『首書源氏物語』は『源氏引歌』の歌をすべて含んだ上で、それ以外にいくつもの引歌を記している。物語本文「〳〵やみにくれて」に、兼輔の「人のおやの心……」を挙げているのも、『源氏引歌』の他には、『首書源氏物語』の頭注「後撰引　人のおやの心はやみにあらねとも子を思ふ通にまとひぬる哉」のみである。『首書源氏物語』の本文は、異文注記や誤植の箇所から万治本「絵入源氏」の影響を強く受けていたことがうかがえるが（第三章第四節参照）、本文採用の際に万治本の『源氏引歌』を参照していた可能性も高い。

ところで、「絵入源氏」のもう一つの別冊『源氏目案』（次節参照）には、引歌に関する記事は記されていない。たとえば、

〳〵あさか山あさくも人を思はぬになど山のゐのかけはなるらん（若紫巻二十六ウ43・一七三5）

について、『源氏目案』では次のように記している。

一あさか山《歌》　まへの詞に難波津《ナニハツ》をといへば．そのえんにいへり．かげはなるらんにかげをもたせたり．本歌の心有．遠《トヲ》ざかるをもかげはなるゝといへり（『源氏目案　下』三オ）

「本歌の心有」という引歌に関わる説明をしながら、その本歌を引用していないのは、『源氏引歌』に、

浅《古序》香山かけさへみゆる山のゐのあさくは人をおもふものかは（『源氏引歌』五オ・若紫11首目）

を掲載しているからである。同様に、

〽くみそめてくやしとき丶し山のゐのあさきながらやかげをみすべき（若紫巻二十六ウ44・一七三6）

についても、『源氏目案』では、

一くみそめて　くやしと浅きながらは・卑下の詞也・かげをみすべきはみせまじきとの心也（『源氏目案　中』四十六ウ）

と、本文に即したことばの説明にとどめ、引歌を挙げていない。これも、『源氏引歌』に、

くやしくそくみそめてけるあさければ袖のみぬる丶山のゐの水（『源氏引歌』五オ・若紫12首目）

を掲載するからである。つまり、意識して引歌に関わる説明を省いたことがうかがえる。

同じ箇所について、『首書源氏物語』、『湖月抄』の頭注では、それぞれ次のように記している。

『首書源氏物語』

○あさか山歌　源氏也　河古今序あさか山かけさへ見ゆる山の井のあさくは人を思ふ物かは　花さきになにはつをたにつ丶け給はぬといへるによりてあさか山を取出し侍り古今の序の事を思よせたる也かけはならん《ママ》はかけさへ見ゆるの本歌を思ひなからしかも又とをさかる事をかけはなる丶といへり

○くみそめて歌　尼公返歌也　河くやしくそくみそめてける浅けれは袖のみぬる丶山の井の水
細此歌本歌のことくくやしくやの心あり下句は我身を卑下したる也かけを見すへき見えかたしと也
或云見るへきは源氏を待見るへき也

『湖月抄』

あさか山　河あさか山かけさへ見ゆる山のゐのあさくは人を思ふものかは　花さきになには津をたにといへるによりてあさか山をとり出し侍り古今の序の事を思よせたる也　細かけはなれはは影さへみゆるの影の方によせたり　師源は紫をあさくは思はぬをなどかけはなれてもてなし給ふぞと也

汲そめて　細くやしくそ汲そめてける浅けれは袖のみぬる、山の井の水　此歌本歌のことく悔しくやの心有　下句は我身を卑下したる也影を見すへきはみえかたしと也　或云見るへきは源氏を待見るへきなり

いずれも、引歌を注釈の一部として挙げており、この方がことばの注としてもわかりやすい。このように、引歌は、この時代以前の注釈書の大きな要素であった。従って、『源氏目案』は、『源氏引歌』とともに刊行するために、内容が重複しないように編集されたことがわかる。

第二節　『源氏目案』の成立

一　「絵入源氏」本文と『源氏目案』

『源氏目案』上中下は、注釈をいろは順に配列した書物である。春正は跋文において、編集の経緯を記した後、「山路露系譜目案等」を付けて刊行すると述べている。これだけでは『源氏目案』が、既にあったものを出版したのか、春正自身が編集したものかはわからない。重松信弘氏は『新攷源氏物語研究史』（文献32）において、『源氏目案』を近世初期の「辞書的業績」として位置付け、次のように述べておられる。

著者の明らかでない源氏目安七巻（普通三冊）は、万治版源氏物語枕本（本文に極めて僅かな傍註を記す）に付刻されたが、それと別でも刊

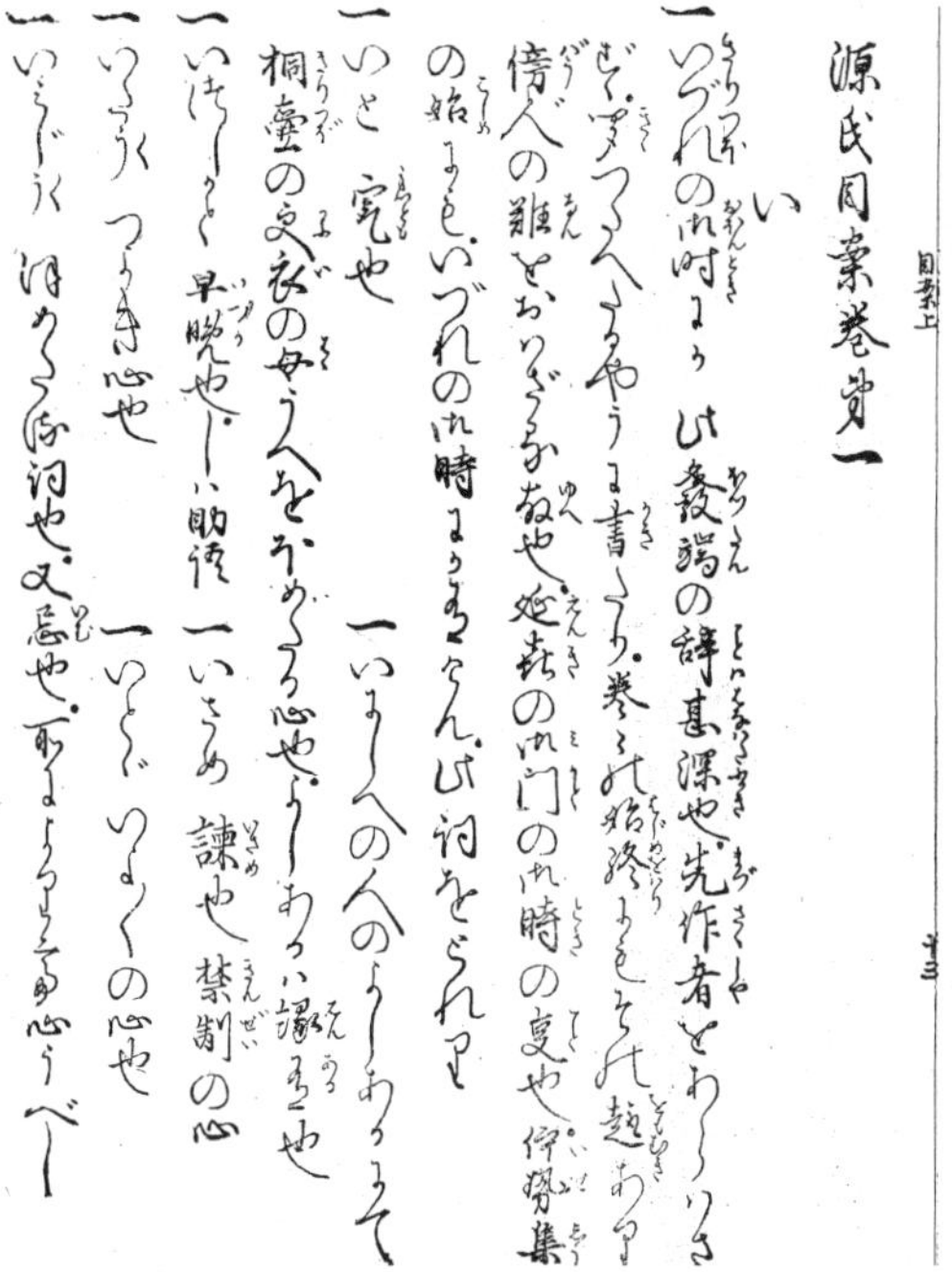

図56　『源氏目案』巻頭

行されてをり、相当広く行はれたらしい。語句をいろは順に配列して釈した点は仙源抄と同じであるが、語数は約二倍になり、その解釈は河海・花鳥・弄花等の諸書の説を、要約したので、著者が研究したものはない。これに極めて僅かな増訂をした源氏爪印も、又本文の古版本に付刻せられてゐる。何れも旧註の要を採つて語数も多く、仙源抄よりは便利なものになつてゐる。

『源氏物語事典　下』（文献31）にも、同氏による昭和十二年刊『源氏物語研究史』の説明が引かれる。ここにある「万治版源氏物語枕本」「本文の古版本」とは、それぞれ「絵入源氏」の万治本、無刊記小本に当たる。万治本では、慶安本と同じく「源氏目案」、小本では「源氏爪印」に書名が変わっているが、内容は同じである。「極めて僅かな増訂」とあるのも、この二書が慶安本をそれぞれ模写して作られたものであり、表記などに相違のあることを指す。しかし右の記述には、残念ながら、初版本である慶安本のことが触れられていない。強いて言えば「それと別でも刊行されてをり」に当たる本がそうであろうか。『国書総目録』でも「源氏目案」の項目に写本のそれを挙げ、「慶安三・承応三・万治三・寛文六版等の源氏物語にも付載」と注記している。いずれも「絵入源氏」とともに刊行されたことは事実として挙げているが、先の『源氏引歌』の場合と同じく、「絵入源氏」の一部であるとは考えられていないのである。

私は、『源氏目案』もまた、慶安本の編者である春正によるものと考える。その第一の理由は、「絵入源氏」の本文および表記と『源氏目案』の注との間に密接な関係が見られることである。「絵入源氏」桐壺巻一ウ（図54）の三行目「もろこしにもかゝることのをごりにこそ」と、「ご」の左に清音を示す声点「・」が付けられている。この箇所について『源氏目案』では、次のように記す。

―もろこしにもかゝる事のをこりにこそ　玄宗皇帝《ゲンソウクハウテイ》・楊貴妃《ヤウキヒ》を寵愛《チヤウアイ》して．天下をみだる．此外其例《レイ》多し．をこり・起《ヲコリ》・驕《ヲゴリ》両説猶すむべし

「起《をこり》・驕《をごり》両説猶すむべし」としているから、「絵入源氏」本文における清濁の表記は、『源氏目案』に示す『河海抄』以来の両説を反映したものであったことがわかる（第三章第五節参照）。夕顔巻の「ながや」の場合にも、傍注で「中屋」と「長屋」の二通りの漢字を記している。「絵入源氏」には、このような声点が一〇〇箇所余り見られる。そのうち三分の二は、「けに」と「げに」などの単純な区別を指示するものであるが、あとの三分の一は『源氏目案』に記された注釈と深く関わっている。次に、本文に付けられた声点と『源氏目案』の注とを対照してみた。

〈本文の声点↓『源氏目案』の記述〉

○帚木「くださむ」↓くたさん　くたすは・下《クダス》也或腐《アルヒハクタス》・所によるべし

※若菜下「くたして」、夕霧「くださまし」

○〃「すぐよかならぬ」↓すくよかならぬ。すくよかはすぐ也。……

○夕顔「ざれたる」（二箇所）↓されたるやり戸しやれたる也・ざれうたの類《たぐひ》也

※帚木「ざればみ」（二箇所）↓ざればみ　ざれたる也・ばみは心なし

※浮舟「ざれたるときは木」↓ざれたる木　古木《こぼく》歟こびたる木と也

○賢木「ちやうふぞうし」↓ちやうふぞうしなど……長奉《チヤウフ》送使《ソウシ》……

○須磨「かいづ物」↓かいつ物河かいつ物は・かづきしたる物也・或海津《カイツ》物《モノ》と…

○絵合「ばいして」↓かんやがみにからのきをばいして哢ばいして張《ハリ》たる也…

○松風「はちぶき」↓はちぶき發眼《はちぶき》はらたつ也…蜂吹払《はちふきはらふ》心也・是は澄《すみ》て可レ読《よむ》

○梅枝「ちりすきたる梅の枝」↓ちりすきたる　透《スキ》たる也

※紅葉賀「紅葉いたうちりすぎて」、須磨「桜のちりすきたる枝」

○総角「いつそやも」↓いつそやも　いつぞやなれど・その字清てよむべし・…

帚木巻の「くださむ」に清音の声点がつけられているが、これに対して『源氏目案』では「くたさん」の見出しで、「くたすは下《クダ》す也或いは腐《クタ》す。所によるべし」としている。そして若菜下巻では「くたして」、夕霧巻では「くださまし」とし、その両方に声点を付ける。三番目の「ざれ」という語は、物語本文中に二三例あるが、「絵入源氏」が清音を示す声点を付けた例は、夕顔巻の二箇所だけである。『源氏目案』では、その注として「しゃれたる也」としています。また、梅枝巻「ちりすきたる梅」では、清音の「き」に声点を付けているが、これは『源氏目案』の「透《スキ》たる也」に対応するが、一方、紅葉賀巻の「紅葉いたうちりすぎて」の場合には、「ちりすぎ」「ちりすき」という二通りの読み方が伝えられるので、濁音に清音の声点をつけている。総角巻の「いつぞやも」の場合には、清音を指示しながら、『源氏目案』では、当時おそらく濁音であった「いつぞや」を用いて説明している。

つまり、濁音表記に清音の声点を付けた箇所では二通りの読み方を許し、清音表記にわざわざ声点を付けた箇所は清音で読むべきだと指示していることがわかる。「絵入源氏」本文の表記は必ずしも整っているわけではなく、清濁に関わる誤植もいくつか見られるが、少なくとも、このように声点を付けた箇所には編者の校訂意識の高さがうかがえるので、その箇所と『源氏目案』の注釈との対応には注目すべきであろう。

次に、校訂意識がより明らかな異文注記と『源氏目案』との関係についても見ておこう。

〈本文の異文注記→『源氏目案』の記述〉

○賢木「白虹日をつらぬけり《にっけりイ》」→白虹日をつらぬけり…証本に日つらぬけるを可レ用云々．日につける両義也

○初音「ざれか《えイ》ゝず」→さえがらず　さうがちにも．さえがらずかき。不《ス》レ才《サエカラ》也

○蛍「打《た》毬楽《ぎうらく》納《な》蘇《そ》利《り》など《らくそむイ》」→たきうらくそん……打《タ》毬《ギウ》楽とは云也．納蘇利《ノフソリ》も……

○常夏「ことつひきびう《になくイ》」→ことついきひう……ことつき成べし．ことつひいとになくと有本も有……

○若菜上「せんすい瀧《たんイ》」→せんすいたんなど　庭の花壇也．又瀧と云本も有．

◎末摘花「あはれしる《き、イ》人」→『目案』には記事ナシ

『引歌』　ことのねをきゝしる人のあるなへに今そたちはて……

◎夕顔「をちこち人にもの申」→をちこち人　遠近也《ヲチコチ》

『引歌』　打わたすをちかた人に物申われそのそこにしろく咲けるは……

ここに示した通り、「絵入源氏」本文に異文注記のある箇所についての『源氏目案』の注では、異文の存在を指摘したり、異文のことばを注釈する例が多く見られる。異文のどちらか一方を重視するという姿勢ではなく、清濁の場合と同様、両方を認めていることがうかがえる。そして、ここにも「絵入源氏」本文と『源氏目案』の注釈との関係の深さが確認できる。

なお、◎をした末摘花の「あはれしる人」の異文については、『源氏目案』では触れていないが、『源氏引歌』で「ことのねをきゝしる」の歌を挙げている。また、夕顔巻の「をちこち人に」という特殊な本文に異文注記はないが、『源氏目案』で「遠近也《ヲチコチ》」とする一方、『源氏引歌』では古今集の歌を「をちかた人に」の本文で挙げているので、編者が「をちこち人」という本文を理由もなく採用したのではないことがうかがえる（第三章第四節参照）。このように、「絵入源氏」本文と『源氏目案』および『源氏引歌』とは互いに補いあっていることがわかる。一方の書物の編集に当たって完成されたもう一方を参照したというのではなく、同じ人物が平行して作ったと考えるのが自然であろう。

『源氏物語（絵入）「承応版本」ＣＤ―ＲＯＭ』（文献５）の作成に参加された一文字昭子氏は、『源氏目案』の項目の末尾に、『仙源抄』および『類字源語抄』からの引用のあることを指摘し、『源氏目案』と「絵入源氏」本文との間の齟齬や矛盾の存在から、未完成な書物であると判断された[1]。末尾に見られる不自然な箇所は、おそらく、注釈をいろは順に配列した後に、加筆されたものなのであろう。また、「絵入源氏」本文と合わない箇所があるのは、完成された「絵入源氏」と『源氏目案』とを付き合わせる最終点検をしないで出版したからだと思う。春正は、慶安本の跋

文に「仍今弁山路露系譜目案等付剞」（今ここに山路露、系図、目案等を添えて上梓する）と記している。このことから、少なくとも『源氏目案』は、「絵入源氏」完成と同時かそれ以前に出来ていたことが明らかである。「未完成」と言えば確かにそうだが、『源氏目案』や『源氏引歌』は、「絵入源氏」の副産物であり、本編完成後に新たに作成されたものではないと思う。

寛永頃、春正が貞徳から受けた講義で用いられた源氏物語テキストには、まだ濁点も読点もなかった。そのことは春正自身が跋文で述べている。師匠の説や注釈書を参考にして、少しずつ異文や注釈、そして引歌を書きとめ、それらを別々の冊子に仕立てたものが、『源氏目案』や『源氏引歌』そして「絵入源氏」本文であったと思う。つまり、『源氏目案』や『源氏引歌』（の原本）は、源氏物語を読み解く中で自然にできあがったものだったと考えられる。そして『源氏引歌』については、『古今類句』の原稿を参照して出典を加えて整え、『源氏目案』は、いろは順に配列するという編集作業を施したのであろう。従って、『源氏目案』の見出し本文には、春正が源氏物語を読み解く際に参照していた古注釈書の見出し本文がそのまま残されていると考えてよいだろう。

「絵入源氏」本文は、春正自身が古来の写本か古活字版の本文によって、古来の注釈を参考に読み解いた成果である。それと同様、『源氏引歌』や『源氏目案』もまた、写本を対象とした古来の注釈による。完成された「絵入源氏」本文と『源氏目案』の見出し本文とが一致しないのは、そのためだと考えるべきであろう。たとえば、若紫巻の「ど経の」（十四オ・一六二11）に対する『源氏目案』の注、

一どきやうのこゑ　読経声《トキヤウノコヱ》・僧都なるべし引声《インシヤウ》のあみだ経歟《キヤウカ》（『源氏目案　上』三十三オ）

について、CD―ROMのデータでは、「ど経の声」の本文がある夕霧巻の注としてリンクされ、『源氏目案』のメモ欄に「夕霧巻にあり」とある。しかし、この注は若紫巻の正規の箇所にあり、内容的にも明らかに若紫巻の注である。実は、若紫巻の「ど経の」の異文には、肖柏本や元和本の「と経のこゑ」という本文がある。つまり、この『源氏目

案』の見出し本文は、「絵入源氏」以前の段階の写本や注釈書によると考えられる。第三章第五節で論じる通り、「絵入源氏」の本文・異文と『源氏目案』との関係は単純ではない。

ここでは、『源氏目案』に限らず『源氏引歌』もまた「絵入源氏」本文と対応しているという事実を、まず重視しておきたい。「絵入源氏」本文と『源氏引歌』および『源氏目案』との対応は、拙著『絵入源氏』三巻で実証したが、従来その事実すら指摘されたことはなかった。そして今回、CD—ROMのリンクによってはじめて全巻にわたる証明が成された。その上で見られる部分的な齟齬や矛盾は、別巻と本文とが大方においてリンク可能であるという事実に比べると小さく、版本「絵入源氏」の別巻と本文とが互いに補い合う書物として編集されたという推測を覆すものではない。むしろ、本文との齟齬や矛盾の事例は、『仙源抄』『類字源語抄』をはじめ、春正の参照していた複数の源氏物語本文や注釈書がどのようなものだったのかを知るヒントになるだろう。

二　『源氏目案』の構成

次に、『源氏目案』の巻数・冊数を確認しておきたい。重松氏が示された「源氏目安七巻（普通三冊）」というのは万治本によるが、慶安本においても、内題に「源氏目案巻第一」〜「源氏目案巻第七」とあり（図56）、原装題箋（外題）には、「源氏目案　上」「源氏目案　中」「源氏目案　下」と刻されている（図57）。このことから、七巻か三巻かが明確ではなく、事典などの説明にも混同が見られる。そこで、慶安本『源氏目案』の構成を表にして示す。巻名・丁付け

図57　『源氏目案』題箋

は、初刷り本の折り目（版心）に記された巻名・丁数を示した。

題箋の記述		内題	内容	巻名	丁付	丁数
一冊目	源氏目案　上　いより かまて	ナシ	序文	目案上	「一」～「十三」	13
		源氏目案巻第一	い～と	〃	「十三」～「三十六」	24
		源氏目案巻第二	ち～か	〃	「三十六」～「七十オ終」	34
二冊目	源氏目案　中　よより てまて	源氏目案巻第三	よ～な	目案中	「一」～「三十」	30
		源氏目案巻第四	ら～な	〃	「三十」～「五十」	21
		源氏目案巻第五	や～て	〃	「五十」～「（八十）」＊1	30
三冊目	源氏目案　下　あより ゑまで＊2	源氏目案巻第六	あ～し	目案下	「一」～「四十二」	42
		源氏目案巻第七	ひ～す＊3	〃	「四十二」～「六十終」	19

＊1　丁付けは前頁の「七十九」まで、八十丁目は「八十終」とあるはずだが、空白
＊2　正しくは「あより　すまて」だが、「あより　ゑまて」と誤植
＊3　巻第七の始めに「ゑ　ヱに殖之」とあり、次に「ひ」

折り目（版心）に刻された巻名と丁付けを見る限り、最初から三冊で出版されたと考えるのが自然である。三冊目には、題箋・丁付けに誤りがあるが、重大な誤植ではなく、七冊で出版されたとする根拠はない。仮に、内題に合わせた七冊本があったとしても、巻名・丁付けが三冊用になっているのでかえって不便である。ただ、成立の段階では七巻だったと考えてもよいが、だからと言って、これだけで「絵入源氏」とは別に作られた書物であるとする根拠にはならない。これらのことから、本書では、『源氏目案』本文を引用した時の出典表記を、巻第一～七の巻数ではなく、折り目に刻された巻名・丁数を尊重し、『源氏目案　上』など題箋の書名と丁数（および表裏の区別）によって示すこととする。

なお、万治本・無刊記小本でも同様の構成である。「爪印」と改題した小本の場合も、柱刻に印された巻名は「爪印上」「爪印中」「爪印下」、丁数はそれぞれ「一」～「九十五終」、「一」～「二百七終」、「一」～「八十三終」となっている。

三　『源氏目案』の注釈内容

『源氏目案　下』の「や」には、夕顔巻の「やうめいのすけ」（六ウ）について、次の注釈が記されている。

一やうめいのすけなる人　揚名介《ヤウメイノスケ》　三ケの大事の一つ也。新続古今雑《ザウ》中。源氏物語揚名介《ヤウメイノスケ》の事を忠守《タヽモリノ》朝臣に
尋ね侍とて申送りける　藤原雅朝《ノマサトモ》朝臣
　　つたへをく跡にもまよふ夕がほの宿のあるじのしるべともなれ
かへし忠守朝臣
　　こゝろあてにそれかとばかりつたへきてぬしさだまらぬ夕がほのやど
昔より秘事《ひじ》とみえたり（『源氏目案　下』五十一オ）

この「揚名介」について、どの注釈書も「三箇の大事」として『花鳥余情』の注を引用している。しかし『花鳥余情』にも詳しくは記されておらず、「これにつきて秘説あり、別にしるすべし」などと注している。この「別にしるす」に当たるものは、『花鳥余情』の著者一条兼良（一四〇二～八一）の晩年の著作『源語秘訣』や『口伝抄』などであろうが、この二書に詳述された記事はあくまでも「大事」「秘事」「秘説」であり、一般に公開されたものではなかった。こうした状況の中で、『源氏目案』には、この「秘事」の由来を遡って示していることに注目したい。『花鳥余情』『源語秘訣』『口伝抄』の成立は、文明四年～十二年（一四七二～八〇）である。これに対して、『源氏目案』注

が引用する新続古今集の成立は永享五年（一四三三）であり、この返歌（新続古今集、一九一二番）の作者丹波忠守は正和～文保年間（一三一二～一九）頃に活躍した歌人である。「揚名介」について、一条兼良の時代よりもさらに遡って「昔より秘事とみえたり」と説く『源氏目案』の注は、他の注釈書には見られない独自の注釈であると言ってよいだろう。近世初期の人物で、二十一代集の最後の勅撰集の歌を源氏物語の「三箇大事」の注として引用することのできる人物は決して多くはなかったと思うが、『古今類句』の編者でもあった山本春正ならば、このような歌を引用することができた。

そして『古今類句』には、当然のことながら右の歌が二首とも入っている。まず、「やとの」で始まる下の句を持つ歌は、『古今類句』第十一巻「くや」四ウ～五オに二十四首あり、その中に目的の歌がある。

新続古雑中　つたへをく跡にもまよふ夕かほの　やとのあるしのしるへともなれ　藤原雅朝朝臣

また、「ぬしさたまらぬ」という下の句を持つ歌は、『古今類句』第四巻「ぬる」の五オ～ウに五首あり、その中に次の歌がある。

新続古雑中　心あてにそれかとはかりつたへきて　ぬしさたまらぬ夕かほの花　丹波忠守朝臣

結句の「夕顔の花」が、『源氏目案』に引用された歌の本文「夕顔の宿」と異なっている。「夕顔」を詠んだ歌を『新編国歌大観』で検索すると二九二首あるが、そのうち「夕顔の花」と「夕顔の宿」を結句に持つ歌は圧倒的に多く、中世・近世を通じての常套句であったことが知られる。春正は、この代表的な句を版下作成の際に取り違えてしまったのであろうが、これが単純な誤りであることは歌の詠み方の相違から明らかである。従って、二つの句は混同されて生じた異文などではなく、『古今類句』の単純な誤植であったと考えるべきであろう。

『源氏目案』の注の特色は、語釈を当時のことばで説明した所にも見られる。『源氏目案』に多く見られる「俗に……也」といった表現を挙げてみた。

○そひえて　ほそやかなるすがた歟・俗《ゾク》にそび〳〵としたると云躰歟▲『河海抄』
○いかきさま　いか〳〵しきなど・世《せ》俗《ぞく》に云詞也・たけき心を……▲花鳥余情
○わらはやみ　……世《セ》俗《ゾク》にをこりといへるこれなり▲細流抄「俗にいふおこり也」
○よきのり物　賭《ノリモノ》・俗《ゾク》にかけをするといふ也・賭弓《ノリユミ》もかけ物也▲細流抄
○いづら　俗《ゾク》にどりやと云心▲万水一露・閑「とりやと尋給詞也」
○山びこ　あまびこ同・俗にこ玉といふこれ也▲紹巴抄「あまひここ玉なとの類也」
○中々　かへつてと云心也・世《セ》俗《ゾク》に云中々にてはなし
○をしたちかど〳〵しき　押立才《ヲシタチカト〳〵シ》日本記　俗に気づよきなどいへる心也
○おもてふせ　面目《メンボク》をうしなふを云也・俗《ゾク》につらよごしと云心也
○あきたきこと　俗《ぞく》にあくべきなきといふに同し・あく事を云也
○ふすぶる　俗にいふと同
○おほめい《く》　俗にとぼけたるといふ心也・うさんなることをおぼめくと云也
○なをしもがちなる　俗《ゾク》に云をとごせのおもてのやう成べし
○花におれつゝ　俗《ぞく》にがをおると云心也※細流抄「情を折也」
○めしうとだちて　世俗にめかけなど云ごとし
○むら〳〵しさすぎ　俗《ゾク》に・きのむらなると云心也
○をしとの給　……世《セ》俗《ゾク》にも・しい〳〵といひて・酒をじたいする事也・

このうち『河海抄』や『細流抄』などからの引用部分は、傍線と▲印で示したが、『源氏目案』独自かと思われる部分には波線をした。これらは、『源氏目案』の編者が庶民の読者のためにわかりやすく説明しようと心がけたものであろう。

源氏物語本文に清濁や読点、傍注をつけ、挿絵まで加える作業には、さまざまな知識が必要となるから、「絵入源氏」本編の完成とほぼ同時に、注釈や引歌に関する書物（手控え）も自然にできあがったはずである。前節で述べた通り、注釈書であれば必ず引歌を挙げるべき箇所においても『源氏目案』では引歌を省略している。これは、『源氏目案』の編者が和歌に関心がなかったからではなく、別冊の『源氏引歌』にその役割をゆだねたからであろう。また『源氏目案』には、人物の系譜に関わる記事も見られない。これは、同じく別冊の『源氏引歌』の内容との重複を避けるためであったと思う。別冊として添えられた『源氏引歌』『源氏目案』『源氏系図』は、引歌、語釈、人物説明という源氏物語注釈における三つの役割をそれぞれ別の書物として分担させたものと考えてよいだろう。

「絵入源氏」の編者山本春正は、いろは順に配列した歌句索引『古今類句』を編纂した。一方、「絵入源氏」の別冊に付けられた『源氏目案』は、源氏物語の注を、本文の順に配列しておく方が簡単であったはずのものを、わざわざ、いろは順に分類してある。これこそ、後に『古今類句』を編纂した春正ならではの仕事であったと考えられないだろうか。重松氏が同じいろは順ということで比較された『仙源抄』がまさに辞書的であるのに対して、『源氏目案』はいろは順に挙げてはいるが、同じ「い」の項においては、桐壺巻の最初から本文に沿った注釈が配列されている。いろは順に分けたことで、注釈書としては扱われて来なかったが、内容的には『孟津抄』などとよく似た形式の（古注集成ではなく）注釈内容を簡単に示した書物であったと思う。

以上のことから、『源氏目案』は、既成の注釈書を出版して「絵入源氏」の付録にしたものではなく、「絵入源氏」の一部として編集された書物であったと考える。その理由をまとめると、次のようになる。

Ⅰ　「絵入源氏」以前のものと思われる『源氏目案』の写本も版本も見当たらず、現存する本が「絵入源氏」と同時に刊行されたか、後に写されたものと考えられること。

Ⅱ「絵入源氏」の本文や挿絵と『源氏目案』の注との間には内容的に大きな矛盾はなく、むしろ補い合い、一致する場合が多いこと。

Ⅲ「いろは順」に整えられた『源氏目案』の注の形式が、「絵入源氏」編者である山本春正の編集した『古今類句』に共通すること。

Ⅳ「三箇の大事」とされる注釈の秘伝に関わる『源氏目案』の独自の注が、和歌に精通した者によって記されていること。

先に考察したように、もう一つの別冊『源氏引歌』もまた、『古今類句』の編者による仕事である可能性が高い。このことを考え合わせると、「絵入源氏」の別冊である『源氏目案』三冊と『源氏引歌』は、「絵入源氏」の本文や挿絵と同様に、山本春正が師匠貞徳や友人から教示を受けながら、自ら編集して出版したものであったことが推定される。最終的に整っていない部分や本文との矛盾は、むしろ、これらが既存の書物を刻したものでなかったことをうかがわせる。

四　『源氏目案』序文と『孟津抄』

『源氏目案』には、十三丁（26頁）にわたる長文の序文がある（図58）。辞書的な中心部分とは異なり、本格的な注釈書に劣らない序と言ってもよいだろう。あとの【翻刻資料】には、本文の段落に、①②……の番号を記したが、以下、それがどの注釈書からの引用であるかを示しておく。

『花鳥余情』……序①中略②中略③（桐壺序⑬・⑭夢浮橋）

『河海抄』……序④中略・料簡⑤中略（⑥中略⑦⑧中略⑨⑪・⑭歌・空蟬・雲隠）

『孟津抄』……序⑥⑦⑧⑨⑩⑫⑬・⑭各巻
『紫明抄』……⑪の系図

最初の①～③は「花鳥序云」、④と⑤はそれぞれ「河海序云」「同抄に云」とある通り、『花鳥余情』序文と『河海抄』の序および料簡より、部分的に省略しながら引用したものである。注目すべきは、⑪の紫式部の系図を除き、⑥～⑬までがすべて、文言、順序ともに『孟津抄』序文と一致していることである。また、⑭の「巻名の由来」の部分は、「絵入源氏」序の大きな特徴であるが、これもまた『孟津抄』の説と重なる。たとえば空蟬・雲隠の説は、『河海抄』、夢浮橋の説は『花鳥余情』であるが、『孟津抄』では、その文章の字句までも一致する。このことから、『源氏目案』の序文も、「絵入源氏」本編と同様、九条稙通の学問を受け継いだ師匠松永貞徳の影響を強く受けたものであったことがわかる。⑭の巻名の由来の説は、「絵入源氏」本編の題簽に刻されている（図50参照）。

注

（1）一文字昭子「『源氏物語目案』は語釈ノートか─未完成度に関する一試論─」（平成十一年七月、「研究と資料」四十一）。なお、『源氏引歌』の場合と異なり、『源氏目案』の書名は、内題・外題ともに「源氏目案」であり、一文字氏の用いられた「源氏物語目案」の書名は見えない。

【翻刻資料】『源氏目案』序

以下、振り仮名・読点・返り点など、できるだけ原本の表記に忠実に翻刻した（割注のみ〈　〉で示した）。拙著『絵入源氏　桐壺巻』（文献4①）に掲載したものを基にしたが、『源氏目案』の性格の一端を示す意図で、前稿の誤植を訂正した上で、あらためて掲載する。

①一花鳥《くはてう》序《のじよ》云《にいはく》．あづまをもろ〱のうつはもの、うへにをき．紫《むらさき》を萬《よろづ》の色《いろ》の中《なか》にたとふるがごとし．みなもとふかき水は．くめどもさらにつくることなく．くらくなき玉に．みがけばいよ〱光《ひかり》をます．我国《わがくに》の至宝《しほう》は．源氏物語《げんじものがたり》に過《すぎ》たるはなかるべし．これによりて世々《よゝ》のもてあそび物となりて．花鳥《くはてう》の情《なさけ》をあらはし．家々《いへ〱》の注釈《ちうしやく》まちまちにして．雪蛍《けいせつ》《ゆきほたる》の功《こう》をつむといへども．何がしのおとゞ《善成公》の河海抄《がかいせう》は．いにしへ今をかむがへ．ふかきあさきをわかてり．もとも抄中《せうちう》のむねにかなひて．指南《しなん》の道《みち》をえたり．しかはあれど．筆《ふで》の海《うみ》にすなどりて．あみをもれたる魚《うを》

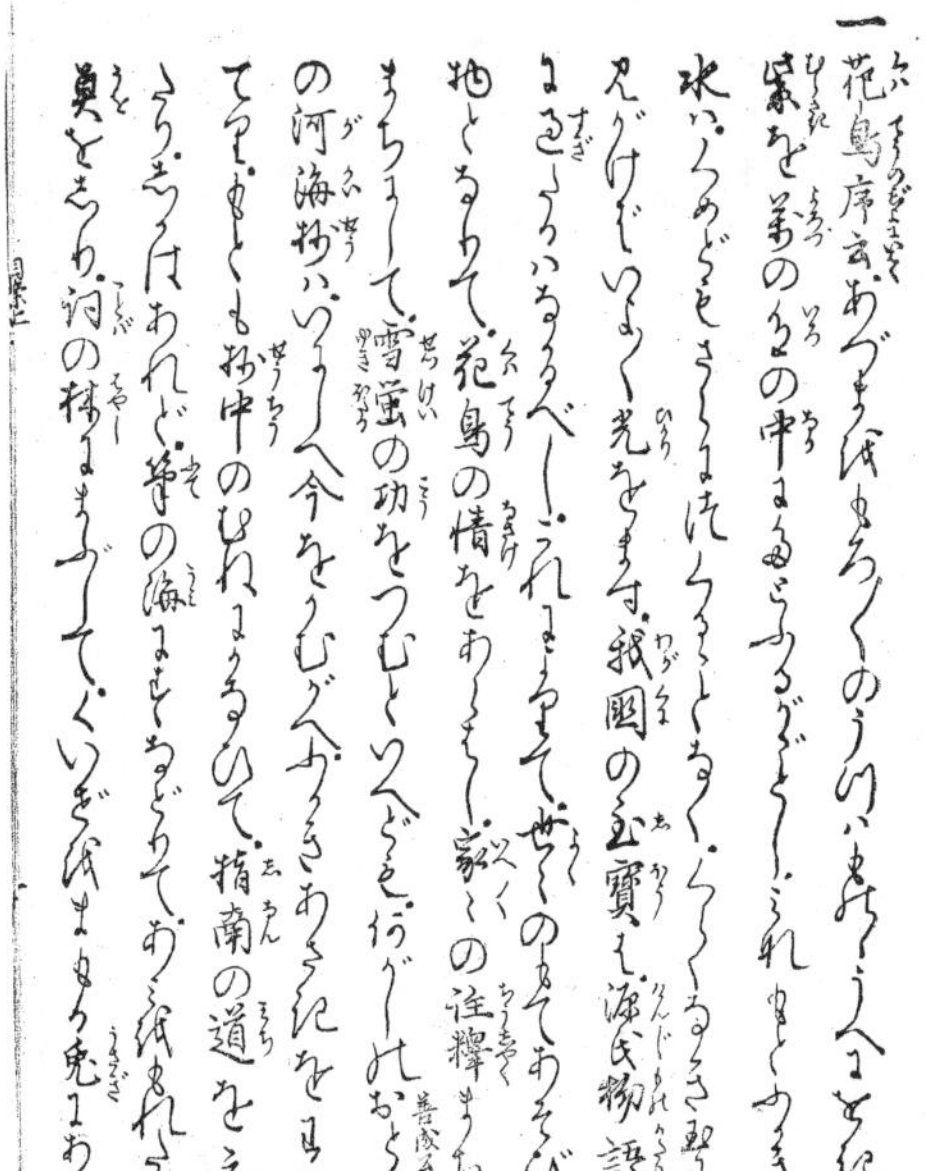

図58　『源氏目案』序

をしり．詞《ことば》の林《はやし》にまぶして．くいぜをまもる兎《うさぎ》にあへり．のこれるをひろひあやまちをあらたむるは．先達《せんたつ》のしはざにそむかざれば．後生《こうせい》のともがら．なんぞしたはざらんや．つゐに愚眼《ぐがん》のをよぶ所を筆舌《ひつぜつ》にのべて．花鳥余《くはてうよ》情《せい》と名《な》づくるところしかなり

②宇治《うぢ》の大納言物語《ものかたりにいはく》云．今はむかし．越前守為時《ゑちぜんのかみためとき》とてさえ有．世にめでたくやさしかりける人は．むらさき式《しき》部《ぶ》がおや也．この為時《ためとき》．源氏《げんじ》はつくりたるなり．こまかなることゞもを．むすめにかゝせたりけるとぞ．きさいの宮このことを聞召《きこしめし》て．むすめをめしいだしたりける．此源氏つくりたること．さま〴〵に申つたへたり．まいりてのちつくりたりとも申．いづれかまことならん

③一順徳院御記《しゆんとくゐんのぎよき》〈承久二年〉一‐切物語《さいのものがたり》雖《いへとも》レ多《おほしと》．或《あるひはある》有‐事或《ことあるひは》託《たくせる》‐事也伊勢物語は．詞指事なけれと．尤《もつとも》上手《ず》めき．詞殊‐勝《ことばしゆせう》也．大和《やまと》は無下に劣《をとれり》．其外無《そのほかなき》レ何《なにと》物語尽《つくして》も不レ見無《なき》二其詮《そのせん》一之故《ゆへ》也．源氏物語は．不‐可説《ふかせつの》物也．更非《さらにあらず》二俗《ぞく》‐人之所為《しよゐニ》一紫《むらさき》式部書《かく》レ之《これを》．始《はしめ》一条院有《てうのゐんありて》二御覧《こらん》一不‐可説物《の》也．式部は日本記《にほんぎ》をこそよくみたりけれと被《られ》レ仰《おほせ》．于《に》レ時《とき》．左衛門内侍《さゑもんのないし》．妬《ねたみ》二此論言《りんけん》一号《をこうすと》二日本記御局《のつほねと》一云々．誠《まことに》諸道諸芸《しよだうげい》皆縮《みなつゝまる》二此一‐編《へんに》一．不‐可‐説未‐曽《みそう》‐有下説《うかせつ》．源氏歌は劣《をとれり》也狭衣《さごろもの》歌こそ能《よ》けれと云人有と云．此条心《てうこゝろ》浮浅《うくあさましきこと》猿事也　更非《さらにあらす》二同日論議《ろんぎに》一狭衣歌も少々《せう〳〵》不レ悪《からすあし》はあれども．源氏歌に不《さる》レ可レ及《べからをよぶ》事雲泥《ことうんてい》也．凡《をよそか》歌‐道《たう》は知《しれると》与レ不《さる》レ知水《しらすい》‐火《くはのもの》者也．源氏は第《だい》一には詞《ことば》つゞき．非《あらす》二人‐間所《けんのしよ》‐為《ゐに》一不‐可説事《のこと》也．第二歌秀逸是《しういつこれ》又何‐人及《かをよはん》レ之《これに》．第三作様《つくりさま》也．以《もて》二虚言《きよこんを》一尽《こと〳〵く》優美《ゆうび》過《すくる》レ之《これにこと》事も有べし．但未《たゝしいまたみ》レ見．又不‐可‐説也．但是《これ》は我朝最上《わかてうさいじやう》也．詞《ことは》は更非《さらにあらずか》二人之所為《しよゐに》一物《もの》也．未《いまだしら》レ知二子細《しさいを》一之輩《ともがら》不《ざる》レ可《べから》レ弁《べんず》二是《ぜ》‐非《ひを》一歟古今《かこきんす》．後撰《ごせんたる》為二大‐意《い》一時《とき》は．則《すなはち》一条院頃《てうのゐんころ》と思へり．猶々《なを〳〵》非《あらさる》二普通物《ふつうのものにか》一歟

④一河海序《かかいじよにいはく》云．光源氏《ひかるげんし》は寛弘《くはんこう》〈一条院《テウノ》〉のはじめに出きて．康和《かうわ》〈堀河院《ホリカハノ》〉の末《すゑ》にひろまりけり．略《りやくす》レ之《これを》

⑤一同抄《おなじせう》に云．このものがたりのおこり．説々《せつ〴〵》ありといへども．西宮《にしのみやの》左大臣．安和《あんわ》二年．太宰権帥《ださいのごんのそち》に．左遷《させん》せられ給しかば．藤《とう》式部．おさなくよりなれ奉りて．思ひなげきける頃．大斎院《おほさいゐん》〈選子内親王《センシナイシンワウ》村上女十宮〉より．上《しやう》

東門院《とうもんゐん》へ．めづらかなる草子《さうし》やはべると．たづね申させ給けるに．うつほ竹とり様《やう》の古《ふる》物語はめなれたれば．あたらしくつくりいだしてたてまつるべきよし．式部におほせられければ．石山寺《いしやまでら》に通夜《つや》して．このことをいのり申に．おりしも八月十五夜の月．湖水《こすい》にうつり．心のすみわたるまゝに．物語の風情空《ふぜいそら》にうかひけるを．わすれぬさきにとて．仏前《ふつせん》にありける大般若《はんにや》の料紙《れうし》を本尊《ほんそん》に申うけて．まづすまあかしの両《ふたつの》　巻《まき》をかきとゞめけり．是《これ》により須磨《すま》の巻《まき》に．こよひは十五夜なりけりとおぼしいで丶と侍るとかや．後《のち》に罪障懺悔《ざいしやうざんげ》のために．般若《はんにや》一部《ふ》六百巻をみづからかきて奉納《ほうなふ》しける．いまにかの寺にありと云々．光源氏《ひかるげんじ》を左大臣になぞらへ．紫《むらさきのうへ》　上を式部《しきぶ》が身によそへて．周公旦白居易《しうこうたんはくきよゐ》の古《いにしへ》をかんがへ．在納言菅丞相《ざいなうげんかんせうじやう》のためしを引《ひき》て．かき出しけるなるべし．その丶ち次第《しだいに》に書加《かきくはへ》て五十四帖《てう》になして．たてまつりしを．権《ごん》大納言行成《かうせい》に清書《せいじよ》せさせられて．斎院《さいゐん》へまいらせられけるに．法成　寺入道関　白《ほうしやうじのにうだうくはんはく》．奥書《おくがき》を加《くはへ》られて云．此物語．世皆《よみな》式部が作《さく》とのみ思へり．老《らう》‐比《び》‐丘《く》筆を加るところ也と云々．誠《まこと》に君臣《くんしん》の交《ましはり》　仁義《じんぎ》の道《みち》．好色の媒《なかだち》　菩《ぼ》提《たい》の縁《えん》にいたるまで．是をのせずといふことなし．其《その》をもむき．荘子《さうじ》の寓言《ぐうげん》におなじきものか．詞《ことは》の妖艶《ようえん》さらに比類《ひるい》なし．一部《ぶ》の中に．紫上の事をすくれてかきいでたる故に．藤式部の名をあらためて．紫《むらさき》　式部と号《かう》せられけり．一説《せつに》　云．藤式部の名《な》幽玄《ゆうげん》ならずとて．後《のち》に藤《ふぢ》のはなの色のゆかりに．紫の字《じ》にあらためらると云々．或《ある》説云．一条院の御めのとこの子也．上　東門院《しやうとうもんゐん》へまいらせらるゝとて．我ゆかりのものなり．あはれと思　召《おほしめせ》と申させ給けるによりて．此名あり．武蔵野《むさしの》の義《ぎ》なりともいへり

⑥一物語の時代は．醍醐《だいご》．朱雀《すさく》．村上《むらかみ》．三代に准《じゆん》ずる歟《か》．桐壺御門《きりつぼのみかとハ》は．延喜《えんぎ》．朱雀院は．天慶《てんきやう》．冷泉《れせい》院は天‐暦《りやく》．光源氏は西　宮《にしのみやの》　左大臣．如レ此　相当《ことくかくのさうたう》する也

⑦一昭《せう》‐宣公《ぜんこう》の母は．寛　平法皇《くはんへいほうわう》の皇　女《くはうじよ》．延喜の帝《みかど》の御妹《いもうと》　也．致仕《ちじ》大臣《の》母《の》も．桐壺御門の一《ひとつ》　御腹《はら》とあり．此外其《ほかその》証《しやう》おほし難者《なんしや》云．以前《いぜん》の准‐拠《しゆんきよ》．誠《まこと》によせありといへども．此物語は．光源氏をむねとする歟《か》．されば．西宮左

大臣に准《しゆん》ずること．一世《いつせ》の源氏左遷《させん》の跡《あと》は相同しけれども．彼公《かのこう》．好色《こうしよく》の先達《せんたつ》とはさしてきこえざるにや．今の物語は殊《こと》に此道《みち》を本《もと》としたる歟《か》．答曰《こたへていはく》．つくりものがたりのならひ．大綱《たいかう》は其《その》人のおもかげあれども．行跡《かうせき》にをきては．あながちにこと〳〵にかれを模《も》することなし．漢《かん》‐朝《てう》の書籍《しよしやく》．春秋《しゆんじう》．史記《しき》などいふ実録《しつろく》にも少々《せう〳〵》有《ある》二異同《いとう》一歟《か》

⑧一桐壺帝．冷泉院を．延喜．天暦になずらへ奉ながら．或は唐《たう》の玄宗《げんそう》のふるきためしをひき．或は秦始皇《しんのしくはう》のかくれたる例《れい》をうつせり．又天‐慶《の》御門は相続《さうぞく》の皇胤《くはういん》おはしまさねども．此ものがたりには．朱雀院の御子今上．冷泉院の御後《のち》なし〈或説曰此条有二作者意趣一歟云々〉光源氏をも安《あん》‐和《わ》の左府《さふ》に比《ひ》すといへども．好色《こうしよく》のかたは道《みち》の先達なるかゆへに．在《ざい》中将の風《ふう》をまねびて．五条．二条の后《きさき》を薄雲《うすぐも》の女院朧月夜《ゐんおぼろづきよ》の尚侍《ないしのかみ》によそへ．或はかたの丶少将のそしりをおもへり．又太上天皇の尊号《そんがう》も．漢家《かんけ》には太公《たいこう》の旧躅《きうちよく》．本朝《ほんてう》には草壁王子《くさかへのわうじ》等先《とうせん》‐蹤《しよう》を模《も》する歟《か》．是作《これつくり》物語゛の習《ならひ》也．はじめにいづれの御時《おほんとき》にかとて．分明《ふんみやう》に書《かき》あらはさゞるも此故也．乍レ去下《なからさりした》には延喜の御時と云心をふくめり．此外或は桓武《くはんむ》．一条院を桐壺御門に准《しゆん》じ．又内大臣伊周公《いしうこう》を．光源氏に擬《ぎ》するといふ一義も有歟《か》．皆以謬《みなもてひう》‐説《せつ》也．若桓武《もしくはんむ》といはゞ．其以後《そのいご》の帝王《ていわう》．陽成《やうせい》．宇多《うだ》．延喜《えんぎ》の御名《な》物語にあり．一条院ならば．延喜より後五代の事みえず．其上．須磨巻《すまのまき》に．此頃゛上手《ず》にすめる．千枝《ちえだ》つねのりと有．両人．朱雀村上の御世の画《ゑ》士《し》也．此頃と云り．一条院まで存生《ぞんじやう》せず．又絵《ゑ》合の巻に．朱雀院を当代の由載《よしのす》レ之無《これをなき》二異論《いろん》一耳《のみ》

⑨一此物語証本《しようほん》一やうならざる歟《か》．行成卿《こうぜいきやうじ》自筆《ひつ》の本《ほん》も．悉《こと〳〵く》今世に伝《つた》はらず．源光行《みなもとのみつゆき》は．八本をもて校‐合取《しゆ》‐捨《しや》して．家本《いへのほん》とせり．所謂《いはゆる》二条帥伊房本《そつこれふさのほん》．冷泉《れせい》中納言朝隆本《ともたかの》．堀河《ほりかはの》左大臣俊房本《としふさの》〈号二黄表《カウスキ》紙《ヘウシト》一左大臣筆跡〉従《しゆ》一‐位麗子本《れいしの》〈土御門右大臣女号二京極北政所一〉法性寺《ほうしやうじ》関白本《くはんはくの》〈唐紙小双子号二尚侍殿本《ト》一〉五条三‐位俊‐成本《しゆんぜいの》．京極《きやうごく》中納言定家本《ていかの》〈号二青《ス》表紙《ト》一〉等《とう》也．各《をの〳〵》雖《いへとも》二証本《しようほんと》一皆有《みなあり》二異同《いとう》一．猶勘《なをかん》二合古本《かうしこほんを》一．且可《かつべき》レ加二了見一者耶《くはふれうけんをものか》．善者《よきもの》従《したかふ》レ之《これに》．古今美言《びげん》也

⑩一黄表紙《きべうし》〈俊成卿〉青表紙〈定家卿〉二条家《てうけ》用レ之《もちゐこれを》奥入計《おくいりばかり》にてよむ也已《い》達所為也《だつしよゐなりと》云々為相母《ためすけはゝ》〈阿仏《アブツ》〉為氏継母也《ためうじのけいぼ》・奥入《おくいり》を切《きり》て渡《わたし》たる也・或説《あるせつ》奥入は伊行卿《これゆききやう》作《さく》也・それに定家卿注《ちう》を加《くはへ》給ふと云々

一河内本《かはちほんハ》・河内守《のかみ》大監物源《けんもつみなもとのみつゆき》光行八本を以て校合取捨《けうがうしゆしや》して・家《いへ》の本とするなり

⑪一紫　式部《むらさきしきふ》〈母常陸介《ハヒタチノスケ》摂津守《ツノカミ》・藤原為信女《ノタメノブカ》　上東門院女房・或鷹司《ハタカツカサトノノ》殿　女房〉

・良門（内舎人　勧修寺家祖　閑院左大臣冬嗣公六男）
　├ 利基《としもと》（左中将）――兼輔《かねすけ》（堤中納言）――惟正《これたゞ》（刑部大輔）――為時《ためとき》（正五下越前守）――紫式部
　└ 高藤《たかふじ》（勧修寺内大臣）――兼茂《かねしげ》――女子

此式部は後《のち》に左衛門権佐宣孝《ごんのすけのぶたか》に嫁《か》して・大弐三位弁《にのゐべんのつほね》局〈狭衣《さ》作者〉を生《しやう》ず・旧跡《きうせき》は正親町《おほきまち》以-南京極西頬今《みなみきやうごくにしづらいまの》東北院《とうぼくゐんのむかひなり》向也・此院は・上東門院御《のご》-所《しよ》之跡《あと》也・又式部墓所《はかところ》在二雲林院《うんりんゐんに》一白毫院南・小野篁《をのゝたかむらかはか》墓の西《にし》なり

⑫一源氏をみるに心をたゞして・盛《しやうじやひつすい》者必衰の心を守《まもり》て可レ見《みる》・悪《あしくこゝろえ》意得ては・好色《こうしよく》のかたにいたづらにかたふく故に・源氏をば能《よく》ならひて可レ見云々

⑬一凡《およそ》五十四帖《てうの》の巻名《まきのな》に・四の意《こゝろ》あり・一には詞をとり・二には歌をとり・三には詞と歌との二をとり・四には歌にも詞にもなきことを名とせり・天台《てんだい》の教《けう》に四-諦法門《たいほうもん》有・一には有門《うもん》・二には空門《くう》・三には亦有亦空門《やくうやくくう》・四には非有非空門《ひうひくう》也・一切の言教《ごんけう》は・此四諦《たい》に出ず・これによりて・故四諦外別《たいのべちに》立法性とも尽せり・真実《しんしつ》の道理《たうり》は・言教《こんけう》のほかにあるべきものなり

⑭一一巻《いちのまき》　桐壺《きりつぼ》　詞を名とせり
桐壺は・淑景舎《しげいさ》也・此所曹司《ところざうし》たるによりて・光源氏の母御息所《みやすところ》を・桐壺更衣《かふい》といふ・仍《よつて》巻名《の》とせり・一名壺前《つぼぜん》栽《ざい》・詞に御まへのつぼせんざいの盛《さかり》なりとあり

二巻《の》　帚木《はゝきぎ》　うたを名とせり

はゝきゞの心をしらでその原《はら》の道《みち》にあやなくまどひぬるかな

幷《ならび》一　空蟬《うつせみ》　縦《たて》のならび也．歌を名とせり

空蟬のみをかへてげる木の本に猶人がらのなつかしきかな

巻の幷のことは．うつほの物語《゛》第三の幷．春日祭《かすがまつり》．又第五．吹上巻並《ふきあげのまきならび》〈祭使菊宴《マツリノツカヒキクノエン》〉などあり．浜松《まつはま》のものがたりにも幷一帖《てう》あり．此等《これら》の例歟《れいか》．凡《をよそ》幷の様《やう》．一偏《へん》に同時のこと、もみえず．横縦《よこたて》有歟《あるか》．同つゞきを分るも有．是《これ》を縦幷《たてのならび》と云．空蟬《うつせみ》の巻《まき》是なり．うつほ浜《はま》松は横《よこ》也．末摘《すゑつむ》は縦横相交《たてよこあひまじはる》なり

並二　夕顔《ゆふかほ》　縦《たて》のならび也．歌と詞とを名とせり

心あてにそれかとぞみる白露の光そへたるゆふがほのはな

三　若紫《わかむらさき》　歌を名とせり．若紫とつゞきたる詞はみえず

手につみていつしかもみん紫のねにかよひけるのべのわかくさ

並　末摘花《すゑつむはな》　横縦《よこたて》のならびなり　歌を名とせり

なつかしき色とはなしになに、この末摘花を袖にふれけむ

四　紅葉賀《もみぢのが》　詞を名とせり

但《たゞし》　此巻《まき》に紅葉賀とつゞきたる詞は見えず．花のえんの巻に御紅葉賀とあり．藤裏葉の巻にもみえたり

五　花宴《はなのえん》　詞を名とせり

南殿《なんでん》のさくらのえんせさせ給ふとあり

六　葵《あふひ》　うたを名とせり

はかなしや人のかざせるあふひゆへ神《かみ》のしるしのけふを待ける

七　榊《さかき》　歌とことばを名とせり

神がきはしるしの杉《すぎ》もなき物をいかにまがへておれるさかきぞ

八　花散里《はなちるさと》　うたを名とせり

たち花のかをなつかしみ時鳥はなちる里を尋《たつ》ねてぞとふ

九　須磨《すま》　歌と詞《ことば》を名とせり

松しまのあまの苫《とま》やもいかならんすまのうら人しほたるゝころ

十　明石《あかし》　歌とことばを名とせり

なげきつゝ明石の浦《うら》に朝霧《あさぎり》のたつやと人をおもひやるかな

十一　澪標《みおづくし》　うたを名とせり

みをづくしこふるしるしにこゝまでもめぐりあひけるえにはふかしな

並一　蓬生《よもぎふ》　横の並也　歌と詞を名とせり

尋《たづ》ねても我こそとはめみちもなくふかきよもきのもとの心を

並二　関屋《せきや》　縦《たて》のならび也詞を名とせり

関屋よりざとくづれ出たるたひすがたどもとあり

十二　絵合《ゑあはせ》　詞を名とせり

此巻に絵《ゑ》合とつゞきたる詞はなけれど・たけとりのおきなに・うつほのとしかげをあはせてとあり・猶如レ此《の》詞
あり・後拾遺集《ごしういしう》の詞に・正子内親王《しやうしないしんわう》・絵《ゑ》合の事《こと》みえたり

十三　松風《まつかぜ》　歌と詞を名とせり

身をかへて独《ひとり》かへれる古郷にきゝしにゝたる松かぜぞふく

十四　薄雲《うすぐも》　歌を名とせり
入日さす峰《みね》にたなびく薄雲はもの思ふ袖《そで》に色やまがへる
十五　槿《あさかほ》　歌とことばを名とせり
みしおりの露わすられぬ槿の花のさかりはすぎやしぬらむ
十六　乙女《をとめ》　歌と詞を名とせり
乙女子も神さびぬらし天津袖《あまつそで》ふるき世のともよはひへぬれば
十七　玉鬘《たまかづら》　歌を名とせり
恋わたる身はそれなれど玉かづらいかなるすぢを尋ねきぬらん
並一　初音《はつね》　縦《たて》のならび也．歌と詞を名とせり
年月《とし》を松にひかれてふる人にけふ鶯《うぐひす》のはつねきかせよ
並二　胡蝶《こてふ》　縦《たて》のならび也．歌と詞を名とせり
花ぞの丶こてふをさへやした草に秋《あき》まつ虫はうとくみるらむ
並三　蛍《ほたる》　縦《たて》のならび也．歌と詞とを名とせり
声はせで身をのみこがす蛍こそいふよりまさる思ひなるらめ
並四　常夏《とこなつ》　縦《たて》のならび也．歌と詞とを名とせり
なでしこのとこなつかしき色をみばもとのかきねを人や尋ねん
並五　篝火《かゞりび》　縦のならび也．歌と詞とを名とせり
篝火にたちそふ恋のけふりこそ世にはたえせぬほのほ成けれ
並六　野分《のわき》　縦のならび也．詞を名とせり

野分例《れい》のとしよりもとあり
並七　行幸《みゆき》　縦のならび也．歌を名とせり
うちきらしあさぐもりせしみゆきにはさやかに空の光やはみし
並八　蘭《ふちはかま》　縦のならび也．歌と詞とを名とせり
おなじの丶露にやつる丶蘭あはれはかけよかごとばかりも
並九　槙柱《まきはしら》　縦のならび也．歌を名とせり．或は桜《さくら゛》人と云り
今はとてやどかれぬともなれきつるまきのはしらは我を忘るな
十八　梅枝《むねかえ》　詞を名とせり
弁少将《べんのせうしやう》 拍子《ひやうし》とりて．梅がえいだしたるいとおかしとあり
十九　藤裏葉《ふちのうらば》　詞を名とせり
藤のうらばのとうちずんじ給へるとあり
二十　若菜《わかな》上下　歌と詞とを名とせり．或は此下巻をもろかづらと云り
小松原《ばら》末のよはひにひかれてやのべのわかなもとしをつむべき
廿一　柏木《かしはぎ》　歌と詞を名とせり
柏木に葉《は》もりの神はまさずとも人ならすべき宿《やど》の木末《ずゑ》か
廿二　横笛《よこふえ》　歌を名とせり
よこ笛のしらべはことにかはらぬをむなしく成しねこそつきせね
並　鈴虫《すゞむし》　縦《たて》のならび也　歌と詞を名とせり
大かたの秋をばうしとしりにしをふりすてがたきすゞ虫の声《こゑ》

廿三　夕霧《ゆふきり》　歌を名とせり
山里の哀《あはれ》をそふる夕ぎりに立いでん空もなき心ちして
廿四　御《み》法《のり》　歌を名とせり
たえぬべき御法ながらぞたのまる丶世丶にとむすふ中のちきりは
廿五　幻《まぼろし》　歌を名とせり
大空《ぞら》をかよふ幻夢《ゆめ》にだに見えこぬ玉の行衛《ゆくゑ》しらせよ
廿六　雲隠《くもがくれ》
此巻は名のみありて．其詞はなし　匂宮の巻に．ひかりかくれ給し後といふにてしるべき歟《か》．雲がくれは逝去をいへること也．万葉神亀《えうしんき》六年．左大臣．長屋王《ながやのわうきみ》　賜《たまふ》レ死之《しせの》後作《のちつくる》　歌
太皇《万三スメロギ》のみことかしこみおほあらぎの時にはあらねど雲がくれます
此外不《す》レ可《へから》ニ騰《あげて》計《かぞふ》一．宿木《やどりき》の巻に．六条院世をそむき給事．二三年ばかりさがの院に隠居《ゐんきよ》し給へる由《よし》みえたれば此巻の中に．二三年隠居《ゐんきよ》し給てその丶ち崩御し給ふことを．此巻に詞あらばしるべき也．抑《そも〱》巻の名ばかり有て．詞をみぬことは．天台《てんだい》の四教の法門を例に引たれど．なを物どをき心ちし侍り．猶花鳥にくはしくしるし給也．
此巻に八九年のことこもれるなり
廿七　匂宮《にほふみや》　詞を名とせり　或は匂兵部卿共．一名薫《かほる》中将共
例《れい》の世人は．匂兵部卿．薫中将とき丶にく丶いひつゞけてとあり
並一　紅梅《こうばい》　縦《たて》のならび也　詞を名とせり
東《ひんがし》のつまに．軒《のき》ちかき紅梅の．いとおもしろくとあり
並二　竹河《たけがは》　横《よこ》の並也．末《すゑ》は縦《たて》也．歌と詞とを名とせり

竹河のはしうち出し一ふしにふかき心のそこはしりきや
廿八　橋姫《はしひめ》〈宇治十帖〉歌を名とせり
はし姫の心をくみてたかせさすさほの雫《しづく》に袖ぞぬれぬる
廿九　椎本《しゐがもと》　歌を名とせり
立よらんかげと頼みし椎が本むなしき床《とこ》になりにけるかな
三十　角総《あげまき》　うたとことばを名とせり
あげまきにながき契りを結《むす》びこめおなじ心によりもあはなん
卅一　早蕨《さわらび》　うたとことばを名とせり
この春はたれにかみせんなき人のかたみにつめる峰《みね》のさわらび
卅二　宿木《やどりき》　歌を名とせり　或一名．貌鳥《かほとり》
やどり木と思ひ出ずは木のもとの旅《たび》ねもいかにさびしからまし
卅三　東屋《あづまや》　歌を名とせり
さしとむるむぐらやしげきあづまやのあまり程ふる雨ぞゝき哉
卅四　浮舟《うきふね》　歌を名とせり
たち花の小島《しま》は色もかはらじをこのうき舟ぞ行ゑしられぬ
卅五　蜻蛉《かげろふ》　うたとことばを名とせり
ありとみて手にはとられすみれは又ゆくゑもしらすきえし蜻蛉
卅六　手習《てならひ》　ことばを名とせり
てならひといふことば．四ケ所あり

卅七　夢浮橋《ゆめのうきはし》

花鳥《くはてう》に云．此巻の名は．歌にも詞にもみえざること也．一部名目は．四句に料簡《れうけん》して．すでに釈《しやく》しをはりぬ．うきはしは．古歌の詞に．世中は夢のわたりのうき橋かとよめるをとりて．夢のうきはしとつゞけたり．その子《し》細《さい》．河海抄《がかいせう》にいへり．相違《さうい》なくおぼえ侍り．手習《てならひ》の巻の終《をはり》のことばにも．うちみんゆめのこゝちにも．あはれをもくはへんとにやありけんと．うき舟のことをかほるの思給ふことにかきはべり云々

第三節　版本付録の『源氏系図』

一　近世における「源氏古系図」享受

「源氏物語系図」「源氏系図」とは、源氏物語に登場する人物を、その血縁関係に従って配列し、昇進の経歴や物語における役割などを簡単に注記したものである。人物の配列や項目数、そして注記の内容は伝本によって異なるため、それぞれの成立時期において源氏物語がどのように読まれていたかを知ることができる。中でも三条西実隆の長享二年（一四八八）本以前の「源氏物語古系図」は、池田亀鑑氏が『源氏物語大成　巻七』（文献30）において、源氏物語の古写本の本文を知るための資料として価値があるとし、その際に紹介・翻刻された九条家本を、源氏物語系図成立当時の最も古い形態が伝えられるものとされた。また、常盤井和子氏は『源氏物語古系図の研究』において、九条家本を最古の源氏物語系図と認めた上で、これに近い構成・本文を持つ秋香台本を紹介された(1)。さらに中田武司氏は、専修大学蔵の伝藤原家隆筆『源氏系図』を紹介し、その古系図としての性格と価値について詳しく解説しておられる(2)。

これらのご研究を受けて、私自身、帝塚山短期大学蔵の『光源氏系図』を、影印と翻刻に解説を加えて紹介した(3)。この帝塚山短大本は、常磐井氏の紹介された秋香台本よりもさらに九条家本に近い源氏系図である。

秋香台本が血縁関係を示す罫線もなく冊子本であるのに対して、帝塚山短大本は九条家本と同様に巻子本であり、系図の線や傍注などの表記も一致する。全体の構成はもとより、九条家本と秋香台本とが異なる本文についても、帝塚山短大本では、九条家本とことごとく一致する。また、帝塚山短大本には、為家および為氏の本を校合し写したとする奥書が備わっている。これによって、藤原為家・為氏親子の自筆による古系図の形態を推定することが可能となり、巻頭と巻末の多くが欠けていて素姓も明確ではない九条家本の原初形態を知るための手がかりとなる。

以上のことは、あくまでも古系図諸本の問題であり、これが従来の「源氏系図」に関する研究の中心であった。その他の「源氏系図」については、伊井春樹氏が『源氏物語注釈史の研究　室町前期』（文献40）において、実隆作『源氏系図』について述べておられる他には見あたらない。ところが、秋香台本や帝塚山短大本は近世において書写されたものであり、秋香台本特有の本文や、帝塚山短大本の書写段階で書き加えられた小文字の部分[4]などから、近世における源氏物語の享受のあり方をうかがうことができる。また、専修大学本を「家隆筆」とした鑑定書の日付は、「絵入源氏」跋文と同じ慶安三年であると言う。これらのことから、古系図の成立は平安時代末期から鎌倉時代初期にかけてではあるが、それらの古系

図59　帝塚山短大本『光源氏系図』

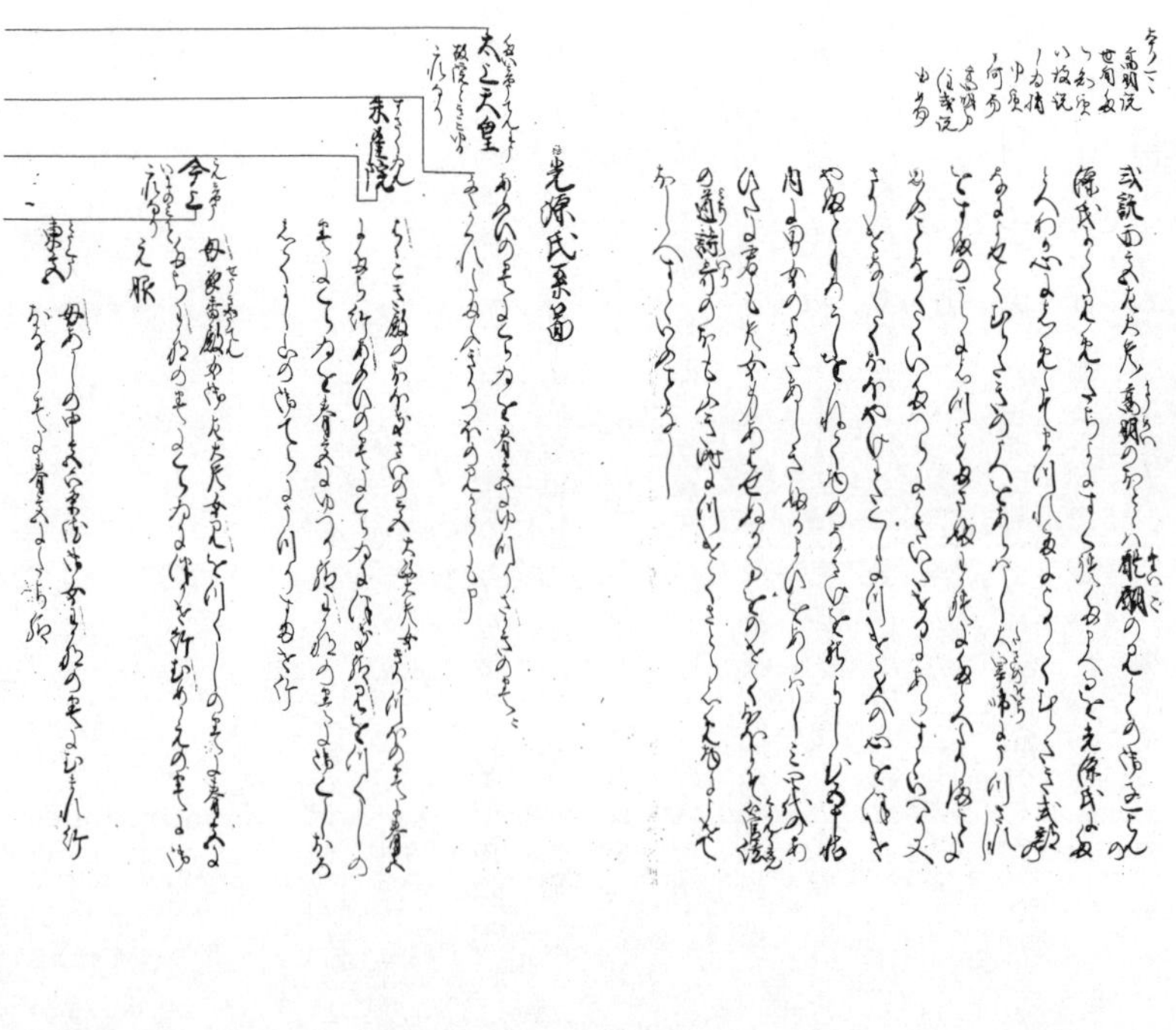

図を、まさに近世初期の人々が関心を持って手にしていたという事実が知られる。そして、本書で問題にしている、慶安三年（一六五〇）跋「絵入源氏」、寛文十三年（一六七三）刊『首書源氏物語』、延宝元年（一六七三）跋『湖月抄』という、近世を代表する三つの源氏物語版本のいずれもが『源氏系図』を別冊付録として出版していたことが、このことを裏付ける。

「源氏古系図」が源氏物語の成立時点での享受や古写本の本文を知るための資料的価値があったのと異なり、版本の「源氏系図」は、近世の庶民が源氏物語をどのように読んでいたのかをうかがう手がかりにすぎない。しかし、謎の多い当時の出版事情と源氏物語の享受のあり方を知るためには、「源氏系図」は有効な資料に成り得る。第三章で論じる通り、「絵入源氏」と『首書源氏物語』『湖月抄』は、きわめて近い本文を有しているが、編集方針には異なるところも多く、体裁の違いが目立つ。ところが、「源氏系図」だけは付録として共通して持っており、しかも、その内容は少しずつ異なっている。つまり、「源氏系図」を比較することで、それぞれの版本の性格がより明確になると思うのである。

二　系図の書誌

まず、それぞれの書誌（概略）を比較してみよう。

「絵入源氏」（慶安本・無刊記小本同じ）

外題「源氏系図」　内題ナシ

系譜「太上天皇」「前坊」から「兵部大輔」まで

系譜以外の記載ナシ

奥書・識語ナシ

全二十丁（系譜のみ）

『首書源氏物語』

外題　『首書源氏系図』　内題ナシ

系譜　「太上天皇」「前坊」から「兵部大輔」まで

「不載系図人々」（巻順）

奥書（＊右に、長享二年本古系図奥書の異文を記す）

光源氏の物語系図といふ事いつれの世より出き《にて》たりたれ人のしわさなりといふ事をしらす異同まち〳〵にして是非わきまへかたしさためて展転書写のあやまりなるへし此ころ此物語に心さすともから三四ケ年かほとたかひにあひかたらひ五十余帖のうちしつかにひらき見て煩乱をかりたいらき浮詞をきりきる就中氏族たしかならす前後見えさるともからを《をは》一巻〳〵にをきて一人ひとりをしるせり但わらは随身ことき其品かすにもあらすそのことわささせるせんなきものにいたりては是をのそく終にして詞《討》論潤』色ををへ則書写校合をとくるものなり凡かの物語は代々のもてあそひ物として家々の註釈かすおほしといへとも桃花坊の禅閤の花鳥余情を抄して松岩寺の相府の河海の遺漏を決し給へるに過たるはなかるへし彼序にものこれるをひろひあやまりをあらたむるは先達の

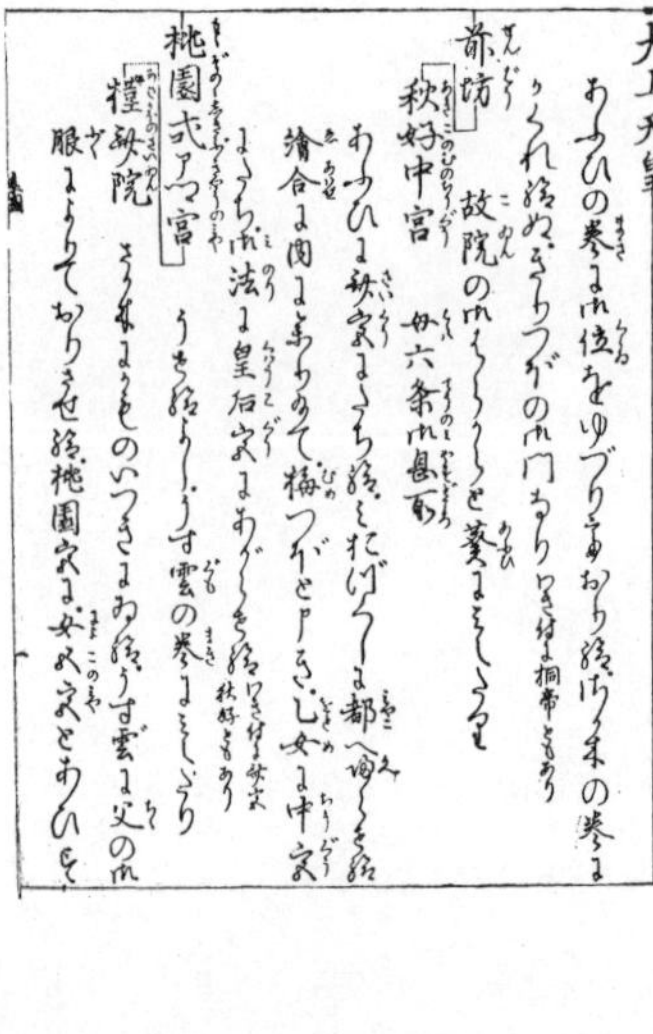

図60　慶安本別巻『源氏系図』

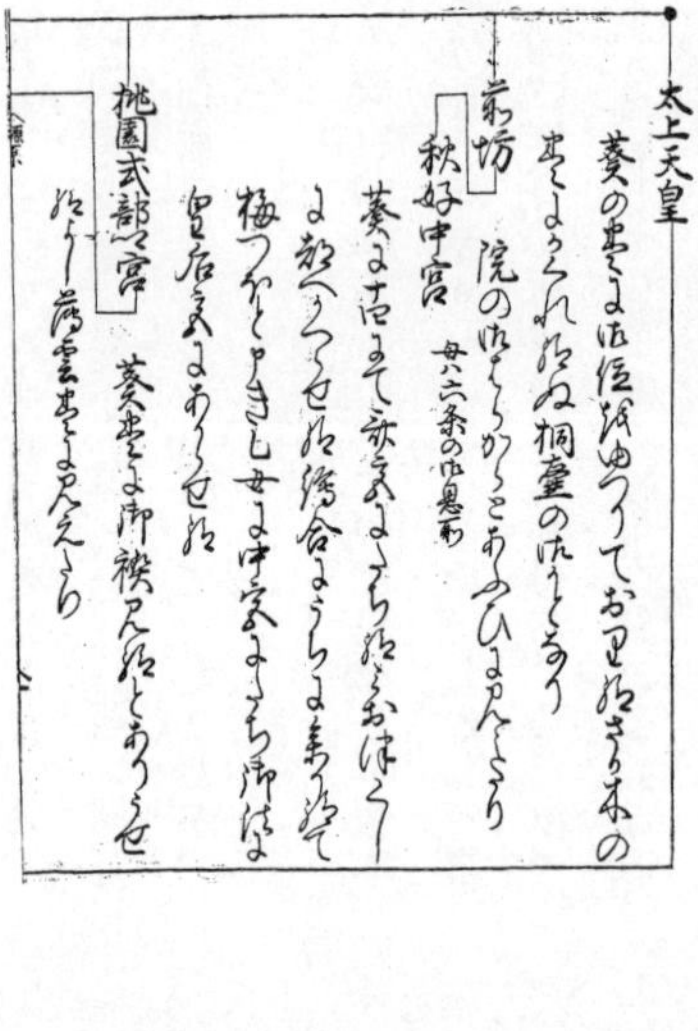

図61　『首書源氏』別巻『源氏系図』

しわさにそむかされは後生《世》のともからなんそしたかはさらんやと筆をのこし給へれは今の系図のをもむき此《も此》義理にひとしく定《かく》めをける中にもなをあやまりなきにあらさるへし将来君子必こゝろさしをおなしくすへしと』いふ事しかり時に長享二のとし春《青》陽の三月これをしるしをはりぬ

全三十九丁（うち系譜二十六丁）

『湖月抄』

外題『湖月抄』　内題「源氏物語系図」

系譜「太上天皇」「前坊」から「大臣（花散里上）」まで「不入系図人々」（官位順）「巻之次第」「古物語名」「源氏数本之事」あり

奥書

　此一冊依桂蔵主所望以家本加書写者也

　天文十九年六月日　桃華宋央判

　同廿七日一校合

　愚此系図之人名及註之小書等不審
　之事不少也蓋以河内本青表紙等之
　本有差異の故乎且又展伝書写之誤

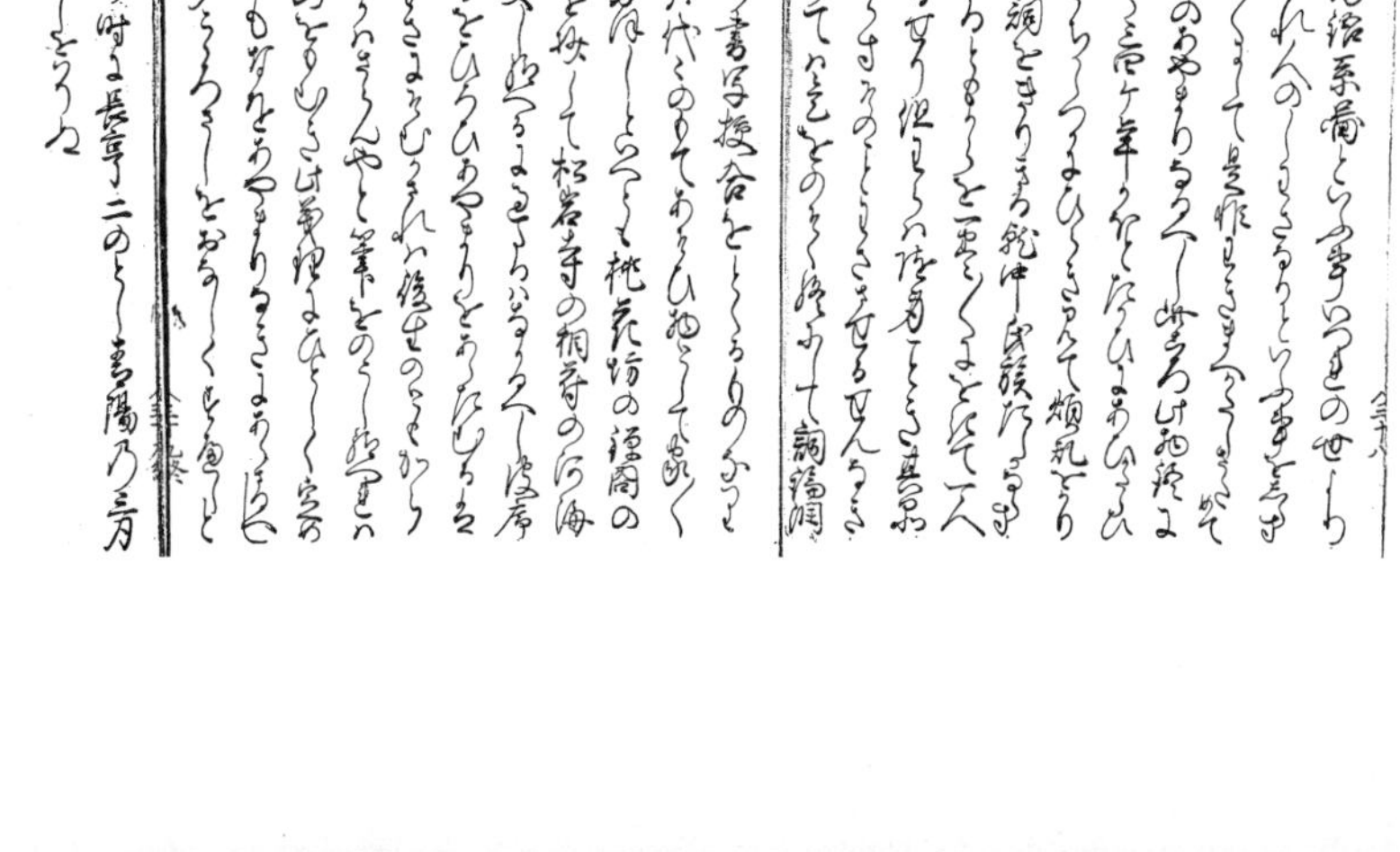

図62　『首書源氏』別巻『源氏系図』奥書

乎雖然今任所持之一本而強不加私
勘考者也追而以正本可改矣
全四十六丁（うち系譜三十二丁）

三　『首書源氏』の文亀本と『湖月抄』の天文本

『首書源氏物語』の『源氏系図』の題簽には、『首書源氏系図』とあるが、この一冊のどこにも「首書」（頭注）の部分はない。単に『首書源氏物語』の別巻であることを示した題であろう。注目すべきは、巻末の三十八ウ～三十九ウにわたる奥書である（図62）。これは、三条西公正氏が紹介された、三条西実隆の長享二年（一四八八）本「源氏系図」の奥書（右の引用文に異文を傍記した）に一致する。奥書中の「此ころ此物語にさすともから」とは宗祇・肖柏を指す。[5] 池田亀鑑氏は、この長享二年本を目安にして「古系図」の分類区分をされた。[6] ただし、伊井春樹氏によると、この奥書があっても、実際はそれを改訂した文亀四年（一五〇四）本であることが多く、『首書源氏物語』付録の系図は、文亀本を刻したものであると言う（文献40）。

一方、『湖月抄』付載の『源氏系図』についても、すでに池田氏が紹介し、奥書によって「天文本源氏物語古系

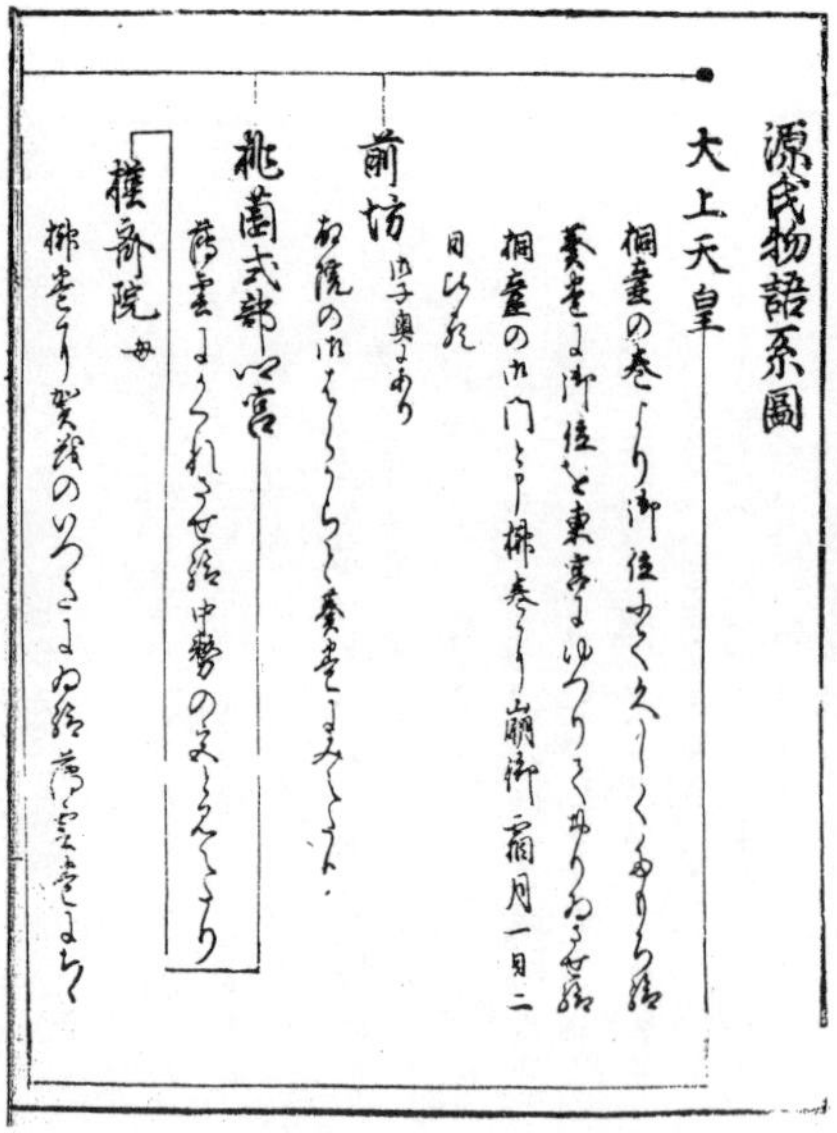

図63　『湖月抄』別巻『源氏系図』

図」と名付けられた（文献28）。池田氏は、

この桃華宋央が一条家の人であることは明白であるが、その何人たるかを知らない。或ひは兼冬か。兼冬ならば、この年は彼の二十二歳の時である。

と説明される。また、より詳しく検証された常磐井氏は、次のように述べておられる。

年令などからいって、兼冬の父、兼良の孫の一条房通がこの時四十二才なので、宋央には兼冬を想定するより、この人をあてた方がよさそうである。しかし詳細は依然としてわからない。

これに関しては、同じ『湖月抄』の付録『源氏物語年立』の跋文（図64）が参考になるかもしれない。

源氏物語《ノ》年立一冊者《ハ》故禅定閣下所《ノ》二製作《スル》一也　件《ノ》正本《ハ》応仁大乱《ニ》於二桃防《ノ》文庫一為《メニ》二白浪一奪取《ヒラレ》畢《ス》爰《ニ》経《テ》二十年《ヲ》一不慮《ニ》感二得《ス》之《ヲ》一憚《テ》無レ物二于取《ルニ》レ喩此《ヲ》一帖《ハ》以二彼真本《ヲ》一加《ル》二書写《ヲ》一者也未二レ流布《セ》世間《ニ》一雖レ無レ出《スシテ》二　窓外《ヲ》一感《シメ》二数奇之《ノ》志《ヲ》一付二属《シ》左金吾《ニ》一訖《ヌ》深窓《シメ》二箱底一莫《レ》レ令《シテ》二他見一

永正七載季夏中吉　前博陸叟〈後成恩寺殿御息一条殿冬良公也〉

一本奥書

右年立《ノ》者《ハ》愚身四代囊祖後成恩寺禅閤之述作也則以家秘本令二書

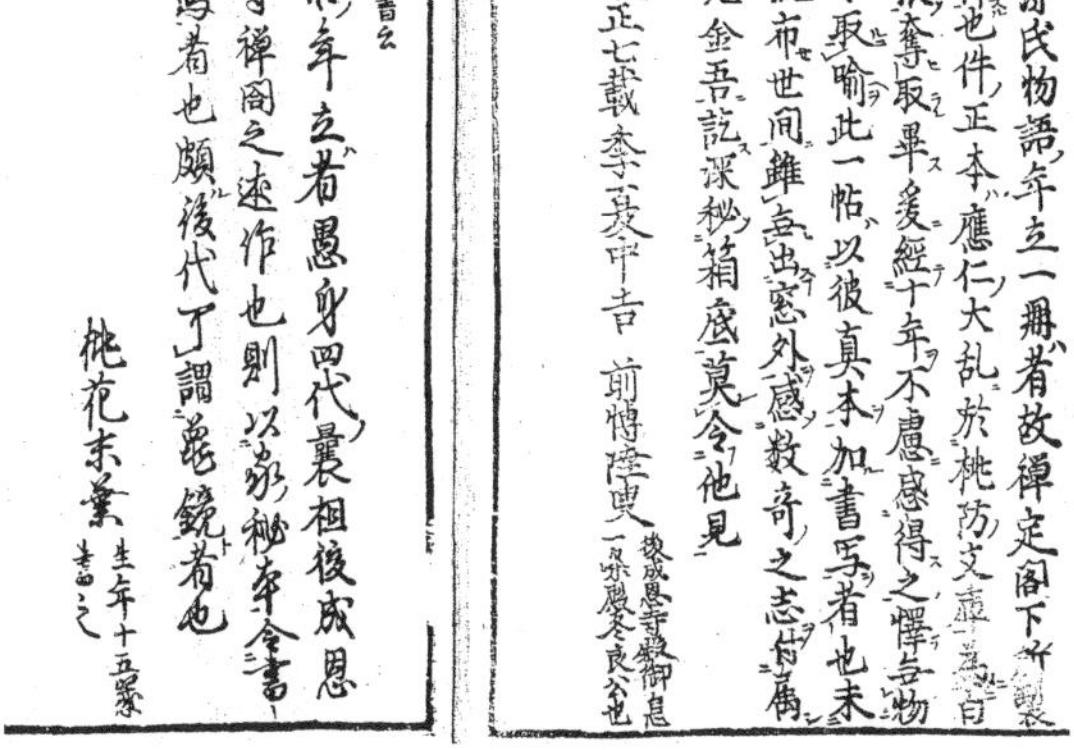
源氏物語年立一冊者故禅定閣下所製
作也件正本應仁大乱於桃防文庫為白
浪奪取畢爰經十年不慮感得之憚無物
于取喩此一帖以彼真本加書写者也未
流布世間雖無出窓外感数奇之志付属
左金吾訖深秘箱底莫令他見
永正七載季夏中吉　前博陸叟　後成恩寺殿御息一条殿冬良公也
一本奥書云
右年立者愚身四代曩祖後成恩
寺禅閤之述作也則以家秘本令書
写者也頗後代可謂亀鏡者也
桃花末葉　生年十五歳書之

図64　『湖月抄』別巻『源氏物語年立』跋文

写㆒者也頗後代可㆑謂㆓亀鏡㆒者也

桃花末葉〈生年十五歳書之〉

このうち、永正七年の奥書の部分は、一条兼良の『源氏物語年立』に共通するもので、『岷江入楚』の奥書にも「年立奥書云」として引用されている。『源氏物語事典』（文献29）の「源氏物語年立」解説（大津有一氏）は、この奥書の人物について「後成恩寺禅閤は兼良、桃花末葉は房通、前博陸叟は冬良かといわれている」としている。

なお、『湖月抄』の『湖月抄発端条目』（内題）の目次の最後に、次の項目がある。

源氏物語系図一条禅閤御作　同年立同御作　外ニアリ

源氏物語表白　外ニアリ

「外ニアリ」は、それぞれ別冊の『源氏系図』『源氏物語年立』を指すと思われるが、ともに「一条禅閤御作」としている。実際の作者はともかく、『湖月抄』の著者北村季吟は、天文本『源氏系図』も兼良の作と理解し、その系統の本として用いていたことが知られる。

池田氏は、『湖月抄』の天文本古系図を、古系図の特徴を備えた「混成本」とし、常磐井氏もまた「古系図の中では伝流の下る性質の本であることは顕著」とされた。『湖月抄』は、すでに伝えられていた混成本の『源氏系図』を忠実に写して付録にしたのであろうか。

ちなみに、万治本で新たに加えられた「源氏表白」の巻末にも、「一條禅閤兼好公之御作云々」という跋文があった（第一章第二節参照）。こちらの場合には、そもそも別人による「源氏表白」を一條禅閤の作とした上に、「兼良」を「兼好」と誤って刻しているから、信憑性はきわめて薄い。一方、本文の夢浮橋巻末の跋文において、横型の版型を採った理由を「今此開板之本者桃花老人写於校合之巻卦者頓阿法師寄於六半之形畢」と、兼良が書写したという頓阿の枡形本を真似たと記してもいる。実のところ、慶安本をただ模写したにすぎない万治本であるが、ともかくも一条兼良の権威を借りて、本の値打ちを高めようとしたのであろう。これに対して、『湖月抄』付載の『源氏系図』および『源氏物語年立』の内容と奥書の信憑性を疑う理由は見あたらない。

四　系図本文の相違

「絵入源氏」に付載の『源氏引歌』や『源氏目案』が、従来の研究において、古来の書物を刻したものと説明されてきたのは、『首書源氏物語』や『湖月抄』の別冊付録が古来の『源氏系図』写本を刻したものであり、それと同様だと考えられたからであろう。しかし「絵入源氏」の場合には、古来の本をそのまま写すという方法を採っていない。右に示した通り、『首書源氏物語』三十九丁、『湖月抄』四十六丁あったのに対して、「絵入源氏」の『源氏系図』は十丁しかない。系譜の部分もそれぞれ二十六丁、三十二丁あり、「絵入源氏」の系図の三倍に当たる。『首書源氏物語』や『湖月抄』は、系譜の記載人数が多いだけでなく、それぞれの人物説明（伝）も「絵入源氏」より詳しい。まず、それぞれの巻頭の本文を比較してみよう（血縁を示す線は省略する）。

「絵入源氏」

太上天皇《だいじやうてんわう》

あふひの巻《まき》に御位《くらゐ》をゆづりており給・さかきの巻にかくれ給ぬ・きりつぼの御門なり わき付に桐帝ともあり

先坊《せんばう》　故院の御はらからと葵に見えたり

秋好《あきこのむ》中宮《ちうぐう》　母《はゝ》六条御息所《てうのみやすどころ》

あふひに斎宮《さいくう》にたち給・みをづくしに都《みやこ》へ帰《かへ》らせ給　絵合《ゑあはせ》に内に参り給て・梅《むめ》つぼと申き・乙女《をとめ》に中宮《ちうぐう》にたち・

御法《みのり》に皇后宮《くはうこぐう》にあがらせ給 わき付に斎宮秋好ともあり

桃園式部《もゝぞのしきぶ》卿宮《きやうのみや》　うせ給よし．うす雲《ぐも》の巻にみえたり
槿　斎院《あさかほのさいゐん》　さかきにかものいつきにゐ給．うす雲に父《ちゝ》の御服《ぶく》によりておりさせ給．桃園宮に．女五宮《によこのみや》とあひ
すませ給ふ わき付に槿とあり

『首書源氏物語』＊「絵入源氏」との異文に傍線を付した

太上天皇
葵巻に御位をゆつりており給さか木の巻にかくれ給ぬ桐壺のみかとなり
前坊　院の御はらからとあふひに見えたり
秋好中宮　母は六条の御息所
葵に十四にて斎宮にたち給みおつくしに都へ帰らせ給絵合に内に参り給て梅つほと申き乙女に中宮にたち御法
に皇后宮にあがらせ給
桃園式部卿宮　葵巻に御禊見給とありうせ給よし薄雲巻に見えたり
槿斎院　はゝきゝの巻に中川の宿にて御うはきありさか木にかものいつきにゐ給うす雲に父宮の御服により
ておりさせ給桃園宮に女五宮とあひすませ給ふ

『湖月抄』＊「絵入源氏」との異文に傍線を付した

太上天皇
桐壺巻より御位にて久しくたもち給葵巻に御位を東宮にゆつりておりゐさせ給桐壺の御門と申榊巻に崩御霜月
一日二日頃歟
前坊　御子奥にあり　故院の御はらからと葵巻にみえたり
桃園式部卿宮　薄雲にかくれさせ給中務の宮と見えたり

槿斎院　母　榊巻に賀茂のいつきにゐ給薄雲巻にち、宮の御服によりておりゐさせ給桃園宮におばの女五宮と
あひすませ給わかなの巻に御髪《グシ》おろし源氏に心つよくてやみ給ひし人也

「絵入源氏」の系図本文（人物説明）がもっとも簡略化されている。そして、本文の表記と同様、系図本文でもすべて振り仮名と読点が付けられている。「わき付」とあるのは、「絵入源氏」の系図の親本が、九条家本や帝塚山短大本などと同様、傍書を有する本であったことを示している。

次に、「六条院」すなわち光源氏についての説明本文を比較してみよう。

「絵入源氏」

六条院　母きりつぼの更衣《かふい》
七歳《さい》にて源《みなもと》の姓《しやう》を給り．十二にて元服《げんぷく》．はゝきゞに中将．紅葉賀《もみぢのが》に正三位《じやうざんゐ》中将如レ元同　巻《おなしまき》に宰相中将如レ元葵《あふひ》に大将．須磨《すま》の巻にかの浦にくだり．明石《あかし》の巻に都にかへり給て．かずのほかの権《ごん》大納言になり．みおづくしに内大臣．薄雲《うすぐも》に御位《くらゐ》そひて．牛車《うしくるま》のせんじをかうふり．乙女《をとめ》に太政《だいじやう》　大臣．藤裏葉《ふちのうらば》に大上天皇の尊号《そんがう》をえ給ふ　わき付源

『首書源氏物語』

六条院　母きりつぼの更衣
七歳にて源の姓を給り十二にて元服はゝきゝに中将紅葉賀に正三位中将如元同巻に宰相中将如元葵に大将すまの巻にかの浦にくたり明石の巻に都にかへり給てかすのほかの権大納言になりみおつくしに内大臣うす雲に御位そひて牛車のせんしをかうふり乙女に太政大臣藤の裏葉に太上天皇の尊号をえ給ふ

『湖月抄』

六条院　母桐壺更衣按察大納言女

桐壺の巻に生給三歳にて御着袴同年の秋母御息所にをくれ給六にて母かたのおは北の方にをくれ給七にて御文はしめ其年源氏の姓を給《リ》て人になり給十二にて元服清涼殿の東のひさしにて此こと有その夜引入左大臣の亭にまかで給其議桐壺の巻にむこ取の儀見えたり帚木の巻に近衛中将紅葉賀巻に正三位御賀の舞の賞中将もとのことし同巻に宰相中将もとのことし葵巻に近衛大将と聞ゆ榊巻に内侍のかんの君の事聞えて須磨の巻の三月に摂州須磨の浦へおもむき給次の年の三月に播磨国明石の浦へうつろひ給又の年の秋御門の御夢によりてめしかへされ給ひて程なく本の位にあらたまり数の外の大納言に成給みをつくしの巻に内大臣に成給薄雲の巻に牛車をゆりて宮中をいて入給ふ乙女の巻に太政大臣同巻に忠仁公の例にて准三后の宣旨を下さる帝の護持僧の申きかせ奉りしことを思食て藤のうらはの巻に臣下の礼をあらためてたふとひて太上天皇の尊位になそらへて院になりみふ給はり給ふ六条院と申歳卅六光かくれ給よし匂兵部卿の巻に見えたり光君とはこま人のつけたてまつるとそ

この場合の違いは顕著である。「絵入源氏」と『首書源氏物語』は、振り仮名の有無を除き、同文である。これに対して、天文本を刻する『湖月抄』では、加筆増補された内容になっている。

最古の古系図である九条家本や、同系統の帝塚山短大本の本文は、古系図諸本の中でもっとも簡素であるが、文亀四年本を基にした「絵入源氏」と『首書源氏物語』では、それらの古系図よりもさらに簡素になっている。これは、古系図が身分の変化や昇進をすべて記していたのに対して、三条西実隆以後、物語を読むために必要な最小限の説明のみに抑えた結果と考えられる。

古系図では、本や系統によって登場人物の呼称が異なる。『源氏系図』本文に書き入れられた振り仮名や傍書とともに、特徴的な人物呼称を表にして示してみよう。「絵入源氏」と『首書源氏物語』とが（振り仮名を除き）近似しているが、「絵入源氏」では、九条家本や帝塚山短大本の小文字書き入れと同様の振り仮名を付けたり、「わき付け」として別名を記している。「蓬生女君」には「わき付末つむ」、「うきふね」には「わき付浮」、「常陸介北方」には「わき付浮ノ母」とある。『湖月抄』の天文本系図では、傍注や振り仮名はないが、人物説明の本文末尾に古系図の呼称を付け加えている。「宇治大姫君」に「総角の大姫君とも」、「手習三君」に「東屋の君とも浮舟の君とも」（九条家本・帝塚山短大本と同文）、「蓬生女君」に「末摘花とも」などである。

九条家本	帝塚山短大本	古系図異文＊	「絵入源氏」	『首書源氏系図』	『湖月抄』
総角《あけまきの》大君	総角《あけまきの》大君	総角大君	総角大君《あけまきのおほきみ》	総角大君	宇治大姫君
離故郷《ふるさとはなる、》中君	離故郷中君《ふるさとはなる、なかのきみ》	通昔中君	中君	中君	中君
手習三君	手習三君 うきふねのきみこれなり	手習三君	浮舟	浮舟	手習三君
常陸介北方 うきねの君のはゝ	常陸介北方 ウキフネノキミノハヽ	常陸介妻	常陸介《ひたちのすけの》北方	常陸介北方	常陸ノ守ノ北方
夕顔尚侍 たまかつらのないし	夕顔尚侍《ゆふがほのないしのかみ》 たまかつらのないしのかみこれなり	玉鬘尚侍	玉鬘尚侍《たまかずらのないし》	玉鬘尚侍	玉鬘
蓬生《よもきふ》宮 すゑつむ花是也	蓬生宮《よもぎうのみや》（君ミセケチ） すゑつむ花これなり	蓬生君	蓬生《よもきふの》女君	蓬生君	蓬生ノ女君

＊常磐井氏作成の「古系図諸本人名呼称一覧表」による

五　系譜以外の部分

『湖月抄』の天文本の巻末には「不入系図人々」の項目があり、そこには「中務宮」以下、一二四人の人物が挙げられる。帝塚山短大本や伝為氏本でも「不入系図人々」があるが、その人数は五五人であったから、『湖月抄』で大幅に増補されていることがわかる。「絵入源氏」にこの部分はない。ところが、同じ文亀本系統の系図を掲載する

『首書源氏』では、「不載系図人々」として、巻毎に登場人物名を列挙している。巻毎の人数を示しておこう。

一桐壺10　二帚木10　三空蟬1　四夕顔9　五若紫11　六末摘花9　七紅葉賀12　八花宴0　九葵10
十坂樹12　十一花散里3　十二須磨16　十三明石3　十四澪標10　十五蓬生8　十六関屋0　十七絵合10
十八松風8　十九薄雲6　廿槿3　廿一乙女13　廿二玉鬘3　廿三初子2　廿四胡蝶3　廿五蛍1
廿六常夏5　廿七篝火2　廿八野分4　廿九行幸1　卅蘭1　卅一真木柱7　卅二梅枝8　卅三藤裏葉10
卅四若菜上19　卅五同下12　卅六柏木6　卅七横笛3　卅九夕霧7　四十御法1　四十一幻5　四十二匂宮0
四十三紅梅1　四十四竹川3　宇治一橋姫4　二椎本巻1　三角総2　四早蕨2　五宿生9
六四阿9　七浮舟16　八蜻蛉17　九手習20　十夢浮橋4　※0＝「別人なし」と記す

合計延べ三五二名である。これは、他の古系図と異なり、系図に入らない人物を、登場する巻々で繰り返し挙げるからである。たとえば「花散里」は、初登場の花散里巻で「麗景殿女御」の隣に「花散里上」として挙げて「女御のいもうと三君といへり」と説明し、そのあと、明石・澪標・松風・薄雲・初子・野分・梅枝・藤裏葉若菜上・同下・御法・幻でも名のみをいちいち挙げる。

『首書源氏』のこうした記載方法は、他の系図には見られない。系図本来の意図よりも、登場人物一覧とでも言うものになっている。これと似たものとしては、「有歌無名輩」「名はなくて歌ばかりある人々」などがあるが、桐壺巻の後涼殿更衣や右大弁など歌のない人物も記載されているから、それとも違う。また、『湖月抄』の天文本にある「巻之次第」（『弄花抄』序の「光源氏年次」の引用。『首書源氏』序文にもある）とも異なる。『首書源氏物語』がこの部分だけで二十六ウ～三十八オまで紙幅を費やしているのは、系図に記した主要人物の簡素さに比べてアンバランスであり、物語の読解に不可欠というわけでもない。親本の記載を尊重したのであろうか。

これに比べると、「絵入源氏」では、構成・本文ともに徹底して簡略化されている。しかも、記載した本文についてはすべて振り仮名を付けて読みやすくしている。振り仮名は慶安本のみに見られる特徴であり、万治本および無刊記小本ではほとんど省略されたため、それらは結果的に『首書源氏物語』の系図によく似た体裁になっている。『首書源氏物語』の本文は、万治本を参照したと推定される（第三章第一節参照）から、あるいは系図についても、文亀本系統の本に依りながらも、部分的に万治本を参照した可能性がある。

注

（1）常盤井和子『源氏物語古系図の研究』（昭和四八年三月、笠間書院）
（2）中田武司『古典籍への誘い』（昭和五八年七月、専修大学古典籍影印叢刊別巻、専修大学出版局）
（3）帝塚山短期大学蔵『光源氏系図　影印と翻刻』（平成六年六月、和泉書院）
（4）帝塚山短大本の書き入れの大半が九条家本の（後人によるか）書き入れとも一致する。
（5）三条西公正「古写本源氏物語系図について」（昭和五年九月、「国語と国文学」第七巻第九号）。また山脇毅氏が『源氏物語の文献学的研究』（昭和一九年一〇月、創元社）で紹介された「宮内庁図書寮源氏物語系図」の永正九年奥書に「本云　此物語系図　去長享二年春之頃　肖柏等相談之　訪宗祇法師指南　粗所清書本也（以下略）」とある。
（6）池田亀鑑「源氏物語古系図とその本文資料的価値」（昭和二六年七月、「日本学士院紀要」九巻二号）

【翻刻資料】慶安本『源氏系図』（付校異）

前述した通り、「絵入源氏」および『首書源氏物語』の別巻に添えられた『源氏系図』は、いずれも文亀四年本を基にしているが、巻末「不載系図人々」の部分を除いても、部分的に異なる。『源氏物語（絵入）［承応版本］ＣＤ―ＲＯＭ』（文献5）に『源氏系図』（架蔵本）の画像は入っているが、テキストデータになっていない。そこで、慶安本「絵入源氏」別巻『源氏系図』の活字翻刻を示し、下段には、慶安本に記した数字に対応する『首書源氏』付録の『源氏系図』との校異を示した。頁の終わりに、』を記し、脚注に丁数を示した。

太上天皇《だいじやうてんわう》
あふひの巻《まき》に御位《くらゐ》をゆづりており給・さかきの巻に①わき付に桐帝ともあり
かくれ給ぬ・きりつぼの御門なり

先坊《せんばう》
故院の御はらからと葵《あふひ》に見えたり

秋好中宮《あきこのむのちうぐう》　母《はゝ》　六条御息所《てうのみやすどころ》
②あふひに斎宮《さいくう》にたち給・みをづくしに都《みやこ》へ帰《かへ》らせ給
絵合《ゑあはせ》に内に参り給て・梅《むめ》つぼと申き・乙女《をとめ》に中宮《ちうぐう》③秋わ好きと付もにあ斎り宮
にたち・御法《みのり》に皇后宮《くはうこぐう》にあがらせ給

桃園式部卿宮《もゝぞのゝしきぶきやうのみや》
④うせ給よし・うす雲《ぐも》の巻にみえたり

『首書源氏』との異文
（長享二年奥書本）

①わき付……ナシ
②あふひに――葵に十四にて
③わき付……ナシ
④うせ給――葵巻に御禊見給とありうせ給

槿斎院《あさかほのさいゐん》　⑤さかきにかものいつきにゐ給・うす雲に父《ち、》の御服《ぶく》によりておりさせ給・桃園宮に。女五宮《にょこのみや》とあひすませ給ふ　⑥わき付に槿とあり

三宮《のみや》　院《ゐん》のひとつ御腹《はら》也・摂政《せつしやう》の北方《きたのかた》になり給ふ・藤ばかまの巻にかくれ給⑦　⑧わき付に大宮とあり

女五宮《の》　桃園宮《も、ぞの、みや》に住《すみ》給よし・朝がほに見ゆ

朱雀院　⑨わき付朱　母は弘徽殿大后《こきでんのおほぎさき》
桐つぼの巻に春宮《とうぐう》・あふひに位につき給。みをづくしにくらゐを春宮に譲《ゆづり》・わかな上に御ぐしおろして・西山《にし》の御寺《てら》にすませ給・同 巻《おなしまき》六条院御賀《が》の所に・一院《ゐん》と申此御門也

今上《ごんじやう》　①母承香殿女御《せうきやうでんねうご》
明石の巻に二歳《にさい》とみゆ・みをづくしに春宮・梅がえに御元服《けんぶく》・わかな下にくらゐにつかせ給　②わき付今上

女一宮《の》　わかなの上にみゆ

落葉宮《おちばのみや》　母は一条御息所《でうのみやすどころ》
わかなの下に・柏木右衛門督《かしはぎゑもんのかみ》の北方になり給・後《のち》に夕ぎりの大将かたらひとり給ふ

二品内親王《にほんないしんわう》　母は先帝源氏宮《せんていのけんじのみや》

⑤さかきに――は、き、の巻に中川の宿にて御うはきありさかきに

（一オ）

⑥わき付……ナシ

⑦かくれ給――かくれ給よしいへり

⑧わき付……ナシ

⑨わき付……ナシ

①母承香殿女御《せうきやうでんねうご》――母承香殿女御髭黒妹

②わき付……ナシ

（一ウ）

わかな上に・六条院にわたりて・同下に二品し給・柏木巻《の》に
かほるをうみ給へり③　④わき付に女三

女四宮《の》
わかな上にみゆ

東宮《とうぐう》　母はあかしの中宮
わかな上にむまれ給ひて・同下に坊《ばう》にゐ給ふ　』

式部卿宮《しきぶきやうみや》　母は同《シ》二春宮《ニ》一
にほふ宮の巻に・夕霧の中君をえて六条院の寝殿《しんでん》を
やすみ所にし給・二宮《の》ときこゆかげろふに式部卿

匂兵部卿宮《にほふひやうぶきやうのみや》　母同上
わかな下にむまれ給・匂宮の巻にげんぶくして・兵部卿に
にんず・むらさきのうへやしなひ給し三宮《の》也　①わき付匂

若君《わかぎみ》　母宇治《うぢ》の中君《の》
やどり木の巻にむまれ給

常陸宮《ひたちのみや》　母は更衣《かふい》
匂宮《の》巻に・夕ぎりの大将・のりゆみのかへりあるじし
給し日・兵部卿宮ににほひをされし人四宮《の》ときこゆ　』

中務宮《なかつかさのみや》　母は同《シ》二春宮《ニ》一

③うみ給へり――うみ給へりおなし巻やかて尼になり給
④わき付……ナシ

（二オ）

①わき付……ナシ

（二ウ）

②同《おなしき》のり弓《ゆみ》の日夕霧《ぎり》の大将まねきよせて．車にのせ給
し五の宮．あづまやに大宮の御なやみの時まいり給．又や
どりきに上野《かうづけ》のみこと．殿上《てんしやう》にさふらひ給し人

一品宮《ほんの》　母は同《シ》二春宮《ニ》一
これもむらさきの上やしなひ給て．六条院の南《みなみ》の町《まち》に
すませ給．かほる大将心かけたてまつりし人

女二宮《の》　母は藤《ふじ》つぼの女御《ねうご》
やどり木に内の御さたにて．かほる大将をむこに取給

六条院――母きりつぼの更衣《かふい》
七歳《さい》にて源《みなもと》の姓《しやう》を給り．十二にて元服《げんぶく》．はゝきゞに中将．
紅葉賀《もみぢのが》に正三位《じやうざんゐ》中将如《シ》元《ノ》同巻に宰相中将如元葵《あふひ》に大将．須磨《すま》の
巻にかの浦にくだり．明石《あかし》の巻に都にかへり給て．かずの
ほかの権《ごん》大納言になり．みおづくしに内大臣．薄雲《うすぐも》に御位《くらゐ》そ
ひて。牛車《うしくるま》のせんじをかうふり．乙女《をとめ》に太政大臣《だいじやう》。藤裏葉《ふぢのうらば》に
大上天皇の尊号《そんがう》をえ給ふ　①わき付源』（三オ）

夕霧左大臣　母葵上《ハノ》
みおづくしに内《うち》．春宮《とうぐう》の昇殿《せうでん》．乙女に元服《げんぶく》してあさぎに
てかへりのぼる．同巻の秋除目《ぢもく》にかうぶり給．朱雀院《すさく》行幸《ぎやうかう》
の時侍従《じじう》になる．②玉かづらに中将．藤袴《ふぢばかま》に宰相《さいしやう》中将如《シ》元《ノ》藤の

②同《おなしき》のり弓《ゆみ》――わかな下に生まれ給おなしきのり弓

①わき付……ナシ

②なる――なり

うらばに権《ごん》中納言．わかな上に右大将．同下に大納言にて
左大将に転《てん》ず．匂宮の巻に右大臣大将シ如元竹川に左大臣辞《ジス》二大将一ヲ
』
（三ウ）

薫右大将《かほるうだいしやう》　母《ハ》朱雀院女三《の》宮
柏木《かしはぎ》の巻に生《うま》れ給ふ．匂宮の巻に元服《げんぷく》して．四位の侍《じ》従《じう》ときこゆ．その秋右近中将《あきうこんのちうしやう》十四年同巻に三位して宰相《さいしやう》になる③中将シ如元竹河に中納言．やどり木の二月なをし物に．権大納言にて右大将を兼《けん》ず

明石中宮　母あかしのうへ
みおづくしの三月に．明石の浦《うら》にて生《うま》れ給．松風に都にのぼりて．大井《おほゐ》にすみ給．うす雲に六条院へむかへ給．藤のうらばに春宮へまいりて．しげいしやときこゆ．御法《みのり》に中宮．匂宮の巻に皇太后宮《くはうたいこぐう》
』

③なる――なり

（四オ）

右衛門督《ゑもんのかみ》　母《ハ》三条上《でうのうへ》
①わかな下に朱雀院御賀《が》のしがくの時．わらはにてまいりき。女楽《がく》の夜．よこぶえ吹とみゆ．②匂宮の巻に．のり弓の日出仕せし人．又にほふ兵部卿の宮．宇治《うぢ》にて紅葉み給ひし日．中宮の御つかひにてまうでたるよし．あげまきにみえたり

①わかな下に――若菜上に生れ給たるよしいさゝかいへり若菜下に
②みゆ――見ゆ太郎君といへり

中納言　母藤内侍《とうないし》
六条院夏《なつ》の御かたむかへてやしなひ給．次郎君．朱雀院《すさくゐん》の御賀《が》のしがく．おなじき当日《たうにち》あに君とおなじくまいり給ふよし．わかな下にみゆ．匂宮の巻にのり弓の日．右衛門のかみとおなじく出仕《しつじ》せし人

』（四ウ）

右大弁《うだいべん》　母三条上
にほふ宮の巻に．のり弓の日出仕せし人．しゐがもとにうぢへまいりたるよしみゆ．わかな下に三郎君といへり

侍従宰相《しじうさいしやう》　母誰《たれ》ともなし
しゐがもとに．匂宮のはつせまうでの時．宇治へまいりたりし人

源宰相中将《げんざいしやうのちうしやう》　母三条上
③もとは蔵人少将《くらふどせうしやう》竹河に三位《ゐ》中将．同巻に宰相中将．しゐがもとに権《ごん》中将といへり．④又まぼろしの巻に．おなじ程にてふたり殿上《てんじやう》し給ふといへる．此人々にや

』（五オ）

③もとは——夕霧の巻に見えたりもとは
④又——又あけまきの巻に匂宮の御ともにて宇治へまうて給又

頭中将《とうのちうしやう》　母藤内侍
竹河に源少将といへり．やどり木に匂宮六《の》君にかよひそめ給し時．ちゝのおとゞのつかひにて．まつよひ過て

とつたへし人・椎本《しゐかもと》に頭《とうの》中将といへる此人なるべし

四位少将《しゐのせうしやう》　母三条上

一品《ほんの》宮御なやみの時《とき》・横河《よかは》の僧都《そうづ》のもとへ・中宮の御つかひせし人・竹川に兵衛佐《ひやうゑのすけ》・しゐがもとに蔵人《くらふど》兵衛佐といへり

童《わらは》　母誰ともなし

やどり木に今上《こんじやう》の女二《の》宮藤《ふぢ》のえんし給し時・笙《しやう》ふきたりし人・七郎君とあり』（五ウ）

春宮女御《とうぐうのねうご》　母三条上

にほふ宮の巻に・春宮《とうぐう》へまいり給

中君《なかのきみ》　母おなし

二《の》宮のきたのかた

三《の》君　母藤内侍

四《の》君　母三条上

五《の》君母おなし

以上①三人夕ぎりの巻にみゆ

六《の》君　母藤内侍　母大臣女

やどり木に・匂宮の北かたになり給

蛍兵部卿宮《ほたるひやうぶきやうのみや》

もとは帥宮《そちのみや》・乙女《をとめ》に朱雀院《すざくゐん》の行幸《ぎやうかう》の時・兵部卿《きやう》宮とみゆ』（六オ）

①三人――四人

うせ給へるよし紅梅にみえたり

侍従《じじう》　母もとのきたのかた
梅《むね》がえに六条院より．ちゝの御つかひにて．御本《ほん》とりいでし人

童君《わらはぎみ》

同
此二人わかな下に．朱雀院の御賀《が》のしがくに．万歳楽《まんさいらく》まひ給ふ

宮御方《みやのおほんかた》　母まきばしらのうへ
父《ちゝ》うせ給て後．母君にぐして。①按察《あぜち》大納言のもとにすみ給．匂兵部卿宮たゞならずたづね給し人

四《の》宮　母承香殿女御《せうきやうでんのにようご》
もみぢのがに．わらはにて秋風楽《しうふうらく》まひ給ひし人

帥宮《そちのみや》
ほたるに六条院の馬場《むまば》のおとゞにて．あにの兵部卿の宮にけはひをとりてみえ給ひし人

八《の》宮
宇治にうつり給よし．橋姫《はしひめ》のまきにみえたり．うばそくの宮と申き　わき付八

』

（六ウ）

①按察《あぜち》大納言——紅梅按察大納言

総角大君《あげまきのおほきみ》　母大臣女　あげまきの巻にうせ給①わき付大

中君《なかのきみ》　母おなじ

あげまきに．兵部卿宮にあひて．早蕨《さわらび》に二条院へむかへ』（七オ）

えられ給ふ　②わき付中

浮舟《うきふね》　母ひたちが．いまのきたのかた

やどり木にひたちよりのぼりて．東屋《あづまや》に宇治にうつり．

手ならひに小野《をの》にわたり給　③わき付浮

式部卿宮《しきぶきやうのみや》

あづまやの巻にむすめの事《こと》．かほる大将にけしきとりし人．

かげろふの巻にうせ給へるよしみゆ．かほる大将のをぢといへり

侍従《じじう》　母もとのきたのかた

宮君《みやのきみ》　母おなじ

父《ちゝ》みやうせ給てのち．あかしの一品《ほん》のみやへまいり給《たまふ》．

かほる大将④ことかよはし給ひし人』（七ウ）

冷泉院　母うす雲《の》女院

⑤あふひに春宮みおづくしに御そくゐ．わかな下におりゐ

給．十の御子《みこ》と申き　⑥わき付冷

一宮《の》　母ひげぐろの大臣女《のむすめ》

むまれ給よし．竹河にみゆ

①わき付……ナシ

②わき付……ナシ

③わき付……ナシ

④ことかよはし――物いひかはし

⑤あふひに――紅葉賀に降誕あふひに

⑥わき付……ナシ

女《によ》一《の》宮　母致仕《ちじ》大臣女《むすめ》

一のみやよりはあね

女二《の》宮　母一宮におなじ

竹河に生まれ給．これも一《の》宮の姉《あね》也

一品《の》宮

（八オ）

女一《の》宮なり．一品《ほん》のよしわかな上にみゆ

女二《の》宮

前斎院《せんさいゐん》

あふひにかものいつきにゐ給．さか木に院の御ぶくにより

ておりさせ給．①女三《の》宮とあり

・先帝《せんてい》

式部卿宮

はしめは兵部卿ときこえき．乙女に式部卿とみゆ

薄雲女院《うすぐものねうゐん》　后《きさい》ばらの四《の》宮なり

きりつぼに内へまいり給て．藤つぼときこゆ．紅葉賀《もみぢのが》に

春宮《とうぐう》の御は丶女御をこえて．きさきにたち給．さか木に

かさりおとし給．みおづくしに大上天皇になずらふるみふ

（八ウ）

たまはらせ給などす．うす雲の巻にかくれ給ふ

源氏宮《けんじのみや》　母更衣《かふい》

①女三《の》宮――后腹の女三宮

朱雀院・春宮の御時よりまいり給て・女三《の》宮をうみ給・藤
つぼときこえき・うせ給よしわかな上にみゆ

源中納言《げんちうなごん》
ふぢばかまに左兵衛督《かみ》・梅がえに六条院よりさうしかゝせ
給し人・わかな下に中納言とみゆ

若君《わかぎみ》　朱雀院御賀《が》のしがくの日・皇麞《わうしやう》まひし人

中将《ちうじやう》

侍従《じじう》

民部大輔《みんぶのたゆふ》
以上三人は・いもうとの君・大将のふる里はなれし時・父のもと
よりむかへにまいりし人

髭黒大将室《ひげぐろたいしやうのしつ》　母今の北方
大将にひとりのはいかけし人

紫上《むらさきのうへ》　母按察《あせちの》大納言女《むすめ》
十ばかりの時・源氏の君むかへとり給・藤のうらばにて車
をゆるされ・御法《みのり》にかくれ給

冷泉院女御《れぜいゐんのねうご》　母同髭黒北方《ひげぐろのきたのかた》
をとめに入内《じゆだい》・みおづくしに中《の》君といへり・しかれどもむら

』

（九オ）

さきのうへよりはいもうとゝみゆ　』

・常陸宮《ひたちのみや》

阿闍梨《あざり》　私云①初音の巻に醍醐の阿闍梨②
源氏の御八講《かう》にまいりて．かへさにいもうとの御もとにて．
ありさまかたりし人也

蓬生君《よもきふの》　すゑつむ花の巻に．源氏の君にあひ．蓬生《よもきふ》
に．ひんがしのゐんにうつろひ給ふ　③わき付末つむ

・摂政太政大臣《せつしやうだいじやうだいじん》
きりつぼに左大臣にて．源氏の君の加冠《かくはん》せし人なり．さか
木の巻に致仕《ちじ》．みおづくしに太政大臣にて摂政し給．
うす雲の正月にうせ給　④わき付左大臣

致仕《ちじの》太政大臣　母三宮《の》
きりつぼに蔵人少将．はゝきゞに頭中将《とうの》．紅葉賀に正四
位下．⑤須磨《すま》に宰相中将《の》．みおづくしに権中納言．うす雲
に権大納言にて．右近大将を兼《けん》ず．をとめに内大臣．藤《ふぢ》の
うらばに太政大臣．わかな下に致仕《らじ》の表《へう》たてまつり給ふ．
うせ給へるよしにほふみやの巻にみゆ　⑥わき付頭　』

左中弁《さちうべん》
若むらさきに．北山へ源氏の御むかへにまいりし人．花の

（九ウ）
①私云――ナシ
②阿闍梨――阿闍梨と云り
③わき付……ナシ
④わき付……ナシ
（十オ）
⑤須磨《すま》に――葵に三位中将すまに
⑥わき付……ナシ

えんに中将・弁などまいりあひてといへるも・此人なるべし・夕がほの巻の蔵人《くらふとのべん》弁もこの人にや

藤《とう》大納言

春宮大夫《とうぐうのだいぶ》

此①二人は・源氏三条《でう》のみやへわたり給しとき・致仕《ちじ》のおとどひきつれてまいり給し人也・ほかばらの公達《きんだち》とありをとめに左衛門督《さゑもんのかみ》・権中納言ときこゆるもこの人々の事《こと》にや・しからば五節《せち》奉りし左衛門督なるべし』（十ウ）

葵上《あふひのうへ》　母三宮《の》

あふひの巻に・夕ぎりの君をうみをきてうせ給

柏木権《かしはきのごん》大納言　母二条太政大臣女四君

乙女《をとめ》に左近《さこんのせうしやう》少将・こてふに右近中将《の》・かゝり火に頭中将《の》・わかな上に宰相右衛門督・同下に権中納言・柏木巻にかずのほかの権大納言になりて・ほどなくうせ給ふ

紅梅右大臣《こうばいのうたいじん》　母同上

さか木にわらはにて・韻《ゐん》ふたぎのまけわさの日・たかさごうたひし人・みおづくしに元服《けんぶく》・初音《はつね》に弁少将・わかな上に頭弁・おなじ下に左大弁・柏木《かしはぎ》に大納言かぎりなりし時・一条の宮の御事《こと》申をかれし人・すゞむしに冷泉院へまいりしもこの』（十一オ）

①二人は――三人御ゆきに

人なるべし．紅梅《こうはい》に按察《あせちの》大納言とみゆ．竹川に藤大納言．左大将かけたる右大臣に成給といへり．又椎《しゐ》が本《もと》に匂宮の初瀬《はつせ》まうでの御むかへにまいりし藤大納言もこの人成べし．やどり木にあづまやにいたりて．按察《あぜち》大納言といへる不審《ふしん》』（十一ウ）

大夫《たゆふ》

紅梅《こうばい》に．わらはにて兵部卿の宮．いもうとの君の事尋《たつね》給し人

麗景殿《れいけいでんの》女御　母故北方《こきたのかた》

紅梅に春宮へまいり給

中君《の》　母おなじ

左衛門督《さゑもんのかみ》

床夏《とこなつ》に藤《とう》侍従とい①へるは．此人にや

藤宰相《とうざいしやう》

わかな下に．かものまつりのかへさみし人．此二人は夕ぎりのおとゞの六君に兵部卿宮かよひそめ給し第三夜さふらひし人也．鈴虫《すゞむし》に六条院にしたがひて．冷泉院に参りしも此人にや

頭中将《とうのちうしやう》

蔵人少将《くらふどのせうしやう》

此二人幻《まぼろし》の巻に．夕ぎりの君たちわらは殿上し給へる時．あひぐしたりし人々．をぢの殿ばらといへり．又夕ぎりの大将．一』（十二オ）

①いへるは――いへる

条宮にかよひ給ときゝて．此少将をつかひにて．ちゝおとゞ．
哀《あはれ》と思ひうらめしときくとの給き．以上をとめに少納言．兵
衛の佐．侍従．大夫と侍りしも．わかなにまりの時．兵衛佐．大夫
といへるもこの人々なるべし

八郎君《らうぎみ》
まきばしらに．踏歌《とうか》の時《とき》わらはにてありし人．藤のうらば
の行幸《ぎやうかう》に．賀王恩《かわうをん》まひしもこの君なるべし

玉鬘尚侍《たまかづらのないし》　母夕がほのうへ
四のとし夕がほのうへのめのとにぐして．つくしへくだり．年
へて．玉かづらの巻に京へのぼる．藤ばかまに．①内侍《ないし》．槙柱《まきはしら》に．
『（十二ウ）
ひげぐろの北《きた》のかたになり給ふ

弘徽殿女御《こきでんのねうご》　母同《ハシ》二柏木《ニ》一
みおづくしに．十二にて内へまいり給ふ

夕霧《きりの》大臣室《しつ》　母《ハ》按察《あぜちの》大納言の今《いま》の北方《きたのかた》　②わき付雲ゐ
雲《くも》ゐのかりもとくちずさひし人

近江君《あふみのきみ》　母誰ともなく．なのり出し人

・二条太政大臣《にでうのだいじやうだいじん》　③わき付右大臣
朱雀院御母方《かた》の《の》祖父《そぶ》はじめは右《う》大臣．明石《あかし》に太政大臣にてうせ給由みゆ

藤大納言

①内侍《ないし》――尚侍
②わき付……ナシ
③わき付……ナシ

頭弁《とうのべん》　さか木に白虹日《はくこうひ》をつらぬけると誦《しゆ》せし人

麗景殿《れいけいでん》女御　朱雀院御くらゐの時の女御・さかきにみゆ

四《し》位少将《ゐのせうしやう》　ち丶おとゞ藤のえんし給しおり・源氏のむかへに

まいりて・花しなべての色ならばと申つたへし人』（十三オ）

左中弁《さちうべん》　此二人は源氏おぼろ月夜の行衛《ゆくゑ》尋ねまほしくて・

北《きた》のぢんのくるまに人をつけてみせ給し時《とき》・弘徽殿《こきでん》より

出給人の御をくりせし人々也・又さか木の巻に中将宮の

すけなどいへるもこの人々にや

弘徽殿大后《こきでんのおほきさき》　①わき付弘徽殿又は悪后

朱雀院の御母・あふひに皇太后《くはうたいこう》・うせ給ぬる由《よし》わかな上にみゆ

①わき付……ナシ

蛍帥宮北方《ほたるそちのみやのきたのかた》　花のえんの巻にみゆ

致仕《ちじの》大臣室《しつ》　四君《の》ときこえき

五君　花のえんにみえたり

朧月夜尚侍《おほろづきよのないし》《しやう》　わき付 朧月

あふひに朱雀院に参りて・みくしげ殿と』（十三ウ）

きこゆ・さか木に内侍・わかな下に尼になり給・六の君といへり

・左大臣《さだいじん》

みゆきより槙柱《まきはしら》にいたりての左大臣・この人なるべし

女御《ねうご》　冷泉院御くらゐの時の女御・まきばしらにみゆ

・左大臣　梅《むめ》がえに左大臣・わかな上のも此人なるべし

大蔵卿《おほくらきやう》
修理大夫《しゆりのたいふ》　此二人女御のひとつ御はらにはあらず
藤壺《ふちつぼの》女御　今上春宮の《の》御時よりまいり給しが．あかしの中
宮にをされ給き．女二宮《の》ばかりをうみたてまつり．うせ
給よしやどりきにみえたり．又梅がえに麗景殿《れいけいでん》ときこえ
し．三君《の》この人にや　』

（十四オ）

・左大臣　竹河左大臣と号《かう》す
女《むすめ》　夕ぎりのおとゞの御子．宰相の中将．くら人の少将ときこえ
し時．あひそめ給ひき
・右大臣《うだいじん》　今上の御祖父《そぶ》．あかしに右大臣とみゆ
髭黒太政大臣《ひげぐろだいじやうだいじん》
こてふに右大将．わかな上に左《ひたり》に転《てん》ず．同下に右大臣にて
左大将を辞《じ》す．新帝《しんてい》の御うしろみをし給．太政大臣．う
せ給よし竹河にみえたり　①わき付ひけ黒
頭中将《とうのちうじやう》
源氏の大将ときこえし時．内侍のつぼねより出給し
あかつき．たてじとみのもとにてみたてまつりし人
承香殿《せうきやうでんの》女御　朱雀院の女御．今上《こんじやう》の御母なり．うせたまへる
よしわかなの下にみゆ　』

（十四ウ）

①わき付……ナシ

藤《とう゛》中納言　母《ハ》式部卿宮女《むすめ》
槙柱《まきはしら》に十斗《はかり》にて殿上゛し給と有．竹河゛の正月に．まゝ母の内侍
の許《もと》へまうでたりし人やどり木に藤のえんの日さふらひしとみゆ

次郎君《じらうぎみ》　母おなじ
まきばしらに八ばかりにて．はゝのかたみにみるべきと．ちゝの
の給し人なり．そのゝち昇進《せうじん》などみえず

右兵衛督《うひやうゑのかみ》　母玉かづらのうへ
わかな下に女楽《によがく》の時．しやうのふえ吹給ふ．又朱雀院御賀《が》の
日．陵王《れうわう》まひし人．竹河゛に左近中将《さこんのちうしやう》とみゆ．同巻《まき》に右兵衛《うひやうゑの》
督《かみ》にて．非参議《ひさんぎ》なるといへり．やどり木にふじのえんの非．御
まかなひなどせし此人なるべし

』（十五オ）

右大弁《うだいべん》　母おなじ
此二人玉かづらの君．六条院にわかなたてまつれし時．
ぐしてまいり給．又朱雀院御賀《が》のしがくの日．おなじき当《たう》
日《にち》にまいり給と有．竹河゛に右中弁．同巻に右大弁

頭中将《とうのちうじやう》　母おなじ
竹河゛に侍従《じじう》．同巻に頭《とうの》中将

真木柱上《まきばしらのうへ》　母中納言に同
わかな下に．蛍《ほたる》の兵部卿《の》宮の北方《きたのかた》になり．みやうせ給て

後《のち》・紅《こうはいの》梅大臣・按察《あせちの》大納言ときこえし時・北方になり給・
まきのはしらは我をわするなと・わかれおしみし人』

（十五ウ）

女御《ねうご》　母玉かづらの内侍《ない》
竹川の四月に冷泉院へまいり給・夕ぎりの御子・宰相中将《さいしやうのちうしやう》・
蔵人《くらふとの》少将ときこえし時・心つくし給人

尚侍《ないし》《しやうし》　母女御におなじ
竹河に母のゆづりをうけて内侍になり・やがて内へ①まいり給ふ

・大臣
六条御息所《でうのみやすどころ》　十六にて前坊《せんばう》にまいり給・秋好中宮《あきこのむちうぐう》をうめり・
②十九にてみやにをくれ給・卅にてむすめの斎宮《さいくう》にぐして
伊勢にくだり・みおづくしに③のほりて・程なくうせ給　わき付御息所』

（十六オ）

・大臣――女御《ねうご》　宇治の八宮の御母

・大臣
宇治宮北方《うぢのみやのきたかた》　ひめ君二人うみをきてかくれ給由はしひめにみゆ
④　たれともみえず
常陸介北方《ひたちのすけの》　わき付浮ノ母
宇治宮の北方のめい・もとは中将君とて宮にさふらひき・北方う
せ給て後・手習《てならひ》の君をうめり・後に常陸《ひたち》にぐして・子共あまた有き

①まいり給ふ――まいり給中君
といへり
②十九――廿
③のほりて――のほりて尼に成
て
④□――宇治宮北方妹

参考
・大臣
宇治宮北方
宇治宮北方妹
常陸介北方

大臣

入道播磨守　兵衛中将なりけるか辞して播磨守になり
かの国にてかしらおろしたりとみゆわかな上に彼浦をさりて
深山にいりぬ

明石上　母ハ中務親王《なかづかさのしんわう》のむまご
松風《まつかぜ》にかの浦《うら》をはなれて大井に住《すみ》しが．乙女《をとめ》に六条院にわたりて．冬《ふゆ》の』（十六ウ）
御かたときこゆ

按察大納言《あせちの》

雲林院律師《うりんゐんのりつし》
源氏の君の御をぢ．法文《ほうもん》などよませ給人なり．さか木にみゆ

桐壺更衣《きりつぼのかうい》
源氏の君をうみ給て．三とせといふにはかなくなりぬ．かぎりとて
まかで侍る時．輦《てぐるま》をゆるさる．鳥辺野《とりへの》にうつす夜．三位《ゐ》をゝくらる

・按察大納言《あせちの》——紫上母《むらさきのうへのはゝ》①

・按察大納言——五節君《ごせちのきみ》　乙女《をとめ》に舞姫《まひめ》になりて．やがてさ
ふらひき．ほかばらのむすめとあり

・大将——東屋《あつまや》に故《こ》大将といへり——左近少将《さこんのせいしやう》　ひたちのすけがむこ』（十七オ）

・権《ごん》中納言——右衛門督《かみ》かけたりとみゆ

①□——母ハ北山僧都妹也

左衛門佐《すけ》　源氏中河のかたたがへの時．童《わらは》にて有し小君《゛》なり．いもうとの男《おとこ》にぐしてひたちへくだり．せきやにのぼる．うつせみの君のおと、也

空蟬君《うつせみのきみ》

父中納言うせて後．いよのすけがつまになりる．又ひたちになりてくだりし時ぐしてくだり．せきやに京へのぼりて．同巻にすけにをくれて後《のち》．尼《あま》になりて．二条院の東《ひんがし》のゐんにすみき

・右衛門督――女　母をの、尼《あま》　中将なる人の北方

うせにしよしてならひにみゆ

参議宮内卿《さんぎくないきやう》――明石乳母《あかしのめのと》　母院宣旨《ハゐんのせんじ》

源氏のかたらひとりて明石へくだし給．松風に姫君にくして都へのほりぬ』　（十七ウ）

三位中将《さんゐのちうじやう》

夕顔上《ゆふがはのうへ》　致仕《ちじ》おとゞ．蔵人《くらふど》の少将《せうしやう》ときこえし頃かよひて．玉かづらをうめり．其後夕がほのやどにて．源氏にあひ．なにがしの院とかやにて．ものにとられて①うせぬ．とし十九

①とられて――けとられて

宰相――宰相君《の》　玉かづらの君の女房六条院にすみ給し頃．人々《゛》の返しかきし人．竹河《゛》に薫《かほる》に歌よみかけしも此人にや

参議藤原惟光《さんぎふちはらのこれみつ》　母大弐乳母《たいにのめのと》

はしめは民部大輔《みんぶのたゆふ》とみゆ．乙女《をとめ》に津守《つのかみ》にて左京大夫《さきやうのたいふ》かけたり．梅がえに宰相

兵衛尉《ひやうゑのせう》　童《わらは》にて殿上《゛》②をゆるされ．いもうとの五節《せち》に．夕霧《ぎり》の

②ゆるされ――ゆるさる

文つかはし給し御つかひなり．梅かえに兵衛尉．みぎはに
うづまれしたき物ほりてまいりし人

』（十八オ）

藤典侍《とうのないし》　五節の舞姫《まひめ》．夕霧《ぎり》のおとゞの思人．わかな下に内侍佐《すけ》とみゆ

山阿闍梨《やまのあさり》　惟光《これみつ》があにと夕がほにみえたり

少将命婦《せうしやうのみやうぶ》　夕がほの巻にみゆ

三河守妻《みかはのかみのつま》　夕がほに．大弐《に》のあまのなやみし時ありき

・前播磨守《さきのはりまのかみ》

源良清《みなもとのよしきよ》　若紫《わかむらさき》に．蔵人にてかうふり給．あかしに少納言《せうなこん》
とみゆ．みおづくしに靫負佐《ゆけひのすけ》．乙女《をとめ》に右大弁にて．近江守《あふみのかみ》を兼《けん》ず

五節《ごせち》　乙女巻に内に奉《たてまつ》りしに．やがてさふらふよしみゆ

・左中弁

宇治の宮の北方母かたのをぢといへり

弁尼《べんのあま》　母柏木《ハかしはぎ》のめのと
女三宮の侍従のめのとのめい．かほる大将に昔《むかし》の事申きか
せし人．さまかへたるよしさわらびにみゆ

』（十八ウ）

・伊予介《いよのすけ》

はじめは伊予にくだり．ひたちに成てせきやにのぼる．同巻にうせぬ

紀伊守《きのかみ》　源氏の御かたゝがへの中河の家《いへ》あるじ．せきやに河内《かうち》
守《かみ》になる．子どもありとはゝきゞにみゆるなり

蔵人右近将監《くらふどうこんのしやうげん》　源氏の大将にて．斎院《さいゐん》の御禊《ごけい》につかうまつり

給し時・一員《いちゐん》したりし人なり・大将須磨《すま》のうらにをもむ
き給しおり・殿上の御ふだけづられ・かへりのぼりて・ゆげい
のぜうになる・松かぜにかうふりたまはりき

蔵人少将妻《くらふどのせうしやうのつま》
うつせみの君のまゝむすめ・源氏うつせみのもぬけの夜あひ
給て・軒《のき》ばの荻《おき》をむすばずはとよみてつかはしたりし人

（十九オ）

・常陸介《ひたちのすけ》
もとはみちのくにのかみ・後にひたちになる

蔵人式部丞《しきぶのぜう》　母まへのつま
あづまやに・内よりの御つかひにて・匂宮へまいりし人

蔵人右近将監《うこんのしやうげん》　母いま北のかた
かほる大将・昔《むかし》のゆかりと覚して・蔵人になして・我方の将監になる

童《わらは》　母おなし
手習の君・をのに有ときゝて・かほるの文もたせてつかはされし人

源少納言妻《げんせうなこんのつま》　母まへのつま

讃岐守妻《さぬきのかみのつま》　母おなじ

少将北方《せうしやうのきたのかた》　母今きたのかた
手習《てならひ》の君といひし少将の・引たがへうつりし人

（十九ウ）

・太宰大弐《だざいのだいに》

源氏須磨におはしまししころ．つくしよりのぼるとりて．音づれ
たてまつりし人
筑前守《ちくせんのかみ》　ち、のつかひにて須磨へまいりし人
五節《こせち》
源氏のあひみ給し人なり．父《ちゝ》にくして．須磨の巻に京にのほ
る．又明石巻に．をとめの巻にも音《をと》づれ給へるとみゆ
・太宰少弐《せうに》　夕かほのうへのめのとのおとこ
豊後介《ぶんごのすけ》
父うせて後．玉かづらの君をくしてのぼる．六条院へわたり　』（二十終オ）
給し時．そのかたの家司《けいし》にくは、りき
次郎《じらう》
三郎《さふらう》　此二人はつくしにめまうけて京へものほらす
揚名介妻《やうめいのすけのつま》　夕がほの巻にみゆ
姉《あね》おもと　これもつくしにありつきてのぼらす
兵部君　もとはあてぎといひき．姫君にぐしてのぼりぬ
・兵部大輔《ひやうぶのたゆふ》　わかんどをりといへり
大輔命婦《たゆふのみやうぶ》　母左衛門の乳母《めのと》
①すゑつむに．君の事《こと》源氏に申きかせし人　』（二十終ウ）

①すゑつむに。君の事——すゑつむの君の事

※「絵入源氏」別巻の『源氏系図』は、ここまで。『首書源氏物語』別巻には、以下の記述がある。

「不載系図人々」（桐壺～夢浮橋）二十六オ～三十八オ

長享二年三月の奥書　三十八ウ～三十九ウ（図63）

第四節　版本『山路の露』

一　二系統の『山路の露』

『山路の露』については、本位田重美氏によるご研究が詳しい。この書の作者を世尊寺伊行とする古来の説に対して、氏は、伊行の息女建礼門院右京大夫による作という仮説を示し、成立を文治四、五年（一一八八～九）前後とされた。(1) 氏によると、この『山路の露』には二つの系統があると言う。「第一類本」は、「承応三年八尾勘兵衛開板」『源氏物語』付刻の刊本」およびそれに属する写本、「第二類本」は、青谿書屋旧蔵本（東海大学桃園文庫蔵）を含む写本の諸本を言う。後者の青谿書屋旧蔵本には、次の奥書がある。

右本仮名遣以下雖無正躰引直卒
写之猶落字誤等可改之
玖山翁（花押）

九条稙通の奥書である。この本は、はやく池田亀鑑氏が朝日古典全書『源氏物語』の巻末で『古本山路の露』として、丁寧な頭注とともに紹介されたものである。(2)

さて、「絵入源氏」の付録になっている『山路の露』は、当然のことながら本位田氏が「第一類本」とされた刊本系統の方である。刊本と言っても、池田氏が古典全書の解説で「湖月抄附録の『山路の露』とされたのは誤りで、

『湖月抄』に『山路の露』は付けられていない。本位田氏の「承応三年八尾勘兵衛開板『源氏物語』」の方が正しい。ただし、八尾版（承応版）は、本書でもくり返す通り、慶安本「絵入源氏」の再版に当たる本である。和泉書院の影印本として紹介された『山路の露』も、八尾版の中では後刷り本である（第一章第一節参照）。

本位田氏は、第一類本として、慶安本と群書類従本の他に、次の五種の写本を挙げておられる。

1　宮内庁書陵部蔵乙本　　2　大阪府立図書館蔵本　　3　上田市立図書館花月文庫蔵本

3　大阪市立大学森文庫本　　5　山口大学附属図書館本

そして、この1〜5の『山路の露』について、次のように説明された。

右のうち3、4、5は、たとえば「薫廿五才ノ冬迄ノ事也」「うき舟ノ事」「薫ノ」などの傍註があり、その点は続群書類従本・刊本と同様である。いずれも江戸中期以後の写本と見られるが、奥書がなく、年代の前後を決定することができない。しかし、傍注の欠落具合などより見て、刊本を書写したものとするのが穏当なのではないかと思われる。2には傍注がないので、いちおう刊本とは別系統とも見られるが、これは「源氏物語」に付加されたものであり、源氏の本文には傍注はないので、体裁を整える必要上、傍注を省いたものと考えることもできよう。とすれば、これもやはり刊本の一類とすべきかと思われる。

錯簡がある1の書陵部乙本を除き、第一類の本2〜5は、いずれも慶安本の『山路の露』を写した本である可能性が高いと言われるのである。『源氏目案』や『源氏引歌』がそうであったように、慶安本『山路の露』もまた、「絵入源氏」成立以前の写本をそのまま刻したというわけではなさそうである。群書類従本にもある問題の傍注は、「絵入源氏」の本編五十四巻と同じ体裁であり、本文に付けられた読点・濁点・振り仮名もまた、「絵入源氏」特有のものである。これらのことから、「絵入源氏」本編と同様、編者は、何らかの形で入手した写本『山路の露』を基に、それを解読しつつ、読点・濁点・振り仮名、そして傍注を付けたと考えられる。もちろん、『源氏目案』や『源氏引歌』

とは成立事情が異なるが、編者（山本春正か）が読みやすい本文に整えるという作業を施した可能性も高い。ちょうど池田氏が、積通本を底本として校訂し、句読点・濁点を付け、頭注を加えて私たちに提供された朝日古典全書『山路の露』のようなものだったと考えるとよいだろう。

二　慶安本『山路の露』の引歌

この『山路の露』の本文にも、本編と同様、引歌を示す合点「〽」が記された所がある。すべて挙げてみよう。（　）内には、原本の丁数と影印本の頁数とを示した。

1〽をばすて山にのみおぼえ（三ウ・10頁）
2〽ゆめのうきはしなどの（四ウ・12頁）
3〽みるめにあかぬ御つれなさ（六オ・15頁）
4〽けぬが上に又ふりそひつゝ（三十五ウ・73頁）
5〽かりはのをのはならはし（三十八オ・78頁）
6〽をくりむかふといそぐ（三十八ウ・79頁）

この場合の引歌が『源氏引歌』に列挙されているわけではないが、後述するように、引歌を意識した合点であることは確かである。このことからも、この別巻『山路の露』が「絵入源氏」の一部として仕立てられたものであることが推定される。

本位田氏が影印紹介された第二類の写本（本位田氏蔵甲本）に

図65　慶安本『山路の露』

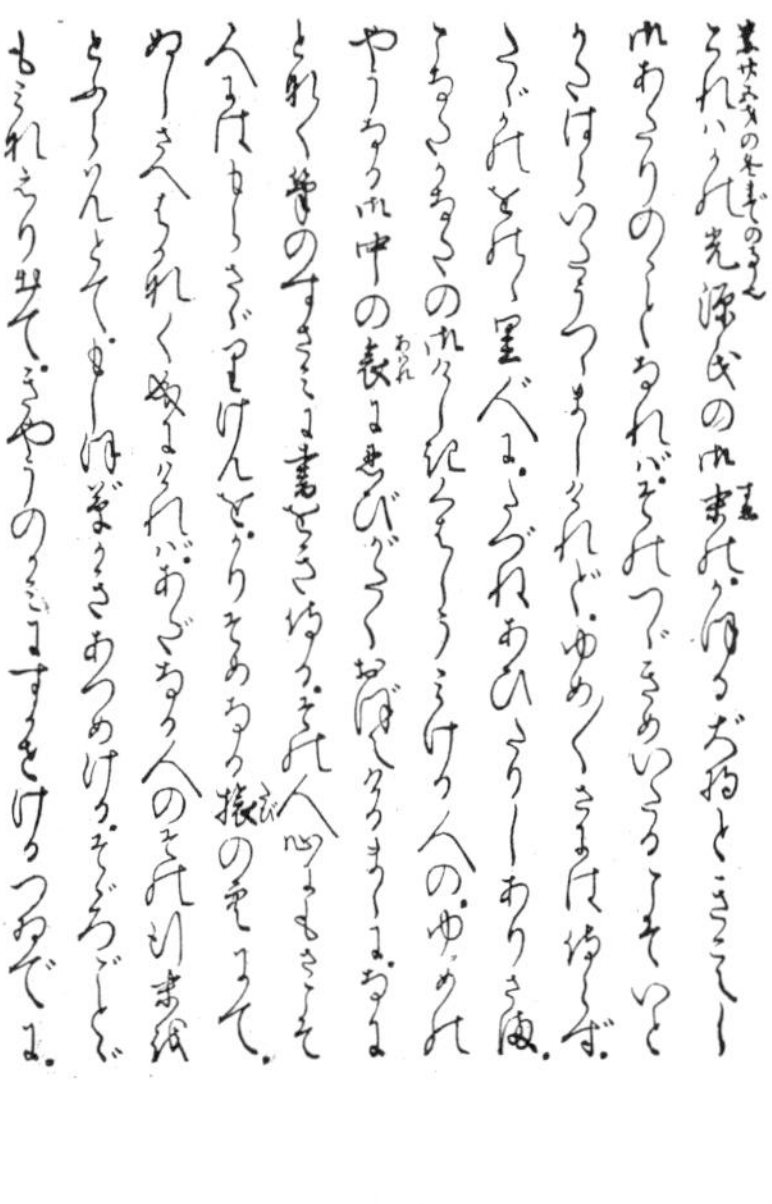

は、いつの時点のものかはわからないが、朱で引歌と思われる合点が付けられ、右に小さく引歌の一部が書き込まれているのが見える。これはもちろん、この本個有の問題で、『山路の露』本文系統の先後関係に関わるものではない。しかし、慶安本『山路の露』の引歌合点と比較してみると、そこに慶安本『山路の露』特有の引歌指示の方法をうかがい知ることができる。右に挙げた慶安本の引歌と同じ箇所に同番号を付け、異なる箇所に付けられた合点はａｂｃとして比べてみよう。合点の右に書き込まれた歌句を……の下に引用し、（　）内には影印本の頁数を示した。

ａ〽かけろふの行ゑ……有とみて手にはとられす（90頁）
1〽をはすて山にのみおぼえ……我心なくさめかねつ（97頁）
2ゆめのうさはみなしなとの（100頁）
ｂ〽衣のうらの……吹かへすわしの山風（100頁）
ｃ〽さとのしるへ……判読不可（100頁）
3みるめにはにぬ（104頁）
ｄ〽うかりし後は里の名をさへ……里判読不可（135頁）
ｅ〽思ひくまなきは……思ひくまなくてもとしへぬる哉（140頁）
ｆ〽ことなしみに……村鳥の立にしわか名ことさらに（140頁）
4けぬかうへに降そひつゝ幾重かしたにうつもるゝ（184頁）
5かり葉のおのはならはし（193頁）
6をくりむかふといそき侍る（195頁）

このうち慶安本の引歌と一致するのは、1だけであり、2～6には、合点も歌の書き入れも見られない。1の場合は、本位田氏蔵本の書き入れからも明らかな通り、

わが心なぐさめかねつ更級やをばすて山にてる月を見て（古今集、雑上、よみ人しらす）

を引歌とする。『源氏引歌』（二十六ウ）にも、若菜上巻の「なぐさめがたきをばすてにて」の引歌として挙げている歌である。これに対して、あとの引歌はすべて、第一類本の慶安本『山路の露』と第二類本の写本との間で相違が見られる。個々の例を検討してゆくと、両者の引歌に対する考え方の違いがうかがえる。

まず、2の箇所は、第一類本に当たる慶安本の「ゆめのうきはし」に対して、第二類本では「ゆめのうさはみなし」と、本文自体がすでにかなり異なっている。それぞれ前後を含めて引用する。

すぎにし〳〵ゆめのうきはしなどの風にたえはて、・衣のうらの玉あらはれんのみ・すゞしうおぼえ給ふにも・今はた里のしるべとも思ひしられ給・（慶安本『山路の露』四ウ・12頁）

すきにしゆめのうさはみなしなとのかせにたくへはて、衣のうらの玉あらはれんのみす、しうをほしてさとのしるへとも今そ思ひしられたまふへき（本位田本『山路の露』99～100頁）

本位田本の影印によると、ここでｂ「〽衣のうらの」とｃ「〽さとのしるへ」の二箇所に朱書きの合点があり、それぞれ右に引歌らしき句が見える。前者は、「吹かへすわしの山風」と読めるので、

ふきかへすわしの山風なかりせば衣のうらの玉をみましや（金葉集二度本、雑下、僧正清円）

であろう。後者の文字は、影印本からは判読できないが、

あまのすむ里のしるべにあらなくにうらみむとのみ人のいふらむ（古今集、恋四、小野小町）

であろうか。この箇所について、池田氏は古典全書頭注において、

後拾遺集十七雑三伊勢大輔・伊勢大輔集「思ふにも言ふにもあまることなれや衣の珠のあらはるる日は」

と引用されたが、物語本文との関係から言えば、小町歌の方が適切であろう。静円の歌は『山路の露』の引歌になり得るが、源氏物語以後の歌なので、当然、『源氏引歌』にも古来の注釈書にも指摘されていない。それに対して、小

町の歌は、椎本巻の「里のしるべ」の引歌として『源氏引歌』にも挙げている。慶安本『山路の露』に、この引歌の合点を記していないのは、それよりも「〳〵ゆめのうきはし」という、源氏物語最後の巻の巻名に関わる引歌の方を重視したからであろうか。

『山路の露』の本文が「ゆめのうきはし」であれば、それは源氏物語本編の最後の巻名を基にしていたことになるが、「過ぎにし夢浮橋などの風にたえ果てて」では意味が通じない。やはり、写本系の本文を底本とした朝日古典全書のように、「過ぎにし夢の憂さは、皆科戸の風にたぐへ果てて」として読むべきであろうか。「みな科戸の風にたぐへ」は、朝顔巻にも見えるので、これなら確かに意味が通る。

慶安本「絵入源氏」は、全般的に巻名の由来を意識している。第二節で示した通り、『源氏目案』の序文には、巻名の由来の説明を、『孟津抄』の注から抜き出して列挙している。そして、慶安本の題箋にも、巻名とともに必ずその由来を刻している（図58）。たとえば「桐壺　詞を名とせり」「帚木　うたを名とせり」などである。その巻に用例がない場合にも、「若紫　歌を名とせり」「花宴　詞を名とせり」などとするが、これらは『源氏目案』に引用した関連の歌や本文で説明し得る。ところが「夢浮橋」の場合は、唯一、題箋に巻名の由来を記していない。しかし、これについても、『源氏目案』の序文では、『孟津抄』を引用して詳しく説明している。

花鳥に云．此巻の名は．歌にも詞にもみえざること也．一部名目は．四句に料簡《れうけん》して．すでに釈《しやく》しをはりぬ．うきはしは．古歌の詞に．世中は夢のわたりのうき橋かとよめるをとりて．夢のうきはしとつゞけたり．その子細《しさい》．河海抄《がかいせう》にいへり．相違《さうい》なくおぼえ侍り．手習《てならひ》の巻の終《をはり》のことばにも．うちみんゆめのこゝちにも．あはれをもくはへんとにやありけんと．うき舟のことをかほるの思給ふことにかきはべり云々

慶安本（第一類本）の本文「ゆめのうきはし」については、定家の歌、

春の夜の夢のうき橋とだえして峰にわかるるよこ雲の空（新古今集、春上、藤原定家）

も、十二世紀後半と推定される『山路の露』成立以前の歌であるから、引歌になり得たと思う。しかし、右の『源氏目案』の説明によると、『源氏引歌』にも示される薄雲巻の引歌、

世中は夢のわたりのうき橋かうちわたしつゝものをこそおもへ（『源氏引歌』十三ウ・二十五オ）

が巻名の由来であると言う。すると、この慶安本『山路の露』の2「ゆめのうきはし」の合点も、定家の歌でも源氏物語最後の巻名でもなく、この歌を示していた可能性が高い。

引歌3の箇所は、第二類本では「みるめにはにぬ」（104頁）となっていて、引歌の合点もない。「あかぬ」なら『古今類句』にもある古今集歌、

古今恋四いせのあまの朝な夕なにかつくてふみるめにひとをあくよしも哉よみ人しらす

に関係するが、「似ぬ」では確かに引歌とは無関係であろう。

引歌4「〳〵けぬが上に又ふりそひつゝ」は、

けぬか上にまたもふりしけ春霞たちなばみゆきまれにこそみめ（古今集、冬、よみ人しらす）

を想定しているのであろう。この歌は源氏物語本編の引歌として挙げられることはなく、『源氏引歌』にも見あたらないが、源氏物語中でもっともよく用いられたのが古今集であるから、問題はあるまい。これに対して、第二類本（本位田本）の本文は、第一類本の慶安本の本文と異なっている。

けぬかうへに降そひつゝ、幾重かしたにうつもる、嶺のかよひちなかめ出たるに（184頁）

第二類本には「また」がないので、古今集歌との関係は希薄となるが、「幾重かしたに」と続くので、朝日古典全書頭注には、古今集歌とともに、

玉葉集六冬経平「した氷るみ山の雪の消ぬがうへにいまいく重とか降り重ぬらむ」

を挙げている。成立時期との関係は微妙であるものの、文永十一年（一二七四）に没した経平の歌が『山路の露』に

引用された可能性がないとは言えない。少なくとも、第二類本の本文とこの歌との関係は濃厚である。

　5の「〽かりはのをのはならはし」は、葵巻の「なれはまさらぬ御けしき」の引歌、

　　みかりするかりはのをの、ならしはのなれはまさらて恋そまされる（『源氏引歌』九オ）

を想定したものであろう。第二類本も「かり葉のおのはならはし」（193頁）と同文で、朝日古典全書の頭注には、

　　万葉集十二・新古今集十二恋二人麿「みかりするかりはの小野の楢柴の馴れはまさらで（万葉ず）恋ぞまされる

　　（万葉恋こそまされ）」

と挙げているが、影印された本位田本に合点は見られない。

　6の「〽をくりむかふといそぐ」の引歌は、

　　かそふればわか身につもる年月ををくりむかふとなにいそくらん（拾遺集、冬、兼盛）

であろう。本編の引歌にはなっていないが、4の場合と同様、源氏物語の時代すでに有名であった歌なので、引歌としたのであろう。これに対して、第二類本では「をくりむかふといそき侍る」（195頁）となっており、このままでは拾遺集歌の「なにいそぐ」に合わない。引歌の合点と『山路の露』本文との間には因果関係があるのだろうか。

　以上のように、慶安本『山路の露』の合点は、いずれも源氏物語本編において引歌になり得た歌を指示している。第二類本の写本に記された朱書きの引歌が、十三世紀以前に作られた『山路の露』の引用し得た歌を指示しているのに対して、慶安本「絵入源氏」では、『山路の露』の引歌と源氏物語本編の引歌とを同列に扱っているように思える。このことには大きな利点がある。それは、「絵入源氏」別巻の『山路の露』の読者は、本文の合点に当たる引歌を、同じ別巻の『源氏引歌』で確認し得る、ということである。写本の『山路の露』のように独自の引歌を書き込んだ場合には、古来の引歌研究と合わない場合も生じる。それに対して、源氏物語本編の引歌を集めた『源氏引歌』にある歌を参照するのなら問題はない。『山路の露』の引歌研究は伝えられていないので、春正は、古来伝えられてきた源

氏物語の引歌と一致する例だけに合点を付けたのではないだろうか。

三　慶安本『山路の露』の方法

同様のことは、第二類本にあって、慶安本『山路の露』で合点のない箇所a～fについても言える。先に見た通り、本位田本の二番目の合点b「〽衣のうらの」の引歌は、金葉集二度本にある清円の歌であった。また、最初のaの箇所は、蜻蛉巻の薫の歌、

ありと見て手にはとられず見ればまた行方もよみ人知らず消えし蜻蛉

を踏まえたとするものである。慶安本（一ゥ・6頁）も同じ本文であるが、そこに合点は記されていない。dの「〽うかりし後は里の名をさへ」の朱書きは判読できないが、

里の名をわが身にしれば山しろのうぢのわたりぞいとどすみうき（浮舟巻）

の一部であろう。これに対して、第一類本の慶安本（十八ォ・39頁）でも同文であるが、合点が刻されていない。このように、源氏物語本編の歌なら、当然『山路の露』の引歌となり得るが、いずれも『源氏引歌』には入っていない。慶安本『山路の露』で合点がないのは、そのためではないだろうか。

eの「〽思ひくまなきは」の右には「思ひくまなくてもとしもへぬる哉」とあるので、引歌は、

思ひくまなくてもとしもへぬるかなものいひかはせ秋の夜の月（六華集、七六六、俊頼）

と思われる。この箇所は、第一類の慶安本『山路の露』でも「思ぐまなき」（十九ゥ・42頁）と変わらないが、そこに合点はない。これも、『山路の露』の引歌にはなり得るが、源氏物語以後の作である。

本位田本の合点f「〽ことなしみに」の引歌は、書き入れによると、

むら鳥の立ちにしわが名今さらにことなしぶともしるしあらめや（古今集、恋三、よみ人知らず）

を指示していることになる。そして、慶安本では、この箇所の本文は「ことなしひに」（二十オ・43頁）である。この古今集歌を引歌とするなら、本文は第二類本の「ことなしみ」よりも、慶安本の「ことなしひ」の方がふさわしい。にも関わらず、慶安本『山路の露』では合点を付けていない。本編の引歌を確認すると、その理由は明らかである。慶安本「絵入源氏」では、若菜上巻の「たちにし我が名今更にとりかへし給ふべきにや」に合点を付け、次の歌を引歌としている。

古恋三《これんさん》むら鳥のたちにしわかな今更にことなしふともしるしあらめやよみ人しらす（『源氏引歌』二十五オ、若菜下）

しかし、須磨巻の「ことなしにて」や、夕霧巻「ことなしびに」、そして、総角巻の「むら鳥のたちさまよふ羽風」および「ことなしびに」には、引歌を挙げていない。つまり、『山路の露』の本文「ことなしひに」に引歌の合点がないのは、本編と同じ方針によるものということになる。

『山路の露』において引歌を指示するべき箇所は他に見られる。例えば朝日古典全書の頭注（二六二頁）には、

山路になりてそ御馬をたてまつりける夕霧たちこめて道のほとたと〳〵しけれとも（119頁）

に対して、次の二首を挙げている。

万葉集四相聞「夕闇は道たづたづし月待ちていませ吾が背子その間にも見む」

新勅撰集十四恋四読人知らず「夕闇は道たどたどし月待ちて帰れわがせこその間にも見む」

慶安本『山路の露』本文でも、

山道になりてぞ．御馬にはのりうつり給ける．夕ぎりたちこめて．みちいとたど〳〵しけれども（十オ・27頁）

とあるから、ここに合点があっても不思議ではない。慶安本「絵入源氏」の本編を確認してみると、空蟬巻の「〳〵ゆふやみのみちたど〳〵しげなるまぎれに」（二オ）と、若菜下巻の「さらば〳〵道たど〳〵しからぬ程にとて御ぞなど

奉りなをす月待て共いふなる物をと」（七十六オ）に対して、『源氏引歌』では、

万　夕やみはみちたと〳〵し月まちてかへれわかせこそのまにもみん（『源氏引歌』三オ・三十七ウ）

と、同じ引歌を挙げている。これに対して、夕霧巻で夕霧が落葉宮に言ったことば、

さてみちいとたど〳〵しければ．此わたりにやどかり侍る（「絵入源氏」夕霧巻、八オ）

に引歌指示の合点は付けられていない。確かに、空蟬巻や若菜下巻の場合よりも、右の万葉集歌との関係が希薄である。慶安本『山路の露』の「みちいとたど〳〵し」に引歌の合点がないのは、「絵入源氏」本編と同じ方針によったからだろう。

さて、ここで注意したいのは、『山路の露』の本文と夕霧巻との関係である。写本の『山路の露』本文「道のほとたと〳〵し」に対して、慶安本「絵入源氏」の場合、夕霧巻と『山路の露』本文とがいずれも「みちいとたど〳〵し」で一致している。「のほと」と「いと」は誤写による小異である。しかし、慶安本『山路の露』の本文校訂の段階において、この場面が、本編の夕霧巻において夕霧が小野に出かける時の場面を踏まえているということを意識した時、「いとたど〳〵し」の方がよいと判断された可能性もある。似た例として、先に見た引歌4「〽けぬが上に又ふりそひつゝ」の本文がある。古今集歌「けぬか上にまたもふりしけ……」を引歌とするなら、第二類本の本文「けぬかうへに降そひつゝ」よりも「また」のある慶安本の本文の方がよい。

源氏物語本編との関わりがうかがえる本文の相違は、他にも見られる。

かの夕がほの右近はけふりをくもとの給ひし御さしいらへだにも．心もとなげなりしを（慶安本、二十一オ・45頁）

かの夕かほのきみの右近をは煙をみむとの給しさしいらへをたに心もとなけなりしを（本位田本、143頁）

これは、夕顔巻で、源氏の独詠歌「みし人のけふりを雲とながむれば夕べの空もむつましきかな」に対して、右近が

「えさしいらへも聞えず」とあった場面（慶安本、夕顔巻、四十六ウ）を受けている。従って第二類本の「煙をみむと」では合わず、慶安本の「けふりをくもと」が適切であることがわかる。第二類本の青谿書屋旧蔵本を底本とする朝日古典全書でも、ここでは、慶安本（池田氏は「流布本」と言われる）の本文を採用した上で、夕顔巻の源氏の歌を指すと説明している。この場合は、第一類本の方が整った本文と言ってよいだろう。

慶安本『山路の露』に、次のような本文がある。

かのくはんしゆにかきつけ給へりしことなども．いまはと世をおぼしなりにけるとなんみえ侍しを（慶安本、二十二オ・47頁）

この箇所は、第二類本では、

かの今はときえ《うせイ》たまひしよひのほと書つけたまへりしことなともいまはとよをおほし捨にけるとこそ思ひ侍りしか（本位田本、146頁）

とあり、古典全書でも「かの今はと消え給ひし宵の程、書きつけ給へりしことなども、今はと世を思しなりにけるとこそ思ひ侍りしか」（272頁）となっている。これは、浮舟巻において、浮舟が「今は」と思い詰めて「鐘の音に絶ゆるひびきに音をそへてわが世つきぬと君に答えよ」という歌を「書きつけた」ことを言っている。第二類本の本文では、「今はと消えたまひし」「今はと世を思し」と、「今は」をくり返すくどい文体になっているのに対して、慶安本では「かのかんしゆにかきつけ」と、まるで別の本文になっている。

「かのくはんしゆにかきつけ給へりし」とは、蜻蛉巻で、浮舟がこの歌を書きつけたことなどを、侍従が匂宮にうち明けた場面での

かの巻数《くはんじゆ》にかきつけ給へりし母君の返ことなど（慶安本、蜻蛉巻、二十二ウ）

を、同じ表現で受けたものである。ここの本文は、『源氏物語大成』によると、いずれも「巻数」で、横山本のみが

「くわんしゆ」という、慶安本の振り仮名と同じ表記になっている。問題の浮舟巻になると、慶安本では、

巻数《くわんず》もてきたるに．かきつけて（慶安本、浮舟巻、七十一ウ）

となっている。これに対して、「もてきたるにかきつけて」となっていて、「くわんす」あるいは「くはんす」という語が入っていない本も多い。日本大学蔵三条西家証本にもなく、「くわんすイ」という注記が見られる。(3)『弄花抄』では「もてきたるにかきつけて　誦経して奉る巻数に書給しにや云々」と、見出し本文にない「巻数」を補足して説明する。ところが、『岷江入楚』では、「くは《わ》んすもてきたるにかきつけて　巻数　弄誦経して奉る巻数に書給しにやと云也」と、見出し本文の「くはんす」を「巻数」とした上で『弄花抄』を引用している。版本『万水一露』では、「巻数もてきたるにかきつけて　此歌を巻数に書き付たり」とあるので、その底本と推定される無刊記整版本の本文を確認すると、やはり「巻数もてきたるにかきつけて」（六十六ウ）となっている。『首書源氏物語』でも、「巻数もて来たるに書きつけて」とあり、『湖月抄』もまた、慶安本と同じ表記を受け継いでいる。

慶安本「絵入源氏」では、このことばのすべてに「巻数《くはんじゆ》」という振り仮名を付けている。「巻数」ということばは、若菜上巻にも「御いのりの巻数《くはんしゆ》」（八十四ウ）とあり、それに対して陽明家本では、「くわんしゆ」となっている。『源氏目案』にも、浮舟巻の注釈として、

一くはんしゆに　巻数《くはんしゆ》也くはんずとある本も有（『源氏目案　中』五十ウ）

とある通り、「くはんず」とする本の存在を承知で「巻数《くはんじゆ》」と表記したのである。ここで、この『源氏目案』の「くはんしゆ」という読みが、そのまま『山路の露』の本文として取り入れられているところに注目したい。『山路の露』本来の本文は、第二類本のように浮舟が思い詰めて書きつけた時のことを示すだけのものだったのではないだろうか。それに対して、「かの巻数《くはんしゆ》に書きつけ」という蜻蛉巻のことばをそのまま用いた本文は、同じことば「巻数」のある浮舟巻の場面を読者に想起させる仕立て方になっている。

『山路の露』の二系統の本のうち、池田亀鑑氏は、第二類本の中の九条稙通の自筆本を「古本」と称し、慶安本の本文を流布本とされた。それに対して本位田氏は、慶安本が属する第一類本の方が古い形ではないかとされた。その主な理由は、第一類本に、第二類本にない贈答歌の存在することである。特に、

あらぬ世と思ひなしつる山のおくになにたづねきて袖ぬらすらん（慶安本、三十三ウ・69頁）

がなくては、第二類本にも共通するあとの文「かのなにたづねきてとの給つる口づさみ」（三十四オ・70頁）が何を指しているのかが不明となる、と説明された。また、岡陽子氏は、ご論文「天理図書館蔵『山路の露』について―伝本二系統における位置付けとその意義―(4)」において、二類本が一類本の脱落部分を補った派生本文であると推定された。

しかし、最初に説明したように、天理本を含めて、第一類本の粗本が慶安本であるとなると、問題は簡単ではない。以上に見た通り、慶安本『山路の露』は、引歌や源氏物語本編に関わる部分について、いくらかの本文校訂を施した結果の本文であった可能性が高いのである。そして仮に慶安本が第一類本の粗本であるのなら、第一類本が整っているのは、版本として出版するために、「絵入源氏」本編との整合性を意図した編集を経たからという見方も成り立つ。また、本文に矛盾がある本が、後の書写本とは限らない。むしろ校訂して読みやすくした本文の方があとの本という例は多い。池田亀鑑氏は、青谿書屋旧蔵本について「文中誤脱もすくなくないが、また原形を伝へるかと思われる部分も多い」とされた。慶安本の編者山本春正が、六十巻揃いの版本を企画した時、『山路の露』をも含めて全体を統一のとれた作品として提供しようとする意識が働いたとしても不思議ではない。親本とする写本の『山路の露』が整った本であればよいが、第二類本のように整っていない本文だったとすればなおさら校訂が必要となる。(5)

「絵入源氏」の編者山本春正は松永貞徳のもとで源氏物語を学んだ。青谿書屋旧蔵本の筆者である九条稙通は貞徳の師匠であったから、春正は貞徳を通じて、この稙通本に近い本を参照する機会があったかもしれない。現存の『山路の露』は、「古本系統」とされる稙通自筆本ですら文禄三年（一五九四）以前、慶安本なら慶安三年（一六五〇）の

本である。いずれにしても、成立年代（推定）から四世紀以上後の本であり、これ以前の有力な粗本が見いだされない限り、『山路の露』二系統の前後関係は決着を見ない。ここでは慶安本のみの問題にとどめておきたい。

四　無刊記小本『山路の露』

「絵入源氏」の異版の一つ、無刊記小本の『山路の露』には、慶安本にはなかった合点が見られる。

よりゐ給へりし所のうつりがなどを。めでさはぎつゝ。〽袖ふれし藤ばかま。あらぬにほひにこそしみかほりにけれ（無刊記小本『山路の露』十九オ　慶安本『山路の露』十九オでも同文）

朝日古典全書の頭注では、この箇所の本文「寄り居給ひし所の移り香などを、めでたさは袖触れし藤袴、あらぬ匂ひにこそ薫りにけれなど」に、

古今集四秋上素性「主知らぬ香こそ匂へれ秋の野に誰がぬぎかけし藤袴かも」

と、引歌を挙げている。この歌を引歌とする例が、「絵入源氏」本編にも見られる。匂宮巻の「〽秋の野にぬしなきふぢばかまもとのかほりはかくれて」（慶安本八オ）と、橋姫巻の「かくれなき御匂ひぞ風にしたがひて。＝ぬししらぬかとおどろく」（慶安本十五ウ）に対して、『源氏引歌』（慶安本三十二オ・三十四オ）で同じ歌を挙げている。これらの場合は、「ぬしなき藤袴」「ぬししらぬ香」と、引歌なしでは理解しがたい箇所である。これに対して「袖ふれし藤袴」と素性の歌との関わりは希薄であるから、このような場合、慶安本では引歌としない。第三節で述べた通り、無刊記小本の編者は、慶安本を模倣した中で、唯一『源氏引歌』について異議を唱え、細かいところを訂正している。この箇所に合点を加えたのは、おそらく、『山路の露』についても同じ姿勢で臨んだからであろうが、慶安本に見られたような引歌についての一貫性は崩れている。

無刊記小本『山路の露』にはまた、慶安本にはない異文注記も見える。巻頭に近い本文で、慶安本が「きやうのかみ」（一オ）とあるところを、小本では「きやうのかみ《きやうし》」としているのである。この異文は第二類本の「きやうし」に一致する。無刊記小本は、源氏物語本文や引歌についても、何らかの資料を見て慶安本の内容をわずかばかり訂正していた。『山路の露』についても、第二類本系統の本を見る機会があった可能性は考えられるが、その訂正はあまりにも小さく、巻頭の「きやうのかみ」の他には、異文注記も見あたらない。無刊記小本の編者がある本の最初の頁を見る機会があっただけで、目立つ巻頭を訂正することにより、慶安本とは異なる方針で編集したことを示そうとしただけなのかもしれない。

注

（1）本位田重美『源氏物語山路の露』（昭和四五年、笠間書院）、本位田重美・神津真佐子編『源氏物語外篇山路の露第一類本第二類本』（昭和五五年三月、和泉書院）解説。本位田氏は前者で用いた名称「刊本系」「写本系」を、稲賀敬二氏のご指摘で「第一類本」「第二類本」に訂正された。本書でもそれに従う。

（2）池田亀鑑校注『日本古典全書　源氏物語七』（昭和二二年一二月、朝日新聞社）

（3）『日本大学蔵　源氏物語第十巻　三条西家証本』（文献47）による。

（4）岡陽子「天理図書館蔵『山路の露』について―伝本二系統における位置付けとその意義―」（平成一三年九月、「古代中世文学」17）および「『山路の露』二類本の派生について―独自本文の性格―」（平成一四年一〇月、中古文学会秋季大会口頭発表、於相愛大学）

（5）稲賀敬二「『山路の露』の二系統と共通祖形の性格―《本文と場面「分割」「統合」機能》《宇津保「絵詞」》関連の問題―」（平成一二年一二月、「王朝細流抄」5）では、祖形が分割・統合を許容する特殊な本文形態であったために系統の相違が生じたとし、両系統が一つの祖本から分かれたと想定された。

むすび

以上のように、「絵入源氏」の別巻は、いずれも、「絵入源氏」本編とともに利用されるべく編集されたと考えられる。もちろん、春正自身が関わった程度は、別巻それぞれに異なるのであろう。『源氏引歌』が、もっとも春正自身の関わり方が深く、逆に、『山路の露』の場合は、師匠貞徳などから提供されたものを基にして整えて出版したと思われる。いずれにしても、何らかの校訂や面倒な編集作業を施したことは確かである。『源氏引歌』は、古来の注釈書から引歌を抜き出しただけではなく、出典を調べて明記している。『源氏目案』は、いろは順に配列する手間がかかる。『源氏系図』もまた、古来の系図を簡略化して振り仮名を付けている。祖本のある『山路の露』ならば、源氏物語本編と同様、読点や濁点、傍注を付けるには読み解く作業が必要となる。

『山路の露』の系統についての議論、『源氏引歌』や『源氏目案』の成立についての解説など、従来、版本の編者が本文を整えたり、編集したものではないだろうとの推測が前提とされてきたように思う。しかし、「絵入源氏」本編を編集する力量があれば、これら別巻の編集は不可能ではない。逆に「絵入源氏」本編を作ったあとに、『源氏引歌』や『源氏目案』のような書物が残されていない方が不自然ではないだろうか。特に『源氏目案』に引歌や人物に関する記述がなく、『源氏引歌』『源氏系図』と内容的に重ならないという事実は、他のどの注釈書とも異なる特徴である。春正が編集する前の段階の『源氏目案』や『源氏引歌』が別にあったとしても、『源氏系図』や『山路の露』のように明らかな祖本のある書物と同様、最終的に「絵入源氏」の付録として整えられたことは間違いないだろう。

古来の本では、源氏物語本文と注釈書とは別に仕立てられ、伝えられてきた。それに対して、「絵入源氏」より二十年後に出版された『首書源氏物語』や『湖月抄』では、本文と注釈をすべて一冊に盛り込んだことで成功した。その間に位置づけられる「絵入源氏」は、別冊で鑑賞してきた古い形式を受け継ぎながらも、「絵入源氏」本編では、最低限の説明と挿絵を付けることで、物語を楽しく読み進めるために必要な情報を提供する一方、『源氏引歌』『源氏目案』『源氏系図』では、古来の注釈書に記された引歌、語釈、人物説明を、それぞれを別冊に仕立てることによって、読者がそれぞれの関心に応じて参照すればよいように作られている。この慶安三年跋版本『源氏物語』六十巻の歴史的位置づけを考えてみると、「絵入源氏」五十四巻だけを取り上げて、啓蒙的な絵入り版本とだけしてきた従来の評価を見直すべきであることがわかる。

なお、『源氏物語（絵入）〔承応版本〕CD—ROM』（文献5）では、別巻が国文学資料館本にはないので、架蔵本が底本として使用された。そのうち『源氏目案』と『源氏引歌』は活字翻刻され、「絵入源氏」本文とリンクされたが、『源氏系図』と『山路の露』は、画像のみで、ブラウザからは見えない。画像ビューワで『源氏引歌』より後の頁を繰ってご覧いただきたい。ここで述べたことは、この「絵入源氏」別巻の位置づけを少しでも明らかにしておくべきだと考えたからであるが、なお不十分な点も多い。特に『孟津抄』など古注との関わりや、それぞれの詳細については今後の課題としたい。諸賢のご教示をご期待する。

第三章　源氏物語版本の本文

校異凡例

本章で示す本文校異として、写本は『源氏物語大成　校異編』（略称もこれに従う）によったが、版本については、次の七種九本の版本を個別に校合した結果を示す。なお、これらの概略・書誌は、序章第一節で説明した。

〈版本の種類〉	〈略称〉
1慶長中期頃刊、古活字版『源氏物語』	伝嵯峨本
2元和九年刊、古活字版『源氏物語』	元和本
3寛永頃刊、無跋無刊記整版本『源氏物語』	無刊記本（または無跋無刊記本）
4慶安三年山本春正跋、絵入り『源氏物語』	慶安本（三種の総称は「絵入源氏」）
万治三年刊、絵入り『源氏物語』	万治本
無刊記小本、絵入り『源氏物語』	無刊記小本
5承応元年松永貞徳跋、版本『万水一露』	版本『万水一露』（適宜「万水一露」とも）
6寛文十三年刊『首書源氏物語』	『首書源氏』
7延宝元年北村季吟跋『湖月抄』	『湖月抄』

この章では、版本本文の校異を多数例示するので、表記方法の原則を、箇条書きで示しておく。凡例と一部重なるが、この章特有の問題もあるので、ここでは特に断らない限り、以下の表記に従う。

○対象とする版本の本文を見出しにし、（　）内に、巻名（必要な場合のみ）、原本の丁数（漢数字）と表裏の区別（オまたはウ）を記し、「・」の下に『源氏物語大成』の頁数（漢数字）と行数（算用数字）を示した。

○見出し本文のあとに――と続けて、まず同文の本をすべて列挙し「……と同文。」とした。
○次に異本を列挙し、その本文（見出し本文が長文の場合、傍線部分に対する異文）を「　」内に示した。
○同文の本を省略せず列挙することにより、それぞれの本文（系統）の性格をより明確にした。
○写本と版本とを続けて列挙する場合は、「・」の代わりに「＊」を用いて区別した。
○『源氏物語大成』所収の本を列挙する時には、それぞれ『大成』での略称に準じた。
○見せ消ちや補入などの書き入れは、『大成』に示された記号に従った。
○『大成』所収の青表紙本が一致する場合は「青表紙本諸本」、調査した版本が一致する場合は「版本諸本」とし、列挙した本以外は「他本」とした。
○河内本または別本の諸本が一致する場合には、それぞれ「河内本」「別本」と記すが、本により異なる場合は、「河内本（宮）」「別本（陽）」や、必要に応じて「河内本（高松宮本）」などと明記した。
○写本は『大成』の校異に従い、個々に調査していないが、宮内庁書陵部蔵三条西家青表紙証本（略称、証本）と日本大学蔵三条西家本（略称、三条西家本）は、必要に応じて影印本（文献43・52）を参照した。

第一節　『首書源氏物語』の本文

『首書源氏物語』の本文は、戦前の岩波文庫[1]や有朋堂文庫[2]などの底本に採用されていたが、今泉忠義氏は、これらの本文が『首書源氏』本文に忠実でないとして、昭和十九年に『首書源氏』本文を「原本のままに再現し」た活字本を出し、その脚注に『湖月抄』・河内本との校異を示された。さらに昭和五十二年には、その改訂版に、森昇一・岡崎正継の両氏が『源氏物語大成』の底本との校異を注記された[3]。これらの書によって、『首書源氏』本文が青表紙本系統であっても、『源氏物語大成』の底本と異なることはわかるが、『湖月抄』との親疎の程度や、青表紙本系統の中での位置付けについてはなお明らかではなかった。

片桐洋一氏は、影印本『首書源氏物語』シリーズ（文献1）を企画・編集し、その第一巻『首書源氏物語　総論・桐壺』（文献1①）解説において、『首書源氏』本文について次のように説明された。

（二）「首書源氏物語」の本文　第二次大戦以前に最も普及した「源氏物語」のテキストには、有朋堂文庫と岩波文庫本（旧版）がある。このいずれもが、「首書源氏物語」の本文を採用しているのは、既に最も普及していた湖月抄本から一歩遡ろうとしたこともあろうが、「首書源氏」の本文が、整った、素直に読める本文であったということに根本的原因があったと思う。

もっとも、古典の大衆化を目指した「首書源氏」であってみれば、整った形、素直な、読める形に、あえて改訂したのではないかという疑いが当然もたれるのであるが、実際に本文を検討してみると、その本文は、はなはだ由緒正しい本文であることが判明して、驚くのである。今、試みに、藤原定家書写の青表紙本系統を代表すると言われ、角川文庫・小学館文学全集・新潮古典集成などの底本に用いられている明融本と比較して、かなりはなはだしく相違するものを桐壺の巻から十例ほど挙げてみると、次頁のように、宮内庁書陵部蔵の三条西家青表紙証本（岩波古典文学大系・岩波文庫の底本）を初め、三条西家とゆかりの深い本と一致していて、この「首書源氏物語」の本文が三条西家系統の、それもかなり由緒の正しい本文を使っていることが知られるのである。そして明融本との異文一〇例を表に示し、『首書源氏』本文が三条西家系統の本文に近いことを指摘された。

その後、同シリーズ各巻の担当諸氏のご報告によって、『首書源氏』の本文は、三条西家青表紙証本、三条西家本、肖柏本などの三条西家系統の本文に近いこと、しかし純粋な本文ではなく、河内本系統などとの混態本文であることなどが明らかにされた。そのうち藤岡忠美氏は、帚木巻の本文が特に河内本系統の本文を多く含むことを指摘された（文献1④）。また、榎本正純氏は、『首書源氏』葵巻本文に最も近い本文が『湖月抄』であることを具体的に示し（同⑥）、吉岡曠氏は、末摘花巻の本文における『湖月抄』と『首書源氏』の近似を詳しく説かれた（同⑦）。以後、田坂憲二氏、岩下光雄氏、工藤進思郎氏は、それぞれ担当された巻の解説で『首書源氏』本文と『湖月抄』との親近性を指摘された（同⑨⑪⑫）。

これら先学による本文研究の主たる意図は、『首書源氏』の本文がどのような系統にあるかを明らかにすることであったように思う。その点に限定すれば、片桐氏が、三条西家系統の由緒正しい本文とされたことと、藤岡氏が、その中に河内本系統の本文が含まれるとされたことの二点が、ほぼ『首書源氏』の本文系統を言い表していたように思う。他の巻々についての調査もまた、この二点を確認するものと言える。榎本氏や吉岡氏が指摘された『湖月抄』との親近性についても、北村季吟が所持・使用していた本がわかるのであれば、それによって『首書源氏』の本文系統が明らかになったことであろう。しかし、『湖月抄』の本文の素姓は『首書源氏』と同様に不明であることから、これ以上のことはわからない。今後、続刊の担当者がそれぞれの巻の調査を進めてくださり、五十四巻全体に及ぶ総合的な検証が成されてはじめて、『首書源氏』の本文系統が明らかになることであろう。

さて、こうした先学のご研究を踏まえ、私は、『首書源氏』が刊行された時代背景に着目した。三条西家系統の本文に河内本系統が混入するという『首書源氏』本文の性格が、『湖月抄』と共通するのであれば、同時代の他の版本の本文はどうなのかという疑問を持ったのである。まず、私自身の担当した影印本『首書源氏物語　絵合・松風』（文献1⑭）において、先学と同様、写本の本文と比校した上で、同時代の版本をも調査した。その結果、『首書源氏』と『湖月抄』に先立つ版本の本文が、いずれも先の性格を共有していたことが明らかになった。そこでさらに、他の巻々についても調査を拡げ、あるいはそれぞれの版本を底本として校異を確認する、といった方法でも検討した。それによって、『首書源氏』の底本とも言うべき本が明らかになり、また、最終的な本文校訂に使用された本についても推定された。この結果は、当初の（系統を明らかにしようとする）本文研究とは異なる方向に進んでしまったように思う。ただ、『首書源氏』の本文と由緒ある特定の写本との接点が得られないならば、せめてその底本を探り、その底本からさらにその親本へと、次第にさかのぼることによって、いずれ江戸時代の流布本の淵源をたどることができるのではないかと考えたのである。

また、『首書源氏』本文の調査をきっかけにして、江戸時代に出版された整版本の相互関係がいくらか明らかになってきた。これこそ、当初の意図とは異なるものかもしれないが、結果的に、版本『首書源氏物語』がどのように編集されて出来た本なのかが少し見えてきた。以下、『首書源氏』の本文と他の版本との関わりに焦点を当て、『首書源氏』の本文採択に使用された本について考察してみたい。

校異を例示する場合、『首書源氏』を引用した見出し本文のあとの（　）に、『首書源氏』原本の丁数と表裏の下に、影印本『首書源氏物語』の頁数（算用数字）を加えた。その他は、最初に挙げた表記に従う。

一　絵合巻・松風巻

影印本『首書源氏物語　絵合・松風』の補注と解説では、絵合・松風の二巻について、『湖月抄』をも含む『首書源氏』と同時代の数種の版本と校合し、その結果を補注にも示した。『首書源氏』本文を、まず、『源氏物語大成　校異篇』所収の青表紙本、宮内庁書陵部蔵三条西家青表紙証本（文献39、以下、証本と称す）と比校した。『大成』所収の青表紙本（絵合・松風巻ともに八本）のうち、絵合巻で陽明家本、松風巻では為氏本が、他本に比べて特に独自異文が多い。『首書源氏』本文が、青表紙本としては特殊とも思われるこれらの独自異文と一致することは稀であった。影印本の補注には、このように『首書源氏』本文がごく少数の本と異なる場合は一々挙げず、主として、青表紙諸本の中で一般的な（多数の本に共通する）本文に対して『首書源氏』本文が異なる場合に、『首書源氏』本文に一致する全ての本と、異文とを挙げた。

表Aには、補注に挙げた校異により、各本における『首書源氏』との同文数を数え、その数の多いものから順に六本における同文数を示した。例えば肖柏本は、絵合巻において、青表紙本の多数の本と異なる首書源氏本文総数72の内、同文（共通異文）が29あったことを示す。

これによって、『首書源氏』に近い本文は、他の巻々についてのご指摘と同様、三条西家系統の諸本――肖柏本・三条西家本・証本であることが明らかになった。しかし、『首書源氏』には三条西家系統以外の本文も多く、その大半は出所不明の独自異文とも言うべき本文である。そのような本文でも『湖月抄』には一致することが多いので、版本をも比校の対象とした。伝嵯峨本・元和本・無刊記本・『万水一露』・「絵入源氏」三種・『湖月抄』の六種八本の版本である。

表A〈青表紙本各本における、『首書源氏』本文との共通異文数〉

	総数	肖柏本	三条西家本	証本	池田本	陽明家本	横山本
絵合	72	29	26	18	17	11	8

	総数	証本	肖柏本	三条西家本	陽明家本	池田本	横山本
松風	53	22	20	16	8	6	6

影印本の補注では、版本『万水一露』の本文は参考程度に示すのみで、無跋無刊記整版本との校合もしていなかったが、今回は、その二本との校合をも加えた。[4]『湖月抄』を除く五本は、すべて『首書源氏』の刊行された寛文十三年以前の版本であり、いずれも『首書源氏』本文に関わる可能性がある。これらと『首書源氏』とが一致する本文の数を表Bに示す。青表紙本のどの写本とも一致しない本文は、絵合巻で25、松風巻に16あり、これらの版本ではその（青表紙本諸本に対する独自異文と言うべき）本文と一致する場合も多いので、その数をも＊の下に示した。例えば万治本は、絵合巻において、青表紙本の多数と異なる本文の総数72のうち64例において、青表紙諸本と異なる本文の総数25のうち19例が、『首書源氏』本文と一致したことを示す。最下段には、青表紙本の写本ともこれらの版本とも異なる『首書源氏』の独自異文の数を示した。[5]

表B〈版本各本における、『首書源氏』本文との共通異文数〉

	総数	万治本	慶安本	湖月抄	伝嵯峨本	万水一露	無刊記本	元和本	独自異文
絵合	72＊25	64＊19	60＊15	56＊14	44＊2	25＊1	20＊1	18＊1	6
松風	53＊16	40＊8	40＊8	40＊8	35＊6	27＊3	26＊3	9＊2	6

この数値から、各本と『首書源氏』との距離は、絵合・松風両巻とも、「絵入源氏」の二本、『湖月抄』、伝嵯峨本、『万水一露』、無刊記本の順に近いことがうかがえる。三条西家系統のどの写本よりも、これらの版本が『首書源氏』に近く、『首書源氏』本文が、近世初期の版本として一般的な本文だったことが知られる。『首書源氏』と版本諸本との近似は、複数の異文が集中する共通異文からも確認できる。

1たゞいかにおぼしたるとゆかしさに、とかうかの御事のたまひ出るに、あはれなる御気色の（絵合、六ウ14・五六一2）――絵入源氏・湖月抄と同文。他本「いか、……御事をのたまひ出る……御気色」「いかに……御事をきこえ給へる……御気色の」「いか、……御事をきこえいで給へる……御気色の」

2ひとりゐてながめしよりはあまの住かたをかきてぞ見るべかりけり（同、九ウ20・五六三8）――証本・肖柏本＊版本諸本と同文。他本「なけきし……かくてぞ」

3いとよしありておはするなかに、ゐをなんたて、このみ給へば、おとゞの下にす、め給へるやうやあらん、ことごとしきめしにはあらで殿上にさふらひ給を、おほせごとありておまへに（同、十七ウ36・五六九8）――版本諸本と同文。青表紙本諸本「うちにゐを……おはするを……御せんに」

4権中納言わごん給はり給、さはいへど人にはまさりて（同、二十二オ45・五七三1）――絵入源氏・湖月抄と同文。他本「わごん権中納言……人に」

5こまやかにおぼしたるさまを、人しれず見たてまつり給ひてぞ（同、二十三オ47・五七三11）――伝嵯峨本・絵入源氏・湖月抄と同文。他本「おぼしめしたる……見たてまつりしり給ひてそ」

6よはひをものべんとおぼして、山ざとののどかなるをしめて、みだうつくらせ給ふ、ほとけ経のいとなみ（同、二十四オ49・五七四7）――絵入源氏・湖月抄と同文。他本「おもほして……みだうを……給ひ」

7こゝろうごかし給ふな、などいひはなつものから、けぶりともならん夕まで（松風、十ウ74・五八六2）――伝嵯峨本・絵入源氏・湖月抄と同文。他本「給ふなと……夕までは」

8くらべぐるしき御こゝろかな、いにしへのありさまなごりなしと世人もいふなる物をと（同、十三ウ80・五八八5）――肖柏本＊伝嵯峨本・元和本・絵入源氏・湖月抄と同文。他本「御こゝろかな……物を」「御こゝろ……物を」

2、3は、版本諸本が一致して多くの青表紙本に対立していることを示す。個々の異文においても、版本諸本が『首書源氏』本文に一致するものは、絵合17例・松風15例に及び、その大半は三条西家本・証本・肖柏本のいずれかに一致している。また版本の多くが三条西家系統の本文に近く、それ以外の本文とは疎遠であることがわかる。つまり、『首書源氏』と三条西家系統の本との親近性は、これら版本諸本に共通する特徴だったと言ってよいだろう。そして『首書源氏』に最も近いのは、「絵入源氏」と『湖月抄』である。これらの間には、1、4、6のように他本には見られない共通異文もあり、その成立時期も非常に近い。相互関係を想定すべきであろう。

二　桐壺巻

上野英子氏は、帚木巻について「『首書源氏』本文は慶安本と類似性があり、万治本と『湖月抄』とは慶安本と軌を一にしている」と述べておられる(6)。このご論は、『首書源氏』と『湖月抄』との近似だけではなく、慶安本と万治本という二種の「絵入源氏」本文との近似をも指摘された最初のものと思われるが、右に報告した調査結果とは少し異なっている。そこで、この帚木巻と桐壺・夕顔・若紫・末摘花・葵の計六巻を、同様に調査してみた。これら六巻については、既に影印本が刊行されているので、それぞれの編者による解説と補注を参考にさせていただいた。

まず桐壺巻には、『首書源氏』と三条西家系統の本文（肖柏本、三条西家本、証本）との共通異文が約30箇所あるが、その大半が他の版本とも一致している。例を挙げてみよう。

1人の心を（一オ61・五4）――肖柏本・三条西家本＊伝嵯峨本・絵入源氏・湖月抄と同文。青表紙本他本＊元和本・無刊記本・万水一露「心をのみ」

2すぐし給ひつるを、やみにくれてふし給へる（十オ79・一一14）――証本・肖柏本・三条西家本＊伝嵯峨本・元和本・絵入源氏・無刊記本・万水一露と同文。青表紙本他本＊湖月抄「すぐし給へる……ふししづみ」

3なりそひ侍に（十三オ85・一四9）――証本＊版本諸本と同文。青表紙本他本「侍つるに」

4涼しく吹て（十四オ87・一五5）――肖柏本・三条西家本・証本＊版本諸本と同文。青表紙本他本「なりて」

5にほひなし（十七オ93・一七8）――肖柏本・三条西家本・証本＊伝嵯峨本・絵入源氏・湖月抄と同文。青表紙本他本＊元和本・無刊記本・万水一露「にほひすくなし」

6ものあざやかなる（二十九ウ118・二六13）――肖柏本・三条西家本・証本＊版本諸本と同文。池田本・大島本・横山本「いとはなやかなる」

7御ひとへこゝろに（三十オ119・二七8）――肖柏本・三条西家本・証本＊版本諸本と同文。池田本・大島本・横山本「心ひとつに」

8聞かよひ（三十ウ120・二七10）――肖柏本・三条西家本・証本＊版本諸本と同文。池田本・大島本・横山本「きこえかよひ」

9所なるを（三十一オ121・二八3）――肖柏本・三条西家本・証本＊版本諸本と同文。池田本・大島本・横山本「ところなりけるを」

また、これらとは逆に、三条西家系統の本と異なる場合や『首書源氏』の独自異文かと思われたものについても、版本とは一致することが多い。例示してみよう。

10とのゐなど（九オ77・一一3）――伝嵯峨本・絵入源氏と同文。諸本「御とのゐなと」

11はづかしう（十オ79・一二4）――伝嵯峨本・絵入源氏・湖月抄と同文。諸本「いとはつかしう」

12まじらひ給めりつる（十三オ85・一四8）――大島本・池田本・横山本＊絵入源氏・湖月抄と同文。他本「ましらひ給める」

13この人ゆへ（十三ウ86・一四14）――絵入源氏・湖月抄と同文。諸本「この人のゆへ」

14引出（十八ウ96・一九1）――大島本・池田本・横山本＊絵入源氏・湖月抄と同文（「ひきいて」）。肖柏本・三条西家本・証本＊伝嵯峨本「ひきいてゝ」、元和本・無刊記本・万水一露「ひきいてつゝ」

15おぼしあはせて（二十二オ103・二一7）――絵入源氏・湖月抄と同文。諸本「おほして」

16はゝきさきの（二十三ウ106・二二2）――伝嵯峨本・絵入源氏と同文。諸本「はゝきさき」

17なくさむべく（二十四オ107・二二14）――伝嵯峨本・絵入源氏・湖月抄と同文。諸本「なくさむへくなと」

18御きは（同・二三2）――大島本・横山本＊万水一露・絵入源氏・湖月抄と同文。他本「きは」

19御うしろみ（二十七ウ114・二五8）――三条西家本＊伝嵯峨本・無刊記本・万水一露・絵入源氏・湖月抄と同文。他本「うしろみ」

20けしきばみ聞え（二十八オ115・二五10）――大島本・横山本・池田本・証本＊絵入源氏・湖月抄と同文。他本「けしきはみ」

21あへしらひ（同・二五11）――池田本・大島本＊伝嵯峨本・絵入源氏・湖月抄と同文。他本「えあへしらひ」


このうち12「まじらひ給めり」は3の「なりそひ侍に」の直前にあり、この両方が『首書源氏』に一致するのは「絵入源氏」と『湖月抄』のみとなる。同様に、20と21が続く本文で一致するのも、その二本のみである。

以上に示す通り、同じ古活字版でも、元和本より伝嵯峨本の方がはるかに『首書源氏』に近いことがわかる。『首書源氏』と各種版本との本文の一致率は、桐壺巻でも、「絵入源氏」、『湖月抄』、伝嵯峨本、万水一露、元和本の順に高い。古活字版の本文と整版本との関係は、三条西家系統の写本よりも近いことは確かであろう。特に、『首書源氏』と「絵入源氏」本文の親近性はきわだっている。

三　夕顔巻

増田繁夫氏は、影印本『首書源氏物語　夕顔』（文献1③）解説において、夕顔巻の本文は、三条西家系統の中でも、特に肖柏本に近いと指摘された。その本文もまた、版本との校合を加えて確認してみると、伝嵯峨本や「絵入源氏」に関わっていたことがわかる。

1けしうはあらぬ（八オ17・一〇七6）――肖柏本＊伝嵯峨本と同文。他本「くちをしうは」

2いづれかきつねならん（十七ウ36・一一五7）――肖柏本・三条西家本＊伝嵯峨本・絵入源氏と同文。証本「いづれか……ならんな」、他本「けにいつれか……なるらんな」「けにいつれか……ならんな」

3いみじきめ（二十九ウ60・一二五6）――肖柏本・三条西家本＊伝嵯峨本・元和本・絵入源氏と同文。他本「いといみしき」

4いきをのべてぞ（三十二ウ66・一二七9）――肖柏本・三条西家本＊伝嵯峨本・絵入源氏と同文。他本「のへたまひて」

5気色を見えんは（四十七ウ96・一三九6）――肖柏本＊伝嵯峨本・絵入源氏と同文。湖月抄「みえ《せイ》んは」、他本「みえんを」

6すくせのたかさよと（五十三オ107・一四三14）――肖柏本＊伝嵯峨本・絵入源氏・湖月抄と同文。他本「たかさと」

1の本文は、『首書源氏』の頭注に、

いとけしうはあらぬ　或抄　怪しくはあらぬ也しかるへき女房ともあるよしを申也

とあることと一致する。2の場合も、頭注に、

いつれか狐ならん　狐の人をばかす事河海委　細たかひにはかされたるさま也

とあるのと合っている。6の「たかさよと」も、もとは河内本の「たかさなと」の誤写であろう。このように肖柏本と一致する本文は、『首書源氏』の基本となる注釈と深く関わっていたと思われる。

ともあれ、頭注の内容に直接関わる本文「けしうは」を除くと、いずれも「絵入源氏」本文と一致する。特に『首書源氏』の独自異文かと思われた例を見ると、どの本よりも「絵入源氏」が近いことがわかる。

7心つよがり（二十九ウ60・一二五5）――伝嵯峨本・絵入源氏・湖月抄と同文。他本「つよかり」

8くま〳〵しく見ゆるに（三十一オ63・一二六10）――絵入源氏と同文。諸本「おほえ給に」

9なりぬべきなめり（三十二オ65・一二七3）――絵入源氏・湖月抄と同文。他本「なる」

10あけはなるゝ、程に（三十四オ69・一二八13）――絵入源氏と同文。伝嵯峨本「程のまに」、他本「ほとのまきれに」

11ゆづり奉る（五十三オ107・一四三11）――絵入源氏・湖月抄と同文。他本「きこゆる」

12こまやかなることゞも（五十五オ111・一四五8）――元和本・無刊記本・万水一露・絵入源氏・湖月抄と同文。他本「こまかなる」

7、8、11はいずれも、河内本諸本と陽明家本の本文である。こうした異本系統の本文においても「絵入源氏」とは一致するのである。また、12の「こまやかなる」は、青表紙本諸本および伝嵯峨本とも対立する整版本特有の本文と

言ってよいだろう。次に、大きな異文を挙げてみよう。

13君に馬をは奉りてわれはかちよりく丶り引あげなどして出たつ（三十四ウ70・一二九4）——独自異文。伝嵯峨本・絵入源氏「君に馬は……」、元和本「君にむまをは……かちより……なとして」、無刊記本・万水一露「かちより君にむまは……なとして」、肖柏本・三条西家本「かちより君に馬をは……なとして」、青表紙本他本「かちより君に馬は……なとして」

この本文では、「君に馬をは」と「かちより」とが入れ替わり、「われは」と「出たつ」がない、といった大きな違いが見られる。その中で、『首書源氏』は、「馬をは」と「馬は」の小異を除いて、伝嵯峨本と「絵入源氏」に一致する。この箇所も、河内本諸本では「むまは君に……いてたつ」とあって、『首書源氏』本文が河内本系統の本文を含んでいることがわかるが、それ以上に近いのが、やはり伝嵯峨本と「絵入源氏」である。

また、三条西家系統の本文と一致する場合や、青表紙本の諸本間で異文が二分している場合についても、伝嵯峨本・「絵入源氏」とは一致する例が多い。

14めのと（三ウ8・一〇三7）——御物本・大島本・肖柏本・三条西家本＊伝嵯峨本・絵入源氏と同文。他本「めのとなと」

15おもひおとしし（八オ17・一〇七8）——肖柏本・三条西家本・証本＊伝嵯峨本・絵入源氏と同文。他本「人のおもひすてし」

16かたはなめる（九オ19・一〇八8）——三条西家本＊伝嵯峨本・絵入源氏・湖月抄（「なめる《なるべかりけるイ》」）と同文。肖柏本「なるめる」、他本「なるへかんめる」「なへかめる」「なへかりける」

17なにやかやと（四十四ウ90・一三七4）——横山本・肖柏本・証本＊伝嵯峨本・元和本・絵入源氏・湖月抄と同文。他本「なにやと」

以上の結果、『首書源氏』夕顔巻と各種版本との本文の一致率は、「絵入源氏」、伝嵯峨本、『湖月抄』、元和本、万水一露の順に高いことがわかる。「絵入源氏」との親近性はここでも確認される。

四　帚木巻

夕顔巻にも見られたように、『首書源氏』本文には、三条西家系統の本文に加え、河内本系統の本文を多く含んでいる。藤岡忠美氏は、帚木巻にこの傾向が顕著であることを重視し、影印本『首書源氏物語　帚木・空蟬』（文献1④）解説で「そうした混態現象がどうして起きたかはいま明らかでないが、首書源氏のみならず三条西家ゆかりの諸本全体の性格を考えてゆく上にも、このことは興味ある事実ということができる」と指摘された。版本と校合してみると、この「混態現象」は『首書源氏』のみならず、「絵入源氏」や『湖月抄』にも共通していたことがわかる。河内本を加えて、校異を示しておこう。(7)

1見給ふついでに（三オ7・三六8）——証本・河内本＊伝嵯峨本・絵入源氏・湖月抄と同文。青表紙本諸本＊元和本・無刊記本・万水一露「見給ふ」

2ところせく思ふたまへぬにたに（十一オ23・四二6）——証本・河内本（七・宮・尾・平）＊万水一露と同文。河内本（大）＊絵入源氏・湖月抄「ところせく思ふたまへぬたに」。青表紙本諸本＊伝嵯峨本・無刊記本ナシ

3あひそひてその思ひいで、うらめしきふしあらざらんや、あしくもよくもあひそひて（十五ウ32・四五9）——独自異文。大島本・河内本＊絵入源氏・湖月抄「その思ひいで、うらめしきふしあらざらんや、あしくもよくもあひそひて」、万水一露「あひそひてその思ひいでうらめしきふしあらざらんやあしくもよくも」、他本「あひそひて」

4まぎれありき（十九ウ40・四八10）――河内本＊絵入源氏・湖月抄と同文。青表紙本諸本＊伝嵯峨本・無刊記本・万水一露「まぎれ」

5いはれ侍らん（三十五ウ72・六〇10）――河内本＊伝嵯峨本・絵入源氏・湖月抄と同文。青表紙本諸本＊無刊記本・万水一露「ナシ」

6おぼしやる（五十二ウ106・七三5）――河内本＊絵入源氏・湖月抄と同文。青表紙本諸本＊伝嵯峨本・無刊記本・万水一露「おもひやり給」

7の給ひしらせて（五十四ウ110・七五1）――河内本＊絵入源氏・湖月抄と同文。青表紙本諸本＊伝嵯峨本・無刊記本・万水一露「のたまはせ」

8ついせうしよる心なれば（五十五オ111・七五3）――河内本＊絵入源氏・湖月抄と同文。青表紙本諸本＊伝嵯峨本・無刊記本・万水一露「しありけば」

このうち、前半部の1〜4の本文は、『首書源氏』頭注に「祇註」としてたびたび引用される宗祇の『雨夜談抄』[8]の見出し本文とも一致している。また、2の頭注には、「所せく」の見出しで『細流抄』の説を引用、5の頭注も、「何とかは」の見出しで『細流抄』および「或抄」を挙げる。帚木巻に河内本系統の本文が多く含まれる一因には、このような注釈との関わりがあると思う。

帚木巻でもっとも大きな独自異文3は、河内本系統の本文「その思ひいで……あひそひて」という長い異文を含んでいる。この本文にもっとも近いのが「絵入源氏」と『湖月抄』であり、『万水一露』である。この部分の本文を、改行箇所のままに引用してみよう。

慶安本「絵入源氏」
あまにもなさでたづねとりたらんも．やがてその」

万治本「絵入源氏」
でたづねとりたらんも．やがてその思ひ」

おもひいでうらめしきふしあらざらんや・あしくも」
よくもあひそひて・とあらんおりにもか、らんき」

版本『万水一露』

たえぬすくせ浅からて尼にもなさて尋ねとりたらんも」
やかてあひそひて其思いてうらめしきふしあらさらんや」
あしくもよくもとあらんおりもか、からんきさみを」

いでうらめしきふしあらざらんや・」
あしくもよくもあひそひて・とあらん」

『首書源氏物語』

たらんも・やがてあひそひてその思ひ」
いでうらめしきふしあらざらんや・あし」
くもよくもあひそひて・とあらん」

まず一見して、万治本「絵入源氏」と『首書源氏』との類似が目につく。『首書源氏』本文において、「あひそひて」が「その思ひいで」の前にあるのは、『万水一露』からの影響であろう。『万水一露』に引用する「祇註」つまり宗祇の『雨夜談抄』の見出し本文では、「その思ひいでうらめしきふしあらざらんや」とある。従って、版本『万水一露』の編集の段階において、注釈に合わせて源氏物語本文を挿入した際に、もともと「あひそひて」だけであった見出し本文の前に、この一文を入れてしまったのであろう。『首書源氏』でも頭注に「祇註」を挙げるが、これは『万水一露』からの引用であろう。つまり、「あひそひて」が前後に二度ある『首書源氏』の独自異文は、万治本と版本『万水一露』の両方を参照した結果と思われる。

このように、河内本系統の本文についての一部は、古活字版の本文から既に混入していたこと、独自異文を含む『首書源氏』河内本系統の本文が、いずれも「絵入源氏」『湖月抄』とも共通していること、さらに本文にも宗祇などの注釈の影響がうかがえることに注目しておきたい。三条西家系統の本文のみならず、河内本系統の本文もまた、これら三種の版本に共通する本文だったと言ってよいだろう。

五　葵巻

『首書源氏』葵巻の本文には、榎本正純氏が指摘された通り（文献1⑥）、青表紙本諸本とは異なる長い異文が目立ち、それが『湖月抄』とも一致していることが多い。他の版本との校合を加えて挙げてみよう。

1あはれとおもひ聞え給ひて、うれしき物から誰も〳〵ゆゝしうおぼして……かやうなるほどは（四オ9・二八五2）――絵入源氏・湖月抄と同文。伝嵯峨本・元和本「きこえ給て……ほと」、三条西家本＊無刊記本・万水一露「きこえたまふは……ほと」、青表紙本他本「きこえ給……たれも〳〵うれしきものから……ほと」

2たち忍びてかよひたまふ所〳〵は、人しれず（九ウ20・二八九3）――絵入源氏・湖月抄と同文。伝嵯峨本「……人しれずのみ」、青表紙本諸本＊元和本・無刊記本・万水一露「うちしのびて……人しれずのみ」

3いかでかえ給へるところぞとねたきになんとの給へば……かの源ないしのすけなりけり（十三オ27・二九一9）――絵入源氏・湖月抄と同文。伝嵯峨本「いかて……」、青表紙本諸本＊元和本・万水一露「いかて……なと……ないしのすけ」

4みな人こゝろゆるべり……みこたち上達部のこりなきうぶやしなひども（二十五オ51・三〇〇6）――絵入源氏・湖月抄と同文。伝嵯峨本「……のこるなき」、万水一露「ゆるべり……のこりなき」、青表紙本諸本＊元和本・無刊記本「ゆるべり……のこるなき」

5いとゞこゝろぼそし。大殿は人〳〵にきは〳〵ほど〳〵ををき（四十三ウ88・三一三13）――伝嵯峨本・絵入源氏・湖月抄と同文。肖柏本「……きは〳〵ほとを」、証本「いと……きは〳〵を」、池田本・三条西家本＊無刊記本・万水一露「いと……きは〳〵」、元和本「……きは〳〵」、他本「……きは〳〵ほと」

6世人もその人ともしり聞えぬ、……しらせ聞えてんとおぼしなりて……人にあまねくはの給せねど（五十八ウ118・三二四12）――絵入源氏・湖月抄と同文。伝嵯峨本「……の給はねと」、元和本・無刊記本「その人と……聞えぬも……おほし……の給はねと」、池田本・三条西家本＊万水一露「その人と……きこえぬも……おもほし……の給はねと」、青表紙本他本「その人とも……きこえぬも（を）……おもほし……の給はねど」

以上の例は全て、『湖月抄』と同文であると同時に「絵入源氏」とも一致している。そして、『首書源氏』に最も近い本文が「絵入源氏」であることは、次の例からわかる。

7御祓川原《イ》のあらかりかしせに……いとうくおぼしいられたり（十五オ31・二九三3）――絵入源氏と同文。肖柏本・三条西家本＊元和本・伝嵯峨本・湖月抄「みそき川……」、青表紙本他本＊無刊記本・万水一露「みそぎ川……おぼしいれたり」

8さま〳〵つかうまつれる……、そこはかとなくわづらひて月日をすごし給（二十一オ43・二九七8）――伝嵯峨本・絵入源氏と同文。湖月抄「つかうまつる……」、証本「つかうまつる……すぐし給」、元和本「……そこはかとなくて……すぐし給」、青表紙本他本＊無刊記本・万水一露「つかうまつる……そこはかとなくて……すぐし給」

「川原《イ》」について、榎本氏は補注で「異本の本文化したものか」とされたが、「みそき原」という本文は見あたらない。異文注記は諸本の「みそき川」を指しつつ、本文は「絵入源氏」と同じものを採用していたことがわかる。このような『首書源氏』と「絵入源氏」との関係は、同じ本文系統というより、いずれかが親本であるという直接関係によることが想像される。

六　末摘花巻

吉岡曠氏は、『首書源氏』末摘花巻と『湖月抄』本文との親近性について、次のように説明された（文献1⑦）。

（写本全てと異なる）首書本の三四箇所の独自異文中、実に二七箇所が湖月抄と同文である。しかもその中には、先に首書本に語法上の誤りがあると指摘した五例中の四例がふくまれることは注目に値する

この数字に「絵入源氏」との校合を加えると、同文の数は32箇所に増え、語法上の誤りとされた5例全てが「絵入源氏」と共通していることがわかる。『湖月抄』と『首書源氏』との異文13箇所のうち「絵入源氏」と一致する例を示してみよう。


1たはやき〳〵《イ》（十六オ33・二一一11）——絵入源氏と同文。他本「たはやすき」

2かたちかくさ《れイ》ずと（三十三ウ68・二二三9）——伝嵯峨本・絵入源氏と同文。他本「かたちかくれずと」

3女はら《はうイ》（三十九オ79・二二七5）——肖柏本・三条西家本＊絵入源氏と同文。大島本・横山本・池田本・証本＊伝嵯峨本・湖月抄「女はう」、元和本・無刊記本・万水一露「女房」

4夢かとぞ思ふ（四十一ウ84・二二九5）——絵入源氏と同文。万水一露「夢かとぞ見る《おぼゆるイ》」、他本「夢かとぞ見る」

5などかう（四十二ウ86・二二九11）——三条西家本・証本＊万水一露・絵入源氏と同文。大島本・横山本・池田本・肖柏本＊伝嵯峨本・湖月抄「などかかう」


いずれの場合も、『首書源氏』独自の誤りかと思われた本文で、このうち1の「たはやき」は、吉岡氏が「首書本の不注意による誤写であることが明白」とされた箇所である。『首書源氏』頭注には、

たはやすき　河たやすきと云詞に文字をくはへていへる也　後撰あられふるみ山の里のさひしきはきてたはやす

くとふ人そなき

とあるから、編者は「たはやすき」がよいと考えていたはずである。一方、「絵入源氏」においても、その別巻『源氏目案』で、

たはやすき　たやすきと云詞に、はの字をそへたり（『源氏目案　中』六オ）

としている。従って「たはやき」は単なる誤写にすぎないのであるが、それが「絵入源氏」とも共通しているところに、かえって両者の関係の深さが感じられる。また、異文注記のある1、2、3には強い校訂意識が認められるから、単なる誤写とは言えない。親本の本文を採用しつつ不審を抱いていたところと考えられる。これと同文の「絵入源氏」の方には異文注記はないから、「絵入源氏」の誤植を『首書源氏』が受け継いだと考えるのが自然であろう。

4の「夢かとぞ思ふ」については、『首書源氏』頭注には、

夢かとそ見る　河夢とこそ思へらなれおほつかなねぬに見しかはわきそかねつる新声当て夢歟不夢伊行尺今案わすれては夢かとそ思ふ思ひきや雪ふみわけて君を見んとはの歌の心歟両賢尺相違如何

としている。頭注と本文との整合性からすると、本文は「夢かとぞ見る」であるべきで、見出し本文が異なるからというだけではなく、この注釈も「見る」の本文でこそ意味がある。これに対して「絵入源氏」では、「〽夢かとぞ思ふ」と引歌を示す合点があり、別巻『源氏引歌』には、

古雑下　わすれては夢かとそ思ふおもひきや雪ふみわけてきみをみんとは　業平朝臣（『源氏引歌』六ウ、末摘花巻20）

のみを挙げている。つまり『首書源氏』が「夢かとぞ思ふ」の本文を採用したことは、注釈など内部の事情として必然性がなかったのに対して、「絵入源氏」の場合には、本文につけた合点と『源氏引歌』に挙げる歌との関係を重視して校訂されたものと考えられる。従って『首書源氏』の本文は、頭注に挙げる注釈との関係を考慮せず、「絵入源氏」の本文をそのまま採用したと考えることができる。

七　若紫巻

次に、若紫巻の本文校異を確認してみよう。目立つ異文を列挙する。

1しのびて（一ウ4・一五一6）――元和本・絵入源氏・湖月抄と同文。他本「いとしのびて」

2坊に（二ウ6・一五二6）――絵入源氏・湖月抄と同文、榊原本・池田本・三条西家本＊元和本・無刊記本・万水一露「はうに」。他本「かたに」

3うしろの山（三ウ8・一五二13）――御物本・池田本・三条西家本＊版本諸本と同文。他本「しりへの山」

4これみつばかり御ともにて（七オ15・一五五13）――榊原本・池田本・三条西家本＊伝嵯峨本・無刊記本・万水一露・絵入源氏・湖月抄と同文。他本「これみつの朝臣と」

5十二にて（九ウ20・一五七10）――榊原本・肖柏本・三条西家本・証本＊版本諸本と同文。他本「十はかりにて」

6おりもありがたくてなん（十九ウ40・一六五1）――絵入源氏・湖月抄と同文。他本「おり侍りかたく（う）てなむ」「おりも侍りかたくてなむ」「をりも侍かたくなむ」。河内本「おりもありかたけれは」

7かの御はなちがきなん。なをみ給へまほしきとて。れいの中なるには（三十一ウ64・一七三3）――榊原本・池田本・三条西家本＊無刊記本・万水一露・絵入源氏・湖月抄と同文。他本「れいの中にかの御はなちがきなんみたまへまほしきとて」

8宮（三十六オ73・一七六2）――榊原本・池田本・三条西家本＊伝嵯峨本・無刊記本・万水一露・絵入源氏・湖月抄と同文。他本「女宮」

9ころ（三十六ウ74・一七六9）――榊原本・池田本・三条西家本＊版本諸本と同文。他本「空」

10いとまなくのみ（四十一ウ84・一七九11）――榊原本・池田本・三条西家本＊無刊記本・万水一露・絵入源氏・湖月抄と同文。他本「いとまなく」

11かきいだきて（四十六ウ94・一八三6）――伝嵯峨本・絵入源氏・湖月抄と同文。他本はナシ
12よしばみたる（四十九オ99・一八五1）――御物本・榊原本・池田本・三条西家本・証本＊無刊記本・万水一露・絵入源氏・湖月抄と同文。他本「よしある」

13もてひがめたることゝ（五十三ウ108・一八七14）――伝嵯峨本・絵入源氏・湖月抄と同文。他本「もてひがめたると」

14夜ふかうたちいで（五十五ウ112・一八九9）――伝嵯峨本・絵入源氏・湖月抄と同文。他本「夜ふかうはいて」

15おどろかい（五十六オ113・一八九13）――万水一露（「おとろかひ」）・絵入源氏と同文。他本「おとろい（ひ）」

16まいりなんかし（五十七ウ116・一九〇11）――肖柏本＊伝嵯峨本・元和本・絵入源氏・湖月抄と同文。他本「まいりなん」

17御心につくべき（六〇ウ122・一九二11）――伝嵯峨本・絵入源氏・湖月抄と同文。他本「つく」

18われも（六十一オ123・一九二13）――御物本・大島本・横山本・榊原本・池田本・三条西家本＊伝嵯峨本・無刊記本・万水一露・絵入源氏・湖月抄と同文。他本「わか御身も」

19しゐて（六十二ウ126・一九三13）――河内本＊伝嵯峨本・絵入源氏・湖月抄と同文。他本「せめて」

20くちがためやりつゝ（六十三オ127・一九四6）――絵入源氏・湖月抄と同文。他本「やりたり」

21おきふし（六十五オ131・一九五11）――絵入源氏・湖月抄と同文。他本「ふしおき」

大島本などの「かたに」に対立する2は、本文だけで見ると榊原本や『万水一露』の「はうに」と同じであるが、「絵入源氏」『湖月抄』と漢字表記も一致している。3、4、5は、青表紙本系統の標準的本文とは言えないかも知れ

ないが、版本諸本で共通している。また、6と19には河内本系統の本文が入っているが、「絵入源氏」『湖月抄』とも一致している。

7は、青表紙本系統の中で二分する大きな異文であるが、版本の中では、古活字版と整版本との間で違いがあるので、『首書源氏』の本文は、整版本としては標準的な本文であったということになる。15は、『万水一露』「絵入源氏」にも同じ本文があるが、頭注には「またおとろひ」という一般的な本文の見出しで『万水一露』の注を引用する。そのことから、版本『万水一露』のみならず、仮名遣いの一致する「絵入源氏」からの影響も考えられる。

これらの例を見る限り、榊原本・池田本・三条西家本と一致することが多いが、それらの本と版本の本文との関係は想定し得ない。1、2、11、13、14、15、17、20などのように版本のみに一致する本文は多く、いずれかの版本との関わりが推定されるが、それとは逆に、特定の写本と『首書源氏』との直接の関係がうかがえるような例は見あたらない。

次に、『首書源氏』と他の本との一致率を数値で示してみたい。調査した総数349のうち、『首書源氏』と諸本とが（ごく少数の本を除き）一致している数は57ある。従って、本文系統が問題となる異文の数は292となるので、これを基に、同文の数とその一致率（％）を示したのが、次の表である。絵合・松風の二巻で示した表とは、扱った校異の総数と数え方が異なるが、それぞれの版本との親疎の比率は同様の結果となった。なお、独自異文は、諸本の「お（を）のがかく」（二五七2）に対する「をのが」（八ウ18）、「おなじくはよろしき」（一八四1）に対する「よろしき」（四十七ウ96）、「聞え給ける」（一九四13）に対する「聞えける」（六十四オ129）の3箇所で、いずれも単純な誤植と思われる。このうち、青表紙本系統の写本に対して独自異文かと思われる箇所で、他の版本のみと一致する例は40箇所ある。また、「絵入源氏」『首書源氏』『湖月抄』が一致する数は226箇所あり、この数値だけでも、三本の間に直接の関係があったことがうかがえる。「絵入源氏」との間では、版本諸本が一致する数45を含めて246までが一致、その一致率は、実に8割を大きく越えている。『首書源氏』と一本のみとが一致する例が少ない中で、諸本の「四十よはかり」または「四十あまり」に対する「四十ばかり」(七ウ16・一五六2)は、「絵入源氏」のみと共通する特殊な本文である。

表〈版本各本における、『首書源氏』本文との同文数(%)〉

総数	万治本	小本	慶安本	湖月抄	伝嵯峨本	元和本	無刊記本	万水一露	独自異文
292	249(85)	246(84)	246(84)	241(83)	200(68)	139(48)	126(43)	122(42)	3

万治本「絵入源氏」との関わりになるとさらに深い。『首書源氏』の独自異文かと思われた6箇所のうち3箇所が万治本のみと一致しているのである。「心ことに」(一六〇1)に対する「ことに」(十二ウ26)、「こみやす所」(一八〇8)に対する「とみやす所」(四十二ウ86)、「きこゆなと」(一八七9)に対する「きこゆるなど」(五十三オ107)である。これらについての詳細は後述する。

八　『首書源氏』本文と万治三年版「絵入源氏」

以上のように、『首書源氏』本文には、複数の巻々において他のどの本とも一致しない万治本との共通異文が見られた。万治本は、物語の内容や慶安本の編者山本春正の意図を理解しない人物が慶安本の挿絵や本文を写したものである(第一章第二節参照)。そして、万治本と慶安本との異文は、慶安本を万治本の編者が誤写した場合や、万治本自体の誤植によるものである。『首書源氏』と万治本のみの共通異文の全てがこれに含まれる。これとは逆に、『首書源氏』自体の誤植によって生じたと思われる本文が万治本と一致することはない。これらのことから、『首書源氏』は万治本の本文を底本にしたと考えてよいだろう。以下、例示する。

1おはしまし、時より見奉る（桐壺、二十三オ105・二二4）――万治本と同文。諸本「見奉り」

2もてなし聞ゆるなと（若紫、五十三オ107・一八七9）――万治本と同文。諸本「聞ゆななと」

3御こゝろにおもほしける（絵合、二オ5・五五八1）――万治本と同文。諸本「おもほしけん」

4おほかたの世につけても（同、四ウ10・五五九13）――万治本と同文。諸本「つけては」

5かた時にきえたる（同、十二オ25・五六五7）――万治本と同文。他本「きえたるも」

6二まきはえ《イ》りおぼす（同、十四ウ30・五六七4）――万治本と同文。他本「おぼす」


1の箇所（図68）は、「絵入源氏」のうち慶安本と無刊記小本の本文では、青表紙本他本と同様に「見奉り」だが、万治本では、明らかに「見奉る」となっている（図67）。ただ、慶安本の「り」の書体が、ここでは「る」とよく似ている（図66）。おそらく、万治本の編者が慶安本を模写した段階で誤読し、「奉る」としたものを、『首書源氏』が採用したのであろう。2（図71）の場合は、慶安本の「な」が「る」に酷似している（図69）。やはり万治本の編者が、これを「る」と誤読して「聞ゆる」とし（図70）、それを『首書源氏』が採用したのであろう。

図66　慶安本1

図67　万治本1

図68　『首書源氏』1

図69　慶安本2

図70　万治本2

図71　『首書源氏』2

3と4は、万治本の編者が慶安本の後刷りによって模写したために生じたと思われる異文である。それぞれ、慶安

本の後刷り本では、行末の「ん」の下端と「ハ」の左側が欠けていた（図46・47参照）。それを、万治本の編者が「ん」を「る」の上部、「ハ」を「も」の一部と誤読したものと考えられる。その万治本の本文を、『首書源氏』はそのまま用いたのであろう。5は、万治本自体が改行箇所で一字落としてしまった例である。6の場合は、慶安本の右隣にあった「えり」を目移りしたもので、万治本の方では改行箇所であったために編者が気づかず誤写したのである。3～6は、いずれも万治本の編者が、慶安本の後刷り本を写し、版下を作成した際に生じた異文である（第一章第二節参照）。そして、『首書源氏』の本文は、その万治本の初歩的なミスによる独自異文をそのまま採用した結果と考えることができる。『首書源氏』の編集者が万治本の本文に不審を抱きつつ採用していることは、6の「えり」の異文注記からもうかがえる。

『首書源氏』独自の本文の中には、万治本との関係を認めるべき例が見られる。

7ありつることの音（末摘花、九ウ20・二〇七6）――独自異文。伝嵯峨本・万治本「琴の音」、慶安本・湖月抄「琴《きん》の音《ね》」、諸本「きむ（ん）の音」

吉岡氏は、影印本『首書源氏物語　末摘花』解説で、この独自異文について「親本に漢字で『琴』とあったのを『こと』と読んだとおぼしく」としておられる。末摘花巻には、この他に「琴」が三例見られる。二例は「きん」で、あとの一例は、この「ありつる琴の音」が指し示す「御ことのね」である。二箇所の「きん」は、他の本では仮名表記であるのに、『首書源氏』では二箇所とも「琴《きん》」とする。また、問題の「御ことのね」の方は、元和本・伝嵯峨本・無刊記本・『万水一露』・万治本・無刊記小本で「御ことのね」、慶安本と『湖月抄』が「御ことの音《ね》」、『首書源氏』（四ウ10・二〇三8）では「御ことの音」と表記する（図74）。慎重に振り仮名を付ける慶安本「絵入源氏」とは対照的に、適当に振り仮名を省く表記方法（またはその姿勢）のためか、『首書源氏』編者は、あとの「ありつる琴の音」についても「ことのね」と読んでしまったのであろう。頭注にも、

ありつることの音　細末つむの琴の事也

としているから、編者は「ことのね」と信じていたのかもしれない。そして吉岡氏が予想された通り、伝嵯峨本と万治本に「琴の音」とある（図73）。このうち伝嵯峨本が親本であった可能性もないとは言えないが、すでに見てきたことと合わせて考えると、「親本」は万治本であったと考えてよいだろう。

図72　慶安本7

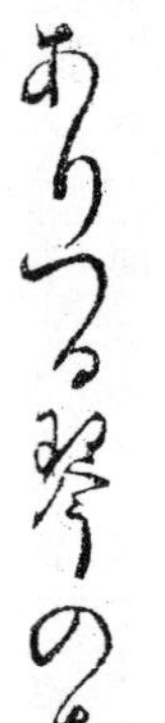
図73　万治本7

図74　『首書源氏』7

次の独自異文は、目移りによる誤写と思われる例である。まず『首書源氏』本文を、原本の改行箇所の通りに引用してみよう（第二節の図92・図93参照）。

8まかで給ぬれば．ぢもくの夜なりけれ」
ど．かくわりなき御さはりなりければ」
（葵、二十九ウ60・三〇三8）

給ぬれば．ぢもくの夜なりけれど．」
かくわりなき御さはりなれば．」
（万治本、葵、二十三ウ）

諸本は「なれば」で一致している。この「なりければ」は、行末にあるので、「親本」において「ぢもくの夜なりければ」と「さはりなれば」とが並んでいるのを、目移りにより写し誤ったことが想像される。そして、この条件に合っているのが、下段に翻刻した万治本の本文である。万治本では、行末で「なりけれど」「なれば」が並んでいる。このことから、『首書源氏』の版下が万治本を親本にして作成されたことがうかがえる。

この他、『首書源氏』が万治本を誤写したことによって生じたと思われる独自異文を以下に例示してみる。

9いらへ打しなと（帚木、四オ9・三七9）——独自異文。諸本「いらへ心えてうちし」

10いとことによしありて（若紫、十二ウ26・一六〇1）――独自異文。諸本「いと心ことに」

11こひやすらんと．みやす所（同、四十二ウ86・一八〇8）――独自異文。諸本「こひやすらんこみやす所」

12おとなひ《はイ》はづかしうやあらんと（絵合、五オ11・五六〇5）――独自異文。諸本「おとなは」

13此ゑの御さだめを（絵合、二十二ウ46・五七三6）――独自異文。諸本「さだめ」

図75　万治本10

図76　『首書源氏』10

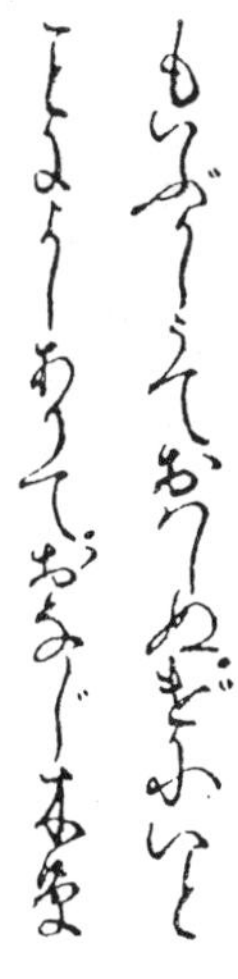

図77　万治本13

図78　『首書源氏』13

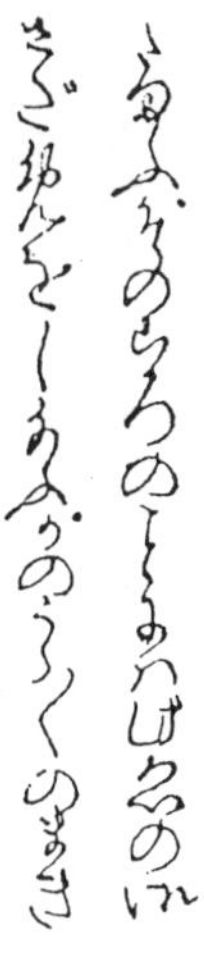

図79　万治本11

図80　『首書源氏』11

9 10 13は、先の葵巻の例と同様、いずれも改行箇所に関わる異文である。9の場合、万治本では「いらへ心えて」が行末で改行し、次の行頭に「うちし」とある。『首書源氏』の方は「いらへ」から改行しているために、万治本の

行末の「心えて」を落としたのであろう。10は、万治本で「いと心」が行末にあり（図75）、『首書源氏』では「いと」が行末になっている（図76）。やはり、両者の改行箇所が重なったために、『首書源氏』の版下作成の段階で「心」が抜けてしまったのであろう。13の場合には、万治本（図77）の「さ」の母字が「佐」で、「御」と読み得る字体である上に、『首書源氏』（図78）では「御」と「さだめ」の間で改行しているので、「佐」を「御」「さ」と二度読み、写してしまったことが原因と思われる。

11は、万治本（図79）では「こ」が「と」と判別しにくい文字で書かれているので、それを誤写したものと思われる（図80）。12は、慶安本・万治本ともに「おとなハ」とあるが、万治本の「ハ」が「ひ」と誤読し易い文字であったために、『首書源氏』の本文は、編者がこれを「ひ」と誤読したことによって生じたと思われる。

『首書源氏』と万治本との関係は、異文注記にも示されている。『首書源氏』本文が万治本と一致する場合で、不審と思われる箇所については、『首書源氏』は他本の本文を異文注記として示す。6「二まきは《イ》えりおぼす」、12「おとなひ《はイ》はづかしうやあらんと」、慶安本とも共通する、葵巻の7「御祓川原《イ》」、末摘花巻の1「いづれも《イ》〳〵」と3「かたちかくさ《れイ》ずと」となど、『首書源氏』が万治本の本文を尊重しつつも不審を抱いていることがうかがえる。逆に万治本が『首書源氏』に依ったのでないことは、これらの異文注記が万治本に何の影響も与えていないことから明らかである（第四章第二節参照）。

以上のように見てくると、万治本と『首書源氏』の本文は、体裁や本文表記も酷似していたことに気づく。万治本の本文は、慶安本で漢字表記であったところを仮名表記に直して振り仮名を略した箇所が多く見られるが、『首書源氏』の本文は、こうした万治本の表記方法に一致している。頭注に上半分を割いたために、本文部分が横長で字高が短く（一行に十五字程度）、本文が改行によってたびたび分断されるために、誤植が生じやすいという欠点も共通している。『首書源氏』編者は、想定していた本文の体裁が似ていたことにより万治本を底本として選んだのか。それとも、万治本を底本に選んだことによって、『首書源氏』の体裁が決まったのか。いずれにしても、万治本の体裁が『首書源氏』の編集に何らかの形で関わっていたことが想像できる。

参考までに、『首書源氏』、万治本、慶安本の帚木巻の本文を比較してみよう。

『首書源氏』（四オ9）

おかし《源心》とおぼせどことずくなにて
とかくまきらはしつゝ・とりかくし
給つ・そこ《源詞》にこそおほくつどへ給
らめ・すこしみばや・さてなんこの
づしもこゝろよくひらくべき
との給へば・御らん《頭中詞》じどころあらん
こそかたく侍らめなど聞え給
ついでに・女の《第一段》是はしもと・なんつく
まじきはかたくもあるかなと・やう
やうなん見給へしる・たゞうはへ
はかりのなさけにて《実にとりよりて見ればさもなき心也》・はしりがき折ふしの
いらへ打しなとはかりは・ずいぶんに

万治本（三オ四行目〜）

がふもおかし《源心》とおぼせど・ことずく
なにてとかくまぎらはしつゝとり

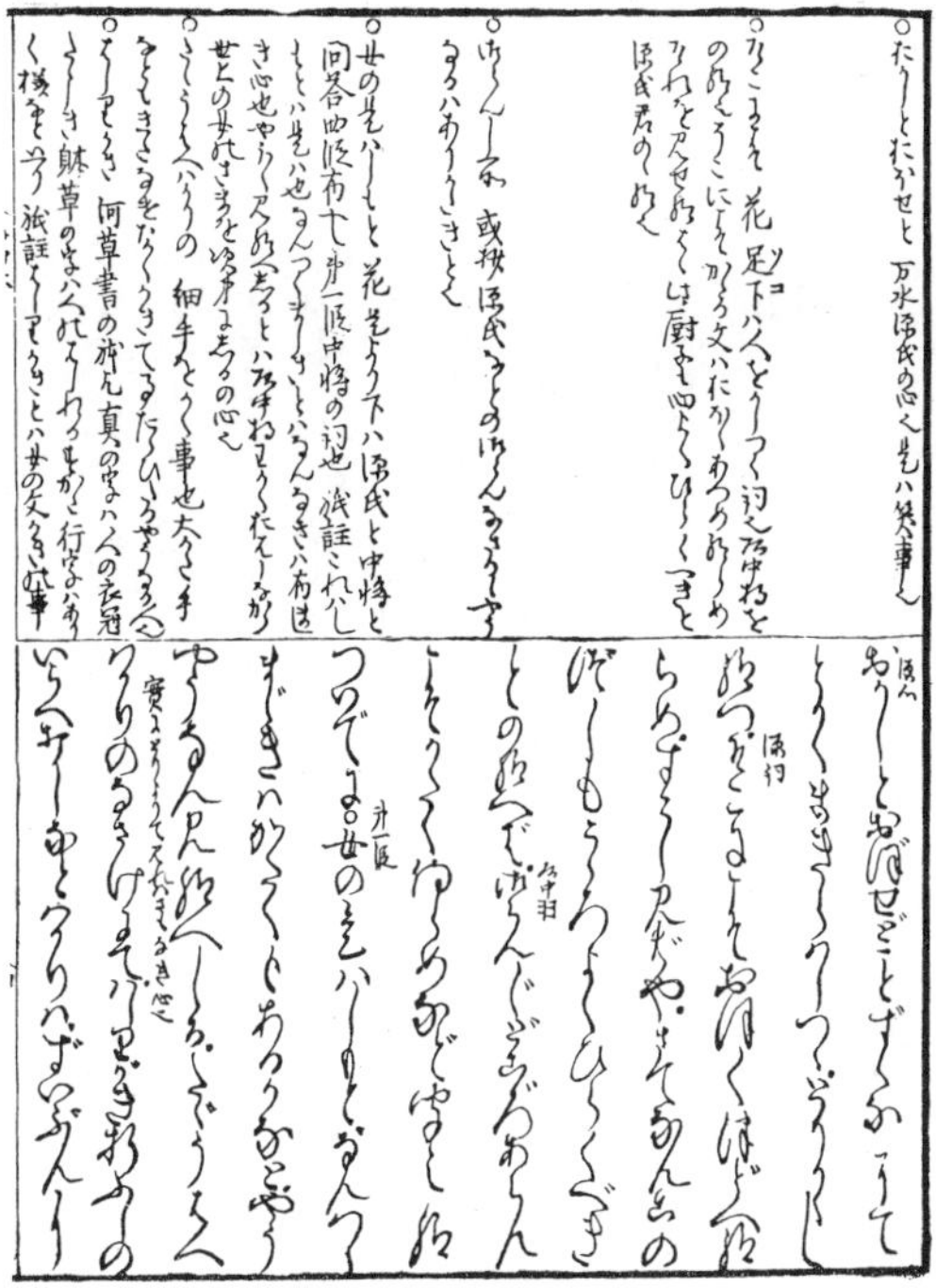

図81　『首書源氏』帚木巻　四オ

かくし給つ．そこ《源詞》にこそおほくつどへ給
らめ、すこしみばや．さてなん
このづしも心よくひらくべきとの給へ
ば．御《頭中将詞》らんじ所あらんこそかたく
侍らめなど聞え給ぬついでに．女《是より》の
女《しなさだめ頭中将詞第一段》れはしもと．なんつくまじきはかた
くもあるかなと．やう〳〵なん見給へ
しる．たゞうはべばかりのなさけにて
はしりがき《草書》．おりふしのいらへ心えて
うちしなどばかりは．ずいぶんによ

慶安本（三オ六〜十一行目・四オ一〜四行目）

うたがふもおかし《源心》とおぼせどことずくなにて
とかくまぎらはしつゝとりかくし給つ．そこ《源氏詞》にこそ
おほくつどへ給ふらめ、すこしみばや．さてなん
このづしも心よくひらくべきとのたまへば．御《頭中将詞》
覧じどころあらんこそかたく侍らめなど．聞え
給つゐでに『　（挿絵）　』
女《是よりしなさため頭中将詞第一段》のこれはしもと．なんつくまじきはかたくも
あるかなと．やう〳〵なん見給へしる．たゞうはべ

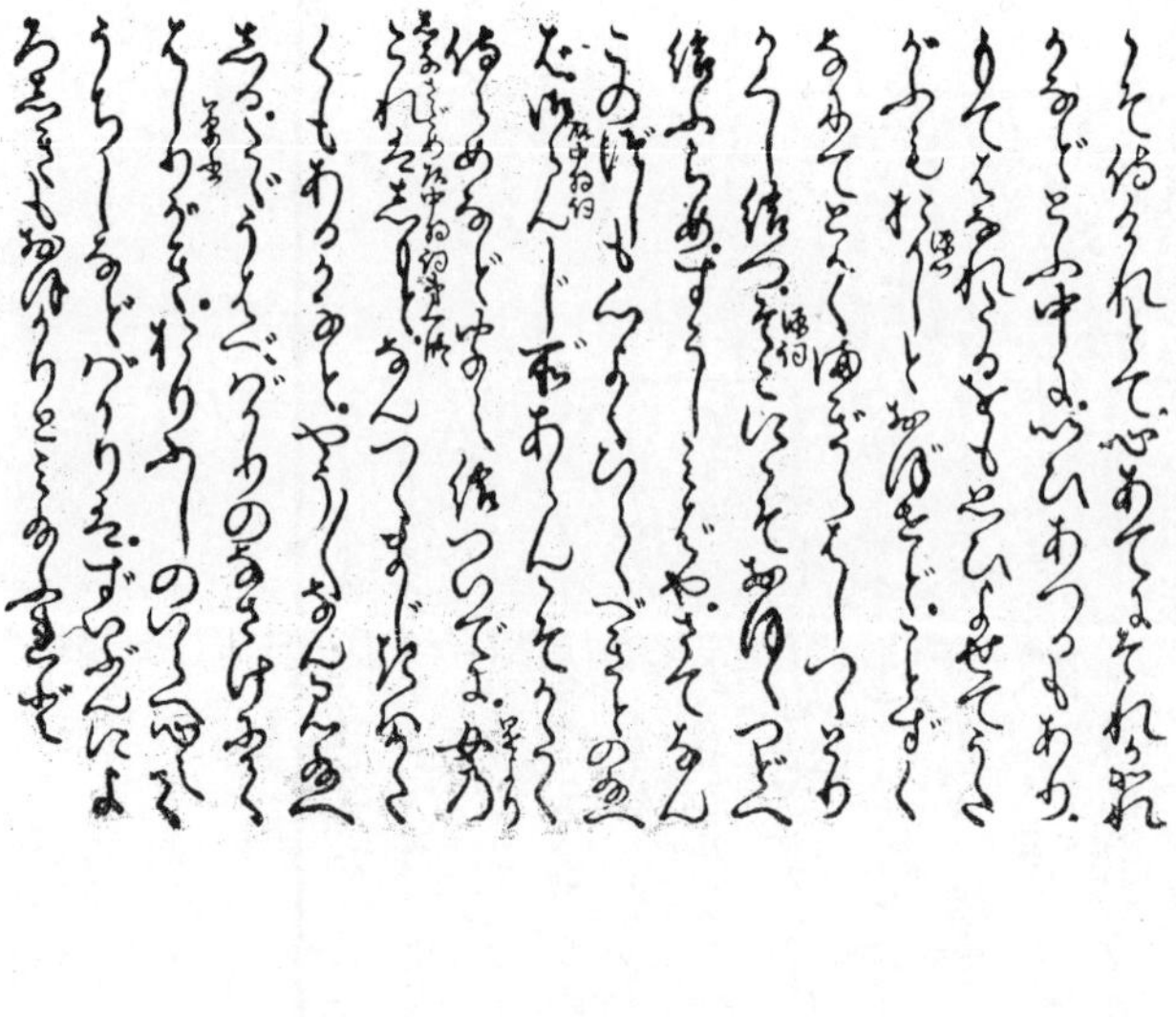

図82　万治本　帚木巻　三オ

ばかりのなさけにてはしりがき《草書》・おりふし
　のいらへ心えてうちしなどばかりは、ずいぶむに

三本とも、漢字表記、読点、傍注がよく似ている。同じ「絵入源氏」である慶安本と万治本が似ているのは当然だが、字高や行数などの体裁においては、万治本と『首書源氏』とが近い（第四章第一節参照）。『首書源氏』6行目の「御らんじど《頭中詞》ころ」は、万治本の「御らんじ所《頭中将詞》」の影響で「ろ」に濁点を付けてしまったのかもしれない。傍注で異なるのは、「絵入源氏」の「是よりしなさため頭中将詞」と「草書」が『首書源氏』にないこと、『首書源氏』には「絵入源氏」にない注「実にとりよりて見れはさもなき心也」が見られることだけである。『首書源氏』が「是より……」を省いたのは、頭注の、

　女の是はしもと　花　是より下は源氏と頭中将と問答四段有へし　第一段中将の詞也　祇注……

との重複を避けたからであろう。「草書」の注もまた、『首書源氏』では頭注に「はしりかき　河草書の体歟」と記しているから不要である。これに対して『首書源氏』にある「実に……」の傍注は「絵入源氏」に反映されていない。従って、

図83　慶安本　帚木巻　三才

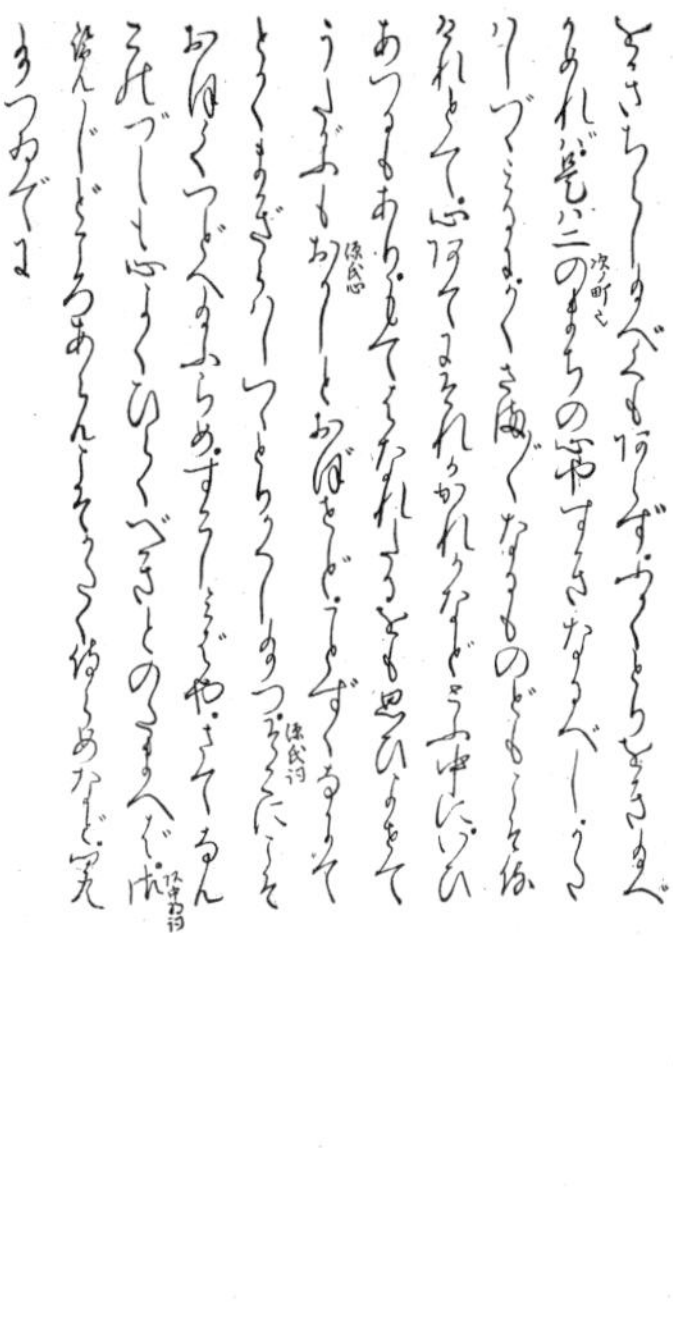

図84　慶安本　帚木巻　四才

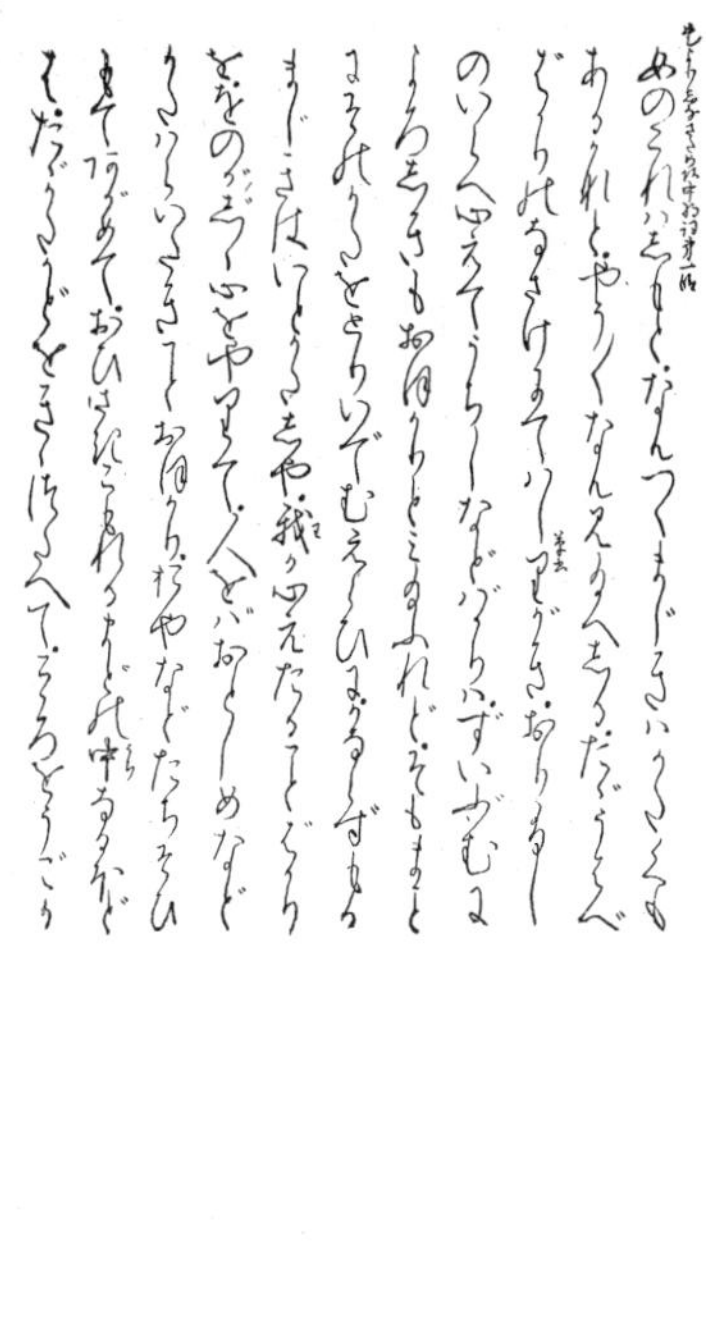

「絵入源氏」の本文および傍注が『首書源氏』に受け継がれたと考えることはできるが、その逆は成り立たない。

九　『湖月抄』との親近性

最後に、諸氏が問題にされた『湖月抄』との親近性について触れておきたい。『湖月抄』の跋文によれば、その成立は『首書源氏』刊行直後であるから、『湖月抄』の編者北村季吟は、この『首書源氏』の本文・注釈ともに参照し得た。しかし、すでに見た通り『湖月抄』と『首書源氏』との間には異文も多い。そして『湖月抄』には、慶安本「絵入源氏」と一致する本文が多い。先に見たように、『首書源氏』の底本が万治本であれば、『首書源氏』と『湖月抄』との親近性は「絵入源氏」に由来していたことになる。

次節で述べる通り、『湖月抄』とこれらの版本とを比べると、『湖月抄』の本文表記の一字一句が、慶安本のそれと酷似していることがわかる。漢字の当て方や濁点、変体仮名の用字に至るまで、『湖月抄』の本文版下が慶安本を基にして作られたことは歴然としている。一部の表記を変化させ、本文も校訂されているが、全体として、『湖月抄』の底本は慶安本と言ってよい。そして、『湖月抄』本文のうち、慶安本と異なる部分を細かく見てゆくと、その多くが版本『万水一露』または『首書源氏』によって校訂されていることがうかがえる。『湖月抄』の本文は、慶安本を底本にして、『首書源氏』『万水一露』や各種注釈書などによって校訂されたものと考えられる。

つまり、『首書源氏』と『湖月抄』との親近性は、ともに「絵入源氏」を底本にしていたからであり、その相違は同じ「絵入源氏」でも異なる版を基にしていたことが一因なのであった。以上に挙げたわずかの例文からも、慶安本から万治本、万治本から『首書源氏』へと受け継いでゆく際に、本来は単純な誤写であったものが、結果的に、『首書源氏』と『湖月抄』との〈異文〉になってしまう過程がうかがえる。

なお、『首書源氏』の本文に数多く付けられた異文注記については、第四章第二節において検討する。

注

（1）岩波文庫（旧版）『源氏物語』（昭和二年七月、岩波書店）
（2）塚本哲三編『有朋堂文庫　源氏物語』（昭和五年一二月、有朋堂書店）
（3）今泉忠義『首書源氏物語本文』（昭和一九年五月、東京図書出版）、今泉忠義・森昇一・岡崎正継編『源氏物語　全』（昭和五二年一月、桜楓社）
（4）影印本の補注と解説で報告した『日本古典全集　源氏物語』（大正一五年一〇月）との校合は省いた。
（5）影印本解説で表に示した数値の一部に誤りがあったので、ここで訂正した。
（6）上野英子「近世初期源氏物語版本の本文」（昭和六二年七月、「研究と資料」第一七輯）
（7）天理図書館蔵の元和本は、帚木巻欠（慶安本「絵入源氏」帚木巻で補う）なので省略した。
（8）『明星抄　種玉編次抄　雨夜談抄』（文献42）。この『雨夜談抄』の底本は宮内庁書陵部蔵桂宮本。

第二節　『湖月抄』の底本

一　他の版本との親近性

『増注源氏物語湖月抄』[1]は、大学の演習テキストにされるほどに普及し、『湖月抄』の知名度は非常に高い。しかし、北村季吟による延宝元年（一六七三）跋の版本『湖月抄』自体についての研究は決して多くはない。『湖月抄』の本文についても、吉沢義則氏が忠実な翻刻本を出された後、『対校源氏物語新釈』において河内本と対校された他は[2]、本格的な研究は見られなかった。

本文研究としては、寛文十三年（一六七三）刊『首書源氏物語』との親近性が報告されたのがほぼ最初であったように思う。影印本『首書源氏物語　葵』（文献1⑥）において、まず榎本正純氏が、『首書源氏』本文と最も一致する本文は『湖月抄』であるとし、補注にその本文を示された。そして、『首書源氏物語　末摘花』（文献1⑦）解説において、吉岡曠氏は『湖月抄』と『首書源氏』との間の同文の多さを示し、また異文を列挙し、それがいかに小異であるかを説かれた。以後、同影印本（文献1⑨⑪⑫）の解説で、田坂憲二氏（澪標巻）、岩下光雄氏（玉鬘巻）、工藤進思郎氏（蓬生・関屋巻）も、それぞれ各巻における『首書源氏』『湖月抄』の本文の親近性を指摘された。

一方、待井新一氏は近世初期のものとされる中川健雄氏所蔵『源氏物語』の本文について、『湖月抄』と同じ「混成本文」であるとして紹介された[3]。また上野英子氏は、「近世初期源氏物語版本の本文」という御論考において、帚木巻の本文について「『首書源氏』本文は慶安本と類似性があり、万治本と『湖月抄』とは慶安本と軌を一にしている」と述べておられる。(4)以上の諸氏の御研究は、いずれも『湖月抄』本文が近世初期の写本・版本に共通性のあることを示唆されている。注目すべきは、上野氏の言われる「慶安本」と「万治本」である。

「絵入源氏」の万治本は、慶安本を模写したものである（第一章第二節参照）。そして、前節で述べた通り、『首書源氏』は、慶安本ではなく、その模写である万治本の本文を採用していたと推定される。また、『湖月抄』本文と『首書源氏』本文が一致する時、そのほとんどが「絵入源氏」とも一致し、『首書源氏』と『湖月抄』とが異なる場合の約半数は、『首書源氏』と「絵入源氏」とが一致する。このことから、『首書源氏』と親近性の高い『湖月抄』本文が「絵入源氏」のいずれかの版によっていることは自ずと想像される。以下、『湖月抄』と「絵入源氏」との関係を考え、『湖月抄』本文がどのように校訂され、出来たのかを推定したい。

二　『湖月抄』と慶安本

『首書源氏』と『湖月抄』が一致する場合の多くは「絵入源氏」と一致し、その異文においても「絵入源氏」が関わっていることが多い。そして『湖月抄』と「絵入源氏」の関係は、『首書源氏』と「絵入源氏」の関係と同程度に近いことが、前節で報告した本文の調査からもうかがえる。また、『湖月抄』と万治本との間には、慶安本と異なる共通異文は見られないから、『湖月抄』が万治本を親本にしていた可能性は低い。これに対して無刊記小本の本文は、万治本と同様、慶安本を模写したものであるが、誤写や誤植が少なく、慶安本とほとんど変わらない。『湖月抄』の底本として予想されるのは、慶安本か無刊記小本である。

そこで、『湖月抄』と慶安本および無刊記小本とを、改めて版本の実物を付き合わせて、一字一句比べてみた。すると、『湖月抄』の底本が慶安本であることが明らかになった。本文校異のみに気を取られ、あるいは本文の比校を版本の実物よりはるかに小さい写真などで済ませていると気付きにくいが、原本で比べてみると、『湖月抄』の本文表記における一字一句が、慶安本のそれと一致していることがわかる。使用している変体仮名の種類や形、漢字と振り仮名、そして慶安本に僅かに付けられた傍注とその表記に至るまで、『湖月抄』が慶安本を親本にしたものであることが知られる。これは拙文で説明するよりも、実物を比べていただく方がよいが、参考までに、図85と図86に桐壺巻の一頁を示しておいたので、これによって簡単に説明しておこう。

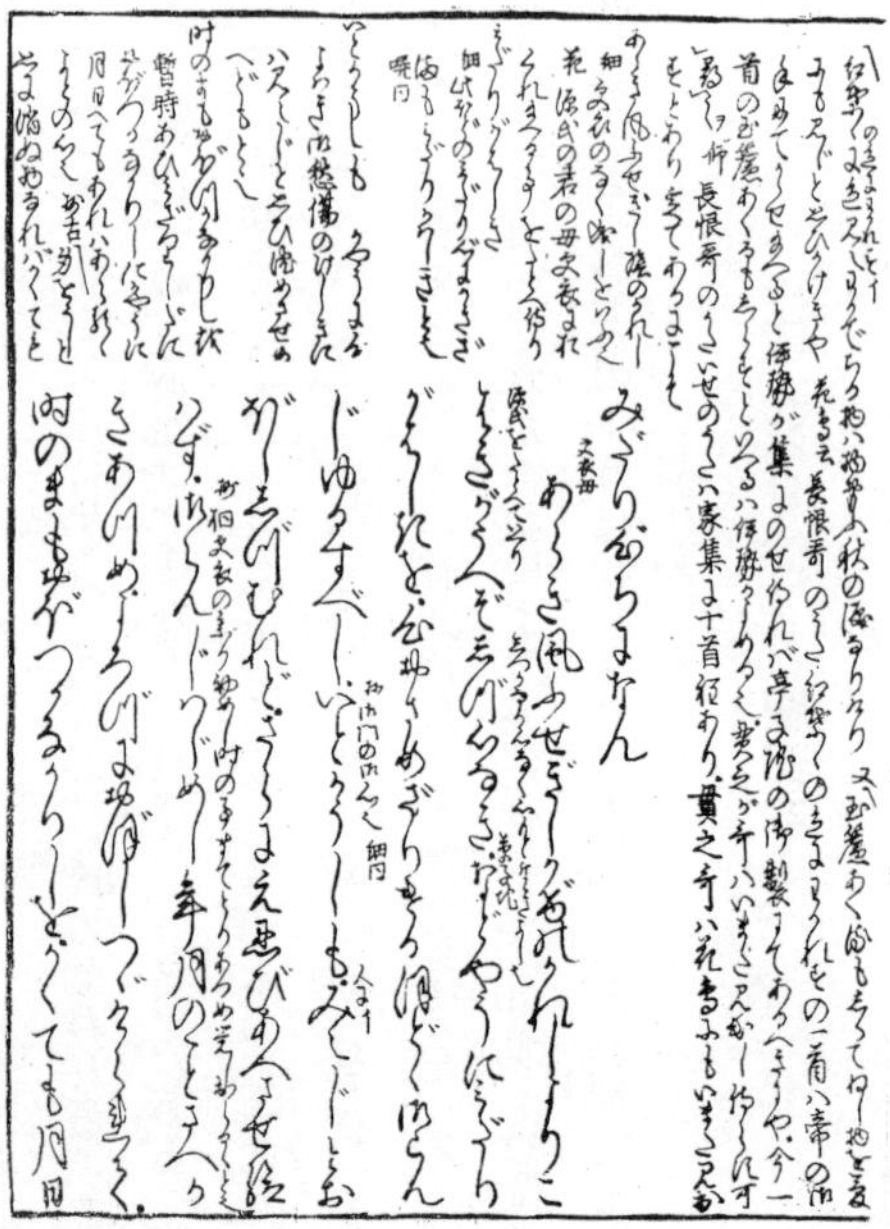

図85　『湖月抄』桐壺巻　十六ウ

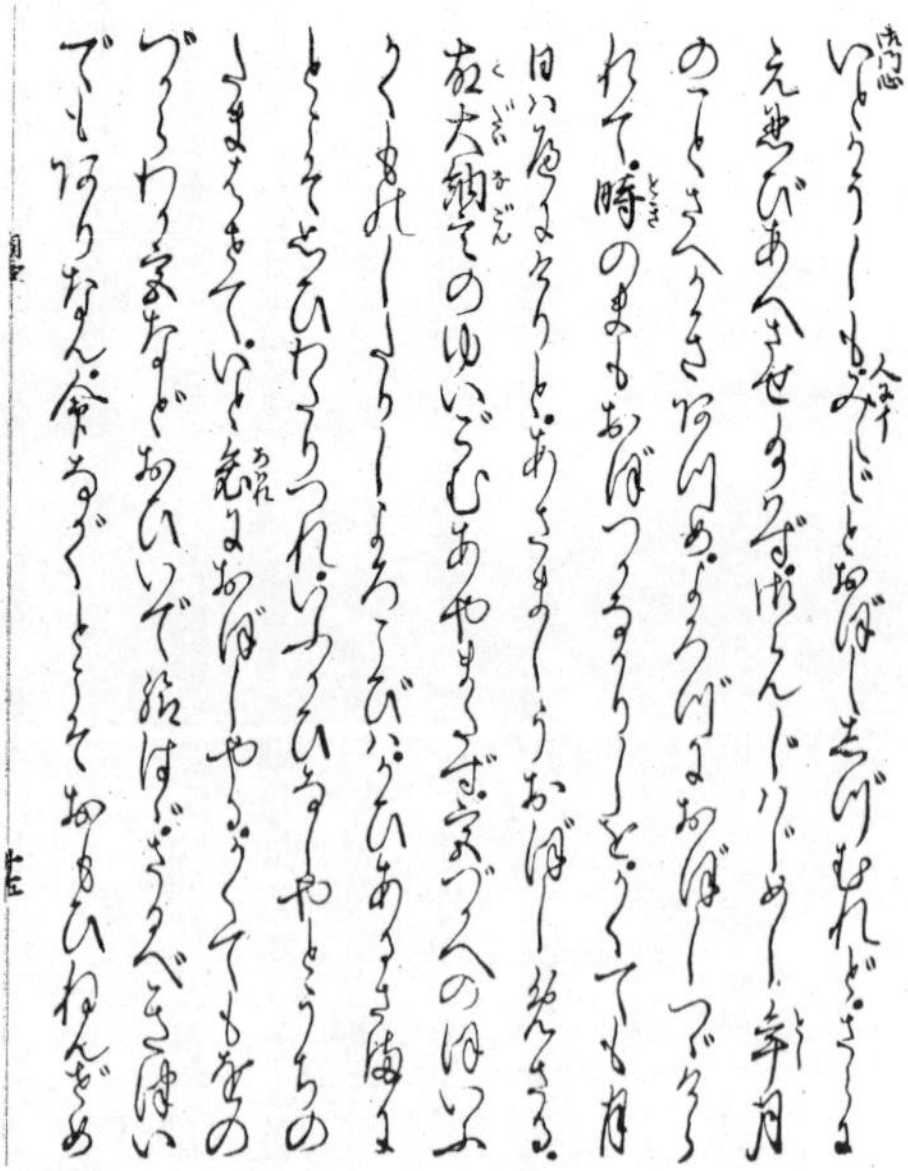

図86　慶安本　桐壺巻　十五オ

図85の『湖月抄』十六ウの五行目以下と、図86の慶安本十五オ一～四行目「いとかうしも、みえじとおぼししづむれど、さらにえ忍びあへさせ給はず、御らんじはじめし年月のことさへかきあつめ、よろづにおぼしつゞけられて、時のまもおぼつかなかりしを、かくても月日」を見比べてみると、「おぼし」の「ほ」が「保」「本」、「あつめ」の「あ」が「安」「阿」という文字の相違と、『湖月抄』の「年」「時」に振り仮名のないこと以外は全く同じである。この時代の他の本と比べてみても、これほど似通った本文を持ったものは見当たらない。

写本は勿論、古活字版のいずれの版にも、読点や濁点はなく、「絵入源氏」や『湖月抄』に依ったと思われる後世

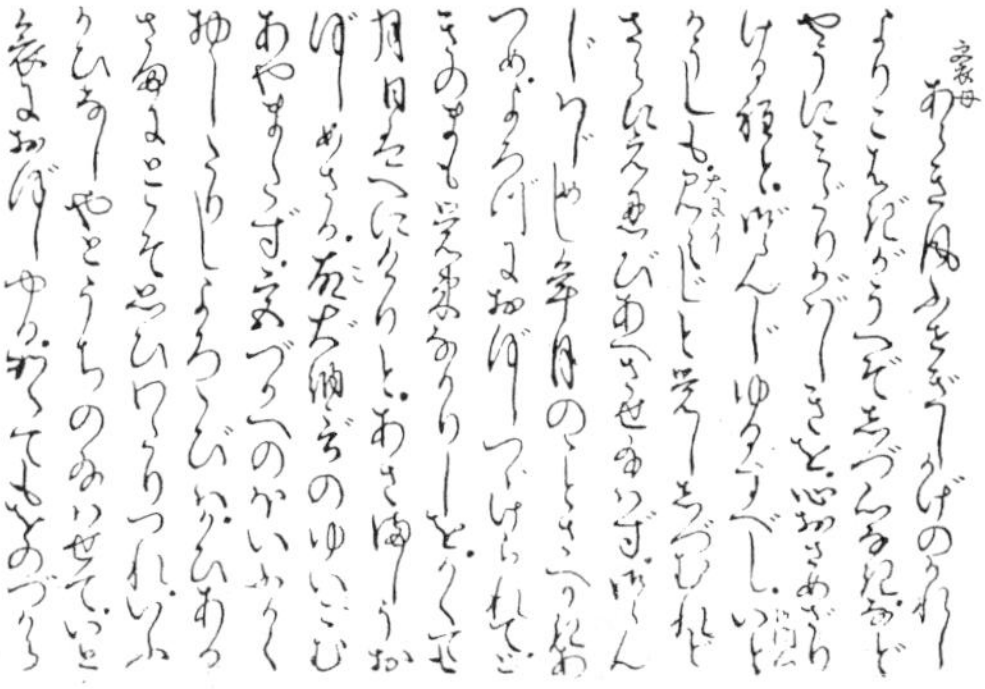

図87　万治本

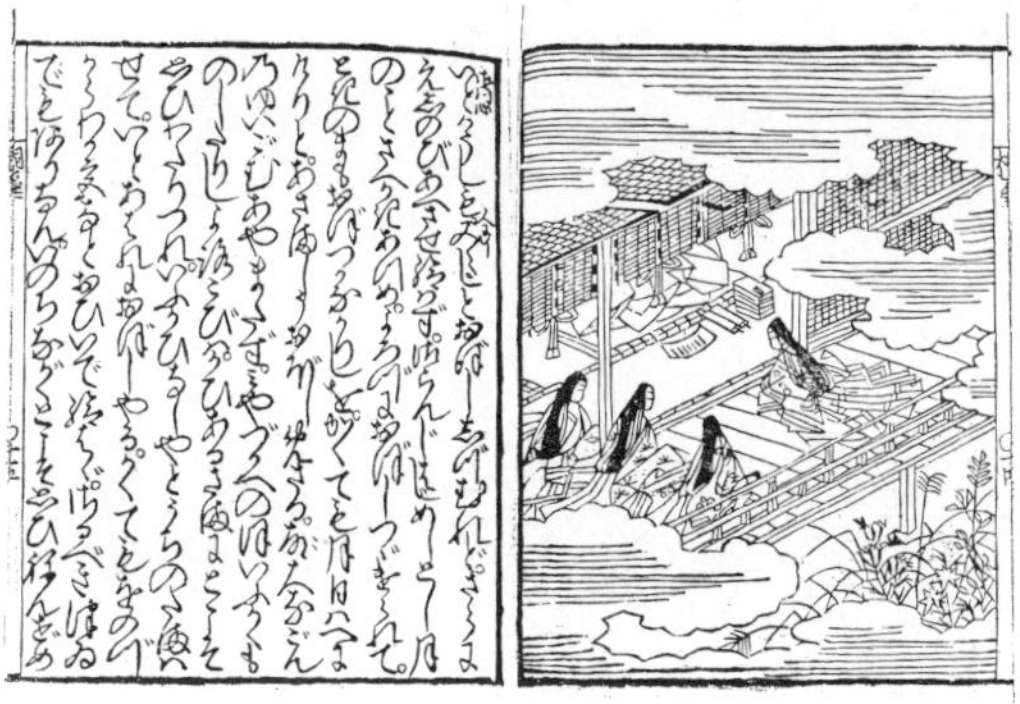

図88　無刊記小本

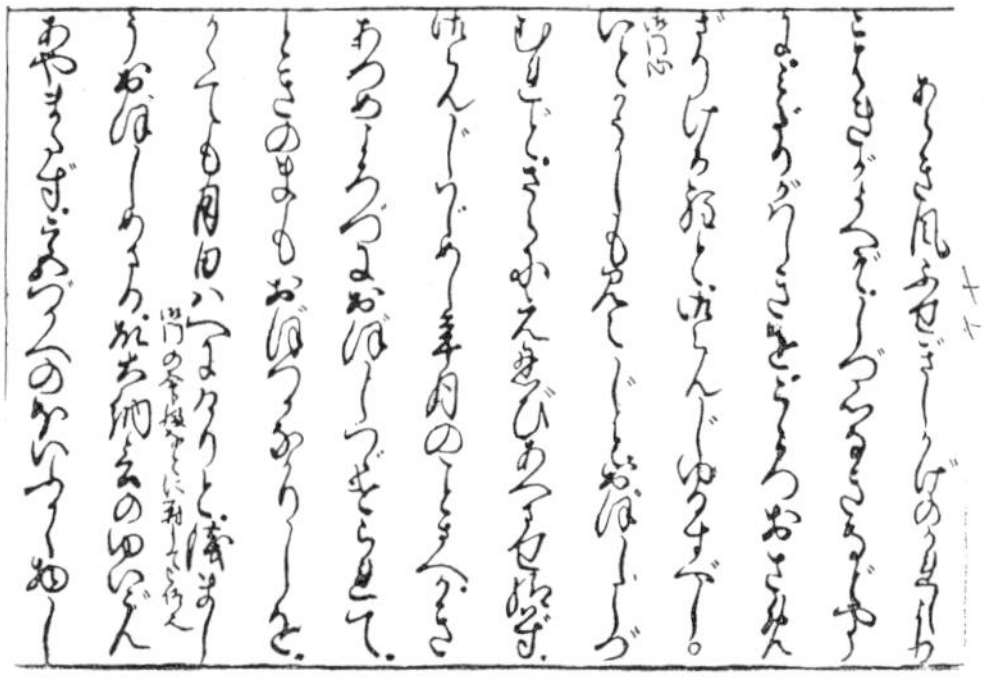

図89　『首書源氏』本文

の書き入れが見られるのみである。慶安本の跋文で山本春正が述べた通り、読点や濁点は「絵入源氏」において初めて施されたものなのである。参考までに、「絵入源氏」の別の版である万治本（図87）と無刊記小本（図88）、そして『首書源氏』（図89）を見比べてみると、読点と濁点は施されているが、先に見た慶安本と『湖月抄』の一致が、他の本に共通するものではなかったことに気付く。慶安本と万治本・無刊記小本との類似、万治本と『首書源氏』との類似は、前節で述べた通り、それぞれ親子の関係にあるからに他ならない。ここに掲げたものは、全て親類とも言うべき関係にあることになるが、その中でも、慶安本と『湖月抄』との表記の一致は注目に価する。これは、他のどの頁でも同様である。

しかし、『湖月抄』は、慶安本の全ての文字を写しているわけではない。『湖月抄』の形式自体、それが成立した延宝元年（一六七三）の改元前の同年、寛文十三年に刊行された『首書源氏』の頭注・傍注形式の模倣と考えられるから、「絵入源氏」の本文をそのまま利用したなら、独自性のないものとなっただろう。八割までは慶安本の本文表記に倣っているが、振り仮名を省いたり、漢字表記にしている。また、頭注は、『首書源氏』のように本文上部に整然と記されていない。紙面の節約からか頭注のための幅が少なく、足りない時には本文を分断して、注が本文部分を侵す形で記されているために、慶安本とは一見異なったものになっているのである。北村季吟自身が、慶安本をテキストにしてその上部空白に頭注や傍注を書き入れ、一部本文を校訂して『湖月抄』としたのかどうかはわからないが、少なくとも、版下作成に慶安本が使用されていたことは間違いあるまい。

三　『湖月抄』初版の誤植

野村貴次氏は、『季吟本への道のり』（文献45）において、初版の『湖月抄』葵巻の本文に一行分の欠如を発見し、

再版以後の版において、初版にあった一行分の幅に二行分を入れ木（埋木）によって修正されていることを指摘された。さらに、

　このような底本の行移りの書写の際に落とした例は『土佐日記抄』の場合にあり、そのためにかえって彼の用いた底本を知り得たので、この『源氏物語』の目移りが、その鍵になるかもしれないとも付け加え、『湖月抄』の底本解明のヒントを示しておられる。しかし残念ながら、野村氏のお示しになったヒント自体は、『湖月抄』と慶安本との関係を決定するに至らなかった。問題の目移りの箇所がぴったりと当てはまる本文は「絵入源氏」の三種のいずれの版にも見あたらず、そのいずれかを誤写したと考えるなら、古活字版などを誤写したと考えても不都合ではない程度だからである。この目移りによる誤植の発生に関しては、慶安本とは別の本を想定した方がよいと思う。

　野村氏が提示されたヒントによって慶安本を底本と決定し得なかったのは、目移りの問題だけではない。その箇所の『湖月抄』本文が「絵入源氏」のいずれの本文とも異なっていたからである。問題の箇所を挙げてみよう（図90、図91参照）。以下、引用文の 』 は改頁、」 は改行を示す。

『湖月抄』初版、葵巻（二十五オ〜ウ）

をそらにてたれも〳〵まかで給ぬれば・』
みなことやぶれたるやうなり・のゝしりさはく」
程に夜半ばかりなれば・山のざすなにくれの僧」

『湖月抄』再版、葵巻（二十五オ〜ウ）

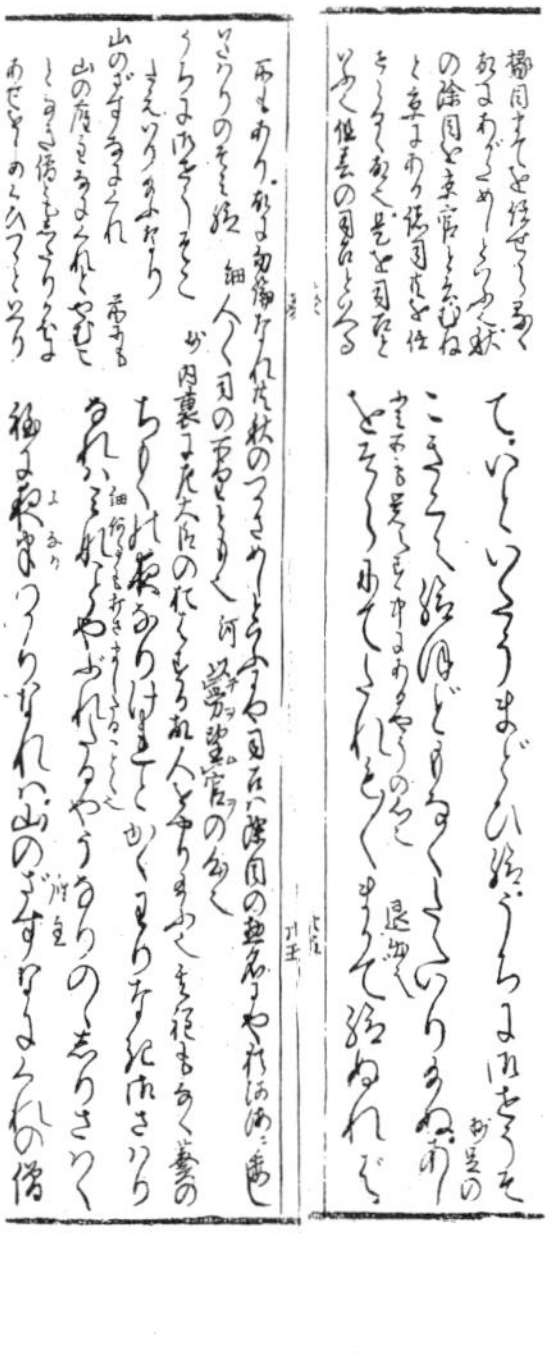

図90　『湖月抄』再版

をそらにてたれも〳〵まかで給ぬれば・』
ちもくの夜なりけれど・かくわりなき御さはり」
なれはみなことやぶれたるやうなりのゝしりさはく」
程に夜半ばかりなれば・山のざすなにくれの僧」

慶安本、葵巻（二十三ウ）

まかで給ぬれば・ぢもくの夜なりけれど・かくわり」
なき御さはりなれば・みなことやぶれたるやうなり・」
のゝしりさはぐほど夜半ばかりなれば・山のざす」

図91　慶安本

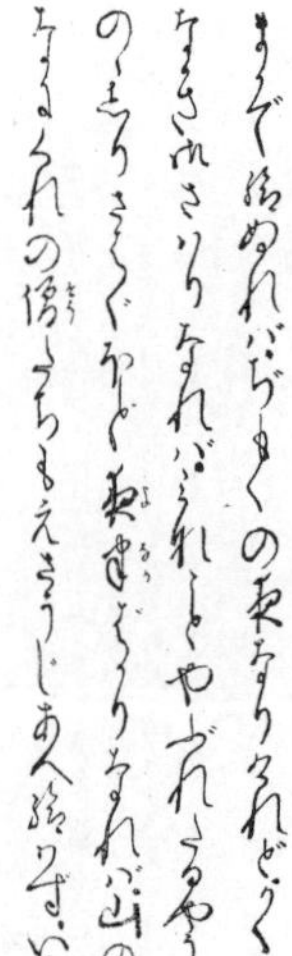

傍線部が『湖月抄』初版にはなく、後に「みなことやぶれ……のゝしりさはく」の一行分に、板木が彫り直されて「ちもくの夜……のゝしりさはく」の二行が埋木されて再版された。この場合、『湖月抄』初版の版下作成の際に、慶安本の本文の「ぬれば」と左下の「なれば」を目移りしたと説明することは、不可能ではないが、ここで一致するのは「れば」のみで「ぬ」と「な」が誤読される書体でもない。前述したように他の版本でも同じ説明が成り立つ。

しかも、この場合「のゝしりさはぐほど」「のゝしりさはく程に」という異文が見られるから、慶安本とは別の本を参照していたと考えることができる。前者は、『源氏物語大成』所収の青表紙本諸本と「絵入源氏」諸本に共通する本文であるのに対して、『湖月抄』本文と一致するのは『首書源氏』と版本『万水一露』である。

まず『首書源氏』本文を見てみよう（図92参照）。

『首書源氏』葵巻（二十九オ〜ウ）

図92　『首書源氏』

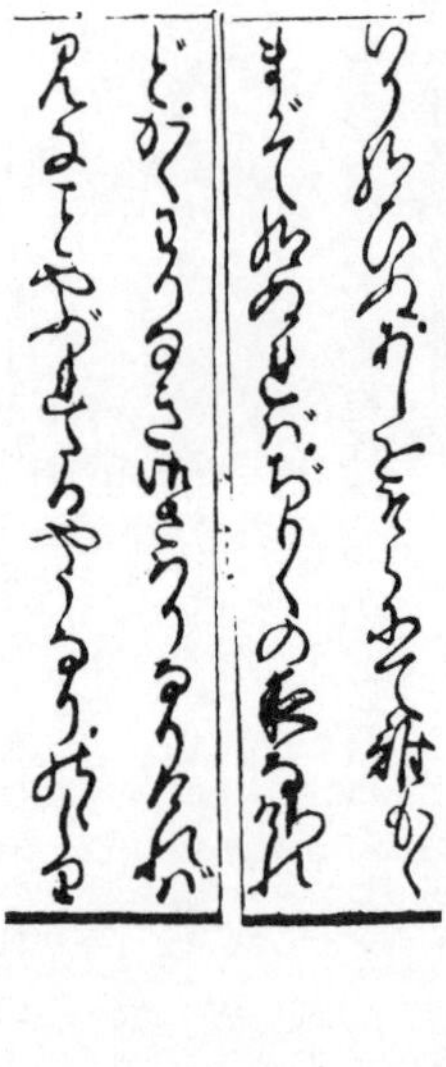

まかで給ぬれば・ちもくの夜なりけれ』
ど・かくわりなき御さはりなりければ」
みなことやぶれたるやうなり・の、しり」
さはくほどに夜半ばかりなれば・山の」

この『首書源氏』の場合は、『湖月抄』の初版になかった一行の最後の本文が「なりければ」であるから、目移りを引き起こした犯人にはなり得ない。実は、この「なりければ」という独自異文は、『首書源氏』が万治本を写した際に生じたものなのである（第一節参照）。

万治本、葵巻（二十三ウ）

給ぬれば・ちもくの夜なりけれど・」
かくわりなき御さはりなれば・」

行末で右隣にある「なりけれど」を目移りして「なりければ」としてしまったのである。

さて、『湖月抄』葵巻における「目移り」に最も関わりがあると思われるのが、版本『万水一露』の本文である。『万水一露』の場合、本文が注釈に応じて区切られている。問題の箇所（図94）は、

あしをそらにて誰もく〵もまかて給ぬれはちもくの夜なり」
けれとかくわりなき御さはりなれは」（四十六ウ）

図93　万治本

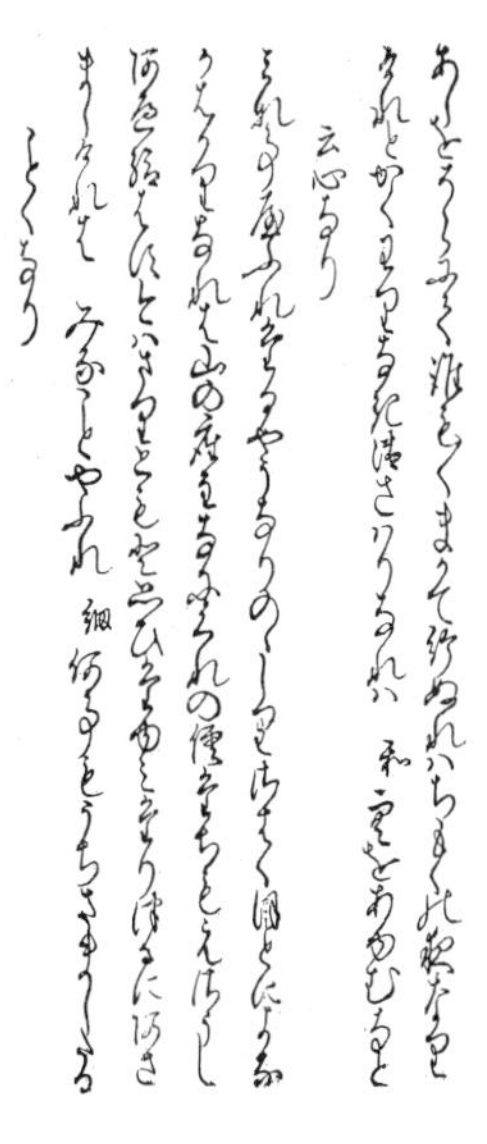

図94　『万水一露』

という見出しで、簡単な一行の注が記され、次の項目に、

みな事やふれたるやうなりの、しりさはくほとによな」

かはかりなれは山の座主なにくれの僧たちもえさうし」

とある。そして、『湖月抄』の本文（図90）に再び注目してみると、「ぢもくの」の前で頁が変わっているのである。つまり、野村氏が推測されたように「ぬれば」と「なれば」とを目移りしたのではなく、版本『万水一露』を参照した際に、まず前項の「あしを……給ぬれば」までを写し、頁を変えた際に、『万水一露』の次の項目へ目を移したと考えることができるだろう。『湖月抄』本文で「山のざす」の傍らに、『万水一露』の本文にある「座主」の漢字が記されていることも、その推測を補強する。

『湖月抄』の版下が慶安本によって作成されたであろうことは、版本のいずれの巻で比較しても確認できる。しかし、本文の全てが一致しているわけではないから、『湖月抄』成立以前に既に市場に出回っていた複数の版本が参照されたことが想像される。特に、承応元年（一六五二）跋の版本『万水一露』は、季吟の「先師」（『湖月抄』発端の部）であった松永貞徳が、能登永閑の『万水一露』を弟子達に何度も書写させ、出版させたものであり、季吟もこれに参加していたと言う（文献9）。永閑の『万水一露』には、注釈に必要な本文のみが抄出されているが、貞徳跋の版本『万水一露』には、源氏物語本文が全文掲載されている。すなわち、版本『万水一露』の本文は、貞徳によって整定された源氏物語本文と考えることができる（第三節参照）。

版下作成に使用された慶安本もまた、貞徳の関わった本であった。編者山本春正は、その頃貞徳門から離れ、木下長嘯子門に入ったが、慶安本の跋文には貞徳の指導と同輩の助言によって成ったとあるから、慶安本は貞徳の学統による源氏物語テキストと考えてよいであろう。季吟自身『湖月抄』発端の部で、貞徳の講義を受けたのは桐壺巻のみであると述べている通り、貞徳の晩年の弟子であった季吟が源氏物語の指導を受ける機会は少なかったと思う。そこ

で貞徳の学統を受け継ぐ源氏物語テキストとして使用したのが、慶安本であり、版本『万水一露』だったのではないだろうか。

四　『湖月抄』の本文校訂

次に、末摘花巻の数丁を例にとって、『湖月抄』の本文校訂の方法を考えてみたい。前述した通り、その本文表記はほとんど慶安本と一致する。ここでは、慶安本と異なる数少ない例に焦点を当てて見てみよう。

まず『湖月抄』一オ（図95）の二行目「程の心ちを、年月ふれど」の本文は、慶安本では「程の心ち、とし月ふれ

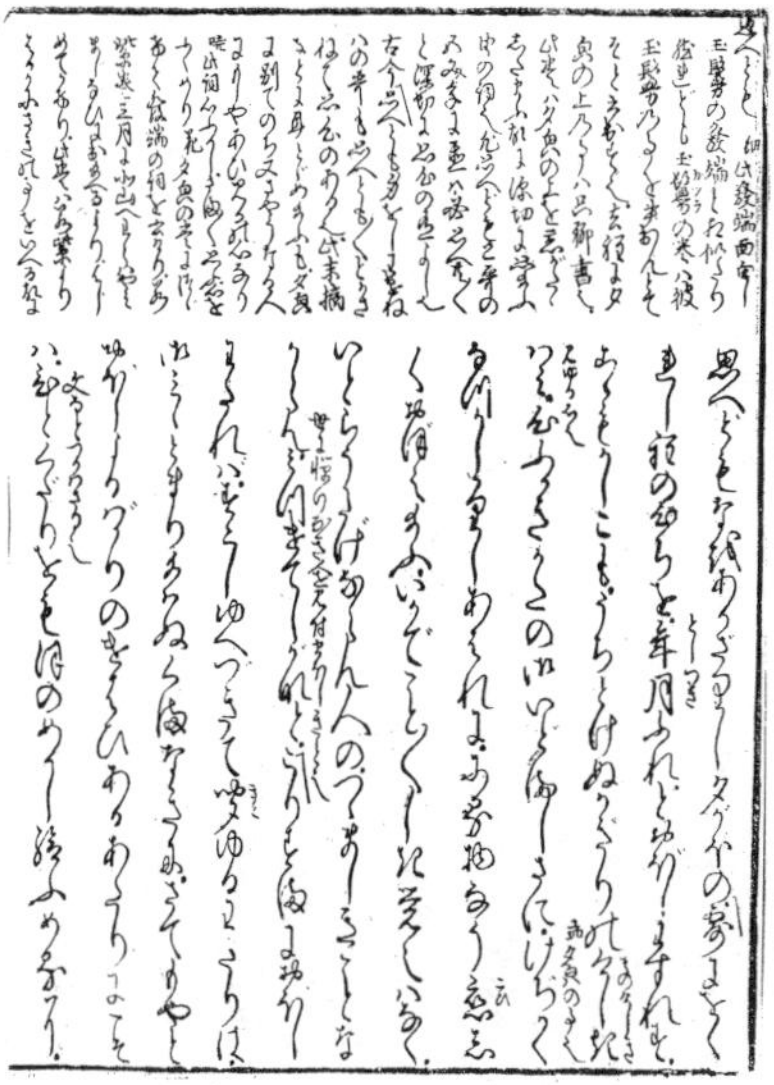

図95　『湖月抄』末摘花巻　一オ

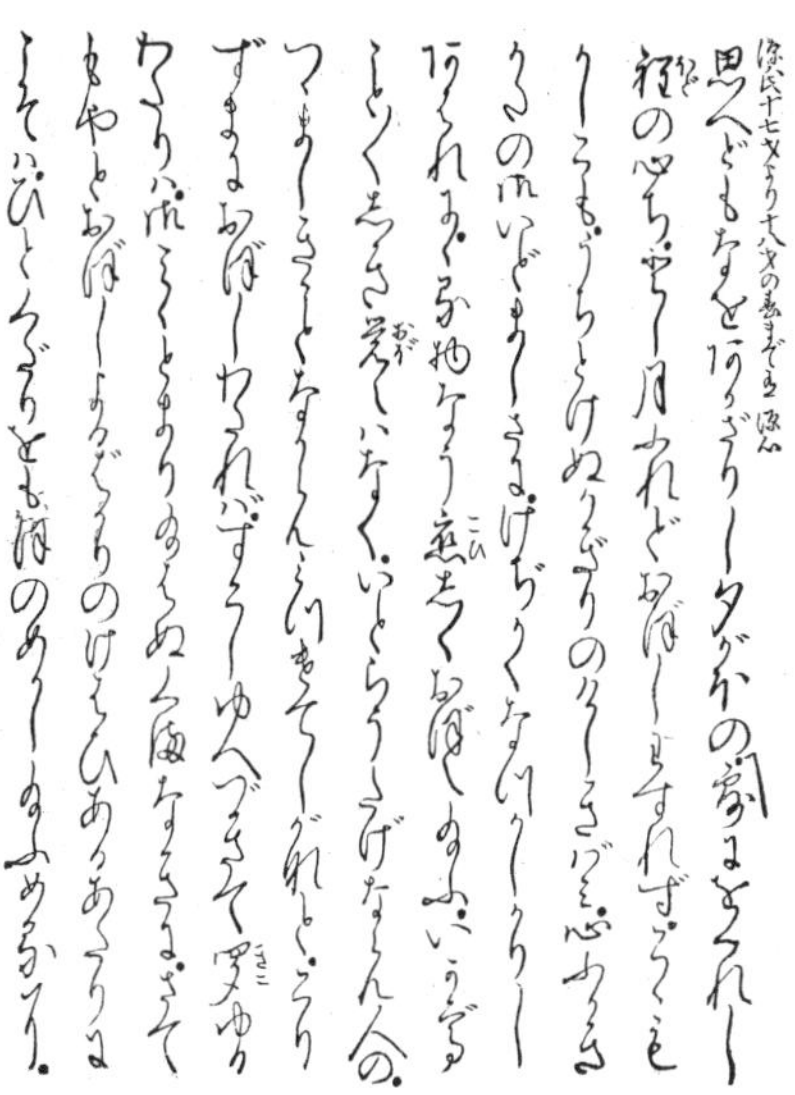

図96　慶安本　末摘花巻　一オ

ど」となっている（図96）。慶安本の本文は、「絵入源氏」の三本に共通する本文であるが、これは河内本系統の本文である。青表紙本の他本ではこの「程の」がなく、「露にをくれし心ちを」とある。「程の心ちを」の本文を持つのは、池田本・肖柏本・三条西家本・三条西家証本など三条西家系統の写本と、『湖月抄』『首書源氏』『万水一露』である。『首書源氏』がそうであったように、『湖月抄』の場合にも、本文校訂に三条西家系統の特定の写本を使用したと考える必要はない。『首書源氏』の編者が『万水一露』を参照していたことは頭注の引用からも明らかであり、一方、季吟には、『万水一露』と『首書源氏』の両方を手許に置くことができたはずである。「思へどもなをあかざりし夕かほの露にをくれし程の心ちを」で和歌の一首が完成されるのでこの方がよいと判断して、『万水一露』『首書源氏』の本文を採用したのであろう。

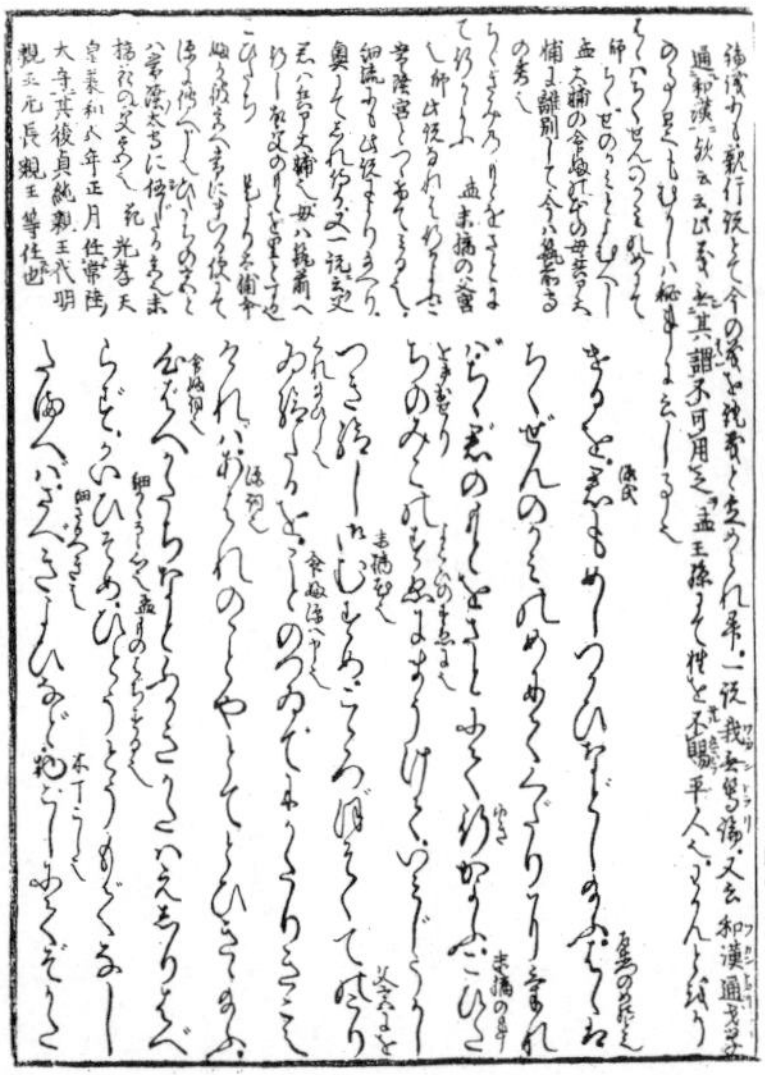

図97　『湖月抄』末摘花巻　三ウ

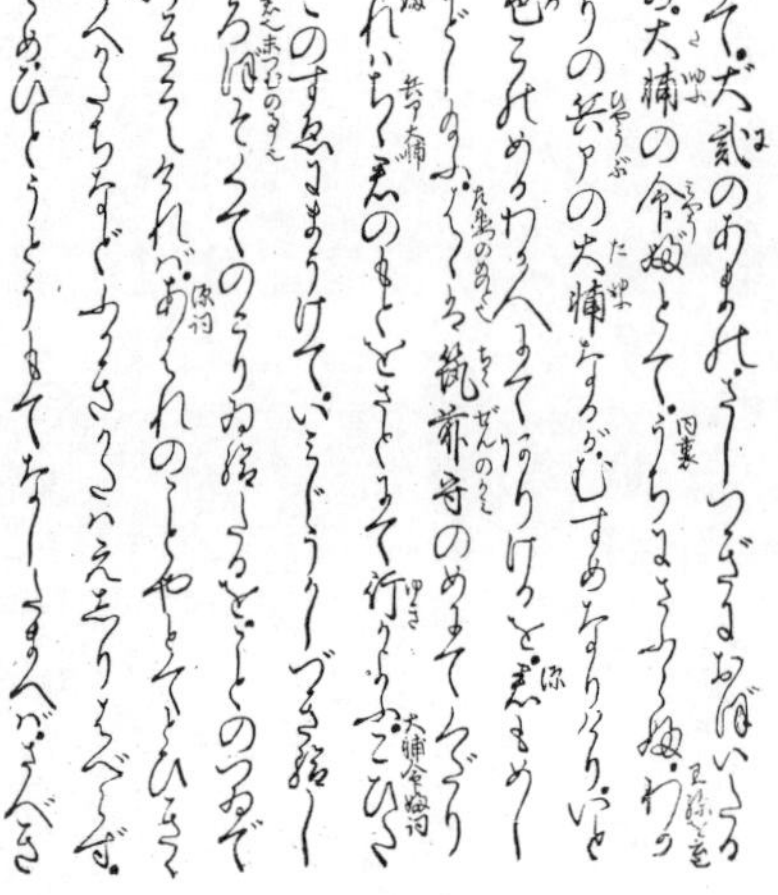

図98　慶安本　末摘花巻　二オ

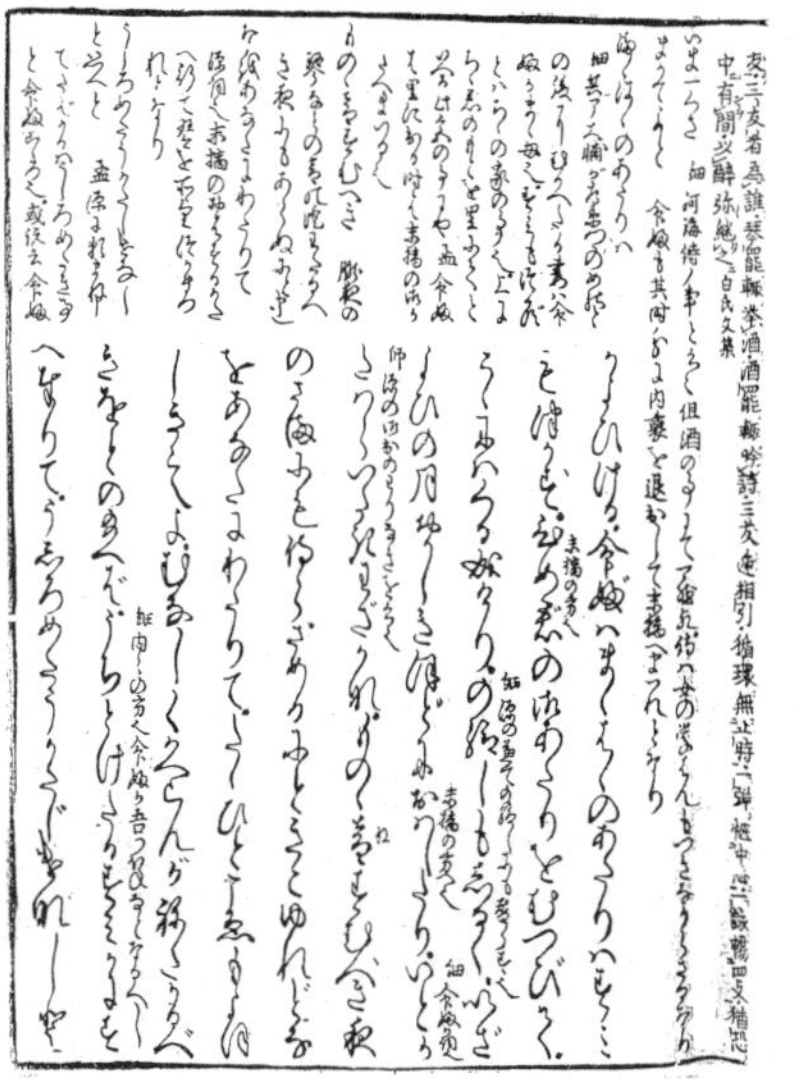

図99　『湖月抄』末摘花巻　四ウ

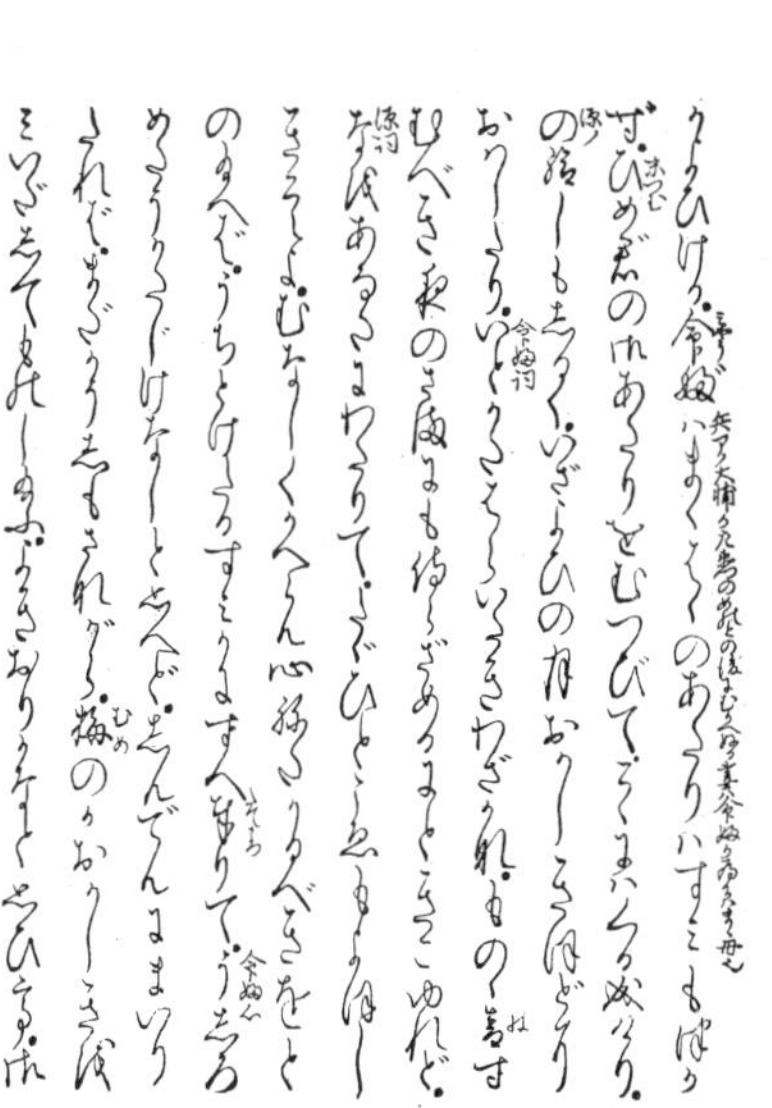

図100　慶安本　末摘花巻　三オ

『湖月抄』三ウ（図97）の二～三行目「くだりにければ、ちゝ君の」の本文は、慶安本（図98）では二オの六行目「くだりにける、これはちゝ君の」とある。慶安本の本文は「絵入源氏」三本に共通する独自異文であり、この本文の由来は不明であるが、『湖月抄』の本文は青表紙本諸本とも『首書源氏』『万水一露』とも一致する。やはり『首書源氏』および『万水一露』の本文に依ったと考えられる。また、『湖月抄』四ウ（図99）の八行目「かへらんがねたかるべき」の本文は、慶安本三オ（図100）七行目に「かへらん心ねたかるべき」とある。この本文も「絵入源氏」の独自異文であり、『湖月抄』の本文は『首書源氏』『万水一露』のいずれによっても校訂され得るものである。

同じく『湖月抄』の五オ（図101）七行目「きゝしる人こそあなれ」には「哀はしる人こそイ」という異文注記が見られる。この本文、慶安本三ウ（図102）の四行目は、「あはれしる人こそ」の本文「あはれ」の傍らに「きゝイ」と注記している。青表紙本系統のうち、池田本・三条西家本・証本、そして『首書源氏』が「あはれはしる人こそ」の本文で、他本は「きゝしる人こそあなれ」となっている。また、河内本と『万水一露』では「ものゝあはれしる人こそ」である。各注釈書も、この部分は問題にしており、『河海抄』と『花鳥余情』は河内本により「ものゝあはれしる人」の本文を掲げ、『弄花抄』、『細流抄』、『孟津抄』、『明星抄』は「きゝしる人」を抄出、『岷江入楚』は「あはれしる人こそ」を掲げて「イ本あはれきゝしる人こそ」と記している。『首書源氏』は頭注で「あはれは」と挙げて『河海抄』と『花鳥余情』を引用し、『湖月抄』は「きゝしる人こそ」として『花鳥余情』、『河海抄』、『孟津抄』の順に注を引用する。『首書源氏』および『湖月抄』は、いずれも「琴の音をきゝ知人のあるなへに」の引歌（『河海抄』による）を挙げる。この引歌を重視すれば「きゝしる人」の本文が適当であるから、『湖月抄』では、『孟津抄』など

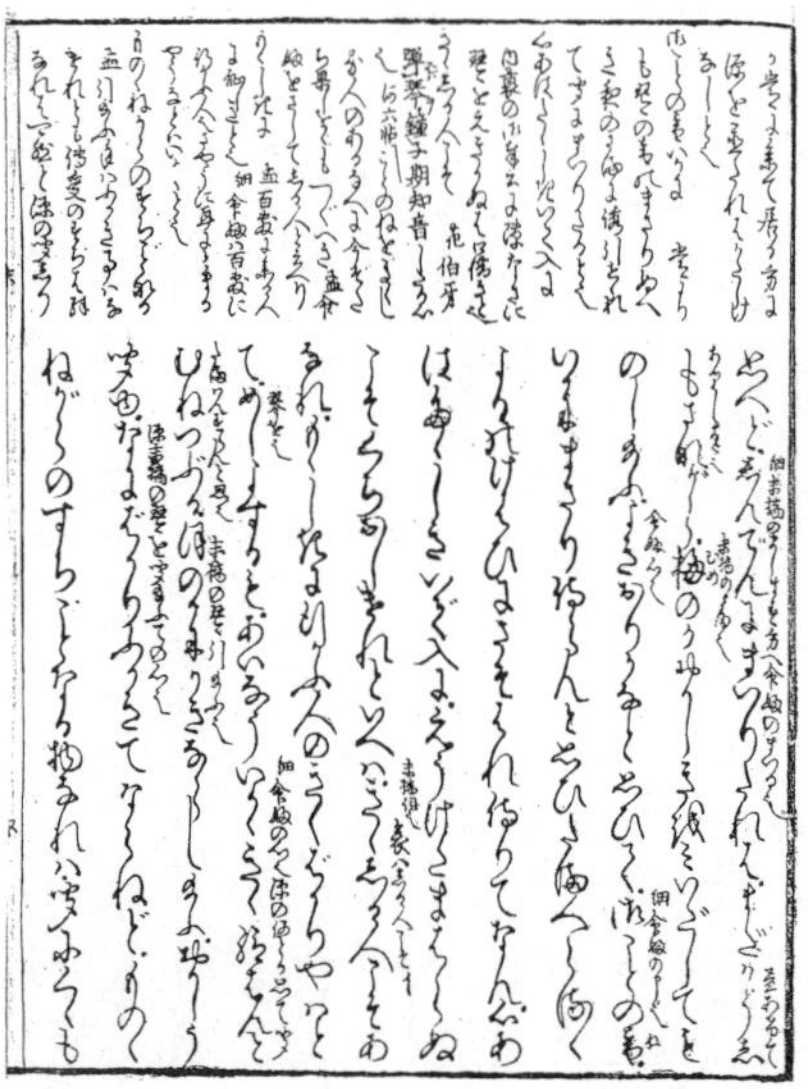

図101　『湖月抄』末摘花巻　五オ

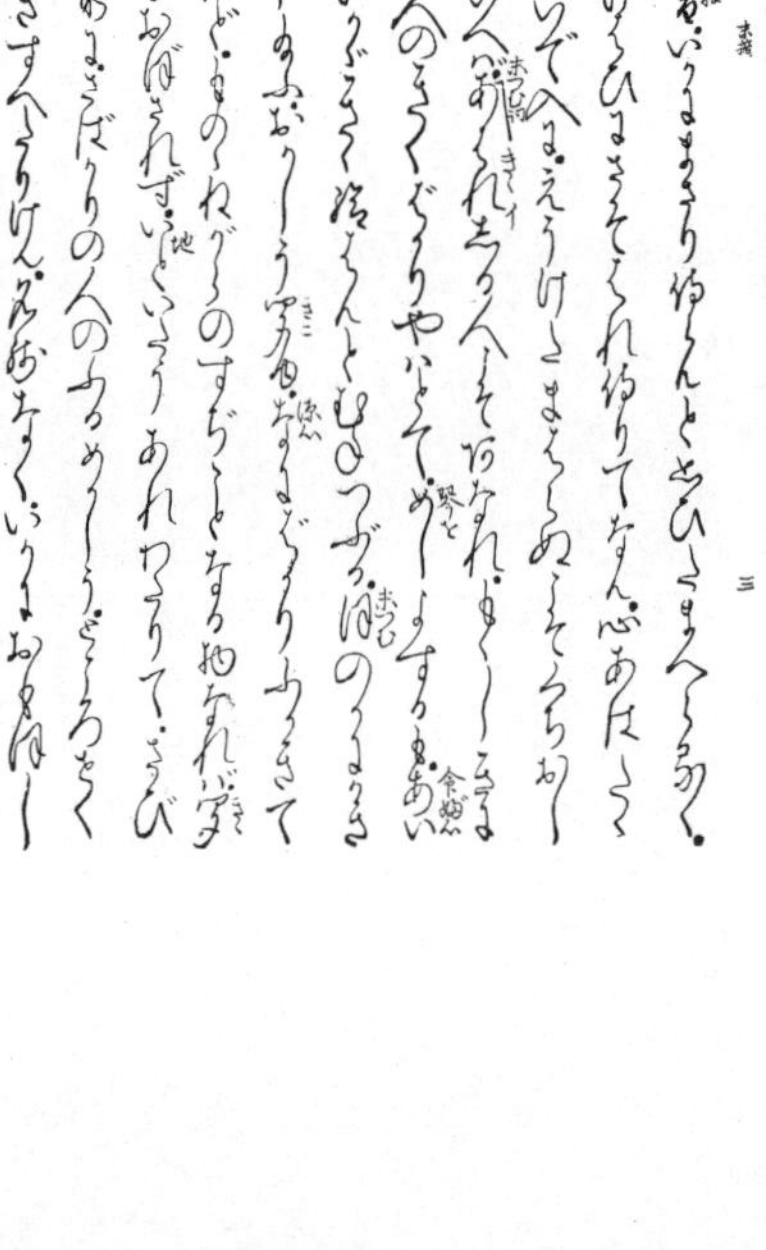

図102　慶安本　末摘花巻　三ウ

に従って慶安本の異文注記の方を採用したと考えられる。また、この時に記された異文注記は、三条西家本や三条西家証本ではなく、『首書源氏』本文によったと考えるのが妥当であろう。

五 『湖月抄』の方法

この他、一つ一つ例示することはしないが、『湖月抄』の本文校訂は、慶安本を底本とし、『万水一露』や『首書源氏』と各種注釈書を参照しつつ行われたと考えられる。青表紙本系統あるいは河内本系統の由緒正しい写本や別の版本を底本にしたと考えるべき理由は見あたらない。季吟が、慶安本と『万水一露』を重視したのは、師匠貞徳の学問を受け継ぐテキストだったからであろうが、『首書源氏』を参照したことについても、それなりの理由があったと思う。

『湖月抄』には延宝元年（一六七三）の季吟による跋文があるから、これによれば、『首書源氏』の刊行された寛文十三年の改元後の同年に成立したことになる。『湖月抄』において、頭注・傍注形式が取り入れられたのは、この『首書源氏』の影響であったかと思う。『湖月抄』以前の季吟の注釈書で頭注形式のものに『伊勢物語拾穂抄』があるが、成立時期を示す跋文の寛文三年（一六六三）の時点では、まだ頭注形式は考えていなかったと思われる。[5] 版本『伊勢物語拾穂抄』の初版は無刊記であるが、再版は延宝八年（一六八〇）であるから、『伊勢物語拾穂抄』初版の出版は、『湖月抄』と前後する可能性もある。[6] つまり、季吟が『伊勢物語拾穂抄』や『湖月抄』などの自著に頭注形式を取り入れた直接の動機が、寛文十三年（あるいはそれ以前——第四章参照）に刊行された『首書源氏』であった可能性が高い。

季吟は、以前に出版された注釈書類を非常に意識して、著作する人らしい。小高敏郎氏によると、季吟は、林羅山の弟子で水戸学派の基礎を作った人見卜幽の『土佐日記附註』（万治四年刊）を寛文元年の日記で批判し、同年八月に出版された『土佐日記抄』で、実際はその直前であったはずの成立時期を、改元前の万治四年二月として跋に記している。また、貞徳門の同輩であった加藤磐斎による『貞徳頭書百人一首抄』や『徒然草抄』についても、それぞれ『百人一首拾穂抄』『徒然草文段抄』の序にその対校意識が表れていると言う（文献11）。

しかし、『湖月抄』と『首書源氏』との相違は多い。頭注・傍注形式と言っても、『首書源氏』の頭注部分が本文部分とほぼ同じ幅の分量を用意されていたのに対して、『湖月抄』は全体の三分の一にも満たない幅に頭注が詰め込まれ、足りない所は本文部分に侵入する形で記されている。そのため頭注の位置が本文と離れて読みにくいところも多く、『首書源氏』の頭注が常に本文の真上に置かれていたのとは対照的な、窮屈なものになっている。この理由としては、本の出版が商売として成り立つようになったという社会的な事情もあったと思う。商業主義が進むにつれ、版本の体裁は概して窮屈になり、紙幅を節約するために、文字は細く小さく、余白はますます狭くなってゆく。延宝以後は、もはや『首書源氏』のような贅沢な体裁の版本が出されることはない。体裁だけから考えても、版本『首書源氏』と『湖月抄』の版下作成の時期は、同年である寛文十三年と延宝元年ではなく、実際には、もう少し隔たっていたことも十分に考えられる（第四章第一節参照）。

季吟は、地下のための注釈テキスト『首書源氏』を意識し、貴族にも受け入れられるようなものを著そうとしたのであろう。延宝三年（一六七五）に、『湖月抄』を毘沙門堂門跡公海を通じて徳川家綱に献上し、そのおかげで季吟は、後に幕府に召し抱えられている。これについては、小高敏郎氏や野村貴次氏が批判的に説明される季吟の出世欲の表れとする見方が可能である（文献11・38）。また、井爪康之氏によると、『湖月抄』の「私説」と箕形如庵の説である「師説」とが、実際には、宗祇の説を主とした『一葉抄』を取り入れたものであると言う。(7) さらに発端の部の凡例で、季吟は「累年諸抄を勘へ合せて予が聞書に加るの説はなべて誰の説、又或抄或は抄とばかりしるし侍し」と言うが、頭注や傍注の「抄」は『岷江入楚』の注とほとんど異なる所はない。

これらのことを踏まえて、私自身、初出稿では、次のような批判的な書き方をした。

先行の研究と自説とを明確にしない『湖月抄』の態度は、現代風に言えば学問的であったとは言い難い。『湖月抄』を過大評価してきた風潮は、一度見直すべきであろう。そして『湖月抄』を真に評価するには、当時の源氏物語享受の状況を明らかにする必要があると思うのである。

これに対して岩下光雄氏は、季吟を擁護し、拙論を厳しく批判された(8)。その根拠は曖昧と言わざるを得ないが、数巻の本文調査から直ちに季吟の態度まで言及し得るものでないことは確かである。ここではむしろ、『湖月抄』がこれまでテキストとして尊重されてきたことに対して、その本文を正しく位置づけることの重要性を主張しておきたい。そもそも拙稿の意図は、季吟の態度が学問的であるかどうかを問うことよりも、テキスト・注釈書として「過大評価してきた風潮」に警鐘を鳴らすことであった。『湖月抄』の頭注については、井爪氏が、その「引用方法の杜撰さ」を指摘された上で、季吟の意図がもっぱら「初心の人の助けとなる注釈書を作成する」ことにあり、そこに「近世合理主義の萌芽」があると説明された。本節で確認してきた本文の問題に即して言えば、貞徳の指導によると記された慶安本を重視し、貞徳の跋文を付けて出版された版本『万水一露』の本文を参照したというのも、井爪氏の指摘された「季吟らしさ」の表れと言ってよいだろう。序章において述べたように、版本においては、学問的であるかどうかよりも、大衆に受け入れられるかどうかが重要なことであった。初出稿で述べたこともその意味においてであり、『湖月抄』の歴史的意義を冷静にとらえるべきだと主張するものに他ならない。

季吟が貞徳の源氏物語本文を底本にしようとしたのなら、春正の手が加わっている慶安本より、貞徳自身が跋文を記した『万水一露』の方を選んだはずである。しかし季吟は、慶安本の本文を重視して、『万水一露』は校訂に利用しただけであった。これは、季吟自身が慶安本を大衆向けの親切なものであると評価していたからであろう。慶安本は、同じ板木によって増刷が繰り返され、異版として万治三年版横本や無刊記小本なども出版された。『湖月抄』が作られた時期には、それら三種の「絵入源氏」が全て出揃い、売行きも良好であった。慶安本「絵入源氏」には、読解に必要な読点、濁点、振り仮名、そして『花鳥余情』や『弄花抄』などを簡潔にした傍注が施され、さらに挿絵まで付けられている。たとえ『万水一露』の本文が由緒正しいものであったとしても、その注釈自体に貞徳の学問が明示されているわけではないから、季吟は慶安本の方を、他には伝えられていない貞徳の学問を受け継いだ唯一の源氏物語テキストとして使用したのであろう。

「絵入源氏」以前の版本の本文は三条西家系統であり、無刊記整版本と版本『万水一露』とが共通して三条西家本に近い。そして河内本系統の本文も少し含まれるが、「絵入源氏」『首書源氏』『湖月抄』では、その混態はより顕著になる（第四節参照）。三条西家系統の本文と定家自筆本とで相違があるように、版本諸本と三条西家系統の本文との間には一線を引くべきであるが、版本においても、「絵入源氏」以前と以後とで本文の質が変化している。「絵入源氏」以後の本文は、純粋な本文であることよりも、江戸時代の大衆が読解するために便利なものを目指していた。「絵入源氏」は婦女子のために作ったと提唱され、『首書源氏』が地下の編者の狭い庵に置くために本文の各所に古注を書き込んだと跋文に明示していることから考えると、両書は共通して平安時代の源氏物語を忠実に伝えることよりも、源氏物語を手軽に楽しく読ませるためのテキストを目指していたことがうかがえる（第四章参照）。すなわち、学問的な意味での〈本文〉や〈注釈書〉としてではなく、現代の私達が活字化された漢字の多い本文や現代語訳で読むと同様、江戸時代の庶民が読み易い源氏物語として作られたものなのであった。例えば、影印本『首書源氏』シリーズを担当された諸氏が『首書源氏』と『湖月抄』に共通する語法上の誤りと指摘された本文についても、平安時代や定家の源氏物語として誤りであっても、江戸時代の語法としては正しい場合が多い。

純粋な青表紙本とされる本にしても、源氏物語成立からは二百年も経たものである。定家がいかに学問的な態度で校訂したとしても、そこに注釈の入る余地がなかったとは言えまい。そして三条西家系統の本文が、三条西家の注釈の中で校訂・改変されたことは、『弄花抄』や『細流抄』の見出し本文から容易に想像される。また、宗祇・肖柏など連歌師の系統の注釈が三条西家の注釈と異なった場合、肖柏本などに異文が生ずることもあっただろう。ましてや、平安時代の源氏物語を忠実に伝える意志よりも、物語の内容をいかに理解するかという意志が勝っていれば、そこに本文改変があるのは無理のないところであろう。むしろ、そうした態度があったからこそ、注釈の歴史は発展してきたとも言える。

「絵入源氏」『首書源氏』『湖月抄』における三条西家系統の本文と河内本との混態現象も、このような観点から捉えることができる。版本における三条西家系統の本文は『弄花抄』などを媒介として流れ込み、河内本は『河海抄』や『花鳥余情』の注釈のために必要な本文だったである。青表紙本と河内本との区別は、この時代の各注釈書に度々触れられているから、偶然に混態本文が出来上がったのではないと思う。「絵入源氏」本文において、古活字版よりもさらに混態化が進んだのは、振り仮名、句読点、濁点を施し、挿絵を付けるという、さらに細かい注釈作業が行われたことも大きな要因であったと思う。本文の細部にわたる解釈のために古注を参照し、その古注の依った本文によって底本の本文を校訂する――こうして出来上がった本文は、平安時代の源氏物語とかけ離れていたとしても、近世の人々にとっては（現代人にも）読み易いものになっていたはずである。仮名遣いにしても、（平安時代のものとされた）「歴史的仮名遣い」とは異なる近世の仮名遣いであり、語法も濁点も近世のことばにより近いものになっている。

近世初期、古典は未だ閉ざされた学問であった。整版本は最初から市場に売りに出されたわけではなく、まして古活字本が刊行されただけで一般に広まったわけでもない。嵯峨本『伊勢物語』の刊行には中院通勝が関与していたが、松永貞徳が地下で初めて通勝の講義に参加した時、通勝の逆鱗に触れたと言うから、この時代の貞徳の立場は、公に貴族の学問を広めることのできないものであったことが知られる。それより一時代後の季吟が、『湖月抄』を初めとする多くの注釈書を次々と出版することができたのは、貞徳などから受け継いだ啓蒙的な学問と自由な時代の両方を獲得したからと言うべきであろう。近世初期における文芸活動にはあまりにも不明の点が多く、古典を貴族だけのものから庶民の手に広めた人々の苦労についてはほとんど問題にされることがないが、季吟が評価されるべきは、こうした状況を敏感に受け止め、有効に利用したことであったと思うのである。

注

（1）有川武彦校訂『増註源氏物語湖月抄』（昭和二年九月・昭和五四年一月名著普及会より復刻版刊行、講談社学術文庫でも刊行）

（2）吉沢義則・宮田一郎『湖月抄』（大正一五年八月、文献書院・昭和一一年四月、平楽寺書店）、吉沢義則『対校源氏物語新釈』（昭和一二年六月、平凡社・昭和四六年二月、国書刊行会より復刊）

（3）待井新一「近世初期青表紙本の一形態―中川氏蔵『源氏物語』について―」（昭和五九年九月、寺本直彦編『『源氏物語』とその受容』、右文書院）

（4）上野英子「近世初期源氏物語版本の本文（一）」（第一節の注6）

（5）版本『伊勢物語拾穂抄』の原形と思われる玉津島神社蔵「伊勢物語　長頭丸」と鉄心斎文庫蔵「伊勢物語拾穂抄」の二本は、注釈すべき語句のみを掲出している。

（6）野村貴次『季吟本への道のり』（文献45、青木賜鶴子「初度本伊勢物語拾穂抄」（平成二年七月、八木書店刊『鉄心斎文庫伊勢物語古注釈叢刊五』解説）参照。

（7）井爪康之『源氏物語注釈史の研究』（文献40）第六章「湖月抄の資料の方法」

（8）岩下光雄『源氏物語「本文と享受」の方法』（平成四年一二月、和泉書院）

第三節　版本『万水一露』の本文と無刊記本『源氏物語』

一　源氏物語の整版本

源氏物語の整版本のうち、最初に出版された「無跋無刊記本」は、現代で言うなら写本の翻刻のようなものである。江戸時代のものであるから、印刷されていること以外、本文表記や字体そのものにおいて古写本と異なる点は少ない。濁点、読点、そして注などは一切なく、写本と異なるのは、同じ本が現在においても複数伝えられていること、すなわち江戸時代に流布していたことである。但し、この版本が出版当初から市販されたかどうかはわからない。

この版本には、刊記も跋文（奥書）もないために、出版時期や成立年代の特定が困難である。普通、版本の名称は、その刊記の年や書肆名によって付けられるが、この版本は「無刊記本」としか言いようがない。伊勢物語の版本などのように、親本の筆者の奥書などが印刷されていればその素姓も推定できるが、それもない。また、後の源氏物語版本のように、本文五十四冊の他に『源氏系図』などが付録としてともに出版されていた形跡もなく、現在伝わっているどの版も源氏物語本文五十四冊のみである。このような版本であるために、他の本に比べて粗略に扱われる傾向があり、古書店での価格も低く設定されている。

しかし、他の多くの版本の版式や本文から見て、この版本の成立および出版は、江戸時代に流布していた他の整版本に先だつことが推定される。江戸時代の版本について知っている者ならば、この本を寛文年間（一六六一〜七三）以後の版本と判断することはあり得ないだろう。寛文以後の版本では、巻名や丁付けを示すための柱刻が施され、本文には句読点（読点のみの場合が多い）や濁点、そして漢字を増やして振り仮名などを付けるのが一般的であるが、この版本は、そのいずれもない。具体的な考察は後述するが、とりあえず粗末に扱うべき版本でないことだけは明らかであろう。

このような本は、慶長～寛永頃（一六〇〇～四〇）に出された古活字版にはよくみられる体裁であるが、整版本としてはむしろ異例である。源氏物語のように難解な古典であればあるほど、その版本には、古典を読みやすくして提供する工夫がなされるのが普通である。他の源氏物語版本には、それぞれの個性はあるものの、いずれもそうした工夫が多く見られる。句読点・濁点・振り仮名は、「絵入源氏」三種と『首書源氏』『湖月抄』に施され、注釈は、これらすべてに付されている。江戸時代によく流布した『湖月抄』は、これらの版本の中ではもっとも後に作られたものである。

写本を底本としてテキストを作る研究者なら、「絵入源氏」以後の版本に見られたような「読みやすくするための工夫」がいかに大変で重要かは実感できるであろう。古典を「読む」ためには、まずその作業を経なければ、現代人には困難である。近代の研究者が『湖月抄』を尊重していたのは、善い写本が発見されなかったからではなく、『湖月抄』が「読みやすい」テキストだったからではないだろうか。現に、新潮日本古典集成『源氏物語』においても、大島本を底本としながらも、句読点や濁点は『湖月抄』を参考にして付けたとされる(1)。そして、この『湖月抄』の本文表記は、慶安本「絵入源氏」の本文を基にしたものであった（第二節参照）。

『湖月抄』の著者北村季吟が、貞門俳諧の祖である松永貞徳の弟子であったこと、季吟の注釈書『大和物語抄』が貞徳の指導のもとで作られた書であることなどは知られているが、『湖月抄』の成立に貞徳が直接関わっていた形跡はない。『湖月抄』発端（序文）において、「箕形如庵」という師の名を挙げる一方、貞徳の師であった九条稙通の

『孟津抄』を尊重すると述べているのみである。日付も貞徳の死後二十年経った延宝元年（一六七三）になっている。

　これに対して、慶安本「絵入源氏」の場合には、その跋文において、編者山本春正が師の貞徳から助言を受けつつ源氏物語を読んだことが記されており、跋文の日付は貞徳生存中でもある。再版の刊年である承応三年（一六五四）でも貞徳の死の翌年に当たるから、「絵入源氏」が、貞徳から直接影響を受けたテキストであったことは間違いないだろう。参考までに付け加えておくと、貞徳の古典に関する著書としては、徒然草の絵入り注釈付きテキスト『なぐさみ草』が知られているが、源氏物語の注釈書については、尊経閣文庫の『光源氏聞書』の他に知られていない（文献8参照）。

　ただし、その貞徳が跋文を記して出版させた源氏物語注釈書は存在する。それが、版本『万水一露』である。『万水一露』そのものは、室町時代に能登永閑という連歌師が師の宗碩から伝授した注と古来の説に自説を加えたものである。伊井春樹氏の『万水一露　第五巻』（文献50）解説によると、現在伝えられている写本を見る限り、同時代の他の注釈書と同様に、注釈すべき部分だけを抜き出した抄出本文と注釈内容が記されているのみであったらしい。ところが、承応元年（一六五二）の貞徳（おそらく自筆）の跋文が刻された、版本『万水一露』では、注釈の見出し本文として、原注釈書にあった抄出本文ではなく、その部分を含む源氏物語本文が全文記されている（図105・図106・図108）。他の源氏物語版本と異なり、源氏物語本文は注釈本文の該当部分で分断されてはいるが、見出しに当たる本文だけを拾い読みすれば、源氏物語の全文を鑑賞することも可能となっている。つまり、版本『万水一露』は、別に何らかの源氏物語本文だけのテキストを有している者が参照するための注釈書としてではなく、この書だけで源氏物語本文を鑑賞することができるように仕立てられているのである。

　貞徳は、この書の跋文で、『万水一露』さえあれば他には何もいらないと述べているが、それは、古注集成とも言うべき能登永閑の注釈書に対する評価であるのみならず、おそらくは自らが採択し加えた源氏物語全文が付け加えられてこその言であると考えてよいのではなかろうか。貞徳の署名入り古典テキストの少ない中にあって、この版本『万水一露』は、貞徳が多くの弟子を使って作らせた唯一の源氏物語テキストとして尊重されたのであろう。『首書源氏』と『湖月抄』にも、それぞれ『万水一露』の注と本文が参照された形跡が見られる（第一・二節参照）。

伊井氏は、永閑の所持していた本を採用したと思われる写本『万水一露』の本文が非青表紙本であるのに対して、源氏物語全文を掲載する版本『万水一露』の本文が青表紙本になっていると指摘され、後者の本文を松永貞徳の校訂によるものと推定された。そして氏はさらに、貞徳の校訂について、次のように述べておられる。

（貞徳が識語を付した承応元年というと、すでに青表紙本は広く流布するようになっていたし、寛永十七年（一六四〇）には『首書源氏物語』が、慶安三年（一六五〇）には『絵入源氏物語』がすでに出版されていただけに、この改訂作業は比較的容易だったはずである。

確かに、版本『万水一露』の本文を、他の写本や版本の本文と比校してみると、青表紙本系統の中でも版本全体に共通する特徴を持っていることが知られる。しかし、同じ本文系統を持つ版本の中でも、この版本『万水一露』の本文と、「絵入源氏物語」や『首書源氏物語』の本文とでは、少し異なった系統にある（第四節参照）。従って、貞徳による版本『万水一露』の源氏物語本文の校訂を明らかにするには、複数の版本の本文を比べることが必要となるだろう。

このように、近世初期に相次いで出版された源氏物語版本の成立には不明な点が多い。特に、無跋無刊記整版本は、その素姓は勿論、存在さえ明らかにされて来なかった。そこで次に、この版本を詳しく紹介したい。

二　無跋無刊記版本『源氏物語』の紹介

架蔵本・天理図書館本および大阪府立図書館本の書誌を示す。

《架蔵》

刊記も跋文もない。並製藍表紙。

縦二七・〇×横一八・六センチ。

五十四巻五十四冊（物語本文のみ）。

十一行二十字程度。濁点、句読点、振り仮名なし。

巻名・丁数が綴じ目に隠れるノドに植版。

例「きりつぼ十五」「てならひ二十三」（図103）

《天理図書館蔵》

刊記も跋文もない。並製藍表紙。

縦二六・九×横一八・〇センチ。

その他は、架蔵本に同じ。

《大阪府立図書館蔵》

朱色の卍繋ぎ紗綾形文様型押の上製艶表紙。

縦二七・〇×横一八・三センチ。

その他は、架蔵本に同じ。

この版本の刊年は寛永から正保年間（一六二四～四八）を大幅に下ることはないと思われる。巻名などの柱刻のないことや余裕のある料紙の使い方、そして本文表記などが、この時代の版本の特徴を示している。天理本や架蔵本の装訂はきわめて粗末で、このような並

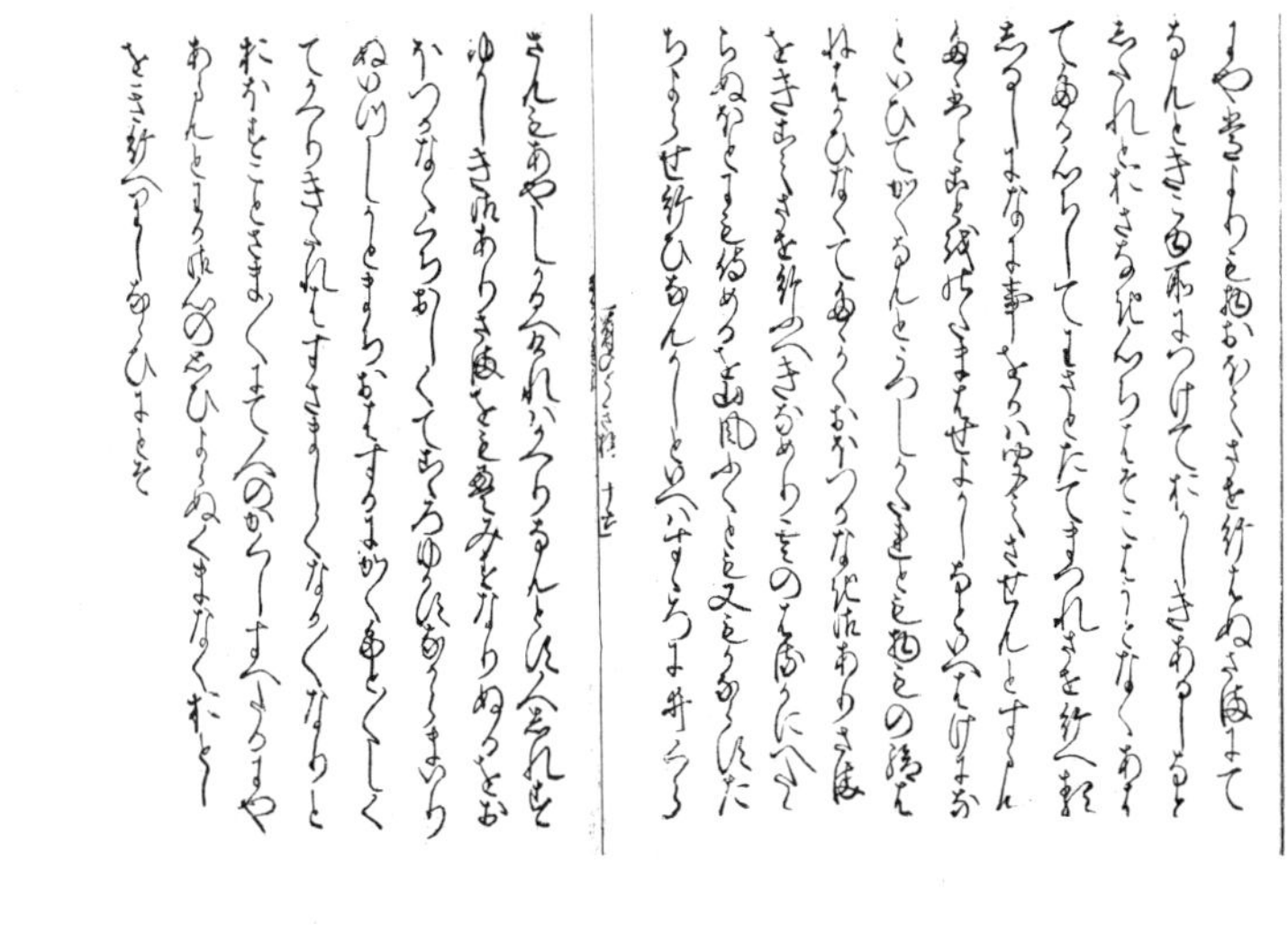

図103　無跋無刊記本・夢浮橋巻末

製の本がある一方で、大阪府立図書館本のように、嵯峨本など高級な古活字版の装訂にも匹敵する本が存在する。おそらく、上製本は堂上の人物へ贈呈され、並製本は地下のための本であったのだろう。少なくとも、整版本であっても市販されるようになるのは寛文年間以後のことであり、十七世紀前半までに京都を中心に出版された本の多くは、専門書肆ではない私家版として作られ贈呈されたものと考えられる。

版本は通常、刊記によってその名称が決められる。しかし、長沢規矩也氏は、近世初期の版本について「寛永から慶安にかけて、初印本が無刊記で、後印本になって刊記を加えた実例がかなりあり」「平仮名交じり本には大抵匡郭がなかったという特徴があった」と説明された（文献14）。このことは、同じ書名の版本の複数の版を手に取って比べるだけでも確かめることができる。第一章第一節において、「絵入源氏」の初版が無刊記で、承応三年（一六五四）八尾勘兵衛の刊記のある本を再版としたが、これも、多くの版の版面を比較し、個々の欠損の具合を確認したものである。慶安本「絵入源氏」の再版である承応版の書肆であった「八尾勘兵衛」は、「絵入源氏」によって京都を代表する本屋となったが、同じ八尾が明暦元年（一六五五）に出した『八代集』もまた、無刊記であった初版に刊記を加えたと推定される。この時期から商売のための専門書肆が現れるが、それ以前、寛永から慶安（一六二四〜五二）頃までは、書肆名はもちろん著者名も明記されない私家版の本が多く作られ、承応から万治（一六五二〜六一）頃になって専門書肆がその版木を求板して増刷した例も数多くみられることに注意しておきたい。

このように、問題の無刊記本『源氏物語』五十四冊の素姓は不明であり、手がかりが得られるとすれば、本文の他にはない。そこで私は、最初に挙げた五種七本の整版本と二種の古活字版の本文を校合した。その結果、問題の無刊記本の本文について注目すべき特徴が見出せたので、以下に報告したい。

本文の校合には、本章の最初に挙げた古活字版二本と五種七本の整版本を用いた。特定の写本との比較は特に行わず、『源氏物語大成　校異編』を参照した。これによって、次の二点が明らかになってきた。

1　校合したいずれの版本（古活字版・整版本）も、青表紙本系統にあるものの、現代の流布本となっている大島本・明融本などとは少し異なり、三条西家系統の本文により近いこと。

2　版本にも二つの流れがあり、一つは、元和古活字本・無刊記本・『万水一露』の系統で、こちらは三条西家系統の写本により近いものであり、もう一つは、伝嵯峨本・「絵入源氏」・『首書源氏物語』・『湖月抄』という江戸時代の流布本となる系統である（第四節参照）。

このうち、『首書源氏』は「絵入源氏」の万治本を、『湖月抄』は「絵入源氏」の慶安本を、それぞれに参照し校訂に使用していたと推定された。また、その「絵入源氏」は、伝嵯峨本の本文を尊重して用いていたことが想像される（第四節参照）。これらの相互関係については、今後さらに源氏物語全体に及ぶ調査を経て確認する必要があるだろう。ここでは、近世の流布本になるものとは別の流れにある、無刊記整版本と版本『万水一露』との関わりについて報告する。

先に結論を言えば、この二本の本文はきわめて近い関係にある、ということである。前節では、『湖月抄』の本文の表記と仮名遣いが「絵入源氏」の慶安本の表記に酷似していると述べたが、無刊記本と『万水一露』との関係はそれ以上と言ってもよいだろう。『湖月抄』の場合には、『首書源氏物語』や『万水一露』、さらに『細流抄』などの注釈書をも校訂に加えているために、「絵入源氏」とは結果的に異なった本文になっている。ところが、無刊記本『源氏物語』と版本『万水一露』とは、驚くべきことに、本文がほとんど一致しているのである。このことを、夕顔巻と若紫巻について示しておこう。なお、写本系『万水一露』の本文は、源氏物語古注集成『万水一露』（文献50）で版本『万水一露』の活字本文に傍記された（河野記念文化館本による）校異によった。

三　無刊記本と版本『万水一露』——夕顔巻——

まず夕顔巻の場合、版本・写本との間で校合して拾い上げた異文総数310あるが、それぞれの独自異文を省くと、267箇所が問題となる。[2]そのうち、これらの版本の大半が共通して青表紙本系統の写本と異なる箇所は52あり、写本諸本と版本諸本との対立が認められるが、その異文は小異であり、版本がいずれも青表紙本系統であることが、ここでも確認される。また、版本諸本が一致している例は46あり、それらが写本のうちの一部と一致する例も多いが、どの写本と版本が近いのかを確定するほどの一致ではない。このことから、すでに見た通り、版本相互の関係は特定の写本との関係よりも近いことがうかがえる。

この中にあって、無刊記本と『万水一露』との一致は、版本諸本が一致している46箇所を含んで、260箇所も見られることに注目したい。そして、その260の中には、伝嵯峨本や「絵入源氏」などの版本との異文の場合も37あり、この二本が他の版本との異同に関わらず常に近似していることが知られる。さらに、この二本のみが一致する本文もある。

夕顔巻後半で夕顔の四十九日の法要を行う場面の文、

　装束よりはじめて、さるべきものどもこまかに、誦経などせさせ給ふ（一四三7）

において、写本・版本ともに「すきやう」または「す経」、濁点のある「絵入源氏」や『湖月抄』で「ず経」とあるのに対して、無刊記本と版本『万水一露』では「す行」としている。写本系『万水一露』でも、ここの見出しは「す行なと」とある。そして注には、「碩法花堂へこまかに可然物共送給と也」と記している。ところが、同じ巻でも、前半において夕顔の死を惟光に告げる場面の「誦経などをこそはすなれ」（一二七11）については、諸本「す経」で一致している。このことから、『万水一露』では、あとの「す行」が「誦経」とは別の意味として表記されたものと考えられる。ちなみに、『首書源氏』では、この「す行」についての『万水一露』の注を頭注に挙げた上で、本文を「す経」としている。このような注釈付きテキストにおける本文の異同や本文表記においては、ただ底本（祖本）によるだけではなく、引用する注釈書による影響を受けやすいことに注意したい。

無刊記本と『万水一露』との近さを一層強く印象づけるのは、一致する本文の多さもさることながら、この二本の間の異文の内容である。この二本間で本文が一致しない箇所は、版本全体の異文総数267のうちで7箇所しかないが、そのうちの5箇所までが、『万水一露』の注の内容に深く関わっている。そしていずれの例も、無刊記本が版本『万水一露』の本文だけを抜き出したことによってではなく、版本『万水一露』の編者が無刊記本の本文を底本としつつ、注に関わる箇所についてのみ意識的に異なる本文を選んだことによって生じたと思われる例なのである。その7箇所の異文を列挙しておこう。

無刊記本	『万水一露』
1このもかのもあやしう（二オ・一〇二2）	――このもかのもあやしく（五オ）
2なにかしくれかしと（十一ウ・一一二3）	――なにかしこれかしと（二十四オ）
3女房のあまにて侍る（二十七ウ・一二八10）	――女房のみつわくみてあまにて侍る（五十八オ）
4谷におち入りぬへく（三十ウ・一三一11）	――谷にもおち入りぬへく（六十一オ）
5鳥辺の丶かたなと（三十二オ・一三三4）	――鳥辺の丶かた（六十四オ）
6こそのあきころ（三十七ウ・一三九1）	――こその秋の比（七十三ウ）
7うちとけてむかひ……えうとみ（四十二ウ・一四三4）	――うちとけむかひ……うとみ（八十二オ）

1と2の違いの原因は不明であるが、これは音便の違いなので（他の箇所ではこのような場合にも一致するが）問題にするほどではないだろう。あとの五箇所の異文が問題になる。6の場合は、写本系『万水一露』の見出しにすでに「こ

その秋の比」とあるから、小異でもあるためにそのまま生かしたと考えられる。4の異文は、写本系『万水一露』で「けさは谷にもおち入りぬ」の見出しがあり、注の末尾が「谷にもとかける殊面白や」とあったのに対応させるために「も」を残したのであろう。5の場合も、写本系『万水一露』で見出しが「鳥辺の、かた見やりたる」とあり、鳥辺野に対する注が付けられていたので、「鳥辺野など」ではなく「鳥辺野」に限定した本文を採ったと考えられる。

3と7の異文は、明らかに『万水一露』の注に関わっている。まず、3の箇所を、版本『万水一露』の本文で引用してみよう。

むかし見給へし女房のみつわくみて尼にて侍ひんかし山のへんにうつし奉らん惟光かちゝの朝臣のめのとに侍しもの、すみ侍なりあたりは人しけきやうに侍れと　昔見給へし　細惟光かめのと也

みつわくみて　閑年よりて腰かゝまりたる様也一説年よりぬれは腰かゝまり背くゝまりて二の膝とかりいてたる中に頭ましはりて三の輪をくみつれたるかことく也云々年ふれは我黒髪も白川のみつわくむまて成にける哉

（版本『万水一露』五十八オ・ウ）

写本系『万水一露』では、「むかし見給へし」の見出しで、「細惟光かめのと也」とし、その次に「みつわくみて」の見出しで「閑」以下の説が詳しく記されている。注釈書『万水一露』の本文としては、「みつわくみて」の語がなければならなかったのであるが、無刊記本にこの語は見られない。無刊記本の同じ部分を引用してみよう。

むかし見給へし女房の尼にて侍ひんかし山のへんにうつし奉らん惟光かちゝの朝臣のめのとに侍しもの、すみ侍なりあたりは人しけきやうに侍れと（無刊記本、二十七ウ）

「みつわくみて」を除くと、用字や送り仮名、仮名遣いまですべて版本『万水一露』と一致していることがわかる。そして、「みつわくみて」のない無刊記本と同じ本文を持つのは元和九年古活字版のみであり、一方、『万水一露』と一致する本文は他に見られない。他の本文では、問題の「みつわくみて」が別の箇所に入っているのである。慶安本

「絵入源氏」によって引用してみよう。

むかし見給へし女房のあまにて侍る．ひんがし山のへんにうつしたてまつらん．これみつがちゝの朝臣のめのとにはべしものゝ．〳〵みつわぐみてすみ侍るなり．あたりは人しげきやうに侍れど．（慶安本、三十二ウ）

つまり、版本『万水一露』では、無刊記本の本文を底本にしたものの、注釈で問題にする「みつわくみて」が必要となり補入した。その時に（意味は通じるので）間違った箇所に挿入してしまったのであろう。「みつわくみて」のない無刊記本の本文は、元和本などからの影響かとも思われるが、版本『万水一露』の本文は、この本特有の事情によるものと考えてよいだろう。

7の異文は、軒端の荻からの返歌「ほのめかす……」の筆跡の品のなさを見た源氏の心中について述べた箇所である。今度は、まず無刊記本の本文を引用する。

うちとけてむかひたる人はえうとみはつましきさまもしたりしかななにの心はせありけもなくさうときほこりたりしよとおほしいつるににくからす（無刊記本、四十二ウ）

版本『万水一露』の本文は、この本文と一部異なるものの、用字や仮名遣いは一致している。その異文は「うちとけて」の「て」と「えうとみはつ」の「え」で、一見小異であるが、実は、この部分もまた『万水一露』の注に関わっている。引用してみよう。

うちとけむかひたる人はうとみはつましきさまもしたりしかななにの心はせありけもなくさうときほこりたりしよとおほしいつるににくからす

閑少将か軒はの荻にむかひたらん心をしはかりて源氏のおほし出る也（版本『万水一露』八十二オ・ウ）

ここでは、軒端の荻の前に「うちとけむかひたる人」が誰なのかが問題となっていて、この注では、軒端の荻の恋人である蔵人少将が軒端の荻を疎みきることはないだろうと、源氏が推測するという説をとっている。これに対して現代では、空蟬のことを源氏が疎みきれないだろうとする解釈が一般的である。このように二通りの解釈が生じる原因は、本文そのものにある。現代の流布本と言える大島本などでは、次のような本文になっている。

うちとけてむかひゐたる人はえうとみはつましきさまもしたりしかななにの心はせありけもなくさうときほこりたりしよとおほしいつるに、くからす（一四三4）

この「うちとけてむかひゐたる人は」を「うちとけで」と読み、うちとけず（慎み深い態度で）軒端の荻の前に坐って居た人、すなわち空蟬のこととったのである。『湖月抄』にも、次のように記されている。

師説軒端荻手こそ悪けれ彼向ひたる顔は疎かたしと也　箋此段蔵人少将の心中を源察し給也云々　両説か

「師説」は『一葉抄』、「箋」は『岷江入楚』に引く注（山下水）を指すが、三条西家系統の本でも無刊記本と同文の「うちとけてむかひたる」、あるいは「うちとけてむかひゐたる」となっていて、どちらとも解釈し得る本文である。写本系『万水一露』の見出しは「うちとけむかひたる人は」となっており、これならば空蟬説は生じ得ず、注に記された栄閑説と一致するが、源氏物語の諸本に「うちとけ」の本文は見当たらない。従って、版本『万水一露』は、注の内容との一致を優先させ、写本『万水一露』の見出し本文「うちとけ」を受け継ぎ、「え」をとった本文（御物本に見られる）に訂正したものと思われる。

四　無刊記本と版本『万水一露』——若紫巻——

次に、若紫巻の本文について見てみよう。版本の校合から拾い上げた異文総数は343で、そのうちの56が無刊記本と『万水一露』以外の版本の独自異文であるから、問題にすべきは287となる。(3) このうち、版本がすべて一致するのは45で、無刊記本と版本『万水一露』とが一致するのは、それを含んで275ある。残りの12箇所が、無刊記本と版本『万水一露』との異文である。こうして数値だけを挙げてみても、両者の本文の近似が明らかであろう。無刊記本と『万水一露』とが一致する本文の中には、諸本とは異なる本文が16含まれる。また、両者が一致する275の内訳も、「絵入源氏物語」との同文が98、他の版本と一致する箇所は176となっている。ちなみに「絵入源氏」『首書源氏』『湖月抄』の三本の一致は268あるが、このうちの152が、無刊記本および『万水一露』と異なり、さらにそのうちの41が、青表紙本系統の写本と一致している。このことから、無刊記本と『万水一露』は、他の版本に比べてより正統派の青表紙本系統に近い本文であることが知られる。

まず、無刊記本と版本『万水一露』のみが一致する箇所を挙げる。（　）には『大成』の頁数・行数を記した。

無刊記本・『万水一露』　　諸本（写本・版本）

1おかしけなる女こも――おかしけなる女ことも（一五二11）
2まかりくたりて侍へし――まかりくたりて侍りし（一五四1）
3ほうしまさりしたる人になんはへける――ほうしまさりしたる人になん侍りける（一五四5）
4たゝをのれ見すて奉らは――たゝ今をのれみすてたてまつらは（一五七11）
5月もなきころなれと――月もなきころなれは（一六〇2）
6御らんせられぬへきついてなれは――御らんせられぬへきついてなれと（一六四9）
7にしきをしけると見ゆるか――にしきをしけると見ゆるに（一六六2）
8めつらしく見給――めつらしく見給ふに（一六六2）
9御つかひしきれは――御つかひしけれと（一七四14）
10つゝませ侍りてなん――つゝまれ侍りてなん（一七七14）
11またはみをとりやせんと――またみはをとり（またみをとり）やせんと（一七九14）

12又も人もいてこねは——また人もいてこねは（一八六3）
13いみしうもえんに——いみしうえんに（一八六12）
14みたてまつりしもしつ心なくて——みたてまつりしもしつ心なくとて（一八七2）
15けにおかしき御所かな——けにおかしき所かな（一九三2）
16すみつきいとことなる——すみつきのいとことなる（一九三7）

いずれも小異であり、もとは誤写によるものであったと思われるが、一致して諸本と異なっている。このうち、1の「女ことも」は、一般に「女ごども」と読むが、一部の写本では「女こともの」とあって「女子供の」という意味にとることもできる。無刊記本と版本『万水一露』のみが「女こも」となっている。ちなみに写本系『万水一露』では、諸本と同じ「女ことも」とある。7と8は同じ場面で、続けると、この二本のみが「にしきをしけると見ゆるかしかのたたすみありくもめつらしく見給」であるのに対して、諸本が「にしきをしけると見ゆるにしかのたたすみありくもめつらしく見給ふに」という文になっている。11の「または見をとりも」については、諸本が「またみはをとり」「またみをとりも」のいずれかであるのに対して、無刊記本と・『万水一露』のみが「またはみをとりも」としており、しかもこの「または」の箇所は、写本『万水一露』にはなく、版本の段階で新たに加えられたものと思われる。他の異文も、版本『万水一露』になって加えられた箇所であり、このことから、版本『万水一露』は無刊記本を底本として整えられたことがうかがえる。

さて、先に夕顔巻における「ず経」について、この無刊記本と『万水一露』のみが「す行」としていることに触れたが、若紫巻（一六七9）にもこれと同じ例が見られる。この箇所では肖柏本や三条西家証本などでも「す行」と表記しているが、『万水一露』では、やはり「誦経」とは別の意味のつもりで「す行」としていた可能性が高い。版本『万水一露』を引用してみよう。

御す行なとして出給

閑なを〳〵御祈禱の事とも被仰置てつかはさるゝ惣別す行は寺へ物をつかはす事をいへり

夕顔巻の「す行」を「碩法花堂へこまかに可然物共送給と也」としていたのと同様に、寺への布施と説明している。「絵入源氏」の付録『源氏目案』にも、これと同じ注が見られるが、「絵入源氏」の場合には、本文は「御《み》ず経《きやう》」、『源氏目案』の見出しも「みずきやう」となっている。現代の注釈書では、「御誦経」と表記しながらも、わざわざ「誦経を依頼するための布施」と注記している。この本文の前後は、

君、聖よりはじめ、読経しつる法師の布施ども、まうけの物ども、さまざまにとりにつかはしたりければ、そのわたりの山がつまで、さるべき物どもたまひ、御ず経などして出たまふうちに（一六七7〜10）

となっていて、この「すきやう」が「読経しつる法師の布施ども」を言い換えたものと考えるのが一般的である。ただ、「誦経」の意味で用いられている紅葉賀巻などの「みずきやう」については、無刊記本・版本『万水一露』ともに諸本と同様に仮名表記であること、また、版本『万水一露』がその仮名表記の箇所には何も記さず、逆に「す行」と表記する箇所では繰り返しその意味を注記している点には注目しておきたい。

無刊記本と版本『万水一露』の近さは、それぞれの独自異文が、誤植などによって生じた一文字程度のきわめて小異であることからも確認できる。若紫巻においては、先に見た夕顔巻の異文ほどの違いは二本に見いだせなかったが、全体の傾向としては、夕顔巻で述べたことと同様である。参考までに、その例を挙げておこう。

『万水一露』　　諸本（無刊記本を含む）

1ひしりゐたりける――ひしりいりゐたりける

2みみなれ侍りにけるや――みみなれ侍りにけりや

無刊記本　　諸本（『万水一露』を含む）

3わらはへういていりあそふ――わらはへそいていりあそふ
4おほゝしみたるゝこと――おほしみたるゝこと（諸本）

1の無刊記本の本文は「峯たかくふかきいはの中にそひしりいりゐたりける」であり、これは諸本一致している。写本系『万水一露』では、見出しが「深き岩ほの中にそひしりゐたり」となっていて、この本文に版本『万水一露』の段階で、文頭の「峯たかく」と文末の「ける」を補い、「岩ほ」を「岩」に修正した際に、「いり」を入れ忘れただけなのかもしれない。2の「る」と「り」は、単なる誤写から発したものであろうが、やはり、写本系『万水一露』で「ける」となっており、その名残と考えてよいだろう。この二つの異文などは、どの本を底本にしていても生じ得るだろう。3の「そ」「う」の字形は似ており、無刊記本における単なる誤植として『万水一露』で採用されなかったのは当然とも言える。

4の箇所は、肖柏本と元和本で「おもほしみたるゝこと」とある。「おもほす」「おぼす」の異文の他に「おほゝす」とする例は、桐壺巻の初め「いよいよあかずあはれなるものにおもほして」の箇所に見られる。桐壺巻のこの箇所においては、青表紙本系統の写本でも「おもほし」「おほゝし」の二通りの本文があり、「おほし」とする本は見当たらない。そして版本では、元和本・無刊記本・『万水一露』が「おもほして」であるのに対して、伝嵯峨本・「絵入源氏」・『首書源氏』・『湖月抄』で「おほゝして」になっている。『新潮国語辞典』では『湖月抄』の「おぼほす」を挙げて「おもほす」の誤用かと説明しているが、これはただ『湖月抄』だけのことではなく、江戸時代の流布本に共通する本文なのである。いずれにしても、これらの異文を見る限り、無刊記本と版本『万水一露』の本文の相違はほとんどないと言ってよいだろう。

版本の中では、この二本と元和本とが特に近いことは、版本の中で三本のみの一致が67あることからも確認できる。注目すべきは、このうち、他の版本と異なり、青表紙本系統の写本諸本とは一致している例が27も見られることであ

る。たとえば、尼君亡き後の邸を源氏が夜更けに訪ねた場面のせりふ、

宮へわたらせたまふべかなるをそのさきにきこえさせをかん（一八九10）

という本文において、青表紙本系統の写本と、元和本・無刊記本・『万水一露』とがこの本文であるのに対して、伝嵯峨本・「絵入源氏」・『首書源氏』・『湖月抄』の四つの版本では、

宮へわたらせたまふべかなるをそのさきにものひとこときこえさせをかん

となっている。肖柏本では「ものひとこときこえをかん」とあるようだが、「ものひとこと」の入った本文が、江戸時代の流布本に共通していたことに注目したい。

また、その前の訪問で、源氏が紫の上の寝床に入る場面の

み帳のうちにいりたまへば（一八三6）

という本文においても、青表紙本系統の写本と、元和本・無刊記本・『万水一露』とがこの本文であるのに対して、伝嵯峨本・「絵入源氏」・『首書源氏』・『湖月抄』では、

み帳のうちにかきいだきていりたまへば

となっている。これまでの調査による限り、「絵入源氏」では伝嵯峨本が参照され、『首書源氏』と『湖月抄』ではそれぞれ「絵入源氏」の異版が参照されていたと推定されるので、この異文は、おそらく伝嵯峨本に発したものと見られる。このような顕著な例は、元和本と無刊記本・『万水一露』との間には見当たらず、現時点において元和本と無刊記本との関係も、無刊記本の素姓も明らかにすることはできないが、次の和歌における異文には注目しておきたい。

くみそめてくやしときゝし山の井の浅きながらや影を見るへき（一七三6）

元和本・無刊記本・『万水一露』と青表紙本系統の五本はこの本文であるのに対して、青表紙本系統の三本と版本のうちの伝嵯峨本・「絵入源氏」・『首書源氏』・『湖月抄』では、結句を「見すへき」としている。仮名一文字の誤写か

ら発した異文であろうが、そもそも和歌の異文は生じにくいため、この一致は単なる偶然と思えない。

次に、多くの本の間で異文の見られる例を挙げておきたい。源氏が北山を去る時に僧都が贈った物について、青表紙本系統の写本の多くは、

僧都さうとくたいしのくたらより得給へりける（一六七3）

としているのに対して、この「くたら」の箇所が、三条西家系統の一部の写本と無刊記本では「ふたらく」となっている。これを受けて、「絵入源氏」と『湖月抄』では「くたら《ふだらくイ》」とし、版本『万水一露』では逆に「ふたらく《くたらい》」としている。写本系『万水一露』では「くたら」とあり、注にも「百済国」について記されている。この場合も、無刊記本の「ふたらく」を採用しつつ、『万水一露』の注にある「百済」を尊重して、写本の本文を異文注記として残したものと見られる。

五　無刊記本と版本『万水一露』の版面

以上のように、本文について細かく調査し、考察することは重要であろうが、この二本の類似を強く感じるのは、むしろ両者の原本を対照することによってである。そこで次に、両者の原本の同じ箇所を写真で示しておきたい。桐壺巻や帚木巻などは、後世の書き入れも多くて比べにくいので、版面の状態のよい末摘花巻と葵巻を示し、比較する。『万水一露』は、本文を分断し、間に詳しい注が挿入されている。高く印刷されているのが本文で、二字下げで記されているのが注である。その本文（図105・図108）と無刊記本の本文（図104・図107）を、それぞれ見比べていただきたい。

また、参考までに、図版に対応する両者の本文（注は略す）を翻刻して示しておこう。

《無刊記本　末摘花巻頭一オ》

思へともなをあかさりし夕かほの露にをくれし
ほとの心ちを年月ふれとおほしわすれすこゝ
もかしこもうちとけぬかきりのけしきはみ
心ふかきかたの御いとましさにけちかくなつ
かしかりし哀ににる物なうこひしくおほえ
給いかてこと〳〵しきおほえはなくいとらうた
けならん人のつゝましき事ならんみつけ
てしかなとこりすまにおほしわたれはすこし
ゆへつきて聞ゆるわたりは御みゝとまり給はぬ
くまなきにさてもやとおほしよるはかりのけ
はひ有あたりにこそはひとくたりをもほの

《版本『万水一露』末摘花巻本文一オ・三ウ》

思へともなをあかさりし夕かほの露にをくれしほと
のこゝちを年月ふれとおほしわすれす（注）
こゝもかしこもうちとけぬかきりのけしきはみ（注）
心ふかきかたの御いとましさに（注）」
けちかくなつかしかりし哀ににる物なうこひしくお
ほえ給いかてこと〳〵しきおほえはなく（注）
いとらうたけならん人のつゝましき事ならんみつけ

図104　無刊記本　末摘花巻頭　一オ

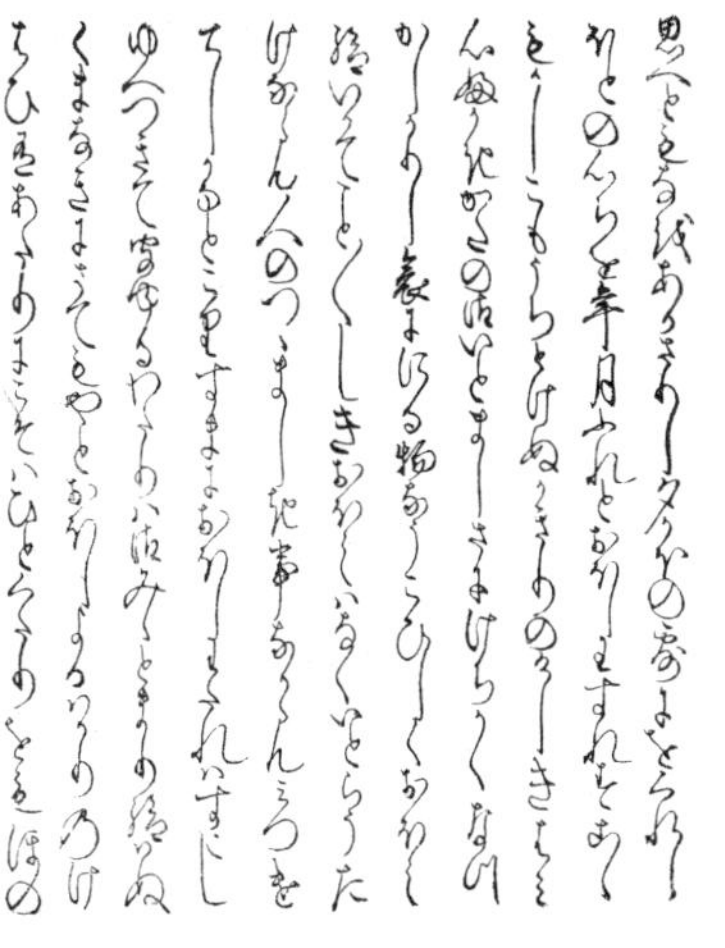

図105　版本『万水一露』末摘花巻　二オ

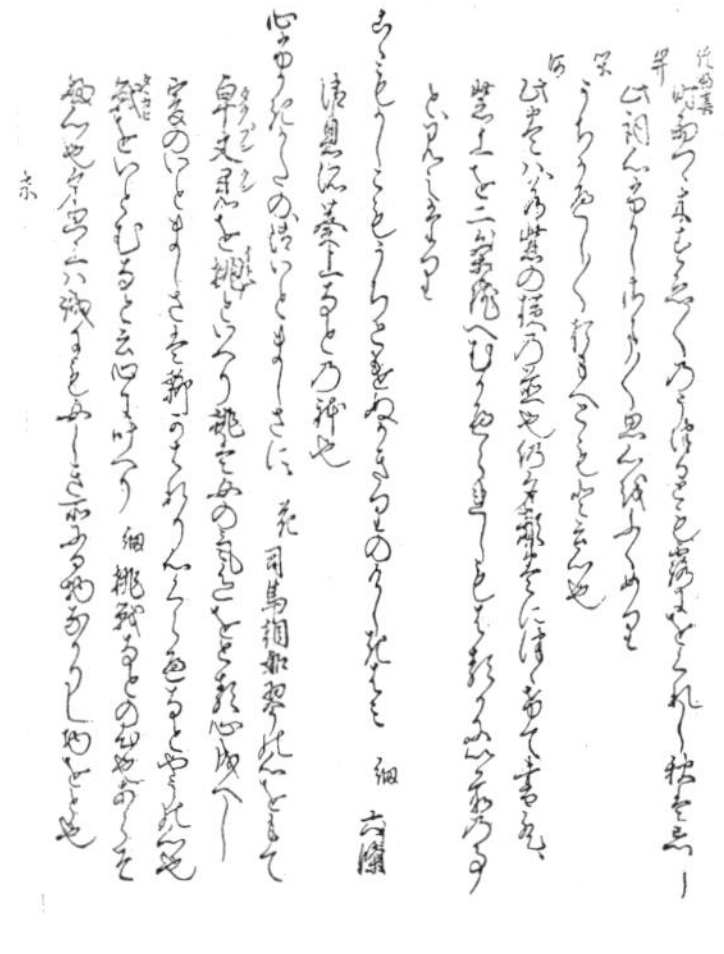

てしかなと（注）
こりすまにおほしわたれはすこしゆへつきて聞ゆる
わたりは御み丶とまり給はぬくまなきに（注）
さてもやとおほしよるはかりのけはひ有あたりにこ
そは（注）

《無刊記本　葵巻一オ》

世の中かはりて後よろつ物うくおほされ御身の
やんことなさもそふにやかる〳〵しき御忍ひあ
りきもつ丶ましうてこ丶もかしこもおほつかな
さのなけきをかさね給ふむくひにやわれにつれ
なき人の御心をつきせすのみおほしなけくい
まはましてひまなうた丶人のやうにてそひお
はしますをいま后は心やましうおほすにやう
ちにのみさふらひ給へはたちならふ人なう心やす
けなりおりふしにしたかひては御あそひなとを
このましう世のひ丶くはかりせさせ給つ丶今の御
有さましもめてたした丶春宮をそいと恋しく

《版本『万水一露』葵巻二ウ〜四オ》

世の中かはりて後（注）

図106　版本『万水一露』末摘花巻　三ウ

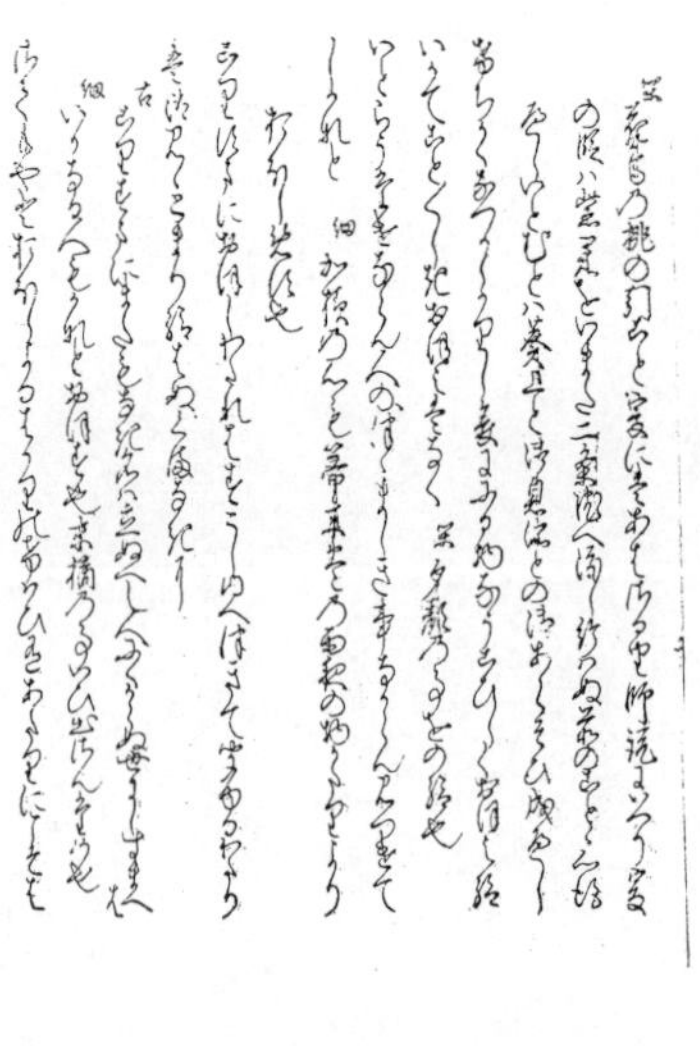

図107　無刊記本　葵巻　一オ

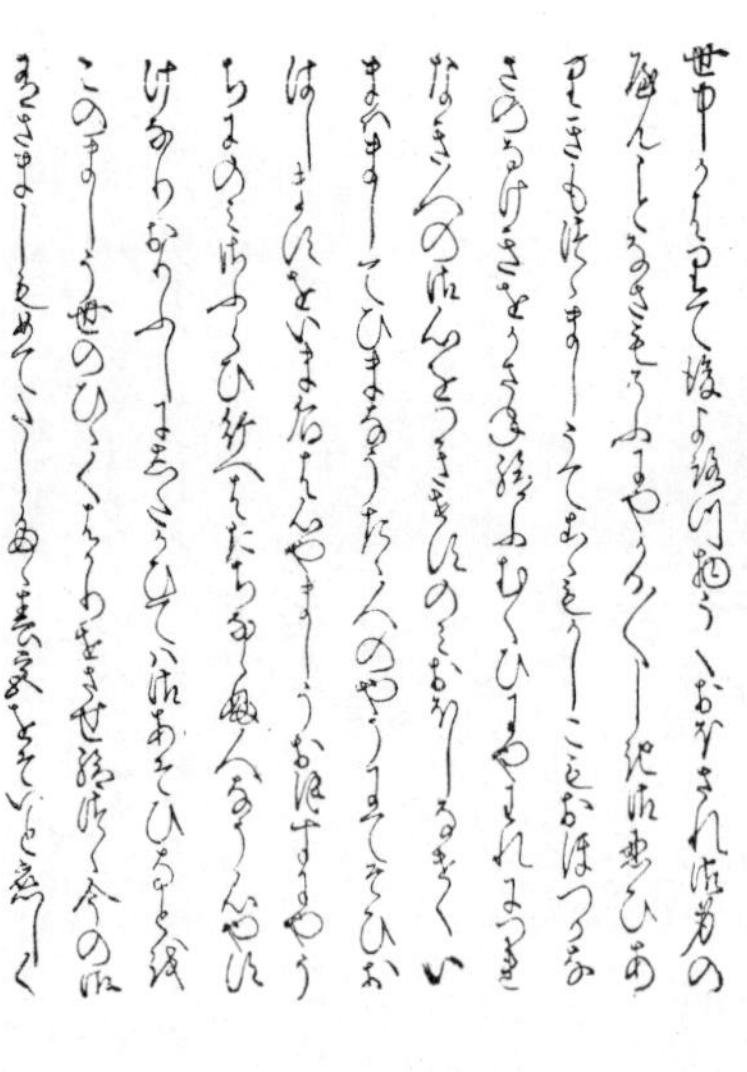

よろつ物うくおほされ（注）
御身のやんことなさもそふにやかる〳〵しき御しの
ひありきもつゝましうて（注）
こゝもかしこもおほつかなさのなけきをかさね給ふ
むくひにや（注）
なを我につれなき人の御心をつきせすのみおほしな
けくいまはましてひまなう（注）
たゝ人のやうにてそひおはしますを（注）
いま后は心やましうおほすにやうちにのみさふらひ
給へは（注）
たちならふ人なう心やすけなりおりふしにしたかひ
ては御あそひなとをこのましう世のひゝくはかりせさ
せ給つゝ（注）
今の御有さましもめてたし（注）

この図版および翻刻によっても、版本『万水一露』の本文と無刊記本とはきわめて近い関係にあることがわかるであろう。用字・仮名遣いなど、一見似た本文を有する他のどの本と比べても、これほどの一致は見られない。先に見たように、版本『万水一露』と無刊記本との異文は、『万水一露』の祖本、すなわち栄閑の所持本の見

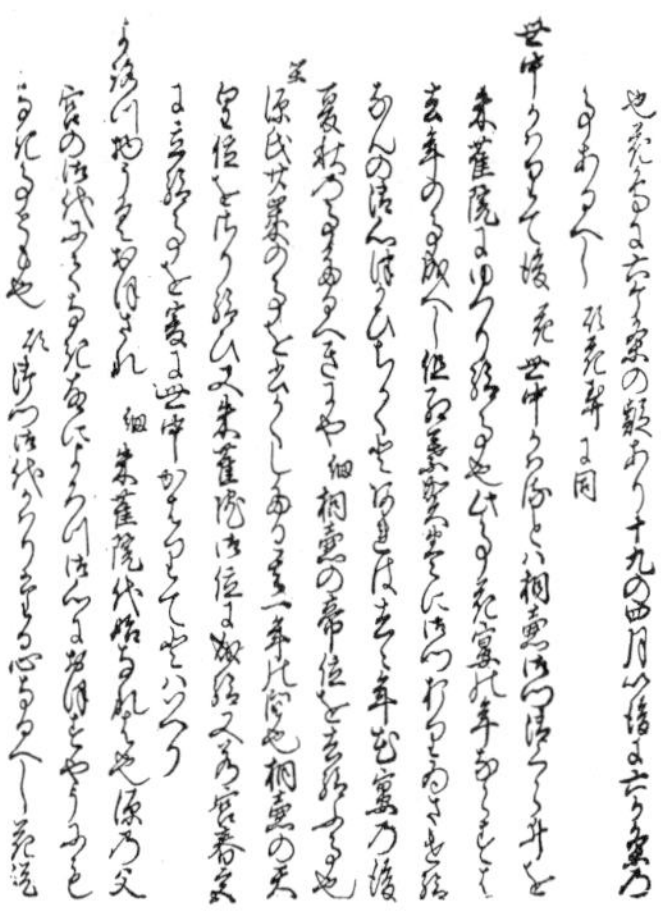

図108　版本『万水一露』葵巻　二ウ

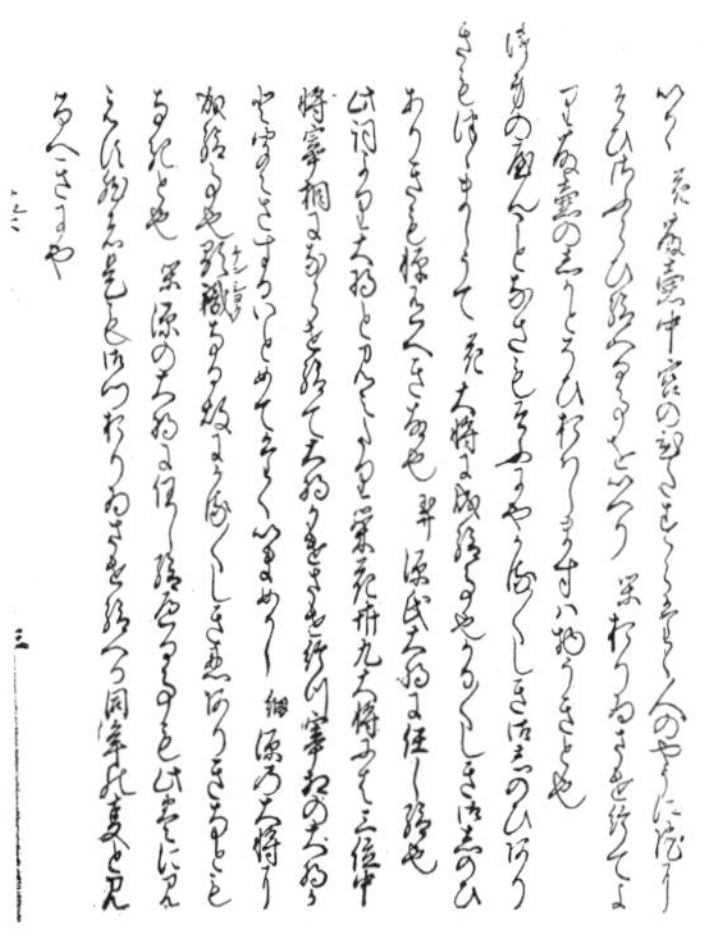

図109　版本『万水一露』葵巻　三オ

出し本文に従ったと思われる箇所において見られることがある。このことを綿密に検討してゆくと、版本『万水一露』の校訂方法が明らかになってゆくであろうが、現時点では、両者の直接の関わりを推定するにとどめる。

六　近世初期の源氏物語版本の用途

以上のような相互関係を見る限りにおいて、伊井氏の想定されたような、『万水一露』の本文校訂と『首書源氏』や「絵入源氏」とが直接関わっていた可能性はむしろ低いと言わざるを得ない。それよりもむしろ、『首書源氏』と『湖月抄』には、それぞれに『万水一露』を参照していたのではないかと思われる形跡がある。つまり、版本『万水一露』の本文は、これらの江戸時代流布本以前の本文を基にしていたということになる。そして、この版本『万水一露』の本文と一致する無刊記本は、版本としての形態のみならず、本文の上でも「絵入源氏」や『首書源氏』に先行するものであったことがうかがえる。このことによって、無刊記本の正体も少し見えてくるであろう。そこで以下、この無刊記本の体裁と成立年代から、その編者や読者層を想定してみたい。

先にも確認した通り、松永貞徳の跋文のある版本『万水一露』は、永閑の注釈書『万水一露』を写してそのまま出版しただけの本ではない。注釈に必要な部分の見出しを源氏物語本文に置き換え、『源氏物語』本文と注釈とを満たすことができるような版本を目指したのであるが、この時に採用された本文が、無跋無刊記本『源氏物語』であったと考えてよいだろう。従って、無刊記本『源氏物語』は、版本『万水一露』を作った貞徳の門人たちが尊重していた本であったと想像される。先に、この無刊記本の成立時期を寛永から正保年間（一六二四～四八）と推定した。小高敏郎氏によれば、松永貞徳（一五七一～一六五三）は、寛永頃に源氏物語の講義をしていたと言う（文献9）。「絵入源氏」や『湖月抄』という書物を成した二人の弟子――山本春正と北村季吟の源氏物語研究が大成するには、貞徳自身が日頃用いていた源氏物語テキストが存在していたはずである。たとえば、慶長（一五九六）から寛永頃（一六四四）の約五十年間に相次いで出版されたいずれかの古活字版『源氏物語』が、このテキストの候補としてまず挙げられる。

貞徳は元亀二年（一五七一）生まれであるから、最初の古活字版である伝嵯峨本『源氏物語』をはじめとして、年齢的にはどの古活字版でも読み得た。また、その立場からすれば古活字版から整版本を作ることも可能であったと思う。身分こそ地下であったが、早くから細川幽斎や九条稙通らと親交があり、はじめは地下人を閉め出していた中院通勝もまた、貞徳の出入りだけは許したという（文献8）から、これら堂上の人々から源氏物語写本を借りて写すこともまた不可能ではなかっただろう。その中院通勝の場合には、その講義の聞き手が御家伝来の本を有していたかもしれないが、それらは当然少しずつ本文も異なっていたはずである。そこで、共通するテキストとして伝嵯峨本のような古活字版が作られたとも考えられる。これに対して、地下の人々を対象とする貞徳の場合は、整版本がテキストとして用いられたのではないだろうか。整版本なら、古活字版よりもさらに簡単に作ることが可能で、必要となればいつでも増刷することができる。そして、こうした用途にもっともふさわしい本が、問題の無跋無刊記整版本『源氏物語』である。テキストであれば、著者・編者の署名も跋文も不要である。貞徳自身が自身の名を明記した源氏物語関係書は伝えられていないから、この書が貞徳の作ったテキストであったとしても不思議ではない。各種書籍目録にも掲載されているところから、この本は後に市販されたらしい。

以下、『江戸時代書林出版書籍目録集成』（文献10）の書籍目録の中から源氏物語の部分を拾い出してみよう。寛文年間に出された『増補書籍目録』と『和漢書籍目録』には、「絵入り　山路露　目安　引歌　系図」と記された「六十冊　源氏物語」とともに、「絵入り」などの注記のない「五十四冊　源氏物語」の項目が見られた。延宝三年刊『新増書籍目録』になると、『首書源氏物語』や『湖月抄』の項目が加わり、「五十四　源氏物語」の項目の下に桐壺

～夢浮橋の巻名が記され、次の「六十　同絵入」の項目の下に「右に四色増　山路露　目安　引歌　系図」とある。この「六十　同絵入」が「絵入源氏」六十冊を指すのに対して、その右隣の「五十四　源氏物語」つまり本文のみの源氏物語版本五十四冊が、問題の無刊記本『源氏物語』ということになる。

この時期の書籍目録の中には、「六十　首書源氏物語　季吟」などと、『首書源氏』と『湖月抄』のどちらかわからないような記載（第四章第四節参照）や、さまざまな誤記もあったが、延宝三年刊『新増書籍目録』では、本章の最初に列挙した3～7の版本が、冊数・著者ともに誤りなく記載されている。

寛文十年刊『増補書籍目録』

五十四帖　源氏物語　桐つほ　はゝ木ゝ　うつせみ　夕かほ　若紫……（略）

六十冊　同絵入　山路露　目案　引歌　系図

六十冊　同小本

寛文無刊記『和漢書籍目録』

五十四冊　源氏物語

六十冊　同絵入

卅　同半切

卅　同小本

五十五　同首書

六十　同湖月抄　季吟

六十二　同万水一露　永閑

延宝三年刊『新増書籍目録』

五十四　源氏物語　紫式部　桐つほ　はゝきゝ　うつせみ　夕かほ　若むらさき……（略）

六十　同絵入　右に四色増　山路露　目案　引歌　系図

この書籍目録に掲載された版本は、初版が私家版か否かに関わらず、市販されたものと考えてよいのだろうが、ここではまだ書肆名や価格の記載がない。それらが記されるのは、元禄以後のことである。

天和元年刊『書籍目録大全』

五十四	源氏物語	紫式部	八十匁
六十	同絵入	右に四色増 山路露 目案 引歌 系図	百匁
三十	同半切		
三十	同小本		
五十五	同首書		百匁
六十	同湖月抄		百三十匁

元禄九年刊『増益書籍目録大全』

五十四 村上	源氏物語	紫式部	
六十 八尾	同絵入	右に四色増 山路露 目案 引歌 系図	銀弐枚
三十 いづみ	同半切		銀壱枚
三十 吉田 中野小	同小本		卅匁
五十五 中野也	同首書		銀弐枚半
六十 村上	同湖月抄		銀参枚

他にも、『万水一露』、『源義弁引抄』、『十帖源氏』、『おさな源氏』など、数多くの版本が記載されているが、ここでは源氏物語本文版本のみを抜き出した。「絵入源氏」と『首書源氏』の価格が同等で、それより『湖月抄』の方が高値であったとか、五十四冊の『源氏物語』は安価だったということがわかって面白いが、ここでは、書肆名の方に注目したい。元禄九年刊『増益書籍目録大全』の、冊数の左側の名前である。慶安本「絵入源氏」が「八尾勘兵衛」から、万治本が「林和泉掾」から出されたことは、刊記から明らかである。しかし、無跋無刊記本が、『湖月抄』と同じ「村上」（おそらく勘兵衛）から出されたことや、『首書源氏』の書肆については、版本の刊記などからはわからないことである。『湖月抄』の初版の刊記には「林和泉、村上勘兵衛、八尾甚四郎、村上勘左衛門」とあり、再版では「林和泉、村上勘兵衛、吉田四郎衛門、村上勘左衛門」とあるから、この書籍目録の記載は、相版の書肆すべてではなく、代表的な名だけをを記載していることがうかがえる。無刊記小本の場合、「吉田（四郎右衛門）」「中野小（左衛門）」を併記したのは、この二人が同等の版権を持っていたからであろう。

さて、問題は無跋無刊記本の書肆である。おそらく村上勘兵衛であろうが、『湖月抄』と同様の相版なのか、単独で出したのかはわからない。『湖月抄』は次々と増刷され、慶安本「絵入源氏」も元禄頃までは増刷されていた（第一章第一節参照）。これに対して、無跋無刊記本については、既刊の版本を古書として売ったのか、版木を書肆が入手して増刷したのか明らかではないが、後刷りと見られる版面のものが見あたらないので、「絵入源氏」や『湖月抄』ほどに増刷を繰り返したとは考えられない。とは言え、（初版から五十年以上も後の）元禄年間に売られていたことには注意しておきたい。

この本の装訂は、大阪府立図書館本のような一部の本で嵯峨本に匹敵するものがある一方、きわめて粗末なものも多く見られる。嵯峨本のような型押し文様艶出し表紙の本は、おそらくこの本の祖本の持ち主や本の製作の出資者のような人物に贈答されたもので、粗末なものは実際にテキストとして配布（頒布）されたものであろう。たとえば慶安本「絵入源氏」の装訂の場合、同じ時期の版でこれほど極端な違いはなく、初版の装訂がやや豪華な型押し文様であるのに対して、一般に市販された再版（八尾版）では無地の粗末な装訂になり、さらに後刷りのものの中に金泥で文様を描いた嫁入り本かと見られるものがある。これは、文化と時代の流れに沿ったゆるやかな変化と言える。無刊記本の場合、版面（刷り）は装訂の違いほどには変わらないので、対照的な二種類の装訂は、同じ時代に配布対象によって明確に区別したものではないかと思う。現代の教科書と同様、装訂は粗末でも内容的に劣らない。山本春正、野々口立圃、北村季吟など、源氏物語の普及に貢献した人物のうちのいずれが実際にこの本を見ていたのかはわからないが、この本が貞門の古典研究（教育）に一役買っていたことが想像される。

貞徳は、季吟を含む多くの弟子達に栄閑の『万水一露』を何度も書写させていたらしい。伊井氏が紹介された河野記念館蔵『万水一露』がそのうちの一つであった可能性もあるだろう。写本系の『万水一露』の諸本の間に大きな異文が見られないのは、そうして多くの門人たちが同じ本文を書写した結果なのかもしれない。貞門の人々は、こうした手作業で学ぶ一方で、それを版本の形にして広く世に出そうともしたのであろう。版本『万水一露』の跋文は、貞徳の最晩年である承応元年（一六五二）の日付になっていることから、貞徳自身は『万水一露』を市販することはもちろんのこと、版本として出すことすら乗り気ではなかったことも想像される。むしろ、弟子達が作った版本に師匠のお墨付きを得ようとしたのがこの跋文であったと思う。版本『万水一露』が貞徳の指導のもとで出来た書物であるということは、その跋文の存在によって明らかであるから、その本文に近似する無刊記本の素姓を解明する鍵は、やはり貞徳という大師匠の存在とその研究にあると思う。

寛永頃、松永貞徳の他にも、源氏物語の版本を作り得る人物はいたかもしれないが、庶民文化への影響の大きさという点では、貞徳に勝る人物はいない。それゆえに、講義テキストにふさわしい無刊記本『源氏物語』と貞徳の古典研究（および啓蒙活動）を結びつけることは決して不自然なことではない。そして出版時期から考えると、版本『万水一露』よりもなお、貞徳自身がこの無刊記本の製作にかかわった度合いは大きいと思う。この版本の成立が正保年間にまで下ったとしても、貞徳の年齢はまだ七十代であり、八十歳を過ぎても活躍していた貞徳にとっては壮年期のようなものと言ってもよい。北村季吟が入門したのも、この時期であったという。この時期に無刊記本『源氏物語』を製作出版し、それを後に弟子たちが師匠の本として版本『万水一露』の底本に利用したと考えると、両者の本文が近似している現象の意味が説明される。

以上に述べた無刊記本『源氏物語』と貞徳との関わりは、あくまでも推測に他ならない。また、本文調査が源氏物語全体に及んだ時、あるいは別の結論に至ることもあり得る。ここでは、本文の一致という現象の指摘にとどめることもできたが、この本の編者として具体的な人物を想定することによって、謎の多すぎる近世初期の出版文化が生き生きと見えてくるのではないかと考え、あえて推論を加えた。他にふさわしい人物があれば、是非ご教示いただきたい。

注

（1）新潮日本古典集成『源氏物語』（昭和五一年六月、新潮社、石田穣二・清水好子校注）

（2）『絵入源氏　夕顔巻』（文献４②）脚注に示した本文校異による。

（3）『絵入源氏　若紫巻』（文献４③）脚注に示した本文校異による。

第四節　「絵入源氏」と近世流布本

一　版本の本文系統

現代の流布本、つまり多くの活字本テキストの底本は、明融本や大島本など、定家自筆本に近いとされる写本であるが、それらが流布本となってから、まだ半世紀しか経っていない。それまでは、『首書源氏』や『湖月抄』、あるいはそれを底本にした本によって、多くの人は源氏物語を読んでいた。にも関わらず、版本の本文についての総合的な研究は、ほとんどなされて来なかった。版本の本文についての研究は、源氏物語を「読む」ためにも必要不可欠だと思う。江戸時代から近代にかけて急速に広がった源氏物語の読者は、版本の本文を源氏物語の本文として読み、研究していた。現代人は、由緒正しい写本の影印本や翻刻、あるいはそれらを底本とした本文で読みながらも、物語を理解するために、注釈書を参考にし、テキストに付けられた句読点や濁点、漢字や簡単な注を頼りに読む。つまり、江戸時代の版本のような（注釈を経た）校訂本文で読み、研究もしているのである。社会に受け入れられた実績のある版本には、既に一定の価値があったはずだが、当たり前のように接してきた本文ゆえに、かえって研究対象になりにくかったのかもしれない。

版本の本文校異において何よりも確実なのは、原本を手元において調査できることである。多くの先学が関わって成された『源氏物語大成　校異編』は、それでもなお、信頼性に欠けるとの批判が多い。大島本のように原本があれば、実際に確認すれば済むが、多くの本を調査された中で、なぜ大島本なのかという肝心なところにおいて、他の切り捨てられた本に目が行き届かないもどかしさがある。それに対して、版本を対象とする本文調査なら、いつでも原本を確認し、誤りを正すことができる。版本の原本は、まだ市場にいくらかは出回っていて個人でも入手可能であり、全国の図書館での所蔵は数え切れないほどである。これは単なる利便さの問題ではなく、私が独自に調査して得た結論に対して、別の人が同じ版本を別の角度から調査し、別の結論に至ることがあり得る、という学問的な意味における利点がある。三条西家本や大島本の影印本（文献46・49）などが公刊され、従来より研究の環境はかなり整ったとは言うものの、原本を誰もが自由に調査することはやはり難しい。写本は昔から常にそうしたもので、だからこそ苦労しても研究する必要があるのだが、現存数の多い整版本についてもこのまま放置しておくと、古活字版と同程度に入手しにくいものになってしまうだろう。

第一節で私は、『首書源氏物語』の本文を調査する意味について、次のように述べた。

『首書源氏』の本文と由緒ある写本との接点が得られないならば、せめてその底本を探り、その底本からさらにその親本に遡ることによって、いずれ江戸時代の流布本の淵源をたどることができるのではないかと願うものである。

そして、『首書源氏』本文の調査から、その底本が万治本「絵入源氏」であると推定した。万治本は、第一章第二節で述べた通り、慶安本の模写によって作られた異版である。つまり、『首書源氏』の底本は万治本、その親本は慶安本ということになる。また、校訂に使用された本としては版本『万水一露』があり、その親本は無刊記本と推定された（第三節参照）。一方、『湖月抄』の底本は慶安本であり、校訂には『万水一露』と『首書源氏』を使用している（第二節参照）。もちろん、それぞれの本文には、ここに挙げた版本間での関係とは別に、版本の編者が個別に参照した写本や注釈書の影響も一部うかがえる。そして、『首書源氏』と『湖月抄』に共通する親本である「絵入源氏」の底本の一つは、伝嵯峨本であったと考えられる。

これらの結果を基に、推定される整版本の本文の相互関係を図示してみよう。親子関係（底本）には実線（模写は二重線）、校訂に利用された本は点線で区別した。（　）には版本初版の刊年（西暦）を示した。

《版本の本文系統図（推定）》

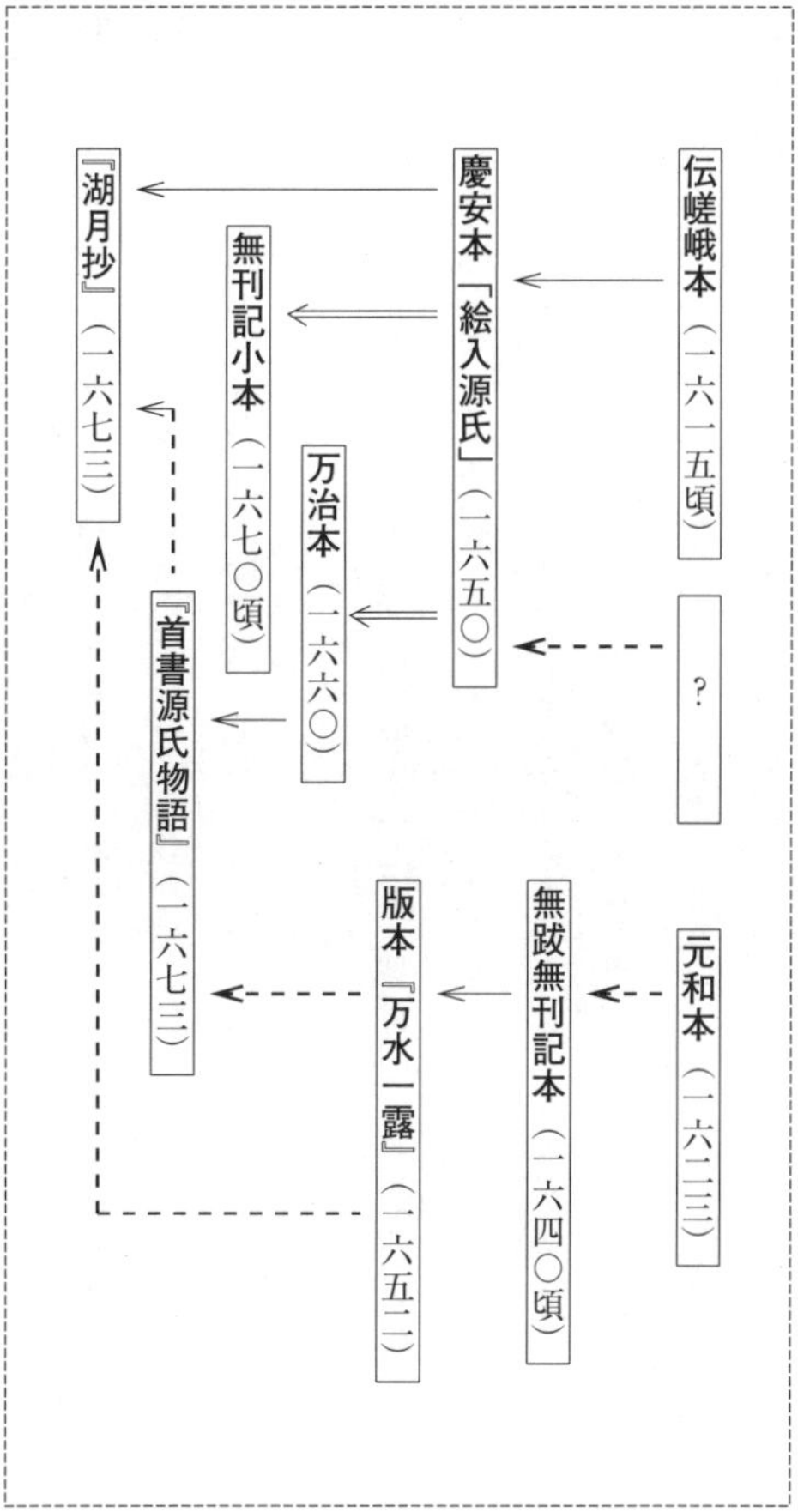

注目すべきは、これら整版本の本文に、二通りの流れが見られることである。一つは慶安本「絵入源氏」の流れで、これが後の流布本になってゆく。もう一つは無跋無刊記本の流れで、これは『万水一露』の本文として採用され、『万水一露』を通じて『首書源氏』『湖月抄』ともに校訂に使用されるが、後の流布本にはならなかった。このうち流布本の源流とも言うべき、慶安本「絵入源氏」の親本の一つは、伝嵯峨本と思われる。

慶安本「絵入源氏」の跋文に、次の一文がある（全文は第一章第二節で引用）。

源氏物語之書行于世也尚矣然諸家之本頗有同異開闔清濁不分明不能令讀者無一讀……頃聚數本參諸鈔校同　異訂開闔分清濁點句讀且傍註誰某詞誰某事等聊初学之捷徑也

「源氏物語は広く行きわたっているが、諸家之本に異同が多く、清濁もわからないので、すぐに理解ができない、……数本を集め、諸抄を参照して異同を校合して訂正し、本文に清濁・句読点・傍注などを施した。」といった意味であろう。ここで「聚數本參諸鈔校同異訂」とあるから、春正は、複数の本を校合したことがわかる。そして「絵入源氏」には、実際、伝嵯峨本とは異なる本文も多く見られる。

また、この跋文の前、夢浮橋巻末（十九オ）には、永正元年（一五〇四）叡山の権僧正による識語が記されている（第一章第二節の図45）。

写本云／抑此本者以後崇光院宸翰桃花入道殿下被再治之者也尤以為證本者也惣而八種異本在之

永正元稔七月日　　台嶺末学権僧正在判

後崇光院宸翰本を、一条兼良が書写した本を証本にした、というのであるが、残念ながら、この識語の素姓もそこに記された兼良本がどのようなものであったのかも不明である。本文識語は、証本について述べた後に八種の異本をも使用したと付け加えているから、少なくとも、春正が校合する際に底本としたものが、すでに純粋な本文でなかったことが想像される。そして兼良が河内本系統の本を使用していたことは、その注釈書『花鳥余情』や高松宮家蔵耕雲本奥書によって知られる。（1）

「絵入源氏」の本文を諸本と校合すると、他の版本と同様、三条西家系統に属していることは確かであるが、河内本系統の本文やそのいずれにも属さないものを含んでいることがわかる。「絵入源氏」の本文は、古来の伝本を書写しただけのものと異なり、濁点・読点・振り仮名が施された解釈本文である。『首書源氏』や『湖月抄』の底本を

「絵入源氏」と確信し得るのは、本文表記が一致するからであるが、「絵入源氏」の場合は、親本とし得る古来の本との間に、表記上の大きな相違がある。従って「絵入源氏」の底本を限定することは容易ではない。本節では、最初に挙げた七種の版本との校合により、近世の流布本の鍵を握る「絵入源氏」の本文について考察する。

二　桐壺巻の本文

既刊の拙著『絵入源氏　桐壺巻』に示した本文校異を基に[2]再調査し、CD—ROM『源氏物語（絵入り）［承応版本］』のデータによって補足・訂正を加えた上で検討した。CD—ROMのメモ欄に記された校異54箇所は、大島本を底本とした岩波新古典大系の本文との校異であるため、大島本の独自異文7例をも含んでいる。このような写本個々の独自異文についてはここでは問題にしないが、原本を調査した版本の本文異同についてはできるだけ網羅した。そうした例を含む校異の総数104のうち、『大成』所収の青表紙本および三条西家証本を校合し、「絵入源氏」と一致する数と（　）内にその率（%）を示したのが、表Aである。

表A〈青表紙本各本における、慶安本との同文数（%）〉

総数	三条西家本	肖柏本	証本	横山本	大島本	池田本
104	66（63）	64（61）	58（56）	31（30）	28（27）	22（21）

これにより、「絵入源氏」桐壺巻の本文は、三条西家本にもっとも近く、次いで肖柏本が近いということがわかる。この中には、青表紙本諸本と一致し、「絵入源氏」と他の版本との間に異文がある場合も含んでいる。参考までにその4箇所の本文を挙げてみよう。（　）内には、慶安本の丁数のあとに、拙著『絵入源氏　桐壺巻』の頁数（算用数

字）をも示した。

1たへがたきは（十オ21・一二8）――青表紙本諸本＊元和本・湖月抄と同文。伝嵯峨本・無刊記本・万水一露・首書源氏「たへがたきには」

2のこし（十三オ26・一五11）――青表紙本諸本＊伝嵯峨本・首書源氏・湖月抄と同文。河内本＊元和本・無刊記本・万水一露「のこしをき」

3みたてまつり（二十一オ41・二三4）――青表紙本諸本＊伝嵯峨本・元和本・無刊記本・万水一露・湖月抄と同文。万治本・首書源氏のみ「みたてまつる」

4にるひと（二十七オ52・二七6）――青表紙本諸本＊伝嵯峨本・無刊記本・万水一露・首書源氏と同文。元和本・湖月抄「にるもの」

いずれも版本の間で異なる例であり、本文系統に関わるような異文ではない。写本を中心とする従来の校異なら取り上げない例と言える。しかし、3の万治本と『首書源氏』の一致に見られるように、慶安本から万治本への誤写が『首書源氏』の本文に受け継がれたと思われる例や、4のように、元和本と『湖月抄』との関わりを感じさせる例も見られる。

このように、同じ青表紙本系統とは言っても、版本の間にも異同があり、そこにいくつかの傾向が見られるのである。そこで、次の表Bには、版本諸本と「絵入源氏」との同文数を示す。

表Ｂ〈版本各本における、慶安本「絵入源氏」との同文数（%）〉

総数	伝嵯峨本	首書源氏	湖月抄	万水一露	無刊記本	元和本
104	85（81）	85（81）	85（81）	60（58）	59（57）	59（57）

「絵入源氏」以前の本のうち、特に一致率の高い版本が伝嵯峨本である。『首書源氏』と『湖月抄』は「絵入源氏」よりも後のものであるから、「絵入源氏」の影響を受けた結果であろう。いずれにしても、異文に対して八割以上の一致率は、直接の関係を想定するに十分な数値と言える。そして、総数104のうち、版本諸本と三条西家本・肖柏本・三条西家証本の三本が共通する本文は、41にも及ぶ。版本の本文は、全体的に三条西家系統の本文を受け継いでいることになる。目立つ異文を列挙してみよう。

5すぐし給つるを……ふし給へる（八ウ17・一一14）――三条西家本・肖柏本・証本＊伝嵯峨本・元和本・無刊記本・万水一露・首書源氏と同文。他本「すぐし給へるを……ふししづみ給へる」

6涼しく吹て（十三オ25・一五5）――三条西家本・肖柏本・証本＊版本諸本と同文。他本「涼しくなりて」

7にほひなし（十五ウ31・一七8）――三条西家本・肖柏本・証本＊伝嵯峨本・首書源氏・湖月抄と同文。他本「にほひすくなし」

8ものあざやかなる（二十六ウ51・二六13）――三条西家本・肖柏本・証本＊版本諸本と同文。他本「いとはなやかなる」

9御ひとへこゝろ（二十七オ52・二七8）――三条西家本・肖柏本・証本＊版本諸本と同文。他本「心ひとつ」

これらのように、版本の多くが一致する本文においては、三条西家系統の本文とも一致している。つまり、近世において源氏物語は、三条西家系統の本文が七割を占める版本によって流布したと言ってよいだろう。

しかし、残りの三割は、定家自筆本の本文を伝えているとされる『源氏物語大成』の底本などに一致する例と、河内本系統の本文とが混ざり合ったものになっている。

10けしきばみ聞え（二十五ウ49・二五10）――大島本・横山本・池田本・証本＊首書源氏・湖月抄と同文。他本「けしきはみ」

11あへしらひ（同・二五11）――池田本・大島本＊伝嵯峨本・首書源氏・湖月抄と同文。他本「えあへしらひ」

12をとらせ給はず（二十四オ44・二四8）――別本（御物本）＊伝嵯峨本と同文。諸本「おとさせ給はず」

13なくさむべく（二十一ウ42・二二14）――別本（国冬本）＊伝嵯峨本・首書源氏・湖月抄と同文。他本「なくさむへくなと」

14忍びて（五オ12・八7）――河内本・別本（陽・麦）＊伝嵯峨本と同文。他本「しのびてぞ」

15とのゐ（八オ16・一一3）――別本（麦生本）＊伝嵯峨本・首書源氏と同文。他本「御とのゐ」

16はづかしう（九オ17・一二4）――別本（麦生本）＊伝嵯峨本・首書源氏・湖月抄と同文。他本「いとはづかしう」

17はゝきさきの（二十一ウ41・二二8）――別本（麦生本）＊伝嵯峨本・首書源氏と同文。他本「はゝきさき」


いずれも小異ではあるが、先の例と同様、たびたび一致しているのが、伝嵯峨本である。「絵入源氏」の本文は、河内本系統や麦生本などとも一致する混態本文と言えるが、これらの例から、その混態現象がすでに伝嵯峨本にあったことがわかる。いずれも目移りや誤写から生じたと見られる小異ではあるが、先に示した一致率と合わせ、伝嵯峨本を親本の一つと予想する材料になるだろう。

しかし、「絵入源氏」には、10の例がそうであったように、伝嵯峨本を介さない本文も見られる。


18ひめ君《ぎみ》（二十一オ41・二二6）――河内本（高松宮本）と同文。大島本「ひめ君」、諸本「ひめ宮《みや》」

19かへりなん（十九ウ39・二〇14）――河内本・別本と同文。青表紙本諸本＊版本諸本「かへりさりなん」

20覚しあはせて（二十オ40・二一7）――河内本・別本＊絵入源氏・湖月抄と同文。諸本「おほして」


18の高松宮本との一致は偶然であっても、「君」に振り仮名を付けているところから、単なる誤植とも思えない。跋文・本文識語にあった通り、「絵入源氏」の本文が複数の本に関わっていたことは、この例からもうかがえる。

次に、「絵入源氏」と多数の本が異なる例について検討してみよう。まず、「絵入源氏」のみの独自異文である。

21一の宮にたてまつりし（四ウ11・七12）――独自異文。諸本「一の宮のたてまつりし」

源氏の袴着を「一の宮に（の）たてまつりしに劣らず」盛大にしたという文である。現代人にとっては、諸本の本文よりも「絵入源氏」の本文「に」の方がわかりやすい。当時の文法としても「に」が自然だったために、誤植したのであろう。次の例は、「絵入源氏」本文と版本のうちの一本のみとが一致する場合である。

22は丶ぎみ（九オ17・一二2）――首書源氏と同文。諸本「は丶きみも」

23きこえ出る（八ウ16・一一10）――伝嵯峨本と同文。諸本「はかなくきこえ出る」

24中は（二十七オ51・二七2）――伝嵯峨本と同文。諸本「御なかは」

25おぼして（二十七ウ53・二七12）――伝嵯峨本・湖月抄と同文。万治本・首書源氏「おほしめして」、他本「おほしなして」

22は慶安本「絵入源氏」の独自異文を万治本が模写し、それを『首書源氏』が受け継いだのであろう。23、24、25は、伝嵯峨本との共通異文である。このうち25にも、万治本と『首書源氏』との共通異文が見られる。この場合の万治本がどの本によったのかはわからないが、『首書源氏』編者が慶安本を参照せず、万治本あるいは『万水一露』によって本文を校訂していたことが、ここからも推定される。また、慶安本「絵入源氏」は、「なして」を落とした本文がすでに伝嵯峨本にあったのを受け継いだのであろう。『湖月抄』が同文であるのは、慶安本を基にしたためと思われる。

三　帚木巻の本文

第一節において、『首書源氏』帚木巻に河内本系統の本文が多いことについて検討したが、それらは、「絵入源氏」または『万水一露』を介したものであることが想像された。では、「絵入源氏」の場合はどうであろうか。同じ例を、「絵入源氏」本文によって確認しておこう。

1見給つゐでに（帚木二ウ・三六8）――証本・河内本＊伝嵯峨本・首書源氏・湖月抄と同文。青表紙本諸本＊元和本・無刊記本・万水一露「見給ふ」

2所せく思ふ給へぬだに（同九オ・四二6）――河内本（大）＊湖月抄と同文。証本・河内本（七・宮・尾・平）＊万水一露「ところせく思ふたまへぬにたに」。青表紙本諸本＊伝嵯峨本・無刊記本「ナシ」

3そのおもひいでうらめしきふしあらざらんや．あしくもよくも（同十二ウ・四五9）――大島本・河内本＊湖月抄と同文。万水一露「あひそひてその思ひいでうらめしきふしあらざらんやあしくもよくも」、首書源氏「あひそひてその思ひいで．うらめしきふしあらざらんや．あしくもよくもあひそひて」。他本「あひそひて」

4まぎれありき（同十九ウ40・四八10）――河内本＊首書源氏・湖月抄と同文。青表紙本諸本＊伝嵯峨本・無刊記本・万水一露「まぎれ」

5なにとかはいはれ侍らん（同三十五ウ72・六〇10）――河内本＊伝嵯峨本・首書源氏・湖月抄と同文。青表紙本諸本＊無刊記本・万水一露「なにとかは」

6おぼしやる（同五十二ウ106・七三5）――河内本＊首書源氏・湖月抄と同文。青表紙本諸本＊伝嵯峨本・無刊記本・万水一露「おもひやり給」

7の給ひしらせて（同五十四ウ110・七五1）――河内本＊首書源氏・湖月抄と同文。青表紙本諸本＊伝嵯峨本・無刊記本・万水一露「のたまはせしらせて」

8ついせうしよる心なれば（同五十五オ111・七五3）――河内本＊首書源氏・湖月抄と同文。青表紙本諸本＊伝嵯峨本・無刊記本・万水一露「ついせうしありけば」

河内本系統の本文混入の要因に、伝嵯峨本がすでに混態本文であったことが挙げられる。[3] しかし、これらの例のうち伝嵯峨本と一致するのは、1と5だけである。大きな異文を含むあとの6例は、いずれも「絵入源氏」が発端となって、後の『首書源氏』や『湖月抄』に引き継がれたものである。

慶安本「絵入源氏」の編者山本春正は、河内本系統の写本を参照していたのであろうか。本文識語にあった兼良本が河内本系統であった可能性は高く、春正はそれ以外にも数本を校合したというのだから、その中に河内本系統のものがあったのであろう。また、注釈を付けたり、読点や濁点を施す作業の中で、数種類の本によって校訂した結果、河内本系統の本文に近づいたとも考えられる。兼良や宗祇の注を参考にして読み得る本文を目指した時、自然に河内本系統を含むものへと変質していったのかもしれない。特に帚木巻に河内本系統の本文が特に多いのは、『雨夜談抄』という形で、宗祇が詳しい注釈を残した巻であることと深く関わっているのであろう。このように、宗祇や宗碩ら連歌師の流れを汲む注釈の影響を強く受けることによって、本文にもその注釈とともに河内本系統の本文が混入されていったと考えられる。

四　夕顔巻の本文

夕顔巻は、既刊の拙著『絵入源氏　夕顔巻』に示した本文校異を基にして検討した。[4] CD―ROM『源氏物語（絵入り）』のメモ欄に記された校異65箇所のうち、大島本の独自異文は2例あるので、あとの63例が問題になる。これを含めて取り上げた校異は308ある。この308には「絵入源氏」の独自異文6箇所も含む。桐壺巻の場合と同様、『大成』所収の青表紙本および三条西家証本と校合し、「絵入源氏」と一致する数を、表Aに示した。

表A〈青表紙本各本における、慶安本との同文数（%）〉

総数	肖柏本	証本	三条西家本	横山本	御物本	大島本	榊原本	池田本
308	147 (48)	123 (40)	119 (39)	99 (32)	94 (30)	93 (30)	88 (29)	87 (28)

増田繁夫氏は『首書源氏』の本文に最も近い本が肖柏本であると指摘されたが、「絵入源氏」も同傾向であることが確認できる。また、それ以上に近い本は版本の本文である。表Bに、版本との一致を示した。

表B〈版本各本における、慶安本「絵入源氏」との同文数（%）〉

総数	伝嵯峨本	湖月抄	首書源氏	元和本	無刊記本	万水一露	独自異文
308	254 (82)	234 (76)	224 (73)	106 (34)	97 (31)	95 (31)	6

先の桐壺巻の場合、伝嵯峨本・『首書源氏』・『湖月抄』と「絵入源氏」との一致が同率であったが、夕顔巻では、これら三本にばらつきが見られる。おそらく、『首書源氏』や『湖月抄』が影響を受けたと思われる『万水一露』との異文が関わっているからであろう。桐壺巻の場合、『万水一露』との一致率は58%であったのに対して、夕顔巻の場合は31%と、半分の割合になっている。つまり、夕顔巻では、「絵入源氏」と『万水一露』との間に異文が多く、『万水一露』の本文を一部取り入れた『首書源氏』『湖月抄』と「絵入源氏」の本文との異文が結果的に増えたのである。また、夕顔巻では、もっとも近い肖柏本との一致率も48%に過ぎず、桐壺巻の本文において三条西家本が63%、肖柏

本が61％一致していたことに比べると、写本との一致率は全体的に低い。

これに対して、伝嵯峨本との一致率は、この巻においても82％と圧倒的に高い。「絵入源氏」と伝嵯峨本とが直接関わっていたことは、おそらく間違いないだろう。「絵入源氏」が一本のみと一致するものが、21箇所ある。その中で、『湖月抄』のみとの同文4箇所、『首書源氏』のみとの同文3箇所があるが、これはいずれも「絵入源氏」自身に由来するので、「絵入源氏」の独自異文とも言える。それに対して、11箇所は、伝嵯峨本のみとの共通異文である。まず、その例から見てみよう。（　）内には、慶安本の丁数のあとに、拙著『絵入源氏　夕顔巻』の頁数（算用数字）をも示した。


1をちこち人にもの申すと（二ウ5・一〇一13）——伝嵯峨本と同文。諸本「をちかた人」

2みぐるしうと（四オ7・一〇三9）——伝嵯峨本と同文。諸本「みくるしと」

3さまぞとなん（八オ15・一〇六14）——伝嵯峨本と同文。諸本「さまなとなん」

4さまで心とむ（十六オ27・一一四1）——伝嵯峨本と同文。諸本「さまて心とゝむ」

5二条院へ（十七オ29・一一五3）——伝嵯峨本と同文。諸本「二条院に」

6立たまへば（二十二ウ38・一一九12）——伝嵯峨本と同文。諸本「立たまへり」

7おまへちかく（二十七ウ45・一二四12）——伝嵯峨本と同文。諸本「御まへちかくも」

8えいきあへで（三十四ウ56・一三〇7）——伝嵯峨本と同文。諸本「えいてあへて」「いてあへて」

9しつる．わざと（三十七ウ60・一三三8）——伝嵯峨本と同文。諸本「しつゝわさと」「しつゝわさとの」

10うきことゝ（四十二ウ69・一三八1）——伝嵯峨本と同文。諸本「うきことに」

11ながかるまじく（四十五ウ73・一四〇9）——伝嵯峨本と同文。諸本「なかゝるましくて」、湖月抄「ながゝるまじき」

1は、古今集の旋頭歌、

うちわたすをちかた人にもの申すわれそのそこに白くさけるは何の花ぞも（一〇〇七、よみ人しらず）

を本歌とする引歌の箇所である。「絵入源氏」では、別巻『源氏引歌』において、この古今集歌を「をちかた人」の本文で挙げている。

古今 旋頭歌
打わたすをちかた人に物申われそのそこに白く咲けるは何の花そも（『源氏引歌』四オ、夕顔巻3）

それにも関わらず、本文では「をちこち人」とし、別巻の注釈書『源氏目案』でも、

一をちこち人　遠近《をちこち》也（『源氏目案』四十二ウ）

と記している。これは、伝嵯峨本の独自異文を、慶安本「絵入源氏」が踏襲したものと考えるべきであろう。

他の例も、もとは単なる誤写から生じた異文だったのであろうが、偶然の一致ではなく、慶安本の本文が伝嵯峨本の影響を受けたものと考えてよいだろう。このうち、10「うきこと〻」は、伝嵯峨本では「うき事と」と漢字表記になっている。「絵入源氏」の本文は、他の本の「に」を「〻」と誤写したものではなく、伝嵯峨本の本文を尊重した結果だと考えられる。いずれの異文も、意味の通じないようなものではなく、かえってわかりやすくなっている例もあるから、伝嵯峨本の編集に関わった者がかなりの知識層であったことがうかがえる。先の「をちこち」の場合も、古来議論のあった歌に関わる引歌の箇所をわざわざ訂正したものであったと思う（第六章第三節参照）。

次に挙げるのは、『首書源氏』や『湖月抄』とも一致する例である。これらは、伝嵯峨本から「絵入源氏」へと受け継がれた本文を『首書源氏』と『湖月抄』とがそれぞれに受け継いだものと思われる。

12子共も（同・一〇四4）――伝嵯峨本・湖月抄と同文。青表紙本諸本＊元和本・無刊記本・万水一露「ことも」、首書源氏「子共」

13思へど・さは申さで（六オ12・一〇四11）――伝嵯峨本・湖月抄と同文。青表紙本諸本＊首書源氏「思へともさは

申さて」、元和本・無刊記本・万水一露「思へともさはえ申さて」、大島本「思へともえさは申さて」

14をろかにおぼさぬ（十五オ26・一一三4）――伝嵯峨本・湖月抄と同文。諸本「をろかにおほされぬ」

15世をぞ（二十一ウ36・一一八10）――伝嵯峨本・湖月抄と同文。諸本「世を」

16思ふべければ（二十三ウ39・一二〇12）――伝嵯峨本・湖月抄と同文。諸本「おもへれは」

17をしはからるゝにも（二十四ウ41・一二一9）――伝嵯峨本・湖月抄と同文。諸本「おしはかるにも」「おしはかるも」

18かたへに（二十七オ44・一二四1）――伝嵯峨本・湖月抄と同文。肖柏本・三条西家本＊元和本・無刊記本・万水一露・首書源氏「かたへ」、他本「かたに」

19きこしめされんことを（三十一オ51・一二七2）――伝嵯峨本・首書源氏・湖月抄と同文。肖柏本＊元和本・無刊記本・万水一露「きこしめされんを」、他本「きこしめさんを」

20ゆかざりつらん（三十三ウ54・一二九8）――伝嵯峨本・首書源氏・湖月抄と同文。諸本「いかさりつらん」

21ゆき別《わかれ》にけり（同・一二九9）――伝嵯峨本・首書源氏と同文。横山本・肖柏本＊無刊記本・湖月抄「いきわかれにけり」、榊原本・池田本・証本「いきあかれにけり」、大島本「ゆきあかれにけり」、御物本「ゆきあかれん」

22昨日《きのふ》も（三十四オ55・一二九14）――伝嵯峨本・首書源氏・湖月抄と同文。諸本「きのふ」

23むねうちつぶれ（三十五オ56・一三〇14）――伝嵯峨本・首書源氏・湖月抄と同文。諸本「むねつふれ」

22をこたりざまに（四十一ウ68・一三七1）――伝嵯峨本・首書源氏・湖月抄と同文。諸本「おこたるさまに」

24思ふも（四十六オ74・一四一7）――伝嵯峨本・首書源氏・湖月抄と同文。諸本「おもふにも」「思に」

25その人とは（四十九ウ80・一四三13）――伝嵯峨本・首書源氏・湖月抄と同文。諸本「その人と」

このうち、20の「ゆかざりつらん」と21の「ゆき別れ」は、「いか」「いき」とある写本の本文で「生く」「行く」の二通りの解釈が可能であったものを、後者の解釈に限定したことになる。やはり伝嵯峨本の段階で「ゆか」「ゆき」に訂正され、それを「絵入源氏」が受け継いだのであろう。

次の場合も解釈と関わる例である。

26げに思へばをしなべたらぬ人の御すくせぞかしと（四ウ8・一〇四3）——伝嵯峨本・湖月抄と同文。肖柏本・三条西家本・証本「みすくせ」。首書源氏「よにおもへば……御すくせ」、大島本・横山本・榊原本・＊元和本・無刊記本・万水一露「よにおもへは……みすくせ」、御物本「おもへは……身のすくせ」

「思へば」と「よに思へば」は異文であるが、あとの二重傍線部「御すくせ」と諸本の「みすくせ」とでは、本文自体は変わらない。しかし、この箇所については、「人の御すくせ」として源氏の御宿世と解する説と、「人の身すくせ」として大弐の乳母の宿世と解する説とがあった。御物本の「身のすくせ」は、後者の説をわかりやすくしたものであり、「御すくせ」と表記した伝嵯峨本は、前者の解釈に限定して伝えようとしたのであろう。(5)『万水一露』では、次のように記している。

けに世に思へはをしなへたらぬ人のみすくせそかしと(6)　碩源氏の御事を世にならひもなき御ありさま一世ならぬことゝ母をもときたる子とも、思ふと也

そして「御すくせ」の本文を採った『首書源氏』の頭注には、この説を「万水」として引用している。これに対して、『湖月抄』は、本文を「御すくせ」としながらも、頭注に、

げに思へば　異本にけに世におもへはとあり世にはたすけ字也源と乳母の縁の浅からぬ事をいふ也

と記している。この「源と乳母の縁の浅からぬ事」という注釈が「御すくせ」の本文とがどのように関わるのかがわかりにくく、本居宣長は『玉の小櫛』で、『湖月抄』の説を批判している。

おしなべたらぬ人の御すくせ　同かくまで世にすぐれ給へる源氏君の御乳母となれることは。なみ〳〵ならぬ宿業ぞといふ也。注に。源氏と乳母の縁の浅からぬといへるはかなはず。（六の巻、二十九ウ）(7)

最初の「同」は、前の項目に記す『湖月抄』の丁数「五のひら」を、「注」とは『湖月抄』の頭注を示す。宣長は、『玉の小櫛』第四巻において、

湖月抄の本と．これかれの異本どもとを．よみくらべみて．湖月抄のわろきところのこと本に．よきがあるかぎりをあげたり（一オ）

と述べ、『湖月抄』と異本とを校合しているが、問題の「御すくせ」の本文については問題にしておらず、「みすくせ」という本文の存在に気づいていなかった可能性すらある。

伝嵯峨本の表記を受け継いだ「絵入源氏」以後の版本で「御すくせ」と表記されると、事情を知らない一般の読者は「御《おほん》すくせ」と読んでしまい、「身すくせ」の解釈は成り立たなくなる。このように漢字表記をとることによって、解釈が明確になる反面、別の読み方を排除してしまう危険性が生じてしまう。これは、現代のテキストの問題に通ずる整版本の功罪がよく表れた例と言えよう。

本来は単純な誤写から発したものであっても、これらは伝嵯峨本と「絵入源氏」との偶然の一致ではなく、「絵入源氏」が伝嵯峨本の本文を積極的に受け継いだ結果だと考えてよいだろう。次に、夕顔巻でもっとも長い異文について見てみよう。それぞれ異なる箇所に傍線を引いた。

27君にむまはたてまつりてわれはかちよりくゝりひきあけなとして出たつ（三十三オ54・一二九4）――伝嵯峨本・湖月抄と同文。首書源氏「君に馬をは奉りてわれはかちよりくゝり引あげなどして出たつ」、河内本「むまは君にたてまつりてわれはかちよりくゝりひきあけなとして出たつ」、元和本「君にむまをはたてまつりてわれはかちよりくゝりひきあけなとして」、無刊記本・万水一露「かちより君にむまはたてまつりてわれはかちよりくゝ

りひきあけなとして」、肖柏本・三条西家本「かちより君に馬をはたてまつりてく、りひきあけなとして」、青表紙本他本「かちより君に馬はたてまつりてく、りひきあけなとして」

この本文では、「君に馬をは」と「かちより」とが入れ替わり、「われは」と「出たつ」がない、といった大きな違いが見られる。「出たつ」のある本文は、河内本系統の本文の影響かと思われるが、その中でも細かいところに至るまで伝嵯峨本と「絵入源氏」とが一致していることに注目したい。『首書源氏』と『湖月抄』は、それぞれにこれを受け継いだのであろう。『首書源氏』は「馬をは」という小異があり、『湖月抄』では「君に」の傍注に「イニナシ」としているがその根拠はわからない。

ところで、「絵入源氏」を介して、肖柏本と伝嵯峨本との一致率を確認すると、興味深い現象が見られる。先の表に示した通り、「絵入源氏」と肖柏本との一致は写本の中でももっとも多く、147箇所（うち20箇所が青表紙本諸本と同文）である。そのうち、伝嵯峨本とも共通する本文は137箇所（うち35箇所が版本諸本と同文）に及ぶ。しかも、肖柏本と伝嵯峨本とが重ならない10箇所の異文はきわめて小異で、その中に次のような例も含んでいる。

28わがどちと（十四ウ25・一二一7）――独自異文か。御物本・榊原本・池田本・肖柏本・証本＊万水一露・首書源氏「我とちと」、大島本・横山本・三条西家本＊伝嵯峨本・元和本・無刊記本・湖月抄「われとちと」。別本（陽）「わかとちに」、河内本「われと」

肖柏本などの本文「我とちと」の場合、「絵入源氏」がなければ、迷わず「われどちと」と読むころであるが、確かに「われ」「わが」の両方が考えられる。『湖月抄』は慶安本を参照したために、「れ」の傍注に「かイ」としている。これなどは、先の「御すくせ」と同様、異文とは認められないから、このような例を同文として数えるなら、「絵入源氏」の本文と一致する肖柏本・伝嵯峨本との共通本文は、限りなく100％に近いものとなる。

一方、「絵入源氏」と肖柏本との異文の数は124あるが、そのうち29箇所が伝嵯峨本とも異なっている。つまり、こちらの一致率は決して高くはない。従って、肖柏本と伝嵯峨本との間の関係については不明と言わざるを得ないが、「絵入源氏」と肖柏本との親近性が、伝嵯峨本を介したものであることはほぼ間違いないだろう。以下、代表的な例を挙げる。

29めのとやうの（四オ7・一〇三7）――御物本・大島本・肖柏本・三条西家本＊伝嵯峨本・首書源氏と同文。他本「めのとなとやうの」

30いづれかきつねならん（十七ウ29・一一五7）――肖柏本・三条西家本＊伝嵯峨本・首書源氏と同文。証本「いづれかきつねならんな」、他本「けにいつれかきつねなるらんな」「けにいつれかきつねならんな」

31いきをのべてぞ（三十一ウ51・一二七9）――肖柏本・三条西家本＊伝嵯峨本・首書源氏と同文。他本「いきをのへたまひてそ」

32なにやかやと（四十二オ68・一三七4）――横山本・肖柏本・証本＊伝嵯峨本・元和本・首書源氏・湖月抄と同文。他本「なにやと」

33すくせのたかさよと（四十九ウ80・一四三14）――肖柏本＊伝嵯峨本・首書源氏・湖月抄と同文。他本「すくせのたかさと」、河内本「すくせのたかさなと」

最後に、長い異文で確認しておこう。二重傍線部が個々の異文の箇所である。5箇所の異文は省略するが、すべて一致しているのは、肖柏本と伝嵯峨本・『首書源氏』だけである。

34たづねしらではさう〴〵しかりなんとのたまふ．かのしもがしもとおもひおとし〵すまゐなれど．その中にも．思ひのほかにくちおしからぬをみつけたらんはと．めづらしうおもほす成けり．さてかの空蟬のあさましうつれなきを（八ウ～九オ16・一〇七6～10）――肖柏本＊伝嵯峨本・首書源氏と同文。

先に、「絵入源氏」夕顔巻の本文が一本とのみ一致する例21のうち、伝嵯峨本のみとの一致が11、あとは、『湖月抄』4、『首書源氏』3例あると述べた。残りの3箇所は、河内本（高松宮本）と別本（陽明家本）に一致する。高松宮本・陽明家本との共通異文を挙げてみる。

35五条わたりなる家に（一オ1・一〇一2）——独自異文。別本（陽）「五条わたりなる家」、河内本（宮）「五条なる家に」、諸本「五条なる家」

36かやうなることは（二十二オ37・一一九5）——別本（陽）と同文。元和本「かやうなることをは」、御物本・大島本・横山本・榊原本・池田本・三条西家本＊伝嵯峨本・無刊記本・万水一露・首書源氏・湖月抄「かやうなることを」、肖柏本・証本「かやうなることも」

35は、「五条わたりなる」と「家に」とを、それぞれ陽明家本・河内本との共通異文2箇所として数えていた異文を合わせて示したものである。36と合わせてみると、陽明家本の方に近いように思える。実際、「絵入源氏」夕顔巻には陽明家本と一致する箇所が他にも見られる。

37御袖の（四ウ8・一〇四2）——横山本・河内本・別本（陽）＊首書源氏・湖月抄と同文。諸本「袖の」

38ひとかたならぬ（十オ18・一〇八11）——別本（陽）＊伝嵯峨本と同文。諸本「ひとかたならず」

39おきなさびたる（二十一オ36・一一八4）——別本（陽）＊伝嵯峨本と同文。諸本「おきなひたる」

40たづねもおもほさで（二十五ウ42・一二二9）——別本（陽）＊伝嵯峨本・首書源氏・湖月抄と同文。青表紙本諸本＊元和本・無刊記本・万水一露「たつねおもほさて」、河内本「たつねもおほさて」

41心づよがり（二十九オ48・一二五5）——河内本・別本（陽）＊伝嵯峨本・首書源氏・湖月抄と同文。他本「つよかり」

42みゆるに（三十ウ50・一二六10）——河内本・別本（陽）＊首書源氏と同文。他本「おほえ給に」

43ゆづりたてまつる（四十九ウ80・一四三11）——河内本・別本（陽）＊首書源氏・湖月抄と同文。他本「ゆつりきこゆる」

37〜41のように伝嵯峨本とも一致している場合については伝嵯峨本からの影響と考えてもよいだろうが、陽明家本などとの関係もありそうに思える。しかし、全体として陽明家本との一致率はきわめて低いので、これだけの例から直接の関係を論じることはできない。また、39の「おきなさび」の場合、岩波古典大系の校訂に使用された山岸本にも同じ本文が見られるから、桐壺巻で問題となった麦生本などとともに、伝嵯峨本とそれらの写本との関わりを考えてみる必要があるだろう。

ともあれ、伝嵯峨本と「絵入源氏」との関係の深さは、こうした青表紙本系統とは別の本文を共通して持っていることからもうかがえる。そして「絵入源氏」の独自異文の中には、伝嵯峨本を写すことによって生じたかと思われる例も認められる。

44しられず（八オ15・一〇六11）――独自異文。諸本「しらせす」

45侍るなど（八ウ16・一〇七5）――独自異文。諸本「侍ると」「侍と」

44の「れ」は、伝嵯峨本の「せ」が、「連」を字母とする「れ」に酷似していることから誤読した可能性がある。45の場合は、諸本の「侍と」に対して、伝嵯峨本では「侍ると」とあり、その「る」が「な」と読み誤りやすい字体となっている。8割を超える伝嵯峨本との一致率を考えると、その可能性は高いと思う。

五　若紫巻の本文

若紫巻についても、拙著『絵入源氏　若紫巻』脚注の本文校異を基にして検討した。CD―ROM版『源氏物語（絵入り）』(8)のメモ欄には、106箇所の異文が記され、そのうち大島本の独自異文が15例、本文の翻刻ミスが1箇所あるので、あとの90例が対象となる。これを含め、問題にすべき校異の総数344として計算した。「絵入源氏」の独自異文は見あたらなかった。先の二巻の場合と同様、表Aには、この344の校異を基にして、『源氏物語大成』所収の青表紙本および三条西家証本と「絵入源氏」とが一致する数を示した。

先に見た通り、夕顔巻の本文は本によって偏りが大きく、最も近い肖柏本でも48%、遠い池田本なら28%の一致率であったが、この若紫巻では、青表紙本諸本全体との一致率が高いことがわかる。その中でも近い本は三条西家本であるが、それよりもはるかに一致率が高いのは、やはり版本の本文である。

表A　〈青表紙本各本における、慶安本との同文数（%）〉

異文総数	三条西家本	榊原本	池田本	御物本	大島本	横山本	証本	肖柏本
344	189 (55)	184 (53)	182 (53)	166 (48)	159 (46)	154 (45)	152 (44)	150 (44)

表Bには、「絵入源氏」と他の版本とが一致する割合を示した。この巻では、「絵入源氏」の異版である万治本・小本ともに、慶安本との異文が2箇所ずつあった。

表B　〈版本各本における、慶安本との同文数（%）〉

異文総数	万治本・小本	湖月抄	首書源氏	伝嵯峨本	元和本	無刊記本	万水一露
344	342・342 (−)	295 (86)	295 (86)	277 (81)	161 (47)	150 (44)	148 (43)

このうち、伝嵯峨本・『首書源氏』・『湖月抄』の三本では8割を超えている。伝嵯峨本と「絵入源氏」との一致率は、夕顔巻と同じであるが、『首書源氏』『湖月抄』との一致率が高い。夕顔巻における肖柏本との一致率の高さが、伝嵯峨本を介したものではないかと述べたが、この若紫巻においては、青表紙本系統の写本と伝嵯峨本との顕著な関

係は見られなかった。ただ、この一致率は、異文総数344のうちの同文数であり、これら異文は本文の語彙や文節全体の10分の1に満たない。つまり、語彙総数における一致率に換算すると、この三本との異文の比率は0.01%になり、限りなく近い本文となる。実際に一字一句読み比べると、異なりを見出す方が難しい。

若紫巻の場合、個々の異文からは傾向がわかりにくいので、複数の異文がまとまった本文や顕著な相違について検討してみよう。まず、伝嵯峨本と一致する本文を挙げる。異文については対立する箇所のみを列挙し、個々の異本における本文は省略した。なお、『絵入源氏　若紫巻』では、頁ごとに番号を記したので、（　）内には、原本の丁数の下に、その頁数（算用数字）と番号（○数字）を示した。

1おもほしいれぬなん……うしろの山に（三ウ6②③・一五二12 13）——伝嵯峨本・元和本・首書源氏・湖月抄と同文。異文「おほしいれぬなん」「しりへの山に」

2もとに立出給ふ……これみつばかり御ともにて（六ウ11①②・一五五12 13）——榊原本・池田本・三条西家本＊伝嵯峨本・無刊記本・万水一露・首書源氏・湖月抄と同文。他本「ほとに立出給ふ」、「これみつの朝臣と」

3十ばかりにや……なれたるきて……にるべくも……いみじう（七オ11⑤⑥⑦⑧・一五六5～7）——伝嵯峨本・首書源氏・湖月抄と同文。異文「十はかりや」「なへたるきて」「にるへうも」「いみじく」

4かみゆるらかに……めやすきひとなめり（七ウ12①②・一五六14）——伝嵯峨本・首書源氏・湖月抄と同文。異文「かみゆるゝかに」「めやすきひとなり」

5十二にて……いみじうものは思ひしり給へりしぞかし（九オ15⑤⑥⑦・一五七10 11）——肖柏本・証本＊伝嵯峨本・無刊記本・万水一露・首書源氏・湖月抄と同文。異文「十はかりにて」「いみしうもの」「思ひしり給へりしかし」、

6かやうなる人の……思ひ給ひ（十ウ18⑤⑥・一五九78）——伝嵯峨本と同文。異文「かうやうなる人の」「思ひ給

へ」

7ころなれば……とうろなどにも（十一ウ19④⑤・一六〇2）――御物本・横山本・榊原本・池田本・三条西家本＊伝嵯峨本・首書源氏・湖月抄と同文。異文「ころなれと」「とうろなとも」

8いみじかるべきを……かやうなる（十二オ20⑨⑩・一六〇7）――伝嵯峨本・首書源氏・湖月抄と同文。他本「いみしかるへきこと（へきことと・へき）」「かうやうなる」

9御つかひあり．そうづよにみえぬさまの御くだものなにくれと．たにのそこまでほりいで（十八ウ30①②③④・一六六5 6）――伝嵯峨本・首書源氏・湖月抄と同文。異文「御とふらひ」「みえぬ」「なにくれ」「ほりいてて」

10いかなることならんとおぼしわたるに．この宮の御こときゝ給ひて．もしさるやうもやとおぼしあはせ給ふに．いとゞしくいみじきことの葉をつくしきこえたまへど．命婦も思ふにいとむくつけうわづらはしさまさりて．さらにたばかるべきかたなし．はかなきひとくだりの御返りのたまさかなりしもたえはてにたり．七月になりてぞまいり給ける．めづらしうあはれにて．いとゞしき御おもひのほどかぎりなし（三十オ50①～⑦・一七六2～6）――伝嵯峨本・首書源氏・湖月抄と同文。異文「おもほし」「女宮」「ことのは」「御ひとくたり」「けり」「めつらしく」

11なずらひなるさまに（三十六オ59④⑤・一八一6）――伝嵯峨本・無刊記本・万水一露・首書源氏と同文。異文「なすらへ（なそらへ）」「にも」

12めのとはうしろめたうわりなしと思へど．あらましうきこえさはぐべきならねば．うちなげきつゝゐたり．わか君はいとおそろしう．いかならんとわなゝかれて．いとうつくしき御はだつきも．そゞろさむげにおぼしたるを．らうたくおぼえて．ひとへばかりをしくゝみて．わが御こゝちもかつはうたておぼえ給へど（三十八ウ63①～⑤・一八三7～10）――伝嵯峨本・湖月抄と同文。異文「うしろめたなう」「へきほと」「おそろしく」「ここち（御心も・御こゝちにも)」「給へは」

13思ひたまひ出てなん……心もしらぬもの、あけきたるに……夜ふかうたちいでさせ給へると．物のたよりとおもひていふ．宮へわたらせ給べかなるを．そのさきにもの一こときこえさせをかんとてなんとの給へば．なにごとにかはべらん（四十五オウ74①〜⑦・一八九4〜11）――伝嵯峨本と同文．異文「給へ」「たる」「夜ふかうはいて」「給へるなる」「もの一こときこえをかん（きこえをかん）」「なと」「にか」

14かきいだきていり給へば（三十九オ62⑤・一八三6）――伝嵯峨本・首書源氏・湖月抄と同文。異文「いり給へは」

このように比べてみると、「絵入源氏」が伝嵯峨本を底本の一つとして採用していたことは明らかであろう。また、次の例のように、文意を左右する本文においても、たびたび伝嵯峨本と一致している。

15わらひて（四十七オ77①・一九一3）――御物本・大島本・横山本・榊原本・池田本・三条西家本＊伝嵯峨本と同文。異文「わりなくて」

16われも（四十九オ79⑦・一九二13）――御物本・大島本・横山本・池田本・三条西家本＊伝嵯峨本・無刊記本・万水一露・首書源氏・湖月抄と同文。異文「わか御身も」

17しゐて（五十オ81①・一九三13）――河内本＊伝嵯峨本・首書源氏・湖月抄と同文。異文「せめて」

次に、伝嵯峨本との数少ない異文を挙げておく。

18いでやさいふとも（五ウ9③④・一五四14）――榊原本・池田本・三条西家本・証本＊元和本・無刊記本・万水一露・首書源氏・湖月抄と同文。御物本「いてやなにしに」、横山本・肖柏本＊伝嵯峨本「いてなにしに」、大島本「いて」

19ひじりのかたに源氏の中将の（九ウ16②③・一五八5）――御物本・大島本・横山本・榊原本・池田本・三条西家

本＊無刊記本・万水一露・首書源氏・湖月抄と同文。証本＊伝嵯峨本「ひしりの坊に源氏の中将の」、肖柏本＊元和本「ひしりの坊に源氏の中将」

20をば北のかた（十四オ22⑦・一六二7）――肖柏本＊湖月抄と同文。他本「おは」

21僧都（十九ウ32①・一六七3）――榊原本・池田本・三条西家本・河内本と同文。他本「見給ひて僧都」

22いとまなくのみ（三十三ウ55①・一七九11）――榊原本・池田本・三条西家本＊無刊記本・万水一露・首書源氏・湖月抄と同文。他本「いとまなく」

問題にするほどの異文ではないが、これらの異文から、伝嵯峨本のみを底本としていないことがうかがえる。まとまった異文の中には次のような例もある。

23ふたかへりうたひたるに・よしばみたるしもづかひを（四十オ65①②③・一八四14―一八五1）――榊原本・池田本・三条西家本・証本＊首書源氏・湖月抄と同文。異文「ふたかへりはかり」「よしある」「しもつかへ」

この場合、御物本では「ふたかへりばかりうたひたるによしばみたるしもつかひを」、無刊記本・万水一露では「ふたかへりうたひたるによしばみたるしもつかへを」、そして伝嵯峨本は「ふたかへりはかりうたひたるによしあるしもつかひを」と、それぞれ一箇所が異なっているのみである。それに対して、異文「ふたかへりはかりうたひたるによしあるしもつかへを」を持つ本は、横山本と肖柏本そして元和本である。ここにも、「絵入源氏」と『首書源氏』『湖月抄』との親近性と、元和本との疎遠とがうかがえるが、それ以外の本との関わりについては問題にするほどではなく、伝嵯峨本以外のどの本が参照されたかは、現時点では不明と言わざるを得ない。

先の12～15においても三条西家本と一致していたが、この18～23では、伝嵯峨本と関わりのないところで、「絵入源氏」と三条西家本とが一致している。三条西家本その本ではなさそうだが、それに近い本文が「絵入源氏」の本文に流入していたことが想像される。このように、「絵入源氏」と他の版本の親疎は、このようにまとまった本文を確認してみても、先の表に示した一致率に比例していることがわかる。

以上の調査では、寛永年間の古活字版を比較の対象としなかった。以前に寛永古活字版を見た印象で、「絵入源氏」との関係が薄いと判断したからであるが、川瀬一馬氏は「絵入源氏」の底本であるとされた（文献12）。従って、先に示した「版本の本文系統図（推定）」の中で［?］としたのが寛永古活字版である可能性も高い。今は、長年調査してきた他の版本との関わりを押さえることにとどめておきたい。

注

（1）『源氏物語大成　巻七　研究資料編』（文献30）第二部第七章

（2）『絵入源氏　桐壺巻』（文献4①）脚注の校異総数97であったが、補足した結果104となった。

（3）伊井春樹「伝嵯峨本源氏物語の本文」（平成一二年五月、風間書房『源氏物語研究集成13』）では、伝嵯峨本（青山短大本）が、純粋な青表紙本系統ではなく、河内本系統の本文を含む混態本文であること、巻によっては河内本そのものであると指摘された。

（4）『絵入源氏　夕顔巻』（文献4②）解説では校異総数310としていたが、不適当なものを省き、一部補足した結果308となった。

（5）『孟津抄』にも「御すくせそかし　宿所《世歟》」とある。

（6）写本系『万水一露』の見出し本文は「けに世に思へは」だけである

（7）『玉の小櫛』は、架蔵の「受須能耶蔵板」による。第四巻で校合された本は、「絵入源氏」『首書源氏』あるいは『万水一露』など、市販されていた整版本の範囲内であったと思われる。

（8）「絵入源氏」（三十五オ52・一八〇7）「はかなさ」を、CD—ROMの本文では「はかなき」となっており、校異に【はかなき・・はかなさ】とある。画像で確認していただいてもよいが、明らかに「さ」である。

第五節　「絵入源氏」の本文校訂

一　「絵入源氏」の本文表記

以上に論じてきたことの大半は、写本の本文とも共通する本文系統の問題である。しかし、これまでも触れてきた通り、版本の本文としては、その表記方法が重要な問題となる。古写本においては後世の書き込みにしか見られなかった振り仮名や濁点・読点などが、「絵入源氏」において初めて積極的に印刷された。これらの本文表記には、現代の活字テキストと異なる例も多い。本文校異の段階で同文とされる本文であっても、濁点や振り仮名の付け方によって、音読した時の本文の印象や、時には文の意味まで変わってしまう。以下、桐壺巻を例として、具体的に見てゆきたい。

まず「御」の読みについて見てみよう。『源氏物語大成』の本文からわかるように、仮名表記が基本となっている本文の中で、「御」はすべて漢字で書かれている。その読みについては、「おほん（む）」「おん」「み」「ご」と、いずれが正しいのか明らかではない。現代の活字本テキストでも、「御」は漢字表記のままであり、その読みを明確にしたものは見あたらない。『河海抄』は「御をはいづくにてもおゝむとよむべし、日本紀以下の読様也、一説おほん是は劣なる説也」と言うが、なお明らかではない。国宝『源氏物語絵巻』詞書に「おほむ」とあることから、そのように読む可能性が高いが、未だに決定的と言える説は見あたらない。

ところが「絵入源氏」桐壺巻では、写本において漢字のままで伝えられてきた「御」に振り仮名を付けている。まず、「み」という振り仮名を付けた例を示す。

御心ばへ（一ウ4・五11）　御かたち（二オ4・六3）　御かげ（三オ6・六3）
御つぼね（三オ6・七3）　御こゝろ（三オ6・七4、七ウ15・一〇14、十二ウ24・一四12他）
御けしき（十オ21・一二12、二十五オ49・二五6）　御有さま（十一ウ23・一三13）
御心ざし（十二オ24・一四7、10）　御くしあげ（十三オ26・一五12）
御心ち（二十二ウ43・二三10）　御あそび（二十七ウ53・二七9、14）

慶安本「絵入源氏」の表記を受け継ぐ『湖月抄』（三オ）では、これらに加えて、「御うしろみ」（二オ4・五14）にも「み」と振っている。「絵入源氏」では、桐壺巻冒頭の「御時」は「おほんとき」とあり、以後は特に「み」としていなければ「おほん」と読ませるつもりだったのだろうか。また「此《この》御かたの御いさめ」（三オ6・七1）のところを、『湖月抄』（四ウ）では「此御《ン》かたの御《ン》いさめ」としている。これに対して、現代のテキストで「御」に振り仮名を付けることは少ないので、読者は一体どう読めばよいのだろうか。

清濁になると、さらに難しい。写本には通常、濁点がなく、現代の活字本における清濁の区別は、校注者・編者が、写本の（どの時点のものか判断が難しい）書き入れや、『湖月抄』などに付けられた濁点、あるいは注釈書を参考にして付けたものである。慶安本「絵入源氏」では、それ以前の本になかった濁点を付けて印刷することにより、個々の清濁の是非はともかく、とりあえず「読める」本文を提供した。

まず、「あづしく」（一オ1・五5）、「あづしさ」（四ウ11・八4）の場合、現代の活字本では「あつし」と清音で表記し、病がちの意味としている。『湖月抄』や『首書源氏』でも「あつし」となっているが、「絵入源氏」の濁点は誤って付けられたものではない。別巻『源氏目案』には、次のように示される。

一あつしく　ぬるむなど云心也　霊運当遷《レイウンタウセン》《アヅシク》日本記　（『源氏目案　下』一オ）

見出しには「あつしく」とあるが、注の最後に『河海抄』から「霊運当遷（日本記）」の部分を引いている。『河海抄』は「劣」「玩」「支離」という漢字を挙げ、さらに「定家卿説云あやうき心也、日本紀のことくは病の事也」とも記しているから、意味としては現代の説と同じである。しかし、『紫明抄』『河海抄』に共通する墨書声点では、「あつしく」となっており、濁音で読んでいたことが知られる。これに対して、『弄花抄』の「一注」（実隆説）では、「つもじすみてよむべし」とあり、これを受けていたと考えてよいだろう。つまり「絵入源氏」本文に記された濁点は、これ以後の本では清音となるが、果たして平安時代ではどちらだったのだろうか。

清濁によって意味が変わってしまう例もある。物語の最初の文章、

もろこしにもかゝることのをごりにこそ．世もみだれあしかりけれと．（一ウ1・五8）

の箇所は、現代の活字本で読んでいると、「唐土にもかかることの起こりにこそ」と何の疑問も感じずに読んでしまうだろう。ところが「絵入源氏」では、「をごり」と濁点を付けている。そして「ご」の左の声点「・」（清音を示す）も、「絵入源氏」諸本に共通して印刷してある。この本文については、別巻の『源氏目案』の注が解明してくれる。

一もろこしにもかゝる事のをこりにこそ　玄宗皇帝《ゲンソウクハウテイ》・楊貴妃《ヤウキヒ》を寵愛《チヤウアイ》して．天下をみだる．此外其例《レイ》多し．をこり．起《ヲコリ》・驕《ヲゴリ》両説猶すむべし（『源氏目案　下』五十オ）

最後の「をこり．起《ヲコリ》・驕《ヲゴリ》両説猶すむべし」と、本文に付けられた濁点・声点とが一致している。これに対して、『首書源氏』では、『河海抄』の「起　驕　両義也」を頭注に引用するが、本文では「をこり」と清音表記のみである。一方、『湖月抄』では、『孟津抄』の「起と驕と両義也起よろし」を引用し、本文でも「おこり」としている。「起こり」説は、この『湖月抄』や、後に『玉の小櫛』で、

おこりは起りにてはじまりといはんがごとし・驕りとするはひがごとなり

とされたために有力になった。これに対して「絵入源氏」では、近世初期にはまだ定まっていなかった『河海抄』以来の「両説」を本文表記として反映させているのである。

清濁と仮名遣いの両方が問題になる語もある。一般的には「およすけ」と表記され、成人する・成長するといった意味の語である。「絵入源氏」では、この語を「をよすけ」（四ウ11・七14）、「およすけ」（十七オ33・一九2）と、「すけ」を清音で表記している。[1]『源氏目案』では、

一をよすけもておはする　助及《ヲヨスケ》　成人《セイジン》の心也

と、『河海抄』の挙げる「助及」の文字を示した上で「成人の心也」としている。つまり、『源氏目案』の注と、清音で示す「絵入源氏」の本文とが対応していることがわかる。『湖月抄』では、「絵入源氏」のこの表記をそのまま受け継ぐが、『首書源氏』では二例とも「およすけ」と仮名遣いを統一している。『岷江入楚』では、見出し本文は「をよすけ」「およすけ」の二通りが見られるが、[2]『河海抄』説を引用し、「おとなひたる心」としている。『万水一露』では、「およすけ」の見出しで、宗碩の注「碩」としてではあるが、『岷江入楚』と同じ注を示している。なお、『河海抄』の墨書声点では「およすけ」と、「け」を濁音で読むことを指示している。これを受けたのであろうか、大正十五年刊「日本古典全集」[3]では「成長げ」と表している。

以上のように、この語は長く「およすげ」または「およすけ」と読まれてきた。ところが、昭和五年の「有朋堂文庫」[4]では「およずけ」と表記され、『増注源氏物語湖月抄』[5]では、底本『湖月抄』で「をよすけ」とあった表記を、わざわざ「およずけ」に変えて活字にしている。以後、この読み方が一般的になり、「老い付け」に通ずる語として「およづけ」と読む説まで出たが、近年、小学館日本古典文学全集や新潮日本古典集成では、「およすけ」と清音表記に改められるようになった。もともと近世の版本「絵入源氏」『湖月抄』では、いずれも注釈と本文とが対応してい

たのであるが、『増注源氏物語湖月抄』では、傍注に記された『河海抄』の説と、活字になった本文との間に矛盾を生じさせてしまった。活字本にする際に、むやみに仮名遣いを変えたり濁点を付けたりするべきでないのは、この例によっても明らかであろう。

桐壺巻には、「すがすが」という語が二箇所に見られる。「絵入源氏」では、その両方に「すか〳〵」（十三ウ26・一六2、二十一ウ42・二二10）としているが、これも単なる誤植ではない。別巻『源氏目案』の注では、

一すか〳〵　速《スカ》〳〵清《スカ》〳〵いそぐ心也

とある。これは、『河海抄』の「速歟　奥入いそく心也　清々日本紀……清々之旧事本紀」を受けたものである。ところが『湖月抄』では、この二箇所に「すが〳〵とも」「すか〳〵しうも」と別の表記をしながら、先の「すが〳〵」の傍注に、『細流抄』の「はや〳〵也速也」を記している。一方、『首書源氏』では、いずれも濁点を付けずに「速〳〵也早速の心也」と頭注に示す。これに対して、現代の多くの注釈書では「すがすがし」と表記し、きっぱりと、といった解釈をしている。また『増注源氏物語湖月抄』では、やはり両方に濁点を付けてしまったために、原本と異なるものになってしまった。

現代で「そそのかし」と表記される語について、「絵入源氏」では濁点を付け、「そゞのかし」（十三ウ26・一五14）とする。『湖月抄』もこれを受け継ぐが、『首書源氏』では濁点がない。『首書源氏』では、慶安本や万治本にあった濁点を省くことが多く、この表記がただちに解釈と一致していたかどうかはわからない。「絵入源氏」で「三位《みつ》」（七オ15・一〇8）としているのは、『河海抄』の「みつのくらゐとよむべし」によったものである。また「殿《てん》」（二十三ウ45・二四11）は、清涼殿の意としての振り仮名なのであろう。

次に、古来「せんてい」か「せんだい」かが議論されてきた「先帝」という語について見てみよう。慶安本「絵入源氏」では、

先帝《せんてい》《だい》（二十ウ41・二二3）

と、両方の読みを示している。しかし万治本・小本では振り仮名を両方とも省略する。『首書源氏』では「先帝」の本文に対して、頭注の見出しでも「せんだい」とし、『湖月抄』でも「先帝《せんだい》」としている。このように「せんだい」が一般的であるが、「せんてい」が一つの読み方であることに違いはない。ちなみに、元和本を底本とする大正十五年刊「日本古典全集」では「先帝《せんてい》」、『首書源氏』を底本とする昭和五年の「有朋堂文庫」では「先帝《せんだい》」となっている。

同様の例として、「先帝」のすぐあとにある、

三代《みよ》《さんだい》（二十一オ41・二二6）

がある。万治本「絵入源氏」と『湖月抄』は、慶安本と同じく両方の振り仮名を付けているのに対して、同じ「絵入源氏」でも無刊記小本では、意識してか単に印刷上の都合なのかはわからないが、「三代《みよ》」とし、「さんだい」の振り仮名を省く。現代のテキストの多くはルビがなく、そうなると、「さんだい」と読むべきなのかもしれない。『首書源氏』には振り仮名がないが、その本文を底本とする有朋堂文庫、そして岩波古典大系本では「みよ」を選んでいる。

また、たびたび見られる「御前」は、「ごぜん」か「おほんまへ」なのか、どちらが正しいのだろうか。「絵入源氏」（二十四オ45・二四12）では、とりあえず「御前《ごぜん》」と、読み方を明示しているから、音読するには親切と言える。「ひきいれの大臣《だいじん》」（二十四オ45・二四11、二十五オ49・二五6）の場合、「絵入源氏」では、他の箇所の「大臣」に振り仮名を付けていないので、おそらく「おとゞ」と読ませるつもりだったのであろう。すると「ひきいれの」という例だけを「大臣」と読ませることになるが、その理由は何か、興味の持てる所である。

現代のテキストを作った先学は、これらの例を読者にどう読ませるつもりだろうか。私自身いつも迷い、学生などには、とりあえずこのように読んでおく、といちいち解説を加える必要があるのがわずらわしい。少なくとも「絵入源氏」では、音読ができる程度の振り仮名を付けていて、源氏物語の本文を庶民に伝えるために、それなりの責任を

とっているように思う。

以上のように、「絵入源氏」を読んでみると、現代のテキストで読むのとは別の、新鮮な発見がいくつもある。一つ一つの例は些細とも言えるが、こうして列挙してみると、大きな問題をはらんでいることに気付かされる。別冊として付けられた『源氏目案』における個々の語釈や注釈の多くは、古注を簡略化したり、辞書的注釈書からの引用であることがわかる。それに対して、「絵入源氏」において初めて施された濁点・読点・振り仮名という表記には、古写本や古注釈書などの文献から、もはや知ることの不可能となった、当時の生き生きとした源氏物語享受のあり様がうかがえる。この中には、単なる誤りもあるだろう。しかし中には、口伝によって源氏物語を受け継いできた長い歴史が残されているかもしれない。

二　「絵入源氏」の異文注記

「絵入源氏」の本文には異文注記が刻されている。前節では、「絵入源氏」で採用された本文に焦点を当てて考察してきたが、それだけでは、参照して採択しなかった本の存在はわからない。そこで次に、異文注記のある箇所について、採用した「本文」と注記した「異文」とをそれぞれ確認し、編者がどのような本を参照していたのかを考える手がかりにしたい。

『首書源氏』の異文注記が、調査した十四巻だけで67箇所もあったのに対して、「絵入源氏」の異文注記は全巻で56箇所と多くはない。しかし、校合すべきすべての本を集めることができなかったので、今回は、校合可能な前半の33箇所を対象とした。以下、異文注記の箇所に限定して確認したい。

1はるくば《るイ》かりに（桐壺、十一ウ23・一三14）——池田本・大島本・肖柏本・三条西家本・証本＊伝嵯峨本・湖月抄

(「く《るイ》」)と同文。横山本＊元和本・無刊記本・万水一露・首書源氏「はる丶」。
2かうしもみえ《人にイ》じと（同、十五オ30・一六12）――青表紙本諸本＊版本諸本（湖月抄「みえ《人にイ》」）と同文。河内本（高松宮本・尾州家本・為家本・平瀬本・大島本）・別本（御物本・麦生本）「人にみえし」
3おほく《のイ》ものたまはす（同、二十オ39・二一4）――横山本・肖柏本・三条西家本・証本＊伝嵯峨本・首書源氏・湖月抄（「く《のイ》」）と同文。池田本・大島本＊元和本・無刊記本・万水一露「おほくのもの」

以上の三箇所が桐壺巻の異文注記である。前節二の表Aに示した通り、桐壺巻の本文は、三条西家本、肖柏本、三条西家証本の三本との一致率が六割前後であった。この三箇所でも、その三本とは同文である。一方、注記された異文に一致する写本はまちまちだが、版本のうち元和本・無刊記本・『万水一露』が、1と3の異文の方に一致する。表Bに示した一致率でも、伝嵯峨本の八割に対して、『万水一露』や無刊記本では六割に満たないので、全体と異文注記の箇所における編集方針とが同じ傾向であることがうかがえる。

1の場合、『湖月抄』にも同じ異文注記がある。『万水一露』や『孟津抄』にも「はる丶」という見出し本文があるので、それによるのであろう。もちろん、「絵入源氏」の影響の可能性もある。これに対して「絵入源氏」の場合、全体的に『万水一露』の影響は少ないので、『孟津抄』による可能性が高い。編者春正の師匠松永貞徳は『孟津抄』の著者九条稙通の直弟子であり、稙通は『孟津抄』完成後に、それを用いて源氏物語の講義を行っていたと言う。[6]従って、貞徳の学問を受け継ぐ春正は、主たる本文には、伝嵯峨本の本文を採用する一方、『孟津抄』によって異文を傍記したと考えられる。

2も、1と同様に『湖月抄』で同じ表記を採り、万治本では、異文注記を「大に」と誤っている。それぞれ慶安本「絵入源氏」が基になっている。版本諸本は一致しているので、「人に」のある本文は、河内本系統と言ってよいだろうか。これも、古注からの影響かもしれない。

次の4～14は帚木巻で、異文注記全体の五分の一を占めている。他の巻でもそうだが、河内本系統の本文が異文注記に関わっている例が多く、特に帚木巻は、宗祇の注と深く関わっているのではないかと思う。そこで、これらについては、特に『雨夜談抄』（文献42による）との関係にも注意したい。

4おほかなるに《中イ》（帚木、一オ・三五1）――大島本・松浦本・池田本・三条西家本＊版本諸本と同文。為秀本「なるなかに」

5たぐ《らイ》ひ給はむ（同、九オ・四二5）――青表紙本諸本＊版本諸本と同文。別本（国冬本）「たらひ」

6月《菊イ》もえならぬ（同、二十二オ・五四9）――青表紙本諸本＊伝嵯峨本・首書源氏（「月も《きくイ》」）・湖月抄と同文。河内本＊無刊記本・万水一露「きく」　※写本系『万水一露』では「月」

4の箇所、武蔵野書院古註釈叢刊の『雨夜談抄』（文献42）には「おほかなるに《中に》」とある。この底本は桂宮本で、傍記は、江戸時代の写本『帚木別注』によったというから、『雨夜談抄』の伝本に「中に」の本文を持つものがあったことがわかる。つまり、「絵入源氏」の異文注記は、こうした注釈書による可能性が高い。5についても、もとは単なる誤写であろうから、これだけで国冬本との関係を言うことはできないが、こうしてわざわざ異文注記している限り、参照した資料があったはずである。

6の異文注記は、『首書源氏』にも「月も《きくイ》」とあり、『湖月抄』の本文「月」の傍注にも「河　定家本には菊とあり」と記されている。また、『源氏目案』には、

一ことのねも　祇つれなき人をば．えやは引とゞめ給へる．かゝる折ふしにも．われこそ庭の紅葉をもふみ分てみはやし奉れといふ心なれは．ねたますの義也（『源氏目案　中』六十六ウ）

と、宗祇の注を引用している。『首書源氏』でも「祇注」はたびたび引用され、この箇所の頭注にも、

琴の音も歌　殿上人也　祇註心は琴のねも菊もたくひなき御宿なから御ためにつれなき人をえやはひきとゝめ給

へるかゝる折ふしにも我こそ庭の紅葉をもふみ分て見はやし侍れといふ心なれはねたますとの義きこえ侍るにや

（『首書源氏』帚木巻、二十七ウ）

とある。「祇」すなわち宗祇の『雨夜談抄』では、「菊もえならぬ」の見出し本文に対して、「心は琴の音も月もたくひなき」という注釈本文になっている。『万水一露』では、この矛盾が解消され、「心はことのねも菊もたくひなき」とした上に、注の最後に「定家卿本菊親行本月也」としている。この最後の注は『河海抄』以来の注釈を踏まえたものであるから、「絵入源氏」の異文注記は、これを尊重したのであろう。

7なから《さてイ》ふべきものと（帚木、二十四ウ・五五14）——大島本・松浦本・池田本・三条西家本＊版本諸本（湖月抄「なから《さてイ》ふ」）と同文。為秀本「さてなからふ」、河内本「さしもなからふ」

8色《花イ》はいづれと（同、二十五ウ・五七4）——大島本・松浦本・三条西家本・為秀本＊伝嵯峨本・首書源氏と同文。

池田本＊無刊記本・万水一露・湖月抄「花は」

7も4と同様に、為秀本だけが、注記された異文に一致している。「絵入源氏」の本文識語や跋文にある通り、春正が本文・諸抄（注釈書）を何種類も校合した結果なのであろう。為秀本（静嘉堂文庫蔵伝冷泉為秀筆帚木空蟬巻）との一致も、直接の関係というよりは、『雨夜談抄』などを介した可能性の方が高いように思う。

8の本文について、宗祇の『雨夜談抄』では「花はいつれそ」の本文を挙げて、「さきましる花とは秋の庭のさまなり」とする。現代の注釈では「色は」の本文について同じ説明をしているが、せめて「絵入源氏」のように二通りの本文のあったことを示すか、そうでなければ「花は」の本文にふさわしい注釈が必要であろう。「絵入源氏」の挿絵では、他の花はなく、色の異なる撫子の花だけを描く。これは、いろいろな種類の花ではなく、同じ撫子のさまざまな色の花と理解していたことになる（第六章第一節の四で詳述）。一方、注記された異文の方は、『孟津抄』の見出し本文に「花」とあるので、これによったと考えてもよいだろう。

9思ひまつ《どイ》はす（帚木、二十六ウ・五七11）——池田本＊首書源氏（「つ《どイ》」）・湖月抄と同文。大島本（「と《つ朱》」）・松浦本・三条西家本・為秀本＊伝嵯峨本・無刊記本・万水一露「まとはす」

10おこ《つイ》めきて（同、二十九ウ・六〇3）——三条西家本・河内本・別本＊湖月抄と同文。大島本・松浦本・池田本・為秀本＊伝嵯峨本・無刊記本・万水一露・首書源氏「おこつきて」

9の異文は「まとはす」と「まどはす」のいずれであろうか。「絵入源氏」と『首書源氏』では、「まどはす」であるが、『孟津抄』では「纏」とあるので「まとはす」つまり「まつわす」と同じ意味になる。10については、『源氏目案』で、「一をこめきて　鼻のうごく心也。おかしきかほつきを云」とあるのと一致している。伝嵯峨本では「おこめきて」とあったので、それを尊重し、注釈の本文を異文としたのであろう。また、『孟津抄』では、「おこめきておこつくしいふかことし」としているから、異文はこの注から生じたものなのかもしれない。

11みをとりし《はイ》なむ（帚木、三十七オ・六六2）——伝嵯峨本と同文。青表紙本諸本＊無刊記本・万水一露・首書源氏・湖月抄「みおとりはしなむ」

12すか〳〵しうえ《はイ》まじらひ（同、三十七ウ・六六11）——伝嵯峨本と同文。青表紙本諸本＊無刊記本・万水一露・首書源氏・湖月抄「すか〳〵しう（く）は」

13あなくる《らイ》し（同、三十九オ・六八5）——松浦本・為秀本＊版本諸本（首書源氏・湖月抄「る《らイ》」）と同文。大島本・池田本（くらるし）・三条西家本「あなくら」

14よに《もイ》みえたてまつらじ（同、四十ウ・六九8）——青表紙本諸本＊無刊記本・万水一露・湖月抄（「に《もイ》」）と同文。別本＊伝嵯峨本・首書源氏「よも」

11と12では、伝嵯峨本の独自異文を採用し、一般的な本文を注記として残している。伝嵯峨本を尊重していたことが、ここからもうかがえる。それとは逆に、14では、伝嵯峨本と異文の方が一致している。こうした例があるために、

「絵入源氏」の底本が伝嵯峨本だとは断定し得ず、ただ親本のうちの一本と言わざるを得ないのである。

15こゝのしなの《つのイ》（夕顔、三ウ7・一〇三5）――諸本と同文。別本（陽明家本）「こゝのつの」

16なか《さてイ》〳〵と（同、三十五ウ57・一三一7）――諸本と同文。「さてなかなか」所在不明

17くたらより《ふたらくイ》（若紫、十九ウ32・一六七3）――大島本・横山本・肖柏本・証本＊伝嵯峨本・元和本・首書源氏・湖月抄（「くたら《ふたらく》」）と同文。榊原本・池田本・三条西家本＊無刊記本「ふたらく」、万水一露「ふたら《ふたらイ》」

15は、もともと「九品」の翻訳であるから、二通りの本文が生じるのは当然とも言える。『源氏目案』にも、「一こゝのしな　九品　上品上生の事《こと》也」と、『河海抄』以来の説を引用している。17については、『源氏目案』では、「一くたらより　百済国の事也」とあり、主たる本文と見出しとが一致している。そして『孟津抄』には、「くたらより」の見出し本文に対して「青表紙にはふたらくとあり」という注釈が見られる。これに従ったのかもしれない。なお、『首書源氏』の傍注には「百済也」とあり、『湖月抄』の傍注にも「ふたらく青表紙補陀落也」としている。また日大蔵三条西家本（文献52）では、「絵入源氏」とは逆に「ふたらく《ふたらイ》」となっている。いずれにせよ、室町時代から江戸時代にかけて広く知られていた異文を、「絵入源氏」では示したことがわかる。

18あはれ《きゝイ》しる人こそ（末摘花、三ウ・二〇三9）――独自異文。池田本・三条西家本・証本＊首書源氏「あはれはしる」。河内本「もののあはれしる」、別本（御物本）「あはれもきゝしる」、元和本「哀きゝしる」、大島本・横山本＊伝嵯峨本・無刊記本・万水一露・湖月抄（「きゝ《哀は》」）「きゝしる」

18については、『源氏引歌』に「ことのねをきゝしる人のあるなへに今そたちはてしをゝもすくへき」とある。各注釈書もこの部分は問題にしており、『河海抄』と『花鳥余情』は河内本により「ものゝあはれしる人」の本文を掲げ、『弄花抄』、『細流抄』、『孟津抄』、『明星抄』は「きゝしる人」を抄出、『岷江入楚』は「あはれしる人こそ」を掲げて「イ本あはれきゝしる人こそ」と記している。『首書源氏』は頭注で「あはれは」と挙げて『河海抄』と『花鳥余情』

を引用し、『湖月抄』は「き丶しる人こそ」として『花鳥余情』、『河海抄』、『孟津抄』の順に注を引用する。「絵入源氏」と同様、『首書源氏』および『湖月抄』は、いずれも「琴の音をき丶知人のあるなへに」の引歌（『河海抄』による）を挙げる。この引歌を重視すれば「き丶しる人」の本文が適当なので、『湖月抄』では、『孟津抄』などに従って「き丶しる」を採用、異文注記は『首書源氏』本文によったのであろう。「絵入源氏」の場合は、河内本系統の本文を採用したというよりも、『岷江入楚』などの見出し本文に従ったと考えるべきであろうか。そして『源氏引歌』を別巻として持つ「絵入源氏」ゆえに、その和歌本文を尊重して異文注記としたのではないだろうか。

19これ《たイ》にもときこえ（葵、二九オ・三〇八3）——横山本・榊原本・池田本・肖柏本・三条西家本・河内本（七・尾・大）・別本（御・陽）＊伝嵯峨本・無刊記本・首書源氏・湖月抄（「これ《たイ》」）と同文。大島本・河内本（宮・海）＊元和本・万水一露「たれにもと」

19の「たれ」の本文を持つ本の中で、『万水一露』は「誰」と漢字表記をしている。これは写本系『万水一露』とも共通しているところなので、先行の注釈書からの影響と考えられる。「多」を字母とする「た」と「こ」は、見分けにくいので、かな表記であれば厳密には区別し得ないが、『花鳥余情』（文献37）には、「御らんせすもやとてたれにもと」の見出しで「たれにてものかたへといふこ丶ろなり」とある。それに対して『細流抄』では、「御覧せすもやとてこれにも」の見出しで、「河内本誰にもとあり花鳥釈義同し然れとも青表紙にはこれとあり」とする。『万水一露』『首書源氏』『湖月抄』はいずれも『細流抄』の注を引用する。また、『孟津抄』では、「たれにもと」の見出しで、「たれは誰にても申させ給へと云心也点これにもと云説あり」と、河内本・青表紙本を区別せず、異説として説明している。他の例から考えると、この異文注記もまた『孟津抄』によった可能性が高い。

20白虹日をつらぬけり《につけりイ》（賢木、三十四ウ・三六二6）——諸本と同文。異文「日につけり」ナシ

20については、『源氏目案』で、

一白虹日をつらぬけり太子をぢたり　前漢書曰．昔荊軻．慕二燕丹之儀一白虹貫レ日．太子畏レ之　燕の太子丹が．始皇をかたふけんとせしに．今源氏をたとへたる也證本に日つらぬけるを可レ用云々．日につける両義也．白虹日をつらぬけども．つゐにとをらず．其心ざしとげがたき事を．荊軻をそれたる也．今源氏を荊軻にたとへたり．冷泉院を太子丹によそへいへる詞也（『源氏目案　上』二十三ウ）

とある。「白虹貫レ日」を「日をつらぬけり」「日につける両義也」としている。この説は『孟津抄』にあり、漢書を引用したあと、「日をつらぬけり日につけり両義也白虹日をつらぬけともつゐにをとらす……」とする。従って、ここでも『孟津抄』の影響がうかがえる。もちろん、『源氏目案』自身の注との関わりも深い。

以上の二十例を見る限り、「絵入源氏」の本文は伝嵯峨本を採用する一方、異文注記は『孟津抄』などの見出し本文によったのではないかと思われる。以下の例でも、同様の傾向が認められる。

21あざやか《かくイ》に匂ひて（澪標、二オ・四八四4）――伝家隆本・平瀬本・池田本・三条西家本＊元和本・無刊記本・万水一露・首書源氏（「あざやか《あかくイ》」）と同文。大島本・横山本・肖柏本・河内本＊湖月抄「あかく」

22ひそや《ぢゝイ》かにあいぎやうつき（同、二十七ウ・五〇七2）――首書源氏と同文。伝家隆本・三条西家本「ひそひかに」、横山本「ひち（らゝ）かに」、平瀬本「ひそひら（ちゝ）かに」、池田本「ひそひやかに」。河内本のうち、七毫源氏「ひそやかなるさま」、御物本・大島本「ひそひかなるさま」、高松宮本・尾州家本「ひそひやかなるさま」。大島本・肖柏本＊湖月抄「ひちゝかに」、無刊記本・万水一露「そひやかに」（河野本「ひちゝかに《イひそやかに》」）

21では、『孟津抄』に「女君かほはいとあかくにほひて」の見出し本文があるので、これを異文としたのであろう。また、22は、『源氏目案』で、「一ひちゞかに　土近。けすぢかき也」とある。『孟津抄』で「けたかきものからひちゝかに　気高くてさるから又人ちかなるやうなる体也」とあり、その見出し本文に「ひちゝか」とあるのを尊重して異文注記としたのであろう。『首書源氏』頭注には、「けちかき物からひそやかに　河潜字也しのびやかなる心也異本多所也細流の本はけちかき物からひち、かにと有……一本ひそびやかに」などとある。

23せき山《やイ》より（関屋、二オ・五四八3）――河内本（御・七・宮・尾・大・鳳・曼）と同文。青表紙本諸本＊元和本・無刊記本・万水一露・首書源氏・湖月抄「せきやより」

24ざとはづ《くイ》れ出たる（同、二オ・五四八4）――横山本・榊原本・池田本・三条西家本＊元和本・万水一露・無刊記本・首書源氏・湖月抄と同文。大島本・肖柏本「くつれ」

この23と24は続く本文で、「せきやよりさとはづれいでたる」というのが版本の一般的な本文である。しかし『源氏目案』序の関屋巻の説明では、「関屋よりざとくずれ出でたるとあり」とある（第二章第二節の翻刻参照）。そして基になった『孟津抄』では、「関屋よりさとはつ《くイ》れいてたる旅すかたともとある詞也」とあり、『細流抄』や『万水一露』でも、「せきやよりさとくつれ」とある。24の異文は、これらの見出し本文によったと考えてよいのだろう。ちなみに、『首書源氏』頭注にも「一本くづれ」とある。23の「関山」は、前の頁の「せき山にみなおりゐて」や、『河海抄』の挙げる引歌「関山の峰の杉むら過ぎゆけど近江はなをぞはるけかりける」（後撰集、恋四、八七五、よみ人知らず）に引かれたのかもしれないが、河内本諸本と一致していることに注意したい。

25千ひろのそこも《をイ》はるかにぞ（絵合、十一オ・五六六9）――諸本と同文。異文「そこを」ナシ

26左《右イ》大弁すこし（松風、二十オ・五九六5）――大島本・為氏本・陽明家本・肖柏本・三条西家本＊無刊記本と同文。横山本・為家本・池田本・河内本（御・七・保・冷・大・国）＊伝嵯峨本・元和本・万水一露・首書源氏・湖月抄「右大弁」

25は、和歌「雲のうへに思ひのぼれる心には千尋の底もはるかにぞ見る」の一部であり、異同は見あたらない。ただ、意味的には「底を……見る」の方がわかりやすいので、近世の一本にその本文があったのかもしれない。26については、『花鳥余情』に「右大弁」の見出しで「又一本には左大弁とあり」とする。これが誰なのか古来問題にされてき

た所でもある。
27御ぐしあまそぎ《そ、きイ》の程にて（薄雲、五ウ・六〇七7）――諸本と同文。「あまそきのほと」ナシ
28七日御《のイ》よろこびなど（同、九オ・六一〇5）――御物本・大島本・池田本・耕雲書入本・三条西家本＊無刊記本・首書源氏（「七日御《のイ》」）・湖月抄（「七日御《孟の》」）と同文。横山本・肖柏本・河内本（七・宮・尾・大・曼）・別本（陽・穂・坂・麦・阿）＊万水一露「七日の」

27の異文は不明で、「あまのほと」という本文はあるが、「そゝき」を含む例は見あたらない。28は、『源氏目案』でも「七日の御よろこび　弄年始の礼の事也。或は七日などに参給人も有べし」とあるから、『弄花抄』の見出し本文を異文としたことが予想されるが、内閣文庫本を底本とした桜楓社古注集成『弄花抄』（文献46）では「七日御よろこひ」とある。『源氏目案』の編者が参照した『弄花抄』本文でこのようになっていた可能性もあるが、『孟津抄』では、見出し・注釈ともに『源氏目案』の本文に一致するので、やはり『孟津抄』によったと考えるべきであろうか。『万水一露』で「七日の」とあるのは、能登永閑所持本の見出し本文を尊重したのであろう。
29けうさうじなどは《まイ》ざれなんと（乙女、七オ・六七一7）――三条西家本と同文。肖柏本＊無刊記本・万水一露・首書源氏・湖月抄（「まと《なイ》は」）「まとはされなむと」、平瀬本「まとはされむと」、大島本・横山本・池田本・別本（保・麦・阿）「まとはかされなんと」、河内本「まとはされんなと」、別本（讃・陽）「まとはされなと」、別本（国）「まとはれなんと」

「けうさうじ」に「軽粧」と傍記があり、『源氏目案』は、「一けうさうし　源氏についしやうせんとの心也」とするが、それに続く本文についての記事は見あたらない。ところが『孟津抄』には、「けうさうしまとはされなんとの給て」の見出しで、次の注がある。

青表紙にはけうさうしなとは《切》されなんよみきらんと也され也けうまんしなとも人に追従すること也源詞也けうさ

うしまとはされんと也まの字をなと意得てよむへし青表紙にはけうさうしなとは《切》されんと也

この説は『岷江入楚』にも、「秘」（公条説）の「小書云」以下に同様の注釈が見られる。なお、日大蔵三条西家本の影印本（文献52）で確認すると、「けうさう《まんイ》しな《まイ》とはされなんと」とある。「絵入源氏」では、『孟津抄』を尊重して「などはされなん」の本文を採用し、一般的な本文を異文として示したのであろう。

30あめにますとよをか《わイ》ひめの（乙女、三三オ・六九七1）――諸本と同文。異文「とよわか」ナシ

31かやうのことはいふ《むイ》ものを（乙女、三六オ・六九九10）――諸本と同文。「いむものを」ナシ　別本（国冬本）「むつかる」

32びんなき所なるをばくづしかへ《こめイ》て（同、四十五オ・七〇八14）――青表紙本諸本・別本（麦生本・阿里莫本）＊首書源氏と同文。別本（讃岐筆本）「くつしこめて」、河内本・別本（陽明家本・保坂本）「くつしうめて」、別本（国冬本）「うめつくろはせて」

30について、『源氏引歌』では、

みてくら《神楽》はわかにはあらす天にます豊岡姫の宮のみてくら（『源氏引歌』十七オ）

とあり、『源氏目案』にも、

一あめにます　とよをか姫は．天照大神にてましま す．宮人もとよめるは天人也．舞姫を云

とあるので、豊岡姫を標準としていることは確かである。しかし、「とよわか姫」という本文は存在していたらしく、『孟津抄』に、次の説明がある。

あめにますとよをかひめの宮人も我心さすしめを忘るな　青表紙にはとよわか姫とあり用之惟光は摂津守にてあれは豊若姫は住吉廿二所おはします其内豊若姫と申あり津守かむすめなれは住吉の義をいへるかくてこそ義は能相当すれはかやうによむ人はなけれとも此分にてしかるへからんと云々

これは、九条稙通の説と思われ、『岷江入楚』にも「九禅抄青表紙にはとよわか姫とあり」以下の注を引用したあと、「私是又称名ノ説也少異ある間註之」と、公条説にも触れている。このことから、「絵入源氏」の「とよわか」という異文注記もまた、『孟津抄』と深く関わっていることがうかがえる。

33さうがちなどにもざれか《えイ》ゝず（初音、六オ・七六八1）——と同文。青表紙本諸本・河内本（宮・尾・鳳）・別本（阿）「さへかかす」、別本（保坂本・麦生本）「さへからす」、河内本（御）「さすかゝかす」、河内本（大）「さかしからす」、河内本（飯）「さえかす」、

『源氏目案』には「一さえがらず　さうがちにも。さえがらずかき。不《ス》レ才《サエカラ》也」とあるから、異文注記は、この注釈の見出し本文によったことがうかがえる。まず『河海抄』には、

さえからす　不才　才学かましからすと也　或本されからす
……

とあった。そして『孟津抄』には、

さえからす　青表紙にはさえからすとあり用之才学からすしてと云心也我こそとてちとも才学たてをせぬ他本ニはされからすとありさえからすなり

とある。これに対して『弄花抄』では、「されかゝす　されてもかゝぬと也うちとけぬるにも心みゆへし」となっている。古くから、本文と注釈がともに問題になっている箇所である。「絵入源氏」の異文注記は、そうしたことを配慮したものであろう。

以上の異文注記のうち、6、9、15、17、20、22、23、24、28、33において、『源氏目案』でも問題にしていたことに注意したい。第二章第二節では、「打毬楽《たぎうらく》納蘇利《なそり》など《らくそむイ》」（蛍）、「ことつひきびう《になくイ》」（常夏）、「せんすい瀧《たんイ》」（若菜上）も、『源氏目案』の注釈と関わっていると述べた。18では、『源氏引歌』と深く関わっている。このように、『源氏目案』および『源氏引歌』と「絵入源氏」本文とは切り離せないものであったと思う。異文注記は、清音を示す声点と

同様、多くの伝本の異文や清濁を重視する師匠貞徳の研究[7]、そして、数種の本文を校訂したと言う春正自身の学問への姿勢が表れているように思う。

また、1、8、9、10、17、19、20、21、22、23、24、28、30、33においては、注記された異文と『孟津抄』の見出し本文や注釈で示す異文とが一致している。29の場合は、『孟津抄』の注釈を尊重したと思われ、異文注記には、『孟津抄』の影響がうかがえる。第二章第二節で確認した通り、『源氏目案』の序文の後半は、『孟津抄』からの引用であった。

これらのことから、「絵入源氏」の編者と『源氏目案』『源氏引歌』の編者とが同一人物（つまり山本春正）であるか、仮にそうでないとしても、『孟津抄』の影響下にある同じ学統の人物（つまり貞徳の弟子）であったことが推測される。このように見た時、『源氏目案』を「絵入源氏」とは別の書物として論じること自体が難しいことのように思えてくる。ともあれ、今後は、『孟津抄』との関わりについて考える必要があるだろう。

以上、不十分な調査であったが、こうして粗々見ただけでも、さまざまな問題が出て来た。単純に青表紙本系統か河内本系統かといった分け方ではなく、注釈や口伝、中世から近世に伝えられていたさまざまな本の影響を考える必要があるだろう。他の巻々の異同や、他の版本との関わりを含めて、今後の検討課題としたい。

三　引歌本文の異文注記

『源氏引歌』にも、三首の歌に四箇所の異文注記が見られる。第二章第一節でも触れた通り、この異文注記は、『源氏引歌』編集の際に参照された歌集や注釈書の表記を反映している。これは、『源氏引歌』自体の問題であると同時に「絵入源氏」の異文注記の方法、校訂方法を知る手がかりになると思う。そこで以下、その三首の引歌の異文注記について、あらためて検討しておきたい。まず、最初の引歌には、二箇所の異文注記がある。

拾恋四　思ふとていとこそ《なにしかイ》人になれさらめ《むつれけんイ》しかならひてそみねは恋しき《よみ人しらす》（『源氏引歌』二オ、帚木3首目）

この引歌に対応する合点がつけられた「絵入源氏」本文は、次の箇所である。

心のうちにおもふことをもかくしあへずなん〳〵むつれきこえ給ける（帚木巻、二オ・三六5）

この箇所について、『源氏目案』では「一むつれ　むつましき也」としているが、「絵入源氏」本文には（伝本の本文に異同がないからであるが）異文注記もない。引歌としては、「むつれけん」の方がよいことは明らかである。『河海抄』と『孟津抄』は「むつれきこえ給」の見出しに対して、それぞれ次の歌を挙げる。

思ふとてなにしに人にむつれけんしかならひてそみねは恋しき（『河海抄』）

思ふとていつしか人のむつれけんしかならひてそみねは恋しき（『孟津抄』）

拾遺集と拾遺抄の間にも、本文の異同が見られる。

思ふとていとこそ人になれざらめしかならひてぞ見ねばこひしき（拾遺集、恋四、九〇〇、よみ人しらず）

おもふとていとしも人にむつれけむしかならひてぞみねばこひしき（拾遺抄、恋下、三二六、読人不知）

第二句だけでも、すでに「いとこそ」「いとしも」「いつしか」「なにしか」と異文があるが、第三句の「なれざらめ」と「むつれけん」では、引歌か否かという判断自体に相違が生ずる。『源氏引歌』の主たる本文「なれざらめ」であれば、この箇所の物語本文「むつれける」の引歌としてあげることが無意味であるはずだが、春正は、ここを引歌として認定している。春正自身が編纂した『古今類句』でも、

拾遺恋四　おもふとていとこそ人になれさらめしかならひてそみねは恋しき　よみ人しらす

とあり、その編集時期に出版された正保四年（一六四七）版『二十一代集』にも、同文で掲載されている。つまり、『源氏引歌』の編者（春正だと思うが）は、古注釈書の挙げる引歌本文を承知の上で、本歌としての和歌本文を訂正し

たと考えられる。つまり、『河海抄』や『孟津抄』の引歌を尊重する一方、自身が確認し得た拾遺集の和歌本文にこだわったのであろう。これに対して、『首書源氏』と『湖月抄』の頭注では、それぞれ次のように記している。

むつれ　河引思とていとしも人にむつれけんしかならひてそ見ねはこひしき（『首書源氏』二ウ）

むつれ　孟〽おもふとて何しか人にむつれけんしかならひてそ見ねは恋しき（『湖月抄』三ウ）

いずれも、第二句は先に引用した『河海抄』『孟津抄』の本文と異なるものの、それぞれ注釈書の引歌本文をそのまま引用し、『源氏引歌』のように、校訂したり、出典名を加えることをしていない。

あと二箇所の引歌の異文注記は、いずれも古今六帖に収められた歌である。古注釈書では、これらの引歌を挙げる時には、出典名を「六帖」とだけ記し、本文も現存する（江戸時代の伝本による）古今六帖の本文とは異なっている。『源氏引歌』では、古注に「六帖」とだけしていた出典に巻数を加え、現存の古今六帖に掲載された和歌本文を本文注記として記す。このことから、編者は古今六帖の伝本を参照することができたと想像される（第二章第一節参照）。

その一つ目の引歌は、次の歌である。

六帖五　たき物のこのしたけふりふすふとも我ひとりをはしなすへ《まイ》しやは（同二十一ウ、真木柱3首目）

この引歌もまた、『河海抄』と『孟津抄』に掲載されている。見出し本文とともに引用する。

おほきなるこのしたなりつる火とりをとりて　たき物のこのした煙ふすふともわれひとりをはしなすへしやは六帖（『河海抄』）

おほきなるこの下なりつるひとりをとりよせて殿のうしろによりてさといかけ給ふ　ふせこ也さといかけはいつかけ也…（略）…たき物のこの下煙ふすふともわれひとりをはしなすへしやは（『孟津抄』）

いずれも、次の源氏物語本文の部分を見出しにしている。「絵入源氏」から、傍注・読点とともに引用してみよう。

おほきなるこのしたなりつる．ひとり《ふせご也》をとりよせて．殿《ひげ黒》のうしろによりて．ざといかけたまふほど．人のやゝみ

あふるほどもなう．あさましきにあきれてものし給ふ（「絵入源氏」真木柱巻、十三ウ・九四六6）

「こ」の傍注に「ふせご也」とあるのは、『孟津抄』の注と一致している。ところが、この頁のどこにも合点はなく、この文の直後に、この場面の様子を描いた挿絵がある。実は、「絵入源氏」の合点は、この場面よりも三丁（六頁）もあとの本文に付けられていたのである。

御ぞどもにうつり香もしみたり〳〵ふすべられけるほどあらはに．（同、十六オ・九四八5）

この「〳〵ふすべられけるほど」の前提には、先の場面があるが、それにしても本文はかけ離れた場所にある。『岷江入楚』や『湖月抄』でも、『河海抄』『孟津抄』を引いて同じ箇所に引歌を挙げているから、「〳〵ふすべられける」という「絵入源氏」の合点は、編者独自の判断によると考えてよいだろう。

諸注が見出し本文とする物語の場面には、「このしたなりつる火取り」があるから、諸注はこの表現を引歌として「たき物のこのした煙」を引用した。これに対して「絵入源氏」では、引歌の「ふすふとも」に注目して、そのことば「ふすべられ」に合点を付けたのである。これだけなら、諸注の指示する本文の方が、引歌を示すにふさわしいように見える。しかし、「ふすべられけるほど」の二行あとに、次の贈答歌がある。

木工君
ひとりゐてこがるゝむねのくるしきに思あまれるほのほとぞみし（真木柱巻、十六ウ・九四八7）

ひげ黒
うきことを思ひさはげばさま〴〵にくゆるけふりぞいとゞたちそふ（同、十六ウ・九四八11）

源氏物語の引歌は、単に一つのことばに取り入れられるだけではない。先の「このした」「火取り」という語の前提に、「たき物のこの下煙」「我ひとり」のあることは確かであるが、あとで二人が読み交わす歌にも、この引歌のことばと世界が取り入れられている。古注の考え方からすれば引歌の指示する箇所は、「このした」の箇所であるべきだろうが、源氏物語の作者の意図としては、両方の場面に、この引歌が指示されてもよかったはずである。そして歌人である山本春正は、あとの歌にこそ、この引歌が必要だと考えたのであろう。現に、先の「このしたなりつる火取り」の場合にはなかった本歌の「我一人」の意味が、あとの「ひとりゐて」の歌には受け継がれ、「うきことを……」の歌とともに、本歌で詠まれた「思ひ（火）」を詠む歌になっている。諸注は、この歌に「たき物の……」歌の影響のあることを指摘することはないが、「絵入源氏」の合点の位置から、江戸時代の読者は、源氏物語の作者の深い意図を知ることができたのではないだろうか。せめて現代の注釈では、この両方の場面に引歌を挙げて、その影響を指示したいものである。

さて、問題の異文注記は、古今六帖の和歌本文によったのであろう。寛文九年（一六六九）版『古今六帖』で引用してもよいが、『新編国歌大観』の底本（桂宮旧蔵本）も同系統なので、そこから引用する。

たきもののこのしたけぶりふすぶともわれひとりをばしなすまじやは（古今六帖、第五、三三六四）

この歌は、古今六帖の第五「服飾」の「ひとり」の題で入れられた四首のうちの一首である。四首はいずれも「火取り」と「一人」をかけて詠んでいる。出典を確認した『源氏引歌』の編者は、このことを重視し、引歌本文に異文注記を加え、一方「絵入源氏」本文の歌のそばにある「ふすべられ」の方に合点をつけたのであろう。第二章第一節では、別巻『源氏引歌』は、「絵入源氏」の編者山本春正が自ら編集したものであろうと述べた。同一人物でなければ、異文注記と出典、そして本文の合点の位置というすべてが古来の注釈書と異なっているという事実の意味を説明し得ない。これは、『古今類句』を編纂した歌人、山本春正なりのこだわりが示されたところと考えるべきではないだろうか。

最後の引歌を見てみよう。

六帖六
みやま木によるはきてぬる《なくイ》はこ鳥のあけはかへらんことをこそ思へ（同二十五ウ、若菜上38首目）

先の「たき物の……」歌と同様、古注では「ぬる」とあるのに対して、古今六帖では「なく」となっている。

み山木によるはきて鳴くはこどりのあけばかはらんことをこそおもへ（古今六帖、第六、四四八三）

これは、次の歌についての引歌である。

〽太山木にねぐらさだむるはこどりもいかでかはなの色にあくべき（若菜上巻、百ウ・一一一八9）

これについて、『源氏目案』では、次の注釈を示している。

一みやま木にねぐら　紫上を深山木にたとへ・源氏をはこ鳥にたとふ・女三宮をば花にたとへたり・河杲鳥箱・或皃鳥の異名也皃鳥は梟の一名也（『源氏目案　下』二十七ウ）

この注のうち、「紫上を……花にたとへたり」の部分は、『花鳥余情』の注釈に近い。

今案みやま木にぬるといへはまつははこ鳥正説也深山木は紫上にたとふ花の色は女三宮をいふへし

しかし、『花鳥余情』の挙げる引歌は、同じ古今六帖第六の「かほ鳥のまなくしはなく春の之の草のねしけき恋もするかな」であり、この「みやま木によるはきてぬる……」歌は挙げていない。『河海抄』の注では、

杲鳥万葉　箱鳥同　或は皃鳥異名也皃鳥は梟の一名也

と説明したあとで、

深山木によるはきてぬるはこ鳥のあけは帰らんことをこそおもへ

あさいてにきなくはことりなれたにも君にこふれはときをすへなく万人丸

の二首を挙げ、「雄略天皇御時……」の説明を加える。これは、後世の注釈書にそのまま受け継がれ、『孟津抄』では、『河海抄』と『花鳥余情』の挙げる引歌をすべて引用する。『源氏引歌』がこの歌だけを引歌と定めた理由は明らかではないが、「み山木に」歌ならば、出典を確認することも、本文を校合することもできた。

「絵入源氏」の編者春正は歌人であり、近世の『国歌大観』に当たる『古今類句』の編者でもあったから、『源氏引歌』もまた、春正自身によって編集されたと考えた（第二章第一節参照）。異文注記のある三首の引歌を検討した結果、この推定はより確かなものとなってきたが、そのことを別にしても、これらの異文注記の方法が、「絵入源氏」本編

の異文注記を考える手がかりになるように思う。『源氏引歌』の編者は、引歌を『河海抄』や『孟津抄』などの注釈書から引用しただけではなく、本歌の入っている歌集を参照して和歌本文を確認し、出典の巻名を加え、古注に引用された和歌本文との違いを異文として注記した。『源氏目案』と『源氏引歌』との関係にも矛盾は少ないので、おそらく春正自身の仕事であろう。

右の『源氏目案』の「みやま木に」の項目でも、『河海抄』を引用しながら、その引歌を記さないのは、別巻の『源氏引歌』に役割を分担させたからと考えられる。先に示した「絵入源氏」本編の異文注記にも、たびたび『源氏目案』の注が関わっていた。まだ十分に考察し得てはいないが、「絵入源氏」本文を考えるには、ただ本文だけではなく、『源氏目案』および『源氏引歌』と古来の注釈との関わりを十分に考えなければならない、ということである。もちろん、『源氏目案』や『源氏引歌』を、それぞれ単独で論じるべきではないだろう。

注

（1）「お」と「を」の区別は『源氏目案』の項目分類でもされていないので、この仮名遣いは問題にしない。
（2）中田武司編『岷江入楚第一巻』（文献44）の本文および校合の本
（3）与謝野寛・正宗敦夫・与謝野晶子編『源氏物語』（大正一五年一〇月、日本古典全集刊行会）
（4）塚本哲三編『有朋堂文庫　源氏物語』（昭和五年一二月、有朋堂書店）
（5）有川武彦校訂『増註源氏物語湖月抄』（昭和二年九月）、源氏物語古注釈大成『源氏物語湖月抄』（昭和五三年一〇月、日本図書センター）、復刻版（昭和五四年一月、名著普及会）、講談社学術文庫としても刊行
（6）伊井春樹「『孟津抄』の成立」（文献39『孟津抄』所収）
（7）貞徳説の聞書とされる尊経閣文庫蔵『光源氏物語聞書』には、桐壺・帚木二巻だけだが、清濁と青表紙本・河内本との違いが多く取り上げられている。『松永貞徳の研究　続編』（文献9）、『源氏物語大成　巻七　研究資料編』（文献30）参照

第四章　版本『首書源氏物語』の出版と編者

第一節　『首書源氏物語』の出版時期

一　『首書源氏』成立の謎

寛文十三年（一六七三）刊『首書源氏物語』は、源氏物語の本文にはじめて頭注を付けたテキストである。その本文は、慶安三年（一六五〇）の絵入り版本『源氏物語』、延宝元年（一六七三）の『湖月抄』とともに、江戸時代以降の流布本となった。古くは、戦前の岩波文庫[1]や有朋堂文庫[2]などの底本にも採用され、今泉忠義氏は、忠実に翻刻した活字本『首書源氏物語本文』や脚注に校異を示したテキスト『源氏物語』を出し、この本文を善本として積極的に評価された。[3]これに対して注釈書としては、「研究のあとはないが、物語の読解に便利なもの」（文献32）と説明される程度であった。大筋において「研究史」としての重松氏の評価は正しいとは思う。しかし、そもそも江戸時代以前に「読解に便利」な書物などなかった。むしろ個々の研究の成果としてではなく、文学史あるいは文化への貢献度ということに焦点を当てて考えてみると、「読解に便利な」これら版本の歴史的評価は見直されるべきではないだろうか。現代において源氏物語がよく読まれるのは、単に現代人が源氏物語に関心を持っているからというだけではない。先学によって、口語訳や詳しい注釈を備えたさまざまな読みやすい源氏物語テキストが作られてきたからである。写本の複製や影印あるいはその活字翻刻だけで、広い層の読者を得ることは不可能である。それと同様に、句読点・濁点・ふりがなを施した解釈本文に簡単な注を加えた「読解に便利な」版本は、古典を大衆に普及させ、間接的に研究を進展させたという意味において大いに評価したい。

片桐洋一氏は、影印本『首書源氏物語　総論・桐壺』（文献1①）の解説で、『首書源氏物語』を、源氏物語の全文に初めて頭注・傍注を付けて出版された古典の普及版として紹介し、その成立の謎を次のように説明された。

「首書源氏物語」は寛文十三年の刊。全五十四冊に系図一冊を付す。第五十四冊「夢の浮橋」末尾には、

寛文十三癸丑歳二月吉辰

洛陽西御門前
書林　積徳堂梓行

と刊記があり、その前、二三丁ウには、

わつかにひさをいるゝはかりのいほりには数かすの抄をかんも所せけれはおほむねその詞をその所〳〵にかきて我青氈とするものなり

河海のふかきところ花鳥の色をも音をも思ひわくはかりの心にしあらねはひか事おほかるへし人の見ることなからんことそねかはしき

寛永十七庚辰年六月中旬　洛北山下　一竿斎

と跋文があって、刊行の三十余年も前に成立していたことが知られるのであるが、編著者一竿斎については残念ながら誰人か不明である。大方の示教をまちたい。

刊記によって版本の成立時期を計る慣習によって、従来、『首書源氏』は寛文十三年に成立した注釈書として扱われ、同年の延宝元年に作られた『湖月抄』と比べて新味がない、とも評価されてきた。しかし、片桐氏が指摘された

通り、跋文によって、この書は、「一竿斎」という人物によって、寛永十七年（一六四〇）に作られたものであることがわかる。寛永十七年に成立した注釈書として見るなら、『湖月抄』よりも一時代前の書物であり、「読解に便利な」点を含めて、その注釈には注目すべき点が多い。また、『首書源氏』の編者について、今泉氏は前掲書の凡例において「釈了真」とされ、これを踏襲したものも見られる。[4] この説の由来を私は知らないが、少なくとも『首書源氏』版本の内部に「釈了真」の名を確認することはできない。従って片桐氏のこの解説は、『首書源氏』を初めて正確に紹介し、従来の説に疑義を示したことになるが、編者および出版事情については不明である。本節ではまず、『首書源氏』成立から出版までの三十年の隔たりの意味について、書誌を検討することから考えてみたい。

二　『首書源氏』の書誌

序章でも簡単に示したが、この本の諸本に共通する書誌を確認しておこう。

二七・三～五×一九・五～七センチの美濃版。紺表紙が一般的。

題簽の寸法は一九・七×三・七センチ。

題簽に「首書源氏物語」、その下に小さく巻名を印刷。例「首書源氏物語きりつほ」

内題　なし

版式（図110参照）　注釈本文部分に匡郭あり。匡郭は、二三・〇×一七・〇センチ。

頭注部分と本文部分とを線で二分割。

頭注本文は、二十四行二十四字程度。物語本文は、十二行十四～十六字。

柱刻を設け、巻名（漢字）と丁数をそれぞれ「〈」の下に記す。例「〈夢浮橋　〈一」

物語本文に、濁点・句読点・傍注。白抜き（○）の句点は段落を示す。読点は黒丸（・）
頭注には、抄出本文を「○……」、そのあとに注釈書の略称を右肩に記して注釈本文を引用。
頭注は、物語本文の真上に位置するように刻され、注釈の不要な部分は空白にする。

（構成）

頭注付き物語本文五十四巻に、『源氏系図』を付けて、計五十五冊で刊行された。

桐壺巻の前には、匡郭のない序文が二十九丁ある。柱刻の巻名部分には「〈源序」とある。

序文の版面は、二〇・五×一六・五センチ、十一行二十四字程度。

跋文・刊記（図111・図112参照。本文は前節に引用）

夢浮橋巻末（二十三ウ）に、一竿斎による寛永十七年の跋文。

裏表紙の部分に、寛文十三年の刊記。


（諸本）

同じ刊記ながら、頭注本文が一部異なる初摺本（実践女子大学山岸文庫本）が存在する。

京都大学文学部、岡山大学池田文庫、大阪女子大学、天理図書館など、同板の本が多数。

岡山大学池田文庫本は『源氏系図』を含む五十五巻揃の完本であるが、手書きの題箋が付けられている。(5)

これを含む三本の表紙はいずれも紺の並製である。天理図書館本は卍繋ぎ牡丹唐草文様の型押し藍表紙であるが、
三十冊合冊で題箋もなく、遊紙が別の紙であることから、改装本であることがわかる。


以上のように、「初摺本」とされる山岸文庫本を含むいずれの本でも、刊記は共通している。刊記によると、寛文十三年の出版物となるが、跋文によると、この書は「一竿斎」という人物によって、寛永十七年に作られたということになる。つまり、跋文と刊記の理解によって、注釈書そして本文テキストとしての『首書源氏物語』の位置づけは

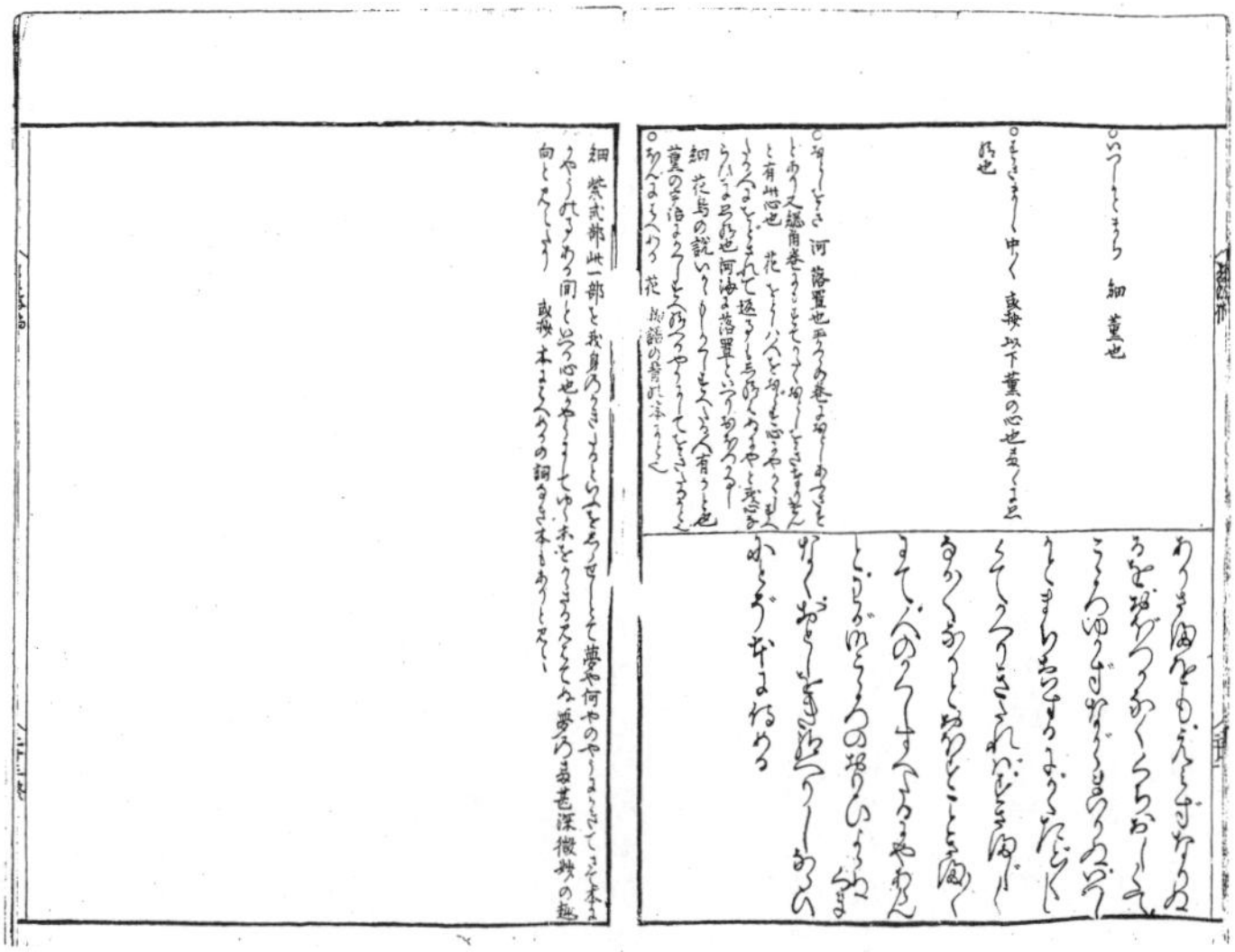

図110『首書源氏物語』夢浮橋巻・本文

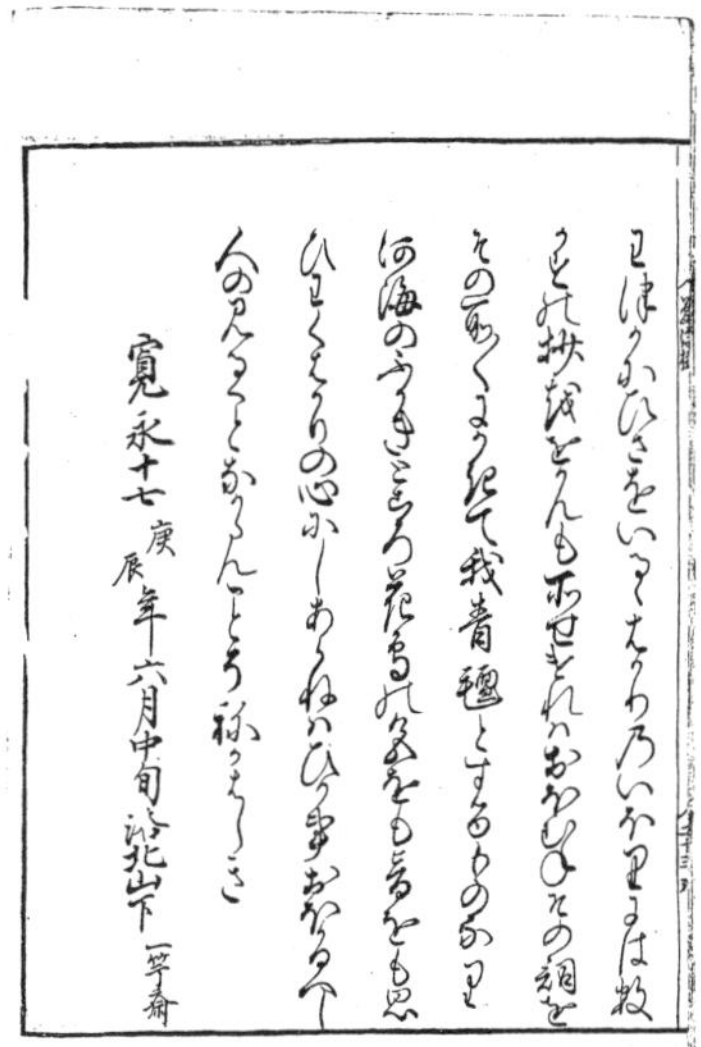

図111『首書源氏物語』夢浮橋巻末・跋文

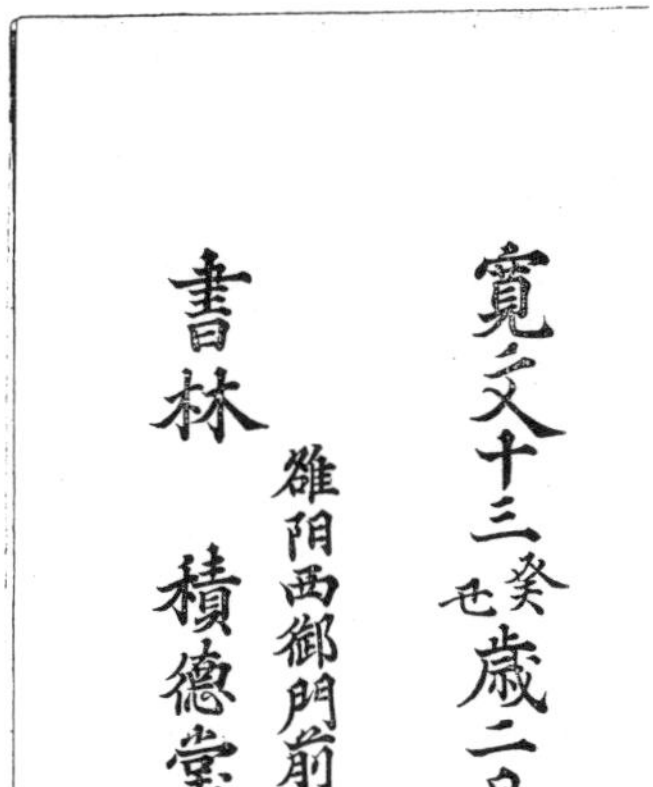

図112『首書源氏物語』夢浮橋巻末・刊記

大きく変わってしまう。また、跋文と刊記の年代の差から、本来は写本として伝わっていたものを後人が刊行した可能性も高い。このことから、『首書源氏』の原形を作った元の編者（著者）「一竿斎」に対して、現在の版本の形にして刊行した編者（編集者）という複数の手を想定する必要が生じる。

三　刊記と版式の関係

源氏物語などの古典の普及に貢献した初期の整版本の時代――寛永年間から延宝年間（一六三〇～八〇）の出版文化については不明の点が多い。わずか五十年間とは言え、京都を中心とするこの時代の出版を、江戸を中心とする近世中期以後の出版文化にそのまま当てはめると間違いが生ずる。この時期の本屋は、まだ商売としては成り立っておらず、刊記の形式も整っていない。無刊記の版本が多く、刊記はむしろ後刷りの本に入れ木（埋木）によって加えられたものである例も多い（文献14・24）。つまり、刊記に見られる書肆名や刊年は必ずしも初版の時期を表していないのである。従って『首書源氏物語』についても、刊記がこの版本の成立時期をそのまま表しているとは限らない。

そこでまず、版本『首書源氏』の刊記に見られる寛文十三年が、版本としての『首書源氏』の成立年代を正確に示しているかどうかを考えてみたい。

この刊記（図112）は、本文のための紙とは別の（丁付け・匡郭ともにない）裏表紙の遊紙に当たる頁の中央に大きく印刷されている。当時の版本では、本文に続く同じ頁の最後（または裏）に刊年と書肆名を印刷するのが一般的で、刊記のためだけに新しい紙を費やすことはしない。積徳堂が『首書源氏』を初版として出したのなら、本文最後の頁（二十三ウ）に記された跋文の文字をもう少し小さくしてでも、最後の行に刊記の入る場所を作ったであろう。ところが、一竿斎による跋文（図111）は一頁に八行をゆったりと刷ってあり、物語本文の十二行に比べて、文字も大きい。

また、跋文の印刷された二十三丁の丁付けは「二十三終」となっているのに対して、刊記のある頁は白紙（すなわち遊紙）に刊記のみを刷り込んだという体裁になっている。これは、初版が無刊記であったか、跋文の最後の一行分の空白に書肆名があったかをうかがわせるもので、積徳堂の刊記が最初から刷られていたとするには少々不自然と言わざるを得ないのである。

刊記自体の印刷の具合から見て、「寛文十三癸丑歳二月吉辰」から「書林　積徳堂」までは同時に刷られた（板木が同じ）ものと判断できるから、積徳堂が寛文十三年に印刷発行したものであることは間違いあるまい。「積徳堂」は、古典文庫『大倭二十四孝』の底本の刊記に見られる書肆である。朝倉治彦氏は、その解題において、寛文五年松永伊右衛門版『日本廿四孝』を求板したものと説明しておられる。[6] 松永伊右衛門は寛文四年に『幻夢物語』『八幡愚童訓』を刊行、積徳堂は他に寛文十一年刊『倭名類聚抄』や寛文十二年刊『信長記』を刊行していることから、朝倉氏は「（積徳堂版は）松永板の刊年をそのまゝにして、板元の部分を入木した本」であると判定された。松永版の刊記は「寛文五年乙巳正月吉祥日／松永伊右衛門開板」であり、古典文庫に複製された国会図書館本の刊記は「寛文五年乙巳正月吉祥日／書林　洛陽烏丸　積徳堂」である。これらの例から考えて、『首書源氏』の場合には、書肆名「積徳堂」と刊年「寛文十三年」との間に矛盾はなく、印刷の具合とも一致する。つまり、この刊記を共有している『首書源氏』の諸本が、寛文十三年に積徳堂によって印刷発行されたことについて問題はない。

『大倭二十四孝』の場合のように、『首書源氏』においても積徳堂が求板して再版したものであったとすれば、その初版には、刊記がなかったか他の刊記があった可能性もあるだろう。しかし、現在、他の版が見あたらない以上、これは想像の域を出ない。また、仮に無刊記の本が初版であったとしても、初版の刊年が寛永十七年であることはおそらくない。寛永頃の平仮名交じりの版本では、本文の周囲全てを囲む匡郭（枠）や柱刻、句読点などはないのが普通だったからである。漢文の版本には早くから匡郭や罫線、柱刻には魚尾が見られるが、平仮名交じりの本、特に古典の版本（歌書）においては、『首書源氏』と同じ版式は、早くても明暦年間（一六五五～八）以後に見られ、寛文頃（一六六一～）から一般的になる。

このことから、版本『首書源氏』の初版が積徳堂版の寛文十三年より十数年遡ることはあったとしても、明暦以前ではあり得ないことが推定される。寛文年間の早い時期（一六六〇～七〇年頃）に出版されていた本を、「積徳堂」が刊記を加えて市販したと考えるのが妥当であろう。

四　本文版面と書名

『首書源氏』の最終的な本文は、万治三年（一六六〇）版「絵入源氏」を底本にしたと推定される（第三章第一節参照）。本文版下に万治本の本文を用いた最大の理由は、頭注に紙面の上半分をとられたために、本文のための紙面が横型の万治本とほぼ同じ大きさになった、ということであったと思う。参考までにそれぞれの本文の版面の大きさの平均を示しておこう。

無跋無刊記本『源氏物語』　一九・〇センチ（二一字）×一五・五センチ（一一行）
慶安三年大本「絵入源氏」　二〇・五センチ（二二字）×一五・〇センチ（一一行）
万治三年横本「絵入源氏」　一二・〇センチ（一六字）×一七・五センチ（一六行）
『首書源氏物語』　一一・五センチ（一五字）×一七・〇センチ（一二行）

古活字版を含む版本のほとんどが大本で、版面の平均は、縦一九～二〇センチ、横一五センチ程度であるのに対して、万治本と『首書源氏』本文部分のみが横長である。万治本に比べると『首書源氏』の版面の方が行間に余裕はあるが、字高は似通っている。

また、両者の編集者や出版者が何らかの関わりを持っていた可能性も考えられる。万治本は、慶安本「絵入源氏」を模倣して作られた異版である。大本に記されていた慶安三年の跋文が削除されていること、本文や挿絵が粗雑で、大本の意図を理解していないことなどから、慶安本の編者山本春正と交流のない人物によって作られた本であることが知られる。万治本の初版の刊記には「かしは屋　渡辺忠左衛門」、再版には「林和泉掾」の名があるものの、これだけでは編集者の正体はわからない（第一章第二節参照）。

先に述べた通り、平仮名交じり版本に匡郭・柱刻・句読点が定着したのは寛文頃からと言える。しかし、刊記が示す寛文末年頃の版本の一般的な形式に比べて、『首書源氏』の形式はやや古いタイプの簡素な印象を受ける。そして、他の版本との最大の相違は、頭注のある上欄が異様なほどに広く贅沢に作ってある点である（図110参照）。頭注のための上欄と本文のある下欄はほぼ同じ分量で、首書《かしらがき》（頭注）と言うより上半身と言った方がふさわしい。頭注のある形式はこの頃から始まったが、『首書源氏』を真似たと思われる延宝元年跋『湖月抄』では、本文の字高の半分以下の幅に頭注が記され、その空白に収まらない時には本文の行数を減らして左右に続ける、という方法をとっている（第三章第二節の図86参照）。そのため、本文とそれに対応する注の位置が離れることも多く、頭注がどの本文を指すのかわかりにくい。

これに対して『首書源氏』の場合は、空白を大きくとり、必ず本文の真上にその注が位置している。これは、少しでも紙面を節約しようとした寛文以後の普及型の版本の形式とは対照的な作り方と言ってもよい。写本も版本も、時代が下るにつれて紙の幅は狭くなる。初期の版本では、本文上部には必ず空白部が見られた。これはテキストとして使用する者が、後に注を書き入れるのに好都合であったらしく、古活字本や初期の整版本においても、この空白に『河海抄』や『花鳥余情』などの注が書き込まれていることが多い。『首書源氏』の余裕ある紙面には、そうしたテキストに準じるものとして作られたのではないかと思わせる要素がある。このことから、『首書源氏』の版本としての成立は、刊記の示す年代よりもやや古い時代に設定し得るのではないかと考える。
　ここで注意しておきたいのは、先の書誌でも示した通り、「首書源氏物語」という書名は、この版本の題簽に刷られているのみで、内題にも跋文にも見られない、という事実である。つまり、頭注形式をとる注釈付きテキストは、この書名が付けられた時に成立した可能性が高い。そして、一竿斎の作った原稿の段階では、どのような本文にどのような体裁で記されていた本であったのかは不明である。たとえば、承応元年（一六五二）に松永貞徳が跋文を記した版本『万水一露』は、もとになった能登永閑の注釈書の写本に見出しとして記されていた源氏物語抄出本文に代えて、新たに別系統の源氏物語本文全文を加えたものであった（第二章第三節参照）。これと同様、『首書源氏物語』の場合も、一竿斎の注釈書をもとにして、万治三年版「絵入源氏」を参照して本文を整え、頭注の形式に仕立て、「首書源氏物語」と名付けて出版したものであった、という推測も可能である。

注

（1）岩波文庫（旧版）『源氏物語』（昭和二年七月、岩波書店）
（2）塚本哲三編『有朋堂文庫　源氏物語』（昭和五年一二月、有朋堂書店）
（3）今泉忠義『首書源氏物語本文』（昭和一九年五月、東京図書出版）、今泉忠義・森昇一・岡崎正継編『源氏物語全』（昭和五二年一月、桜楓社）
（4）中野幸一編『常用源氏物語要覧』（平成七年一二月、武蔵野書院）等。寺本直彦『源氏物語受容史論考』（文献34）では「釈子真」とされる。
（5）石原美奈子・野村精一「首書源氏の初摺本と「或抄」について—孟津抄校訂遺事（四）—」（昭和六二年七月、「研究と資料」一七輯）による。
（6）吉田幸一校『大倭二十四孝』（昭和四八年一一月、古典文庫第三一八冊）

第二節　『首書源氏』の異文注記

『首書源氏』には、本文の傍らに他本の本文を注記した箇所が多く見られる。こうした異文注記の箇所には、他のどの箇所よりも強い校訂意識がうかがえる。前章では、他の版本の本文との関係を中心に考察した。ここでは、異文注記の箇所に焦点を当てて本文を調査し、版本『首書源氏』の本文校訂がどの本を用いて、どのような方法で行われたのかを考えたい。写本との校異は、第三章に示したのと同様、『源氏物語大成　校異編』によったが、版本については、伝嵯峨本・元和本・無刊記整版本・版本『万水一露』・慶安本・万治本・『湖月抄』の七本と校合した。調査した巻々については、影印本（文献１）が刊行されているので、異文注記の対象本文のみを掲出し、（　）内には原本の丁数に加え、影印本の頁数を記した。

一　絵合・松風

影印本『首書源氏物語　絵合・松風』（文献１⑭）の解説および補注でも異文注記について触れたが、不備な点も多かったので、まず、この二巻の異文注記から明らかにしておきたい。以下、すでに扱った例をも含め、『首書源氏物語』の異文注記のある箇所の本文を挙げ、同文・異文に一致する本をそれぞれ示した。

1御こゝろならひの＼イ（二オ5・五五七14）――池田本・三条西家本＊伝嵯峨本・絵入源氏・湖月抄と同文。大島本・御物本・榊原本・肖柏本＊元和本「御こころのならひ」、無刊記本・万水一露「心のならひ」、証本「御心のならひの」

2おとなひ《ハイ》（五オ11・五六〇5）——独自異文。諸本「おとなは」、御物本「おとな」

3こゝろぶかゝらて《しらてイ》（九オ19・五六三4）——池田本・三条西家本＊無刊記本・絵入源氏と同文。肖柏本＊伝嵯峨本・元和本「御心ふかゝらて」、万水一露「しらて」、湖月抄「しらで《こころしらでイ》」、他本「心ふかくしらて」「御心ふかくしらて」、河内本「ふかき心しらて」

4二まきはえり《＼イ》おぼす（十四ウ30・五六七4）——万治本「絵入源氏」のみと同文。諸本「二まきはおぼす」

5きんもちか《＼イ》（十五オ31・五六七13）——諸本と同文。万水一露「きんもち」

6むらさき地《のイ》（十七オ35・五六九2）——青表紙本諸本＊伝嵯峨本・万水一露・絵入源氏・湖月抄と同文。七毫源氏（河内本）＊元和本・無刊記本「むらさきのち」

7ゆかしう《イ》（十九ウ40・五七〇13）——河内本＊絵入源氏・湖月抄と同文。青表紙本諸本＊伝嵯峨本・無刊記本・万水一露「ゆかし」[1]（注1）、横山本「ゆかしく」

8うちしほたれ《皆イ》（二十二オ45・五七二13）——池田本・肖柏本・三条西家本・証本＊版本諸本と同文。青表紙本他本・河内本「皆うちしほたれ」

9此御《＼イ》世（二十四オ49・五七四4）——諸本と同文。御物本・河内本「此世」

2の「おとなひ《はイ》」を除き、『首書源氏』本文とすべて一致しているのは万治本「絵入源氏」のみである。そして、この「おとなひ」も万治本からの誤写である。また、『首書源氏』と万治本のみとの共通異文4箇所も、万治本の側の誤植による（第三章第一節参照）。つまり、この巻では、異文注記を施した箇所の本文は全て万治本の本文を採用していたことが推定される。同時に、『首書源氏』編者が、同じ「絵入源氏」の慶安本や無刊記小本は参照していなかったことがわかる。なお、3の異文注記「しらで」は、「こゝろぶかゝらで」全体に対する異文と考えるべきで、それに当たる本文は『万水一露』のみとなる。『湖月抄』は、『首書源氏』の注記によって「こころしらで」という異文があると誤解したのであろうが、このような本文は見あたらない。

松風巻にも、九箇所の異文注記が見られる。

10人《＼イ》けさはかしう（三オ59・五八〇11）――絵入源氏・湖月抄と同文。諸本「けさはかしう」

11きずに《はイ》や（四ウ62・五八一12）――諸本に一致。池田本＊無刊記本・万水一露「きはにや」、湖月抄「にや」

12つくりはて《出イ》ゝぞ（同・五八一13）――横山本・陽明家本・肖柏本・河内本＊伝嵯峨本・絵入源氏・湖月抄と同文。青表紙本他本＊元和本・無刊記本・万水一露「つくりいててそ」

13あかつき秋《にイ》風（七オ67・五八三10）――三条西家本＊伝嵯峨本・絵入源氏・湖月抄と同文。青表紙本他本＊元和本・無刊記本・万水一露「あかつきに秋風」

14むかしの《イ》人も（十一オ75・五八六6）――大島本・陽明家本・肖柏本・証本＊版本諸本と同文。青表紙本他本「むかし人も」

15時に《＼よイ》（十四オ81・五八八12）――伝嵯峨本・絵入源氏と同文。諸本「ときよに」

16ほどを《はイ》（十七ウ88・五九一10）――河内本＊絵入源氏・湖月抄と同文。諸本「ほとは」

17こぼれい《＼おイ》づるぞ（二十ウ94・五九三10）――証本・大島本・肖柏本＊伝嵯峨本・元和本・絵入源氏・湖月抄と同文。青表紙本他本＊無刊記本・万水一露「こほれおつるそ」

18ほどを《＼しゐてイ》おぼし（二十五オ103・五九七5）――諸本に一致。肖柏本・三条西家本＊無刊記本・万水一露「ほとをしゐて」

この巻には慶安本と万治本の異文はなく、異文注記の箇所の本文は、すべて両方の「絵入源氏」に一致している。これに対して「絵入源氏」の方には、これらの箇所に異文注記がないから、『首書源氏』刊行前の本文が「絵入源氏」に流れ込んだのではなく、「絵入源氏」の本文が版本『首書源氏』に採用されたと考えられる。

11の本文について、『孟津抄』では「人わろきにや　人わろききすにやとある本不用」とする。『湖月抄』は、この注を本文傍注とし、「人わろきにや」の本文を採っている。しかし、『孟津抄』の本によっては「人わろきはにや　人わろききにやとある本不用」とあったらしく、(2)あるいは『孟津抄』としては「きはにや」と「きすにや」の異文を問題にしたつもりだったのかもしれない。また、「絵入源氏」では、「きずにや」と濁音表記で示し、異文注記はない。つまり、『首書源氏』が問題にする異文は「きは」「きす」であり、「絵入源氏」の本文「きず」を採用した上で、異文「きは」を注記した、ということになるだろう。

ここで注意したいのは、異文注記に見られる現象である。採用された本文が「絵入源氏」と一致するのに対して、注記された異文とたびたび一致するのが、版本『万水一露』の本文である。採用された本文と『万水一露』との一致率が低いにも関わらず、注記された異文は、3「しらて」や5「きんもち」のように『万水一露』の本文にしか見られない例もある。また14では、本文は版本諸本で一致しているが、実は『万水一露』には「むかしの人も」という異文注記がある。そして右のうち、1、4、10、13、15、17、18は、いずれも写本系には見られず、版本『万水一露』において付け加えられた本文である（文献50）。つまり、『首書源氏』の本文校訂において参照された『万水一露』は、写本ではなく、承応元年貞徳跋版本『万水一露』であったことがうかがえる。

二　桐壺・帚木・夕顔

次に、桐壺・帚木・夕顔の三巻における異文注記を挙げる。空蟬巻に、異文注記は見あたらない。

1ちゝ＼イの大納言（桐壺、二オ63・五12）――青表紙本諸本＊伝嵯峨本・元和本・絵入源氏・湖月抄と同文。無刊記本

「ち、大納言」、万水一露「父大納言」

2月も《きくイ》（帚木、二十七ウ56・五四9）——青表紙本諸本＊伝嵯峨本・絵入源氏（「月も《きくイ》」）・湖月抄と同文。河内本＊無刊記本・万水一露「きく」

3まつ《とイ》はす（同、三十一ウ64・五七11）——池田本＊絵入源氏（「つ《どイ》」）・湖月抄と同文。大島本（「と《つ朱》」）・松浦本・三条西家本・為秀本・証本（「と《つ》」）＊伝嵯峨本・無刊記本・万水一露「まとはす」

4かきすく《す、イ》めたる（同、三十七オ75・六一14）——青表紙本諸本＊伝嵯峨本・無刊記本・万水一露・絵入源氏と同文。松浦本・為秀本「かきすゝめたる」

5はやうせ《うイ》給（夕顔、四十六ウ94・一三八11）——大島本・御物本・横山本・池田本・三条西家本・証本＊伝嵯峨本と同文。榊原本・肖柏本＊元和本・無刊記本・万水一露・絵入源氏・湖月抄「はやう」

6むつま《かイ》しき（同、五十オ101・一四一6）——諸本に一致。湖月抄も「むつましき《むつかしきイ》」。三条西家本「むつかしき」

1は、無刊記本と『万水一露』のみが「ち、（父）大納言」とあるので、『万水一露』によったと推定される。2の場合、河内本で「きく」とあり、『湖月抄』の本文「月」の傍注にも「河　定家本には菊とあり」と記されているから、『首書源氏』でも河内本を参照していた可能性があるだろう。しかし、特定の河内本系統の写本を参照せずとも、この異文を知ることはできた。『首書源氏』頭注には、

琴の音も歌　殿上人也　祇註心は琴のねも菊もたくひなき御宿なから御ためにつれなき人をえやはひきと、め給へるかゝる折ふしにも我こそ庭の紅葉をもふみ分て見はやし侍れといふ心なれはねたますとの義きこえ侍るにや

とあり、ここで引用する「祇註」は『雨夜談抄』（文献42）のことと思われる。ただ『雨夜談抄』では、「菊もえならぬ」の見出し本文でありながら、「心は琴の音も月もたくひなき御宿なから……」という注釈本文になっている。これに対して『万水一露』では、この箇所の記事が「祇　心は……」と、『首書源氏』の頭注と同じ形で引用されてい

る上に、問題の注釈本文も「心はことのねも菊もたくひなき御宿なから」と、『首書源氏』頭注と一致している。このことから、2の異文注記は、『万水一露』の注釈によったと考えられる。なお、源氏物語古注集成『万水一露　第一巻』（文献50）の校異によると、写本系の河野記念館本の本文は「月」となっている。

3の「まつ《とイ》はす」の場合は、「絵入源氏」の本文を異文注記とともに採用し得たはずだが、「絵入源氏」の他の異文注記との直接の関わりは認められないので、やはり『万水一露』本文を異文として示したものと考えてよいだろう。

4の「すゝめ」と「すくめ」は、もとは単純な誤写による異文であろうが、『細流抄』に「かきすゝめ　一本かきすくめとあり」と記されており、その注が『万水一露』にそのまま引用されている。また、『万水一露』の見出し本文も、版本では「すくみたる」、写本系では「すゝみたる」とある。『首書源氏』の頭注にも「或抄」の注「文字かちにかけは文体すゝむなり　一本すゝむ也　進也文字を多くかく心也」がある。一方、河内本では、「かきすゝみたる」に続く本文「あなうたてこの人の」が、「いてやあまりなりこゝもとの」と別の本文になっている。従って、『首書源氏』も『湖月抄』も、『万水一露』や『細流抄』の注釈を基にして異文を示したと考えられる。

『首書源氏』の頭注には、青表紙本と河内本の相違に言及した箇所が多い。青表紙本と河内本とを対等に扱い、それぞれの注釈を示すのであるが、これは河内本によっていた『花鳥余情』や宗祇の注などを尊重していたからであろう。『首書源氏』に河内本の本文が混入しているのは、このような注釈書を介した結果であり、親行の純粋な河内本を座右に置いて校訂していたというわけではないと思う。この方法は、『首書源氏』のみならず、当時の版本に共通する姿勢であった。

帚木巻には、他にも「すくめるかたと」の本文があり（二十オ41・四九4）、頭注に、

○すゝめる方と　巴抄あまり男にしたかふ事さし過たるといふ心也　河内本にはすくめるとありきこつなき心也

と記されている。版本『万水一露』には、「すゝめる」の本文で「一本すくめる」としたあと、『細流抄』の「すゝめ

るといふ本あり」を引いている。『源氏物語大成　校異篇』によると、青表紙本系統の本の中では、諸本「すゝめる」に対して松浦本のみが「すゝめる」とあり、河内本では「すゝ」「すく」の違いのみならず、それに続く「かたと」が「かたの人と」と別の本文になっている。『首書源氏』本文における河内本の混態や河内本による異文注記の多くは、このように注釈書と深く関わっている。中でも帚木巻は、宗祇の『雨夜談抄』（『帚木別注』とも）を尊重することにより、本文の混態化が進んだと考えられる。

5「はやう《うイ》せ給」の箇所は、版本のうち伝嵯峨本のみが「はや」となっている。他の箇所でも、採用した本文と伝嵯峨本とはたびたび一致しているので、伝嵯峨本を参照していた可能性はある。しかし、伝嵯峨本との直接の関わりは確認できないので、それよりも万治本を誤写した可能性の方が高い。万治本では「はや」のあとで改行、次の行に「うせ給」とある。編者や版下の制作者が「はや」の本文に違和感を覚えず、これを誤読したのかもしれない。

6の「むつま《かイ》しき」は、異文の発生しにくい和歌における異文である。

　見し人の煙を雲と眺れば夕の空もむつま《かイ》しきかな

『首書源氏』頭注は、この異文について触れず、『弄花抄』『細流抄』「或抄」を引用するのみである。

○見し人の歌　源氏也　弄　空のうちくもりたるけしきよりよめるにや　細　煙を雲とは変化して跡もなく見なせはなり　時雨かちなる空なるへし九月廿日あまりの空のけしきなと思へし　或抄　煙の果は雲と成也夕貌のけふりのゆくゑと見れは何となく空のけしきもむつましく思はるゝと也

いずれも「むつましき」の本文に対する注釈である。『源氏物語大成』によると、「むつかしき」は三条西家本の独自異文となっているので、三条西家本の影印本（文献52）で確認してみると、

　みし人のけふりをくもとなかむれはゆふへのそらもむつか《まイ》しきかな（三条西家本、夕顔、五十四ウ）

と、『首書源氏』と逆の表記になっている。また、岩波古典大系『源氏物語』巻末の校異によると、宮内庁書陵部蔵

の後陽成帝宸翰等本と青蓮院門跡蔵の元和・寛永中校訂本の二本にも見られると言う。後陽成帝宸翰等本は三条西家本の転写本であるから、(3)「むつかしき」は三条西家特有の本文と言ってよいだろう。『岷江入楚』（文献44による）には、次の注が見える。

聞書本にはむつかしき哉とあり逍遥院かくのことくよまる夕の空も物むつかしく心にかゝり思ひをもよほす也しなへうらふれなといふやうの心歟称名はむつましきにて聞えたりと云々然共後にはむつかしきか面白よし申さる云々　私云見し人のけふりとなりし夕より名もむつましき潮かまの浦とあり此歌紫式部か詠也夕の空の雲はさなからなき人のけふりの行ゑにやとなかむれは物うかるへき夕の空さへなつかしきといへる義にや

逍遥院実隆は「むつかしき」、称名院公条「むつましき」をよしとしたのを受け、三光院実枝は「むつかしき」を面白いと言ったと記している。これに対して、著者の通勝自身は、結局「むつましき」を受け入れている。一方、同じ人々から教えを受けた九条稙通は『孟津抄』で、『首書源氏』と同じ本文と異文注記を記した上で、それぞれの本文について、次のように述べている。

みし人のけふりを雲となかむれは夕の空もむつましきかな《カイ》　むつましきむつかしき両義也むつかしきの方よき也夕かほの事は思いたさるゝ程にむつかしきといふかたよき也むつましとありしに付て種々の秘説あり

そして「むつかしき」の方がよいと言うのである。

これらの注釈書のうち、『首書源氏』の編者が参照したのは、頭注にもたびたび引用する『孟津抄』であろうか。「むつかしき」をよしとする注釈は採らず、三条西家で問題にされていた「両義」を示す意味で、『孟津抄』の見出し本文によって異文注記を加えたのではないだろうか。

三　若紫・末摘花・葵

次に、若紫・末摘花の二巻に見られる異文注記を挙げる。

1こえざ《ひイ》らん（若紫、四十四ウ90・一八一14）――大島本・肖柏本・証本＊伝嵯峨本・元和本・絵入源氏・湖月抄（「こえざ《ひイ》らん」）と同文。青表紙本他本＊無刊記本・万水一露「こひさらん」。

2み給に《＼イ》（同、六十ウ122・一九二12）――青表紙本諸本＊伝嵯峨本・絵入源氏と同文。御物本＊元和本・無刊記本・万水一露・湖月抄「み給」、証本「給」

3人々《はイ》（同、六十三オ127・一九四4）――青表紙本諸本＊伝嵯峨本・絵入源氏・湖月抄と同文。元和本・無刊記本・万水一露「人々は」

4いづれも〳〵《イ》（末摘花、十オ21・二〇七11）――絵入源氏と同文。他本「いづれも」

5女はら《はうイ》（同、三十九オ79・二二七5）――肖柏本・三条西家本＊絵入源氏と同文。大島本・横山本・池田本・証本＊伝嵯峨本・湖月抄「女はう」、元和本・無刊記本・万水一露「女房」

『首書源氏』本文にすべて一致するのが「絵入源氏」で、版本『万水一露』が異文の方に一致する。やはり特定の写本によらずとも、版本『万水一露』を参照することによる異文注記と考えてよいだろう。

桐壺巻から末摘花巻までは、絵合・松風の二巻に比べると異文注記が少ない。調査した六巻の中では、次の葵巻で6箇所あるので、最初の巻々より増加しているのだろうか。

6こ《見イ》ざらましかば（葵、八オ17・二八八4）――独自異文。諸本「みさらましかは」

7いかで《イ》か（同、十三オ27・二九一9）――絵入源氏・湖月抄と同文。青表紙本諸本＊伝嵯峨本・元和本・無刊記本

・万水一露「いかて」
8又《またイ》いと（同、二十四ウ50・三〇〇1）――大島本・証本「又いと」、三条西家本＊版本諸本「またいと」
9ほど〳〵を《イ》をき（同、四十三ウ88・三一三13）――伝嵯峨本・絵入源氏・湖月抄と同文。肖柏本「ほとををき」、証本「ををき」、池田本・三条西家本＊元和本・無刊記本・万水一露「をき」、他本「ほとをき」
10うるほひ《一本うるひ》（同、四十四オ89・三一四5）――伝嵯峨本・絵入源氏・湖月抄と同文。池田本（「うるほひ」）、青表紙本諸本＊元和本・無刊記本・万水一露「うるひ」
11こゝろぐるしければ《どイ》（同、五十二ウ106・三二〇8）――元和本・無刊記本・万水一露と同文。青表紙本諸本＊伝嵯峨本・絵入源氏・湖月抄「心くるしけれと」

6の本文は独自異文であるが、これもまた万治本からの誤写の可能性がある。ここの本文は、元和本を除く版本五本がいずれも「見さらましかは」と漢字表記になっている。そのうち万治本の「見」が「こ」に似た字形なので、これを誤読して採用し、『万水一露』本文を異文として注記したと考えられる。

8の「又」と「また」とは、本文の相違ではないので、大島本・証本・三条西家本を影印本により、版本は原本によって確認して示した。清濁の区別を記す「絵入源氏」や『湖月抄』でも「また」とあり、明らかに「未だ」の意味を示す例は見あたらない。仮名表記「また」の場合には「まだ」と読み得ることを示しただけであろうか。頭注にも、これについての説明はない。9の箇所はさまざまな異文があるが、『首書源氏』の注記する異文は、「ほど〳〵を」のない『万水一露』の本文である。

10の注記を見ると、「うるひ」よりも「うるほひ」の方が一般的な本文かと思えるが、青表紙本諸本が、注記の「一本」の本文に一致している。このことから、『首書源氏』編者が青表紙本の写本を参照していなかったこと、また、版本の中でも元和本や無刊記本を見ていなかったことがわかる。

以上のように、異文注記のある箇所のほとんどが、採用した本文が「絵入源氏」に一致し、異文注記は版本『万水一露』に一致する。しかし、11はその逆の例である。頭注には、次のように記されている。

○心くるしけれは　或抄　源氏の心にかゝる也　異本心くるしけれと紫の上の心中くるしけれと也　いかゝありけん草子地也

この場合は「或抄」の説を尊重した結果、「絵入源氏」の本文「けれど」では不都合だと判断して異文注記とし、『万水一露』の「ければ」を採用したのであろう。なお、以上の例のうち2、3、6、9、10は、写本『万水一露』の見出しになく、版本にのみ見られる本文である。

四　紅葉賀・花宴・賢木

最初の巻々に比べて、あとになると傾向が変わる可能性もあるので、須磨巻までの異文注記の箇所についても確認しておきたい。まず、紅葉賀巻から賢木巻までの校合結果を示す。紅葉賀巻は本文の量に比して異文注記は少なく、花散里巻に異文注記は見あたらなかったが、賢木巻には、10箇所も見られる。

1かんだちめ＼たちは《イ》（紅葉賀、五ウ12・二四〇5）――伝嵯峨本・絵入源氏・無刊記本・万水一露と同文。青表紙本諸本＊元和本・湖月抄「かんたちめは」、河内本「上達部なとまて」

2うねめ蔵《女イ》人（同、二十五オ51・二五三13）――伝嵯峨本・元和本・絵入源氏・河内本と同文。青表紙本諸本＊無刊記本・万水一露・湖月抄「うねめ（へ）女くら人」

3文《＼イ》人（花宴、二ウ84・二六九8）――青表紙本諸本＊絵入源氏・湖月抄と同文。伝嵯峨本・元和本・無刊記本・万水一露「人」、河内本「文人なと」

4 あらんに《＼ありけんイ》（賢木、一ウ4・三三三10）――青表紙本諸本・伝嵯峨本・絵入源氏・湖月抄と同文。三条西家本＊元和本・無刊記本・万水一露「ありけんに」

5 忍ぶれど《思へとも一本》（同、十一オ23・三四〇5）――諸本と同文。別本（為相本）「おもへとも」

6 物《昔イ》がたり（同、二十オ41・三四七3）――青表紙本諸本＊伝嵯峨本・絵入源氏・湖月抄と同文。肖柏本・別本（陽明家本・為相本・国冬本）＊元和本・無刊記本・万水一露「昔物かたり」

7 おほぢ《きイ》おとゞ（同、二十一オ43・三四七13）――青表紙本諸本＊伝嵯峨本・元和本・無刊記本・絵入源氏と同文。万水一露・湖月抄（「き《ぢイ》」）「おほきおと、」

8 奉り《奉るイ》たり（同、二十一ウ44・三四八3）――青表紙本諸本＊絵入源氏・湖月抄と同文。伝嵯峨本・元和本・無刊記本・万水一露「奉る」、河内本・別本（国冬本）「たてまつれり」

9 やうに《＼はイ》こそあらす（同、三十オ61・三五四7）――絵入源氏・湖月抄と同文。青表紙本諸本＊伝嵯峨本・無刊記本・万水一露「やうにはあらす」、別本（為相本）「やうにこそなく」、元和本「やうにあらす」

10 有さまなど《もイ》（同、四十オ81・三六二3）――三条西家本＊伝嵯峨本・絵入源氏・湖月抄と同文。青表紙本諸本＊元和本・無刊記本・万水一露「ありさまも」

11 かよふと《＼イ》ならば（同、四十三オ87・三六四4）――独自異文。諸本「かよふならは」

12 あかすこ《もイ》と（同、四十八オ97・三六八2）――青表紙本諸本＊無刊記本・万水一露・絵入源氏・湖月抄と同文。三条西家本＊伝嵯峨本・元和本「あかすも」

13 心《又イ》もとなからん（同、五十七オ115・三七四11）――榊原本＊絵入源氏と同文。青表紙本諸本＊伝嵯峨本・元和本・無刊記本・万水一露・湖月抄「また心もとなからん」

11以外はすべて、「絵入源氏」と一致し、5と12以外において、注記された異文が『万水一露』と一致する。そして４８９10は写本系の見出しにはなく、版本『万水一露』にのみ見られる。９や13のように「絵入源氏」のみと一致する本文や、７のように『万水一露』のみと異文が一致する例もある。これらから見て、『首書源氏』の本文校訂に利用された本の中に、「絵入源氏」と版本『万水一露』があったことは確かであろう。

五　須磨

須磨巻には、異文注記が19箇所も見られる。最初の五巻で異文注記が少なかったのは、それらが歴史的によく研究され、本文として成熟している証拠でもあろうが、それ以外は、巻によって差があるのだろう。須磨巻はよく読まれているが、その研究は十分に成熟していないということかもしれない。所在不明の異文もいくつか見られる。

1そらお《もイ》そろしう（須磨、十八オ37・四〇八3）――伝嵯峨本・絵入源氏・湖月抄と同文。青表紙本諸本＊元和本・無刊記本・万水一露「そらもおそろしう」、河内本「そらおそろしうおほえ」

2とられて《一本とけて》（同、十九オ39・四〇九2）――青表紙本諸本＊伝嵯峨本・元和本・無刊記本・絵入源氏・湖月抄と同文。河内本＊万水一露「とけて」

3をしはかりて《イ》（同、二十一オ43・四一〇6）――諸本と同文。三条西家本＊無刊記本・万水一露「をしはかり」

4よろしく《一本よろこはしく》（同、二十二ウ46・四一一10）――諸本と同文。異文「よろこはしく」の所在不明

5さしあたりては《イ》（同、二十三オ47・四一一13）――絵入源氏・湖月抄と同文。諸本「さしあたりて」

6おぼす《さるイ》らん（同、二十四オ49・四一三1）――別本と同文。諸本「おほさるらん」

7家《住イ》ゐ（同、二十四ウ50・四一三7）――青表紙本諸本＊万水一露・絵入源氏と同文。異文「住ゐ」の所在不明

8よしきよの朝臣など《イ》（同、二十五ウ52・四一四4）――伝嵯峨本・絵入源氏・湖月抄と同文。青表紙本諸本＊元和

本・無刊記本・万水一露「よしきよの朝臣」

9ゆかしきを《にイ》（同、二十七オ55・四一五5）――諸本と同文。異文「ゆかしきに」の所在不明

10あらぬ《でイ》を（同、二十八ウ58・四一六8）――河内本＊絵入源氏・湖月抄と同文。諸本「あらて」

11御を《心イ》もむけ（同、二十九ウ60・四一六14）――青表紙本諸本＊伝嵯峨本・絵入源氏・湖月抄と同文。河内本＊元和本・無刊記本・万水一露「御心むけ」

12まどはれ給《＼イ》はぬ（同、三十一オ63・四一八4）――河内本・別本（陽明家本）＊伝嵯峨本・絵入源氏・湖月抄と同文。青表紙本諸本＊元和本・無刊記本・万水一露「まとはれぬ」

13へだて《経イ》給はじ（同、三十一ウ64・四一八9）――大島本・横山本・池田本・飯島本＊伝嵯峨本・絵入源氏・湖月抄と同文。肖柏本・三条西家本・河内本・別本＊元和本・無刊記本・万水一露「へたまはし」

14なぐさみ《にイ》けり（同、三十八ウ78・四二三12）――肖柏本＊無刊記本・万水一露と同文。青表紙本諸本＊伝嵯峨本・元和本・絵入源氏・湖月抄「なくさみにけり」

15まづいつしか《とイ》（同、四十ウ82・四二五11）――諸本と同文。別本「いつしかとまつ」

16かのすま《住居イ》（同、四十三ウ88・四二七14）――肖柏本＊絵入源氏と同文。青表紙本諸本＊伝嵯峨本・元和本・無刊記本・湖月抄「かの御すまゐ」、万水一露「御すまゐ」

17おぼえ給へば《けれイ》（同、四十五ウ92・四二九6）――諸本と同文。異文「おほえけれは」の所在不明

18もち《＼イ》給ふて（同、四十六ウ94・四三〇3）――青表紙本諸本＊伝嵯峨本・元和本・絵入源氏・湖月抄と同文。河内本（「もたまうて」）＊無刊記本・万水一露「もたまひて」

19うみつら《のイ》（同、五十二ウ106・四三五1）――青表紙本諸本＊版本諸本と同文。河内本（七毫源氏・高松宮本・尾州家本・平瀬本）・別本（陽明家本）「うみのつら」

先の賢木巻と同様、本文・異文ともに別本や河内本と一致する例もあるが、そのほとんどが「絵入源氏」『万水一露』とも共通している。そして、19箇所のうち、1、2、3、5、8、10、11、12、13、16、18の11箇所において、「絵入源氏」の本文に『万水一露』の異文という形が見られる。14のように、『万水一露』の本文に「絵入源氏」の異文という逆の例もある。しかも、これらのうち、1、10、11、13、14、18は、写本の『万水一露』にはなく、版本『万水一露』にのみ見られる本文である。このことから、校訂に使用された『万水一露』は、承応元年の版本の方であったことが確認できる。

六　『首書源氏』の本文校訂

以上、桐壺から須磨までの十二巻に絵合・松風を加えた計十四巻、総数67箇所の異文注記を調査した結果、その大半において、採用された本文が万治本「絵入源氏」に、注記された異文は版本『万水一露』の本文に一致するという顕著な現象が認められた。従って、『首書源氏』の本文校訂には、万治本とともに、承応元年（一六五二）に松永貞徳が跋文を記した版本『万水一露』が用いられたことがうかがえる。

万治本は、山本春正編集の慶安本「絵入源氏」を模写し、版型を変えて万治三年（一六六〇）に出版された異版であり、その内容から、春正とは関わりのない別人の手によって作られたことがわかる。基になった慶安本の跋文には、春正が松永貞徳の指導による編集したという経緯が記されているが、万治本ではその跋文を省いている。このことからも、春正自身の編集でないことは明らかであろう（第一章第二節参照）。

一方、版本『万水一露』は、松永貞徳が弟子に何度も書写させた能登永閑の注釈書『万水一露』に、新しく源氏物語の本文全文を加え、貞徳が承応元年（一六五二）に跋文を付けて出版を許した書物である。本文を調査した結果、その底本は無跋無刊記本と推定された（第三章第三節参照）。先に示した通り、『首書源氏』の異文注記の箇所においても、無刊記本と版本『万水一露』の本文はたびたび一致している。しかし、まれに無刊記本と『万水一露』とが異なる場合があり、そうした例において、『首書源氏』の異文注記は『万水一露』の方に一致することが多い。絵合巻の6「むらさきのち」のように無刊記本と一致する異文もあるが、全体的に、『首書源氏』と無刊記本との直接の関わりは確認し得ない。従って、『首書源氏』の本文校訂には、頭注にもたびたび引用する『万水一露』が参照されたと考えてよいだろう。

以上のことから、版本としての『首書源氏』の完成は、跋文の寛永十七年にまで遡るものではなく、万治本の刊行された万治三年以後であったことがうかがえる。また、版本『万水一露』は、承応元年（一六五二）に貞徳が跋文を記し、その後まもなく出版されたと推定される。刊記のある寛文三年（一六六三）版はおそらく再版で、承応年間の刊行と思われる無刊記本が初版であるから、版本『首書源氏』の版下は、寛文三年まで待たずとも作成し得たと思う。

これに対して、跋文に見られる寛永十七年（一六四〇）の時点、すなわち、一竿斎が『首書源氏』の原稿を作成した段階においては、無跋無刊記本以外の整版本は出版されていなかった。従って、一竿斎が注を書き込んだ本は、この無刊記整版本でないとすれば、写本や古活字本であったと考えなければならない。これまでの本文調査からは、元和本や伝嵯峨本と『首書源氏』との直接の関わりはうかがえなかったが、古活字本は他にも寛永年間のものがあるので、一竿斎がそのうちの一本を所持していた可能性はあるだろう。ただ、版本として完成された現存の『首書源氏』を見る限り、万治本「絵入源氏」や版本『万水一露』の本文を優先したと見られる形跡はあっても、それ以前の特定の本による痕跡がほとんど見られない。成立時での本文は、異文の所在が明らかでない異文注記や、本文と食い違う頭注の見出し本文などに、かろうじて残されているかもしれない。それらを細かく検討してゆけば、あるいは寛永十七年以前に一竿斎が使用していたテキストが明らかになるかもしれないが、現時点では不明と言わざるを得ない。

なお、渡瀬茂氏の『首書源氏物語　薄雲・朝顔』（文献1⑬）補注によると、「初摺本」とされる山岸文庫本『首書源氏物語』には、薄雲巻の頭注の『孟津抄』（一部か）と異文注記7箇所中2箇所が、山岸文庫本にないと言う。その他にもこうした例が報告されているが、[4] 後に埋木で加えられたものと最初からあったものとの割合を見極め、その関係について慎重に検討する必要があるだろう。その調査により、たとえば先に見た夕顔巻の6「むつましき」の異文注記と『孟津抄』との関わりや、次節で考察する頭注の構成など、明らかになることも多いと思うが、今は、流布する本で最終的に加えられた異文注記の問題として示しておく。

注

（1）頭注には「たくひゆかしう　万水　是はかりにてはあらしとゆかしかる心也」とあるが、『万水一露』の見出し本文では「たくひゆかし」となっている。

（2）野村精一編『孟津抄　上巻』（文献39）では、底本にされた内閣文庫本で「人わろきはにや　人わろききにや」とあったのを天理図書館蔵九条家旧蔵本によって「人わろきにや　人わろききすにや」に校訂したとされる。

（3）『源氏物語事典　下』（文献30）の「諸本解題」（大津有一氏）、『日本大学蔵　源氏物語　三条西家証本』（文献52）の解題（岸上慎二氏による）による。

（4）石原美奈子・野村精一「首書源氏の初摺本と「或抄」について―孟津抄校訂遺事（四）」（第一節の注5）

第三節　『首書源氏』の注釈と編集

一　「或抄」について

片桐洋一氏は、影印本『首書源氏物語　総論・桐壺』（文献1①）解説において、『首書源氏』頭注の諸注――『河海抄』、『花鳥余情』、『源氏和秘抄』、『弄花抄』、『細流抄』、『孟津抄』、『紹巴抄』、『万水一露』、「或抄」を挙げてそれぞれ解説された。このうち『首書源氏』独自の注と見られる「或抄」については、不明としながらも、その特徴について具体例を示しながら詳しく説明された。中略しながら引用させていただく。

この「或抄」を「首書源氏物語」が他注よりも多く引用しているということは、「首書源氏」の編著者がこれを最も重視していたということであって、「首書源氏」の編著者の傾向までを併せて知り得ることになるのであるが、後述するような、作品の文学的鑑賞を何よりも尊重する「首書源氏」の姿勢と一致する点がきわめて多いことに、まず注目されるのである。…（中略）…物語の展開の中にその表現を見ていく態度であって、考証的にすぎた古い時代の注釈書とは違って、物語を楽しんで鑑賞し、それをわかりやすく説明する態度がはっきりと示されている。…（中略）…本文の傍の所々に加えられた傍注は編著者みずからのものとおぼしく、一竿斎と称する編著者の意図・姿勢をうかがうことができる。

最後の「本文の傍の所々に加えられた傍注」には、『首書源氏』独自の傍注の他に、本文版下の底本として使用された万治本「絵入源氏」と同じ傍注が見られる。万治本にはすでに、慶安本「絵入源氏」から模写した主語や指示語についての簡単な傍注があり、『首書源氏』では、これをそのまま引き継いでいる。例えば、桐壺巻頭の傍注「源氏誕生ヨリ十二才マテアリ」や主語を示す「桐壺更衣」「朱雀院」「源氏」「母君詞」などは、「絵入源氏」の諸本にすでにあった傍注である。

これに対して、文脈や物語の展開を説明した長文の注は、「物語の展開の中にその表現を見ていく態度」や「物語の内容と展開を素直に理解するための的確な助言」が顕著に表れた『首書源氏』独自の注、すなわち「編著者みずからのもの」と言える。物語を鑑賞するという注釈態度は、『首書源氏』の基本となっている。片桐氏が指摘された『首書源氏』の注釈書としての独自性は、この詳しい傍注と「或抄」にある。そして「或抄」が「抄」とある限り、寛永十七年の時点ですでに書物としてまとめられていたものか、誰かの講義の聞書をまとめたものと思われる。そして、これこそが寛永十七年にすでにあった一竿斎自身の注釈に限りなく近いものということになるのだろう。

「或抄」の注釈について、榎本正純氏は、影印本『首書源氏物語　葵』（文献1⑥）の解説において、『岷江入楚』の注釈に密接な関係があるのではないかとされた。これらを受けて私もまた、絵合・松風の二巻においても同様の特徴が認められることを示した（同⑭）。例えば、

例の月なみのゑも．みなれぬさまにことのはをかきつゞきて（絵合、八オ17・五六二8）

に対して、頭注では次のように記している。

○例の月なみの　弄　十二月の絵也一歳年中行事絵などをかくへし

○ことのはを　万水　歌なとを四季に合せてかけるにや　或抄　詞かきなと歟

『岷江入楚』には、『弄花抄』の注に続けて「聞年中行事の絵　或歌の詞書などに四季の絵かけるともあり」という講釈内容が見られるが、これは「或抄」の注とよく似ている。また、

つみかろくおふしたて給へる人のゆへは（松風、十六オ85・五九〇3）

について、頭注は次のように記す。

○つみかろく　巴抄　をろかなる事もなくそたて給ひし祈念もさこそと也　或抄　かたちのよきをつみかろきと云也

この「或抄」の注は、同時に挙げた『紹巴抄』の注の意味を限定したものと言えるが、これは『岷江入楚』の私説、

前世につみなき物かたちもよく生るると也此物語に此心あまた所にあり

を受けているように思う。この他にも「或抄」は、『岷江入楚』の注と内容的に重なる場合が多く、そのほとんどがこのような簡潔な表現になっている

しかし「或抄」は、『岷江入楚』の注の全てに一致しているわけではない。

かむやがみにからのきをはいして（絵合、十二ウ26・五六五10）

に対する頭注、

○はいして　或抄　配也配合とて物をあはせたる心也唐のうす物にて裏うちたるなるべし

の説は、『岷江入楚』の聞書「うらうちしたる事歟云々字可尋」と同じであるが、その私説「むすび花にも糸をふのりにてぬり……」等とは無関係である。また、

ぬぎかけたまふいろ〳〵・　秋のにしきをかぜのふきおほふかとみゆ（松風、二十四ウ102・五九六13）

についての頭注、

ぬきかけ給　或抄　神楽に肩ぬきと云事有歟　一説　物節に御衣をぬきてかつけ給也

のうち、前半の説は、『岷江入楚』で聞書説として挙げた「かたをぬくと云々」と同じであり、後半の「一説」は、『岷江入楚』の私説「人々の禄を物のふしどもにぬぎかくる事也」に当たる。また、

右には大弐の内侍のすけ（絵合、十一ウ24・五六四12）の頭注「右は」において、「或抄」は「御門の御方也」という『細流抄』以前の誤りを犯している。『岷江入楚』は、『細流抄』説の誤りを正し、「私此義を案ずるに、両度ながらうへにての事歟左右もおなじく梅つぼとこき殿となるべし」と言う。この注は、「或抄」には入っていないことになる。

以上のことから、「或抄」が『岷江入楚』に関わっていたとすれば、完成された『岷江入楚』の書そのものではなく、その前段階、即ち三条西実枝や公条の聞書、あるいは中院通勝の講義内容の一部においてではなかっただろうか。少なくとも完成された『岷江入楚』と直接関わっていたという証拠は見あたらない。これについては、他の巻々の検討はもちろんのこと、さまざまな注釈書や注釈活動についても慎重に検討する必要がある。

二　頭注の注釈引用と『万水一露』

片桐氏は、先の解説に続けて、『万水一露』については、編者の素姓に関わる注釈として、特に詳しく説明しておられる。

本文の頭注に数多く引用していて、その影響は大きい。連歌師陽月斎能登永閑の著。万水を一露にまとめるという名のごとく、諸注集成であるが、師でもある異母兄月村斎宗碩の講説を中心にまとめたもの。天正三、四年（一五七五、六）頃の成立。岡西惟中の「一時軒随筆」には、「この抄、あまねく世に行はるれども、公家の後家には用ひさせ給はずと、この春、烏丸光雄卿も仰せられし」と述べられていること、寛文三年（一六六三）の刊行に先立つこと十年も前の承応二年（一六五二）に松永貞徳が序を与えていること、そしてさらに、この「首書源氏物語」が、まさしくその承応から寛文までの刊行準備期にこれを大巾に利用していることなどを考え合わせると、連歌師から俳諧師へつながる当時の地下文化人の「源氏物語」研究の実体が浮きぼりにされて来るとともに、この「首書源氏物語」の編者一竿斎の素姓もおおむね推定されてくるのである。
『首書源氏』の頭注を『万水一露』と比較してみると、古注の引用がきわめてよく似ていることがわかる。一例として、絵合巻の最初の注を挙げてみよう。この範囲においては、『万水一露』の版本と写本系の注記の相違が見られないが、見出し本文は、源氏物語古注集成『万水一露』（文献50）によって写本系の見出し本文部分を引用し、版本のみにある本文は「……」で略した。また、『首書源氏』と『万水一露』とが一致するところに傍線を引いた。

『首書源氏』（絵合、一オ3）

○前斎宮の御まいりの事　河　元正天皇御時井上内親王聖武天皇太子時女養老五年為斎宮後光仁天皇納之為后光仁天皇女酒人内親王宝亀三年為斎宮後桓武天皇納の有也桓武天皇女朝原内親王延喜三年為斎宮後平城天皇納之朱雀院御時徽子女王重明親王女天慶元年為斎宮後天暦朝為女御

花　六条斎宮は身尽巻に伊勢より帰京し給今年廿二歳御門は十三歳に成給へし

細　秋好也冷泉院の女御に参給也

○中宮の御心に　細　薄雲也御出家の後なれ共只今別に中宮になしさてまきれなき故にかくかける也薄雲の御心此入内の事可然よしの給事澪標巻に見えたり

○とりたてたる　細　源氏の心

○二条院に　弄　二条院より入内あらせはやと思給へとも朱雀院をはゝかり給也

○院はいと口おしく　万水　朱雀院は此入内を本意なき事に思給と也

『万水一露』（絵合、一ウ〜二オ）

前斎宮の御まいりの事　細　秋好也冷泉院の女御に参給也　斎宮の人帰京ありて入内の例抄に見えたり　花　澪標

巻に伊勢より帰京し給今年廿二歳御門は十三歳に成給なるへし　閑　斎宮をおりゐ給故に前とは云り
中宮の御心にいれて……　細　薄雲也御出家の後なれとも只今別に中宮なしさてまきれなきゆへにかくかける也
薄雲の御心此入内の事可然由の給事澪標巻に見えたり　弄　薄雲一勘もと中宮にてまし〳〵ける故にかく書る也
　閑　其名を申ならはして中宮と書る也斎宮入内を催給と也
とりたてたる……　細　源の心　閑源氏の心也とりたてての御うしろみに成給はんとはおほさねと、也
おほ殿は……　閑　内々朱雀院へ斎宮をまいり給へとある半によこ取て当代の冷泉院へまいらせ給事をは、かり
　給源の御心と也
二条院にわたし奉らん事をも……　弄　二条院より入内あらせはやと思給へとも朱雀院をは、かり給也　細　二条
　院より入内あるへきかなと思給たれと院への聞えをおほして空しらすし給也
院はいと口おしく……　閑　朱雀院は無本意事に入内を思給と也

見出し本文、注の引用ともによく似ている。少なくともここでは、『河海抄』以外は、『万水一露』の注のうち内容の重複しているところを省いて採ったという印象を受ける。特に、二つ目の注「中宮の御心に」の最後の二重傍線部「澪標巻に見えたり」は、『細流抄』や『明星抄』では「蓬生巻に見えたり」とあるが、『万水一露』では同じく「澪標巻」になっている。『細流抄』から直接引用したのでも、また、明暦三年（一六五七）以前に出版されていた『明星抄』を『細流抄』として引用したのでもなく、『万水一露』から孫引きした可能性がある。同じ箇所の注について『岷江入楚』では、

　弄　薄雲一勘もと中宮にてまし〳〵ける故にかくかける也

と、『弄花抄』のみを挙げており、明らかに異なる。

『首書源氏』では、右に示した通り、見出し本文の頭に「○」を付けて、それぞれ改行して示すのが普通の形であ

る。しかし、次の頁（一ウ4）の頭注では、「打みたりの箱」「かうこ」という二つの注を改行せずに記している。

○御よそひ　万水　朱雀院より御そともさい宮へまいる也
○打みたりの箱　花　はこのふたの上にて髪をけつるとき打みたし侍れははこの名になつけ侍るへし　○かうこ
　細　この字清濁両様也

『万水一露』（二ウ）の同じ箇所を引用してみよう。

えならぬ御よそひとも　閑　朱雀院より御そ共斎宮へ参る也
　御くしのはこうちみたりのはこかうこのはことも　花　うちみたりのはこのふたのうへにては髪をけつる時うち
　　みたし侍れは箱の名になつけ侍るへし　弄　うちみたりの箱とは髪の具なれはうちみたりといふ也かうこの箱
　　とは濁可　細　かうこのこの字清濁両様也

「うちみだりの箱」についての『花鳥余情』の注と、「かうごの箱」についての『細流抄』の注とを続けて引用している。『万水一露』や『岷江入楚』などの場合には、見出し本文の中で続くことばの説明であるから当然の形であるが、『首書源氏』の頭注の形としては、左右に空欄がないわけでもないのに、不自然である。

続く注についても比較してみよう。

『首書源氏』（絵合、一ウ4〜二オ5）

○くさ〳〵の　河　雑クサ〳〵令文
○百歩の外　弄　とをく薫衣香の匂ふと也　河　一歩は六尺也然者百歩は六十丈にあたる歟　河海委
○おと丶見給ひも　細　源氏定て見給へきと也
○かくなんと　細　源氏に見せ奉る也　弄　秋好へ見せ申也女別当一註榊にあり
○た丶御くしの　細　た丶の字感あり源氏の大概に御らんして大やうに上臈しき様躰こ丶ろをつけて見るへし

○心はに　巴抄　斎宮の額にさし給へき故にさしくしと云々　心葉は櫛筥の飾也銀なとにて松枝又鶴なとを作て糸にて結付る也　河海花鳥委　河　拾遺浅からぬ契むすへる心は、手向の神そしるへかりける

○別ちに歌　朱雀院也　細　榊巻にて別のくしさし給時帰京有ましきよしの御詞をかこつけてはるかなる中の契りに神のいさめ給かと也

○おと、是を　弄　此種々の御音信の式を大かた見給也歌なとよく見給なるへからす

或抄　歌を見付給たるへし下の詞に御せうそこもいか、なと聞え給へといとかたはらいたけれは御文はえひき出すといへり是によて歌をはよく見給はぬと諸抄にいへり是は筥の心葉に付たる歌なれはよく見給たる也御文をはゆかしく思給へとも見せ給はぬと也

○身をつみて　万水　源氏の御くせにてわりなき事をおほしよる其ことく院の御心もおはしますと也

『万水一露』（絵合、一ウ～四ウ）

くさ〳〵の御たき物ともくんゐかうまたなきさまに百歩の外をおほくすきにほふまて　閑　いまたなきとの心也

百歩の外とは一歩は六尺百歩は六十丈なるへし是を過てとをく匂ふとの心也　河　くさ〳〵とは種々薫物也合香方春梅花夏荷葉秋菊花冬落葉黒方侍従供養は薫衣香補闕方百和香なと、て数多方あり又百歩方の心也件方云甕中盛埋経二三七日一取焼百歩之外聞香云々梅枝巻に有之　弄　百ふの外とはとをく薫衣香の匂ふと也　細　百歩の外とははるかにの心也　碩　くのへかうとは薫衣香是一説也

心ことにと、のへさせ給へり　弄　朱雀院より也かけ〳〵しき音信にはあらす

おと、見給ひも……　細　源さためて見給へきとて也

殿もわたり給へるほとにて　閑　源氏も斎宮入内に御出あると也

かくなんと女別当御覧せさす　閑　秋好へ見せ申也源氏に見せ申さぬ也爰元まきる、也かくなんとあれは源氏も

御覧する歟　細　源氏に見せ奉る也　弄　女別当一註榊にあり
たゝ御くしのはこの……　細　たゝの字有感源の大概に御覧して大やうに上臈しき様躰心を付て見るへし　閑
色々の物まいりたれともこの一種はかり御覧したるは秋好の大様なる心なるへしたゝといふ字感有さては歌
はかりを御覧する成へし
さしくしの箱の心はに　河　心は心葉也かねにて梅の枝を造たる也着小忌時冠指也女房の調度にも有之一説云組
物名なり或綬とも書也　花　さしくしの箱銀の蒔絵の筥方四寸松の折枝鶴等を蒔也天暦三年藤花宴御膳の敷心
葉藤花云々近代御前物折敷の四角いとかねにて松枝をしていとにて葉を結て鶴なと造てたつる事あり是心葉の
よしなり今さしくしの箱にもかねにて花をつくりてそへたるを云へし此事梅かえの巻にもあり　弄さしくし也
たゝ櫛歟一勘斎宮の額にさし給へき故にさしくしとといへり　閑　私昔は貴賤によらす髪にくしをさすといへり
礼儀也是引歌非す自然の事也
葦の屋のなたの塩焼いとまなみつけのをくしもさゝすきにけり
浅からぬ契むすへる心葉はたむけの神そしるへかりける
別路にそへしをくしをかことにてはるけき中と神やいさめし　花　朱雀院の御歌也此斎宮の御下は朱雀院の御在
位の時の事也御額にくしをさして二たひ京のかたへおもむき給ましき由を御門の給事ありそれをかこつけこと
にて我身にかくとをさかるへき中と神のいさめ給へるによそへていへるにや　細　榊の巻にて別のくしさし給
時帰京あるましき由の御詞をかこつけてはるかなる中の契に神のいさめ給かと也
おとゝこれを御覧しつけて……　細　種々の御音信を大かた見給也御歌なとはよく見給にては有へからす　弄　同
碩　種々の御送物ともを源は御覧する也非歌歟
あやにくなる身をつみて　閑　源氏の御くせにてわりなき事をおほしよる其ことく院の御心もおはしますと也

この箇所で、『万水一露』と明らかに異なるのは、『紹巴抄』と「或抄」の注だけと言ってもよい。破線を施した『紹巴抄』の注は、『万水一露』に引かれる『花鳥余情』の注をまとめたような内容になっており、前者の方が簡潔でわかりやすい。『河海抄』の注釈を略したのも、煩雑になるのを避けるためであろう。文脈を理解するためには、ここは確かに『河海抄』の注があるとわかりにくくなる。また、最後の「おと、これを」の注は、『万水一露』で引用された『細流抄』ではなく、「弄同」とされた『弄花抄』から引用している。わずかの違いであるが、『弄花抄』本文にあって『細流抄』には見られない「の式」を入れているから、著者または編者が『弄花抄』を確認して引用したことがうかがえる。「百歩の外」の注に示されるように、『万水一露』は多くの注釈書を機械的に引用した結果、読み物として煩雑になっているが、『首書源氏』ではその中から重複している注をまとめ、もっとも古い注釈書からの引用のみに絞って挙げている。

これらからもわかる通り、『首書源氏』頭注の見出しは、写本系『万水一露』の見出し本文とたびたび一致する。また、写本系『万水一露』の見出し本文は、ほとんど『弄花抄』や『細流抄』の見出しに一致している。このことから、異文注記には、本文全文を有する版本『万水一露』を利用しながらも、頭注には古来の注釈書の体裁を残したことになる。頭注の見出し本文と『首書源氏』本文がまれに異なるという現象は、こうした編集方法によって生じたものなのであろう。

三　版本『万水一露』と編者

一竿斎は、各注釈書の注を抜き書きしたり、師匠の講義によって古注を書きとめていたであろう。寛永十七年以前に出版された古活字本や無跋無刊記整版本には、本文上部に大きな余白があり、この箇所に後人はさまざまな注釈を書き込んでいる。一竿斎の仕上げた書物も、自ずから「首書」の形になっていたと思われる。そして、現存の『首書源氏』頭注に記された注釈書すべてが、寛永十七年の成立時にすでに記されていたものであれば、寛永十七年の著者一竿斎は、貞徳と同様、数多くの注釈書を自由に参照し得た人物であったということになる。

しかし、頭注はともかく、『首書源氏』の本文校訂に用いられたのは、写本でも「刊行準備期」のそれでもなく、版本の『万水一露』であった。本文の版下作成者は、一華堂切臨の慶安三年（一六五〇）の版本『源義弁引抄』や承応元年（一六五二）の版本『万水一露』などを入手することができた。また、同じ頃に出版された慶安三年版「絵入源氏」の本文は、読点・濁点・傍注が付けられており大衆に受け入れられている。これに対して、一竿斎の所持本（不明であるが、写本・古活字本・無跋無刊記整版本のいずれか）は、由緒ある本文であったとしても読みづらい。一方、『首書古今和歌集』や『首書大和物語』など、寛文初年には頭注形式のテキストが相次いで出版され、こちらの評判もよい。これと同様の形式にすると、紙幅の上部を首書の欄に割かれ、本文の版面は横長になる。慶安本の異版である万治本がちょうど横型の版型なので、これを底本とした（第一節参照）。また、版本『万水一露』本文が、万治本との異文を多く伝えているので、他の本も参照して異文注記を付け加えた（第二節参照）。——万治から寛文年間における『首書源氏』本文の版下作成は、このような過程で行われたことが想像される。このように、本文を徹底的に校訂した編者（版下作成者）であれば、頭注についても手を加えた可能性がある。少なくとも、版本『万水一露』の本文を参照する時、頭注の引用本文を確認したのではないだろうか。つまり、現存の『首書源氏』に見られる頭注は、寛永十七年に一竿斎が書き込んだ当時の状態を正確に伝えているとは限らないのである。

ここで、版本『万水一露』の成立時期を確認しておきたい。伊井春樹氏編『源氏物語注釈書・享受史事典』（文献56）によると、能登永閑の『万水一露』の初稿本は天文十四年（一五四五）、完成は天正三年（一五七五）とされる。これに対して、版本の成立は、貞徳が跋文を記した承応元年以後であることは明らかであるが、実際に出版された年代は明らかではない。現存の版本『万水一露』には、無刊記本と寛文三年（一六六三）版とがあり、後者によって寛文三年刊とされることが多い。しかし、近世初期の版本には、はじめ無刊記の私家版で出版され、後に専門の書肆が求板して大幅に増刷して売り出す例が多く見られる。慶安本「絵入源氏」の初版も無刊記本で、承応三年（一六五四）八尾版が後刷りである（第一章第一節参照）。『湖月抄』もまた、跋文に延宝元年（一六七三）と記すが、初版・再版ともに版元のみで刊年を明記していない。

これらと同様、版本『万水一露』の初版は、簡素な版式や本文の体裁から、貞徳の没年である承応二年（一六五三）からさほど隔たらない時期と考えてよいだろう。寛文三年の刊記「二条通玉屋町村上平楽寺開板之」の「開板」は公刊を意味し、この刊記は、村上平楽寺が専門書肆として寛文三年に市販したことを示す。これに対して初版は、当時の版本に多い無刊記の私家版であった可能性もあるから、その私家版を入手できたのは貞門の人々に近い立場のみであるが、寛文三年以後の版なら誰でも入手可能となる。

『首書源氏』の版下作成は、匡郭のある版式によって明暦から寛文初年、本文から推して万治三年以後と考えられる。従って、版本『首書源氏』の版下作成者は、一般に出回っていた寛文三年版『万水一露』を参照した可能性もある。つまり貞徳や貞門とまったく関わりがなくても、本文版下の作成は可能となる。これに対して、頭注については、残念ながら、写本系と版本のいずれの『万水一露』によったか明らかではない。伊井春樹氏は『万水一露　第五巻』（文献50）解説において、写本と版本の『万水一露』の本文の違いを例示された上で、次のように説明された。

両者の見出し本文にはそのような大きなゆれがあるにもかかわらず、注記内容は写本・版本ともにほとんど違いがなく、他の諸伝本においても異同はとりたてて認められない。

注釈に関しては、写本系と版本『万水一露』とでは変わらないとされる。そして、古注の引用が少ない国会図書館本について、氏は「貞徳の見た『万水一露』ではなく、永閑の作成した『源氏物語聞書』なのだろう」と説明された。

ところが、後年の『源氏物語注釈書・享受史事典』（文献56）においては、次のような説明に変えておられる。

国会図書館の写本（三十冊）は、永閑の本来の『万水一露』の姿であり、それに古注を大量に増補するとともに、見出し項目として示していた断片的な本文を、すべて引用したのも貞徳の所為であったと思われる。

後のご説明によると、古注の引用の少ない国会図書館本が「本来の『万水一露』の姿」で、古注の増補された『万水一露』は、写本・版本を問わず貞徳の仕事であったということになる。つまり、『首書源氏』の頭注がすべて寛永十七年の成立時における一竿斎の仕事であるならば、そこで引用された『万水一露』は、写本系のそれか、版本になる前の段階のものであり、貞徳と何らかの関わりがあったことになる。そうでないなら、版本『首書源氏』の体裁が整えられる寛文頃に、既に出版されていた版本『万水一露』によって、後の編集者が本文・注釈ともに校訂・増補したことになる。果たして、いずれが正しいのだろうか。

田坂憲二氏は、影印本『首書源氏物語　澪標』（文献1⑨）解説において、注釈書本来の項目数と『首書源氏』に引用されている項目数を表に示した上で、次のように説明された。

一見して気づくのは、細流抄を境として引用比率が激減することである。或いは、首書本の注釈は、細流抄辺りまでである程度素稿と言うべきものを作って、孟津抄や紹巴抄は注釈作成の第二次段階で加えられたものでもあろうか。紹巴抄以下の三書の成立は、永禄・天正の十数年間に近接しており、その中では万水一露の比率が高いのが注目される。更に「万水」と明記されなくとも、首書本の頭注には、明らかに万水一露よりの引用と思しき箇所も存する。27頁の「年ころあかす」の頭注は、花鳥余情の記事の引用のあと次のように記す。

弄、紫上の心也、細、同、宗祇説、源氏と紫上と二人の心也、其故は次の詞に御心の中ともとあり、此とも

と云詞にて両人の心とはよく見えたりと云々

「宗祇説」以下は、一見、細流抄からの引用のように見えるが、同書には該当記事なく、弄花抄にも、又、明星

抄・孟津抄・岷江入楚等にも存しない。唯一同文を持つのは万水一露であり、同書からの引用と考えてよいだろう。

万水一露は、首書源氏と同様に諸注集成の形式のものであり、首書の一つのモデルになったものと思われるが、引用項目数においても万水一露は、河海抄20・花鳥余情42・弄花抄44と数値・比率の上では首書に近く（注記の内容では相互に若干の出入りがある）、両者の引用の関係は緊密なものがあるといえよう。

田坂氏は、「素稿」「注釈作成の第二次段階」と、『首書源氏』の注釈が段階的に編集されたことを示唆しておられる。前節でも触れた通り、本文を校訂した編者が頭注にも手を加えた可能性があるだろう。そして、異文注記に活用された『万水一露』の注釈を頭注に取り入れたということも十分に考えられる。

『首書源氏』で「万水」としている頭注は、まれに宗碩の説もあるが、ほとんどは永閑の注の引用である。この場合、写本と版本のいずれによったのか、現時点ではわからない。注目すべきは、『首書源氏』における『細流抄』引用の多くが、『万水一露』引用の『細流抄』と一致していることである。岩坪健氏は『源氏物語古注釈の研究』（文献54）において、室町後期の注釈書において『細流抄』を引用しているのは、『万水一露』のみであると指摘された。そうであれば、『細流抄』を頭注に多用する『首書源氏』は、『万水一露』の影響を強く受けた結果だったのかもしれない。

同様のことは、宗祇の注についても言える。第三章第一節で触れた通り、帚木巻の頭注には、たびたび「祇註」が引用される。この「祇註」の大半が、やはり『万水一露』に引かれる「祇註」と一致している。この場合も、『雨夜談抄』からの引用や宗祇の注釈が伝授された聞書ではなく、『万水一露』からの孫引きであったと考えられる。田坂氏の示された例もまた「宗祇説」についてであったが、そのご指摘通り、『首書源氏』頭注の構成は、『万水一露』の構成に影響された可能性がきわめて高い。

これに対して、『孟津抄』の場合は、見出し・注釈内容ともに『万水一露』との関わりが見られない。石原美奈子・野村精一両氏は、他の本と同じ刊記を有する山岸文庫本『首書源氏』（実践女子大学蔵）の頭注に『孟津抄』の注がないことを指摘され、これを積徳堂の「初摺本」と説明された(1)。確かに、『孟津抄』を引用した頭注の版面には不自然なところが多い。匡郭と文字が重なっていたり、極端に墨付きの濃い部分や、狭い行間に無理に詰め込んだと見られる部分などが各所に目立つ。おそらく、版木が完成し、一部の巻ではすでに印刷された後に、『孟津抄』の注の必要性を感じた編者か版元が、入れ木（埋木）によって『孟津抄』の注を挿入したのであろう。

一方、『河海抄』『花鳥余情』『弄花抄』『紹巴抄』については、『万水一露』に引用される注と重なることはあっても、直接の影響は見られない。一竿斎の跋文には「河海のふかきところ花鳥の色をも音をも思ひわくはかりの心にしあらねは」とあった。このことから、一竿斎の注釈書の時点において、少なくとも『河海抄』や『花鳥余情』の注があり、『弄花抄』や『紹巴抄』などの注釈も引用されていた可能性が高い。編者自身の注釈と思われる「或抄」も、他の注と内容的に重なることはあっても、文脈の流れを説明するような独自の注である。

四　編者と注釈

注釈については、『万水一露』と深く関わっていた可能性は認められるものの、それが版本と写本のいずれの『万水一露』によったのかを確認することはできなかった。そのため、頭注に見られる注釈作業が、寛永十七年の一竿斎によるものか、後の編者による仕事なのかを、十分に見極める必要がある。少なくとも、版本『首書源氏』が、一竿斎の残した注釈付き本文をそのまま印刷した本でなかったことは確かである。寛永十七年の一竿斎による書物は、源氏物語本文の各所に「首書」（頭注）や傍注を書き込んだものであったはずだが、現存の『首書源氏』本文は万治本を基にしている。このことから、一竿斎が注を書き込んだのは、それとは異なる本文を持つ別の本であったことになる。となると、その時の「首書」もまた、現存の版本『首書源氏』と異なっていた可能性がある。『孟津抄』の注が後に加えられた痕跡はあるが、こうした増補・修正がどの時点で誰の手によって成されたのかによって、『首書源氏』の注釈書としての位置づけは微妙に異なる。

次節で考察するように、北野の連歌衆として中院家にも出入りしていた能貨が編集したとすると、その注釈の基になる「或抄」の注釈と『岷江入楚』とが内容的に重なっていることは不思議ではない。父親の能円と中院家の注釈との直接の関わりは現時点では不明であるが、『隔蓂記』の記事から想像されるように、能円と堂上とのつながりは、息子能貨よりもなお密接であったと思う。また、能円は紹巴の弟子であったと言うから、間接的に貞徳とのつながりがあったかもしれない。『万水一露』を尊重したのは、能登永閑の注釈を尊重したからであったとしても、『首書源氏』頭注に引用した本は、稀少な永閑所持の『万水一露』ではなく、貞徳が弟子達に何度も書写させた『万水一露』の流布本であった可能性が高い。

学問の神を祀る北野社であるから、幕末には、版本の新刊は、市販する前に奉納するという風習があったと言う。(2)こうした風習がいつ頃からあったのかはわからないが、版本『万水一露』がいち早く北野に奉納されたことは十分に考えられる。一竿斎の跋文によると、少なくとも『河海抄』と『花鳥余情』の注は書き込まれていたのであろう。しかし、この時点で『細流抄』を引用していたのであれば、『細流抄』に一言も触れないのは、三条西家の学問を軽視することになり、不自然ではないだろうか。『孟津抄』の引用にしても同様である。あくまでも推測にすぎないが、一竿斎が本文の各所に書き込んでいた注釈は、『河海抄』『花鳥余情』と、「或抄」や傍注に見られる読解に必要な文脈の説明が中心だったのではないか。『弄花抄』『細流抄』や宗祇の注、そして永閑の注釈など、現存の版本『首書源氏』の頭注を構成する注釈の大半は、最終的な版下を作成する際に、版本『万水一露』から引用して整えたものではなかっただろうか。

注

（1）石原美奈子・野村精一「首書源氏の初摺本と「或抄」について─孟津抄校訂遺事（四）」（第一節の注5）

（2）竹内秀雄『天満宮』（昭和四三年三月、吉川弘文館日本歴史叢書）による。

第四節　版本『首書源氏物語』の編者

第一節で紹介した通り、『首書源氏物語』夢浮橋巻末には、寛永十七年（一六四〇）の一竿斎による跋文があり、その次の頁に、寛文十三年（一六七三）の刊記がある。片桐洋一氏は、影印本『首書源氏物語　総論・桐壺』（文献1①）解説でこの事実を指摘し、「刊行の三十余年も前に成立していたことが知られるのであるが、編著者一竿斎については残念ながら誰人か不明である。大方の示教をまちたい。」とされた（第一節に全文引用）。これに対して、日下幸男氏は、『葉隠』と『北野拾葉』に見られる二つの記事を根拠として、『首書源氏』の編者「一竿斎」を、北野天満宮の社僧能貨であると特定された[1]。日下説は、『首書源氏』の成立と編者の謎を解明する有力な手がかりとなる。一方、かつて私は、一竿斎は松永貞徳またはその門人ではないかとする仮説を示した（文献1⑭）。これは、数巻について見た本文の特徴や注釈内容からの推測にすぎないが、先頃、この拙い仮説が『首書源氏』の説明として引用されたので[2]、言い出した責任上、この問題に触れておかねばならない。そこで本節では、自らの仮説に改めて客観的な批判を加えた上で、日下説についても検討し、『首書源氏』の編者について考察したい。

一　『首書源氏』の著者と編者

まず、私自身が立てた仮説を簡単に説明した上で、問題点を整理したい。『首書源氏』と貞徳との関わりを考えた理由は、次の五点である。

1　『首書源氏』は、版本『万水一露』を頭注・異文注記ともに多用している。版本『万水一露』は、承応元年に貞徳が跋文を記した書物である。

2　注釈が『岷江入楚』や『孟津抄』の内容と重なる一方、頭注に『紹巴抄』が引用されている。貞徳はそれぞれの著者、中院通勝、九条稙通、そして里村紹巴に学んでいる。

3　跋文「人の見ることなからんことぞねがはしき」の考え方は、貞徳が堂上から得た秘説を重んじ軽々しく公開しなかったことに通ずる。

4　啓蒙的な源氏物語版本の多くが貞徳の門人の手になる。例えば、山本春正の「絵入源氏」、野々口立圃の『十帖源氏』と『おさな源氏』、小島宗賢・鈴村信房の『源氏鬟鏡』、北村季吟の『湖月抄』などがある。

5　物語の文脈をわかり易く説明する傍注と「或抄」の注釈態度は、徒然草や大和物語などを段落に区切って大意を示すことに力を注いだ貞徳の注釈態度に通ずる。

貞徳の書を、後に門人が刊行した例は多い。その門人の誰かが、この跋文から三十年を経て貞徳の没後まもなく、師の源氏物語注釈に対する謙虚な態度を尊重して、その名を秘して開板したのではないかと述べた。『首書源氏』がこれほどまでに貞徳の周辺の書に近い特徴を持ちながら、貞徳の名が一切出て来ないことで、かえって貞徳自身に関わっていると感じたのである。

貞徳の源氏物語注釈としては、桐壺・帚木二巻の『光源氏物語聞書』（尊敬閣文庫蔵）が伝えられ、その料簡には、寛永十七年に門人（和田以悦か）が傍注・頭注を書き込んだとする記事がある。その年、貞徳は古稀を迎え、和田以悦・山本春正らに古今集や源氏物語の講義をし、八月二十日には、貞徳の師である細川幽斎の三十三回忌と、藤原定家の三百回忌ということで盛大な歌会が催された（文献9）。そこで『首書源氏』跋文の日付が寛永十七年であることが、単なる偶然でないように思えた。また、『光源氏物語聞書』に見られる清濁や異本、読曲などの説が、(3)『首書源氏』の「或抄」の注と重なるところも多い。

しかし、この仮説の最大の問題点は、現存する版本『首書源氏』の状態が、成立時点の書物の特徴をそのまま伝えるものとして捉えていたことである。第一節と第二節で述べた通り、『首書源氏』の成立は、少なくとも二段階あったと考えられる。寛永十七年に一竿斎が書物をまとめた時点と、万治三年から寛文初年の間と推定される版下の作成時期である。

『首書源氏』の本文は、万治本を底本としている。その万治本は、貞徳の指導によって山本春正が編集した慶安本「絵入源氏」の異版であるから、当初は『首書源氏』の本文校訂が貞門の人物によって行われたと考えた。しかし万治本は、春正と交流のない人物が慶安本を単純に模倣した書物であったことが確認された（第一章二節参照）。従って、『首書源氏』で万治本の本文が採用されたからと言って、貞徳の弟子が編集したとは限らない。また、万治本を底本に選んだ理由が、第一節で比較したように横長の本文の体裁に合わせたという程度のことなら、貞徳や春正との関わりを考えるまでもないだろう。

貞徳は、多くの弟子達に『万水一露』を書写させ、最晩年である承応元年十二月に跋文を添えて出版を許した。このことから、『万水一露』を重視する『首書源氏』の編者が貞徳の学問を受け継ぐ人物だと考え、理由の1とした。また、前節でも引用した通り、片桐氏が『万水一露』との関わりについて、
　この「首書源氏物語」が、まさしくその承応から寛文までの刊行準備期にこれを大巾に利用していることなどを考え合わせると、連歌師から俳諧師へつながる当時の地下文化人の「源氏物語」研究の実体が浮きぼりにされて来るとともに、この「首書源氏物語」の編者一竿斎の素姓もおおむね推定されてくるのである。

とされた（文献1①）ことを重視し、短絡的かとも思えたが、貞徳との関わりを想定したのである。

しかし、『首書源氏』の本文校訂は、書写や編集に関わっていない人物でも利用し得る版本『万水一露』によって

行われている（第二節参照）。このことから、貞門の内部で行われたと考える必要はなくなる。なお、頭注にも『万水一露』の強い影響が認められるが、前節でも述べた通り、注釈における両者の関わりには不明なところも多く、その影響がどの時点のものかを見極めることは難しい。

寛永十七年の成立時の書物は、源氏物語本文の各所に首書（頭注）や傍注を書き込んだものであったと思う。しかし現存の『首書源氏』本文は万治本を基にしているから、一竿斎が注を書き込んだのは、それとは異なる本文を持つ別の本であったことになる。となると、その時の「首書」（頭注）もまた、現存の版本『首書源氏』と異なっていた可能性がある。さらに、『孟津抄』の注が初摺本になかったという指摘もあるから、[4]『孟津抄』との関わりに触れた理由の2についても、さまざまな注釈書と照らし合わせて慎重に検討する必要がある。

以上のことから、『首書源氏』の版下を作成した人物が、貞門に関わる書物を尊重していたことはうかがえるものの、貞門の内部による編集である必然性はなかった、ということになる。そして理由の3〜5は、啓蒙書であれば多かれ少なかれ共通する特徴であったとも言える。まして、一竿斎と貞徳との関わりについては、寛永十七年の成立時の『首書源氏』の状態を明らかにし得ない限り、立証することは難しい。

さて、ここで重要なことは、跋文を記した一竿斎と版本の編集者とが同一人物かどうか、という問題である。同一人物であれば、寛永十七年の一竿斎が仮に五十代としても、寛文年間には八十歳を越える。年令だけなら問題はないだろう。しかし、一竿斎は跋文において「人の見ることなからんことぞねがはしき」と述べていた。謙遜であっても、その同じ人物が二十年以上後に出版を許したとすれば、何らかの追記があってしかるべきである。貞徳の年令で考えた場合、跋文の寛永十七年に古稀を迎え、跋文にふさわしい年令と言えるが、『首書源氏』の出版された寛文年間には生存しない。そこで先の仮説では、貞徳自身ではなく、貞門の誰かが開板したのではないかと考えた。

たとえば、明暦二年（一六五六）刊『首書大和物語』は、貞徳の『大和物語四船』に一華堂切臨が自説を加えて仕立てた版本であり、寛文二年（一六六二）刊『貞徳頭書百人一首抄』は、加藤磐斎が細川幽斎の『百人一首抄』を基に貞徳説の頭書を加えて刊行したものと言う（文献9・11）。『首書源氏』が貞徳ゆかりの書物でないとしても、当時の出版事情から考えて、これらと同様の編集過程をたどった可能性は高い。『首書源氏』の場合、一竿斎の所持していたはずの本とは別の、新しい時代の版本――万治本「絵入源氏」と版本『万水一露』によって本文が校訂されている。従って、『首書源氏』の版下を作成した編者は、著者一竿斎の学問を受け継ぐ別人だったと考えるべきであろう。

二　一竿斎能貨説について

日下氏は、ご論「鍋島光茂の文事」において、次の二つの記事を紹介された。

北野能円は源氏物語鍛錬の者也。次男能貨器量にて、伝を継ぎ、首書を書き出し候。光茂公召し寄せられ、講釈聞し召され候。夫れより御宿坊に成し申され候。
（『葉隠』）

一竿斎能貨所持硯学堂所蔵能貨撰述源氏首書之所用云々（『北野拾葉』）

『葉隠』では、北野の社僧能円の次男「能貨」が「首書を書き出し」たと言う。

一方、学堂蔵板『北野拾葉』（大阪府中之島図書館蔵によっ

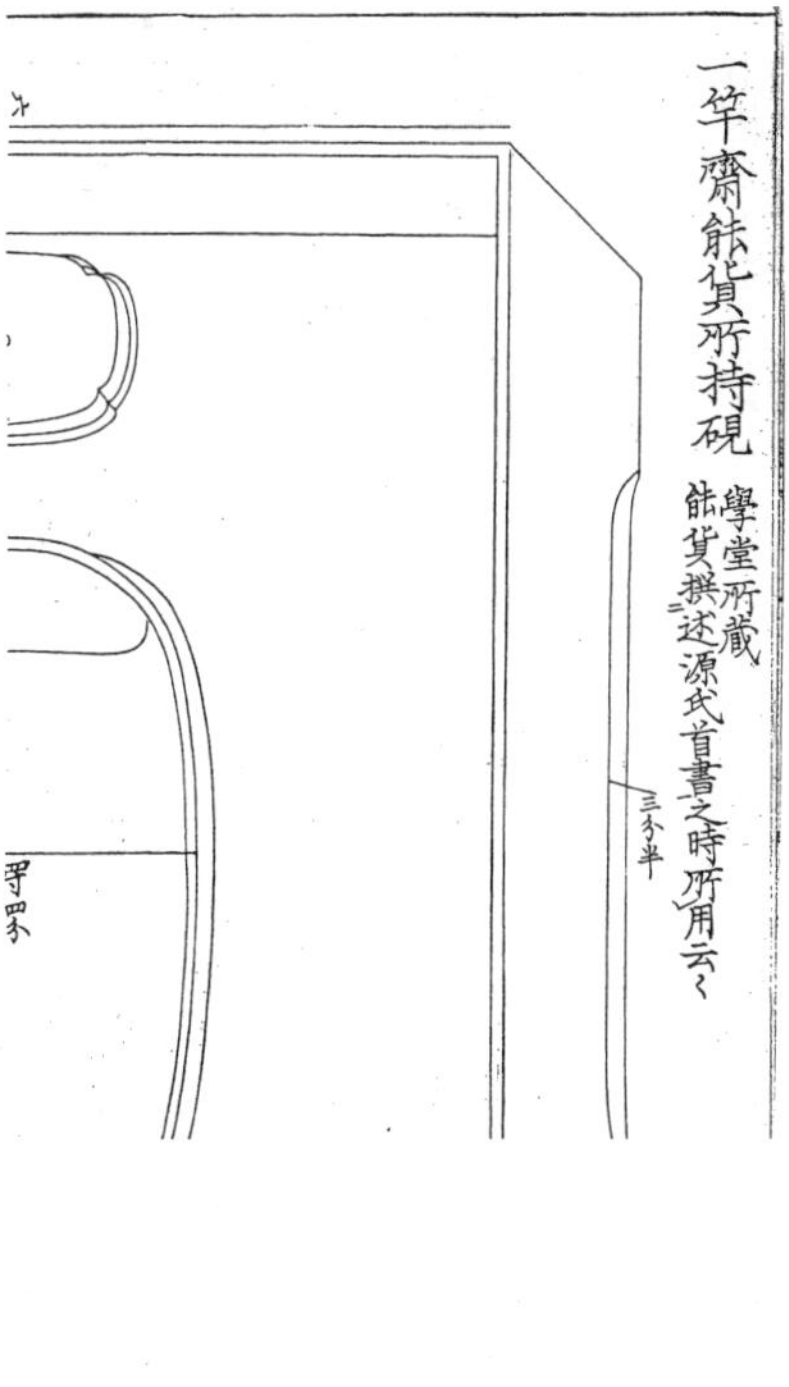

図113　学堂蔵板『北野拾葉』十七ウ

た）には、北野学堂所蔵の硯の図があり、その右に、この一文が記されている。文が小さいので、ここでは硯の図の左下を省いて掲載しておく（図113）。

日下氏は、最初のこのご論では『首書源氏』について直接触れておられなかったが、その後の「後水尾院歌壇の源語注釈」において、『通茂日記』の延宝三年（一六七五）の記事にある、中院通茂の講釈を聴聞する「能貨」という人物について、

北野の一竿斎能貨は『首書源氏物語』五五冊（寛文十三年刊）の編者として有名である。

とされた。さらに、『近世古今伝授史の研究　地下篇』「望月長孝年譜」において、寛永十七年の出来事として、次のように説明された。『首書源氏』成立に大きく関わる問題なので、字配りのみを変えて全文を引用する。

六月中旬、北野天満宮の社僧一竿斎能貨は『首書源氏物語』五四冊を著す。学習院大学図書館本（寛文十三年版、未見、国文学資料館マイクロフィルム）によれば、自跋に、

わつかにひさをいるゝはかりのいほりには数かすの抄をかんも所せけれは、おほむねその詞をその所〳〵にかきて我青氈とするものなり。河海のふかきところ花鳥の色をも音をも思ひわくはかりの心にしあらねはひか事おほかるへし。人の見ることなからんことそねかはしき。

寛永十七庚辰年六月中旬　洛北山下　一竿斎」

とあり、刊記に、

寛文十三癸丑歳二月吉辰／洛陽西御門前／書林　積徳堂梓行

とある。矢島玄亮『徳川時代出版社出版物集覧』（昭和五十一年、万葉堂書店）によれば、積徳堂は『和名類聚抄』（寛文十一年）や『円機活法韻学』（延宝元年）などを出版している書肆である。一竿斎が能貨であることは、『北野拾葉』に「一竿斎能貨所持硯［学堂所蔵／能貨撰述源氏首書之所用云々］」とあることにより明らかである。

ちなみにこの記事は、既に「鍋島光茂の文事」（『国語と国文学』六五―一〇）に引用しておいたが、片桐洋一編『首書源氏物語　総論桐壺』（昭和五十五年、和泉書院）解題に「編著者一竿斎については残念ながら誰人か不明である」とあったので、念のため『中院通勝集歌論』一冊（平成五年、私家版）や「後水尾院歌壇の源語注釈」（『源氏物語古注釈の世界』《平成六年、汲古書院》）において、能貨である旨、指摘しておいた所である。

これより先、明暦三年『大和物語首書』五冊、万治三年『首書古今和歌集』六冊（谷岡七衛門板）等が刊行されているが、こうした古典の教科書版が出版され出したことは、一般の需要が高まった事を示していよう。もちろん既に寛永頃に頭注を付さない古典の原典版は多数出ているが、それは知識人対象のものであろう。（日下幸男氏『近世古今伝授史の研究　地下篇』より引用）

寛文十三年の『首書源氏』の出版事情はその通りだと思うが、日下氏のご説明は、一竿斎の書物がそのまま出版されたことを前提にしたものと言える。「一竿斎能貨」が「源氏首書」を撰述したという『北野拾葉』の記事は、確かに『首書源氏』の編者を能貨と特定している。ただ、そのことについて日下氏が「有名である」とまで言われるのは、何によるのだろうか。

第一節で述べた通り、『首書源氏』の編者は従来「釈了真」とされていた。しかし、版本が市販されていたことを示す江戸時代の書籍目録には、「釈了真」は勿論のこと、跋文に記された「一竿斎」の名すら見えない。冊数や編者などに誤りの多い目録も見られるが、最も信頼できる延宝三年（一六七五）刊『新増書籍目録』の記事を確認しておこう（文献10）。

五十四　源氏物語　紫式部
桐つほはゝきゝうつせみ
夕かほ　若むらさき……（略）

六十　同絵入　山路露　目案
引歌　系図　右に四色増

卌　　同半切
卌　　同小本
五十五　　同首書
六十　　同湖月抄　季吟
六十二　　同万水一露　永閑

最初の「五十四　源氏物語」は、無跋無刊記整版本（寛永正保頃刊）であり、これは「六十　同絵入」（慶安本）とともに、寛文初年の書籍目録にも記載されていた。「絵入源氏」の「半切」（万治本）、「小本」（無刊記小本）とともに、「五十五　同首書」「六十　同湖月抄」が記されるようになるのは、この書籍目録が最初である。ここでは、『湖月抄』と『万水一露』の著者について、それぞれ「季吟」「永閑」と記すが、『首書源氏』の著者は空白になっている。

これに対して、寛文十一年刊『増補書籍目録』を改訂した延宝初年版の増補箇所には、「首書源氏物語」の書名を示しながらも、『湖月抄』の冊数を示す「六十冊」と「季吟」の名が記されている。

六十　首書源氏物語　季吟

さらに、これを増補した延宝無刊記『増続書籍目録』では、これが『湖月抄』の名に置き換えられているが、「季吟」の名はなく、「頭書源氏」の注記が加えられている。

六十　同湖月抄　頭書源氏

右の二例の場合、『首書源氏物語』と『湖月抄』のいずれを示しているのか明確ではないが、元禄五年刊『広益書籍目録』では、二種の版本が次のように併記される。

六十　頭書
六十　同湖月抄　首書也　季吟

『湖月抄』六十冊を「首書」とする一方、もう一つの版本については、冊数を「六十」として「頭書」という注記を加える。『首書源氏』は、本文五十四巻に『源氏系図』一冊を加えた計五十五冊で刊行されているから、六十冊の「頭書」が『首書源氏』を示していたかどうかはわからない。

このように、『首書源氏』については、出版当時から広く知られていたわけではなかった。『首書大和物語』の「一花堂」、『湖月抄』の「季吟」、『十帖源氏』の「立圃」、さらには『万水一露』の「永閑」が記されていても、「一竿斎」あるいは「能貨」などといった『首書源氏』の編者の名は、以後どの目録にも見あたらない。『首書源氏』の編者は、当時から不明だったのではないだろうか。

次に、北野の社僧能貨が「源氏首書」を撰述したということについて検討する。日下氏のお示しになった『通茂日記』で、能貨は、延宝三年に中院通茂の講釈を聴聞していた。また、北野の『宮仕記録』(5)には、

学堂源氏物語講釈始有、能貨坊（貞享三年正月十三日）

連歌宗匠能順坊・能拝・能東、歌書、源氏物語能貨坊、伊勢物語順講、源氏順講（同年六月十九日）

とあり、貞享三年（一六八六）に、北野学堂で源氏物語を講義していたことがわかる。さらに、貞享五年（一六八八）六月の同記録には、能貨の大病によって学堂講釈が延引されたことと、能貨の死去が記されている。

学堂前句付能貨坊病気大切之故延引也、能貨坊三臈又は学堂講師故相談にて遠慮有之也（貞享五年六月十日）

学堂源氏物語講釈能貨坊病気故延引也（同年六月十三日）

能貨坊死去、学堂連歌講釈共に五十日延引也（同年六月十七日）

そして能貨没後、学堂での源氏物語講釈の功績は高く評価され、同年八月に表彰されている。

一、於学堂書籍不依大小講授之仁へ者為其賞一通幷大小之録米料可遣之定、従前々相談有之、然所ニ能貨坊源氏物語講授之処、去ル六月十七日死去、依之相談云、壱部不被読終といへとも、病中迄被相勤、其劫大成故一通を

贈ル、共書云、

消息一通之事、

右源氏物語講尺大部之書乾々兢惕尤学徒栄幸也、爾来雖離中風勉疾孜々止偏碩学不儘之所致乎、衆中任欽仰之意、為褒賞青銅参拾貫文令投贈畢、難菲薄聊備謝礼而已、幷為歌書講授之録米若干石者自今毎年可令永受納者也、弥仰家業発興之状如件、

貞享五年六月十五日　　預法橋能在判

歌書講授能貨御坊

右、雖不被終其劫病大漸行賞畢、

右之通月日を死去前ニいたし遣ス事生前之分ニ仕との事也、尤壱部之講不被終といへとも、其劫有之仁故、已後之例ニハ成間敷との事也　　（『宮仕記録』貞享五年六月十五日）

生前に遡る表彰は、能貨の功績を高く評価した特例だと記している。また、能貨の源氏物語講釈は中断されたとも言う。このように、能貨の名は、源氏物語講釈によって北野学堂ではよく知られていたようだが、能貨が『首書源氏』の一竿斎として有名だったかどうかは、北野関係の記録からうかがうことはできなかった。

能貨が一竿斎なら、貞享五年に八十五歳の高齢としても、寛永十七年の跋文を記した時には、三十七歳だったことになる。この若さ自体が不自然であると思うが、気になるのは、やはり一竿斎が跋文で「人の見ることなからんことぞねがはしき」と述べていたことである。一竿斎が二〜三十年後に健在で、自らの著作を出版したのであれば、別の跋文を掲載したはずであるが、能貨は、『首書源氏』公刊の後十五年間も現役で活動し続けている。

もう一度、『葉隠』と『北野拾葉』の記事を振り返ってみよう。日下氏によると、鍋島光茂の学問は万治年間以後熱心に行われたというから、同時期に活動していた能貨を召し寄せ（梅林を）宿坊にしたという『葉隠』の記事は、

年代的に合っている。また、この記事が示す能貨と光茂の関係については、後述するように『隔蓂記』の記事とも一致している。これに対して、『北野拾葉』の記事「一竿斎能貨所持硯学堂所蔵／能貨撰二述源氏首書一之所レ用云々」の信憑性はどうだろうか。

天保十二年（一八四一）学堂蔵版『北野拾葉』は、北野の社僧から出家した宗淵が文政年間以降（一八一八～）に編纂した『北野文叢』からの抜粋とされるが、(6)『北野誌』中の『北野文叢』に、問題のこの記事は見あたらない。従って、宗淵が記したものか、どの時期に記されたのかは不明である。『北野拾葉』には、この記事（十七ウ）の前の頁（十六ウ・十七オ）に「宗祇忌日会所用文臺背之記　学堂蔵」の記事があり、図中の文臺の背の部分に書かれた文の最後に「享保戊戌」つまり享保三年（一七一八）の年が記されている（図114）。

いずれも北野学堂所蔵品についての記事であるから、それ自体に誤りはないだろう。しかし、「学堂所蔵」とあることから、能貨の硯についての記事が書かれた時期は、学堂が創設された天和三年（一六八三）以後であることは確かで、おそらく能貨没後の貞享五年（一六八八）六月以後であろう。これだけでも、

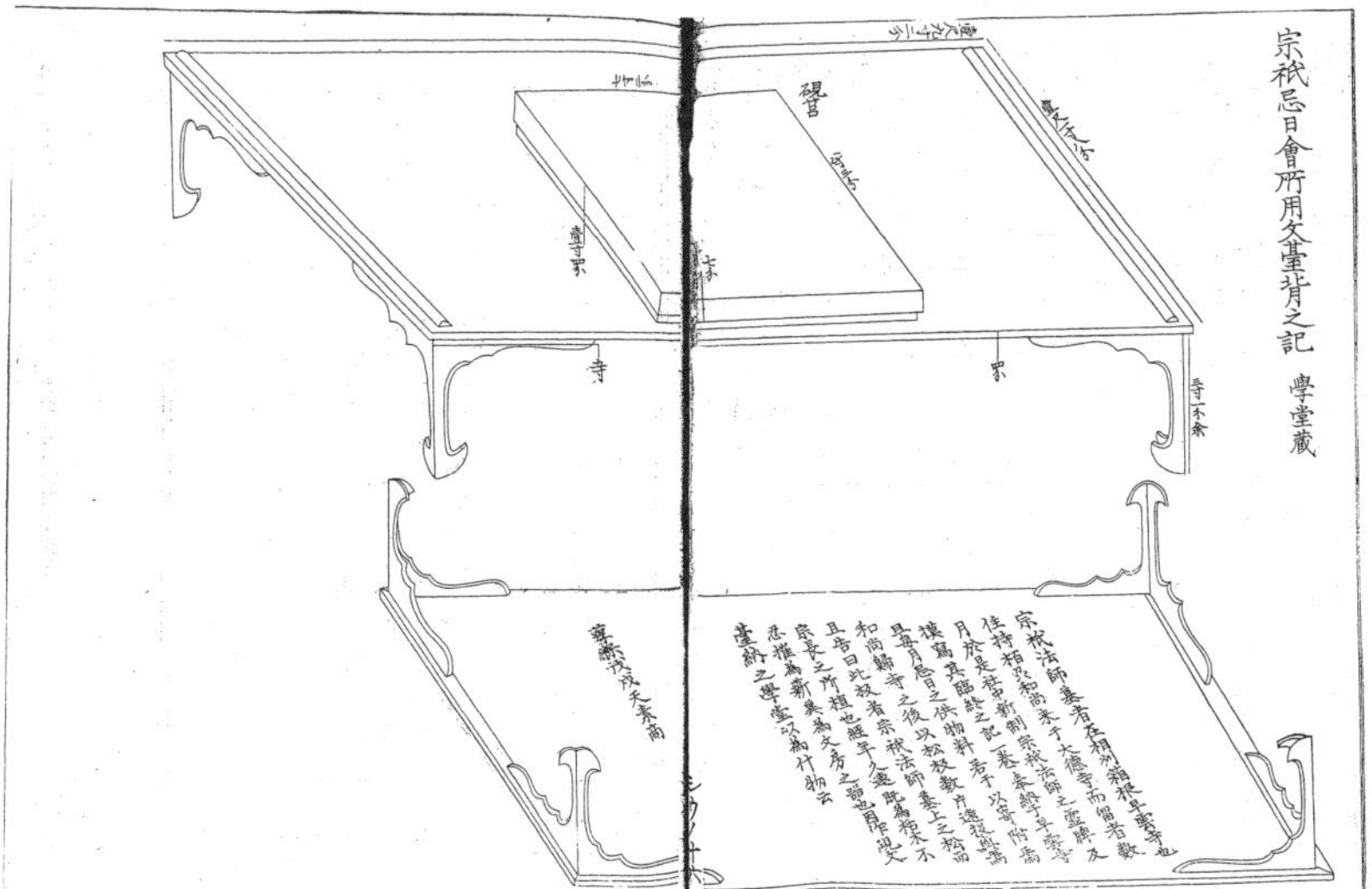

図114　学堂蔵板『北野拾葉』十六ウ・十七オ

一竿斎の跋文からすでに四十八年経過し、前頁の「文臺背之記」のように享保年間なら八十年、宗淵の時代までには百八十年も時を隔てている。

そして、この記事が書かれた頃に出されていた貞享二年版『公益書籍目録』や元禄五年（一六九二）刊『書籍目録』にも、『湖月抄』には「北村季吟作　首書也」とあるが、『首書源氏』については「首書」「頭書」とあるのみで、編者の名は記されていない。従って、この記事の前提に、版本『首書源氏』の編集者と跋文の「一竿斎」とを同一人物とする思い込みがなかったとは言い切れない。おそらく北野学堂の周辺では、能貨が「源氏首書」を撰述したという事実が伝えられていたのであろう。一方、『首書源氏』の側の記録としては跋文の「一竿斎」という名のみがある。このことから、両者が単純に結びつけられたことも十分に考えられる。たとえば、安永九年（一七八〇）の『類聚名物考』や文政十二年（一八二九）の『続諸家人物誌』では、和田以悦と一華堂切臨とが同一人物と見なされていた。その説に対して、小高敏郎氏が『近世初期文壇の研究』（文献11）において、別人であることを立証された。この二書と同じ時代に出版された『北野拾葉』に見られる「一竿斎能貨」説も、これと同様の錯誤があった可能性がある。

『首書源氏』成立からまもない書籍目録や源氏物語関係の書物に「能貨」の名が見えない以上、この記事のみを根拠にして、能貨を寛永十七年の一竿斎と断定することには慎重にならざるを得ない。ただし、一竿斎についての唯一の手がかりと言うべきこの記述がある限り、一竿斎と能貨との間に何らかの関わりがあったと考えなければならない。「首書源氏物語」という書名は、版本表紙の題簽に刻されているだけで、本文中には見られない。一方、一竿斎の跋文には、「その詞をその所〳〵にかきて」とあった。このことから、「首書を書き出し」「撰述源氏首書」は、寛永十七年の跋文に示された一竿斎自身による注釈作業を意味するのではなく、一竿斎の書物を基にして版本『首書源氏』の原稿（版下）を作成したことを言っているように思う。(7) こうしたことから考えると、能貨は、一竿斎の教えを受け継ぎ、『首書源氏』版本を編集した人物だったのではないだろうか。

日下氏によると、能貨は中院通茂など堂上の人々の源氏物語講釈に接していた。そして『首書源氏』は、堂上では用いない『万水一露』を尊重していることから、地下の人の仕事と考えられる。私が貞徳の名を挙げたのは、地下と堂上の境目にある人物ということを重視したからであるが、連歌衆であった北野の社僧能貨もまた堂上の学問を受け継ぐ地下の人と言える。しかし、活動していた年代や『首書源氏』跋文の内容から考えると、一竿斎は、能貨よりもむしろ、父親能円の方がふさわしいように思う。

三　能円の源氏物語講釈

日下氏の示された『葉隠』の記事には、能貨の父親能円が「源氏物語鍛錬の者也」とあり、次男の能貨が「伝を継ぎ首書を書き出し候」とある。福井久蔵氏の『連歌の史的研究』によると、能円は北野の梅林家の連衆で、寛文八年（一六六八）に八十八歳で没したと言う(8)。また、『宮仕記録』には、能円自身が慶安五年（一六五二）五月十二日に記した次の文がある(9)。

仙洞様ニて御連歌ノ御沙汰被遊候、次ニ北野能円と申もの若年ノ時より紹巴ニ相添、連歌並歌道文に久却成ものゝ由、被上聞召、神妙ニ被思召ノ旨御勅諚也、鹿苑寺承長老御承り候て被仰下処、冥加至極に奉存処也

能円（花押）

後水尾院が能円の連歌・歌道を讃え、その旨を鹿苑寺の長老鳳林承章を通じて伝えたと言うのである。さらに、同じ頃の記録として、北野で初めて源氏物語の講釈があったという記事がある。

源氏物語講釈初而有之、松梅院殿奥ノ間也、聴衆数多有之（『宮仕記録』慶安四年九月二十一日）

能円はこの年七十二歳、すでに北野の預で法橋でもあったから、おそらくこの時の講師は能円だったのだろう。能円

は、これ以前、寛永十四年（一六三七）から慶安元年（一六四八）にかけて、鳳林承章のところでたびたび源氏物語の講釈をしていた。承章の日記『隔蓂記』から、その記事を年代順に抜き出してみよう。(10)

於北山、能円被来、源氏之講釈被始之。小坊相公亦為聴聞、来話云々。（寛永十四年九月十一日）
能円被来、源氏物語講釈。小坊相公亦為聴聞、被来。（同年十月十四日）
午後招能円、聞源氏之講釈。明王院亦聴聞被来。（寛永十五年八月六日）
午時能円被来、被講源氏。招明王院、共聴聞也。（寛永十六年三月二十日）
能円亦被来。共喫夕炊、打談。……能円相留、源氏之講釈聴聞之者也。（同年四月朔日）
午後能円被来、講源氏物語也。予一人聴聞之也。（同年五月十二日）
能円被来、被講源氏物語也。能化亦同道也。（同年八月十四日）
能円・能化被来。能円源氏物語講釈、聴聞之也。明王院亦来話。幸被聴聞源氏。（寛永十七年三月六日）
能円来訊。能化同道、持源氏本、来。依然、有源氏之講、聴聞。今日、若紫巻読了。講初、則南歌被来、扇子箱持参、即源氏之講聴聞也。（同年七月二十三日）
能円内々礼来之時、可講源氏物語之由、依然、今朝相招……初音巻被講之。読口者雖為末摘花巻、依初春之講、越巻、而被講初音也。（寛永十八年正月九日）
能円者源氏之持参故、少計被講源氏也。……能円翁依隙入、早々被帰也。（同年二月十四日）
能円與風、来義、講源氏也。聴聞之。能化被来。末摘花巻今日講了也。（同年二月二十三日）
午時、能円被来、源氏被講之也。紅葉賀之巻聞了。（同年四月二十四日）
午過、能円・能化来訊。有源氏之講、花宴巻聴了、葵巻少許聞之也。（同年九月十五日）
今朝早々、自能円、而朝食相伴。飯後、源氏講釈聴聞也。葵巻半分程聞之。講後打談。（寛永十九年正月十日）

午後、能円来訊。源氏葵巻講釈聴了。（同年二月二十九日）
午時、能円・能化被来。源氏榊巻持参故、講尺聞之。（同年四月五日）
能円被来、源氏榊巻講釈聴聞仕也。能喜・能遷・能化・能叶亦被来也。（同年六月二十四日）
斎了、能円相招、源氏物語榊巻講釈聴聞之。南歌亦聴之。（同年八月二十三日）
自昨晩、南歌被来、一宿。今日者招能円、而南歌依所望、而源氏桐壺巻素読、能円被講也。南歌為聴聞也。（同年九月二十二日）
午時能円・能花被来。能円源氏物語之講尺也。花散里巻之初也。聴聞之也。花散里済、須磨巻少聴聞之也。（寛永二十一年正月十九日）
能円・能花来訊、能円講源氏物語也。須磨巻也。予一人令聴聞也。（正保二年八月二十三日）
北野預能円法橋被来、源氏須磨巻持参、聞源氏之講也。予一人也。（慶安元年七月二十四日）

この時期までは、寛永十八年正月の初音巻と十九年九月の桐壺巻素読を除き、桐壺巻から須磨巻まで順に講釈している。そして寛永十六年から十九年までは能化という人物を伴っているが、寛永二十年から、その能化が能花に替わっている。能化と能花が同一人物であることは、次の記事から明らかである。

能喜・能朝・能遷・能化亦礼旁々被来。般舟院亦為聞梵魯、被来。各共喫冷麺也。吉権・西瀬亦相伴也。吉権三郎・同権平・能喜・能朝・能遷・能花・西瀬・小作登山上、萬燈籠見物仕也。（寛永二十年七月十六日）

はじめ「能化」とし、同じ人物をすぐあとで「能花」としている。また、先の源氏物語講釈の記事でも、榊巻までが能化で、花散里巻と須磨巻で能花になっている。北野の『宮仕記録』においても、「能化」が「能花」に変わるから、これは単なる誤記ではないと思う(11)。能花が能円の子であることは、次の記事に「能円父子」とあることでわかる。

能円・能花被来、黄柚一折、自能円、秘恵之也。自能花、梅干曲物恵之也。……友我・藤井兄弟・能円父子被帰

也。（『隔蓂記』正保五年正月八日）

さらに翌年の慶安二年（一六四九）からは、能化（能花）の代わりに「能貨」の名が出てくる。能化・能花は能円の源氏物語講釈に同行しているが、能貨が古典の講釈に同行した記事は見えない。このことから能貨と能化（能花）とは別人（兄）とする見方もあり得る。しかし、『宮仕記録』には、能円の預職補任の記事で、正保四年九月二十二日で「能円・能花」とあったのに対して、それに続く正保五年正月朔日の「近代預職之事」の一覧には「預能円法橋」と「能貨」の名が記されている。『隔蓂記』でも能貨とは初対面ではない様子で記され、『葉隠』には「次男能貨器量にて伝を継ぎ」とあった。いずれの記事にも、能化・能花・能貨が同時には出て来ず、その名だけが順に変わっている。従って、能円の源氏物語講釈に同行していた能化（能花）は、後に言う能貨と同一人物であったと考えてよいだろう。(12)

さて、一竿斎が跋文を記した寛永十七年は、能円が頻繁に承章に源氏物語講釈をしていた時期と重なる。先に引用した講釈の記事のうち、『首書源氏』跋文の「寛永十七年六月中旬」にもっとも近いのは、七月二十三日の「若紫巻読了」の記事である。そして実は、この一ヶ月前に、次の記事があった。

今日、源氏物語末摘花之巻壱冊借用于能円老、而自今日、初茂斎相写也。末摘花之巻始相写之子細者、源氏之講釈、近日之講釈可為末摘花之故也。（『隔蓂記』寛永十七年六月二十日）

承章は、近いうちに源氏物語末摘花巻の講釈があるので、その末摘花巻一冊を書写すべく、能円から借りる予定であったと言う。七月二十三日の「能円来訊。能化同道、持源氏本、来。」は、能化が能円に付き添って、末摘花巻一冊を持参したことを示している。二年後の「源氏榊巻持参故、講尺聞之」の「持参」も、能円が自分の本を持っていったことを示し、やはり能化が同行している。

承章が能円の本の借用を依頼したのは、『首書源氏』跋文と同じ寛永十七年六月中旬であり、能円はこの時ちょうど六十歳であった。すでに本格的に講釈を行っていたから、その手控えとして、数々の注釈書の注を本文の所々に書き込んだ書物を作成していたことは十分に考えられる。そして注目すべきことに、この半年前、能円は隠居している。

能円隠居新宅為祝儀、予行也。（『隔蓂記』寛永十六年十一月二十四日）

右の六月二十日の記事で「能円老」としたのは、隠居したことを意識したのであろう。以後、承章は「能円翁被来、終日打談、予発句等内談也。」（同年十二月二十九日）や、寛永十八年二月十四日の記事のように「能円翁」とも記すようになる。

能円が承章の所に本を持参するようになったのは隠居後のことであり、その行動は、還暦を迎え、自らの学問を弟子に伝えようとする姿勢にも見える。能円は、寛永二十年に眼病を患った。これまで順調に進めてきた承章に対する源氏物語講釈は中断し、その後、須磨巻から先に進めることをしていない。講釈は確実に減り、承章との親密なつきあいは談話や囲碁が中心となる。以後の源氏物語講釈は、誰かに所望された時に限っている。

於小坊黄門公俊広卿、而被招北野預能円、而源氏物語之講釈被聴聞。内々依被頼予、而予亦能円令同道、午時赴小坊黄門公也。桐壺巻一冊皆済也。（明暦二年閏四月十四日）

それとは対照的に、能円は承章に対しては、他の古典の講釈や伝授を自ら行うようになる。承応三年に、能円は病気になったと記されるが、その頃に行っていた伊勢物語講釈の箇所を引用してみよう。

能円翁来話、伊勢物語之講釈聴之也。（承応三年二月十日）

午後、能円被来、伊勢物語被講之、令聴聞也。（明暦二年閏四月二十五日）

早天能円被来、朝食相伴、而伊勢物語被講之。（同年十二月二十一日）

能円法橋朝食前来過、斎相伴、而伊勢物語之切紙相伝申也。一両年乃内伊勢物語之講釈聞之了、而奥旨相伝也。（同年十二月二十九日）

承章のところにやって来て、ここ一、二年のうちに伊勢物語の奥旨を伝授すると言ったのである。これは、自らの寿命を意識した行動のように思える。この時、能円は七十四歳、承章は六十二歳であった。

四　能円・能貨と『首書源氏』

もう一度、一竿斎の跋文を見てみよう。

わつかにひさをいるゝはかりのいほりには数かすの抄をかんも所せけれはおほむねその詞をその所〳〵にかきて我青氈とするものなり」河海のふかきところ花鳥の色をも音をも思ひわくはかりの心にしあらねはひか事おほかるへし人の見ることなからんことそねかはしき

寛永十七庚辰年六月中旬　洛北山下　一竿斎

最初の「わづかに膝を入るるばかりの庵」は、隠居所の草庵を意味すると思う。能円の息子能化はこの頃、連歌の会で執筆役を務めていた。執筆は、宗匠を約束された比較的年少の者が務めるのが一般的であるから、この時能化はおそらく三十代以下であろう。能貨が本人ではなく弟であるなら、さらに年少となる。執筆役を務めるような者なら、能円の源氏物語講釈もその場で書きとめたことであろう（その聞書が後の版下作成に役立ったかもしれない）。しかし、この跋文は、北野の連歌衆として将来のある青年が記すような内容ではない。これは、洛北山下に隠居した人物が、自らの学問をまとめて残そうとした時に書きとめた一文と考えるのが自然であろう。

一方、北山辺りで隠居したばかりの能円であれば、この心境と状況に符合する。跋文は、還暦の記念と考えてもよい。その場合「或抄」は、能円の師匠の説か能円自身の講釈となる。そして、文脈をわかりやすく説明する「或抄」や『首書源氏』傍注の説は、北野の社僧による啓蒙活動から得た成果だったと考えられる。当時すでに北野社でかなりの地位を得ていた能円は、北野に所蔵される数々の注釈書を自由に閲覧し得たはずである。しかし、隠居をして新宅に移転すると、その庵に多くの書物を持ち込むわけにはいかず、講釈のためと余命を考えてそれらを一書にまとめたのではないだろうか。

先に、後水尾院が能円の連歌・歌道を讃えたという記事を引用したが、そこで、能円自身が「若年より紹巴ニ相添」と記していたことに注目したい。能円が紹巴の指導を受けていたのであれば、その著書に『紹巴抄』が引用されるのは当然のことと言えよう。ただ、『首書源氏』に引用された『紹巴抄』が能円自身の所持本であったかどうかはわからない。『紹巴抄』は、北野の能的が慶安三年（一六五〇）に書写した本（大阪府立中之島図書館蔵）があり、版本なら、早くに寛永の古活字版や整版本が出されているので、『万水一露』の場合と同様、その引用は能円自身でなくても可能となる。従って、『紹巴抄』についても、慎重に検討する必要があるだろう。今は、能円と紹巴との直接のつながりを確認するにとどめておきたい。ちなみに、貞徳の『戴恩記』には、紹巴および貞徳と北野の社僧能札（西久松家）との交流が記されているが、その能札も、慶長二年（一五九七）に里村昌叱から伝授された『源氏物語発端』（北野文庫蔵）という聞書を残している。(13)

さて、次男の能貨は、父能円（一竿斎）の書を元にして、跋文から二十年後、すでに出回っていた版本によって本文や注釈を確認し、校訂して『首書源氏』の版下を作成したのではないだろうか。そして能円が寛文八年に没した（同年に承章も没した）のを機に公刊した。——このように考えた方が、能貨自身が寛永十七年の一竿斎であるとするよりも必然性があるだろう。『首書源氏』の版木完成後、『孟津抄』の注を埋木した補修作業も、北野で活動を続けていた能貨であれば可能であった。すでに教学活動を始めていた北野社に『孟津抄』の一本が奉納されたか、あるいは延宝初年に出された『湖月抄』の影響かもしれない。なお、能貨が問題の硯または「一竿斎」の名を父能円から受け継いでいたとすると、『北野拾葉』の記事に誤りはないが、寛永十七年の著者一竿斎と能貨とが別人であることに違いはない。

ここで再び、能貨の活動を確認してみよう。能貨は、若い頃から父親の能円に同行して源氏物語講釈を承章とともに聴聞していたが、後に、鍋島光茂に召し寄せられるほどに源氏物語に精通するようになる。『葉隠』の記事「北野能円は源氏物語鍛錬の者也。次男能貨器量にて、伝を継ぎ、首書を書き出し候。光茂公召し寄せられ、講釈聞し召され候。夫れより御宿坊に成し申され候。」は、能貨が「首書を書き出し」たことが「光茂公召し寄せ」た要因だと読みとることができる。『隔蓂記』によると、能貨が肥前の鍋島藩に下向したのは寛文六年四月初旬から六月二十日であり、寛文三年八月にも出向いている。一方、版式や本文から推定してきた『首書源氏』の版下作成の時期は、明暦年間から寛文初年であった。能貨が「首書を書き出し」たことが、『首書源氏』の編集や版下原稿の作成を意味するなら、その時期は一致していることになる。一竿斎の跋文と能円の隠居、版本『首書源氏』の成立と能貨の活動という、父と子の活動の状況とその時期は、これまで版本『首書源氏』について別の方向から推測してきたことと重なっている。

日下氏の御説に導かれ、北野の能円・能貨の活動について検討した結果、『首書源氏』の成立がこの父子と深く関わっているのではないかと考えるに至った。しかし、『首書源氏』本文および注釈の問題、能円・能貨と一竿斎との関係、北野に伝えられる源氏物語や注釈書、北野の学問や連歌師の活動との関わり、『首書源氏』と貞門との関係、『万水一露』の注釈との関わり、『孟津抄』や異文注記の増補の問題、万治本「絵入源氏」の編者など、不明の点はあまりにも多い。特に、北野の連衆による源氏物語講釈や『北野拾葉』については、大きな考え違いがあるかもしれない。諸賢のご教示をお待ちしたい。

注

（1）「鍋島光茂の文事」（昭和六三年一〇月、「国語と国文学」65）、「後水尾院歌壇の源語注釈」（平成六年三月、汲古書院『源

氏物語古注釈の世界』）、『近世古今伝授史の研究　地下篇』（平成一〇年一〇月、新典社）
（2）中島和歌子「『首書源氏物語　須磨』の頭注の翻刻と小考察（上）（下）」（平成一二年一一月・平成一三年五月、「札幌国語研究」5・6）に「本稿は、一竿斎（松永貞徳もしくはその門人か⑴）著、寛永十七年（一六四〇）六月跋、寛文十三年（一六七三）二月刊の『首書源氏物語』」と説明、⑴の注は拙著『首書源氏物語　絵合松風』（文献1⑭）解説を示す。
（3）『源氏物語大成巻七研究資料編』（文献28）第二部第八章、『松永貞徳の研究続篇』（文献9）参照
（4）石原美奈子・野村精一「首書源氏の初摺本と「或抄」について―孟津抄校訂遺事（四）」（第一節の注5
（5）北野天満宮史料刊行会『北野天満宮史料　宮仕記録』（昭和五六年一二月、北野天満宮）による。
（6）『北野誌』（明治四三年四月、國學院大學出版部）「北野文叢上下」、竹内秀雄『天満宮』（昭和四三年三月、吉川弘文館日本歴史叢書）参照
（7）「首書」という語が、注釈書『首書源氏』の書名をそのまま示すわけでないことは、『首書源氏』序にも引用される『弄花抄』序文に「首書云此式部従一位倫子家女房……」という記事のあることなどからも明らかである。先の書籍目録でも、『湖月抄』を「頭書源氏」「首書」、『首書源氏』を「頭書」と記している。
（8）福井久蔵『連歌の史的研究』（昭和四四年一一月、有精堂）
（9）注5の『北野天満宮史料　宮仕記録』による。
（10）赤松俊秀校註『隔蓂記』（昭和三三～四二年、京都大学国史研究室編）の復刻版（平成九年三月、思文閣出版）による。異体字・旧字は現行の漢字に改めた。
（11）伊井春樹編『源氏物語注釈書・享受史事典』（文献56）索引でも、能花は「能化」の項に含められている。
（12）当時は同音で異なる漢字表記の名を書く例は多く、加藤磐斎も「磐斎」「槃斎」「槃柴」の三通りの署名がある。
（13）『源氏物語事典下』（文献31）注釈書解題「祖父能札聞書自筆也」

第五章　絵入り版本の挿絵

第一節　近世初期絵入り版本の特色

近世の版本に挿絵は欠かせない。古典の普及に貢献したのも、挿絵入り版本であった。吉田幸一氏は『絵入本源氏物語考』（文献2）において、「絵入源氏物語」、『十帖源氏』、『おさな源氏』、『十二源氏袖鏡』、『絵入源氏小鏡』、「源氏雲隠抄」の各版の書誌を分析し、源氏物語絵入り版本の全体像を示された。また、『源氏綱目　付源氏絵詞』（文献49）の伊井春樹氏による解説は、書物の単なる紹介に終わらず、当時の源氏物語享受のあり様を示したもので、挿絵についても、各種の「絵詞」などと比較しその独自性を明らかにされた。

これらによって、版本の挿絵には、絵巻や屏風絵、扇面画など、主として美術史の分野で扱われる源氏絵の系譜とは別の流れのあることが想像される。本節では、慶安三年から万治三年（一六五〇～六〇）に相次いで出された初期の絵入り版本――「絵入源氏物語」、『源氏綱目』、『十帖源氏』、『源氏小鏡』、『源氏鬢鏡』の挿絵について、『源氏物語絵詞』などの図様指示や、狩野派・土佐派などの源氏絵と比較し[1]、その性格を明らかにしたい。図版としては、序章第二節で詳述した江戸時代の版本の挿絵だけを示す。比較した美術品としての源氏絵や絵巻などは、現在よく知られているものを例に挙げ、（　）内に、『豪華［源氏絵］の世界　源氏物語』（文献69）など、その絵が収録されている文献を示した。また、版本の挿絵で省略した図は、『絵入本源氏物語考　中下』（文献2②③）や『源氏綱目　付源氏絵詞』（文献49）を参照されたい。

一　「絵入源氏」の挿絵

「絵入源氏」の挿絵は、『絵入本源氏物語考』（文献2）の図録や、日本古典文学会編『絵本源氏物語』（文献3）、そして『源氏物語（絵入）［承応版本］CD―ROM』（文献5）によっても、容易に見ることができるようになったが、なお、その性格が十分に周知されているとは言い難い。そこでまず、「絵入源氏」の挿絵と物語の文章との密接な関わりを、他の源氏絵と比較しつつ例示する。

「絵入源氏」の挿絵は、総数二二六箇所、多い巻は九面、平均すると六丁（十二頁）に一面の割合で見られる。この数は、現存資料の中で図様指示数が最も多い大阪女子大学蔵『源氏物語絵詞』（文献59・64）の二八三箇所に次ぐ。吉田氏は、「絵入源氏」挿絵と『絵詞』図様指示の箇所とを比較し、両書は直接には無関係であるとされた。実際、『絵詞』に指示され（あるいは多くの源氏絵に描かれ）ていて「絵入源氏」の採らなかった場面は多く、逆に「絵入源氏」のみが選定した箇所も多い。

例えば帚木巻において、『絵詞』の指示した六箇所のうち、「絵入源氏」では、四人の男が語り合う場面と、巻名の由来となる和歌贈答の場面とを採っていない。「絵入源氏」は、最初に源氏と頭中将が文を広げて見る場面を描いた後、三人の男達の四つの体験談を全て挿絵にしている（第六章第一節参照）。しかし、四つの体験談のうち『絵詞』に指示され、他の源氏絵の素材になったのは、左馬頭の体験談で浮気な女が他の男と逢って「木枯らしに」という和歌を詠む場面のみである。この木枯らしの女の話は、庭の紅葉や菊、琴と笛の合奏といった絵画の題材に適した美しい場面であるが、話を語る左馬頭は以後登場することもなく、その話が後の源氏の行動に影響を与えるわけでもない。同じ体験談でも、頭中将の語る内気な女（夕顔）の話は、後の夕顔巻や、ここで「なでしこ」と呼ばれる娘の玉鬘の話の伏線として源氏物語の長編性に関わる重要な箇所であるが、この場面を描いた源氏絵やそれを指示した「絵詞」の類は見当たらない。大阪女子大学蔵『源氏物語絵詞』の指示は、片桐洋一氏によると、「絵詞製作者が、源氏物語の本文に依拠しつつ、新たに図様を指示し」（文献64）、その方針は、他の源氏絵と同様に「絵になる場面を選び出し」た点にあったと言う。これに比べると、「絵入源氏」の場面選定は、「絵になる」ことよりも、物語の文章に注目したものであったと考えられる。

同じ場面を描いた源氏絵と「絵入源氏」の挿絵を比べてみよう。たとえば、花宴巻の弘徽殿の細殿における源氏と

図115　『源氏小鏡』花宴巻

図116　「絵入源氏」花宴巻①

朧月夜との出会いの場面は、源氏絵としても有名な箇所であり、その多くは、明暦版『源氏小鏡』の絵（図115）と同様、室町時代の扇面画や、京都国立博物館蔵の土佐光吉筆『源氏物語画帖』（文献71）などに見られる伝統的な図様を踏襲している。これは、大阪女子大本『絵詞』に書かれた「六の君も扇をかざし……」の指示に符合している。しかし物語の文章には、別れ際に扇を取り替えるとあるが、女が「扇をかざす」とは書かれていない。「絵入源氏」の挿絵（図116）では、この扇は描かれず、細殿で二人が向き合って坐る構図になっている。

「絵入源氏」花宴巻の挿絵（五オ）の前には、二人の出会いの場面を語る文がある。慶安本「絵入源氏」から引用してみよう。頁の最後に（』）を記し、最後の（　）に原本の丁数を示した。

〽おぼろづきよににる物ぞなきとうちずじてこなたざまにくるものが．いとうれしくて．ふと袖《そで》をとらへ給．女おそろしとおもへる気色《けしき》にて．あなむくつけ．こはたそとの給へど．《源詞》なにかうとましきとて
《源》ふかき夜の哀《あはれ》をしるも入月のおぼろけならぬ契《ちぎり》とぞ思．とて．やをらいだきおろして．とはをしたてつ．《女心》あさましきにあきれたるさま．《源》いとなつかしうおかしげなり．《女》わなゝく〳〵．こゝに人のとの給へど．《源詞》まろはみな人にゆるされたれば．めしよせたりとも．なでうことかあらん．たゞ忍《しのび》てこそとの給こゑに．此君なりけりと聞《き》ゝさだめて．いさゝかなぐさめけり』（花宴巻、四ウ・二七一8～二七二2）

ここで挿絵が入る。挿絵の画面では二人が向き合って座っているから、一行目の「おぼろ月夜に似るものぞなき」と言う有名な出会いの瞬間ではなく、あとの逢瀬の場面であることがわかる。少なくともこの文の最後、女が男の正体を知って「いさゝかなぐさめけり」以後の場面であろう。挿絵の直後には、次の文がある。

《女》わびしと思へるものから．なさけなくこはく〳〵しうはみえじと思へり．《源》ゑひごゝちや例《れい》ならざりけん．ゆるさんことはくちおしきに．女もわかうたをやぎて．つよき心もしらぬなるべし．《源》らうたしとみ給ふに．程なく明ゆけばこゝろあはたゝし．女はましてさま〴〵に思ひみだれたるけしきなり．なをなのりし給へ．いかでかきこゆべ

き．かうでやみなんとは．さりともおぼされじなど．の給へば
うき《朧月》身世にやかて消《きえ》なば尋《たづ》ねても草《くさ》の原《はら》をばとはじとや思．といふさま．えんになまめき』たり．ことはり《源詞》や．きこえたがへたるもしかなとて
いづれ《源》ぞと露《つゆ》のやどりをわかむまにこざゝがはらにかぜもこそふけ．わづらはしうおぼすことならずは．なにかつゝまん．もしすかひたまふかともえいひあへず．人々おきさはぎ．うへの御《み》つぼねにまいりちがふ気色《けしき》どもしげくまよへば．いとわりなくて．あふぎばかりをしるしにとりかへて出給ぬ．（同、五ウ・六オ・二七二2〜13）

この場合、挿絵によって出会いと別れの場面に分けられ、挿絵は束の間の逢瀬の場面を描いていることになる。二人は「うき身世に……」と「いづれぞと……」の贈答歌を交わし、「扇ばかりをしるしにとりかへて」別れる。庭には「花宴」の主役である桜の木、上空に「おぼろ月」を描くが、座る二人の姿は、他の源氏絵の描く「扇をかざし」て歩く女とそれを見る男の立ち姿に比べ、絵としての面白みには欠ける。しかし、向き合う二人に注目してみると、そこで交わされた贈答歌こそ、「絵入源氏」編者春正が源氏物語を読むきっかけになったと言う「俊成の言」（後述）に直接関わる歌であったことに気づく。藤原俊成が六百番歌合で「源氏見ざる歌詠みは遺恨の事なり」と言ったのは、「草の原」という語を用いた左方の歌に対して、右方が「草の原ききよからず」と難じたことによる。俊成はその時「花宴の巻はことにえんなる物なり」とも言った。女の歌「うき身世に……」には、問題のことば「草の原」が用いられており、それに続く文でも「いとえんになまめきたり」とされているから、春正は、俊成の問題としたことばがどのような物語状況で用いられたのかを、挿絵によって読者に示そうとしたと考えてよいだろう。

紅葉賀巻の絵で、元旦の二条院で紫上が雛遊びをしている場面についても、京都国立博物館蔵の土佐光吉筆『源氏物語画帖』（文献71）と「絵入源氏」の挿絵（図117）を比較する。幼い紫上が雛遊びに熱中している所へ源氏が顔を出

したという場面である。光吉の絵では、御厨子などの調度品とともに雛の御殿を豪華に細密に描いている。物語には、雛の御殿を犬君がこわしたので今繕っているのです、と紫の上が源氏に訴えるとある。若紫巻で、幼い紫の上が「雀の子を犬君が逃がしつる、ふせごの中にこめたりつるものを」と尼君に訴えていた場面に対応する箇所で、この状況については大阪女子大本『絵詞』にも記されている。光吉画の御厨子には書物が整然と並べられ、雛の御殿も立派な段飾りがしつらえてあるのに対して、「絵入源氏」挿絵の御厨子には、物語の「(紫の上の)品々しつらひすゑて」を受けて雛の道具が置かれ、「小さき屋ども作り集めて」とあった手前の御殿はばらばらにこわれている。

図117　「絵入源氏」紅葉賀巻②

「絵入源氏」では、物語で語られた紫の上の様子をそのまま写したものと言える。ただ、「朝拝に参りたまふとてさしのぞき」という源氏の装束は、光吉画にあるように衣冠束帯がよいように思う。京都大学蔵『源氏絵詞』(文献49)にも「男　束帯」と注記しているが、「絵入源氏」では普段着の直衣姿になっている。「絵入源氏」の挿絵と、構図、衣装ともに一致する図が、土佐光成図とある静嘉堂文庫蔵『源氏絵詞』(文献49)に見られる。「絵入源氏」からの影響なのかもしれないが、そこでは奥の御厨子が省略されている。

「絵入源氏」の挿絵は物語本文とともに鑑賞するために作られており、絵だけで独立して鑑賞する屏風絵などと自ずから性格が異なる。土佐派などの絵師による図は、衣装の文様や家具調度品については「細密画」と言われる描法で丁寧に描かれるが、源氏物語の語る状況を忠実に伝えることを必ずしも意図していない。大阪女子大本『絵詞』においても、物語本文に書かれていないものを指示している場合があり、それが土佐派などの源氏絵に描かれていることも多い。それに対して「絵入源氏」の場合、こうした図様指示や伝統的な構図を踏襲したと思える図は少なく、それよりもむしろ、物語本文に書かれた事柄によって図様が決定されているように思える。

一例として、美しい冬の風景として、多くの絵師によって描かれた朝顔巻の「雪まろばし」の場面を見てみよう。この場面の絵は、源氏絵としては、比較的古くから様式化していたらしく、室町時代土佐派のものとされる浄土寺蔵『源氏物語扇面散屏風』（文献68）や、バークコレクション蔵の伝俵屋宗達『源氏物語図屏風』（文献68）の扇面画にも、同様の図が見られる。『源氏小鏡』の絵（図119）は、構図を始め、源氏と紫の上の前にある火桶の形や右手の童女が小さな雪玉を持つといった細部まで、これらの扇面画と一致している。

図118　「絵入源氏」朝顔巻③

図119　『源氏小鏡』朝顔巻

同じ土佐派の絵でも、京都国立博物館蔵の光吉画『源氏物語画帖』(文献71)には、この火桶はなく三人の童女が一緒に大きな雪を転がしている。「絵入源氏」の挿絵(図118)にも火桶は描かれていない。物語にその記述がないからである。実際には火桶を使用していたかもしれず、大阪女子大本『絵詞』には「火はちに火なと有へし」と指示しているが、「絵入源氏」の場合には、それよりも物語の文章に書かれたものを多く取り入れている。右手奥の鴛鴦と源氏達の前の簾(光吉画と『源氏小鏡』にもある)は、物語に「鴛鴦のうち鳴きたる」「御簾まきあげさせ」とあったことを受けている。

「絵入源氏」独自と思われるのが、妻戸から出てくる童女、簀子の扇、右端の童女の長い髪、そして左手前の松と竹であるが、これも全て物語に書かれたことを描いたものである。物語の文章に、童女達の様子は「こよなうあまれる髪の末、白きにはましてもてはやしたる、いとけざやかなり。ちひさきは、わらはげてよろこび走るに、扇なども落として……かたへは東のつまなどに出でゐて、心もとなげに笑ふ」(朝顔巻、六五四11～六五五1)と語られ、あたりの景色は「松と竹とのけぢめをかしう夕暮」とある。根津美術館蔵の土佐光起晩年の『源氏物語図』(文献69)には、鴛鴦、御簾、扇、長い髪、松と竹、そして火桶が描かれているが、「絵入源氏」以前の絵でこれほど物語の文章にこだわって描かれたものは他に見られない。

末摘花巻の絵でよく見られるのは、常陸宮邸で琴を弾く末摘花を、透垣の陰から垣間見る源氏を頭中将が呼び止める場面である。この図は、伝土佐光則筆『源氏物語色紙貼

図120　『源氏小鏡』末摘花巻

図121　「絵入源氏」末摘花巻①

図122　「絵入源氏」末摘花巻②

付屏風』（文献69）や京都国立博物館蔵の土佐光吉筆『源氏物語画帖』（文献71）など、土佐派の絵ではほとんど定型化されており、『源氏小鏡』挿絵（図120）もこれを踏襲している。しかし「絵入源氏」の挿絵では、末摘花の琴を源氏が建物内で坐って聞く場面（図121）と、透垣の所で頭中将に背後から呼び止められる場面（図122）とを二枚に分けて描いている。これは、物語の場面に合った挿絵を、物語の記述に沿って配置したものである。

従って、『小鏡』（図120）や土佐光吉などの絵で、格子を上げて琴を弾く末摘花、透垣のこちら側に二人の男を描くのは、時間的には別の場面であるはずの二つの場面を合わせていることになる。大阪女子大本『絵詞』にも、

　常陸宮きん引給ふそはに大夫命婦なとあるへし庭に紅梅有庭のすいがいのをれのこりたるに源氏かくれき、給ふ
　頭中将かり衣にて源氏のそはにより給ふ所おほろ月夜ありいさよいの月なり

と指示している。つまり、源氏が末摘花の琴を透垣に隠れて聞くとする解釈が、この時代の源氏絵においては一般的

であったことがわかる。

美術品として優れているのは、二つの場面を合わせて描いた絵の方かもしれない。狩野派や土佐派の絵師が描く源氏絵には、このように時間の異なる場面を合わせ描く〈異時同図〉が多い。しかし、「絵入源氏」の挿絵には、二つ以上の場面を合わせて描くことはない。〈挿絵〉の機能を果たすべく、物語の文章の表す一つの場面を一字一句忠実に描くことに徹しているのである。

現存資料の中で、国宝『源氏物語絵巻』に次いで古いものとされる、天理図書館蔵『源氏物語絵巻』の末摘花巻図（文献70）は、「絵入源氏」の一枚目の挿絵（図121）と同じ場面（構図は異なる）が描かれている。この絵巻には源氏物語本文を抜き書きした詞書を伴っている。国宝『源氏物語絵巻』の場合もそうであるが、物語の文章とともに享受する絵巻においては、その文章の示す一場面が忠実に写されている。源氏物語の文章自体、数行を切り取るとそのまま絵に写すことのできる場面性を有しており、二つの場面を合わせて描く絵画は、むしろ後世の読者による一つの享受と見るべきである。

「絵入源氏」挿絵に見られる場面性は、源氏物語を読み進めながら作成した結果であろう。「絵入源氏」編者が絵画資料を参照して挿絵を作成したとするなら、当時様式化しつつあった土佐派などの絵ではなく、源氏絵が絵画として独り歩きする以前の源氏物語の世界をより忠実に描こうとした絵巻などを想定しなければならない。しかし、仮にそうした絵画資料があったとしても、二二六図の全てにわたって参照し得たとは考えにくい。その多くは、春正自身が独自に作成したものと考えるべきだろう。蒔絵師であった春正なら、源氏物語の文章から画面を作り出すことはそれほど困難なことだとは思えないからである。春正程度の絵心と読解力があれば、いくつかの絵画資料を参照してさえいれば、あとは自力で独自の図を作り出すことは可能であったと思う。

「絵入源氏」では、物語の文章に書かれた一字一句を忠実に挿絵に表そうとした結果、他の絵には見られない特殊な図柄を生み出した。そして、これが源氏物語の注釈と深く関わっていることがある。

例えば、紅葉賀巻で源氏と頭中将が青海波を舞う場面の絵は、『源氏小鏡』（図123）のような図柄が一般的であったが、「絵入源氏」の挿絵（図124）は、これらと大きく異なる。このように舞台を設け、周りに武官を廻らせる絵は「絵入源氏」以前に例を見ない。物語本文を引用してみよう。

こだかき紅葉《もみぢ》のかげに．四十人のかいしろ．いひしらず吹《ふき》たてたる物の音《ね》どもにあひたる松風．まことのみやまをろしときこえて吹《ふき》まよひ．色々《いろ〳〵》にちりかふ木のはのなかより．青海波《せいがいは》のかゝやき出たるさま．いとおそろしきまでみゆ．（紅葉賀巻、三オ～ウ・二三九7～10）

画面右上の竜頭鷁首の船は、物語の「楽の船どもこぎめぐりて」を、画面上の散る紅葉は「色々《いろ〳〵》にちりかふ木の葉」

図123　『源氏小鏡』紅葉賀巻

図124　「絵入源氏」紅葉賀巻①

を表し、他の絵よりも物語の記述に従って詳しく描いている。これと同様、特殊な図である舞台も武官も、実は物語の記述から引き出されたものである。

右の文中の「かいしろ（垣代）」について、現代の注釈では「垣代《かいしろ》（が）吹きたてたる物の音」とし、「かいしろ」を青海波の舞を囲む楽人としている。ところが当時は、「四十人のかいしろ」と「吹きたてたる楽人の物の音」とを別のものとする解釈があった。『孟津抄』では「警固也。垣に立て此内にて装束を着する也」とし、垣代を楽人とせず、警固の役人としていた。『紹巴抄』でも、「装束などあらたむるを見かくさんために鳥甲をきて立ならびぬる也」と説明する。つまり、「絵入源氏」の挿絵は、これらの解釈を基にして描かれたものであることが想像される。そして、『源氏目案』には、次のような注が見られる。

一かいしろ　舞台《ブタイ》を垣《カキ》のやうに立めぐることをいふ也．垣代《カイシロ》也．警固《ケイゴ》也。四十人のかいしろ．長秋卿《ナガアキキヤウノ》笛譜《フエノフニ》云．四十人の内有二序《ジヨ》二人破《ハ》二人垣代三十六人一云々．此《ノ》物語にものゝかずをいふに．必しもよせなきのみ也．輪台《リンダイ》の輪作《ワツクリ》とて．舞台《フタイノ》の上に丸立《マルクタチ》めぐる也（『源氏目案　上』六十オ）

「絵入源氏」の挿絵（図124）では、「舞台の上に立ちめぐる」という図にはなっていない。しかし、この説明は『孟津抄』や『紹巴抄』の注よりもなお、挿絵の画面に近い。『紹巴抄』に言う「鳥甲（とりかぶと）」は、『源氏小鏡』（図123）の画面下に描かれた楽人に見られる舞楽装束のかぶりものであるから、紹巴は楽人の姿で周りを囲むと解釈していたと思われる。あるいは『孟津抄』も同様の説だったのかもしれないが、「警固」とあることから、「絵入源氏」ではこれを武官として描いたのであろう。『孟津抄』は、貞徳に源氏物語を伝授した九条稙通の注釈書であり、紹巴もまた貞徳の師であった。「絵入源氏」の編集に当たって、春正は不明の箇所は師匠の貞徳や同輩に助言を仰いだと言うから、この挿絵が貞徳の解釈を反映（または誤解）したものと考えることができる。

絵合巻の代表的な場面、天徳四年内裏歌合を模した御前での絵合の行事を描いたものも、一見様式化しているが、帝の玉座と絵合のための絵を入れた箱の据え方などに相違が見られる。京都国立博物館蔵の土佐光吉筆『源氏物語画帖』（文献71）や、これを踏襲した、堺市博物館蔵の土佐派の『源氏物語色紙絵』（文献62・67）、そして光吉画を模倣した『源氏小鏡』の挿絵（図125）では、箱を置いた机の下の敷物がなく、蓋のある箱はもう一つの箱の中に置かれている。これに対して「絵入源氏」挿絵（図126）では、机の下に敷物を敷き、絵を

図126「絵入源氏」絵合巻②

図125『源氏小鏡』絵合巻

図127『十帖源氏』絵合巻

入れた蓋付きの箱は机の上にかけた布の上に直接置かれ、構図も他の絵とは異なる。そして、『十帖源氏』（図127）がこれを踏襲している。

細かいことであるが、この箱の据え方にも二通りの解釈があった。一つは『河海抄』説で、絵の箱、綺の打敷、花足の下机、錦の敷物の順に重ね、机は一つという解釈である。これに対して『花鳥余情』の説は、上から絵の箱、錦の敷物、花足（飾り足）の机、綺の打敷、下机の順に重ねるというものである。土佐派の絵や『源氏小鏡』の絵は、このいずれにも当てはまらず、花足の上机の代わりに平たい箱が置かれ、その中に絵の箱が入れられている。ところが、最も古い絵とされる天理図書館蔵『源氏物語絵合冊子表紙絵』（文献69）では、この平らな箱は同じ透かし彫りの意匠ながら裏返しに置かれ（つまり机である）、透かし彫りの穴には、物語にある「足結いの組（紐飾り）」が見られる。この天理本の絵合図はまさに『花鳥余情』説に符合する。後世になって、この机が誤解され、ただの平たい箱に変化してしまったのではないだろうか。先の紅葉賀の青海波の図（図124）は、「絵入源氏」の誤解かとも思われるが、絵合の場合は「絵入源氏」の図が正しく、現代の解釈はこの図に一致する。

この他にも「絵入源氏」独自の図は多い。澪標巻の住吉詣での場面で、静嘉堂文庫蔵の俵屋宗達筆『源氏物語図』（文献68）など、多くの絵において、住吉大社の太鼓橋が描かれている。この太鼓橋は平安時代にはなく、近世の絵では、住吉大社を象徴するものとして必ず描かれるようになったものである。(2)「絵入源氏」の挿絵（図128）には太鼓橋はなく、平安時代当時の住吉大社らしく海を大きく描き、海辺の鳥居で社の様子を表している。近世の源氏絵には、物語に書かれていないものが描かれることも多いが、「絵入源氏」の挿絵は、あくまでも物語の文章から引き出されるものを描く。

また、玉鬘と乳母の一行が九州から逃れて来る時に乗った「はやふね」について、『源氏小鏡』（図130）と『十帖源氏』（図131）では立派な帆船が描かれている。物語の文章に「思ふかたの風さへ進みて、あやふきまで走り上りぬ」

図128「絵入源氏」澪標巻③

図129『十帖源氏』玉鬘巻①

図130　『源氏小鏡』玉鬘巻

図131　『十帖源氏』玉鬘巻②

とあったからだと思うが、このような構造の帆船は、室町時代以後、おそらく近世のものである。『花鳥余情』では、「はやふね」について、

櫓をおほくたつるをいふ。舟の両方のせがいに八ちやうも十ちやうもむかでの手のごとくたててをせばとくはしるなり

と説いているから、「絵入源氏」（図129）の舟はこの説に基づいたものであることがわかる。

以上のように「絵入源氏」の挿絵は、物語の記述を一字一句写すだけではなく、難解なことばをも解釈して絵に表していたことが知られる。この姿勢は、源氏物語の絵画化というよりも、源氏物語の注釈を絵にしてわかり易く表したものと言った方がよいのかもしれない。

さて、このように「絵入源氏」の挿絵が物語に忠実であればあるほど、その画面には登場人物の心情表現が要求される。「絵入源氏」では、それをどのような方法で表したであろうか。彩色のない、板木に彫られた版本の挿絵では、その表現力に限界がある。物語の抒情性、人物の心情を表現するために「絵入源氏」の採った方法は、絵画の技法として単純ではあるが、「ながめる」人物の姿を描くことであった。「絵入源氏」の図柄で最も多く見られるのは、人物が簀子や廂から遠くを眺めている図である。それらの構図はいずれも似ているが、眺める視線の先には、必ず、物語の文章に示される風景が細かく描き分けられている。

須磨巻では海辺の様子、薄雲巻では遠山の夕日と薄雲、幻巻では雁の飛ぶ空を描き、それぞれ源氏が外を眺める姿を描く（第六章第一節参照）。源氏物語自体にも「ながめる」人物の姿が度々描かれ、「ながめ」という言葉も頻出するが、これを視覚化した「絵入源氏」の挿絵では、登場人物の物思いを表すだけではなく、その視線の先にある画面上の風景に読者が自ずと注目するという効果がある。

図132　「絵入源氏」松風巻①

ここでは、松風巻に見られる二面の挿絵を比較してみよう。この巻の代表的な場面として多くの源氏絵に描かれたのは、源氏が桂院で催す饗宴の場面であり、「絵入源氏」もこの場面を描いている。しかし、これは物語の中心部分ではない。この巻の物語の大部分は、明石親子の別れと大井での寂しい生活、そして源氏との対面を語ることに費やされており、「絵入源氏」は、他の源氏絵の描かなかった明石親子の心情を二面の挿絵で表している。

最初の挿絵（図132）は、入道が妻子を見送る場面である。物語本文に、たつの時に舟でし給むかしの人も哀といひける浦の朝ぎりへだたりゆくまゝに．いとものがなしくて．入道は心すみはつましく．あくがれてながめゐたり（松風巻、八オ・五八六6～8）

とある通り、遠ざかる舟を明石に残る入道の背後から捉えたこの画面は、これまで長々と語られてきた入道の心情を簡潔に表している。物語はその直後、明石君と尼君の舟中での和歌、大井到着後の様子と続けて語る。

「絵入源氏」の二枚目の挿絵（図133）は、巻名の由来となる場面を描き、その直前には次の文がある。

かの御かたみのきむをかきならす．おりのいみじう忍びがたければ．人ばなれたるかたにうちとけて．すこしひくに．松風はしたなくひゞきあひたり．あま君物がなしげにてよりふし給へる．おきあがりて
尼君
身をかへてひとりかへれる山里にきゝし』にゝたる松風ぞ吹．御かた

図133　「絵入源氏」松風巻②

図134　『源氏鬢鏡』松風巻

ふる里《明石》にみし世の友を恋佗てさえづることをたれかわくらん』（松風巻、九ウ～十オ・五八七5～10）

松風に寄せて、大井里で暮らす明石母子の心細さを表した場面である。須磨巻、薄雲巻、幻巻における源氏や、先の入道が「ながめ」る様子は、それぞれ物語の文章にも明示されている。

それに対して、この場面の尼君は、物語の文章では「物がなしげにてよりふし給へる、おきあがりて」とあるだけだが、「絵入源氏」挿絵（図133）の尼君は、片手を床について今起き上がったという様子で、松の木の上方に顔を向けてながめている。

万治三年（一六六〇）の『源氏鬢鏡』は、『源氏小鏡』から巻名の由来を記した箇所を抜き出し、その場面を挿絵として添えた入門書であるが、後述するように、その画面の大半は、「絵入源氏」の模倣である。

松風巻の挿絵（図134）もまた、「絵入源氏」を基にした画面であるが、その図では、松の木を画面手前に移動したため、尼君が松に背を向けた図になっている。巻名に関わる景物「松」を立派な枝ぶりの木として目立つように描いた結果、「松風」を詠んだ尼君の気持ちとはかけ離れた図になってしまった。これに対して「絵入源氏」の挿絵では、尼君の視線の先に「松風」を思わせる、遠く大きな松の木を描くことで、挿絵の直前にある尼君の詠んだ歌「身をかへて……」の心をよく表している。

二　『源氏綱目』の方法

「絵入源氏」の成立した慶安三年（一六五〇）には、一華堂切臨が、源氏物語の古注集成である『源義弁引抄』と連歌の手引き書とも言える『源氏綱目』の執筆を始めたと言う。『源氏綱目』には、一巻に各一面の挿絵があり、その図様指示とその箇所の物語本文を引用する絵詞がある。伊井春樹氏は、この書物を活字翻刻して紹介し、その特色と意義を示された（文献49）。その解説において、『源氏綱目』の料簡に慶安三年、序文には万治二年（一六五九）とあり、万治三年の刊記の本があったことから、切臨がこの書に着手したのは慶安三年であったが、刊行は十年後の万治三年まで延期されたと説明された。挿絵については、次のように述べておられる。

（五十四巻五十四場面中）十巻までが大阪女子大本『源氏物語絵詞』以外の指摘であり、室町から江戸期にかけての作品にも同じ場面を見出すことができない。切臨の新しく生み出した場面が全くなかったとも言い切れないが、彼は序文で過去の誤りを正すと述べているからには、すでにこれらの場面を描いた作品が存在していたはずである

そして、この十巻のほとんどが「絵入源氏」の挿絵の構図と一致することも指摘された。このことについて、氏は「絵入源氏」と『源氏綱目』の挿絵の中に、「直接関係するのではないかと思わせるほど」の構図を認め、「当時このような構図がかなりパターン化して流布していたのであろう」と述べておられる。つまり、「絵入源氏」の挿絵との関係を、共通する典拠資料による間接的なものとしておられるのである。

この推定は、『源氏綱目』の成立を「絵入源氏」と同じ慶安三年とし、また「絵入源氏」初版の時期を限定しておられないことによると思われる。しかし『源氏綱目』が、慶安三年に「切臨叙す」という序文のある『源義弁引抄』とともに万治年間に出版されたのなら、『源氏綱目』の料簡にある「慶安三年……」は『源義弁引抄』を前提にしたと考えることもできる。そして伊井氏自身も慶安三年に「着手した」と述べておられる。また、第一章第一節で明らかにした通り、「絵入源氏」初版の刊行は、慶安三年頃と推定される。そのことから、両書の挿絵と「直接関係するのではないかと思わせるほど」の構図の存在については、「共通した典拠の絵画資料」を想定するよりも、「絵入源氏」自身に由来すると考えるべきではないだろうか。

現在見ることのできる絵画資料はほんの一部であるから、「絵入源氏」編者が参照した絵画資料がなかったとは言

いきれない。しかし、前述したように、「絵入源氏」挿絵の多くは、物語の文章を誤解も含めて独自に解釈したものと言ってよいだろう。つまり、『源氏綱目』の絵が「絵入源氏」と似ていることを、（現存しない）共通する資料によったからと考えるより、「絵入源氏」の挿絵を切臨が参照していた結果と考える方が自然ではないだろうか。春正と切臨とが共通する絵画資料を参照し得たという偶然性や相互関係に比べると、少ない発行部数ながらも出版されていた「絵入源氏」初版の挿絵を、切臨が見ていた確率の方がはるかに高い。

両者の挿絵を比較してみよう。切臨は、序文で「むかしよりかける絵」の誤りを正すと述べている。伊井氏が「絵入源氏」と『源氏綱目』の類似する挿絵として挙げられた巻々の絵を比べてみると、『源氏綱目』のこれらの絵が、他ならぬ「絵入源氏」の挿絵の誤りを正していることがわかる。構図の最もよく似た鈴虫巻において、『源氏綱目』

図135　「絵入源氏」鈴虫巻②

図136　『源氏綱目』鈴虫巻

では、絵の場面を示す物語の文章を「琴の御ことめして……猶心いれ給へり月さし出てはなやかなる」と引用し、絵の指示には「空に月さし出たり」を最初に挙げている。挿絵を比べてみると、「絵入源氏」（図135）の月が霞んでいるのに対して、『源氏綱目』（図136）の月は上空にはっきり描かれている。『源氏綱目』の絵は、「絵入源氏」の月を正しく描き直したつもりだったのであろう。

橋姫巻の場合は、さらに顕著である。『源氏綱目』の指図の文、

上に宇治橋　わたる人あり　しば舟二さう　あじろ　やねあり　あみほしをく　男女あり女はかごもつ

薫の体はゐぼしかりぎぬ　御ともの人々あり　宇治のとのゐ人　かほるのぬぎ給ふ衣装をとらする体

には、伊井氏が指摘される通り、物語本文にないものが指示されており、そのほとんどが「絵入源氏」の挿絵（図

図137　「絵入源氏」橋姫巻④

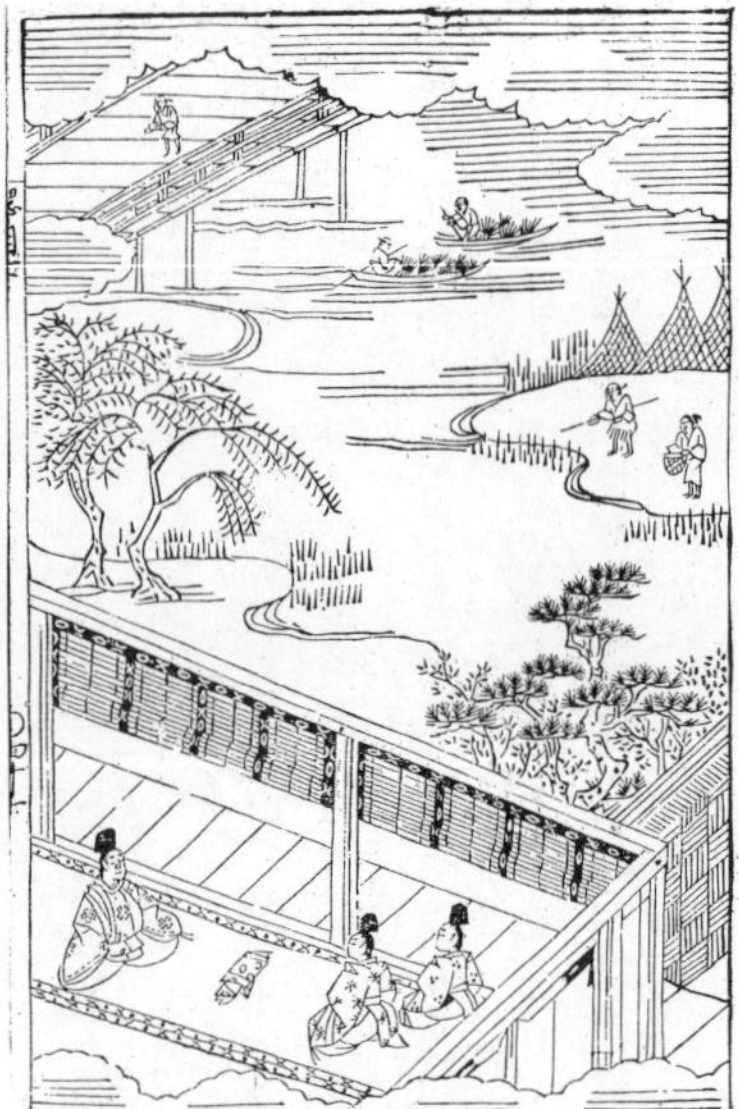

図138　『源氏綱目』橋姫巻

137）に描かれている。『源氏綱目』（図138）と比較してみると、まず屋外と屋内との違いが目につく。これは、両者のもとになった資料があったための相違ではなく、『源氏綱目』の指摘する通り、「絵入源氏」の誤りである。ここは宇治の八の宮邸で、薫は「とのゐ人がしつらひたる西おもてにおはしてながめ給ふ」とある。『源氏綱目』は絵の場面として、この「とのゐ人が……」の部分から物語本文を引用しているから、「絵入源氏」の屋外の場面を訂正したことがわかる。また、薫の姿について『源氏綱目』は、「ゑぼしかりぎぬ」と指図して狩衣姿の薫を描くが、これは薫がこの宇治に「やつしたまへると見ゆる狩衣姿」で来たとする物語の文を受けたものと思われる。

　この場合は逆に、『源氏綱目』の方が誤りで、「絵入源氏」に描かれた通り、この場面での薫は直衣姿でなければならない。薫は、その狩衣が霧でぬれたので宿直人に（禄として）ぬぎかけ、京に取りに行かせた直衣に着替えたのである。『源氏綱目』は、絵の場面指示としては物語の「とりにつかはしつる御なをしに奉りかへつ」の部分まで挙げていたから、本来は直衣姿を描くつもりだったのかもしれない。物語の前の部分にある「狩衣姿」に引かれて指図の段階で誤ってしまったのであろうか。ただ、絵を見る限りでは、着替える前の場面を描いたとも思われるが、その場合、直前の絵指示の文と合わなくなる。

　伊井氏が共通する場面として挙げられた挿絵の他にも、「絵入源氏」の「誤りを正した」と思われる例は多い。若菜上巻の代表的な場面として、多くの絵に見られる図は、柏木や夕霧が六条院で蹴鞠をしていた時に猫が御簾を上げて女三の宮の姿が見える場面である。しかし『源氏綱目』では、「絵入源氏」の挿絵にも描かれた、源氏が女三の宮のもとから紫の上の所へ朝帰りした雪の場面を採っている。この若菜上巻においては、女房が格子を遣戸のように「引きあけ」る「絵入源氏」の挿絵（図139）に対して、『源氏綱目』（図140）は、格子の上半分を「引き上げ」る図に訂正している。また、幻巻において、中将の君がうたたねしていた時、源氏が「あゆみおはして見たまへば」あわてて起き上がるという場面で、『源氏綱目』の指図には「立ながら源氏の見給へば」と、源氏が立ち姿だと指示し、絵に

図139　「絵入源氏」若菜上巻④

図140　『源氏綱目』若菜上巻

表している。これは、「絵入源氏」の源氏が座っていたことに異議を唱えたものと考えることができる。

ただし、切臨は「絵入源氏」のみを標的にしていたわけではない。序文に、

　むかしよりかける絵に人のよはひのほど装束の色しなあやまりおほし

とあるから、彩色の施された古来の絵画をも対象にしていたことがわかる。

『源氏綱目』には、『源氏小鏡』花宴巻の絵（図115）や、その基になった光吉画などと酷似した絵が見られる。ところが、この挿絵（図141）は、花宴巻の朧月夜との出会いの場面ではなく、源氏が老女源典侍と戯れる紅葉賀巻の場面として描かれているのである。そのことは、指図から明らかである。二人の年齢の差を述べ、女は「絵かきたるあふぎをもちてかほをかくし見かへりたり」と、すでに引用した物語の文章を繰り返していることから、扇を問題にして

図141　『源氏綱目』紅葉賀巻

図142　「絵入源氏」紅葉賀巻④

いることがわかる。おそらく切臨は、「絵入源氏」の挿絵（図142）にも描かれる、扇を持ち、裳を付けた女に近づく源氏という素材の類似から、先行する絵画資料における次の花宴巻の絵を、源典侍と戯れる場面の絵と誤解したのであろう。土佐光吉の絵では、朧月夜は扇を顔から離してかざしており、これでは扇で顔を隠した老女の絵として不適当なので「誤りを正した」つもりであろう。このことから、切臨の参照した資料は、『絵詞』の類ではなく、絵画資料であったことが想像される。「絵入源氏」花宴巻のこの場面の挿絵（図116）は、他の絵とは全く異なるから、「絵入源氏」の挿絵から切臨が自身の誤解に気付くことはなかったのであろう。

『源氏綱目』が花宴巻の絵として採用したのは、源氏が右大臣家で朧月夜を発見する場面である。この場面を描いた「絵入源氏」の挿絵（図143）と『源氏綱目』（図144）を比べてみると、前者にない桜の木が後者には描かれているこ

図143　「絵入源氏」花宴巻②

図144　『源氏綱目』花宴巻

とに気付く。『源氏綱目』の指図には、

家あり木丁ごしに女の手を源氏のとらへ給ふ酒にゑひたるふりし給ふ此みすのまへに藤の花庭にあり三月廿日比也藤のえんを右大臣し給時の事也をくれて桜二木いとおもしろし

とある。図様の指示として、最後の「をくれて桜二木いとおもしろし」は異質であるが、これは物語の文章からの引用で、絵の場面として引用した物語文章にはこの一文がないので、図様の指示に加えたのであろう。この場面の絵としては、徳川美術館蔵の土佐光則筆『源氏物語画帖』（文献69）があり、その絵の桜は一本のみであるから、切臨がこの光則画などを見た可能性がある。ただ、桜の木にこだわったために、源氏の位置を誤って建物の中央に描く。光則画や「絵入源氏」では、物語の文「妻戸の御簾を引き着たまへば」により、源氏を妻戸の所に描くが、切臨は、物語本文をこれより後の部分から引用したために誤ってしまったのであろう。

以上のように『源氏綱目』の挿絵は、切臨が序文に言った通り、従来の絵の誤りを正したものであったことがうかがえるのであるが、一つの事柄にこだわり、また構図などに新しさを出そうとしたことでかえって別の誤りの生じる原因ともなった。同様のことは、総角巻の絵（図146）にも見られる。物語本文を「あけゆくほどの空につまどをしあけて」と引用し、指図でもそれを繰り返しながら、絵では「をしあけ」るべき妻戸ではなく引き戸である遣戸を描き、それより中の間の簾を巻き上げて眺める図になっているのである。ここで切臨がこだわったのは、「絵入源氏」の絵（図145）にはない「山のはに朝日みゆ」の指図であろう。物語でこれに相当する箇所は「山の端の光やうやう見ゆるに」であるから、『源氏綱目』に描かれた丸い朝日は少々不自然と思うのであるが、切臨は、こうした細部が気にな

図145　「絵入源氏」総角巻④

図146　『源氏綱目』総角巻

る人であったと思われる。『源氏綱目』は、「絵入源氏」を意識し、同時に、他の絵画資料をも参照していたのであろう。

次に、多くの源氏絵や挿絵の素材となった、夕顔巻の図を比較しながら、『源氏綱目』指図の方法について見ておきたい。源氏が随身に夕顔を折らせる場面は、古いものでは、室町時代の浄土寺蔵『源氏物語扇面散屏風』（文献64）があり、またバークコレクション蔵の土佐光則筆『白描源氏物語画帖』（文献69）、伝土佐光則『源氏物語色紙貼付屏風』（文献68）や、久保惣記念美術館の土佐光吉『源氏物語手鑑』（文献67）などにも見られる。このうち伝光則画は、『源氏綱目』の挿絵（図147）とほとんど同じ構図であり、切臨がこうした絵画資料を参照していたことがうかがえる。『源氏綱目』と伝光則画との相違は、扇に夕顔を載せて差し出す女が描かれていないこと、源氏の乗った車に牛が繋がれていないことである。『源氏綱目』の指図、

　右の方の下に源氏車のうちよりあたりを見給ふ車はたてゝをく也

は、まさにこの伝光則画の図様に対して、牛を繋がず立てておくことを訂正指示するものであったと思う。

『源氏綱目』の挿絵に扇を差し出す女が描かれず、その絵詞にも源氏が白い花を眺める場面のみを挙げていることについては、伊井氏が、次のように説明される。

　（女が扇を差し出す）もっとも多く絵画化されてきた……それらのいわゆる名場面を継承していない。今日考えるのとは、また別の趣向があったのであろう。

図147　『源氏綱目』夕顔巻

図148「絵入源氏」夕顔巻①

図149「絵入源氏」夕顔巻②

確かに、切臨の意図は、「今日考える」ところの源氏物語の絵画化にはなく、「別の趣向」があったのだが、それは従来の絵の誤りを正すことであった。これは、同様の例として伊井氏の挙げられた、柏木巻、乙女巻、橋姫巻の挿絵にも当てはまる。

そして切臨が、この夕顔巻においても「絵入源氏」の挿絵を参照していたと考えると、『源氏綱目』が「いわゆる名場面を継承していない」ことの説明は容易になる。「絵入源氏」の挿絵（図148）には、源氏が夕顔に目を止める場面が描かれており、問題の扇は、乳母の家で源氏が扇に書かれた歌を読む場面として、次の挿絵（図149）に示される。「絵入源氏」の挿絵を参照し、また物語の文章を尊重する『源氏綱目』であれば、この場面に扇を差し出す女は不要として省いたのではないかと考えることができる。『源氏綱目』が継承したのは、この場合「絵入源氏」の描いた物

語の一場面であり、絵画としての名場面ではなかったと思う。切臨はまた、

家の門のめぐりがんぎの板に夕がほの葉あをくはいか、り花しろくさきたり

とも指示している。この「家の門のめぐり」は、「絵入源氏」が「切り掛けだつもの」を「半蔀四五間ばかり上げわたし」た家の傍らに描いていることを訂正したものであろうが、物語の文章からは「家のめぐり」であるのかどうかは確認し得ない。おそらく、伝光則画などの絵と「絵入源氏」とを参照した結果、このような『源氏綱目』独自の挿絵（図147）が生まれたのであろう。そして、牛を繋がず立てておくことを訂正指示したのは、「源氏車のうちよりあたりを見給ふ」様を描いた「絵入源氏」の挿絵（図148）に対するものでもあったと思う。

ちなみに、先に挙げた、浄土寺蔵『源氏物語扇面散屏風』や土佐光吉『源氏物語手鑑』などでは、夕顔が地面や屋根の上に描かれており、これは「切り掛けだつものに」「はひかかれる」という物語の文章と一致しない。『源氏綱目』の指示「がんぎの板に夕がほの葉」は、こうした絵をも意識したものであった可能性がある。

なお、「絵入源氏」の挿絵に見られない若菜下巻の図などについては、『河海抄』や『弄花抄』、『一葉抄』などの注釈との関わりを考えるべきであろうかとも思うのであるが、この点については、いずれ改めて考えてみたい。版本の挿絵は、それぞれの版本の性格を反映していると最初に述べたが、『源氏綱目』の場合は、古注集成『源義弁引抄』を簡略化した解釈が示されている。切臨は、『源義弁引抄』の仕事から、従来の源氏絵の誤りの多さに気付き、『源氏綱目』に挿絵を入れることを思い立ったのではないだろうか。

本節の拙論は、初出稿「近世源氏物語版本の挿絵」を基にしている。その拙稿が掲載された『講座平安文学論究八』[3]には、源氏物語古注集成『源氏綱目　付源氏絵詞』（文献49）の解説をより具体的に補足された、伊井春樹氏のご論文「『源氏綱目』の挿絵」が同時掲載された。同じ冊子（論集）における同時発表ということもあり、ここまでの『源氏綱目』に関する拙論では、当初に発表した論旨をそのまま伝えるべく、伊井氏のあとのご論文には触れなかった。そ

こで以下、このご論文を引用しつつ、あらためて補足しておきたい。
伊井氏は「『源氏綱目』の挿絵」において、『源氏綱目』と「絵入源氏」には、他の源氏絵や絵詞には見られない共通の構図があることから、「共通して依拠した資料が存在したことが想像されてくる」と述べ、「しかもその資料は、春正の用いたのよりも、切臨の方がより古態を示していたのではないか」とされた。また、『源氏綱目』の挿絵には、構図とは別に細かいところに独自性があるとも述べておられる。たとえば、絵に描かれるべき人物の衣装や容姿、年齢をこと細かに「絵詞」に記していることについて、氏は次のように説明される。

作者がこのように年齢を具体的に示したところで、版本の挿絵ではその差異を効果的に表現するのはおぼつかなく、ましてや衣装の色目になると不必要ですらある。それを承知の上であえて切臨が詳細に記述するのは、世に流布する色紙画の犯した誤りへの反論であり、今後はそれを訂すべきだとの主張であろう。絵師にとっては、必ずしも源氏物語に通暁しているわけでないため、絵詞類や粉本を用い、あとは自分なりの想像力によって場面を描いていくしかない。……そういった意味では、『源氏綱目』の絵詞は、たんに挿絵の説明のために記したのではなく、色紙画への手引きとしても位置づけることを目論んでいたと考えられる。

その通りだと思う。ただし、切臨の意図は、色紙画のみならず、「絵入源氏」の誤りをも正すことでもあった。氏の例示された挿絵のうち、桐壺巻や葵巻における髪削ぎの場面に描かれた碁盤は、二つの元服における必需品と考えたからであろう。「絵入源氏」の場合、碁盤が葵巻の紫の上の髪削ぎの場面にあって桐壺巻の光源氏元服の場面にないのは、同じ元服でも、前者を婚約の儀式ととらえたためと思われる。いずれにしても、春正と切臨は共通して、二つの場面を元服の儀式と考えていたことになる（第六章第二節参照）。
伊井氏が、『源氏綱目』と「絵入源氏」に共通する絵があったのではないかとされたのは、「絵入源氏」初版の刊行年代が特定し得なかったからだと思う。「絵入源氏」の初版が承応三年版であれば、確かに『源氏綱目』が「絵入源氏」の影響を受ける可能性は少ない。しかし、「絵入源氏」の初版は慶安三〜四年に出版されたと推定される（第一章第一節参照）。一方、『源氏綱目』の着手は慶安三年であるが、完成は万治二年と考えられる（序章第二節参照）。そのことと、両者の挿絵の相似という両面から考えて、私は切臨が「絵入源氏」を意識していたと確信したのである。もともと『源氏綱目』は、伊井氏によって紹介されたものであり、拙論はそれに応じたものにすぎない。従って、切臨が「絵入源氏」を直接意識していたかどうかは、単に論者の考え方の違いということではなく、切臨の注釈や『源氏綱目』の成立を明らかにした上で、あらためて検討すべきであろう。今は、挿絵の図様という現象面からうかがえることを指摘するにとどめる。

三　『十帖源氏』の挿絵

慶安本「絵入源氏」が、八尾勘兵衛という専門の書肆から出版され、市場に出回るようになるのは承応三年（一六五四）のことである（第一章第一節参照）。その年に、雛人形師で俳諧師の野々口立圃が、『十帖源氏』を編集刊行する。五十四帖の源氏物語を十帖にしたダイジェスト版であるが、十帖でもなお大部で、源氏物語の本文をそのまま引用する箇所も多い。後に立圃自身が編集した『おさな源氏』寛文元年（一六六一）の序文において、『十帖源氏』の本文を源氏物語だと思って暗唱するものもいると述べるほどであった。立圃は『十帖源氏』跋文において、六十歳の頃から狩野探幽へ入門し日本画を新たに学んだと記す。この理由について、吉田幸一氏は、次のように推定しておられる。

『十帖源氏』出版に当たり、自らその挿絵を描くについては、春正の「絵入源氏」への対抗意識もあり、そのためには、狩野派の基本的描法を修得する必要に迫られて（以下略）

そして、「絵入源氏」と異なる場面の挿絵については、「立圃独自の選定によって絵画化したもの」と説明された。また、「絵入源氏」と共通の図様についても、「あえて構図までを模倣しようとはせず、彼独自のイメージによる構想によつて描くことに努めたのではないかと思われる」と述べておられる。個々の画面を、狩野派・土佐派などの絵や「絵入源氏」と比較すると、御説の通りだと思う。狩野派に入門した立圃と言えども、絵師による絵を鑑賞したり「絵詞」の類を閲覧する機会に恵まれることは稀であったはずで、一三一図もの挿絵は、源氏物語をダイジェスト版にするという大変な作業の中で、自ずから構想されたものと考えるべきであろう。

挿絵の第一の特徴は、「絵入源氏」はもちろん、明暦版『源氏小鏡』より簡略化した図になっていることである。先に見た朝顔巻の「雪まろばし」の場合、『十帖源氏』の本文では、「絵入源氏」挿絵（図118）に描かれた月、松と竹、御簾、扇などを示す物語本文を全て引用しながら、挿絵（図150）ではそれらをすべて省き、人物の様子に焦点を当てる。「絵入源氏」の挿絵が、物語本文を忠実に写していたのとは異なり、『十帖源氏』は、物語本文を引用しながらも、挿絵には描いていないことが多い。

しかし、その挿絵は単に簡略化されているだけではない。図150には、他の絵に見られない奇妙な人物（右端の立ち姿の女）が見られる。これは、物語本文では、「……なれたるがさま〴〵のあこめ乱れ着、おびしどけなき……」となっているものを、『十帖源氏』本文で、

　　おほきやかになれたるさま〴〵あこめみだれきほひしとけなき
　　とのゐすがたなまめいたるに

として採られた場面を表したと思われる。衣装を乱した年上の童女の「なまめいたる」様を、色めかしい様体と解釈（本来は優美な様の

図150　『十帖源氏』朝顔巻②

意）したのであろう。これは、いかにも近世的な解釈であり、挿絵に描かれた建物や火桶もまた、近世風のものになっている。「絵入源氏」の挿絵では、源氏物語の時代によりふさわしいものが描かれ、土佐派などの絵においても古い様式が残されているが、『十帖源氏』の挿絵では、建物、建具、調度品などが、全て武家屋敷の様に描かれる。ここには、近世における源氏物語享受のあり方が示されていると言える。

そして、このような人物があえて描かれたことに、『十帖源氏』のもう一つの特色が見られる。『十帖源氏』の挿絵の多くは、周囲の様子を簡略化して人物に焦点を当てているが、その人物が、大和絵の没個性的な人物とは異なり、表情豊かで動作も生き生きと描かれている点である。

最初に触れた通り、「絵入源氏」では、帚木巻の雨夜の品定めの場面では、発端となる頭中将との二人の場面（図

図151　『十帖源氏』帚木巻①

図152　『十帖源氏』帚木巻②

図153『十帖源氏』帚木巻③

図154「絵入源氏」帚木巻①

154）のみを描き、その後は、語られた話の内容に焦点を当てている。これに対して『十帖源氏』の方は、体験談についての挿絵は、多くの源氏絵に描かれた木枯らしの女の話のみにして、長々と続く話をいかにも退屈そうに聞いている光源氏の様子を面白おかしく描く。確かに、物語にも人々の語る話の合間にそうした光源氏の様子が書かれており、立圃は、体験談の内容よりも、語り合う男たちの様子の方に注目したのである。雨夜の品定めの場面は、帚木巻の代表的な場面として多くの源氏絵にも描かれるが、『十帖源氏』では、帚木巻の五枚の図のうち三枚に、品定めをする男たちそれぞれの様子を繰り返し描く。一枚目（図151）には、文を広げる源氏と頭中将、二枚目（図152）は、左馬頭が中の品の女の良さを説くのに対して光源氏が「上の品でも良い女はめったに居ないのに……」と思いつつ臥しているという場面、三枚目（図153）には、源氏が脇息にひじをついて居眠りしている場面である。

図155　『十帖源氏』玉鬘巻①

図156　『十帖源氏』若菜下巻②

すでにあった「絵入源氏」の挿絵と異なる図を志したにしても、このような同じ場所の似た場面を三枚も描いた立圃は、装束や調度よりも人物に興味があったのであろう。夕顔巻では、源氏が東山からの帰途に落馬し惟光らが鴨川で祈る様を描き（後の図160）、玉鬘巻では大夫監の荒々しい顔つきを黒い髭で表し（図155）、若菜下巻では近江君の滑稽な様子を図様に選ぶ（図156）など、読者の笑いを誘うような人物の様子を多く描いている。また、庶民の生活ぶりがたびたび描かれる。

夕顔巻の五条の家の様子は、壁ごしに聞こえる隣家の音を、両隣の町人が生活する姿として描き（後の図162）、乙女巻の六条院造営（図157）や若菜上巻の朱雀院の西山寺造営（図158）では、大工達の働く様を生き生きと描いている。これらは、物語の重要な場面というより、人々の生活を描くために選んだものと思われる。立圃は跋文で「よしある

図157　『十帖源氏』乙女巻③

図158　『十帖源氏』若菜上巻①

所々に絵をかきそへ」と述べたが、この「よしある」は、王朝美としての情緒だけではなく近世の人々の好む面白味をも含んでいたと考えてよいのではなかろうか。吉田氏が「線描に俳画的な躍動が見られる」「彼本来の俳画の持味が発揮されている」と言われた通りである。

そこで次に、夕顔巻の挿絵を例にして、「絵入源氏」と『十帖源氏』を比較しながら、それぞれの版本の特徴について述べてみたい。まず、八月十五夜、源氏は、夕顔の住む五条の家に泊まった時の場面を見てみよう。「絵入源氏」の第四図（図159）では、明け方の「空とぶかりのこゑ」を雲間の雁の群れで表し、上空に十五夜の月を描く。また間近に聞こえる隣の話し声や唐臼の音は、手前の接近した粗末な屋根によって表す。源氏は遣戸を開け「程なき（狭い）庭」を夕顔と「もろともに見出し給ふ」。その狭さが、画面奥の壁によって示されている。「されたるくれ竹」が画面左に描かれ、手狭な居場所ではあるが、画面全体は「あはれ」な風情になっている。

同じ場面でも、『十帖源氏』の挿絵（図160）はこれとまったく趣が異なる。小さく区切った狭い長屋を上から捉え、その中央に窮屈そうに居る源氏と夕顔を描き、両隣の家の「をのがじしのいとなみに起き出てそめき騒ぐ」庶民の生活ぶりをそれぞれ具体的な絵として表す。画面左側の家では「なる神よりもおどろ〳〵しく踏みとどろかす唐臼の音」を、右側には挿絵の後に語られる「みたけさうじにやあらん、ただ翁さびたる声にぬかづくぞ聞ゆる」場面を描く。

いずれの挿絵も、それぞれに物語本文に忠実と言えるが、その印象はまるで違ったものになっている。『十帖源氏』の挿絵では、隣の喧騒を視覚に訴える画面で表し、窮屈な所で過ごす高貴な源氏の様子に滑稽味を加えている。

図159「絵入源氏」夕顔巻④

図160『十帖源氏』夕顔巻③

絵入源氏の挿絵では、隣家の様子が近接する長屋の屋根のみで暗示されているが、これは音によって隣家の生活を想像している源氏の立場から捉えた物語の方法に一致する。

このように、同じ逢瀬の場面であるのに、「絵入源氏」の挿絵では「あはれ」な風情が表されているのに対して、『十帖源氏』の挿絵には滑稽味がある。同じ場面で、挿絵画面がこれほど異なるのはなぜだろうか。物語における隣の様子の描き方はどちらであったかを思い出してみたい。物語では、長屋の「をのがじしのいとなみ」は、あくまでも源氏の耳と心を通して描かれていた。そして源氏は、この「いとなみ」を「いとあはれなる」と捉えている。具体的なものとして視覚化してしまうと滑稽にも見える庶民の生活であるが、高貴な源氏にかかると現実離れした風情あるものとして伝わってくる。「絵入源氏」の場合、源氏に焦点を当てて描くことが多いが、これは物語の文章における描き方に沿ったものであり、物語の場面の優雅な雰囲気を自ずと受け継いでいる。

しかし同じ場面を、視点を変えて庶民の立場から、あるいは客観的に捉えてみると、あの高貴な光源氏がこのような狭い長屋で女と対座していることが滑稽にも感じられる。『十帖源氏』の挿絵は、「みたけさうじ」「からうす」といったことばの説明になっていると同時に、一生懸命生活をしている庶民と（場所に似つかわしくない）隣の源氏達の優雅な逢瀬との対比の面白さを示している。

次に、源氏が夕顔と最後の別れをするために東山に出向いた場面について見てみよう。「絵入源氏」の挿絵⑥（図161）では、源氏が東山の寺で夕顔の亡骸と対面する所を描いている。「堂建てて行へる尼の住まゐ」の傍らにある「板屋」の中から女（右近）の泣く声が聞こえ、外側の部屋では二、三人の法師達が葬送の前の無言念仏をしている。奥の部屋には夕顔の亡骸があり、屏風を隔てて右近が伏している。源氏の前には「火とりそむけ」た燭台。死後一日経っているのに少しも変わっていない夕顔を、源氏はいとおしく思い「手をとらへて」生き返ってほしいと声も惜しまず泣く。この様子に、事情を知らぬ大徳達も誘われて涙を落としたと語られるが、画面の手前に描かれた法師（大徳達）は涙を落としていない。顔を見合わせて微笑んでいるようにも見える。これは、源氏が部屋に入る時の「物語しつる」様子か、あるいは泣く源氏に顔を見合わせて「あやしと」不審がっているところであろう。

これに対して、『十帖源氏』挿絵④（図162）では、その帰途、賀茂川べりでの一行の様子を描く。ここにも、『十帖源氏』特有の滑稽味が見られる。この画面は、夕顔を葬った東山からの帰途、悲しみのあまり馬からすべり落ちた源氏を介抱する従者、暴れる馬を抑える者、そして川の水で手を清めて清水の観音に祈る惟光、これらは物語の文章から想像し得る光景であるが、「絵入源氏」挿絵には見られない脇役達の動きが描かれている。惟光が「川の水にて手をあらひて」清水の観音を祈る場面は、物語においては、惟光の「心地まどひて」「いと心あはたたし」い気持ちに焦点が当てられている。しかし、それを具体的な動作として表した『十帖源氏』の挿絵では、惟光の心中や源氏の深

図161「絵入源氏」夕顔巻⑥

図162『十帖源氏』夕顔巻④

い悲しみよりも、従者達のあわてふためく動きの方が強調されているように思う。この同じ場面を、仮に「絵入源氏」で山本春正が描いたなら、悲しみのあまり倒れた源氏と、それを案じて祈る惟光の二人だけを描き、その動作や表情は静かなものになっていたのではないだろうか。『十帖源氏』では、物語の文章には描かれない（実際はそうであったはずの）他の従者が馬を押さえ、源氏を介抱する場面を描く。そして、それぞれが今にも本当に動き出しそうな様子で生き生きと描かれている。

『十帖源氏』の編者野々口立圃は、源氏だけではなく、その周囲に居る人物にも興味を持ち、それぞれの表情や動作を個性的に描こうとしたのである。「絵入源氏」の挿絵が伝統的な大和絵の技法によっているのに対して、『十帖源氏』は俳画的描法をとっていることがわかる。前者では、引目鈎鼻の無表情な人物を髪の一本一本まで繊細な線で描くが、後者は、表情が豊かで動きのある人物を勢いよく描き、背景の草木も刀で削ったままの粗い線を残している。両者の挿絵の相違は、単に画面の描法の違いによってのみ生じたものではない。それぞれの書物の編集方針、編者の意識の相違に深く関わっていると思われる。

「絵入源氏」の編者山本春正（一六一〇～一六八二）は、和歌やことばが心に残る箇所を絵にしたと述べている。先に触れた通り、春正が源氏物語に執心するようになったのは、俊成の「源氏見ざる歌詠みは遺恨の事なり」（六百番歌合判詞）という有名なことばに刺激を受けたからだという（第六章第一節参照）。春正はまた後に、『古今類句』という、古来の代表的な歌集および物語和歌を下の句からいろは順で引くことができるようにした歌句索引全二十巻を編纂する（第二章第一節参照）。このような大仕事を成し遂げた春正の古典への志向は並大抵のものでなかったはずである。春正の描く「絵入源氏」の挿絵は、古典としての源氏物語の文体を尊重してそのまま受け入れて描いたために、物語の原文により近い風情が表れているのである。

これに対して、『十帖源氏』の編者野々口立圃（一五九五～一六六九）は、跋文に、源氏物語の中から「所々書ぬき侍らばめやすからんと」考えて作った梗概書に「よしある所々に絵をかきそへ我身ひとつのなぐさめぐさとす」と記している。立圃は自身の感性によって自身のために『十帖源氏』を作ったというのである。

立圃と春正は、同じ時期（寛永年間）に、古典・俳諧の大師匠、松永貞徳（一五七一〜一六五三）の門下にあった。貞徳は長年、数多くの人々に源氏物語を講義し、承応元年（一六五二）には能登永閑の注釈書に源氏物語全文を加えた『万水一露』に跋文を記し出版している。春正と立圃は、いずれも貞徳の影響で源氏物語の重要性を知ったと思われるが、その受け止め方は対照的であった。

春正は歌人、立圃は俳諧師として、それぞれ貞徳から独立してゆく。春正が源氏物語の和歌や詞を尊重したのに対して、立圃の源氏物語享受は、古典を規範としてそのまま受け入れるのではなく、近世の感覚で俳諧的に捉えなおしたものなのである。また、春正の本業は蒔絵師であり、立圃は雛人形師であった。蒔絵師は、風景や物によって場面の風情を一種の文様のごとく表すことが得意で、雛人形師は人の動作や表情を静止の状態で巧みに表す方法を心得ていた。本職におけるこのような物事の捉え方が、和歌・俳諧というそれぞれの道を志す要因になったのかもしれず、それが挿絵の図柄にも反映されていることに注目したい。

立圃の描く人物は生き生きとした動作・表情がある。俳画によく見られるこの描法は、源氏物語を描いた絵としては画期的なものであったと思う。源氏物語で詳しく描写され「絵入源氏」の挿絵でも忠実に描かれた風景についても、立圃はできるだけ簡略化して人物に焦点を当てて描く。しかも、それぞれの人物が身分や物語での役割を越え、個性を持った人間として対等に扱われている点は、いかにも近世的である。立圃はたびたび、源氏物語の時代の風俗としては誤りと考えられる武家風の建物や調度品を描いているが、これは『十帖源氏』の評価において必ずしも不利にはならない。立圃の関心は、源氏物語の風俗ではなく登場人物にあった。『十帖源氏』の読者は、平安時代の貴族の文学であった源氏物語の中に、身分や時代を越えて共感できる人間像が生き生きと描かれていたことに驚き、興味を覚えたことと思う。

先に出版された「絵入源氏」は、読み易い本文をテキストとして、原文に忠実に描いた挿絵を添えたことで、源氏物語を原典により近い形で紹介したものと言える。これに対して『十帖源氏』は、簡略化した本文に庶民的な挿絵を添えたものであり、近世の庶民と源氏物語との距離を急速に近づけた書物として評価したい。この両書は、それぞれに繰り返し刊行・増刷され、また幾種類もの異版が出版されている。慶安本「絵入源氏」の場合には、初版の無刊記本・承応三年（一六五四）八尾勘兵衛版を初め数種類の版があり、その現存数から察してかなりの部数が広まっていたことが知られる。また、慶安本を基にして作られた二種の異版、万治三年横本、無刊記小本にも、それぞれ複数の版がある。一方、『十帖源氏』にも多くの版があり、『十帖源氏』十巻を五巻に簡略化した書『おさな源氏』になると、外題だけを変えた同板による後刷り本から、菱川師宣と見られる全く別の版画家による江戸版まで、様々な版が出されていた。この点については、序章第二節でも簡単に示したが、吉田氏が『絵入本源氏物語考』（文献2）で詳しく説いておられるので参照されたい。

四　明暦版『源氏小鏡』と『源氏鬢鏡』

代表的な源氏物語入門書である『源氏小鏡』は、慶長一五年（一六一〇）刊記の嵯峨本をはじめ多くの版を有するが、この本で初めての挿絵入りの版本は明暦三年（一六五七）に刊行された。明暦三年版『源氏小鏡』の挿絵は、一巻に各一面である。この画面は、すでに示した通り、土佐派の絵と構図や細部が一致することが多い。

若菜上巻の蹴鞠の場面（図163）は、京都国立博物館蔵の土佐光吉筆『源氏物語画帖』（文献66）の、建物の内部から描く大胆な構図と全く同じである。初音巻で源氏が明石御方を訪ねる場面の挿絵（図164）は、堺市博物館蔵の伝光則

図163　明暦版『源氏小鏡』若菜上巻

図164　明暦版『源氏小鏡』初音巻

筆『源氏物語図色紙』（文献67）の構図を逆にした他は細部まで一致する。その場面は、物語において必ずしも重要ではなく、『源氏小鏡』本文の内容との関わりも薄い。つまり、明暦版『源氏小鏡』の挿絵は、物語の内容や『源氏小鏡』自身の本文に即して描いたものではなく、一巻に一枚ずつ、土佐派の絵などを参照して、模倣されたものと思われる。あるいは全巻における典拠を、土佐光吉などの源氏物語画帖の類に限定し得るのかもしれないが、少なくとも、『源氏小鏡』の挿絵の製作者が、土佐派の源氏絵をほぼ五十四巻にわたって閲覧することのできた人物であったことが推定される。原本の『源氏小鏡』は、多くの写本も伝えられ、嵯峨本としても出版された由緒ある書物である。この絵入り版本の企画についても、他の版本の編者よりも上層階級が関わっていたと想像される。

万治三年（一六六〇）には、貞徳の弟子であった小島宗賢と鈴村信房によって『源氏鬢鏡』が編纂される。『源氏小鏡』の本文を要約して巻名の由来を記し、巻の名を詠み込んだ俳諧の発句を撰んで掲載し、源氏物語の巻毎に一枚ず

図165「絵入源氏」末摘花巻⑤

図166　万治版『源氏鬢鏡』末摘花巻

図167「絵入源氏」帚木巻②

図168『源氏鬢鏡』帚木巻

つの挿絵を添える。この挿絵は、その文章に記す巻名の由来に関わる場面を、多くは「絵入源氏」の挿絵の中から選んで採っている。「絵入源氏」と構図から細部までほとんど同一で、明らかな模倣と言える図だけでも、雲隠巻を含む五十五巻五十五図の内、三十七図ある。先に見た「松風」の場面（図134）もその一例である。

例えば、「絵入源氏」末摘花巻の絵（図165）は、大輔命婦が末摘花からの歳暮の衣を源氏に渡すところであり、巻名の由来となる歌「なつかしき色ともなしに何にこの末摘花を袖にふれけむ」を、源氏が手紙の端に書きつけた場面を描く。多くの源氏絵が、先に見た十六夜の垣間見の場面を描くのに対して、『源氏鬢鏡』（図166）では、巻名の由来を記す場面として、この挿絵を選んでいる。これは、明らかに「絵入源氏」を模倣したものである。

また、帚木巻の左馬頭の体験談で嫉妬深い女の話についての「絵入源氏」の挿絵（図167）を、『源氏鬢鏡』（図168）では、別の場面に流用した例も見られる。『源氏鬢鏡』ではこの絵を、空蟬が源氏に「数ならぬふせ屋におふる名のうさにあるにもあらず消ゆる帚木」と詠んだ巻名の由来となる場面の挿絵にしたのである。「絵入源氏」では左馬頭と妻との別れの場面であったが、『源氏鬢鏡』では、源氏が夜明けの有明の月のもとで空蟬と別れる場面に変えられているのである。

『源氏鬢鏡』の挿絵の中で「絵入源氏」と大きく異なるのは、「絵入源氏」の挿絵の中に巻名に関わる図のない場合や、『源氏鬢鏡』の編者が「絵入源氏」の図を不適当だと判断した場合などである。先に示した「絵入源氏」の夕顔の宿の構図（図148）や、紅葉賀巻の青海波の図（図124）などは、おそらく不適当と判断したのであろう。『源氏鬢鏡』では採らず、『源氏小鏡』や『十帖源氏』などのような一般的な図様を選んで描いている。

蓬生巻で源氏が蓬を分けて末摘花を訪ねる場面でも、他の絵が国宝『源氏物語絵巻』（徳川美術館蔵）と同じ図様であるのに対して、「絵入源氏」（図169）のみが源氏にさしかけた傘を描いていない。そのため、『源氏鬢鏡』（図171）は、『源氏小鏡』（図170）と同様の図にしたと思われる。

図169「絵入源氏」蓬生巻③

図171『源氏鬢鏡』蓬生巻

図170 明暦版『源氏小鏡』蓬生巻

図172 須原屋版『源氏小鏡』蓬生巻

注

（1）『豪華［源氏絵］の世界　源氏物語』（文献69）、『図説日本の古典7　源氏物語』（文献62）、『源氏物語五十四帖』（文献66）、『見ながら読む日本のこころ源氏物語』（文献68）、『堺市美術館　源氏物語の絵画』（文献67）、『特別展覧会　源氏物語の美術』（文献60）、『日本の絵巻18　伊勢物語絵巻・狭衣物語絵巻・駒競行幸絵巻・源氏物語絵巻』（文献70）、『京都国立博物館蔵　源氏物語画帖』（文献71）および、それぞれの解説参照。

（2）「特別展『住吉大社―歌枕の世界―』図録」（昭和五九年一〇月、堺市博物館）参照。また、灰野昭郎氏『日本の意匠　蒔絵を愉しむ』（平成七年一二月、岩波新書）によると、山本春正自作の硯箱（泉涌寺旧蔵、名古屋市博物館蔵）の蓋の表に住吉大社の鳥居、裏に反り橋（太鼓橋）を描いたものがあり、『春正百図』の図とも一致すると言う。春正自身、住吉大社の太鼓橋を近世の伝統的文様としては承知していたことがわかる。

（3）『講座平安文学論究　第八輯』（平成八年五月、風間書房）

第二節　「絵入源氏」以後

一　絵本ブームの到来

明暦・万治年間（一六五五～六一）、源氏物語に限らず、絵入り版本の出版ブームとも言うべき時代が到来する。『源氏小鏡』は、写本・版本の形で数多く伝わってきたが、はじめての挿絵入り版本が出されたのは、明暦三年（一六五七）である。市古夏生氏は『近世初期文学と出版文化』（文献28）第二章「絵入り本の流行」において、さまざまな版本における挿絵の有無を調査し、次のように述べておられる。

明暦年間以後は例外はあるものの、当代の仮名草子でも古典でも絵入り本に仕立てるのが普通になったこと一目瞭然であろう。

その早い時期の例として挙げられた中には、承応三年（一六五四）刊『源氏物語』も含まれている。第一章で明らかにした通り、承応版『源氏物語』は「絵入源氏」の再版本であり、初版の成立は慶安三年（一六五〇）、出版はその直後と推定される。また、『十帖源氏』は、成立が承応年間で、専門の書肆から市販されたのが万治年間以後、『源氏綱目』は、承応三年に着手、万治二年（一六五九）に完成されたと考えられる（序章第二節参照）。つまり、源氏物語の絵入り本の流行のきざしは、早くも「絵入源氏」の初版が出た慶安頃から見え始め、それらが専門の書肆から市販されたり、再版が出されるようになった明暦・万治年間以後、爆発的に流行したと考えてよいだろう。

このように、一六五〇年代――京都がまだ出版文化の中心地であった時代は、源氏物語を挿絵とともに鑑賞する享受の方法が現れ、庶民の間に、長編で難解なこの古典文学が急速に普及した時代でもあった。源氏物語の本文に頭注を備えた『首書源氏物語』や北村季吟の『湖月抄』が出版されるのは、これらよりもさらに十年以上も後のことになる。片桐洋一氏の『伊勢物語　慶長十三年刊嵯峨本第一種』（文献63）の解題によると、この当時の「伊勢物語」整版本の大半は、嵯峨本の識語と挿絵がそのまま用いられたものだという。源氏物語の場合、古活字本と整版本との間に、これほどの関係は見られない。伝嵯峨本『源氏物語』は、「絵入源氏」の親本の一つと思われる（第三章第四節参照）。しかし、「伊勢物語」のように専ら嵯峨本を尊重し、数多くの書肆から様々な形でそのまま覆刻されるといった現象までは生じていない。おそらく、源氏物語の伝嵯峨本には、挿絵がなく、素姓不明でもあったからだろう。万治本の書肆「林和泉掾」は、同じ時期に伊勢物語の整版本を出版している。その形式は、慶安本に対する万治本と同様、小型（中本）になっているが、本文・挿絵は嵯峨本をそのまま写している。こうした点から見ると、伊勢物語の嵯峨本に匹敵する源氏物語のテキストは、慶安本「絵入源氏」だったと言ってよいのかもしれない。

前節で見てきた慶安～明暦の頃（一六四八～一六五八）に成立した絵入り版本の挿絵は、それぞれの書物の方針によって独自に作成されたものと言えるが、絵本ブームが本格化した万治三年（一六六〇）頃から、源氏物語版本の挿絵は、すでに出版されているものの模写や模倣、あるいは流用・盗用といった安易な方法が横行するようになる。慶安本「絵入源氏」は、元禄頃（～一七〇四）に至るまで同板のままで増刷が繰り返される（第一章第一節参照）。万治三年に出版された横本や無刊記小本の「絵入源氏」もまた、慶安本を基にして作られたものである。万治本の挿絵は、慶安本の挿絵を上下を除いて模写し、左右に稚拙な絵を描き足したものであり、無刊記小本の挿絵は、慶安本の挿絵の図柄を全く変えず小さくして新たに彫り直している（第一章第二節参照）。以後、これら三種の「絵入源氏」の他には、源氏物語の全文に挿絵の付けられた版本が新しく作られることはなく、新作の絵入り版本の作成方法はさらに安易になってゆく。

寛文元年（一六六一）、野々口立圃は、自身の著作『十帖源氏』を五巻に縮小して『おさな源氏』を作ったが、その挿絵は新たに描き直されたものではなく、『十帖源氏』の挿絵を同じ場面にそのまま（かぶせ彫りか）あるいは構図を左右逆にしたり、他の場面の図を流用したものである。吉田氏は『絵入本源氏物語考』（文献2）において、『十帖源氏』と『おさな源氏』（上方版と江戸版）の三種の図様を比較し、上方版『おさな源氏』の一二〇図のうち、かぶせ彫りが七〇図、構図を逆転させた図が四八、他の場面の図を流用したものが二図とされた。また、江戸版『おさな源氏』の図は六四図に減り、新作一図を除き、上方版の模写によるとも説明された。江戸版に立圃が関わっていないのは当然としても、立圃自身の著作であるはずの上方版『おさな源氏』の挿絵までが、こうした杜撰な作り方になっていることに注意したい。吉田氏は図の逆転を「改作」、流用を「新作」とされたが、いずれも、かぶせ彫り（逆転の構図は紙を裏返して彫る）による流用が可能である。立圃は、本文はともかく、少なくとも挿絵については『十帖源氏』の流用でよいと判断し、人任せにしたのであろう。

二　江戸版の絵入り版本

吉田幸一氏が『絵入本源氏物語考』（文献2）で明らかにされた通り、『源氏小鏡』、『おさな源氏』、『源氏鬢鏡』には、それぞれ上方版と江戸版がある。前節では、上方版の絵入り版本の挿絵がそれぞれに版本そのものの編集方針と深く関わっているということを論じた。それに対して、江戸版の挿絵では、上方版で意図されたものが曖昧になり、版本の本文の内容を離れ、絵本としての要素を強めたものになっている。これは、江戸版の多くの版本において共通する特徴と言える。つまり、上方版は、版本の本文と挿絵とが同じ編者によって作られたものであったのに対して、江戸版では、その編者と関わりのない（編者の意図を理解しない）者の手によって作られ、別の絵師による挿絵を加えた海賊版であったと言える。これはちょうど、万治本や無刊記小本が慶安本の編者春正とは関わりのない人物がそれぞれ編集した海賊版であったのと同じ現象である。また、小野忠重氏の『本の美術史—奈良絵本から草双紙まで—』（文献19）によると、天和二年（一六八二）版『好色一代男』では井原西鶴自身が挿絵を描いていたのに対して、江戸版である貞享元年（一六八四）版『好色一代男』の挿絵は「師宣」の署名があると言う。これらの現象は、伝統文化を重んじる上方（主として京都）に対して、江戸が商業主義であったからだという見方も成り立つが、一方で、版本が商売として成り立つようになったという時代の変化とも重なっている。

吉田氏は、右の三つの版本の他に、『十二源氏袖鏡』を取り上げ、それぞれ、江戸の版本が上方で作られた版本の挿絵を流用・盗用して作られたことを、詳しく説明しておられる。慶安四年（一六五一）版と明暦二年（一六五六）版の『十二源氏袖鏡』は、慶安四年版『源氏大略』の解題再版本であり、挿絵はない。これに対して、万治二年（一六五九）書林堂版では、明暦版『十二源氏袖鏡』の本文をそのまま用いて、挿絵のみを加えたものだと言う。そして、その挿絵は、「絵入源氏」の挿絵を盗用・流用して用いたものばかりで、吉田氏は「いかに拙速のものだったか、全く驚き入った次第である」とされる。ただ、「絵入源氏」にはなかった第一図の紫式部図のみは、別の絵師が独自に描いたものと説明し、この紫式部図は、万治頃刊の『ふきあげ』の画風に似ていることを指摘された(1)。

一方、立圃作『おさな源氏』の異版である、江戸の松会版『おさな源氏』では、立圃の挿絵を模倣して、菱川師宣かと思われる別の絵師が描いている。上方版である立圃の『おさな源氏』と江戸版との違いは、画風だけではない。本文の文字を小さくし、挿絵の数や種類を変えるが、構図を新しくするのではなく、他の場面の絵の一部だけを変えた安易な作りになっている。例えば、江戸版『おさな源氏』須磨巻の挿絵（図202）は、別の場面を描いた立圃の挿絵（図193・図197）の図柄を模し、雁を千鳥に変え、庭に桜を描いた。これは、上方版で十四頁あった本文を七頁に詰め込み、絵の配置を変える必要が生じたからであろう（第三節の須磨（12）解説で詳述）。

似た方法が、万治三年（一六六〇）版『源氏鬢鏡』を模した江戸版の鱗形屋版にも見られる。鱗形屋版『源氏鬢鏡』蓬生巻の挿絵は、前節で示した万治版『源氏鬢鏡』の挿絵（図171）を模写しているが、須原屋版『源氏小鏡』（図172）は、その鱗形屋版『源氏鬢鏡』の挿絵を利用している。吉田氏は、この江戸版の両方に菱川師宣が挿絵を描いていたと推定しておられる。序章でも触れたが、寛文十二年（一六七二）松会版『おさな源氏』の最後の版に当たるEの天和版には、刊記の上に「絵師　菱川吉兵衛」と、菱川師宣の初期の名が入れ木されている。寛文十二年松会版の挿絵が、すでに師宣によるものであったのを踏まえ、天和二年以後有名になったその名を急遽加えたのであろう。師宣の名のある早期の例としては、寛文十二年刊『武家百人一首』などがあり、それ以前は無款で仕事をしていたと見られる。小野氏は、「師宣は十二年刊本をもって最初の署名画家となるのだが、それは江戸出版資本の成長を意味することにほかならない」（文献19）とされた。そして「江戸出版資本」により、前節で論じたような、本文の内容を重視した上方版の特徴は影を潜める。

次々と模倣を重ねてゆくにつれ、江戸版の挿絵が初版で丁寧に描かれた挿絵の図柄とは大きく異なってしまうという例が多い。『絵入本源氏物語考』には、そうした例が数多く指摘されている。慶安本「絵入源氏」の挿絵を模倣した初版『源氏鬢鏡』から、鱗形屋版『源氏鬢鏡』や須原屋版『源氏小鏡』に到ると、最初に描かれた草木が別のものに変化したり、意味不明の絵になった例は多い。まれに江戸版の絵方が適切と思われるものがあるが、当初の意図から変化したことは間違いないだろう。

例えば、宿木巻において、「いとけしきある深山木に宿りたる蔦（つた）」を薫が取る場面において、「絵入源氏」の挿絵（図173）では、木にからむ蔦を巻名の「宿木」を表す重要な物として描いていた。ところが、これを模した万治版『源氏鬢鏡』の図（図174）において、早くも蔦とは判別しにくい図になっている。『源氏鬢鏡』では、ただ、発

図173　「絵入源氏」宿木巻⑥

句にある「宿木はかし屋なりけり家桜」を描けばよいと考えていたためであろうか、「深山木」が桜の木のように描かれ、「やどりぎ」らしきものは見あたらない。そして、鱗形屋版『源氏鬢鏡』になると、薫が木の枝に手をかけている図に変わる。鱗形屋版の挿絵では、「絵入源氏」の挿絵の意図はもちろんのこと、『源氏鬢鏡』の編集方針であった巻名「宿木」の由来すら表されていないことになる。これが、須原屋版『源氏小鏡』の挿絵（図175）に流用されると、「宿木」の歌

図174　万治版『源氏鬢鏡』宿木巻

図175　須原屋版『源氏小鏡』宿木巻

を引用し、物語の内容を説明する『源氏小鏡』本文の内容とは関わりのないものに変化してしまうのである。
もとは嵯峨本に匹敵するような文芸活動として出版された絵入版本が、江戸の（営利を目的とする）専門の本屋から出版される時、その版本の性格は、源氏物語の文章を理解したり連歌・俳諧を作るためという本来の意図を離れ、絵を楽しむものになってゆく傾向が認められる。版本の挿絵は、この時代に至って本文の解釈や学問から独立し、源氏物語を題材にした絵画化が行われるようになったとも言える。貞享二年（一六八五）刊『源氏大和絵鑑』になると、菱川師宣によるその絵は、明暦版『源氏小鏡』の模倣と思われるが、丸枠内に絵を描き、巻名長歌を記した「絵本」になった（序章第二節参照）。これも時代の要請に答えたものなのであろう。

三　『偐紫田舎源氏』と絵入り版本

序章第二節に引用した「月報」掲載の文において、柳亭種彦の『偐紫田舎源氏』と「絵入源氏」との関わりについて触れた。文政十二年（一八二九）に初編が刊行される『偐紫田舎源氏』は、本書の課題である近世初期版本に該当しない。しかし、種彦が『田舎源氏』を作る際に参照し引用した版本の多くが、本書で扱う版本と重なる。そこで以下、『田舎源氏』に見られる各種絵入り版本の影響について補足し、江戸の出版事情を知る手がかりとしたい。

『偐紫田舎源氏』初編の序には、多くの版本の名が挙げられる。

　或《ある》人女《むすめ》にいひけるは、河海《かかい》の深《ふか》き、湖月《こげつ》の広《ひろ》き、それには眼《め》の及《およ》ばずとも、要《えう》を摘《つん》だる若草《わかくさ》あり。紅白《こうはく》、雛鶴《ひなづる》、鬢鏡《びんかがみ》、小《こ》鏡《かがみ》なんどを照《てら》し合《あはさ》ば、微《すこし》は意《い》を解《げ》す便《たより》とならなん。まづ十帖源氏《じふでふげんじ》より読《よみ》たまひねとすゝめられ

『河海抄』と『湖月抄』は注釈書、『若草源氏』、『紅白源氏』、『雛鶴源氏』、『源氏鬢鏡』、『源氏小鏡』は入門書、そして『十帖源氏』は梗概書として挙げているのであろう。また、三編の「全部引書目録」には、

源氏提要　源氏小鏡　十帖源氏　おさな源氏　源氏鬢鏡　紅白源氏　雛鶴源氏　若草源氏　源氏若竹　風流源氏物語　新橋姫物語一名都の辰巳

と記されている。このうち『源氏提要』は、転写本を参照したらしいが(2)、他は、「月報」で挙げた⑦〜⑩に当たる絵入り版本である。先の「月報」の文で「書名こそ挙がってはいないが」としたのは、序文にも、この目録にも、「絵入源氏」の名がないことを指している。

岩波新古典大系『偐紫田舎源氏(3)』には、鈴木重三氏による詳しい注解があり、挿絵の各所に、これら絵入り版本の影響が指摘されている。たとえば、二編の口絵（図176）に描かれた衝立の絵について、注解二に次の説明がある。

口絵中の衝立の絵柄は源氏物語の当該場面で、落款に「立圃画」とあるが、この合奏図は各種の版本『源氏物語』の挿絵では「帚木」巻の「木凩の女」を表す共通した図様であり、しかも立圃画の『十帖源氏』（承応三年頃刊）の図というより、無款の江戸版『をさな源氏』（寛文十二年刊）、山本正春編『絵本源氏物語』（承応三年刊）の両図の折衷と推測される。両版本とも『田舎源氏』三編冒頭の「全部引書目録」に挙げられている。

立圃による『十帖源氏』（図177）や同図の『おさな源氏』の挿絵でないという、鈴木氏のご指摘はその通りで、この図柄は、立圃名が「無款の江戸版」に当たる松会版『おさな源氏』（図178）を写したものと思われる。しかし、山本春正（「正春」は誤植）編「絵入源氏」（第六章第一節の帚木③図215）との折衷とされる根拠については、図を比べる限り見あたらない。ここは松会版『おさな源氏』の影響だけでよいと思う。

この例の他にも、鈴木氏は注解や絵の解説の各所に「絵入源氏」挿絵との関わりを示しておられる。六編の絵⑩について、「光氏と惟吉（＝惟光）のこの垣間見姿は、小柴垣・樹木の布置ともども、承応三年版山本春正の源氏物語版本「若紫」巻の挿絵と扱いが似通う」とされる。また、十八編の絵⑧についても、「海を見渡す廊に立ち、沖を望む光氏。『絵本源氏物語』の挿絵と正反対の図取りだが、点景の草花の布置などに影響が窺われる」と説明された。

図176　『修紫田舎源氏』二編口絵

図177　『十帖源氏』帚木巻④

図178　松会版『おさな源氏』帚木巻①

図179『偐紫田舎源氏』十一編⑫

図180「絵入源氏」紅葉賀巻⑤

図181『偐紫田舎源氏』五編表紙

この「絵入源氏」若紫巻②（図35）・須磨巻⑥（図195）の場合はさほど似ているとも思えないが、影響された可能性はあるだろう。十一編の絵⑫（図179）については、次の説明がある。

高直がたわむれに水原に向かって抜刀する場面（絵⑫）は、承応三年（一六五四）版『絵本源氏物語』（山本春正画）の挿絵にヒントを得たものか。光氏の隠れた屏風の裏模様、屏風の傍の枕など、偶然の一致とは考えにくい。画面構成についの種彦の周到な用意がここにも窺われる。

確かに、「絵入源氏」紅葉賀巻⑤（図180）のこの絵は、他の絵には見あたらない図様であり、細かい描写の一致が直接の関わりを示している。

図182「絵入源氏」夕顔巻⑤

また、五編の表紙絵（図181）は、落款に「奥村政信画」とあるので、直接には宝永三年（一七〇六）刊『若草源氏』を模したものである。鈴木氏は、「政信の原挿絵も、慶安版山本春正校本挿絵を近世風に脱化したあとが窺われる」とされる。しかし『若草源氏』と異なり、『田舎源氏』では屏風の上に生き霊が描かれているので、その構図は、基になる「絵入源氏」夕顔巻⑤（図182）からの直接の影響と考えてよいだろう。

蓬生巻で童が牛を放し飼いする場面を描いた二十二編の⑯の図についても、鈴木氏は「構図は異なるが、当図は承応三年版『絵本源氏物語』の挿絵を参照したかと思われる趣を感じる」とされる。「絵入源氏」蓬生巻①（略）の図もまた、他の源氏絵には見られなかったものなので、その可能性はあるだろう。

二十一編の絵⑳（図183）について、注解では次のように説明される。

図183『偐紫田舎源氏』二十一編⑳

図184「絵入源氏」明石巻⑥

遣り水の中に倒れ入った宗入を侍臣が助け起こす。本文に即した図様だが、版本源氏物語の挿図を意識しているようでもある。

「本文に即した」とあるので、参考までに『田舎源氏』本文を確認しておこう。図183の絵の傍らに刻されているが、小さくて見えにくいので、改行箇所に「／」を入れて引用する。

光氏／ぎみとむすめのことにうちかゝりておこなひ／ひさしくせざればずゞの／ゆくへもしらずなり／しと手をおしすり／ひたすら／ほとけを／をがむさま／きやうきに／にたればさむらひ／どもにいさめられて／月夜にいできやうだうといふ／おこなひにうちめぐりさまやり水に／たをれいりていはかどにこしをつきていたみ／はげしくやみふしたるほどになんすこし／ものにまぎれける（二十一編、二十ウ）

この文の基になったのは、源氏物語明石巻の次の文章である。

ひるは日々とひいをのみねくらし．夜はすくよかにおきゐて．ずゞの行ゑもしらずなりにけりとて．手をしすりてあふぎゐたり．弟子共《でし》にあばめられて．月夜に出て行道《ぎやうだう》する物は．やりみづにたうれいりにけり．よしあるいはのかたそばに．こしもつきそこなひて．やみふしたるほどになん．すこしものまぎれける

これは「絵入源氏」からの引用であるが、『湖月抄』も同文であるから、『田舎源氏』本文は『湖月抄』によったのかもしれない。しかし『湖月抄』では、挿絵がないばかりか、最後の「ものまぎれける」のあと、すぐに「君はなにはのかたにわたりて」と次の場面の文が続く。それに対して「絵入源氏」では、この文（三十九ウ）の直後（四十オ）に挿絵（図184）が配置され、ここで物語が区切られる。『田舎源氏』の二十一編は、この絵と文で終わっているから、この構成は、「絵入源氏」からの影響と考えてよいだろう。また、源氏物語本文には、弟子が入道を助け起こすと書かれているわけではないのに、共通して弟子（侍臣）を描いている点にも、「絵入源氏」独自の絵からの影響がうかがえる。

鈴木氏が指摘された通り、『田舎源氏』挿絵には、「絵入源氏」の影響が見られる。「引書目録」にその名がないことから、従来は「絵入源氏」の影響が想定されていなかったが、これによって、種彦が「絵入源氏」を参照していたことがうかがえる。

ところで、江戸版『おさな源氏』を写した二編の口絵（図176）と、『若草源氏』を写した五編の表紙絵（図181）の場合は、それぞれ画家の落款を図中に記し、種本を明かしている。これは、元禄年間以降に問題視される本屋の版権や著作権との関わりもあったのではないだろうか。今田洋三氏の『江戸の本屋さん　近世文化の側面』（文献17）によると、幕府が出版統制に乗り出したのは寛文年間であるらしい。特に江戸で出版される絵入り版本に対する言論統制は厳しかったと言うから、江戸版『おさな源氏』や『若草源氏』は、この統制下にあったことになる。また、本屋が商

売として成り立つようになり、正徳六年（一七一六）には書物屋仲間が結成される。それまでは自由に増刷したり、古典の版本を出版していたが、これ以後、本屋が互いに規制し合うようになったとも言う。諏訪春雄氏『出版事始―江戸の本』（文献18）や、宗政五十緒氏『近世京都出版文化の研究』（文献23）によると、書肆による重版・類版が規制されるようになったのは元禄以後のことで、「作者並版元実名」を出版物の奥書に明記することが義務づけられたのは、享保七年であったと言う。また、彌吉光長氏の『江戸時代の出版と人』（文献21）でも「はじめて謝礼を著者に支払ったのは元禄頃」とされている。

それに対して、寛文以前の出版物である「絵入源氏」については、たとえ無断で引用したとしても、とがめる者はなかった。慶安本を模倣した万治本や無刊記小本などの海賊版も、このような時代ゆえ、自由に作ることができたのである。また、前述したような、上方版から江戸版への安易な模倣も、規制がなかった時代の産物と言える。つまり、種彦は『田舎源氏』において、「絵入源氏」の挿絵からの影響については明記する必要がなかったと考えられる。延宝元年（一六七三）にできた注釈書『湖月抄』に比べて、「絵入源氏」が「引書目録」に取り上げられなかったことも、参照されなかったからというより、著作権や版権が問題になるような時代の書物ではなかったからかもしれない。あるいは、参考文献として名を挙げるまでもない、基本的な源氏物語テキストと考えられていた可能性もあるだろう。

四　美術史との関わり

江戸時代中期以降になると、「絵入源氏」の図と同じ構図のものが、絵師による屏風絵などにも見られるようになる。第一節で示した通り、伝土佐光成の絵（静嘉堂文庫『源氏絵詞』）は、「絵入源氏」の紅葉賀巻の雛遊びの図に一致する。また江戸時代中期頃の宝鏡寺蔵『源氏物語図屏風』には、桐壺巻の源氏元服の儀式、夕顔巻の夕顔の宿、紅葉賀巻の青海波、葵巻の紫の上の髪そぎ、澪標巻の住吉詣でなどの絵が見えるが、それらがすべて「絵入源氏」の図と一致する。

伊井春樹氏は、『源氏綱目』と「絵入源氏」の挿絵について、両者に共通の資料があったかと説明された（前節参照）が、宝鏡寺屛風についても、同論文の注（4）において次のように説明しておられる。

京都宝鏡寺蔵「源氏物語図屛風」の元服図は、絵入本の挿絵とほとんど変るところがないが、どちらかの影響によるか、あるいは共通する資料が存したとも考えられる。

確かに「絵入源氏」が先行するとは限らない。しかし、この屛風の絵は、桐壺巻の元服図だけではなく、ことごとく「絵入源氏」挿絵に一致するのである。

そこで、この宝鏡寺蔵屛風について補足しておきたい。宝鏡寺では毎年三月に雛人形展を開催し、その時、この『源氏物語図屛風』を公開する。この機会に実物を見ることもできるが、印刷されたものとしては、学研の『見ながら読む日本のこころ　源氏物語』（文献68）掲載の写真がある。公開された実物でも部屋が暗くて見えにくいが、同書掲載の写真画面もまた暗く、細部まではわからないものの、六曲一双のうちの一枚には、次の十二面の絵が見える。

桐壺巻（元服＊）・帚木巻（雨夜の品定め）・空蟬巻（碁を打つ女＊）・夕顔巻（夕顔の宿＊）・若紫巻（北山のかいま見）・末摘花巻（歳暮の衣＊）・紅葉賀巻（青海波の舞＊）・花宴巻（弘徽殿の細殿）・葵巻（髪削ぎ＊）・賢木巻（野々宮）・花散里巻（ほととぎす）・澪標巻（住吉詣で＊）

＊印を付けた絵は、「絵入源氏」の挿絵に酷似している。このうち、桐壺巻の元服の図は、ともに髪を削がれた後の場面を描いており、源氏の前にある櫛や冠、帝の衣装や人々の配置に至るまで一致している（第六章第二節の図224参照）。この宝鏡寺屛風の製作年代は、江戸時代中期というほかは不明だという。前節で詳述した通り、紅葉賀巻の青海波の場面において、舞台の周りに多くの武官を描く「絵入源氏」の図（図124）は、「かいしろ」についての独自の

解釈によって描かれたものと考えられる。また、末摘花巻の絵は、大輔命婦が末摘花からの歳暮の衣を源氏に渡すところであり、巻名と女君の呼称の由来となる歌、

なつかしき色ともなしに何にこの末摘花を袖にふれけむ

を、源氏が手紙の端に書きつけた場面を描いたものである。これは、和歌を尊重する「絵入源氏」が、巻名に関わる歌を詠んだ場面として描いた挿絵（末摘花巻⑤図165）に一致する。

「絵入源氏」の挿絵の多くは、このように物語本文を読み解いて作られていると思われ、中でも、和歌の詠まれた場面を積極的に選んでいる（第六章第一節参照）。このことから、ここに挙げた図に共通する絵画資料があったとするよりも、版本の挿絵として作られた「絵入源氏」の図を参考にして、絵師が美しく彩色して屏風絵に仕立てたと考えた方が自然であろう。

宝鏡寺のような門跡や将軍家に伝来の絵画、あるいは土佐派などの絵師による絵の粉本として、大衆向けの版本が用いられることなどあり得ないと考える研究者は多い。私は『絵入源氏　桐壺巻』（文献4①）の解説の最後に、江戸時代中期以後においては土佐派の絵師による作品にも、「絵入源氏」を模倣したと思われる図が見られるようになる。「絵入源氏」の諸本にある書き入れを見ると、その読者が相当な知識階級であり、堂上のテキストに使用されたことも知られる。絵師達の参考資料としても「絵入源氏」は利用されたのであろう。

と述べた。これに対して、高橋亨氏は、『国文学　源氏物語を読むための研究事典』（学燈社）の「源氏物語と絵画」の説明の中で次のように述べておられる(5)。

美術史の側からは名品主義の制約があるのだが、文学研究としては、江戸初期の版本の絵をめぐる問題などが興味深い。吉田幸一『絵入本源氏物語考』（略）などを基本に、清水婦久子『絵入源氏　桐壺巻』（略）などが注目される。清水は、注釈史の中で絵入源氏をとらえ、それが全文に濁点・読点や傍注を最初に付した本だという。

また、挿絵の最大の特徴を物語本文に忠実なことだとするが、それが土佐派などの専門絵師に先行するとまでいってよいかどうか、問題は残る。

高橋氏は、大衆向けの版本の挿絵が「土佐派などの専門絵師に先行する」はずはなく、「専門絵師」の描く源氏絵には由緒ある粉本があるはずだと考えておられるのであろう。しかし、芸術家であれば、参考資料として版本など使わないのだろうか。版本の価値を低く見るのは、江戸時代初期以前のことであり、中期以後になると、将軍家や武家でも『湖月抄』などを利用するようになる。それらのテキストに適当な挿絵が描かれていれば、それを参考にして、より芸術性の高いものに仕立てようとするのは自然のことではないだろうか。

そもそも、美術史と注釈史（文学研究）とを分けて考えることに問題があると思う。美術史と文学史とを切り離すべきでないことは、高橋氏ご自身が「源氏物語の文法」に絵画的手法のあることとして論じて来られたことであるが、[6]「美術史の側から」も十分に解明されているわけではない。土佐光則など初期のすぐれた絵師であれば、版本の挿絵など問題にしなかったかもしれない。皮肉ながら、その理由は簡単である。挿絵のある版本がなかったからである。

専門絵師というならなおさら、源氏物語の解釈の専門家ではない。現代においても、美術の専門家が自ら源氏物語を解読するわけではなく、物語に精通した者のアドバイスを受けて構図を決めると言う。「絵入源氏」が美術品ではなく、あくまでも源氏物語テキストとして利用されていたのならなおさら、絵師達はそれを基に美しい絵にしたいと考えたのではないだろうか。一部の土佐派の絵師が「絵入源氏」を基にしていたとしても、それによって「絵入源氏」の価値が上がるわけでも、また、土佐派の絵師の地位が下がるわけでもない。「絵入源氏」を図案集として用いた人々も一部にはあったのではないかと考えたのである。

吉田幸一氏は、「日本古典文学の絵入本随想」と題された文[7]の中で、絵入り本研究の初期の著述として、水谷不倒著『古版小説挿画史』（文献41）と仲田勝之助著『絵本の研究』(8)とを挙げて、次のように批判された。

かくて両先覚者は、絵入本を大衆趣味の宣揚によるものと見る点でほぼ一致していて、それはあたかも、幕府の御用絵師が、肉筆絵のみを本格的な絵画と考えて、町絵師の浮世絵や絵入本をさげすんだことに通じるものがある。明治以降になっても、名だたる画家の中には、門弟に小説の挿絵を画くなと戒めた人もいたそうだが、どうも戦前の絵入版本観には、そうした視野が狭い島国的伝統に繫がる節があったようだ。

吉田氏はさらに、画家の平山郁夫氏が、再刊『古版小説挿画史』の箱帯のためにお書きになった文(9)、

素晴らしい文学作品には絵のイメージが秘められている。素晴らしい詩や文章は時間や人を超えて人人に夢を与える。文学とともに生れた優れた挿画には時代精神が生き生きとして絵から伝わってくる。

を引用した上で、

これは在来の絵入本に対する見解とは全く異って、江戸時代の文学の挿絵を、現代の巨視的美術観によって評価したものである。それゆえ、江戸の町絵師の画いた絵入本にも、その意義を見直す必要があるとの認識を新たにした。

とも述べておられる。そして最後に、源氏物語の絵入り版本について、次のようにつけ加えられた。

なお、水谷・仲田両氏には失礼ながら、御両著とも、古典の絵入版本を、全く無視されたことは残念である。例えば、承応三年版『絵入源氏物語』（山本春正画挿絵二二六図）と『十帖源氏』（野々口立圃画一三一図）の画作者は、専門絵師ではなかった。春正は一流の蒔絵師、立圃は雛屋で人形造り、二人とも松永貞徳門で、古典を学び、自ら古典版行、古典を解読しての著述、それに併せて挿絵まで描いた。それ以前にこれ程多くの源氏絵を描いた人はいない。それゆえ、古典の絵画的イメージは、よく現れていると思う。そして、以後の専業絵師の源氏画帖や源氏絵本にも影響を及ぼしているのである。

吉田氏は、初めに「戦前の絵入版本観」とされたが、現代の研究者にも同じ傾向が見られる。また、水谷・仲田両氏と同様に、近世の浮世絵や浮世草子の版本の挿絵には原作として価値があるが、古典の版本の挿絵には価値がないように扱う風潮もある。一方、美術史の研究者は、肉筆の源氏絵を扱っても、版本の挿絵には注意を払わない。ところが、画家である平山郁夫氏は、文学的観点から捉えて描いた版本の挿絵を、すぐれた絵画として評価しておられるのである。このことを、国文学と美術史の両方の研究者は考えてみるべきであろう。そして、吉田氏は、「絵入源氏」や『十帖源氏』の挿絵が、「以後の専業絵師の源氏画帖や源氏絵本にも影響を及ぼしている」と明言しておられる。

また、片桐洋一氏は、チェスター・ビーティー図書館蔵の「奈良絵本五十四巻（挿絵二百数十図）」の二種を調査し、それが本文・挿絵ともに「絵入源氏」をサンプルに、延宝頃に工房で作られた本であるとされた（文献57）。この例からも明らかな通り、美しく作られた肉筆の絵本が、すべて版本と関わりなく、美術の名品として独自の歴史を持っているわけではない。専門の絵師といっても、江戸時代中期以降であれば、芸術家と職人の二通りの場合を想定するとよいだろう。美術史において尊重される、美術品としての価値の高い絵画を作る芸術家は、主として貴族や将軍家の調度品を依頼されたであろう。それに対して、生計を立てるため、依頼されるままに装飾的な調度品を大量に作る集団もあったと思う。武家や町人の娘の婚礼道具の意匠を、将軍家に献上するものと同じというわけにはいかず、別の新しい図様が必要となる。その場合、伝統的な構図をただ受け継ぐだけでは、さまざまな注文に対応することはできない。特に源氏絵ばかりを描く職人的な絵師にとってみれば、物語に忠実に描かれた二二六図もの挿絵が掲載された「絵入源氏」は、素材豊富な格好の図案集だったのではないだろうか。

専門の絵師はすべて芸術家だったのか。金泥を贅沢に用いた肉筆の細密画がすべて本当に美術品として価値が高いのか。そのことにまず、疑問を持ちたい。江戸中期以降の土佐派の工房には、名もなき者を含めて多くの絵師がいたと思われる。土佐派に比べると狩野派の方が概して絵画としてすぐれた絵を残していると思うが、その元祖とも言える俵屋宗達にも工房があり、伝宗達画の多くは、その工房で宗達の弟子たちが作ったものではないかと推定されている。[10] また、版本の中で数少ない美術品とされる嵯峨本もまた、活字を入れ替えることで簡単に限定版を作ることができた。そうした流れの中の、さらに亜流とも言える江戸中期以後の美術品ブームは、国宝の『源氏物語絵巻』が作られた時代とは明らかに異なる層の人々に支えられている。その歴史的背景を思うと、伝土佐光成の『源氏絵詞』や門跡に伝えられた宝鏡寺屏風もまた、土佐派などの職人的な絵師が「絵入源氏」を源氏図案集として利用し、よりすぐれた絵画に仕立てたものと考えてよいと思うのである。

江戸時代はもはや上流貴族の世界ではない。「絵入源氏」の後刷り本の中にも、奈良絵本のような彩色が施されたものや、表紙に金泥で絵が描かれた特製本もある。二十一代集や源氏物語などの豪華な「嫁入り本」の中には、正保四年版『二十一代集』や『湖月抄』あるいは「絵入源氏」の本文を写しただけの本もたびたび見られる。肉筆絵画だけが芸術として独自の歴史を持っているわけではなく、とりわけ、調度品として用いられた源氏絵の系譜は、より広い視野に立って考えるべきではないだろうか。

土佐派のすべての絵師がそうだと言っているのではなく、酷似する図があるという事実から、一部の絵師が「絵入源氏」を利用していた可能性があると述べているにすぎない。むしろ、土佐派の絵師達が「絵入源氏」を参考にしなかった（はずだ）という先入観こそが問題だと思う。これは、単に「絵入源氏」の価値を上げるために言うのではない。これまで装飾的な源氏絵を美術品として高く評価しすぎてきたのではないかと考えている。現在、王朝風の意匠をあしらった着物や小物あるいは調度品にどれだけの芸術的価値があるだろうか。芸術の価値は、描かれた素材でも、用いた画材の価値によるのでもなく、その表現力や技量にあったはずである。美術品としての価値は、どれだけの贅を尽くしたかということでないのはもちろん、どのような構図・図様で描かれているかといったことでもなく、同じ構図・図様でも、できあがった作品がいかにすぐれた芸術品になっているかによる。このことは、俵屋宗達の『風神雷神図』が、それを模写した尾形光琳・酒井抱一による絵を凌ぐことや、同構図を基にしたと見られる光琳の『紅梅白梅図』などの卓越性を例に挙げるまでもないだろう。

近世初期の源氏物語版本の挿絵は、物語を読む作業の中から生まれた、意外に学問的なものであった。そして源氏物語がどのように庶民の間に浸透していったかという文学史の一端を示すものでもある。源氏物語を題材にした伝統的な絵画の影響を幾分かは受けながら、版本の特有の（ことばを重視する）挿絵の系譜とも言うべき流れの中で受け継がれ、その流れの一部が、後には絵師による絵画の流れにも一部ではあろうが合流してゆく。

近世初期の古典の版本には、「絵入源氏」の他にも、無刊記の絵入り『栄花物語』九冊本のように、素姓不明で良質の書が多い。吉田幸一氏は、慶安五年（一六五二）に貞徳が跋文を書いた徒然草の注釈書『なぐさみ草』の挿絵と「絵入源氏」を比較し、構図の類似性を指摘されたが、両者はそれぞれ、絵入り『栄花物語』の挿絵にも（構図・画風ともに）よく似ている。古典の絵画化、あるいは享受史を論じる時には、こうしたさまざまな版本についての調査も必要となるだろう。

注

（1）他に、市古夏生『近世初期文学と出版文化』（文献28）第七章で紹介される万治三年刊『女式目』（堤精二氏蔵）に、人物・背景ともに酷似する挿絵が見られる。
（2）新日本古典文学大系『偐紫田舎源氏　上』（平成七年二月、岩波書店）の補注七八による。
（3）『偐紫田舎源氏　上』『偐紫田舎源氏　下』（平成七年二月・一二月、岩波書店　新日本古典文学大系）
（4）伊井春樹「『源氏綱目』の挿絵」（平成八年五月、風間書房『講座平安文学論究　第八輯』）
（5）『源氏物語を読むための研究事典』（平成七年二月　学燈社「国文学　解釈と教材の研究」）

（6）高橋亨『物語と絵の遠近法』（平成三年九月、ぺりかん社）他

（7）吉田幸一「日本古典文学の絵入本随想」（昭和六三年一二月、岩波書店『図書』四七四号、新日本古典文学大系刊行記念臨時増刊号）

（8）仲田勝之助著『絵本の研究―絵本の美術史的研究―』（昭和二五年五月、美術出版社）

（9）『古版小説挿画史』（文献58）が収められた『水谷不倒著作集第五巻』（昭和四八年一〇月、中央公論社）の箱帯の文

（10）『原色日本の美術14　宗達と光琳』（昭和四四年七月、小学館　昭和五五年に改訂版）山根有三解説

第三節　影印本『首書源氏物語　須磨』巻末付録より

影印本『首書源氏物語』（文献1①〜⑯）には、片桐洋一氏の企画により、巻末付録として各種版本の挿絵が加えられた。私は、第一回配本の『首書源氏物語　総論・桐壺』以来、各種絵入り版本の挿絵を場面ごとに分類し、個々の挿絵画面の解説を担当してきた。挿絵解説が企画された意図は、その解説冒頭にある通り、江戸時代の「当時の人々の『源氏物語』享受の一端をうかがう」ことにあった。企画の段階では、各画面について二百字程度と指示されたが、その後、自由なレイアウトと字数での執筆をさせていただき、最新刊の須磨巻の解説では当初の予定の倍以上の分量になった。以下、その解説を（一部訂正を加えて）引用し、これまでに述べたことの補足としたい。

一　版本の概略

まず、解説に用いた絵入り版本（いずれも大阪女子大学図書館蔵）を、刊記の年代によらず、それぞれの初版の成立順に列挙する。

承応三年（一六五四）八尾版絵入り版本『源氏物語』（慶安本「絵入源氏」の再版本）
万治三年（一六六〇）版絵入り版本『源氏物語』（万治本「絵入源氏」）
明暦三年（一六五七）版絵入り『源氏小鏡』（絵入り『源氏小鏡』の初版）
承応三年頃野々口立圃跋、万治四年（一六六一）版『十帖源氏』

万治三年跋、天和三年（一六八三）版『源氏鬢鏡』（外題「源氏物語絵抄」）
無刊記『源氏物語大概抄』（寛文元年跋『おさな源氏』の後刷り改題本）
寛文十二年（一六七二）松会版『おさな源氏』（江戸版『おさな源氏』）
貞享二年（一六八五）版『源氏大和絵鑑』（外題「新版源氏絵鏡」）

実は、最初はこれほど厳密に版や後刷りなどの区別をしていたわけではない。『首書源氏物語』巻末付録の冒頭には、使用した絵入り版本の概略を添えたが、影印本の刊行が始まった昭和五十五年に書いた説明には、いくつもの説明不足や誤りがあった。そこで、平成四年以後刊行の賢木・花散里（文献1⑮）と須磨（同⑯）の二巻では、当初の解説の誤りを正し、次のように述べた。

江戸時代の「源氏物語」版本の挿絵

「首書源氏物語」には絵はないが、当時の人々の「源氏物語」享受の一端をうかがうべく、同時代の絵入版本（梗概書等をも含む）の挿絵を付録としてそえることにした。以下、用いた本について簡単に解説しておく。

「絵入源氏物語」は、慶安三年、山本春正が本文に注を付け、挿絵を入れて編集したものである。ここに挙げたのはその承応三年版である。挿絵は各巻に一面から九面程度で、和歌や情景の優れた場面が選ばれ、物語の本文に忠実に描かれている。

源氏物語の梗概書『源氏小鏡』の刊行は慶長十五年の古活字本（嵯峨本）が最初であるが、絵入整版本は、明暦三年、延宝三年、寛政三年などに刊行されている。ここでは、最初の絵入版本である明暦三年本の挿絵を紹介した。挿絵は、一巻に一枚で、土佐派の源氏絵などの影響が濃厚である。

『源氏鬢鏡』は、万治三年に、源氏物語の巻毎に一枚ずつの絵と、巻名の由来を記し、巻に因んだ俳諧の発句を添えて編集された書である。ここに挙げたのは、その再版に当たる天和三年版（外題「源氏物語絵抄」）である。挿絵は、巻名の由来となる場面が選ばれており、「絵入源氏」の挿絵のうち一枚を模倣していることが多い。なお、江戸の鱗形屋版『源氏鬢鏡』は、この万治三年版をもとにして作られた異版であり、挿絵も、「絵入源氏」は勿論、初版の万治三年版とも異なっている。

『十帖源氏』『おさな源氏』は、野々口親重（立圃）によって、絵とともに楽しむべきものとして作られた梗概書である。『十帖源氏』は、承応三年に成立、万治四年に刊行されたもので、絵は一巻に一面から六面見られる。『おさな源氏』は、寛文元年に『十帖源氏』をさらに簡略にして編集された書物である。『おさな源氏』には、初版の他に寛文十年版があるが、ここに紹介した『源氏物語大概抄』もまた、『おさな源氏』の後刷り改題本（無刊記）である。この挿絵は、『十帖源氏』挿絵の構図をそのまま、あるいは反転して利用している。

ここで紹介する『おさな源氏』は、立圃による『おさな源氏』の異版で、寛文十二年に江戸で出版された松会版である。立圃の絵を模倣し簡略化して表し、物語の内容とやや離れることもあるが、師宣筆かと思われるこの絵には、草木や人物の描写などの技巧面において優れた点も多い。なお、これは丹緑本（彩色）なので、その点を考慮して見ていただきたい。

『源氏大和絵鑑』（外題「新版源氏絵鏡」）は、貞享二年、菱川師宣の筆になる。各巻に一枚ずつの絵を丸枠内に描き、その右下に巻名、上に巻についての簡単な説明と歌が付された「絵本」と言うべきものである。挿絵は、明暦版『絵入源氏小鏡』を模倣して図案化したものであるが、これは『源氏鬢鏡』や『おさな源氏』のそれぞれ江戸版に見られるのと同じ方法である。

傍線部が、最初の説明（文献1①〜⑭）から訂正した箇所である。まず、その違いについて説明しておきたい。『源氏小鏡』の説明で、八行目の「土佐派の源氏絵などの影響が濃厚」の部分は、当初なかったが、明暦版『源氏小鏡』の挿絵の特徴として明らかになったので、新たに加えた。

『源氏鬢鏡』についても、九行目の「巻名の由来を記し、巻に因んだ俳諧の発句」は、当初、ただ「俳諧の発句」としていたが、巻名の由来となる場面を選んだ挿絵の画面の説明として必要と考えて加えた。同じく十一行目の「『絵入源氏』の挿絵のうち一枚を模倣」は、初め「『絵入源氏物語』の挿絵のうちの一つと一致」としていたが、二種の版本の影響関係について一歩踏み込んで説明した。この点については、第一節で詳述した。

最大の訂正は、『十帖源氏』『おさな源氏』『源氏物語大概抄』の説明である。「『十帖源氏』『おさな源氏』は……」以下、十四行目から二十二行目の部分を、当初は次のように説明していた。

「十帖源氏」「源氏物語大概抄」「おさな源氏物語」は、野々口親重（立圃）によって、絵とともに楽しむべきとして作られた梗概書である。「十帖源氏」は、万治四年に成立、刊行されたもので、絵は一巻に一面から六面見られる。

「源氏物語大概抄」（刊年未詳）は、序に、別名を、「おさな源氏」とし、立圃の書名もあることから、「おさな源氏物語」の異本であるが、挿絵に限って言えば「十帖源氏」により近似している。

「おさな源氏」には、寛文六年、十年、十二年などの版があるが、そのうち十二年版を紹介した。「十帖源氏」を簡略化したもので、挿絵の場面は「十帖源氏」のそれと一致するが、数は各巻に一～三面程度に減らされている。草木や人物の描写などの技術面では、両書よりこちらの方が優れている。尚、これは丹緑本（彩色）なので、その点を考慮して見ていただきたい。

第一に、『おさな源氏』を「おさな源氏物語」としたのは誤りであり、そのような書名はない。また、吉田幸一氏が『絵入本源氏物語考』（文献2）において、『十帖源氏』と『おさな源氏』の成立と諸本を明らかにされたので、その御説に従って全面的に書き直した。『十帖源氏』の成立が承応三年であること、『源氏物語大概抄』が『おさな源氏』の後刷り改題本（無刊記）であること、そして、寛文十二年版は江戸で作られた松会版であり、挿絵も立圃とは別人（師宣か）によること――の三点を訂正した。ただし、序章第二節で述べた通り、『十帖源氏』初版の刊行は、六年後の万治三年にまで下らず、成立時期である承応三年に近い時期と考えるべきである。従って先の文の「『十帖源氏』は、承応三年に成立、万治四年に刊行された」もまた、厳密には正しいものとは言えない。ここで訂正しておきたい。

最後の『源氏大和絵鑑』の説明内容は変えていないが、最後の二行の「明暦版『絵入源氏小鏡』を模倣して図案化したものであるが、これは『源氏鬢鏡』や『おさな源氏』のそれぞれ江戸版に見られるのと同じ方法である」という説明は、版本における源氏絵の系譜、上方版と江戸版の関係などを意識して付け加えたものである。

最近刊の須磨巻でも、すでに七年も経過している。本来ならもう少し簡潔に、より客観的な説明を心がけるべきであったと思う。また、片桐氏から最初にいただいた見本原稿は、簡素で当を得た文であったように思うが、その時点において研究の少ない分野であることを意識し、個々の版本の挿絵の特徴についてもあえて述べた。ともあれ、桐壺巻以後十四冊の版本解説で誤りのあったこと、訂正後の二冊の解説でその旨の説明を略したことを、この場をお借りしてお詫びしたい。

二　画面の解説

各解説文の末尾に記した数字は、影印本『首書源氏物語　須磨』の頁数と原本の丁数である。また、図版の〇数字は、それぞれの版本において須磨巻の何番目の図かを示したものである。

須磨（1）

須磨下向を決意した源氏は、葵の上の父、致仕大臣邸へ挨拶に行く。大臣や三位の中将（かつての頭中将）と語った後、源氏は特に情をかけていた葵の上付きの女房、中納言の君のもとで朝を迎えた。「絵入源氏」①の図185は、その朝の場面である。本文には「明けぬれば、夜深う出でたまふに、有明の月いとをかしう、花の木どもやうやう盛りすぎて、わづかなる木蔭の、いと白き庭に薄く霧わたりたる、そこはかとなく霞みあひて、秋の夜のあはれにおほくたちまされり。隅の間の高欄におしかかりて、とばかりながめたまふ」とある。時期は三月二十日頃である。画面の左上には「有明の月」（下弦の月）、左側の庭には「盛りすぎ」た「花の木」（散りかけた桜）が描かれている。源氏は「隅の間の高欄」に寄りかかってながめる。源氏の後ろに立っているのが中納言の君である。但し、本文では「中納言の君、見たてまつり送らんとにや、妻戸おしあけてゐたり」とあるから、中納言の君は坐って控えていたのであろう。源氏の別れのことばに、女は返事もできずに泣くばかりであった。

図185　「絵入源氏」①　15（7ウ）

須磨（2）

二条院に帰った源氏は西の対に渡り、紫の上と語り合う。日が高くなるまで二人で休んでいたが、弟の帥の宮や三位の中将の来訪に、源氏は身づくろいをして対面する。「絵入源氏」②の図186の画面右の部屋には、「無紋の（織り模様のない）直衣」を着て、「御鬢かきたまふとて、鏡台に寄りたまへる」源氏が描かれている。源氏は面やせた自分の顔を鏡で見て「身はかくてさすらへぬとも君があたりさらぬ鏡の影ははなれじ」と詠む。紫の上は

「別れても影だにとまるものならば鏡を見てもなぐさめてまし」と返す。画面の奥に、この時「柱隠れにゐ隠れて、涙をまぎらはし」ている紫の上が描かれている。

画面の左側の部屋にいる二人の貴公子は、来訪した帥の宮と三位の中将かと思われるが、これは不自然である。源氏と紫の上の贈答歌は西の対で交わされたものであり、訪問客は寝殿か、源氏の部屋のある東の対にいると考えた方がよい。源氏が顔を映す鏡は紫の上の鏡台で、二人の私的なやりとりの聞こえる場所に訪問客を通すことはあり得ない。「絵入源氏」編者は、物語本文がこの後すぐ「親王は、あはれなる御物語聞えたまひて、暮るるほどに帰りたまひぬ」と続けているので、二つの場面の空間の隔たりを考えずにこのような不自然な挿絵にしてしまったのであろう。

図186「絵入源氏」②

須磨（3）　25～26（12オ～ウ）

須磨への出発の前夜、源氏は桐壺院の御墓に参拝する。有明の月が出るのを待って、北山にある御陵に向かう。御供は「ただ五六人ばかり、下人もむつましき限り」を連れて馬で出かける。物語本文に「御墓は、道の草繁くなりて、分け入りたまふほど、いとど露けきに、月も雲隠れて、森の木立木深くこゝろすごし」とある通り、「絵入源氏」③図187の画面では墓の周囲に木々を描く。源氏が帰り道もわからないほどの悲しみにくれて拝んでいると、院の生前の面影がはっきりと見えた。源氏は「亡き影やいかが見るらむよそへつつながむる月も雲隠れぬる」と、先の「月も雲隠れ」た光景を受けて詠んだ。画面では、拝む源氏の後ろに供人を描いているが、この二人が拝まずに顔を挙げているのはやや不自然と言える。あるいは、院の面影が見えたので「そぞろ寒き（ぞっとする）ほどなり」と感じた瞬間を表したのであろうか。

須磨（4）　41〜42（20オ〜ウ）

三月二十余日、源氏は舟に乗り、須磨へ向かった。途中、かつて大江殿と言われた所（摂津の国にある海路の要所）を通ったが、そこは荒れ果てて「松ばかりぞしるしなりける」状態であった。源氏は行く先のしれないわが身の頼りなさを、この地から遠国へ旅立った人に思いを馳せて「唐国に名を残しける人よりもゆくへ知られぬ家居をやせむ」という歌を詠む。源氏は「渚に寄る波のかつかへる」を見て「うらやましくも」（「いとどしく過ぎゆく方の恋しきにうらやましくもかへる波かな」）と口ずさみ、帰京するあてのない思いを表す。振り返って見ると「来し方の山は霞はるかにて、まことに三千里の外のここちする」。「絵入源氏」④図188の画面手前は、「大江殿」を表す松原、画面上方には「霞はるか」に見える山々、また舟上には、上方の山々を眺める源氏（左端の人物）や「来し方」を振り返る供人が描かれている。源氏はこの時「ふるさとを峰の霞は隔つれど

図187「絵入源氏」③

図188「絵入源氏」④

ながむる空はおなじ雲居か」と詠むのであった。　50～51（24オ～25ウ）

須磨（5）

須磨の住まいは、在原行平が「藻塩たれつつわびける家居近きわたり」であった。海岸から少し入り込んだ「あはれにすごげなる山中」にあった。源氏の目には「垣のさま」をはじめとしてすべてが珍しく見えた。そこは「茅屋ども、葦ふける廊めく屋など」が仕立ててあった。立圃による『十帖源氏』①（図189）と『大概抄』①（図190）の画面は、細い屋根の建物が「葦ふける廊めく屋」、源氏の立っている場所が茅ぶきの建物であろう。建物の柱は（8）の場面にある「松の柱」を表したものか。山中にあるという場所柄を、松などの木々で表す。源氏は家司に命じて、遣り水を深くし、植木を植えて手入れさせた。　51～52（25オ～ウ）

図189　『十帖源氏』①

図190　『源氏物語大概抄』①

図191「絵入源氏」⑤

図192『十帖源氏』②

須磨（6）

長雨の頃、源氏は京の方々に文を送る。女君たちはそれぞれに心をつくしたお返事を送ってきたが、その中で花散里は、「荒れまさる軒のしのぶをながめつつ繁くも露のかかる袖かな」と、わが邸の荒廃ぶりに添えて悲しみを表す歌を詠んできた。京に問い合わせてみると「長雨に築地ところどころ崩れて」という。源氏は、二条院の家司に使いをやって花散里邸を修理するように命じた。「絵入源氏」⑤図191の画面は、その修理の様である。画面奥の塀が長雨に崩れた築地、立って指図しているのが源氏の家司であろう。この時、都近辺の諸国にある源氏の荘園の者なども徴用したという。

68（33ウ）

須磨（7）

須磨に「心づくしの秋」がやってきた。源氏の住まいは海から少し離れてはいるが、行平の中納言が「関ふき越ゆる」（「旅人はたもと涼しくなりにけり関ふき越ゆる須磨の浦風」）と詠んだ「浦波」が毎夜近く聞こえて心にしみる。ひとり目をさまして「枕をそばだてて」嵐の音を聞いていると、波がすぐそばまで立ち来る心地がして、涙があふれてくる。琴を少しかき鳴らしてみるが、あまりのものさびしさに手をとめて「恋ひわびてなく音にまがふ浦波は思ふかたより風やふくらむ」と歌うと、眠っていた人々も起き出して泣く。『十帖源氏』②図192は、源氏が琴を弾く手を止めて遠くを眺め、歌を詠む場面である。　73～74（36オウ）

須磨（8）

眠れぬ夜を過ごす源氏も、昼間は気のまぎれる事をして過ごす。「つれづれなるままに、色々なる紙を継ぎつ

図193　『十帖源氏』③

図194　『源氏物語大概抄』②（図197参照）

つ、手習ひをしたまひ、めづらしき様なる唐の綾などに、さまざまの絵どもを描きすさび」、「海山のありさま」や「磯のたたずまゐ」を描き集める。この時の源氏の絵が後の絵合に出されるのである。立圃による『十帖源氏』③（図193）と『大概抄』②（図194）は、源氏が須磨の景色を描く場面である。画面上の波間に漁師の舟、右手の雲間には雁の群を小さく描いている。この画面では源氏は寝姿のように描かれているが、直衣姿の方が適切であろう。

須磨（9）　　75（37オ）

「絵入源氏」⑥の挿絵（図195）では、（8）のすぐ後、源氏が「前栽の花いろいろ咲き乱れ、おもしろき夕暮れに、海見やらるる廊に出でたまひてたたずみたまふ」場面が描かれる。「白き綾のなよよかなる。紫苑色などたてまつりて、こまやかなる御直衣、帯しどけなくうち乱れたまへる」源氏の姿は不吉なまでに美しく、この世のものとは思えない。「釈迦牟尼仏弟子」とゆっくり経を読む源氏の声に、沖から舟歌も聞こえてくる。源氏は、小さい鳥が浮かんでいるように見える舟や、連ねて飛ぶ雁の声が楫の音とも聞こえるのを眺めている。涙を払うその手には黒い数珠が映える。

この光景に、京に残してきた妻を恋しく思う供人達の心も慰められた。源氏は沖の舟や雁を眺めているが、供人にとっては源氏の姿や声と沖の舟や雁とが奥行きのある映像になっているのである。この場面の物語文の絵画性、描写力は、絵画の能力をはるかに超えているが、図195では、見開きの左頁に源氏の姿とそれを見る供人達、右頁に遠景を描いて、源氏物語本文の素晴らしさを読者に伝えようとしている。

数珠を持った左手で涙を拭う源氏の後ろに控えるのは、良清、民部大輔（惟光か）、前の右近の尉である。右頁挿絵の左上には小さい舟、上空には連なる雁を描く。近景と遠景を描く左右の頁を、庭の「前栽の花いろいろ咲き乱れ」る光景で繫いでいる。女郎花、藤袴、萩、竜胆、薄などの秋を代表する草花を描いている。ただ、建物

図195「絵入源氏」⑥

図196『源氏小鏡』

図197　上方版『おさな源氏』②（図194の初版）

は「茅屋」や「葦ふける廊」あるいは「松の柱」といったものではなく、立派な作りになっている。また、右上の雁も大きすぎて風情がないが、源氏と供人達は、雁を題材にさびしい思いを歌に詠むので、雁を強調する意図もあったかもしれない。　76～77（37ウ～38オ）

須磨（10）

『源氏小鏡』の図196では、（9）の場面のすぐ後の「月のいとはなやかにさし出でたる」場面が描かれている。源氏はこちらを向いて海を見ている。土佐派をはじめとする多くの源氏絵に見られた海の光景は描かずに、場面（5）の図189・図190と同様、山中の「葦ふける廊」を表している。『小鏡』本文には、須磨の家居を表すことばとして「庭の遣水　わか木のさくら　いしのはし　たけのかき　松のはしら」を挙げており、その挿絵（図196）でも、画面右手に遣り水、手前には竹の垣を描く。竹垣のそばには萩や紫苑などの秋の草があり、山の間からは十

図198　江戸版『おさな源氏』①

図199　『源氏大和絵鑑』

五夜の月が出ている。『小鏡』の本文では、次の（11）の場面の「うしろの山にたつ煙」を挙げるが、海の光景には触れておらず、画面と本文の内容とが合致している。

江戸版『おさな源氏』は、（8）の上方版②図197を模した図202を、翌年の春の場面（12）の挿絵②として利用し、この（10）の場面の挿絵としては、上方版①図190を模した図①図198を設定している。図190の木々の代わりに海と舟を描き、源氏がすわって海を眺める図に描き変えている。具体的に物語のどの場面と限定せず、須磨の源氏をテーマにした図になっている。『源氏大和絵鑑』の図199も、図198を模倣し、遣り水を削除して海岸を近くに寄せ、遠くに漁師の小屋を描く。須磨の源氏を描いた「絵本」としては、この方がわかりやすい。

須磨（11）　79（39オ）

源氏は、わが住まいに「煙のいと近く立ち来る」のを、「海士の塩焼く」煙だと思っていたが、ある日、後ろの山で「柴といふものふすぶる」煙であると気付き、「山がつのいほりにたけるしばしばもこととひこなむ恋ふる里人」と詠む。月が明るくさし込んで部屋の奥まで照らす冬の夜には「いづかたの雲路にわれもまよひなむ月の見るらむこともはづかし」と、さまよう我が身の上を月に託して詠み、眠れずに過ごした暁の空に千鳥が「いとあはれに」鳴くのを聞いて「友千鳥もろ声に鳴く暁はひとり寝覚めの床もたのもし」と詠むのであった。「絵入源氏」の図200は、これら三首の和歌を含む冬の風景を描いたものである。「月いと明うさし入りて、はかなき旅のおまし所は、奥までくまなし。床の上に夜深き空も見ゆ」という様は、源氏が端近くに寝て空を眺める姿で表される。枕と衾（ふすま＝夜具）によって「寝ざめの床」を表す。上空には千鳥が群れ飛び、山の上に月が見える。「山がつのいほり」からは柴を焼く煙が立ち上っている。

『源氏鬢鏡』の図201は、場面（10）の図198・図199と似ているが、源氏の立ち姿と構図は、場面（9）の「絵入源氏」の図195と同様である。そして、久保惣美術館蔵の土佐光吉画『源氏物語手鑑』（文献69）にも似ているが、前

図200「絵入源氏」⑦

図201『源氏鬢鏡』

栽に花がない。図201は、秋の須磨を描く(9)や(10)の場面ではなく、冬のこの光景を描いた挿絵なのである。『鬢鏡』には「あはちがたかよふや須磨の千鳥かけ」の発句が掲載され、「千鳥」に焦点が当てられていることがわかる。画面奥の海に舟はなく、鳥も雁ではなく千鳥である。右上に丸い月も描かれている。ちなみに、江戸で作られた鱗形屋版『源氏鬢鏡』では、この図と異なり、同じ菱川師宣作かと見られる図198や図199に酷似した図になっている。その舟を三羽の千鳥に変えている他は、坐って振り向いた源氏の姿勢が同じで、月も描かれていない。

89〜91(44オ〜45オ)

須磨(12)

江戸版『おさな源氏』②図202は、場面(8)の立圃の図193・図194(図197)を模していることが明らかであるが、その本文との位置関係と図柄から、この場面の挿絵として修正されたものと認められる。年明けて、須磨にも春がやってきた。「日長くつれづれなるに、植ゑし若木の桜ほのかに咲きそめて、空のけしきうららかなるに」源氏は、京を出発した折のことや南殿の桜の宴など、さまざまなことを思い出し、源氏は「いつとなく大宮人の恋しきに桜かざしし今日も来にけり」と詠む。源氏の後ろの屏風の図柄は春らしさを表しているのであろう。海に舟は描かれているが、図193・図194の右上にあった雁は削除されている。また、庭の木には（丹緑本の彩色で見にくいが）桜の花が描かれている。

江戸版『おさな源氏』の挿絵が、上方版『おさな源氏』（『源氏大概抄』）の挿絵と異なっていることの理由に、江戸の本屋の編集上・営業上の事情が挙げられる。上方版の場合、挿絵二頁に対して本文は十四頁あったが、江戸版は紙と手間を省いて本文を詰め込んだので七頁に減った。その本文と挿絵のバランスをとるために、絵の配置を変えて用いたのである。

97〜98（48オ〜ウ）　図202　江戸版『おさな源氏』②

須磨（13）

既に宰相になっていた三位の中将が、須磨の源氏を尋ねて来た。中将の目に映った源氏の住まいは、唐めいていて粗末ではあるが「絵にかきたらむやうなる」所であった。源氏が中将をもてなしていると、漁師が「かひつもの」（貝の類）を採って持って来たので、この浦での暮らしを家来に問わせて聞く。漁師の「さへづる」（意味のわからないことをしゃべる）のを聞いて哀れに思い、源氏は御衣（ぞ）を褒美にやった。「絵入源氏」⑧の図203は、源氏の家来が漁師に御衣を賜り、漁師はこれを

「生けるかひ（甲斐と貝をかける）あり」と喜ぶ場面を描く。奥に居る二人のうち、左側が源氏で、珍しそうに見ている右側の人物が宰相の中将であろう。

場面（10）で引用した『源氏小鏡』本文の「竹編める垣しわたして、石のはし、松の柱」は、「唐めいた」住まいの様を端的に表している。『小鏡』の図196では「竹垣」と「松の柱」が描かれ、場面（5）の図189・図190の画面にも「松の柱」と思われる柱があったが、図203の画面奥の垣は「竹編める垣」とも見えず、建物も「松の柱」になっていない。「竹編める垣」「石のはし」「松の柱」は『白氏文集』の「五架三間新草堂　石階松柱竹編墻」を典拠にしているから、「石のはし」は石段と理解すべきであろう。しかし、図203の画面で、漁師が足をかけているのが「石の階」のつもりなのか、あるいは「石の橋」と誤解して遣り水に石の橋をかけたのかは、画面からも「絵入源氏」本文からも判断できない。「松の柱」を描く図189・図190にも、画面中央の遣り水に不自然とも思える橋がかけられている。これもまた「石の橋」のつもりだったかもしれない。当時の源氏物語本文がいずれも「はし」を仮名表記していたことや、版本『万水一露』では「いしはし」とあることなどから、「石の橋」とする理解のあったことも十分に考えられる。

図203「絵入源氏」⑧

100～102（49ウ～50ウ）

須磨（14）

三月上旬の巳の日、源氏は海辺で軟障をめぐらして、陰陽師に祓えをさせた。波はおだやかに静まっていたが、

「八百よろづ神もあはれと思ふらむおかせる罪のそれとなければ」と源氏が詠むと、にわかに風が吹き、空もかき曇った。人々は祓えを中断して立ち騒ぐ。「ひぢ笠雨」と呼ばれる激しい雨が降り、暴風が吹き荒れ、波も荒々しく立ち来る。海面は一面に光満ちて、雷が光る。雷が落ちそうになり、人々はやっとの思いで住まいにたどりついた。『十帖源氏』④図204の画面は、突然の嵐に「立ち騒ぎ」「足をそら」にして住まいへ逃げ帰る源氏一行を描く。右端が源氏、衣冠束帯姿は陰陽師であろう。海はあれ、雲が覆う。飛ばされそうな衣の袖や裾の形が風の強さを物語り、人々の動作や表情がこの場の緊迫感を表している。伝統的な源氏絵に見られた大和絵風の無表情な人物画では表し得ない、生き生きとした画面である。俳諧師であった立圃の描く俳画風の絵は、源氏物語の世界を生活感あふれるものとして伝え、庶民を中心とする読者層の心をとらえたのである。

図204『十帖源氏』④　108〜109（53ウ〜54オ）

三　挿絵と本文との関係

以上の解説において特に留意したのは、それぞれの版本の本文との関わりを明確にすることであった。場面の状況を説明するだけではなく、本文のことばを逐一引用しながら説明したのは、物語本文の表現・ことばと画面に描かれた物との対比に注目していただきたいと考えたからである。たとえば、須磨（2）の場面で、源氏の歌「身をかへて……」を引用したのも、画面に描かれた「鏡台」に大きな意味のあることを伝えるためであった。

この巻末付録の場合、解説末尾の頁数を参考にして『首書源氏物語』の本文を参照することができる。『首書源氏物語』本文は、「絵入源氏」に近似している（万治本を底本とする）ので、『首書源氏』と挿絵とをともに楽しむことが可能となっている。ただ、厳密に言うなら、「絵入源氏」の挿絵はその本文のどの箇所に挿入されているのかを注意し、『十帖源氏』や『源氏小鏡』の場合には、物本文のどのことばや和歌を抜粋しているのかといった心配りも必要であろう。繰り返し述べてきた通り、それぞれの挿絵は、それぞれの版本の本文中に置かれてこそ最大の魅力を発揮するものである。

たとえば、須磨（5）の場面の本文を、『首書源氏』で引用してみよう。『は改頁箇所を示す。

おはすべき所は・ゆきひらの中納言のもしほたれ』つゝわびける家ゐちかきわたりなりけり・海づらはやゝいりて哀にこゝろすごげなる山中なり・かきのさまよりはじめて・めづらかにみ給ふ・かやゝどもあしふけるらうめくやなど・おかしうしつらひなしたり・ところにつける御すまゐ・やうかはりて・かゝるおりなからずはおかしうもありなむかしと・……（二十五オ〜ウ）

これに比べて、『十帖源氏』では、次のように簡潔な文章になっている。

行平の中納言のもしほたれつゝわびける家ゐちかきわたり也垣のさまかや屋とも芦ふけるらうなとおかしくしつらひなしたり』（絵）』水ふかうやりなしうへ木とも見所ありてしなさせ給ふ紫の上の事春宮若君の名に心なきをおもひやり京へ人出したて給ふ入道の宮へ（巻三、十四オ〜十五オ）

『十帖源氏』では、物語の地の文を簡略化し、和歌はできるだけ多く残そうとしている。結果、和歌の比率が高い。この部分においても、この文の直前に、源氏が船上で詠んだ「からくにに……」「ふるさとを……」の二首が列挙され、最後の「入道の宮へ」の次に、源氏の贈歌「松島の……」が続く。従って、須磨の住まいが「海岸から少し入り込んだ『あはれに心すごげなる山中』にあり」とした画面解説は、その箇所の本文を省いた『十帖源氏』挿絵の説明としては不適切であったかもしれない。ただ、解説でも述べた通り、建物の柱は、(13)の場面の「松の柱」を表していると思われ、遣り水の橋もまた同じ場面の「石の橋」を描いていると思う。にも関わらず、『十帖源氏』本文では、そのことばを含む本文は省略されているから、挿絵の画面が単純に梗概本文と一致するわけではない。『源氏小鏡』や「絵入源氏」などの影響をも考慮すべきであろう。

挿絵の解読に当たって、何よりも注意すべきことは、絵が本文のどの位置にあるかということである。挿絵だけを抜き出した古典文学会編『絵本源氏物語』(文献3)では、三位の中将が来訪した(13)の場面を描く図203の図を、明石巻の最初85頁に掲載し、明石巻の最初の挿絵として紫の上の使者到着の場面と説明、逆に、明石巻最初の落雷の場面の挿絵(図205)を、須磨巻の最後83頁に掲載し、(14)の暴風雨の場面として説明している。図203に対する『絵本源氏物語』の説明を引用する。

嵐はいっこうに収まる気配もなく、源氏はすっかり気弱になってしまった。そんなとき紫の上の使者が来た。人とも思われないような姿でずぶ濡れになって到着した。ふだんなら追い払ってしまいそうな賤しい男であったが、それを今は親しく思うのがわれながら心弱くなっていると思う。紫の上の手紙を見、男から京の様子を聞くに付け、源氏は心細さが勝った。(『絵本源氏物語』85頁)

一見つじつまが合っているように思える。しかし、仮に腰蓑姿の男

図205「絵入源氏」明石巻①

が「まづ追ひ払ふべき賤《しづ》の男」に該当するとしても、紫の上の使者の姿としては不自然である。また、この絵にはもうひとり源氏と同等と思われる男（三位の中将）がいる。挿絵の場面が違っているだけではなく、画面の説明になっていないのである。

これは、解説を執筆される編集の段階で挿絵のみを撮影した写真が入れ替わったことなどが原因であろうが、原本を確認しただけで防ぐことのできる誤りである。また、画面に描かれたものをより注意深く見るべきであったと思う。図203では、漁師が「かひつもの」を持ってきて、源氏の衣を与えられ「生けるかひあり」と喜ぶ場面とそのことばに焦点が当てられている。これこそ、春正が跋文で宣言した通り、ことばの優れた所を絵にした挿絵の一例である。研究者の間には、源氏絵と言えば、申し合わせたように美しい場面か抒情的な場面が描かれているはずだとする固定観念があるようだが、歌人や俳諧師の描いた源氏物語版本の挿絵は、絵画的な美しさや抒情性よりも、和歌や俳諧に用いられることばそのものに関心が払われていたと考えるべきであろう。

(14)の「ひぢ笠雨」に降られて「立ち騒ぎ」「足をそら」にして住まいへ逃げ帰る人々を描いた立圃の図204もまた、俳諧的であるが、物語中のことばに注目している。これに対して『絵本源氏物語』が混同した図205は、屋外の嵐の様子ではなく、建物に落雷して逃げまどう人々の様子を描いている。この挿絵（四オ）の直前の頁（四ウ）の本文を「絵入源氏」で引用してみよう。

むきて．さま〳〵の願《ぐわん》をたて．又海の中の龍王《りうわう》よろづの神たちに願たてさせ給に．いよ〳〵なりとゞろきて．おはしますにつゞきたるらうにおちかゝりぬ．ほのほもえあがりて．らうはやけぬ．こゝろだましゐなくて．ある限《かぎり》まどふうしろのかたなる大炊殿《おほいとの》とおぼしきやにうつし奉《たてまつり》りて．上下《かみしも》となく立こみて．いとらうがはしくなきとよむこゑ．いかづちにもおとらず．空は墨《すみ》をすりたるやうにて日もくれにけり（明石巻、四オ）

こうして本文を引用すると、もはや画面の解説など不要と言ってもよい。画面右下の人物は源氏を「大炊殿《おほいとの》」に案内しているのであろうし、落雷に「炎もえあがりて廊は焼けぬ」、「空は墨をすりたるやうに」描かれている。『十帖源氏』もまた、同じ場面を挿絵（図206）にしている。『十帖源氏』では人物の様子を生き生きと滑稽に描く図が多く、図204の絵もその一つであるが、ここでは滑稽味のある雷の姿に焦点が当てられている。この挿絵（二十三オ）の直前の本文を引用する。

　おほくの願をたて給ふいよ〳〵神鳴りとゝろきてつゝきたるらうにおちかゝりぬほのほもえあかりてらうはやけぬうしろの屋にうつし奉りて上下となくたちこみてらうかはしくなきどよむ空はすみをすりたるやうにて日もくれぬ（『十帖源氏　三』、二十二ウ）

「こゝろだましゐなくてある限まどふ」人々、「大炊殿とおぼしき」屋、「いとらうがはしくなきとよむ声」、「いかづちにもおとらず」などが略されている。同じ場面において源氏や人々の気持ちに焦点を当てた「絵入源氏」に対して、『十帖源氏』では雷がこの挿絵の主役になっているのである。この絵で逃げまどう人々を描いていないのは、先の須磨（14）の図204や、「絵入源氏」との違いを際だたせる意図もあったと思う。

　挿絵を利用するときには、本文との位置関係をよく確かめて、その画面の意図を十分にくみ取る必要があるだろう。『絵本源氏物語』は、解説を執筆する編集段階で挿絵のみを「絵入源氏」本文から切り離して扱ったためであろうか、他にも、大きな誤りがいくつも見られる。須磨（6）の図191についても、須磨の源氏の住まいを修理させる場面として解説している。この場合は、「近き所々の御

図206　『十帖源氏』明石巻①

荘の司召して」「良清の朝臣親しき家司にて仰せ行ふ」など、(6)の場面と文章もことばもよく似ており、挿絵の画面の説明として不自然ではない。しかし、挿絵の位置を確認すると、須磨の住まいの修理は、その前の挿絵（図188）の直後であり、図191（二十八ウ）よりも十頁以上前にある。それに対して、花散里邸の修理の場面（二十八オ）は挿絵（図191）の直前にある。その文章を引用しておこう。

ながめ雨についぢ所々くづれてなどき、給へは、京のけいしの許《もと》に仰つかはして、ちかき国国《くにぐに》の御荘《みしやう》のものなどにもよほさせて、つかうまつるべきよしの給はす（「絵入源氏」須磨巻、二十八オ）

図191の画面で指示している人物は、無名の「京の家司」よりも良清であってほしいとは思うが、「絵入源氏」は、この文のすぐ前にある花散里の歌「荒れまさる軒のしのぶをながめつつしげくも露のかかる袖かな」に焦点を当てていたのである。『絵本源氏物語』ではまた、玉鬘巻最初の見開き図（図129）を、二枚を別々の挿絵として説明している。右頁の小舟を、玉鬘が四歳で九州に下った時の絵と誤解したのである。同様に、澪標巻の住吉参詣の見開き図（図128）も、別の二枚の挿絵として解説を分けている。また、末摘花巻の巻名に関わる歌を交わした場面の挿絵（図165）についても、源氏が赤鼻の女の絵を描き、紫の上と戯れる場面だと説明された。この説明では、挿絵の衣箱の衣装（末摘花の贈り物で、赤鼻を連想させる物）の意味がわからない。いずれの誤りも、原本を確認していれば生じ得なかったことであろう。

なお、須磨（4）の解説は、「絵入源氏」挿絵（図188）の画面を尊重し、源氏の歌「から国に……」歌についての独自の解釈によった。詳細は第六章第一節の三において論じる。

第六章　「絵入源氏」で源氏物語を読む

第一節　「絵入源氏」の挿絵と和歌表現

著名な蒔絵師で歌人でもあった山本春正は、「絵入源氏」夢浮橋巻末に記された長い跋文の中で、源氏物語を学んだ動機について、次のように述べている（第一章第二節参照）。

　僕自蚤歳志倭歌之道研精覃思従一読俊成卿之言潜心此書（夢浮橋巻、十九ウ）

ここで言う「俊成卿之言」とは、藤原俊成が建久四年（一一九三）に催された六百番歌合の判詞で「源氏見ざる歌詠みは遺恨の事なり」と言いきったことを指している。若い頃から「歌之道」を志していた春正は、俊成の言を尊重し、「此書」すなわち源氏物語を読み始めたのであるが、結果、歌詠みとして源氏物語の真の魅力について知ることとなる。そして、完成された「絵入源氏」は、古来の本と異なるだけではなく、さまざまな源氏物語入門書や注釈付き版本とも一線を画する書物となった。

「絵入源氏」の挿絵画面が、他の源氏絵と異なるところは、原文（抜粋ではなく全文）とともに味わうための〈挿絵〉であり、山本春正の歌人としての感性で描かれたということである。絵としての完成度よりも、本文に添えられた〈挿絵〉の機能を果たすべく、物語の文章の表す一つの場面を一字一句忠実に描くことに徹しているのである（第五章第一節参照)。入門書に見られるように、「絵入源氏」原本にあったのとは別の場面の挿絵として利用したり、絵のみを集めたものの場合には、挿絵が挿絵としての特性を発揮し得ない。できれば、版本の原本や写真、あるいはCD―ROM版「源氏物語（絵入）［承応版本］」（文献5）の画像などによって、挿絵と原文とを対照しつつ鑑賞するのが望ましい。

本節では、「絵入源氏」の画面と、その絵が挿入された部分の本文とを対照することによって、歌人としての春正が源氏物語から得たものが何であったのか、近世の大衆に何を伝えようとしていたのかを明らかにしたい。

一　「ながめる」人物

第五章第一節で触れたように、「絵入源氏」が、物語の抒情性、人物の心情を表現するために採った方法の一つは、「ながめる」人物の姿を描くことであった。「絵入源氏」の図柄でもっとも多く見られるのは、主要人物が簀子や廂から遠くを眺めている図であり、眺める視線の先には物語の文章に示される風景が描き分けられている。以下、そうした「絵入源氏」本文と挿絵の関係を確認し、画面の意図を読みとってみたい。物語本文の引用は、慶安本により、改頁の箇所に』を付けた。（　）内に巻名と丁数、『源氏物語大成』の頁数と行数を記した。(1)

まず、夕顔巻の最後の挿絵（図207）と物語本文との関係を見てみよう。挿絵画面だけを見ていると、次の文の光景を映したものであると予想される。

> 地夕暮《くれ》のしづかなるに．そらのけしきいと哀に．おまへの前栽《せんざい》かれ〴〵にむしの音《ね》もなきかれて．もみぢやう〳〵色づくほど．ゑにかきたるやうにおもしろきをみわたして．右近心よりほかにおかしきさままじらひかなと．かの夕がほのやどを思出るもはづかし．竹《たけ》の中《なか》に家《いへ》ばと丶いふ鳥《とり》の．ふつ丶かになくをき丶給て．（夕顔巻、四十五オ・

一四〇2～6）

「絵にかきたるやうにおもしろき」という文は、蒔絵師でもあった芸術家（職人）春正の絵心を誘ったであろう。画面には確かに、色づく紅葉や竹、そして少しばかりの秋の草が描かれている。この図を見ただけなら、挿絵の意図はもっぱら「絵にかきたる」光景を映すことにあったかと思ってしまう。しかし、原本における挿絵の位置は、右の文よりも二丁（四頁）あと（四十七オ）で、挿絵の直前の文章は次の部分である。

地 そらのうちくもりて風ひやゝかなるに・源 いといたう打ながめたまひて
源 みし人のけふりを雲とながむれば夕《ゆふべ》の空《そら》もむつましきかな・と・ひとりごちたまへど・右近 えさしいらへも聞えず・かやうにておはせましかばと思ふ』も・むねふたがりて覚ゆ・みゝかしかましかりし・きぬたの音をおぼし出るさへ恋しくて・まさに長き夜と・うちすじてふしたまへり』（四十六オ～ウ・一四一5～9）

先の「絵にかきたるやうにおもしろき」光景を重視していたなら、挿絵はもう少し前にあってもよいだろう。

ところが、この「うちすじてふしたまへり」の文のあとに挿絵（図207）があり、紅葉や竹を描く場面とは離れた位置になっている。この絵の主眼は、先の絵画的光景を映すことよりも、「いといたう打ながめ」る源氏を描くことにあったのである。厳密には、夕顔の素姓を聞いたのちに、源氏が「みし人の……」の歌を詠む場面に当たる。つまり、絵になりやすい場面を挿絵にしたのではなく、絵には表しにくい物語の抒情性を表すために、挿絵に「ながめる人物」を描くという方法をとったのである。直前の物語の文中に「いとい

図207「絵入源氏」夕顔巻⑦

たう打ながめて」とあり、源氏の独詠歌にも「ながむ」の語が繰り返されていることに注目したい。画面だけを見ていると、源氏の視線は「竹の中に家ばと丶いふ鳥のふつゝかになく」という竹に向いているように思えるが、原文との位置関係から、むしろ「空のうちくもりて」「煙を雲とながむ」という文と歌のことばを意識して描いた画面と判断してよいだろう。

図208は、葵の上が亡くなった後、簀子に座って有明の空を眺める源氏を描いた挿絵（葵巻、二十六オ）である。挿絵の直前には、次の文がある。

八月廿日余日のあり明《あけ》なれば・空《そら》の気色《けしき》も哀《あはれ》すくなからぬに・おとゞのやみにくれまどひ給へるさまをみ給も・こと』はりにいみじければ・源空《そら》のみながめられ給て
源のぼりぬるけふりはそれとわかねどもなべてくもゐのあはれなるかな』（二十五オ～ウ・三〇五1～4）

図208「絵入源氏」葵巻④

この文と先の夕顔巻の文章表現を比べてみると、「ながむ」の他に、「そらのけしき」「あはれ」「けぶり」など、哀傷歌において常套的に用いられることばのひとつひとつが一致していたことに気づく。また、地の文に「空のみながめられて」とある通り、画面の源氏は「八月二十余日の有明なれば」とある有明の空を仰ぎ、挿絵の右上には、月が描かれている。このことから、古典文学会編『絵本源氏物語』（文献2）の解説では「有明の月を眺めながら」と書かれ、私自身も、初出稿[2]では同様の説明をしていた。しかし、この時に源氏の詠んだ歌「のぼりぬる煙はそれとわかねどもなべて雲居のあはれなるかな」を見ると、源氏の気持ちは月ではなく、雲のある空全体「雲居」に向いていることがわかる。正しくは、葵の上の葬送の煙を見分けにくい雲居を眺めていたのである。先の夕顔巻でも、源氏は「煙を雲となかむれば」空が睦ましいと詠んでいたが、その視線の先にある雲は他の画面と変わらない。それに対して、こちらの挿絵では、他の絵に見られる「源氏雲」と呼ばれる形の整った雲とは異なる細かい群雲が多く描かれている。

図209は、藤壺を亡くした時の源氏の様子である。念誦堂に籠もって泣き暮らす場面は、次のように語られる。

源二條院の御前《おまへ》の桜を御らんじても．花のえんのおりなどおぼしいづ．〳〵ことしばかりはとひとりごち給て．人の見とがめつべければ．御ねんずだうにこもりゐ給て．日々とひなきくらしたまふ．地夕ひはなやかにさして．』やまぎはの木ずゑあらはなるに．雲のうすくわたれるが．にび色なるを．なにごとも御めとゞまらぬころなれど．いと物哀におぼさる

源入日さす峰《みね》にたなびくうす雲は物思ふ袖にいろやまがへる．人きかぬところなればかひなし』

（薄雲巻、十七ウ～十八オ・六一八2～9）

図209　「絵入源氏」薄雲巻③

図210　「絵入源氏」幻巻③

この直後（十八ウ）に挿絵がある。「ながむ」ということばこそないが、「御前の桜を御らんじても」「なにごとも御目

とゞまらぬころなれど、いとものあはれにおぼさる」という表現が見られる。画面の右上には「夕日はなやかにさして」、左上には「山ぎはの梢あらはなるに、雲のうすくわたれるが、鈍色なる」光景を描き、画面の源氏はそれらの光景を眺めている。左下には「二條院の御前の桜を御らんじても」とあった桜が描かれ、源氏の独り言「〽ことしばかりは」を表している。これは、『源氏引歌』にもある古今集歌を引いたものである。

深草《古哀》の野へのさくらしこゝろあれはことしはかりはすみそめにさけ《かんつけのみねを》（『源氏引歌』十五ウ）

この歌の「墨染」と雲の「鈍色」がいずれも喪服の色を意味し、源氏の歌の「もの思ふ袖」が、それに呼応する。挿絵の画面には、「墨染（色）に咲け」と歌われた桜、同じ「鈍色」の「薄雲」、それを眺めて嘆く源氏の「もの思ふ袖」のすべてが描かれている。

図210は、紫の上を偲び、幻巻の巻名の由来となった歌を詠む源氏を描いたものである。挿絵（十九オ）の直前の文を引用してみよう。

神《地》無月は大かたもしぐれがちなる頃．いとゞ《源の》ながめ給ひて．夕暮《心》の空の気色なども．えもいはぬこゝろぼそさに．
〽ふりしかどゝひとりごちおはす．雲ゐをわたる雁のつばさも．うらやましくまもられ給ふ
大《源》空をかよふまぼろし夢にだにみえこぬ玉の行ゑたづねよ．なにごとにつけても．まぎれずのみ月日にそへておぼさる』（幻巻、十八ウ・一四一九11～一四二〇2）

葵巻の挿絵（図208）において、源氏の視線上には雲居があり、薄雲巻（図209）では「山ぎはの梢あらはなるに、雲のうすくわたれるが、鈍色なる」光景が描かれていた。幻巻のこの画面には、一人残された源氏が「うらやましくまもられ」る「くもゐをわたる雁のつばさ」が見られる。雁はあの世とこの世とを行き来するものともされており、それが源氏にとっては「長恨歌」に出てきた幻術士のように感じられた。幻術士は玄宗皇帝の代わりに楊貴妃に会いに行った仙人であり、歌の「まぼろし」とは、その幻術士を意味するとされる。そこで源氏は「雁」を「まぼろし」と

して歌を詠んだのであり、「ながめ」る視線の先には雁が描かれている。

哀傷の思いを表しつつ、ながめる人物の視線の先にその人物が心惹かれた美しい光景を描く――単純ではあるが、彩色もなく、技術的にも限りのある版本の挿絵において、源氏物語の「あはれ」の世界を表し得る有効な手法であったと言える。しかし、これらの画面の効果は、これだけではない。画一的で簡素な構図は、それぞれの違いをかえって際だたせる。同一の構図において「ながめる」源氏の姿が描かれていたことに気づいた読者は、次に源氏の視線の先に描かれた景物――葵巻では「雲居」[3]、薄雲巻では「薄雲」、幻巻では「雁」に注目する。そして、これらがいずれも、その場面の鍵語《キーワード》となっていたことに思い至るのである。

様式化された絵の構図は、様式化された歌のことばと一致している。そして、これこそが、源氏物語を歌書として学ぶ春正の注目したところであったと思う。「絵入源氏」における同じ構図の繰り返しは、絵師の力量不足によると見られがちであるが、実は、源氏物語原文の方にも同じような表現が繰り返されていた。そして、原文がそうであるように、画面の描く同様の構図の中には、必ずその画面特有のものが描かれる。単調なモティーフの繰り返しではなく、似た場面やことばを繰り返す中で少しずつ変化を持たせる、という源氏物語の構成の特徴が、「絵入源氏」挿絵の図にも継承されているのである。同じ構図の繰り返しであるからこそ、かえってそれぞれの違いが際だつ――これは、単独で鑑賞に耐えうることが要求される美術品としての絵画とは、明らかに志向が異なる。美しい彩色の施された装飾画の場合、色彩や意匠の美しさに目を奪われがちであるが、簡素な墨刷りの挿絵では、描かれたものの一つ一つが、原文のことばを絵に置き換えた意味のあるものであったことに、かえって気づきやすい。

須磨巻の見開きの挿絵（図211）においても、物語のこの場面が、絵画的でありながら、絵画だけでは表し得ない風景を表している（第五章第三節参照）。挿絵（三十二オ）の直前の文章を引用する。

前栽《せんざい》の花《はな》色々さきみだれおもしろき夕暮《ぐれ》に・海《うみ》みやらるゝ廊《らう》に出《源》給てたゝずみ給・御さまのゆゝしうきよらなる

に．ところからはましてこの世のものともみえ給はず．しろきあやのなよゝかなる．しをん色など奉りて．こまやかなる御なをし．おびしどけなくうちみだれたまへる御さまにて釋《しや》迦牟尼佛弟子《かむにぶつのでし》と名《な》のりてゆるらかによみたまへる．まだ《人々心》世にしらずきこゆ．おきより舟どものうたひのゝしりて。こぎ行などもきこゆ．ほのかにたゞちいさき鳥のうかべるとみやらるゝも．心ぼそげなるに．かりのつらねてなく聲《こゑ》．かぢの音《をと》にまがへるを．うち《源》ながめ給て．御泪のこぼるゝを．かきはらひ給へる御手つき．くろきの御ずゝにはえ給へるは．故郷の女恋しき人々のこゝろ．みななぐさみにけり

　初《源》かりはこひしき人のつらなれやたびの空とふこゑのかなしき』（須磨巻、三十一ウ・四二三3～13）

絵画的場面の代表例とされてきた文章であるが、屏風絵のような静止画ではなく、「音」を効果的に取り入れた映像の風景である。「音」については、源氏の声、舟歌、雁と丁寧に描写する一方、花については花の名を具体的に言わず、「前栽《せんざい》の花《はな》色々さきみだれおもしろき夕暮《ぐれ》」と、漠然とした語り方をしている。

土佐派などの装飾画、たとえば久保惣記念美術館蔵の土佐光吉筆『源氏物語色紙絵』（文献69）では、「前栽の花色々咲き乱れ」

図211　「絵入源氏」須磨巻⑥

を色彩豊かな花々として丁寧に描き、沖合の船上の人々の着物も赤や緑で彩っている。そのため、絵を鑑賞する者は、視覚的な、特に色彩の美しさに目を奪われ、結果的に、源氏の耳に入っていたはずのさまざまな「音」の存在を忘れてしまう。

これに対して「絵入源氏」の挿絵は、色彩がないだけに、右側の頁に描かれた草花は目立たず、物語の記述通り、花が脇役に徹している。一方、それとは対照的に大きく描かれた雁と、沖の船、そして源氏の左手の数珠が目に止まる。この場面の主眼は、「こまやかなる直衣」に「帯しどけなくうちみだれ」た源氏が、「黒木の（諸本「黒き」）数珠」を手に、舟歌と雁の声を（「聞く」ではなく）「うちながめ」るところにある。つまり、（源氏自身が旅の日記として描いた）須磨の墨絵のような叙情的風景が、「絵入源氏」の簡素な挿絵によって、うまく表されているのである。

この場面において、源氏をはじめ、お供の人々がそれぞれに孤独を歌に詠むが、そこで共通する題材が「雁」である。「絵入源氏」で描かれた、異様に大きな雁は、これらの歌に詠まれる重要な景物であることに気づかせてくれる。

編者山本春正は跋文において、俊成の言に触れた文に続けて次のように述べている。

古来有絵図書中之趣者今亦於歌與辞之尤可留心之処則附以臆見更増図画（夢浮橋巻、十九ウ）

「昔から絵入りの書で趣のある場面は、歌や辞句が心に残るような箇所であるから、この書では更に図を増してみた」と言うのである。つまり、挿絵の画面は、源氏物語中の和歌やことばに注目したものであった。これを示すように、ながめる源氏を描いた図207～図211の直前には、いずれも源氏の独詠歌があった。

みし人のけふりを雲とながむれば夕の空もむつましきかな（夕顔巻、図207）
のぼりぬる煙はそれとわかねどもなべて雲ゐのあはれなるかな（葵巻、図208）
入り日さすみねにたなびく薄雲はものおもふ袖に色やまがへる（薄雲巻、図209）
大空をかよふまぼろし夢にだに見えこぬたまのゆくへたづねよ（幻巻、図210）

初かりはこひしき人のつらなれやたびの空とふこゑのかなしき（須磨巻、図211）

そして、挿絵の画面には、必ず歌に詠まれた意味の深いことばや景物が表されている。春正が「俊成の言」によって源氏物語に関心を持ち、「歌と辞」に注目して挿絵を描いたと跋文で述べたことは、挿絵の画面と本文中の挿入位置からもうかがえるのである。

二　歌枕「くらふの山」

歌人春正の描く挿絵は、源氏物語の和歌的な側面を考える手がかりになる場合が多い。図212に示す若紫巻の挿絵は、源氏と藤壺の密会の場面である。挿絵（三十八オ）の直前の文を引用してみよう。

宮《藤壺心》もあさましかりしをおぼし出るだに．よと、もの御物思ひなるを．さてだにやみなんとふかう覚《おぼ》したるに．いと《源心》心うくて．いみじき御気色《みけしき》なるものから．なつかしうらうたげに．さりとてうちとけず．心ふかうはづかしげなる御もてなしなどの．なを人ににさせ給はぬを．などかなのめなることだにうちまじり給はざりけんと．つらうさへぞおぼさるゝ．なにごとをかは聞《きこ》え』つくし給はん．くらふの山にやどりもとらまほしげなれど．あやにくなるみじか夜にて．あさましう中々也

みて《源》もまた逢夜《あうよ》まれなる夢《ゆめ》のうちにやがてまぎるゝ我身《わがみ》ともがな．とむせかへらせ給さまもさすがにいみじければ

世《藤つぼ》がたりに人やつたへんたぐひなくうき身をさめぬ夢になしても．おもほしみだれたるさまも．いと《源心》ことはりにかたじけなし．命婦《みやうぶ》の君《きみ》ぞ．御なをしなどは．かきあつめもてきたる』（若紫巻、二十七オ～ウ・一七三13～一七四10）

逢瀬の場面全体を引用してみたが、原本では、挿絵の隣の頁は「つくし給はん」から「かきあつめもてきたる」まで（余白を大きく残して）区切っている。画面で衣を持っている女は、「御なをしなどは、かきあつめもてきたる」と源氏に帰り支度を迫る「命婦の君」であり、挿絵は直前の文が語る場面に対応している。

この図212の特徴は、室内の出来事であるこの場面において、遠山と朝日を描いていることである。朝日や夕月夜を建物の上空に描いた図は多いが、いずれも文の中で背景として朝日や月夜が描かれていた場面の絵である。ところが、若紫巻のこの場面では、時間を示す光景も外の様子にも触れていない。図の直後の文も、「殿におはして泣き寝にふし暮らし」と、帰宅後の源氏について語るのみである。春正は、この場面のどこに注目したのであろうか。歌人としては、二人の交わした贈答歌にまず注目したであろう。贈答歌の主題は、この「夢」がさめないでほしいという思いである。さらに、その前提として、歌の直前に「くらふの山にやどりもとらまほしけれど、あやにくなるみじか夜にて」の文がある。つまり、図に描かれた朝日は、二人の願いもむなしく明けゆく空、すなわち「みじか夜」を意味していることがわかる。

図212「絵入源氏」若紫巻⑤

これだけなら、時間を表すために朝日を描いた、という他の挿絵にも見られた手法であるが、この図では、朝日の下に山を大きく描いている。慶安本「絵入源氏」の場合、空間の無駄を埋める時には、それ以外の源氏絵でよく見られる「源氏雲」と呼ばれる雲霞を描き、それ以外の（文中にはない）不要なものを描くことはしない。従って、この「山」にも何らかの意味があると思う。そして「山」と言えば、物語には、「さめぬ夢」を願うことを別の表現で表した「くらふの山にやどりもとらまほし」という一文があった。

「くらふの山」は、一般には「くらぶの山」「くらぶ山」と濁音で示される歌枕であり、その名から「夜の明けない暗い山」の意味に用いられている。この箇所について、諸注は引歌を挙げている。しかし、「絵入源氏」若紫巻の「くらふの山」に引歌を示す合点はなく、『源氏引歌』に歌の掲載もない。これに対して、夕霧巻の「〽をぐらの山もたどるまじう」（四十四ウ）については、次の歌を引いている。

秋のよの月のひかりしあかけれはくらふの山もこえぬへらなり（『源氏引歌』、三十ウ）

夕霧巻の本文は、諸本「をぐらの山」であるが、古来、この歌を引歌としてきた。同じ語を用いた若紫巻の「くらふの山」よりも、むしろこちらの方が引歌との関係は深い。

若紫巻の「くらふの山」について、「絵入源氏」の編者春正が引歌を指摘しなかったのはなぜだろうか。春正は、「絵入源氏」より十六年後の寛文六年（一六六六）に、勅撰集をはじめとする歌の第四句をいろは順に配列した歌句索引『古今類句』を編纂し刊行する（第二章第一節参照）。その『古今類句』第十一冊「く」の項（十オ）に、「くらふの山」を第四句に持つ歌が列挙されている。

風雅春上　匂ふかのしるへならすは梅のはな　くらふの山に折まとはまし　中務
壬生二品上　人しれすくつるたくひや我袖に　くらふの山の谷の埋木
古今秋上　秋のよの月の光しあかけれは　くらふの山もこえぬへら也　在原元方

この他にも、古今集および後撰集に「くらぶ山」「くらぶの山」の例があり、『孟津抄』も、四首の例を挙げる。これらの歌を知っていた春正は、若紫巻の「くらふの山」を一般的な歌枕と理解し、特定の引歌を指摘する必要はないと判断したのではないだろうか。

ちなみに、中務歌「匂ふかの……」（風雅集、春上、八二）に注目すべき異文がある。下の句「くらふの山にをりまとはまし」が、西本願寺本『中務集』（『新編国歌大観』第三巻所収）では同文であるが、書陵部本（同第七巻所収）では「くらぶの山にやとりとはまし」となっているのである。問題の若紫巻の本文は、「くらふの山にやどりもとらまほしげなれど」であった。書陵部本『中務集』の祖本の本文が「とらまし」であったなら（「は（者）」と「ら（良）」は酷似する）、若紫巻の表現がこの本文を持つ中務歌を基にした可能性も高くなる。とはいえ、同系統の本が他にない書陵部本であるから、あるいは源氏物語などの影響で本文が改変された可能性もないとは限らない。いずれにしても、春正がこの異文の存在を知る由もなかっただろうが。

「絵入源氏」本文では、この「くらふの山」の「ふ」の左側に声点「・」を付けている。「絵入源氏」において、この声点は清濁によって読み方や解釈の異なる箇所に付けられている（第二章第二節参照）。たとえば、「けに」を「げに」と読み間違いやすい例では「けに」と指定したり、「あつしく」「あづしく」や「ざれたる」「されたる」などの両説（または両方の読み）が伝えられている場合には、「あづしく」「ざれたる」などとする。つまり、問題の「くらふの山」は、「くらふ」と「くらぶ」の清濁両説の存在を意識した上で、ここでは清音を指示したと考えるのが自然であろう。「くらふ」と「くらぶ」との間にどれほどの意味の違いがあったのかはわからない。単に、春正が師匠の松永貞徳などから伝えられた音読の違いにすぎないのか、あるいは「較ぶ」と「暗ふ（くらむ）」といった意味の違いに関わるものだったのだろうか。

さて、「くらまの山」もまた、「暗い山」を意味する歌枕として「くらふの山」と同様に用いられていた。若紫巻の「くらふの山」の引歌の一つとされる歌を、『古今類句』で引用してみよう。

後撰恋四　墨染めのくらまの山に入人は　たどる〳〵もかへりきなゝん　平なかきかむすめ

大和物語　すみそめのくらまの山にいるひとは　たどる〳〵もかへりきなゝん

夕霧巻の引歌が「をぐら」「くらふ」のいずれでもよいように、この若紫巻の「くらふ」の場合も、よく似た詠み方がされてきた歌枕「くらま」でもよかったと思う。見落としがちな小さな声点には、源氏物語の読みが確定していなかった近世初期の流動的な学問の状況が残されているように思う。

挿絵画面の上方の大きな山は、歌枕「くらふの山」を絵で表そうとしたものと考えてよいだろう。そして、山の右側の雲間に朝日を描いて、非情な「みじか夜」を表す。あの暗い山に二人で籠もることができたなら、みじか夜を嘆くことも、夢のさめぬことを願うこともなかったはずである。画面半分に大きく描いた、一見意味のなさそうな山の風景は、源氏と藤壺の切ない願いが込められた歌のことば「くらふの山」に注目してほしいという、歌詠み春正のメッセージであったと思うのである。

三　手指の表現

先に説明した須磨巻の挿絵（図211）には、数珠を手にした源氏の姿があった。右手は袖に隠れているが、数珠を持つ左手の五本の指が細かく描かれている。大和絵の人物の手は、通常、袖に隠されていて見えない。「絵入源氏」でも同様である。しかし、人物を描いた多くの「絵入源氏」挿絵の中で、手や指をわざわざ袖から出している図がいくつか見られる。小さくて見落としがちであるが、その手には必ず何らかの役割が負わされている。須磨巻の図では、「御泪のこぼるゝを、かきはらひ給へる御手つき、くろきの御ずゝにはえ給へる」とされた「手つき」を意識して描いたものである。

図213の帚木巻の雨夜の品定めのきっかけとなる場面の挿絵では、右側の頭中将の手が隠れているのに対して、左側の光源氏の右手は袖から出ている。これは、源氏が「大殿油近くて、ふみどもなど見たまふ」場面を描いたもので、その指は「ふみ」（漢籍・書物）を押さえている。働く従者たちの手、手紙や扇を持つ手、簾の隙間をあける手、指図

する手、呼びかける時の動作としての手など、小さく描かれた手と指にも、それぞれ意味がある。嵯峨本『伊勢物語』の挿絵にも同様の図が見られるが、「絵入源氏」の場合、時にその手指は、物語の歌やことばの深い意味に気づかせてくれる。

図214は、帚木巻で最初に語られた左馬頭の体験談を描いている。挿絵（十八オ）の直後の本文を引用する。

馬頭〽手をおりてあひみしことをかそふればこれひとつやは君がうきふし．えうらみじなどいひ侍れは．女さすがに

うちなきて

うきふしを心ひとつにかぞへきてこや君か手をわかるべきおり．など．いひしろひ侍しかど．馬頭まことにはかはるべきことゝもおもふ給へずながら．日ごろふるまでせうそこもつかはさず．（帚木巻、十八ウ・五〇13～五一3）

これまでに見た例と同様、ここにも和歌がある。しかも、引歌を示す合点「〽」が付けられている。挿絵の画面だけ

図213「絵入源氏」帚木巻①

図214「絵入源氏」帚木巻②

見ていると、男女の別れを描いただけの、絵画的とは言い難い、さほど意味のない絵にも思える。しかし、この絵もまた、物語中の歌やことばに注目して描いたものであった。

合点の付けられた「手をおりて……」歌は、諸注が指摘するように、伊勢物語の有名な歌を基にしている。「絵入源氏」別巻の『源氏引歌』にも、この箇所の引歌を記している。

伊勢《いせ》
手をおりてあひみしことをかそふれは十といひつゝよつはへにけり（『源氏引歌』二オ）

左馬頭の歌は、この歌の上の句をただ借用しただけではない。長年連れ添った夫婦が別れるという場面の状況も、伊勢物語第十六段の話とよく似ているのである。左馬頭が語るこの場面の面白さは、伊勢物語を基にしながらも、滑稽さを加えている点である。伊勢物語を知る読者なら、上の句「手をおりてあひみしことをかそふれば」まで読む（聞く）と、自然に下の句「十といひつゝ」を思い浮かべ、次に指折り数えたあと、二人の逢った回数や年数を言うと予想する。

ところが左馬頭は、そこで折った「手」（指）の数ではなく、指につけられた傷（歯形）に目を向けた。「これひとつ」とは、傷ついた一本の指と、傷をつけた女の唯一の欠点を表し、「うきふし」は、痛い指の関節と、女の嫌なところを、それぞれ掛けて言う。伊勢物語の場合の「手」は月日を数えるための手段にすぎなかったのに対して、ここでは、指折り数えた「手」そのものが歌の中心となった。女の返歌になると、もはや伊勢物語からは離れ、「ふし」「ひとつ」「手」と、手を中心に据えた表現になっている。つまり、この場面の歌とことばの面白さは、伊勢物語の歌をパロディとして利用したところにある。そして、ここで焦点を当てられたものは「手」であった。

そこで、挿絵画面の男の「手」に注目してみると、左手だけが袖から見えていることに気づく。この画面もまた、絵の直後の歌とことばに注目して描かれたものだったのである。そして注意したいのは、男の歌「手をおりて」のみを表したものではない、ということである。「手を折りて」数えた場面を描いたものであれば、男の視線は「手」に向いているはずだが、女の方を見ている。従って、歌の状況を表していたとしても、上の句ではなく、下の句の「君がうきふし」と思って女を振り返る場面と理解した方がよい。そして、挿絵の直前の文を読むと、画面の男の「手」には、もう一つの意味が込められていたことに気づく。

　馬頭 はらだゝしくなりて．にくげなること共をいひはげまし侍に．女もえおさめぬすぢにて．をよびひとつをひきよせてくひて侍しを．馬頭 おどろ〳〵しくかこちて．かゝるきずさへつきぬれば．いよ〳〵まじらひをすべきにもあらず．はづかしめ給《たまふ》めるつかさ位《くらゐ》．いとゞしくなにゝつけてかは人めかむ．世をそむきぬべき身なめりなどいひをとして．さらばけふこそはかぎりなめれと．此をよびをかゞめてまかでぬ』（帚木巻、十七ウ・五〇7～12）

最後の「此をよびをかゞめてまかでぬ」を描いた絵と理解することが可能なのである。改めて絵を見ると、男の「手」は、他の絵の働く手とは異なり、指を曲げている。男が「をよびをかがめ」た理由は、その前に女が「をよびひとつをひきよせてくひて侍し」ことによるが、傷の痛さゆえというよりも、むしろあとの「手をおりて」を活かすための動作であったと考えるとよいだろう。ここで焦点となる「手」は、男が自ら詠もうとする歌のことばを活かすために、わざわざ「をよびをかがめてまかで」たという男の機知を示している。

　この左馬頭の体験談を現代語訳などで読み、語られた内容とストーリィにとらわれていると、この場面の面白さは十分に理解できない。たとえ「手をおりて」歌が伊勢物語を基にしたことを知っていたとしても、その二番煎じであるという印象が強いと思う。私自身、注釈付きの原文や現代語訳で読んでいた時には、つまらない場面だと思っていた。しかし「絵入源氏」に描かれた「手」に気づいたとき、この場面の本当の面白さを知り、紫式部のユーモアセンスに感心した。そして、「をよびをかがめ」た男の意図が、傷つけた女への当てつけであるのみならず、自ら詠もうとする歌の「手を折りて」の伏線となることに思い至った。

　この物語文において、「ひとつ」ということばが、絵をはさんで三回用いられるが、少しずつ意味が変化している。

最初の「をよびひとつ」は、ただ指一本というだけであったのに対して、男の歌の「これひとつ」では、傷ついた指のたった一つだけと強調した上に、女の唯一の欠点という新しい意味が加えられた。これに対する女の返歌では、指ひとつを「心ひとつ」に転化させただけではなく、男が一つだけと強調した「これひとつ」の意味合いを受け、一つのことに執着しやすい女心をうまく表している。「絵入源氏」の編者春正が注目したのは、ただ伊勢物語の歌を利用した男の歌だけではなかった。画面に描いた「手」には、「をよびをかがめてまかで」た動作と、「手をおりて」と詠んだ男の機知、そしてこれらをうまく受け止めた女の歌に注目してほしい、というメッセージであったと思う。

同じく左馬頭による二番目の体験談、木枯らしの女の話について見てみよう。この場面は、庭の紅葉や菊、琴と笛の合奏といった、絵画の題材に適した美しい「絵になる場面」であるため、源氏絵の素材として好まれた。図215の「絵入源氏」挿絵においても、それらの景物は一つ一つ丁寧に描かれている。挿絵（二十一オ）の直前の文を引用する。

この男《おとこ》いたくすゞろきて・門《かど》ちかきらうのすのこだつものにしりかけて・とばかり月をみる・菊《きく》いと面白《おもしろ》くうつろひわたりて・かぜにきほへる紅葉《もみち》のみだれなど・哀《あはれ》とげにみえたり・ふところなりける笛《ふえ》とり出てふきならし・〽影もよしなどつゞしりうたふほどに・よくなる《木枯》わごむをしらへと、のへたりける・うるはしくかきあはせたりしほど・けしうはあらずかし・』りちのしらべは・女のものやはらかにかきならして・すのうちより聞えたるも・今めきたるもの、こゑなれば・きよくすめる月に・おりつきなからず・おとこいたくめで、・すのもとにあゆみきて・庭《には》の紅葉《もみぢ》こそ・〽ふみわけたるあともなけれなどねたます・きくをおりて

琴《こと》《殿上人》のね《菊イ》も月もえならぬ宿《やど》ながらつれなき人をひきやとめける・わろかめりなどいひて・今《いま》ひと声聞《こゑきゝ》はやすべき人のある時に・手なのこい給そなど・いたくあざれか、れば・女いとうこゑつくろひて

木《こ》《木枯女》がらしに吹《ふき》あはすめる笛《ふえ》のねをひきとゞ』むべき言《こと》のはぞなき・と・なまめきかはすに・にくくなる《馬頭心》をもしらて・《木枯》またさうのことをばんしきでうにしらへて・いまめかしくかひひきたるつまをと・かどなきにはあらね

ど・まばゆきこゝちなんし侍し』（帚木巻、二十一ウ〜二十二ウ・五三14〜五四14）

挿絵画面の舞い散る紅葉や手前の菊の花は、「菊《きく》いと面白《おもしろ》くうつろひわたりて。かぜにきほへる紅葉《もみぢ》のみだれ」を描いたものであるが、この場面が選ばれたのは、ただ絵画的であったからではない。「絵入源氏」の主眼が、視覚的に美しい絵を描くことであれば、挿絵の位置はもう少し前、二行目の「哀《あはれ》とげにみえたり」や、五行目の「おりつきなからず」のあたりに挿入されていたはずである。しかし、挿絵は、絵画的な風景を語る「菊《きく》いと面白《おもしろ》く……」の部分より二頁もあとに置かれている。

これまでの例と同様、挿絵のすぐ近くに和歌がある。そして、この贈答歌の前提となるのが、男のせりふ「庭《には》の紅葉《もみぢ》こそ・ふみわけたるあともなけれ」である。この「庭の紅葉」を、「絵入源氏」挿絵では、男の足元や簀子の上にまで散らせているが、これは、「〳〵ふみわけたる」の引歌と関わりがある。別巻『源氏引歌』では、この箇所について、諸注の指摘と同じく、次の歌を挙げている。

古秋上　秋はきぬもみちは宿にふりしきぬ道ふみわけてとふ人もなし　よみ人しらず

（『源氏引歌』二ウ）

挿絵の紅葉は、引歌の「もみちは宿にふりしきぬ」を意識して表したものだったのである。

この挿絵（図215）の男女の手に注目してみよう。ともに両手指が細かく描かれ、男が「ふところなりける笛《ふえ》とり出てふきならし」、女が「りちのしらべは・女のものやはらかにかきならして」という場面であることがわかる。他の絵では、笛を吹く男に焦点が当てられ、女はただ琴の前に座しているか、建物の内側に隠されていて見えない図に

図215　「絵入源氏」帚木巻③

なっている。これに対して「絵入源氏」挿絵の女は、右手で弦を弾き、左手もまた弦を押さえて確かに演奏している。
物語の文章で強調されているのは、男の粋な行動やせりふもさることながら、女の演奏の確かさであった。「よくなるわごむをしらへと、のへたりける。うるはしくかきあはせたりし」「りちのしらべ」、そして歌のあとの「さうのことをばんしきでうにしらへて。いまめかしくかひきたるつまをと」など、左馬頭は、女の様子を、簾の内側から聞こえる二種類の琴（和琴・箏）のそれぞれの調子（律の調べ・盤渉調）の音色によって表している。つまり、ここで注目すべきは、紅葉や菊といった色彩で表し得る景物だけでなく、男女が弾き合わせる笛と琴ということになる。そして、挿絵の直前の贈答歌では、「琴」「弾く」「笛」ということばを用いたやりとりが交わされている。ここでも、挿絵の眼目は、歌に詠まれたことばと、そのことばを絵に表すことであった。

四　体験談の意図

以上のように見てきた時、帚木巻で語られた四つの体験談の意図は、中の品の女を評価するときの基準として、その行動よりも、贈答歌やそこでやりとりされたことばが対象となっていたのではないかと思えてくる。少なくとも「絵入源氏」の編者春正は、この時の男と女の贈答歌が機知に富んだすぐれたものだと評価していたのであろう。そこで改めて他の体験談の場面を見ると、いずれも贈答歌が中心となっていたことに気づく。三番目の頭中将の体験談を見てみよう。

おさなきものなどもありしに．思ひわづらひて．なでしこの花《はな》をおりてをこせたりしとて．涙《なみだ》ぐみたり．源詞さてそのふみのことばはととひ給へば．頭中詞いさやことなることもなかりきや
夕顔山がつのかきほあるともおり〳〵に哀《あはれ》はかけよ』なでしこの露．頭中思ひ出しまゝにまかりたりしかば．例《れい》女のう

らもなきものから．いと物おもひがほにて．あれたる家《いへ》の露《つゆ》しげきをながめて．虫《むし》の音《ね》にきをへる気色《けしき》．むかし
物語《がたり》めきておぼえ侍し

頭中 さきまじる色《花イ》はいづれとわかねどもなをとこなつにしく物ぞなき．やまとなでしこをばさしをきて．まづ〽
ちりをだになど．おやのこゝろをとる

夕顔 〽うちはらふ袖《そで》も露けきとこ夏《なつ》にあらしふきそふあきもきにけり』（二十五オ～ウ・五六11～五七6）

「絵入源氏」では、この直後（二十六オ）に、図216の挿絵を置いている。物語の文は、挿絵を挟んで、「と．はかなげにいひなして．まめ〳〵しくうらみたるさまもみえず」（二十六ウ）と続けているから、挿絵は、場面を区切る段落としてではなく、贈答歌とその状況を表すことを主旨としていたことが知られる。

この場面は、後に語られる物語の伏線として源氏物語の長編性に係わる重要な箇所である。挿絵画面の男は頭中将であり、女は後に「夕顔」、小さな女の子は後に「玉鬘」として、それぞれ光源氏の前に現れる。このことを踏まえて、第五章第一節では、「絵入源氏」の場面選定は、「絵になる場面」よりも、源氏物語の文章に注目したものであると述べた。そして、春正が歌人として特に重視したのは、注目すべきことばや和歌表現、歌の詠まれた状況であった。

画面の手前には、撫子の花と小さな垣根が描かれている。この撫子は、絵にしてしまえばその花でしかない。しかし、その同じ花について、女は幼子の比喩として「なでしこ」と言い、男は愛する女との関係を表す意味で「とこなつ」と言い換えた――状況による歌ことばの使い分けは、絵では表し得ない文学（和歌）ならではの表現方法であ

図216　「絵入源氏」帚木巻④

る。他の花をいっさい描かず、撫子だけを多く描いた挿絵は、この歌ことばに注目してほしいという編者のメッセージである。画面の小さな垣根は、女の歌にある「山がつのかきほ」を表したつもりであろう。引歌は指定していないが、そのことばと「やまとなでしこ」が、古今集歌を意識したことばであることは、春正も承知していたはずである。春正自身の編纂した『古今類句』から、その歌を引用しておこう。

古今恋四　あな恋し今もみてしか山かつの　かきほにさける山となてしこ　よみ人しらす

物語の文章では、女が「なでしこの花をおりてをこせたりし」とあっただけで、庭に花が咲いている光景を描いていたわけではない。実際に頭中将の見た家の様子は「あれたる家の露しげき」であった。従って、挿絵画面の庭の花は、物語に描かれた光景を写したものでも、また、単なる背景でもなく、三首の歌で詠まれた題材を描いたということになる。そして、建物の内に居る三人の人物もまた、庭の花を「なでしこ」「やまとなでしこ」としてたとえられた幼子と、「とこなつ」で表される夫婦の間柄を、それぞれ表している。

「絵入源氏」では、ここで二つの引歌を「〽」で指摘し、別巻『源氏引歌』に、次のように掲載する。

古夏　ちりをたにすへしとそ思ふさきしより妹とわかぬるとこ夏の花　みつね　（二オ）
後秋上　ひこほしのまれにあふ夜のとこ夏はうちはらへとも露けかりけり　よみ人しらす　（同）

古今集歌は、床に「塵をだに据へじ」と、夫婦仲が疎遠になるまいとする決意を表している。古今集の詞書では、「隣よりとこなつの花を請いにおこせたりければ、惜しみてこの歌を詠みてつかはしける」というもので、女に贈った歌ではなかった。一方、後撰集歌では、詞書に「かれにける男の、七日の夜まできたりければ、女の詠みて侍りける」とあり、歌では、その床が塵どころか「露けかりけり」という状態になってしまったと嘆いている。このように二つの本歌は、それぞれ別の状況で詠まれたものであったが、帚木巻の物語において結びつけられ、季節の移り変わりとともに人の心（関係）が移ろうことを詠んだ贈答歌となった。最後の女の歌では、本歌にはなかった「秋」という語を用いて、「露けき床」に加えて「あらし」まで吹く厳しい「秋」（飽き）が来たと嘆いたのである。女は、歌で「露けきとこなつ」と言い、この時「あれたる家の露しげきをながめて」いた。挿絵画面の花は、絵に描けない「露」の代わりというよりも、意識して「なでしこの露」「露けきとこなつ」を表したものと理解してよいだろう。

「絵入源氏」の本文には、異文注記「色は《花イ》」がある。この歌は「いろいろ咲いている花はどれがよいと見分けられないが、やはり常夏の花に及ぶものはない」という解釈でよいだろうが、そうなると、本文は「色は」よりも「花は」の方がわかりやすい。古来の伝本では「色は」が一般的であるが、版本には「花は」とするものもあり、宗祇の『雨夜談抄』では「花は」の本文を挙げて「さきましる花とは秋の庭のさまなり」とする。現代の注釈では「色は」の本文に対して、これと同じ説明をしているが、果たしてそれでよいのだろうか。「絵入源氏」の挿絵で、色の異なる（画面では白黒、赤色系の濃淡を表す）撫子の花だけを描いたのは、「さきまじる色はいづれとわかねども」を視覚的に表そうとしたのではないだろうか。あるいは、同じなでしこの花でも色によって「なでしこ」と「とこなつ」とを区別したか、ナデシコ科の別の品種（たとえば大和撫子と唐撫子など）を言い分けていたのかもしれない。「絵入源氏」の白黒だけの簡素な挿絵を見ていると、こうした和歌の解釈についても考えさせてくれる。歌人であった春正もまた、物語の文や歌のことばを絵に成すに当たり、さまざまに考えを巡らせていたのではないだろうか。

この場面の眼目は、源氏がこの体験談に関心を持ったこと、ここで登場する二人の女君が源氏物語の代表的なヒロインとなることである。ただ、源氏もまた、この時の女の容姿や人柄ではなく、女からの手紙について「さてそのふみのことばは」と、「ことば」を問題にしていたことに注意しておきたい。女の「品」がその身分や容姿によらないことは、この雨夜の物語でも述べているが、これらの体験談で知られる通り、歌をうまくやりとりできる女とのつきあいであれば、たとえ結末は悪くとも、その体験を語る価値があるということになる。

最後の藤式部丞の体験談は、他の男達に「すこしよろしからむことを申せと責め」られた、一見つまらない話である。しかし「絵入源氏」の挿絵を本文と対照して読んでみると、この体験談の眼目が、ストーリィそのものよりも、場に応じた歌のやりとりとことばの面白さにあったことに気づかされる。図217は、その場面の挿絵である。その直前の文章を引用してみよう。

（女）こゑもはやりかにていふやう．月比ふびやうおもきにたへかねて．ごくねちのざうやくをぶくして．いとくさきによりなん．えたいめん給はらぬ．まのあたりならずとも．さるべからん雑事等《さうじら》はうけ給はらんと．いとあはれにむべ〳〵しくいひ侍り．（藤式部）いらへになにとかはいはれ侍らん．たゞうけ給はりぬとてたちいで侍に．さう〳〵しくやおぼえけん．この香うせなん時に．たち』より給へと．たかやかにいふを．（藤式部）きゝすぐさんもいとおし．しばし立《たち》やすらふべきにはた侍らねば．げにそのにほひさへ花やかにたちそへるもすべなくて．にげめをつかひて

（藤式部）さゝがにのふるまひしるき夕暮《ゆふぐれ》にひるますぐせといふがあやなさ．いかなることつけぞやといひもはてず．はしり出侍ぬるに．（女）をひて

（女）逢《あふ》ことのよをしへだてぬ中ならばひるまもなにかまばゆからまし』（帚木巻、二十九ウ～三十オ・六〇7～六一3）

やはり挿絵の直前に贈答歌がある。そして挿絵（図217）の画面では、遣り戸の前で男は袖で鼻を押さえているから、歌の前の「げにそのにほひさへ花やかにたちそへるもすべなくて」という状態を表しているのであろう。

この贈答歌で中心となるのは「ひるま」という語である。「ひる（蒜）」は、ニンニクの古称で、「ひるま」はその匂いのする間と昼間とを掛けている。「ひるますぐせ」は、女のせりふにある「この香う

図217　「絵入源氏」帚木巻⑤

せなん時」を「ひる」を用いて言い換えたものである。「ひる」は、古事記や万葉集に山菜としての例があり、「ひるま」の語は古今集に「干る間」との掛詞として用いられているが、蒜と昼とを掛けた歌は、この帚木巻以外に見えない。「露」「衣手」「袖」「浪」などの語とともに、涙が「干る」意味で用いられた例がほとんどで、帚木巻の影響を受けた歌も見あたらない(2)。つまり、きわめて特殊な用例と言ってよいだろう。しかし、この歌の詠みぶりすべてが特殊であったというわけではない。藤式部丞の歌は、古今集仮名序に引く衣織姫の歌を踏まえる。『古今類句』で引用しよう。

古今墨滅　わかせこかくへきよひ也さゝかにの　雲のふるまひかねてしるしも　そとをりひめ

現代では「蜘蛛のふるまひ」とされるが、ここで「雲」と表記されていることは誤りではない。『俊頼髄脳』をはじめとする歌学書において、「くものふるまひ」の説明で必ず引用される「ささがにのくものはたてのうごくかな風をいのちにおもふなるべし」(重之集、一八七)などの影響もあり、「ささがにの雲」と続ける歌は他にも多く見られる。いずれにしても、「絵入源氏」が藤式部丞の歌について引歌を指示していないのは、「くものふるまひ」を一般的な歌語と判断したためであろう。

春正は、こうした伝統的な和歌表現と「蒜」の掛詞という珍しい表現の組み合わせに興味を持ったのではないだろうか。挿絵では、鼻を押さえる男という形でしか表し得ない。しかし、この場面を挿絵の題材として選んだのは、他の体験談と同様に、歌のことばの面白さに注目したからであろう。先の三つの体験談に比べると下品な話ではあるが、その場の状況に応じてただちに適切なことばを用いて歌を詠んだという技量では勝るとも劣らない。藤式部丞も、相手の女の返歌を「さすがにくちとくなどは侍き」(三十一オ)と評価したが、むしろ、とっさに俳諧的とも言える歌を詠んだ自分自身の技量を自慢する話であったとも考えられる。

「絵入源氏」帚木巻には、合計八枚の挿絵があり、前半の五枚(前掲の図213〜図217)は雨夜の物語、後半の三枚は空蟬の物語である。これを、承応三年（一六五四）に作られた野々口立圃の『十帖源氏』と比べてみると、「絵入源氏」の特徴がよくわかる。『十帖源氏』の場合、五枚のうち雨夜の物語で四枚あるが、体験談は、多くの源氏絵の描く木枯らしの女の話のみであり、他の三枚はすべて語り合う君達の様子を描いている（第五章第一節参照）。登場人物に焦点を当てた立圃の挿絵は、現代の読者の捉え方に近い。それに対して「絵入源氏」の場合は、まさに歌人としての源氏物語の享受方法であった。物語のストーリィや人物の行動よりも、物語のことばと歌に関心を持ち、その優れた場面を絵にしているのである。

これらの体験談が語られた意図について、「絵入源氏」に一つの答えが提示されている。四つの体験談に共通しているのは、それぞれの立場とその場の状況にもっともふさわしい贈答歌が交わされていた、ということである。桐壺巻、帚木巻と順に読み進めてきた読者は、ここではじめて恋人達の交わす贈答歌に接する。源氏物語全体としては特殊とも言えるこれらの体験談は、古来の歌物語の流れを汲んだスタイルをとっている。そのすべてに挿絵を付けた「絵入源氏」は、ちょうど嵯峨本『伊勢物語』と似た構成になっていることに気づく。

五　嵯峨本『伊勢物語』と「絵入源氏」

春正が版本『源氏物語』に挿絵を付けたのは、嵯峨本『伊勢物語』の影響によると思う。跋文「古来有絵図書中之趣者今亦於歌與辞之尤可留心之処則附以臆見更増図画」（前掲）で触れている「古来有絵図書」とは、源氏絵ではなく、むしろ嵯峨本『伊勢物語』などの絵を指していたのではないだろうか。これまでに挙げてきた特徴のいくつかは、嵯峨本『伊勢物語』に先蹤がある。まず、「ながめ」る人物という構図は、第四段の挿絵に見られる。片桐洋一氏編『伊勢物語　慶長十三年刊嵯峨本第一種』（文献63）から、その本文を引用する。（　）内には、その影印本の頁数を示した。挿絵の掲載も省略するので、同書を参照いただきたい。

むかし東の五条におほきさいの宮おはしましけるにしのたいにすむひとありけりそれをほいにはあらて心さしふかゝりける人行とふらひけるをむ月の十日はかりのほとにほかにかくれにけりあり所はきけと人のゆきかよふへき所にもあらさりけれはなをうしとおもひつゝなんありける又のとしのむ月に梅の花さかりにこそをこひていきてたちてみゐて見ゝれとこそにゝるへくもあらすうちなきてあはらなるいたしきに月のかたふくまてふせりてこそを思ひいてゝよめる

月やあらぬ春やむかしのはるならぬ我身ひとつはもとの身にして

とよみて夜のほの〴〵とあくるになく〳〵かへりにけり（第四段、12～13頁）

先に見た「絵入源氏」の挿絵と同様、歌の近く（14頁）に挿絵があり、絵は歌に焦点を当てて描いている。男は「たちてみゐて見ゝれと」「あはらなるいたしきに月のかたふくまてふせりて」とあるが、嵯峨本の挿絵では、男が簀子（板敷き）にすわって月と梅の描かれた上方をながめる図になっている。

伊勢物語は歌を中心とした物語であるから、その挿絵において主人公が歌を詠むところを描くのは当然と言える。しかし、第五段の図には、歌を詠んだ主人公の姿は描かれていない。本文をまず引用する。

むかしおとこ有けりひんかしの五条わたりにいとしのひていきけりみそかなるところなれはかとよりもえいらてわらはへのふみあけたるついひちのくつれよりかよひけりひとしけくもあらねとたひかさなりけれはあるしきゝつけてそのかよひ地に夜ことに人をすへてまもらせけれはいけともえあはてかへりけりさてよめる

ひとしれぬわかゝよひちのせきもりはよひ〳〵ことにうちもねなゝん

とよめりけれはいといたう心やみけりあるしゆるしてけり二条のきさきにしのひてまいりけるを世のきこえありけれはせうとたちのまもらせたまひけるとそ（第五段、15～16頁）

この段の挿絵（17頁）では、「ついひちのくつれ」のある門前で警護する人々が居眠りするところが描かれている。まさに歌に詠まれた光景を基にして描いているのである。この歌が優れていたために男が許された、というのがこの話の骨子であるが、現実には居眠りしていない警護の姿を、男が「よひ〱ことにうちもねなゝん」（毎晩居眠りしてほしい）と詠んだことを踏まえて図にしたのである。物語の状況をそのまま写すのではなく、歌の心を図に表したものと言える。

第六段を描いた、有名な芥川図もまた、物語で語られたさまざまな出来事よりも、最後に男が詠んだ歌、

しら玉かなにそと人のとひしとき露とこたえてきえなましものを（19頁）

に注目して描いたものである。挿絵に関わる場面としては、物語の文では、

からうしてぬすみいて〻いとくらきにきけりあくたかはといふ河をゐていきけれは草のうへにをきたりけるつゆをかれはなにそとなんおとこにとひける（18頁）

とだけあり、そのあと男は女を蔵に入れて夜を明かし、女は鬼に食われるという話へと続く。挿絵（22頁）は、これらの話よりも、男の歌とそのことばの方に焦点を当てる。歌を詠んだ時の状況ではなく、女が「かれはなにそとなんおとこにとひける」時にさかのぼって、女を背負う男と背負われた女とが、草の上の（絵には表し得ない）露に仲良く目を向けている図を描いたのである。

第二十二段の挿絵（63頁）は、「絵入源氏」花宴巻の挿絵（図117）と同様、男女が向かい合う図であるが、手前の塀の上に鶏のつがいを描いている。これは四首ある歌のうち、最後の歌、

あきのよのちよを一夜になせりともことはのこしてとりやなきなむ（62頁）

を表したものであろう。実際に鶏の鳴く場面があるわけではなく、女が「ことば残してとりや鳴きなむ」（語り尽くさないうちに明け方になってしまうのでしょうか）と詠んだことを受けている。嵯峨本の読者はこの図によって、物語の最

後に「いにしへよりもあはれにてなんかよひける」と男が感動したという女の歌に注目し、この「とり」を鶏のことと理解する。

第五十段の挿絵（113頁）では、女が水に筆で何かを書いている。これは、五首あるうちの四首目の女の歌を題材に描いたものである。

ゆく水にかすかくよりもはかなきはおもはぬ人をおもふなりけり（112頁）

この歌は、実際に「ゆく水に数かく」わけではなく、「はかなき」ものの比喩にすぎないが、図ではその様子を絵に表している。挿絵を見た読者は、その図が何を意味しているのかを思い、そのことばを含む一首の歌に注目する。

嵯峨本『伊勢物語』の挿絵について挙げた以上の例は、いずれも、春正が跋文で言った「於歌與辞之尤可留心之処」（歌とことばの心に残るところ）を絵にしたものに当たる。美術品的な価値もある嵯峨本の編集意図は、「絵入源氏」とはまた別のところにあったのかもしれないが、絵師が歌とそのことばに注目して描いた図の見られる点は、歌人である春正が、源氏物語の歌とことばに注目したことと一致する。吉田幸一氏は『絵入源氏物語考』（文献2）において、春正が源氏物語に挿絵を入れたことについて、

その規範は、嵯峨本『伊勢物語』（絵入）にあったと思う。ここに嵯峨本の挿絵四十九図の中から、二、三を取り出して、春正が源氏絵を描くにあたり、その構図、技法、雅趣などをいかに取り入れているかを見るべく、比較対照しておこう。

と述べ、嵯峨本『伊勢物語』の挿絵によく似た「絵入源氏」の挿絵を見開きで紹介された。その中には、先に挙げた第四段の「月やあらぬ」の場面や、第二十三段の「風吹けば」の垣間見の場面の挿絵（69頁）がある。吉田氏は、後者の図と、先に見た「絵入源氏」帚木巻の「ささがにの」場面（帚木巻⑤、図217）とを対照しておられる。絵としても確かによく似ているのだが、それに加えて、見られる側の女が歌を詠んだ場面だという共通点がある。単独で鑑賞さ

れる絵画が歌に焦点を当てることが少ないのに対して、嵯峨本『伊勢物語』と「絵入源氏」における挿絵と和歌との関わりの深さには、いずれも、本文とともに鑑賞すべき〈挿絵〉としての特性が表れている。

六　鍵語の発見

伊勢物語の場合は、歌を中心として話が進められるから、当然の事ながら、読者も歌を尊重して読んだであろう。これに対して源氏物語の読者は、たびたび歌を軽視し、時に歌の存在すら忘れてしまう。時代が下るにつれて、源氏物語の読者の関心は、ストーリィ性や登場人物の生き方に向き、口語訳で読むようになると、和歌表現の奥行きや文中の歌ことばの深い意味を読みとろうとすることは、ますます少なくなった。一つの読み方としてはそれでもよいが、源氏物語が古典として千年もの間尊重され続けてきた理由の一つに、和歌表現のすばらしさがあったという事実を考えてみる必要はあるだろう。俊成がなぜ「源氏見ざる歌詠みは遺恨のことなり」と言ったのか、歌人達はなぜ源氏物語を尊重し続けたのか、そもそも、なぜ和歌を中心とする王朝の世界にこの物語が受け入れられたのかを考えてみたい。源氏物語を和歌から切り離して享受することは、この物語の最大の長所を見ない「遺恨の」読み方ということになる。

「絵入源氏」の編者春正は、『古今類句』編纂の他に、師の木下長嘯子の歌集『挙白集』をも編纂した。古典としての和歌と当代の和歌とを編集する作業は、『国歌大観』や私家集の本文を校訂し、編集する和歌研究者の地道な仕事と同じである。春正は最終的にそれをほとんど一人で完成させている。師匠松永貞徳の指導のもとではあるが、自分で源氏物語全巻の本文に読点・濁点・ふりがなを付け、全二二六図もの挿絵を描いたという偉業には、見倣うべきところが多い。『湖月抄』をはじめとする、詳しい注釈の付けられたテキストばかりが尊重されるが、その二十年も前に作られていた挿絵入り版本『源氏物語』の真価について考えてみる必要があるだろう。すでに明らかにした通り、「絵入源氏」本文は『湖月抄』の底本となり（第三章第二節参照）、挿絵は『源氏鬢鏡』以下の絵本の基になった（第五章第一節参照）。こうした後世への影響もさることながら、「絵入源氏」それ自体が、和歌を基盤とした源氏物語という〈古典〉としての意味を考えさせてくれる。

　ここに挙げたのはほんの一例にすぎないが、「絵入源氏」の本文と挿絵とを見比べながら読み進めてゆくと、必ず新しい発見がある。特に、源氏物語の和歌表現や文学の鍵語について発見できることが多い。単に近世の源氏物語享受の一端としてではなく、庶民がはじめて「歌書」として源氏物語を読んだ瞬間を追体験することのできる資料として、この書をあらためて評価したい。

注

（1）第一章第二節三で紹介した完本bによる。原本の様子を伝えるため、読点「・」や合点「〽」、漢字の濁点など、出来る限り原本に近い形で示した。

（2）拙稿「版本『絵入源氏物語』の挿絵と和歌表現」（平成一三年四月、新典社『源氏物語絵巻とその周辺』）

（3）初出稿では「有明の月」としていたが、前述の理由により訂正する。

（4）『新編国歌大観』（昭和五八年、角川書店）、ＣＤ―ＲＯＭ版『新編国歌大観』（平成八年、角川書店）

第二節　物語の解釈と挿絵

これまで見てきた通り、「絵入源氏」の挿絵は、源氏物語の世界を漠然と描いたものではなく、挿絵の前後にある原文のことばや歌を一つ一つ尊重して、版本の挿絵という限られた表現法の中で精一杯表現しようとしている。原文だけでは素通りするような事柄も、挿絵の中に見えることが多い。逆に、絵では描ききれない文学的世界の奥行きにも気づかされる。以下、挿絵の画面と物語の解釈との関わりについて述べてみたい。

一　挿絵に描かれた「桐壺」

「絵入源氏」桐壺巻の第一図（図218）について、入門書の中には、他の絵によく見られる「玉のおのこ御子」と帝との初対面の場面として掲載したものが多い。しかし、帝との初対面の場面は、挿絵（四オ）よりも四頁も前（二オ）にある。挿絵の直前の頁には、次の文がある。

おり〳〵は．うちはしわた殿．こゝかしこのみちに．あやしきわざをしつゝ．御をくりむかへの人のきぬのすそたへがたう．まさなきことゞもあり．又ある時は．えさらぬめだうのとをさしこめ．こなたかなた心をあはせてはしたなめわづらはせ給時もおほかり．ことにふれてかずしらずくるしきことのみまされば．いといたう思ひわびたるを．いと《御門》ゞあはれと御覧《ごらん》じて．後涼殿《こうりやうでん》に．もとよりさふらひ給更衣《かうい》のざうしを．ほかにうつさせ給て．うへつぼねにたまはす．そのうらみましてやらんかたなし（桐壺巻、三ウ・七6〜11）

図218　「絵入源氏」桐壺巻①

図219　『源氏鬢鏡』桐壺巻

更衣がさまざまな嫌がらせをされることと、帝が同情して後涼殿の曹司を与え、他の更衣の恨みを買ったことを語る。そして、挿絵の直後の頁（四ウ）には、「このみこみつになり給ふ年」と、袴着のこと、「その年の夏、御息所はかなき心地にわづらひて」と、更衣の病について語る文がある。このことから、挿絵は、更衣が病に倒れる直前の場面を描いたものと判断される。

この挿絵には、「絵入源氏」の編者春正の師匠である松永貞徳の解釈が示されていると思う。殿の内に、帝と更衣、簀子に「玉のおのこみこ」を抱く乳母がいる。画面の手前中央に、大きく桐の木を描き、その木に花を咲かせている。桐の花期は初夏である。貞徳の高弟鶏冠井令徳の弟子であった小島宗賢と鈴村信房の編集した『源氏鬢鏡』には、この画面を模した挿絵（図219）とともに、次の文が掲載されている。

一　桐壺

桐壺といふ事大内に有御殿の名也此桐壺に源氏の母すませ給ふさによりて桐壺のかうゐと申也此更衣一の人なんとの御娘にてはなし父は大納言にて失にし人の子也御かたち名高き聞えありて宮仕に内へ参給ふ御門事の外時めかせ給ふ此おほんはらに若宮いてきさせたまふ光源氏の君也

松永貞徳居士

きりつほみ時めく花や真さかり

他の源氏絵・挿絵では、桐壺巻で一枚描くとすると、この場面よりも第四図（鴻臚館で高麗の人相見と対面）や、第五図（源氏の元服の儀）の場面を選ぶが、『源氏鬢鏡』は巻名の由来に関する挿絵と一文を載せている。これは、『源氏鬢鏡』の方針に関わっている。『源氏鬢鏡』では、巻名の由来を説明する文を『源氏小鏡』から抜き出し、挿絵の大半は「絵入源氏」の中から巻名に関わる場面を選んで模倣している（第五章第一節参照）。

『源氏鬢鏡』の成立は万治三年（一六六〇）であるから、山本春正が『源氏鬢鏡』を参照したわけではないが、その師匠貞徳の遺作に、「きりつぼみ時めく花や真さかり」の句のあったことに注目したい。「きりつぼ」を「きりつぼみ」と俳諧に言いなした所に、この句の面白さがあると同時に、源氏物語桐壺巻の読み方にも幅が出来る。この句のおかしさは、他の巻に掲載された句、「は、き、す」（守武）、「紅葉の賀くの舞」（宗畔）、「むねも心もせきやかな」（道節）などと同様、巻名をことばの中に折り込んでいる点にある。この貞徳の句においても、桐のつぼみは時を得て咲き、その花は今が真っ盛りだ、というのである。これは桐壺更衣が、「玉のおのこ御子」を生み、帝が更衣を尊重するようになったことで、これまで以上に「時めく」ことを表している。しかし、この挿絵のすぐ後、源氏七歳の夏に更衣は病に倒れる。桐の花期は初夏で、盛夏には枯れてしまう。更衣も真夏に亡くなってしまう。すなわち、この句と挿絵の意図するところは、まもなく枯れてしまう、華やかな盛りの桐の花を表すとともに、更衣の運命を象徴したものと言ってよいだろう。

「絵入源氏」の挿絵は、物語の文章に書かれたものを忠実に描くのが一般的である。しかし、先に引用した本文の少し前に「御つぼねは桐壺なり」（三オ・七3）とあるだけで、植物としての桐にはまったく触れていない。更衣の境遇を桐の花に見立てることは、文章における比喩として表されているわけではなく、源氏物語の作者紫式部が、このことを意識して書いていたかどうかはわからない。しかし、少なくとも物語の文章にない植物としての桐の花を描いた挿絵の画面には、編者の師匠貞徳の、物語の読み方が反映されていたと思う。

帚木・空蟬・夕顔・若紫・末摘花という桐壺巻に続く巻々では、巻の名が女の呼び名となり、同時にそれらの動植物が女の性格や運命をも象徴している。その多くは和歌によって見立てとして明示されている。このことから、後世の読者が、「桐壺」についても、単に内裏の殿舎としてではなく植物としての桐を連想することは、源氏物語の方法から逸脱するものではない。少なくとも貞徳の句や「絵入源氏」挿絵の画面においては、桐の花を更衣の運命の象徴として捉えることを許している。「藤壺（女御）」という呼び名には、殿舎の名のみならず、紫のゆかりを連想させる藤のイメージがある。その人が桐壺更衣に生き写しであるなら、桐壺更衣という存在に、藤の花に似た紫の桐の花が連想される――これは、近世の人々にとって、ごく自然なことであったと思う。

「絵入源氏」の編者春正のこだわりは、跋文で「古来有絵図書中之趣者今亦於歌與辞之尤可留心之処」（古来絵入りの書物の趣は、歌とことばが心に残るような場面を描いた所にある）と述べているように、源氏物語の文章におけることばと歌にある。たとえ貧弱な画面になっても、物語の文にない不要なものを付け加えることはしない。原文では触れられていない桐壺の花を咲かせた桐壺巻の第一図の場合は、こうした方針の中では、一見例外とも言える。しかし、「桐壺」ということばに込められた深い意味を、読者に印象づけるための画面という点では、「絵入源氏」最初の挿絵にふさわしい一枚であったと言えよう。

二　葵巻の碁盤の意味

葵巻の髪削ぎの場面の絵で、紫の上が碁盤の上に立っている図がある。俵屋宗達の色紙絵や土佐派の絵師による絵をはじめ、「絵入源氏」（図220）、『十帖源氏』（図221）、『源氏綱目』（図222）にも、同様の構図が見られる。この碁盤の意味について、図録の説明などの多くが、髪の長さをそろえるためかあるいは不審、と説明される。
大阪女子大学蔵『源氏物語絵詞』、『源氏綱目』の本文にも、それぞれ次の説明が見られる。

紫上賀茂のまつり見物に出給ふ時源み給てひんのかみをみつからそき給ふ所也こばんあふひかみにつゝみてある

図220　「絵入源氏」葵巻②

図221　『十帖源氏』葵巻②

へしみなちいさきものもありうつくしけにつくろひたて、おはすとありころは四月也ひんはうへのはかまにか、るほとなり（『源氏物語絵詞』）

うきもんは窠《くは》に霰《あられ》也／紫上十四歳なるをごばんにのせたてまつらせ給ふ源氏二十一歳にてびんをそぎ給ふそばにびんそぎの道具あり女わらはのかみそきたるをめし出て二三人あり紫上のめのと少納言そばにゐる（『源氏綱目』桐壺巻）

碁盤の実質的な機能としては、髪の長さをそろえるためでもよいだろう。しかし、それだけなら単なる台でもよかったはずである。倉田実氏は、『紫の上造型論』において、[1]小林茂美氏と林田孝和氏の御説[2]を受け、この「髪削ぎ」が婚約の儀式を意味しているのではないかと説かれた。確かに、そのように考えてはじめて、この箇所の文章表現や和歌の深い意味、巻名が「葵」であることの理由も明らかになる。そして、多くの源氏絵で碁盤が描かれた意図についても、説明することができる。

倉田氏は、『貞丈雑記』（巻一祝儀の部）の「女の元服の事」の記事を引用し、『孟津抄』の、

紙そぎの調度の中に海松を一ふさくはふることあり　碁盤山菅山橘海松青目の石ニ置之也　是等を御髪にはさみそふる也云々

との近似を指摘された。また、源氏絵に描かれた碁盤にも言及された。

この段を描く絵の中に、紫の上が碁盤の上に立つ姿を描いていることから、光源氏がその歌の中に「海松ぶさ」を詠み込んでいることが納得される。（『紫の上造型論』）

図222　『源氏綱目』葵巻

そして、『貞丈雑記』について「これは武家の故実であろうが、公家のそれからの影響は大きいと思われる」と断った上で、葵巻の髪削ぎの場面を、婚約の儀式と考えるべきではないかと説かれたのである。問題の記事を引用してみよう。

一【女の元服の事】女の元服を髪そぎと云うなり。十六の年にこの祝あり。丈高くば十五の年にもするなり。髪の先とびんの髪をそぐなり。そぐとは切る事なり。髪そぎは聟殿そがるるなり。婚礼以前ならばかねていいかわしたる聟殿参りてそがるるなり。その祝の様、打みだりの箱に、山菅、海松一ふさ、山橘〈やぶこうじの事なり〉、小さき青め石、二櫛一具〈三ぐしの事〉、はさみ一ちよう、引合の紙一帖入れて持出し置く。女子は碁盤の上に立ちて居られ候を、うしろへ廻り髪の肩の通りに山すげ・海松・山橘・青目石をゆい付けて〈青め石は紙に包み付ける〉、櫛を取りて髪の先を三度かきなでながら「ちひろ、ももひろ」と三度となえて、はさみを取りて髪のさきを少しはさみて、扨びんの髪をもそぎて、山すげ以下ゆい付けたる物をときて、それにはさみたる髪をそえ、一つに引合の紙に包みて川へ流すなり。扨まゆも、この日より本まゆを作るなり。びんのそぎ様、本まゆの事など委しく『婚入童子の記』にあり。山すげを用いる事は、山すげはよくしげりて冬も雪霜にいたまざる物故、それにあやかり、髪の長くしげる為なり。海松も、水中にてはびこりしげる物なり。詩などに緑髪翠鬢など作るも、髪の青光有りてうるわしきをほむる詞なり。山橘は、雪霜にもしおれずめでたき物なり。青め石は青き石なり。甚だかたき物にて、その上青色を髪の色にあやかる為にも用いるなり。川へ流すも、水の流れはかぎりなく長き故髪の長くなる事を祝う義なり。髪そぎ以前の童女の体、人物の部に記す、見合すべし〈碁盤の上に立つ事は、髪のさきそぎよき故なり〉。

［頭書］山菅は麦門冬と云う草なり。雪霜にかれぬ草なり。（『貞丈雑記』(3)巻一、祝儀の部）

源氏物語自体の問題としては、あくまでも物語の文章表現や和歌表現に即して考えなければならない。しかし、源氏絵に描かれた碁盤の意味を示す資料としては、伊勢貞丈（一七一七～八四）が書き、天保十四年（一八四三）に編纂された『貞丈雑記』は、「絵入源氏」や土佐派の絵師に時代風俗が近いのでふさわしい。また、『孟津抄』などの説や当時の風俗が、源氏絵の図様に影響を与えた可能性もあるだろう。宗達以後の源氏絵に描かれた碁盤は、この場面を、少なくとも元服の儀式として理解し、「かねていいかわしたる聟殿」つまり婚約者が髪削ぎをする場面として描いていることになる。近世の人々は、「髪削ぎ」の場面がどのような意味を持っていたのかを見逃していなかったのであろう。

なお、碁盤には、方位など吉兆（易）に関わる重要な意味がある。皇太子の着袴《ちゃっこ》の儀では、皇太子が檜扇を持ち碁盤の上に立つ(4)。また、『後水尾院当時年中行事』の髪削ぎの式次第には、皇子・皇女が碁盤に立ち、吉方に向いて石二つを踏んで吉方に下ると記される。これらは、碁盤を高天原に見立てたもので、素戔嗚尊が降り立った故事に基づいている。

第五章第一節で見た通り、「絵入源氏」と『源氏綱目』は、いずれも、花宴巻の出会いの場面においては「扇をかざす」朧月夜を描いていない（図116・図144）。その二つの版本が、この葵巻の挿絵（図220、図222）で、共通して扇をかざす紫の上を描いたのは、花宴の場面とは異なり、この場面を儀式的なものとして積極的にとらえたからであろう。源氏の祝い歌に合わせて、紫の上が軽く舞うような仕草をしたことを表したつもりなのかもしれない。『源氏綱目』の挿絵は、「絵入源氏」の影響を受けたのであろうが、『源氏綱目』の一行目にある「うきもんは霰《あられ》也」の文は、「絵入源氏」の紫の上の衣装（唐草紋か）に対して誤りを正そうとした部分と思われる。その指図の通り、『源氏綱目』の挿絵では、衣の文様（不明）を変えて描いている。

『源氏綱目』では、桐壺巻の源氏の元服の場面（図223）についても、「絵入源氏」の同じ場面の絵（図224）に描かれていなかった碁盤と扇を描き加え、指図本文でも「そばにごばんあり」としている。このことから、一華堂切臨もま

図223　『源氏綱目』桐壺巻

図224　「絵入源氏」桐壺巻⑤

た、葵巻と桐壺巻の髪削ぎを、ともに元服の儀式と理解していたことがうかがえる。[4]特に、源氏の元服における碁盤と扇は、皇室の行事を意識したものと考えてよいだろう。逆に「絵入源氏」が、桐壺巻で碁盤を描かなかったのは、葵巻の場合とは儀式の意味が異なると考えたからであろう。その意味とは、倉田氏が説かれた通り、婚約の意味である。『孟津抄』にそこまでのことは記していないが、源氏物語葵巻の「髪削ぎ」の場面を丁寧に読み解くと、ここは源氏が求婚した場面であることがわかる。そして、これは葵巻の巻名の意味と深く関わっている。

巻名「葵」は、賀茂祭（現在の「葵祭」）でかざしに用いられる葵を表す。左大臣の姫君である光源氏の正妻は、葵巻ではじめて源氏と心を交わし、その直後亡くなる。その原因となったのは、「葵」をかざす賀茂祭で六条御息所一行との「車争い」であった。そしてこの女君は、後世の読者によって「葵の上」と呼ばれる。これらのことから、巻名「葵」は光源氏の正妻「葵の上」を中心とする物語の意味かと思われがちである。巻名の由来を記した『源氏小鏡』にも、その趣旨の説明が見られる。しかし、葵の上は、物語中においては一度もそのように呼ばれることはなく、「……の上」あるいは「上」と称されたこともない。また、夕顔や空蟬が後の物語で「夕顔の露におくれたまひ」「空蟬の尼君」などとされるのとは異なり、「左大臣の姫君」や「北の方」と称されるのみで、「葵」という語がこの女君に関わって用いられることもない。

「あふひ」は、この物語においては、次の贈答歌に見られる語である。

はかなしや人のかざせるあふひゆゑ神のゆるしのけふを待ける（葵巻、十一オ・二九一11）

かざしける心ぞあだにおもほゆる〳〵八十氏人《やそうじ》になべてあふひを（同・二九一14）

源氏が紫の上と祭り見物にでかけた時に出会った源典侍との間のやりとりである。男女が逢うことを神も許してくれるという葵の祭りにちなんで、源氏が他の女と同車していることを妬んだ源典侍の歌「はかなしや……」に対して、源氏が誰にでもなびく典侍を「八十氏人になべてあふ」と返したのである。

後撰集に、この場面の基になった贈答歌がある。

賀茂祭の物見侍りける女の車にいひ入れて侍りける　よみ人知らず

ゆきかへる八十氏人の玉かづらかけてぞたのむあふひてふ名を

返し

ゆふだすきかけてもいふなあだ人のあふひてふ名はみそぎにぞせし（夏、一六一・一二）

右の歌「ゆきかへる……」は、『源氏引歌』にも「〳〵八十氏人《やそうじ》」に対応する引歌として掲載されている。これらの歌からわかる通り、「あふひ」は、祭りにかざす葵の葉であるとともに人に「逢ふ日」の意味をも含んでいる。音が一致していることによる掛詞というだけではなく、祭りの日はまさに人に逢う日でもある。そして、葵巻においても、源氏と紫の上ははじめて二人で外出し、典侍とも出会った。源典侍との贈答歌の表面的な意味だけをとらえていると、「葵」がこの巻の物語全体にふさわしい巻名であるようには見えないが、男女が「逢ふ日」であるという歌語の意味を考えると、この巻の物語の主題の一つがここに表されていたことに気づく。

源典侍の歌の「人のかざせるあふひ」とは、他の人（ここでは紫の上）が自分の代わりに源氏と同車して逢っていることを意味し、このことを祭の当日は「神のゆるし」があると詠んでいるのである。ここでは源典侍という厚かましい女を詠み手として設定してあるが、源氏が現に逢っている女が、この巻の後半で結婚する紫の上その人であったことに注目したい。周囲の人々もまた、源氏が同車している女が誰であろうかと気をもんでいる。このことは何を意味するのであろうか。源氏は紫の上を祭見物に連れ出すことによって、世間の人々にこの女君の存在を示した（お披露目を意味する）と考えられないだろうか。

源氏はこの日、紫の上の髪を自ら削いで、そのあと祭見物に出かけている。外出前のあわただしい時に、源氏はなぜこのような面倒なことをしたのだろうか。その謎を解く鍵は、髪削ぎの際に源氏と紫の上の間で交わされた贈答歌にある。

はかりなき千尋の底のみるぶさの生ひゆくすゑはわれのみぞ見む（葵巻、九ウ・二九一1）
ちひろともいかでかしらんさだめなくみちひる塩《しほ》のゝどけからぬに（同、十ウ・二九一3）

源氏の歌の「生ひゆくすゑはわれのみぞ見む」は、一生をお世話しようという宣言、すなわち婚約を意味する。『万水一露』にも、能登永閑説として次の記述が見られる。

我のみぞ見んとは源の我物になし給心也。はゞかりもなくいつまでもおひたち行すゑを御らんじ給はんといへる也。

紫の上は、源氏のこの歌に対して「満ち干る潮ののどけからぬ」と答え、相手の愛情の深さを疑ってみせたのである。

歌の前には次のような文章がある。

そぎはてゝ・ちいろといはひきこえ給ふを・少納言あはれにかたじけなしとみたてまつる（九ウ・二九〇13）

先の贈答歌とこの祝い言に見られる「千尋」について、諸注ではただ髪の伸びることを言うと説明している。しかし、古来の和歌の例を見ると、髪の長さには関わらず、末長きことや心の深いことを願う場合に用いる歌語であったことがわかる。

みなわなすもろき命もたく縄の千尋にもがと願ひ暮らしつ（万葉集、巻五、九〇七）

伊勢の海の千尋の底も限りあれば深き心を何にたとへん（古今六帖、第三、一七五七）

わたつみの千尋の底と限りなく深き思ひといづれまされり（忠岑集、一一〇）

源氏は「千尋と祝ひ」、それに続く贈答歌で二人の行く末と源氏の心の深さを詠んでいるから、この「千尋」は、婚約のための祝い言葉と考えるのが自然であろう。源氏の歌の「みるぶさ」もまた、「海松」と「見る」とをかけて恋の歌に用いられる歌語である。紫の上の乳母である少納言が「あはれにかたじけなしと見た」のも、髪削ぎそのものに対してではなく、それが婚約としての儀式であったからと考えるのが自然である。源氏の言った「君の御《み》ぐしはわれそがむ」についても、単なるせりふと言うよりも、儀式のための歌（の二句）を唱えたもので、求婚を意味していたと考えられる。源氏はこの髪削ぎに先だって、紫の上付きの童女たちに対して、繰り返し「女房」と呼びかけている。これは、紫の上を大人の女として扱おうとしたことの表れでもあろう。

このように考えてみると、葵の上の喪が明けてすぐに紫の上と結婚の儀を内々に行ったことも納得できる。この巻の物語の中で、源氏と紫の上との結婚は、葵の上の死とともに大きな意味を持っている。そして、問題の「あふひ」の語は、葵の上と六条御息所との間に車争いのあった御禊の日ではなく、紫の上と祭見物に出かけた日に詠まれた歌で用いられた。従って、「あふひ」とは、賀茂祭にかけて、源氏と紫の上の「逢ふ日」を意味していたと考えることができる。源氏の正妻について、後世の読者が「葵の上」と称しても、源氏物語の文章においては決してそのように呼ばなかったのは、祭にかざす「葵」という植物と源氏の正妻との間に結びつきがなかったからに他ならない。

つまり、近世の絵師たちが碁盤を描いたのは、ただ江戸時代の風俗がそうだったからというだけではなく、源氏物語の表現から、これを婚約の儀式だと判断したからだと考えるべきであろう。碁盤の意味を不明としてきた現代の読者が、源氏物語の文章の意味を十分に読みとっていなかったのである。この場面について、現代の注釈書では、単なる髪そぎの場面とし、「ちひろ」という歌語についても、髪が長くのびるようにとの願いをこめたとだけ説明する。しかし、それではことばの持つ意味にも紫の上の返歌にも合わない。この時の贈答歌「はかりなき……」と「千尋とも……」は、源氏が「われのみぞ見む」と言った婚約の誓いに、紫の上が、愛情の深さを疑う、恋の贈答歌によく見られる常套表現を用いて答えたものである。「絵入源氏」の挿絵（図220）は、この二首の歌の間（十オ）にある。少なくとも春正は、この歌とことばに着目していたことがうかがえる。

「絵入源氏」本文では、源氏の言ったせりふを「君の御《み》ぐしはわれそがむ」と、短歌の下の句に当たる十四文字にしている。「絵入源氏」では「御」に「み」と振り仮名を付ける例が多いが、すべてについてではなく、「おほむ」などとの区別を意識して選んで付けている（第三章第五節参照）。ほとんどのテキストがそうであるように「御」に振り仮名がなければ、漢語に用いる「ご」や「ぎょ」と読まないとしても、「おほん」「おん」「お」そして「み」と、どの読みが正しいのかわからない。現代語の「おぐし」の連想から、多くの読者は「おんぐし」「おほんぐし」と読むのではないだろうか。しかし、「絵入源氏」の「君の御ぐしはわれそがむ」を音読してみると、これは、単なるせりふではなく、「はかりなき……」歌の下の句「生ひゆくすゑはわれのみぞ見む」とよく似た、求婚の歌の一説だったことに気づく。もちろんこの解釈は、「おほんぐし」と読んだのでは成り立たないことで、「絵入源氏」の振り仮名で「みぐし」と読むことを前提としている。

三　須磨巻の「から国に」歌の解釈

「絵入源氏」の挿絵を見ていて気になったことの一つに、須磨巻の「大江殿」において源氏が詠んだ歌「唐国に名を残しける人よりもゆくへ知られぬ家居をやせむ」の解釈がある。第五章第三節の須磨（4）の「絵入源氏」挿絵の解説において、「源氏は行く先のしれないわが身の頼りなさを、この地から遠国へ旅立った人に思いを馳せて」詠んだ歌だと説明した。この歌の「唐国に名を残しける人」とは、「唐国」に船でわたった日本人を想起したものと考えたのである。しかし、現代の通説では、こうした理解はなく、屈原など唐国の人を示すとする。そこで、以下、挿絵画面の意味に深く関わるので、この歌の解釈について、私見を述べておきたい。

まず、挿絵（図225）の直前の本文を引用する。

かりそめの道にてもかゝる旅《たび》をならひ給はぬ心ちに．心ぼそさもおかしさもめづらかなり．おほえ殿《との》といひける所はいたくあれて．松ばかりぞしるしなりける

源 から国に名を残《のこ》しける人よりもゆくゑしられぬ家ゐをやせん．なぎさによる波のかつかへるをみ給て．〳〵うらやましくもとうちずむじ給へるさま．さる世のふることなれども．めづらしくきゝなされ．かなしとのみ御ともの人々思へり．源 うちかへりみ給へるにこしかたの山は霞《かすみ》はるかにて．まことに三千里《ぜんり》の外《ほか》の心ちするに．〳〵かひのしづくもたへがたし

源 ふる里をみねのかすみはへだつれどながむる空はおなじ雲ゐか．つらからぬものなくなん

（須磨巻、二十一ウ～二十二オ・四一三4～13）

源氏は、須磨に下る船の中から「おほえ殿」（大江殿）の跡を見て、「から国に……」歌を詠んだ。この歌の「から

国に名を残しける人」について、諸注は、不明としながらも『河海抄』説を受け、屈原として説明している。源氏と同様、讒言のため追放され放浪した屈原であるから、この説にはそれなりの妥当性がある。しかし、「から国に名を残しける」という表現は、唐の人屈原を指すのにふさわしくないように思える。この歌は、「唐（韓）国で名を残した」日本人を思って詠んだものではないだろうか。

「大江殿」は、当時すでに廃れていた淀川沿いの名所と推定されるが、詳しくはわかっていない。『河海抄』は「一説云渡辺橋東に楼岸といふ所あり昔此所に駅楼を立」とし、

わたのべや大江の岸にやどりして雲居にみゆるいこま山かな

（後拾遺集、羈旅、五一三、良暹法師）

図225「絵入源氏」須磨巻④

を引用する。これに対して『花鳥余情』は『江家次第』の記述「大江御厩儲所」を引いて斎宮帰京の際の宿と説明するが、それでは源氏の状況と合わない。「大江殿」の跡を見て、源氏は「からくにに名を残しける人」を連想し、我が身の行く末と比べた。大江は西海に旅立つ海路の要所であったと考えられるから、源氏が連想したのは、遠い国で放浪した人ではなく、この大江を経由して唐国に旅立った人ではなかっただろうか。

万葉集巻十五には、天平八年（七三六）新羅に派遣される人々とその家族による歌群一四五首（三六〇〇～三七四四）がある。

朝されば　妹が手にまく　鏡なす　御津の浜びに　大船に　真楫しじ貫き　可良久尓《からくに》に　渡り行かむと　ただ向かふ　みぬめをさして　潮まちて　水脈引き行けば　沖辺には　白波高み……（三六四九）

大江と同じ難波にある御津の浜が「からくに」への船旅の拠点であった。旅立つ時、ここで親しい人との別れを惜しみ、難波出航の待ち時間には、ここから生駒山を越えて恋人に逢いに行った。

夕さればひぐらし来鳴く生駒山越えてぞ我が来る妹が目をほり（三六一一）

妹に逢はずあらばすべなみ岩根踏む生駒の山を越えて我が来る（三六一二）

当時は、生駒の山越えが故郷の奈良と難波を結ぶ最短距離であった。歌群は、次の歌で終わる。

大伴の御津の泊まりに船はてて龍田の山をいつか越え行かむ（三七四四）

同じ生駒山系の龍田山を越えると長い旅は終わりを遂げる。次の歌にもある通り、難波の港から見える生駒山は故郷へつながる道であり、遠国に船出する人々の望郷の思いをかき立てた。

なにはとを漕ぎ出でて見れば神さぶる生駒たかねに雲ぞたなびく（巻二十、四四〇四）

先の良暹歌の詞書には、

津の国に下りてはべりけるに旅宿遠望心をよみ侍りける

とある。これら万葉歌から考えて、良暹は、大江の岸から生駒山までの「雲居にみゆる」距離を目の当たりにした時に、この地から遠国に旅立った人々の望郷の思いに感慨を新たにしたと考えられる。

源氏は、その大江を経由し、「からくにに」向かった人が停泊地にした須磨まで行くだけであるが、初めての海路に不安が募る。かつて唐国に旅立った人々の苦労に思いを馳せ、それでも唐国で名を残した人はまだよいと、「から国に」の歌を詠んだのだと思う。歌に続く文で、源氏は「なぎさによる波のかつかへるをみ給て．うらやましくもとうちずむじ」、「こしかたの山は霞《かすみ》はるかに」遠く感じられたという。ここで「絵入源氏」では、「〽うらやましくも」「〽かひのしづくも」の二箇所に引歌の合点を付ける。これについて、伊勢物語にもある、

いとどしくすぎゆく方のこひしきにうらやましくも帰る波かな（後撰集、羇旅、一三五二、業平）

わがうへに露ぞおくなる天の川とわたる舟の櫂のしづくか（古今集、雑上、八六三、読み人知らず）

の二首を引歌とする注釈書が多い。しかし『源氏引歌』では、あとの引歌については、

このゆふへ《新古秋上》ふりくる雨はひこほしのとわたり舟のかひのしつくか《赤人》（『源氏引歌』十一ウ、須磨11）

を挙げ、「うらやましくも」の合点に該当する歌は脱落している。これは単純な誤植であろう。同様の状況を語る、幼い玉鬘一行が筑紫へ下る場面の、

京のかたを思ひやらるゝに．〳〵かへる波もうらやましく心ぼそきに．（玉鬘巻、三オ・七二〇14）

については、

いとゝしく過行かたの恋しきにうらやましくもかへるなみかな（『源氏引歌』十七オ、玉鬘巻3）

と挙げてあるから、須磨巻の「〳〵うらやましくも」に該当する引歌もまた、この歌であったと考えられる。

この同じ引歌を用いた玉鬘巻の場面では、

来《こ》し方も行ゑもしらぬおきにいでゝあはれいづくに君を恋《こふ》らん（玉鬘巻、三オ・七二一4）

の歌が詠まれた。ここで、旅立つ我が身の不遇もさることながら、「来し方」を思い、海に出てゆく心細さを「ゆくへも知らぬ」と嘆いていることに注意したい。この心情は、先に述べた「遠国に旅立った人々の望郷の思い」に他ならない。須磨巻の場面も、これと同様の状況と考えるべきではないだろうか。

かつて日本を離れて「からくにに」渡り、かの地で名を成した人物があった。阿倍仲麻呂である。仲麻呂については、詞書「もろこしにて月を見てよみける」を持つ古今集の有名な歌、

あまの原ふりさけみれば春日なる三笠の山にいでし月かも（古今集、羈旅、四〇六、阿倍仲麻呂）

が、左注に記された説話とともに広く知られていた。仲麻呂は、霊亀二年（七一六）遣唐使として入唐し、何度も帰国を試みるがかなわず、五十四年をかの地で過ごし、没した。唐名を「朝衡」と言い、玄宗皇帝に認められて重責を

担った。また、李白や王維とも親交があったと言う。つまり、仲麻呂こそ日本人でありながら「からくにに名を残しける人」ということになる。

そもそも源氏の須磨下向という設定は、在原行平が須磨にわび住まいしたことが基になっており、「田村の御時に事にあたりて、津の国の須磨といふ所にこもりはべりける」という詞書のある古今集歌、

わくらばに問ふ人あらば須磨の浦に藻塩たれつつわぶと答えよ（雑下、九六二、行平）

がたびたび引用される。この説話は、業平の東下りと同様、虚構の可能性もあるが、須磨巻は、古今集などに伝えられたことを基にして語られる。従って、古今集に伝えられた仲麻呂の説話を源氏が思い出すという設定も、十分にあり得る。なお、永保二年（一〇八二）、源経信が「初冬述懐」として次の長歌を詠んでいる。

……からくにに　わたりし人も　つきかげの　かすがの山に　いでしをば　わすれでこそは　ながめけれ　かかるふるごと　おぼゆれど……（経信集、一七六）

ここで、仲麻呂を「からくにわたりし人」とし、「かかるふるごと」と言っていることに注目しておきたい。

また、源氏物語が執筆されていた頃に日本を離れ、当時の「からくに」つまり宋に渡り、かの地で名を成した人物もあった。三河守から出家して寂照（昭）に名を改めた大江定基である。三河入道寂照は、長保五年（一〇〇三）に入宋、かの地で活躍し、宋の景徳元年（一〇〇四）に円通大師の号を贈られた。その翌年には道長のもとに寂照の書状が届き（『御堂関白記』）、その名声が知られるようになるから、やはり「からくにに名を残しける人」になる。寂照の入宋に際して藤原公任が贈った歌が、拾遺集・後拾遺集にある。また、同じく入宋した成尋阿闍梨の母は「十五ばかりなりしほどに、三河の入道といふ人わたるとて」（成尋阿闍梨母集詞書）と回想しており、寂照の事は当時の貴族の女性たちの間でも話題になっていたことが知られる。

寂照の入宋とその後の活躍は、源氏物語作者の時代に接近しすぎているから、源氏が連想した人物は、やはり阿倍

仲麻呂か、九世紀以前の人とするべきであろう。ただ、作者が、記憶に新しい事件として寂照のことを想起し、そこから仲麻呂など「からくにに」渡った昔の人の心情に思いを馳せたとしても不思議ではない。また、源氏のモデルとされる菅原道真、源高明、藤原伊周のいずれもが西国に船で下っていることも考えるべきであろう。

いずれにしても、『楚辞』の詩句を引用しているならともかく、ここで源氏が屈原を連想したとする理由は見あたらない。『花鳥余情』は、屈原に限定すべきでないとしながらも「このほか流刑をかうふりし人は代々にたえすあらし事也」とするが、諸注は源氏の「流刑」に拘泥しすぎている。源氏は、讒言や流刑よりも、遣唐使などと同様、親しい人との別れや「ゆくへ知られぬ」ことを何よりも嘆いていたのである。源氏が連想した人物を、仲麻呂と限定する必要はないが、源氏と同じく難波を船出した人物を想定した方がよいと思う。

この場面で、源氏は「渚に寄る波のかつかへる」を見て「うらやましくも」と口ずさみ、帰京するあてのない思いを表す。振り返って見ると「来し方の山は霞はるかにて、まことに三千里の外のここちする」。「絵入源氏」の挿絵画面（図225）手前には、「大江殿」を表す松原、画面上方には「霞はるか」に見える山々、また舟上には、上方の山々を眺める源氏や「来し方」を振り返る供人が描かれている。挿絵の直前には、源氏が詠んだ歌、

ふる里をみねのかすみはへだつれどながむる空はおなじ雲ゐか

がある。物語の文章を、和歌や引歌に注意しながら丁寧に読むと、源氏一行の嘆きが、讒言や流刑よりも、「ゆくへ知られぬ」不安であったことは明らかである。「絵入源氏」の挿絵は、そうした和歌表現や人々の気持ちに焦点を当てて描いたと考えてよいだろう。

問題の発端は、『河海抄』にあるのだろう。しかし、その注をもう一度読み直してみると、さまざまな理解が可能となる。まず、「おほえとの」の注として、良暹法師の歌を挙げ、「から国に」の注では、屈原の名を挙げたあとに、楚辞を引用する。そこには、「唐国に名を残しける人」の意味を、流刑された人に限定すべきだとする意図は特に感

じられない。それよりもむしろ、『花鳥余情』が、「河海には楚の屈原か江澤になかされし事はかりをしるされたりこのほか流刑をかうふりし人は代々にたえすありし事也」と付け加えたことが、この歌を曲解させてしまったのではないだろうか。それに対して『細流抄』では、これを簡略化して「河海屈原をひけり一人に限るべからず」としている。また、「絵入源氏」の別巻『源氏目案』では、次のように記している。

歌一からくにヽ　河楚屈原《ソクツゲン》かはなたれしことをいふ歟但《タヽシ》 屈原《クツゲン》にかきるへからす（『源氏目案　下』六十二オ）

これらの解釈は、いずれもさほど変わらないように見える。しかし、『花鳥余情』が「このほか流刑をこうふりし人は」と、流刑に限定して説明しているのと異なり、『細流抄』や『源氏目案』の簡単な注になると、流刑された人に限る必要はないという解釈もできる。また『孟津抄』では、

行ゑもしらずはかなき身の上をよみ給ふ也

としたあと、『河海抄』を引用し、最後に、

楚屈か清醒を源の身に比したる也但屈原に不可限云々花

と付け加える。流刑にこだわる『花鳥余情』よりも、はるかに歌の内容に即した説明と言えよう。『首書源氏』の頭注では『花鳥余情』を引用しているので、流刑された人の意味として理解していることになる。それに対して『湖月抄』では、『河海抄』『細流抄』を引用したあと、『孟津抄』の「行ゑもしらずはかなき身の上をよみ給ふ也」だけを頭注の最後に挙げている。こうなると、屈原のように「唐国の人」でなくてもよいという理解が可能となる。

「絵入源氏」には、挿絵の意図を明らかにする詳しい説明はなく、『源氏目案』の注釈や、貞徳の師であった稙通の『孟津抄』などを参考にする以外に方法はない。しかし、挿絵の画面から受けた印象は、『孟津抄』の「行ゑもしらずはかなき身の上をよみ給」歌とする注釈と一致している。つまり、「絵入源氏」においても、源氏は「ゆくへ知られ

ぬ」不安を詠んだと理解されていた可能性が十分に考えられる。

四　橋姫巻の箏と琵琶

国宝『源氏物語絵巻』「橋姫」の絵について、箏と琵琶を前にした二人の女君のどちらが大君と中君かということが議論されてきた。(6)「絵入源氏」にも同じ場面を描いた挿絵があるが、その挿絵（図226）について、日本古典文学会編『絵本源氏物語』（文献3）でも、

物語によれば、八の宮は大君に琵琶を、中の君に箏を教えたとも語られているが、この場面での楽器の取り合わせはそれと逆になっている。

と説明される。問題の文章を、「絵入源氏」によって引用してみよう（傍線部は『絵巻』詞書との異文）。

あ《薫》なたにかよふべかめるすいがいの戸をすこしをしあけてみたまへば・月おかしきほどに・きりわたれるをながめて・すだれをみじかくまきあげて・人々ゐたり・すのこにいとさむげに身ほそくなへばめるわらはひとり・おなじさまなるおとなどゐたり・うちなる人《中》ひとりははしらにすこしゐかくれて琵琶《びは》をまへにをきて・ばちをてまさぐりにしつゝゐたるに。雲がくれたりつる月の・にはかにいとあかくさし出たれば・扇《中詞》ならでこれしても・月はまねきつべかりけりとて・さしのぞきたるかほ・いみじくらうたげに匂ひやかなるべし・そ《大》ひふしたる人は・ことのうへにかたふきかゝりて・い《詞》る日を返すばちこそ有けれ・さまことにも』思をよび給御心かなとて・うちわらひたるけはひ・今すこしをもりかによしづきたり・をよばずとも・これも月にはなるゝ物かはなど・はかなきことをうちとけの給かはしたる御けはひども・さ《薫心》らによそに思ひやりしにはにず・いと哀になつかしうおかし・

（七十七ウ～七十八オ・一五二二12～一五二三9）

この本文は、『源氏物語大成』所収の青表紙本諸本と同文である。この物語で語られる二人の性格から考えると、「いみじくらうたげに匂ひやかなる」人は中君、「そひふし」て「いま少しおもりかによしづきたり」は大君となる。この場面における二人の会話からも、そのことがうかがえる。そして、注目すべきことに、「絵入源氏」傍注には、それぞれの性格描写にふさわしい人物が、「中」「中詞」「大」と記されている。これは、現代の解釈と同じである。

ところが、『細流抄』では、これとは逆に、「ひとりははしらに」を「大君也」、「そひふした人」を「中君也」とし、『岷江入楚』や『湖月抄』もこれを受け継ぐ。また、大阪女子大学本『源氏物語絵詞』では、

　はしらがくれに、大君びわをまへにおき、雲かくれの月のにはかにさし出たるを、ばちにてまねき給ふ。中の君箏によりかかりゐたまふ

と、大君が琵琶を弾いていたという理解が見られる。

三谷邦明氏は、『源氏物語絵巻の謎を読み解く』[6]の中で、これまでの議論の経緯と問題点を、次のようにまとめておられる。

　当初から習っていた楽器を重視すると、琵琶の前にいるのが大君、箏の前が中君となるが、それではこれまで紹介されてき

図226　「絵入源氏」橋姫巻②

た二人の性格設定が、重々しいのが大君で「にほひやか」なのが中君という、対照的な描き分けと矛盾してしまうのである。源氏物語の本文では、この場面の会話や態度は、箏を弾いている人の方が大人びていて慎重であり、撥で月を招こうとしている琵琶の女性は若々しく描かれている。

この矛盾を解決するために、現在の研究や注釈書は、二人の姉妹が楽器を取り替えて弾いている場面ではないかという読み方さえ提起しているほどである。

古い時代の注はいずれも、習得した楽器を重視して、琵琶の姫君を大君として解釈しており（『細流抄』『岷江入楚』など）、その説は近代に至るまで続いている。性格描写を配慮して、琵琶を中君とする説は新しいのだが、楽器交換説をも含めて、最終的意味決定はなく、決着はついていないのである。

果たして、国宝源氏物語絵巻を描いた画家たちは、古注のように、二人の区別を理解したのであろうか。画面を見ると、二人を判別する痕跡が見当たらないのである。

そしてこのあと、三谷氏は、垣間見している薫には、二人の判別ができていないから、その曖昧さが、この絵巻の画面の意義だと説かれた。確かに、『絵巻』の画面において、姉妹の判別はできない。それは、「絵入源氏」の挿絵においても同様である。

ただ、「絵入源氏」と『絵巻』とでは、絵とともに鑑賞すべきその本文に決定的な違いがある。『絵巻』の本文すなわち詞書では、次のような本文になっている。

あなたにかよふべかめるすいがいをすこしおしあけて見たまへば月のをかしきほどに霧わたれるをながめてすだれすこしまきあげて人々ゐたりすのこになえばみたるわらはおなじさまなるおとなゐたりうへなるひと一人はしらにすこしゐかくれてびはを前におきてばちを手まさくりにしてはかくれたりつる月のにはかにいとあかくさしいでたれば、あふぎならでこれしても月はまねきつべかりけりとてさしのぞきたまへるかほつきいみじううつくしげなりそひふしたまへるひとは、ことのうへにかたぶきかかりて入る日をかへすばちこそありけれさまことにもかよひたまへる御心かなとうちわらひたまへるいますこしおもりかにあい行づきたまへり

傍線部は現存の青表紙本諸本および「絵入源氏」との異文であるが、その中で、姉妹の性格を描き分けた源氏物語本文の部分「いみじくらうたげに匂ひやかなるべし」「今すこしをもりかによしづきたり」は、『絵巻』の詞書では、「いみじううつくしげなり」「いますこしおもりかにあい行づきたまへり」に変わっている。

これについて、藤井日出子氏は、『源氏物語絵巻』が、中君を高貴な性格として設定する麦生本などの別本や古注に共通する解釈と関わっていることと、これが後の源氏絵の伝統として受け継がれることを明らかにされた(8)。そうなのかもしれないが、高貴な性格と言うよりも、この詞書の本文は、そもそも姉妹の性格を明確に描き分けていない。『絵巻』の詞書と青表紙本諸本のいずれが本来の形かはともかくとして、二つの本文を比べると、その意図は異なっている。源氏物語本文が二人の性格を描き分けようとしていたのに対して、『絵巻』の詞書が、視覚に訴えるような形容になっているのである。『源氏物語絵巻』の問題としては、三谷氏の言われる通り、姉妹の描き分けは「曖昧」でよいだろう。しかし、源氏物語本文では、姉妹は別個の人格として、確かに描き分けられていたのではないだろうか。

三谷氏が、源氏物語本文までも「曖昧」とされるのは、「楽器交換説をも含めて、最終的意味決定はなく、決着はついていない」という問題があるからであろう。しかし、それは読者の側の問題であり、源氏物語本文が曖昧であったわけではない。氏が、「古い時代の注はいずれも、習得した楽器を重視して、琵琶の姫君を大君として解釈しており（『細流抄』『岷江入楚』など）、その説は近代に至るまで続いている」としておられる通り、この問題を議論される先学の論では、申し合わせたように、古注では現代の解釈と逆だと説明される。ここで「古注」として例示される『岷江入楚』や『湖月抄』の説は、すべて『細流抄』を引用したものであり、『一葉抄』『弄花抄』の説が基になって

いると考えられる。しかし、「絵入源氏」の傍注から明らかなように、近世の説がすべて『細流抄』説一色だったかというとそうではない。

「絵入源氏」が特殊だったわけではない。「絵入源氏」の傍注の説は、実は『孟津抄』の説に一致する。より古い『河海抄』や『花鳥余情』では、（必要がなかったのか）これについての説明はない。つまり、これまで「古注」と一括されてきた説は、『弄花抄』や『細流抄』を中心とした宗祇・肖柏から三条西家の注釈であり、「近代に至るまで」とされたのも、『湖月抄』の説に他ならない。その『湖月抄』でも、本文は慶安本「絵入源氏」を参照し、『孟津抄』についても前後の注では引用している。季吟は両説の存在を知った上で、『細流抄』説を選び、「人ひとり」の傍注を、慶安本「絵入源氏」と同様の簡単な指示ではなく、わざわざ「細」とした上で「是大君也」とし、「そひふしたる」についても「細中君也」と記す。つまり、そうした季吟の葛藤をよそに、『湖月抄』の結論のみが独り歩きしたことになる。

『孟津抄』では、「うちなる人ひとりはしらに」で「中君也」とし、「そひふしたる人は」を「大君也」と記す。それ以上の説明はしていないが、この説の方が妥当であることは、本文から明らかである。むしろ、『一葉抄』『弄花抄』『細流抄』にこそ、誤解があったと考えるべきであろう。その誤解の原因は、現代の研究者もこだわる「当初から習っていた楽器を重視」したことにあるのだろう。

三谷氏は、楽器を交換するように、薫にとって、この姉妹は交換可能な人物像として描かれている、と言われるが、それは、視覚に訴えることを目指す『絵巻』の場合にのみ有効な論理であり、性格・人格を描き分ける源氏物語本文の問題に適用し得るものではない。むしろ逆である。物語の登場人物の人格は交換し得ないが、楽器は交換し得るのである。これらの議論のすべてが、「習得した楽器」と性格との矛盾（食い違い）を出発点としているが、この考え方は、箏を弾く者にとって、きわめて不自然に思える。

そもそも源氏物語の登場人物と楽器との結びつきは、議論されるような固定的な関係ではない。弦楽器（琴）には種類によって難易度がある。現代の生田流でも、まず箏を習い、かなりの曲を習得した（奥伝や皆伝の免許取得の）後、三味線を習う例が多い。箏曲演奏会の演目や出演者によっても、楽器と習熟度との相関関係がわかる。とりわけ、ここで問題になっている箏と琵琶の差は歴然としている。弦の数の多い箏は、初心者が習うのにふさわしく、（調弦さえしておけば）簡単な曲なら誰でもすぐに弾くことができる。無論、習熟度や才能によって音に違いが生ずるが、琵琶のように最初から難易度が高いわけではない。

宇治の八の宮が姫君たちに琴を教えたという文章を、「絵入源氏」で引用してみよう。

御念《ねん》ずのひまびまには．この君《きん》だちをもてあそび．やう〳〵およすけ給へば．ことならはし．碁《ご》うち．へんつきなど．はかなきあそびわざにつけても．こゝろばへどもをみ奉り給に．姫君《大》はらう〳〵しく．ふかくをもりかにみえ給．わか書《中》はおほとかにらうたげなるさまして．ものつゝみしたるけはひ．いとうつくしうさま〴〵におはす（橋姫巻、四ウ・一五一〇8～12）

御《八》ぞどもなどなへばみて．御前《ぜん》に又人もなく．いとさびしくつれ〴〵げなるに．さま〴〵《姫君たち》いとらうたげにて物し給を．哀《八》に心ぐるしういかゞおぼさゞらん．経をかたてにも給て．かつよみつゝ．さうがをし給ふ．姫君《大》に琵琶《びわ》わか君にさうの御ことを．まだおさなけれど．つねにあはせつゝならひ給へば．きゝにくゝもあらで．いとおかしく聞ゆ．（同、七ウ・一五一一14～一五一二5）

あとの場面で、八の宮が姉の姫君に琵琶を、幼い妹に箏を持たせたのは、二人の年齢差を考えたからである。琵琶の難しさは、物語中でもたびたび触れられるから、幼い妹の方に箏を弾かせるのは当然のことである。最初の「琴ならはし」は、手習を始める六、七歳以前であろうか。ひとりずつなら、まず箏を教わり、その箏が上達した後で、琵琶を教わる。その時、師匠が別の楽器で弟子の演奏に合わせることもあるが、ここで行ったように「唱歌《さうが》」（俗に言う

「口三味線」）で調子を取る例も多い。数年後、姉は琵琶が弾けるまでに上達し、妹の箏との演奏が可能となった。合奏を語る文章は、春の日に水鳥の歌を唱和した場面のすぐ後にあり、妹でも十〜十二歳を過ぎていたと考えられる。この年齢なら、さほど才能がなくともそれなりの合奏ができる。ここで注意したいのは、大君に最初から琵琶を教えたと述べているわけではなく、「琴ならはし」からしばらく後、二人で合奏する時に琵琶を受け持たせた、としている点である。特に説明はしていないが、この時点において、姉の大君は箏をある程度習得していたと考えるべきである。

問題の垣間見の場面において、姉妹は二十二歳と二十四歳であり、この逸話から長ければ十年、短くても数年が経過している。二人で合奏を続けていれば、数年後には確実に上達する。妹が琵琶も習おうとするのは自然のことである。つまり、「習得した楽器を重視」とか「楽器を交換した」とする従来の議論は、女君の個性と楽器をお守りや記号のように結びつける考え方にとらわれたものと言える。宗祇や肖柏、三条西家実隆などによる古注からそうした解釈のあったことが不思議でならないが、楽器と個人とが結びつくのは、専門の楽人の場合であり、当時の貴族のたしなみとしては、さまざまな琴を弾くのが一般的であった。

琴、和琴、箏のすべてを上手に弾く源氏はもちろんのこと、帚木巻の木枯らしの女でも和琴と箏を弾いていた。この女は、まず男の笛に合わせて、「律の調べ」で「よく鳴る和琴を調べととのへたりける、うるはしうかき合はせ」、男と歌を詠み交わした後で、「また箏の琴を盤渉調に調べて、今めかしくかい弾きたる」とあった。箏の難しさの一つは調弦であるが、この女は、その調弦を確実にできたのである。「絵入源氏」の挿絵では、木枯らしの女の演奏の確かさを、両手の指を描くことによって表している（第一節参照）。

六条院の女楽における琴と女君との組み合わせを思い出すとよいだろう。女楽についても、王権や女君の個性と結びつけて論じられることが多いが、明石御方の琵琶に対して、若い明石女御が箏というのは、ほほえましいばかりの源氏の配慮と言える。合奏した時に、演奏の技術の差が目立ちにくい組み合わせなのである。参考までに、女楽の際の楽器と、その演奏者の推定年齢を示しておこう。

明石御方36歳＝琵琶　紫の上37歳＝和琴　女三宮21歳＝琴　明石女御19歳＝箏

六条院の女楽では、夕霧が箏の調弦を担当した。源氏が女君にそれぞれの琴を渡す場面の本文を引用する。

ひし給御こと共゛．うるはしきこんぢのふくろどもにいれたるとりいで、．あかしの御かたにびは．紫のうへにわごん．女御《明石女御》のきみにさうの御こと．みやにはかくこと〳〵しきことは．まだえひきたまはずやとあやうくて．例のてならし給へるをぞしらべて奉り給．《詞》さうの御ことは．ゆるふとなけれどなをかくものにあはするおりのしらべにつけて．ことぢのたちどみだるゝものなり．よくその心しらひとゝのふべきを．をんなはえはりしづめじを．な《夕》を大将をこそめしよせつべかめれ．（若菜下巻、二十七ウ～二十八オ・一一四九11～一一五〇2）

源氏は、箏の弦はゆるみやすいので、男の手でしっかり張って調子を整えておかねばならないと言うが、実のところ、明石女御が初心者だからである。箏の演奏はさほど難しくないので、源氏は秘蔵の箏を女御に渡した。これに対して、琴を弾く女三宮には、「まだ弾きたまはずやと危ふくて」慣れた練習用の琴を使用したと言うのである。それぞれの楽器の特徴と若い二人の未熟さをうまく表した場面である。

　このように、楽器と人物との取り合わせは、音楽の素養や年齢とも深く関わっている。まして、女楽の場合と異なり、この橋姫巻の垣間見の場面は、他人に聞かせるために演奏していたわけではない。この時の琴の音を描いた場面の文章を見てみよう。

ちかくなるほどに．そのことゝもきゝわかれぬものゝねども．いとすごげに聞ゆ．つねにかくあそび給ときくを．ついでなくてみこの御きんのねの名たかきもえきかぬぞかし．よきおりなるべしとおもひつゝいり給へば．琵琶のこゑのひゞきなりけり．わうしきてうにしらべて．よのつねのかきあはせなれど．所からにやみゝなれぬこゝちして．かき返すばちの音も物きよげにおもしろし．さうのこと哀になまめいたるこゑして．たえ〴〵聞ゆ．
（橋姫巻、十五ウ～十六オ・一五二一 2～7）

八の宮が琴《きん》の名手と聞いていたので、薫は少し期待したが、近づくと琵琶の音色だった。そして、この琵琶は、「黄《わう》鐘調《しきでう》に調べて、世の常のかき合はせ」であったと言う。薫は、調子も曲目も聞き取ることができた。「世の常のかき合はせ」は、調子を整えるための簡単な練習曲のことであるが、場所が場所だけに珍しく感じられたのである。この時の琵琶が「かき返すばちの音もものきよげにおもしろし」とあるのに対して、箏の音は「あはれになまめいたる声たえだえ聞こゆ」というのである。女君の性格を問題にするのなら、琴の音色にこそ、弾く人の個性が表れる。前者が中の君で、後者が大君の演奏と考えることができる。

このあとの垣間見の場面で、「扇ならで、これしても月は招きつべかりけり」とはしゃぐ女君は、これまで、琵琶のばちをあまり手にしたことがなかったのではないか。常に持ち慣れているものなら、こうした冗談は出ないだろう。つまり、ここは、琵琶を習得した大君の手ほどきによって、中の君が琵琶を習う場面だと考えられる。大君の箏の演奏がとぎれがちであったのも、中の君の練習する琵琶に合わせて軽く弾いているからであろう。「そひふしたる人は、琴の上にかたぶきかかる」というのは、大君が妹の練習につきあっているが、体調がすぐれず、箏にもたれかかる様子を表したもので、自らが真剣に演奏してはいない。おそらく、八の宮から伝授された琵琶を、大君は、父宮の代わりに中の君に教えようとしていたのであろう。

この場面に、従来指摘されてきたような「謎」や「矛盾」はない。これまで言及する必要もないことと考えていたが、挿絵の理解に影響することなので、あえて贅言を尽くした。源氏絵の解読には、物語本文の理解はもちろん、音楽についての知識も必要であることに注意したい。

注

（1）倉田実『紫の上造型論』（昭和六三年六月、新典社）

（2）小林茂美『源氏物語論序説』（昭和五三年五月、桜楓社）「源典侍物語の周辺」、林田孝和『源氏物語の発想』（昭和五五年三月、桜楓社）「源氏物語に見る祭りの場」

（3）『貞丈雑記』（昭和六〇年四月、平凡社東洋文庫）による。

（4）現皇太子の浩宮徳仁親王の着袴の儀（昭和三九年一〇月二九日）でも行われた。

（5）伊井春樹氏は、『源氏綱目　付源氏絵詞』（文献49）解説で、他の源氏絵にも見られる葵巻の碁盤と、『源氏綱目』独自の桐壺巻の碁盤の意味について不明とされる。

（6）久下裕利「〈橋姫〉図を読む―図像解釈学への誘い―」（平成八年、笠間書院『源氏物語絵巻を読む―物語絵の限界』）、同上「国宝源氏物語絵巻〈橋姫〉図再説」（平成一三年四月、新典社『源氏物語絵巻とその周辺』）、鈴木一雄監修・雨海博洋編『源氏物語の鑑賞と基礎知識　橋姫』（平成一一年一月、至文堂）他

（7）三谷邦明・三田村雅子『源氏物語絵巻の謎を読み解く』（平成一〇年一二月、角川書店）第二章、執筆は三谷氏。

（8）藤井日出子「徳川美術館蔵源氏物語絵巻にみる源氏物語の享受―橋姫の巻の大君中の君の造形をめぐって―」（平成八年三月、『解釈学』16）、同「国宝源氏物語絵巻橋姫・鈴虫第二段に見る源氏物語享受とその伝統」（平成一三年四月、新典社『源氏物語絵巻とその周辺』）

第三節　「絵入源氏」の本文と注釈

一　夕顔の歌の解釈

繰り返す通り、「絵入源氏」は、編者山本春正が歌人として源氏物語の和歌や詞に注目し、挿絵もその関心において描かれている。そのため、源氏物語の読解において、さまざまな刺激を与えてくれる。活字テキストだけで読んでいると、そこに記されたさまざまな情報、とりわけ口語訳に引きずられ、原文を忠実に読んだつもりであっても、実は活字テキストの解釈を読んでいただけであったということが往々にしてある。

たとえば、学界で論争されてきた夕顔の歌、

心あてにそれかとぞ見る白露の光そへたる夕顔の花（夕顔巻、一〇四）

について、「絵入源氏」の別巻『源氏目案』には、

花　夕がほは女のわが身にたとへてよめり．露の光は源氏によそへたるべし（『源氏目案　中』六十七ウ）

という注釈が示されている。これは、普通に考えると、ごく当たり前の解釈だと感じられる。ところが、現代の多くの活字本（1）によると、歌に詠まれた「夕顔の花」は、源氏の夕方の美しい顔だとしている。果たしてどちらが正しいのだろうか。口語訳を読むと、現代の通説は、それなりにつじつまが合っているようにも思えるが、歌のことばをそのままに受け止めると、『源氏目案』の注釈の方が正しいように思えてくる。

この『源氏目案』の注は、『花鳥余情』の説の一部である。『花鳥余情』では、右の文に続けて次のように述べている。

　河海に、夕貌を美人にたとふる事をのせ侍り。こゝには相当せざるべし。夕かほの花はいやしきかきねにさく花なれば、女も我身にたとへていへり。われを美人と自称すべきことにあらざる物也。毛詩に、歯如㆓瓠箪㆒といへるは、美人の歯をひさごのさねにたとへたることもあれとこゝの心にはいらぬ事なるべし。

この説の中心は「夕かほの花はいやしきかきねにさく花なれば、女も我身にたとへていへり」の箇所であり、「毛詩に」以下の説明は蛇足と言ってよい。問題は、『河海抄』の説であろう。

　心あては思あて也。光源氏をいまだしらざれども、思あてにもしるきといへる也。詞にもまだみぬ御さまなりけれどいとしるく思ひあてられ給へるとあり。又夕顔花を美人にたとふる事秘説あり。

現代の、源氏の美しい夕方の顔を見て正体を言い当てた、とする通説は、おそらく、この説明に淵源があるのだろうが、実際、四辻善成がこの歌をどのように理解していたのかは、これだけではわからない。また、兼良の批判も、歌の解釈にとってはそれほど大きな問題とも言えない。

　このように、『源氏目案』の注「夕がほは女のわが身にたとへてよめり。露の光は源氏によそへたるべし」は、『花鳥余情』の注釈から、問題を複雑化させるだけの『河海抄』批判の箇所を省いたにすぎない。しかし、その簡潔な説明が、結果的に、「心あてに」歌を純粋に和歌として、ことば本来の持つ意味を素直に読もうとする姿勢となっている。『源氏目案』をともなった「絵入源氏」によって源氏物語を読んだ読者、つまり当時の一般庶民が、この歌をどのように捉えたのかを想像してみると、どうしても、現代の通説では納得できない。

　源氏物語の和歌は、これまで、物語のストーリィを重視して解釈されていたが、あるいはそのことが夕顔の歌をわかりにくくしていたのではなかったか。単なるせりふなら、三十一文字という定型の歌にする必要はなかったはずである。「絵入源氏」の編者春正の編纂した『古今類句』でも、伊勢物語や源氏物語の和歌が他の歌集の歌と同列に扱われている。源氏物語の歌を特殊だと決めつけるような現代的な考えは、古典の心が生きていた時代にはなかったのではあるまいか。そのように考え、古今集や後撰集にある同様の表現をとった和歌の例と比較検討すると、問題の夕顔の歌は、和歌の伝統を踏まえて作られた歌であったことが明らかになった。詳しい論証は、前著『源氏物語の風景と和歌』(2)を参照いただくとして、ここでは、拙論を基にした「心あてに……」一首の口語訳のみを示しておく。

（光がまぶしくてはっきりと見定められませんが）おそらくその花だと思います。白露（あなた様）がその光を添えて（くださるおかげで）輝く夕顔の花を。

通説で読み慣れておられる方には違和感があると思うが、いずれも、当時の伝統的な和歌表現を基にして解釈したものである。現代の読者は、ともすれば、ことばの中に隠された意味や寓意を読みとりがちであるが、物語の和歌を、ただ平安時代の和歌として読んだ時、争点となっていた「それ」はただ夕顔の花を指していること、「夕顔」は白い花そのものに他ならない（女の暗喩）という結論となる。あまりにも単純な答えであるが、これによって、少なくとも「絵入源氏」が示そうとしていた解釈は得られた。

「絵入源氏」の時代、三条西家の注釈は主流であったと思われる。また、『源氏目案』で尊重されたのは『孟津抄』の説である。にも関わらず、『源氏目案』ではなぜ一時代前の『花鳥余情』の説を引用したのか。それは、『細流抄』や『孟津抄』の説に問題があったからではないだろうか。『細流抄』『孟津抄』では、次のように言う。

心あてにとは、をしあてにと也。源氏にてましますと推したるによりて、花の光もそひたると也。さし過たるやうなれども、折ふしのすぐしがたくて出したる扇なるべし。

この注釈は、玉上琢彌氏『源氏物語評釈』(3)をはじめ、岩下光雄氏の説(4)、そして最新の新編日本古典文学全集(5)（小学館）など、現代においても、一定の賛同を得た説であり、「絵入源氏」より二十年ほど後に出版される『首書源氏』

と『湖月抄』の頭注にも、この『細流抄』説が引用されている。

一方、『岷江入楚』に引用された称名院三条西公条の説に、次のような異説がある。

遠方人に物申すとの給しを聞きて、何の花とも我さへ分別もなけれども推しあてに申さば、道行人の光そへたる夕がほとこそ申すべけれ

源氏が「をちかた人にもの申」と白い花の名を問うたのを聞いて、女は、その花を何の花か身近にいる自分にも見分けることができないけれど、推しあてに申せば、あなた様の光をそへて輝く夕顔の花だと申すことができましょう、という意味になる。私が前著において提示した解釈は、まさにこの説と同じものである。

三条西家の問題なのか、公条説は埋もれてしまい、逆に『細流抄』の説が『首書源氏』『湖月抄』という二大テキストにおいて引用されたためか、後者が主流となってしまう。夕顔の歌を問題にした論において、公条説の存在を指摘したものは見あたらないが、江戸時代前期においては、ただ『細流抄』だけが信じられていたわけではなかったはずである。他に、『岷江入楚』などに一説とされ、黒須重彦氏が主張された頭中将見誤り説[6]もまた、その時代に根強くあった。『湖月抄』の頭注には、先に引用した『細流抄』説に続けて、次の文を記す。

或説云．この歌夕顔の上の官女ども．かの源氏の車を頭中将と見て読てやりしといへり．うたの作者は官女にてあるへし．頭中将と見たる説あまりなるにや．細流弄花孟津等其説なし．学者思惟すへきにや．

玉上氏が指摘された通り、『細流抄』説のように、女（夕顔）自身が源氏の正体を言い当てたとすると、その内気な性格にあわない。そのことから、女はかつての恋人頭中将だと思って詠んできたのだとする説や、別の官女が作って贈ってきた歌だとする説などが生まれた。これらの説については『岷江入楚』に列挙され、『湖月抄』でも引用されるが、なぜか公条の説は取り上げられることがなかった。

「絵入源氏」では、こうした状況をよそに、『花鳥余情』の説の一部だけを挙げている。あとはご自由にお読みくだ

さい、ということであろうか。注釈者・研究者としては無責任にも見えるが、テキストの製作者としては正しい姿勢であった。むしろ、それ以上の説明は不要とも言える。歌人与謝野晶子は、最初に源氏物語の口語訳を成した人であるが、物語中の和歌の訳は記さなかった。これは歌人として、歌の口語訳などすべきではない（する必要もない）という姿勢の表れであろう。「絵入源氏」の編者春正もまた、歌人であり、同時に和歌の研究者でもあった。従って、春正が『細流抄』などの（現代の口語訳に匹敵する）解釈を採らなかったのは、その説に反対したということよりも、歌を歌のことばのままに受け入れるべきだとする、歌人ならではの感性によるものだったではないだろうか。歌の意図やせりふとしての意味、あるいは寓意を読みとる前に、歌のことばと表現をまず素直に受け入れることこそが、歌を日常的に扱う者の姿勢であったと思う。

しかし、春正の意図に反して、源氏物語の研究は、以後、現代に至るまで「解釈」「注釈」の名のもとに、ひたすら口語訳して意味が通じることを重んじてきた。和歌も例外ではなく、せりふとしてつじつまが合うような表現に置き換える作業が、注釈書やテキストの編集者の主たる仕事になったのである。その先蹤と言うべき研究が、本居宣長の『玉の小櫛』である。宣長もまた歌を作るが、その歌は決して上手とは言えない。宣長は『紫文要領』において、当代の人々が、平安時代に生きていた古典の心・歌の心を忘れがちであると嘆いているが、これは宣長自身にも当てはまることであった。国学者として宣長が、古典の常識とも言える「係り結びの法則」を立てたり、『古今集遠鏡』において初めて古今集歌の口語訳を成したのは、平安時代の和歌で自然に行われていた言い回しが、近世後期には消えつつあったこと、当時の人々に理解できなくなっていたことの証でもあろう。宣長は『玉の小櫛』で、夕顔の歌についての次のように言う。

源氏君を．夕貌の花にたとえて．今夕露に色も光もそひて．いとめでたく見ゆる夕貌の花は．なみなみの人とは見えず．心あてに．源氏君かと見奉りぬと也．三四の句は．白露の．夕顔の花の光をそへたる也．露の光にはあ

らず・細流に・源氏と推したるによりて・花の光もそひたると也とあるは・いみしきひがこと也・二の句のてにをはにかなはず・

『細流抄』の説は「二の句のてにをはにかなはず」つまり、「それかとぞ見る」の句の文法に合わないというのである。確かに「それかとぞ見る」は、「夕顔の花（を）」となるべきで、「白露の光」を「それ」（源氏）かと見るとする『細流抄』の解釈では、和歌の文脈からはずれている。何よりも文法を重んじる宣長は、「それ」が源氏であれば、「それ」の指し示すべき「夕顔」もまた源氏の夕方の顔だとしたのである。

宣長は『河海抄』について触れていないが、おそらく通説を採った研究者は、『河海抄』の説もまた宣長説と同じと考えたのであろう。しかし、宣長以後の人々は、ここに重大な忘れ物をした。宣長が憂えた和歌の心である。和歌のことばは、「夕顔」を「夕方の（美しい）顔」と置き換えて済ませられるようなものではない。「夕顔」という花は、『花鳥余情』で言う通り、「いやしきかきねにさく花」であり、その性格は歌の詠む世界・風景と深く関わっている。当時の人々は、庭に咲いている季節の花を折り取り、その状態や性格にもっともふさわしい見立てをして、相手に思いを伝えた。和歌のことばが先にあって、それに都合の良い、ことばだけ一致する花を添えるのではなく、時節の花と、それにもっともふさわしいことばを選んだのである。従って、宣長の解釈が、たとえ理にかなっていたとしても、和歌におけるもっとも大切なこと（心）を見落とした説明と言わざるを得ない。

近世後期の人々がすべて宣長と同じ理解をしていたわけでないことは、文政十二年（一八二九）に刊行された柳亭種彦の『偐紫田舎源氏』からうかがえる。夕顔を翻案化した箇所に、次の一文が見える。

　これ吉にしそくをともさせとなりのむすめがあたへたるうちはをとつて見たまへば

　　○きみのひかりを月かとおもひうかれいでたるからすうり（四編下、十三ウ〜十四オ）

この場面は、源氏が夕顔から贈られた歌を紙燭のもとで読む場面に相当する。扇を団扇に、夕顔を烏瓜に変えている

が、前後の文章やことばは源氏物語原文に即してある。光氏《みつうじ》がこの烏瓜に目をとめた場面についても、

かきねもをりどもあをやかにこゝちよげにはひかゝれるかつらにしろきはなのみぞおのれひとりがゑみのまゆひらきしはなになるかトとはせたまへばかごかくをのこ「あれこそハからすうりそのなハくろきとりめきてはなハしろくみハあかくかゝるいぶせきかきねにのみさき候トとこたふるにぞ（同、十一ウ〜十二オ）

とあり、このあと家の中から娘（この場合は歌の主）が出てきて白い団扇を手渡す。この辺りになると、翻案というより翻訳と言ってもよい。『田舎源氏』の場合は、ここで登場する娘が自ら「白き団扇」を手渡し、歌の主はこの娘自身となる。そして、この時の娘の容貌は「花にもまさる雪の肌」とあり、娘は自らを「うかれいでたるからすうり」と卑下している。しかも、光氏については「きみのひかりを月かと」思うと詠んでいるのである。種彦は、源氏物語の原文を『湖月抄』などで丁寧に読んで『田舎源氏』を作ったと言う（第五章第二節参照）。宣長の『玉の小櫛』は寛政十一年（一七九九）の刊行であるから、すでに伝えられていた宣長の説を意識すると、女の詠んできた歌に「夕顔」の語を用いるわけにはいかなかったのかもしれない。しかし、これによって、当時においても、宣長のような解釈が一般的だったわけではなかったことがわかる。

研究者の多くは、『河海抄』や『玉の小櫛』などの権威ある注釈を信頼するあまり、原文をただ丁寧に、かつ素直に読むことを忘れていたように思う。本居宣長が現代の通説のもとになる誤解をしたのは、その時代の人々にとって古典の和歌がすでに難解なものになってしまっていたからである。宣長が偉大な国学者であることは確かであるが、もはや古典は遠い時代の文学になっていたのではないだろうか。宣長の解釈は、この夕顔の歌を〈和歌〉として十分に理解できていない。「心あてにそれかとぞ見る」という表現は、『細流抄』にはじまり、現代のほとんどの注釈書が前提とする、車の主の正体を言い当てるという意味ではなかった。似た表現を用いた和歌の例を見ると、夕顔の歌は、白い花を確かに「それ」と確認したいと思って詠んだ古歌の詠み方に忠実に従った、きわめて伝統的な作り方をした

歌であったことがわかる。新しいところと言えば、その花が菊でも梅でもなく「夕顔」であるということだけである。つまり、夕顔という、古来の和歌には用いられなかった素材を用いたから、和歌の伝統を逸脱している、というのではなく、その素材の新しさゆえにかえって伝統を重んじたと考えられる。

源氏はこの歌の前に、「をちかた人にもの申す」とつぶやいていた。その本歌は古今集の旋頭歌、

うちわたすをちかた人にもの申すわれそのそこに白く咲けるは何の花ぞも（一〇〇七、よみ人しらず）

であるが、これもまた、「をちかた」つまり遠方であるゆえに確認し得ない「白く咲ける花」を何かと問う歌であった。扇に書かれた女の歌は、称名院公条の言う通り、源氏の問いに答えた歌であったと考えられる。先に随身が花の名を答えたので、この問いは解決したように受け取られているが、その引歌の意味を確かに捉えるなら、源氏のそばに控える随身よりも、花のそばに居る女たちが答えるべきであった。もちろん、源氏はそれを期待してはいなかったが、扇に書かれた女の歌は、意外なことに源氏のその問いに見事に答えたのである。源氏が女に関心を持ったのは、この歌があまりにもよくできていたからであろう。この「心あてに……」の歌に対する源氏の返歌「寄りてこそそれかとも見めたそかれにほのぼの見つる花の夕顔」もまた、そばによってこそ花の姿を確かめられるのにという残念な思いを詠んだものである。

「絵入源氏」では、この「をちかた人にもの申す」の箇所で、興味深い仕掛けをしている。諸本が「をちかた人」であるにも関わらず、「絵入源氏」では、伝嵯峨本のみと一致する本文「をちこち人」を採用する。これは単なる誤植ではない。「絵入源氏」の別巻『源氏引歌』では、古今集の旋頭歌を「をちかた人」とする本文で引用しながら、本文と『源氏目案』ともに「をちこち人」を採用し、『源氏目案』の注には「遠近《をちこち》也」と記しているのである（第三章第四節参照）。これは伝嵯峨本の独自異文を「絵入源氏」が踏襲したと考えるべき現象の一つだと思うが、ただ伝嵯峨本の本文を無批判に受け継いだものではなく、「遠近」の意として、意識して取り入れていることを示している。

本歌をそのまま引いたのであれば、「をちかた人」の本文が正しいことは明らかであり、何種類もの異本を比較した春正なら「をちかた人」が一般的であることは知っていたと思う。「をちこち人」という「絵入源氏」の本文と注は、夕顔の物語の状況が本歌である旋頭歌の場合とは異なっていることを意識して選んだ結果だったのではないだろうか。

本歌が遠方の人に問いかけたのに対して、源氏は遠近両方の人に「もの申」した。それを受けて、まず近くに侍る随身が花の名を答え、次に「をちかた人」が歌で答えたと理解できる。本歌の一句をそのままつぶやいたとする諸本によるなら、近くに侍る随身が答えたのは出すぎた行動ということになってしまう。しかし、「をち」と「こち」の人に源氏が花の名を問うたとするとどうだろうか。源氏の問いに対して、「こち」の随身の返事とは別に、花のそばにいる「をち」の人が、歌で「心あてに……」と応えたということになる。そうなると、歌の解釈は、公条の説や拙論の説でよいことになる。「絵入源氏」の編者春正がそこまで意図していたかどうかはわからない。しかし、最初に「をちこち人」の本文を選んだ人は、源氏が両者に問いかけたと理解し、一つの解釈を提示したのかもしれない。

二　「絵入源氏」と和の心

「絵入源氏」は、歌人として源氏物語を読み始めたという春正の跋文の通りに、源氏物語の中の和歌的な側面を大切に捉え、読者に伝えようとしている。第一節でも述べたが、「絵入源氏」の挿絵と本文によって、源氏物語中の和歌のすばらしさに気づかされることも多い。近世初期という時代と、春正という歌人の編集ゆえに、「絵入源氏」は、源氏物語の中の和歌的世界を忠実に伝えている。中には誤解もあるだろうが、むやみに口語訳したために本来のことばの持つ深い奥行きを見逃す注釈書よりも、源氏物語の原文の特徴をよく伝えていると思う。

前節で見た橋姫巻の垣間見の場面についても、夕顔の歌の場合と同様の現象が見られた。『細流抄』や『湖月抄』

の説とは逆に、「絵入源氏」では傍注に、柱に隠れた人を「中君」、添い臥す人を「大君」と記し、同じ説が『孟津抄』に見られた。この場合は、現代の通説において『孟津抄』および「絵入源氏」と同じ説を採っているのでよいが、夕顔の歌の場合には、『湖月抄』以後の説への反論を実証することに手間取った。もちろん「絵入源氏」が常に正しいわけではない。『湖月抄』の説が本当に近世における通説（または定説）であったかどうかを、少し考えてみる必要があると思うのである。第四章第三節で論じたように、『首書源氏』の頭注に『細流抄』が引用されたことの裏には、『万水一露』の影響があったと思う。『細流抄』が『湖月抄』の中で大きな位置を占めたことについても、案外、編集上の都合による側面もあったかもしれない。

注意すべきは、結論よりも、結論に至る過程であろう。『孟津抄』と『細流抄』の二説を知った上で『細流抄』を選んだ季吟は、なぜ自ら尊重すると宣言した『孟津抄』説を採用しなかったのだろうか。そこには季吟なりの葛藤があったはずで、それを単純に「古注以来近代に至るまで」の通説と断じるべきではないだろう。個々の古注釈書については、広く知られていないものもあるので見落とされることがあるのは仕方のないことであろう。しかし、「絵入源氏」の存在を見逃し、近世以後の多くの人々がすべて『細流抄』や『湖月抄』の説で源氏物語を読んでいたように錯覚してしまうことは、大衆という広い層の多様性を見落とすことになる。

「から国の……」歌についても、私は「絵入源氏」の本文・挿絵・注釈（『源氏目案』および『源氏引歌』）を参考にして読むことによって、現代の通説に疑問を感じるようになった。引歌や和歌の表現を尊重しながら物語本文を読む限り、屈原との関わりはうかがえない。古今集や伊勢物語に親しんでいた当時の読者なら、まず在原業平や阿倍仲麻呂を思い出したはずである。古注釈書を尊重するのはよいが、それによって物語本文を忠実に読むことを忘れていては本末転倒と言わざるを得ない。作品の解釈は、何世紀も後の注釈書に頼るだけではなく、あくまでも、作品が背景とした時代の作品（この場合は古今集や伊勢物語）によって行われなければならない。現代の考え方や西洋の文学論で解釈することは論外であろう。その意味において、「絵入源氏」が『源氏引歌』を別巻として添えたことは、他のどの注釈書・テキストにも見られない、和歌表現を重視する編者の姿勢の表れと言える。

葵巻の髪削ぎの場面にしても、「あふひ」という巻名のことばや源氏と紫の上の贈答歌、そして「ちひろ」という歌語など、当時の和歌をよく知っていた春正なら、婚約の儀式として理解したと思う。前節では、源氏物語の本文の意味と江戸時代の挿絵画面の「碁盤」の意味とを分けて考えるべきだと述べたが、少なくとも春正は、源氏物語本文の意味をよく理解した上で「碁盤」を描いたのだと思う。第五章第一節で挙げた紅葉賀巻の青海波の「かいしろ」もまた、「絵入源氏」の誤解ではあろうが、物語本文を読む限りにおいては、楽人か舞台を取り囲む「警固」の役人かを決定する明確な証拠は見あたらない。本章第一節で触れた、常夏の女の場面についても、「さきまじる」のは「色」なのか「花」かは、単に本文異同の問題ではなく、具体的にどのような光景を詠んだ歌なのかを真剣に考える——そのきっかけを与えてくれるのが、「絵入源氏」の挿絵であった。

以上のように、口語訳の付けられた現代の活字本からは気づかないような素朴な疑問が、「絵入源氏」を読んでいると次々と浮かぶ。逆に、読点も濁点もない写本だけで読むのでは、音読できる段階に至るまでの苦労が大きすぎて、解釈や鑑賞にたどり着くことができない。

第三章で明らかにした通り、「絵入源氏」は江戸時代特有の本文を有しており、より純粋な定家本に比べるとさまざまな手が入ったものである。が、編者山本春正をはじめ、当時の読者は、西洋化された現代人とは異なり、古典の心をもって源氏物語を読んでいる。特に、古来の和歌が心の中に大きく占めていた春正は、源氏物語の中の和歌表現・和歌的世界を、現代の私たちよりもはるかによく理解している。また、「絵入源氏」では、音読できる本文を提供することを心がけていたと思う。「御」の読み方ひとつ、清濁の区別にしても、「絵入源氏」ではじめて付けられた、読点・振り仮名・濁点がなければ、ストーリィの流れは理解できても、私達は正確に音読することができない。昨今、

『声に出して読みたい日本語』(7)という本がベストセラーになり、その著者斎藤孝氏の持論が注目されている。源氏物語こそが、「声に出して読みたい」作品の元祖であったはずであり、「絵入源氏」は、源氏物語を「声に出して読める」作品に仕立てた最初の書物と言ってもよい。

『源氏目案』には、多くの注釈を引用してはいないが、異本や別の読み方がある場合にはそのことに触れ、本文にも清濁両説がある場合には、濁点を付けた上で清音を示す声点を付ける。解釈に関わる諸説を列挙することは少ないが、音読については異説があれば明記する。つまり、ストーリィの理解以前に、まず音読できるかどうかを何よりも重視している、ということである。これは、和歌が「かな」によって音読できる作品になったことと同じ意味を持っている。頭で和歌の意味を理解することよりも、まずヨミ（イミにつながる）を尊重する歌人ならではの感性であり、連歌・俳諧を扱う人々もまた同じ考えだったと思う。源氏物語の「読み」は、今、口語訳・現代語訳に頼りすぎている。西洋の文学理論がしみこんだ現代人の頭で考える古典研究は、時に新しい読みを提案してくれるが、往々にして本来の古典文学のあり方から大きくそれる。源氏物語の時代にはなかった考えで読んだり、逆に、源氏物語の時代に必須教養であった和歌を知らずに読むことにより、源氏物語が別の作品に変貌させられている。文学は自由に読まれるべきものであるが、平安文学としての源氏物語を論じる時には、古典の心をもって読む努力を惜しむべきではない。

仮に藤原定家が『奥入』のような簡単なものではなく詳しい注釈書を作っていたなら、現代の研究者は尊重したのであろうが、定家の時代には、読者がすべて古典の心をもっていたのだから、源氏物語の解釈に説明は不要であった。これとは逆に、本居宣長の時代になると、和歌の心が（宣長自身『紫文要領』で述べるごとく）消えつつあるから、『古今集遠鏡』などという古今集の口語訳や文法の説明が必要になる。そして、与謝野晶子が源氏物語の口語訳において物語中の和歌を訳さなかったのは、晶子自身、和歌を訳す必要がないこと（あるいは歌を訳すことの愚劣さ）を知っていたからであろう。山本春正もまた、源氏物語の中の和歌表現について事細かに説明はしないが、近世の人々が見落としがちな、平安時代のすぐれた和歌表現に注目してほしいという願いがあったように思う。

前節では、源氏物語本文の論理と『源氏物語絵巻』の論理の違いについて触れた。説明不足もあって、この訴えが正確に伝わるかどうかは心もとない。『絵巻』の詞書はもちろん、源氏物語本文についても、ことばの一つ一つにこだわって正しく丁寧に読もうとする努力が、これまで十分になされてこなかったと感じるからである。『絵巻』の詞書と現存の源氏物語本文との関係については慎重に考えるべきであろう。そのこととは別に、『絵巻』の詞書は、絵とともに鑑賞される『絵巻』特有の本文として読むべきで、一方、源氏物語本文は、源氏物語全体の一部として、それぞれ別個の作品として理解しなければならない。『絵巻』をヒントにして源氏物語本文を読むことはよいが、『絵巻』の詞書と源氏物語本文とが異なる場合には、その違いを考慮して論じなければならない。もちろん、「絵入源氏」の挿絵をヒントにして源氏物語を論じることについても、当然、「絵入源氏」本文が青表紙本諸本と異なる場合にはそのことを考慮しなければならない。

本書において、版本の挿絵が本文とともに読まれるべきだと繰り返したことは、『絵巻』の鑑賞にも当てはまることである。『絵巻』の場合には、その詞書本文を（源氏物語本文との違いに注意しつつ）正しく解釈してはじめて、その画面の理解が可能となる。しかしながら、源氏物語本文と詞書の本文とを混同し、時に、源氏物語の口語訳だけで『絵巻』の画面を理解しようとする例（解説や論文）も見られる。一部しか伝わらない国宝『源氏物語絵巻』では、全体にわたる製作方針を完全に説明することが不可能であるが、せめて、詞書だけは慎重に読み解いた上で、画面を解読したいものである。これに比べると、全巻揃った『源氏物語画帖』や、本書で扱った挿絵入り版本では、全体に一貫する編集方針を確かめることができる。本書では「絵入源氏」以外の版本について十分な検討ができなかったが、『十帖源氏』や『おさな源氏』についても、版本それぞれの問題として、本文と挿絵の関わりを十分に考える必要があるだろう。

源氏物語の中の、特に和歌表現や風景に関心を持ち続けてきた者として、私は、「絵入源氏」で源氏物語を「読む」ことによって、古典としての源氏物語の魅力を再認識した。挿絵と和歌表現との関わりの他に、「絵入源氏」本文の合点と『源氏引歌』との関わり、そして『源氏目案』序に記された巻名の由来など、「絵入源氏」では、全巻を通して、「歌書」としての源氏物語の価値を示そうとしている。中でも、巻名に対する関心は、連歌や俳諧、近世和歌の分野において、源氏物語を読む時の基本であったらしく、近世の絵入り版本に共通して見られる。九条稙通の「源氏物語竟宴記」に見られる巻名歌などの影響が、松永貞徳を通じてそれぞれの絵入り版本に受け継がれたのかもしれない。

源氏物語の巻名は、現代においてあまり重視されない。巻名の由来についても、作者による命名か否かという大きな問題から目をそらしたまま、ただ『花鳥余情』の説を踏襲して、物語の詞または歌によるとの記述を引用するのみである。しかし、巻名は人物呼称と一致することも多く、その名が詠み込まれた和歌の多くが、物語の主題に深く関わっている(8)。中世・近世の人々は、それぞれの巻名が巻々の物語の主題を端的に表していたことをよく知っていたのではないだろうか。作者の命名かどうかについては慎重に検討すべきであろうが、巻名が物語の鍵語になっていることは間違いないだろう。本書の論の中でも、特に意図したわけではないが、巻名に関わるものが多くを占めた。本書で論じたものを列挙し、巻名と深く関わる「絵入源氏」挿絵の図版番号を（　）内に記してみよう。

桐壺（図218）、夕顔（図148）、末摘花（図165）、紅葉賀（図124）、花宴（図116）、葵（図220）、賢木（図21）、澪標（図128）、蓬生（図169）、絵合（図126）、松風（図133）、薄雲（図209）、鈴虫（図135）、幻（図210）、宿木（図173）

この他、「絵入源氏」挿絵では、ほとんどの巻において巻名に関わる場面を描いている。巻名の由来を示す『源氏小鏡』や『源氏鬢鏡』でなくても、巻名に関わる場面は名場面として扱われ、多くの源氏絵がその場面を描く。単に絵画史としての図様の伝統ということだけではなく、物語を題材にした絵画ならではの、ことばに裏付けられた世界を尊重したことを示している。

大和絵が古来の伝統を受け継いだのは、ただその画風や描法だけではなく、和歌すなわちことばの芸術とともに歩んできたことであり、それゆえに、大和絵が描く源氏物語の場面は、自ずから和歌的世界を描いたものとなる。ただ春正が歌人で、蒔絵師として文様に関心があったから、和歌表現を尊重したという個人的な問題だけではない。大和絵という文化は、古代の屛風絵の時代から和歌とともにあり続けた、という長い歴史がある。俳画の描法で描いた立圃にしても、狩野探幽へ入門して大和絵を学び、『十帖源氏』でも和歌を多く掲載している。絵画の色彩や構図に気を取られ、そこにストーリィを当てはめて鑑賞しようとする現代人は、大和絵の絵師たちがことばをいかに重んじていたかということを見失ってしまう。もう一度、ことばの一つ一つに向き合い、表現の細部、引歌の意味に目を配ることで、和の心を持って源氏物語を読み直すべきであろう。「絵入源氏」は、決して完璧なテキストではないが、現代人が忘れがちな和の心を持って源氏物語を読む、ということに改めて気づかせてくれる。

注

（1）日本古典文学全集『源氏物語一』（昭和四五年一一月、小学館、阿部秋生・秋山虔・今井源衛）、新潮日本古典集成『源氏物語一』（昭和五一年六月、新潮社、石田穣二・清水好子）、新日本古典文学大系『源氏物語一』（平成五年一月、岩波書店、柳井滋・室伏信助・大朝雄二・鈴木日出男・藤井貞和・今西祐一郎）等

（2）拙著『源氏物語の風景と和歌』（平成九年一一月、和泉書院）第六章「光源氏と夕顔」。同じ解釈が、中野幸一編『源氏物語の鑑賞と基礎知識夕顔』（平成一二年一月、至文堂）でも採用された。

（3）玉上琢彌『源氏物語評釈』（昭和三九年一〇月、角川書店）、角川文庫『源氏物語』（昭和三九年五月）

（4）岩下光雄『源氏物語の本文と享受』（昭和六一年一〇月、和泉書院）

（5）新編日本古典文学全集『源氏物語一』（平成九年四月、小学館、阿部秋生・秋山虔・今井源衛・鈴木日出男校注）、小学館

古典セレクション『源氏物語二』も同じ
（6）黒須重彦『夕顔という女』（昭和五二年四月、笠間書院）、同『源氏物語私論』（平成二年二月、笠間書院）
（7）斎藤孝『声に出して読みたい日本語』（平成一三年九月、草思社）
（8）拙稿「源氏物語の和歌的世界—歌語と巻名—」（平成一二年九月、風間書房『源氏物語研究集成十三』）、同「源氏物語の巻名と古歌」（平成一三年九月、片桐洋一編『王朝文学の本質と変容　散文編』）で詳述した。

参考文献一覧

〈本書に直接関わるもの〉

1　影印本『首書源氏物語』（和泉書院）

①片桐洋一編『首書源氏物語　総論・桐壺』（昭和五五年一一月）
②稲賀敬二編『首書源氏物語　若紫』（昭和五六年二月）
③増田繁夫編『首書源氏物語　夕顔』（昭和五六年三月）
④藤岡忠美編『首書源氏物語　帚木・空蟬』（昭和五六年一〇月）
⑤大朝雄二編『首書源氏物語　紅葉賀・花宴』（昭和五八年四月）
⑥榎本正純編『首書源氏物語　葵』（昭和五八年五月）
⑦吉岡曠編『首書源氏物語　末摘花』（昭和五八年一〇月）
⑧野村精一編『首書源氏物語　明石』（昭和六〇年四月）
⑨田坂憲二編『首書源氏物語　澪標』（昭和六一年一〇月）
⑩余田充編『首書源氏物語　乙女』（昭和六二年三月）
⑪岩下光雄編『首書源氏物語　玉鬘』（昭和六二年六月）
⑫工藤進思郎編『首書源氏物語　蓬生・関屋』（昭和六二年一〇月）
⑬渡瀬茂編『首書源氏物語　薄雲・朝顔』（昭和六三年一〇月）
⑭清水婦久子編『首書源氏物語　絵合・松風』（平成元年五月）

2 ⑮伊井春樹編『首書源氏物語　賢木・花散里』（平成四年二月）
⑯坂本信道編『首書源氏物語　須磨』（平成六年五月）
吉田幸一『絵入本源氏物語考』（昭和六二年一〇月、青裳堂書店　日本書誌学大系53⑴⑵⑶）
①上　Ⅰ「絵入源氏物語」考、Ⅱ『十帖源氏』考、Ⅲ『おさな源氏』考、Ⅳ『十二源氏袖鏡』考、
Ⅴ『絵入源氏小鏡』考、Ⅵ「源氏雲隠抄」考
②中　図録一「絵入源氏物語」大本、「絵入源氏物語」万治本
③下　図録二『十帖源氏』、『おさな源氏』上方版・江戸版、『十二源氏袖鏡』、『源氏小鏡』明暦版・寛文版・
鶴屋版・須原屋版、「源氏雲隠抄」無刊記・鱗形屋版

3 日本古典文学会編『絵本源氏物語』（昭和六三年一一月、貴重本刊行会）
執筆　日向一雅（桐壺～藤裏葉）・篠原昭二（若菜上～竹河）・鈴木日出男（橋姫～夢浮橋）

4 清水婦久子編『絵入源氏』（おうふう）
①桐壺巻（平成五年二月）　②夕顔巻（平成七年二月）　③若紫巻（平成一四年九月）

5 『源氏物語（絵入）［承応版本］CD―ROM』（平成一一年七月、岩波書店　国文学研究資料館データベース古典コレクション）〈監修〉中村康夫・立川美彦・田中夏陽子〈データ作成〉伊井春樹・伊藤一男・伊藤鉄也・今西祐一郎・加藤洋介・倉田実・後藤祥子・清水婦久子・渋谷栄一・田坂憲二・吉海直人

〈書誌学関係〉

6 井上和雄編『慶長以来書賈集覧』（大正五年　昭和四五年増訂、言論社）

7 川瀬一馬『日本書誌学の研究』（昭和一八年六月　昭和五六年一一月、講談社より再版）

8　小高敏郎『松永貞徳の研究』（昭和二八年一〇月、至文堂）
9　小高敏郎『松永貞徳の研究　続』（昭和三一年六月、至文堂）
10　慶応義塾大学附属研究所編『江戸時代書林出版書籍目録集成』（昭和三七年、井上書房、阿部隆一解題）
11　小高敏郎『近世初期文壇の研究』（昭和三九年一一月、明治書院）
12　川瀬一馬『増補古活字版之研究』（昭和四二年一二月、The Antiquarian Booksellers Association of Japan）
13　川瀬一馬『大東急記念文庫所蔵　古写古版物語文学書解説』（昭和四九年一〇月、大東急記念文庫）
14　長沢規矩也『図解和漢印刷史』（昭和五一年二月、汲古書院）
15　長沢規矩也『古書のはなし―書誌学入門―』（昭和五一年一一月、冨山房）
16　矢島玄亮編『徳川時代出版者出版物集覧』『同　続編』（昭和五一年八月、一二月）
17　今田洋三『江戸の本屋さん　近世文化の側面』（昭和五二年一〇月、ＮＨＫブックス）
18　諏訪春雄『出版事始―江戸の本』（昭和五三年一月、毎日新聞社）
19　小野忠重『本の美術史―奈良絵本から草双紙まで―』（昭和五三年七月、河出書房）
20　長沢規矩也『図書学辞典』（昭和五四年一月、汲古書院）
21　彌吉光長『江戸時代の出版と人』（昭和五五年二月、日外アソシエーツ、彌吉光長著作集第三巻）
22　井上隆明編『近世書林版元総覧』（昭和五六年一月）
23　宗政五十緒『近世京都出版文化の研究』（昭和五七年一二月、同朋舎出版）
24　川瀬一馬『入門講座日本出版文化史』（昭和五八年七月　日本エディタースクール）
25　『日本古典文学大辞典　一～六』（昭和五八年一〇月～六〇年二月、岩波書店）
26　藤井隆『日本古典書誌学総説』（平成三年四月、和泉書院）

27 中野三敏『書誌学談義　江戸の板本』（平成七年一二月、岩波書店）
28 市古夏生『近世初期文学と出版文化』（平成一〇年六月、若草書房）
29 『日本古典籍書誌学辞典』（平成一一年一月、岩波書店）

〈源氏物語関係〉

30 『源氏物語大成　巻一～八』（昭和三一年一月、中央公論社）
31 『源氏物語事典　上下』（昭和三五年三月、東京堂出版）
32 重松信弘『新攷源氏物語研究史』（昭和三六年三月、風間書房）
33 玉上琢彌編『紫明抄・河海抄』（昭和四三年六月、角川書店）
34 寺本直彦『源氏物語受容史論考』（昭和四五年五月、風間書房）
35 北村季吟古註釈集成『源氏物語湖月抄』（昭和五二年八月、新典社）
36 伊井春樹編『源氏物語引歌索引』（昭和五二年九月、笠間書院）
37 伊井春樹編『花鳥余情』（昭和五三年四月、桜楓社　源氏物語古注集成１）
38 野村貴次『北村季吟の人と仕事』（昭和五二年一一月、新典社）
39 野村精一編『孟津抄　上中下』（昭和五五年二月、桜楓社　源氏物語古注集成４）
40 伊井春樹『源氏物語注釈史の研究　室町前期』（昭和五五年一一月、桜楓社）
41 伊井春樹『細流抄』（昭和五五年一一月、桜楓社　源氏物語古注集成７）
42 中野幸一『明星抄　種玉編次抄　雨夜談抄』（昭和五五年一二月、源氏物語古註釈叢刊４）
43 影印校注古典叢書『源氏物語』（昭和五六年四月～昭和六三年四月、新典社）

44 中田武司編『岷江入楚　一～五』（昭和五七年二月～五九年一月、桜楓社　源氏物語古注集成13）
45 野村貴次『季吟本への道のり』（昭和五八年三月、新典社　北村季吟古注釈集成別巻）
46 伊井春樹編『弄花抄』（昭和五八年四月、桜楓社　源氏物語古注集成8）
47 寺本直彦『源氏物語受容史論考　続編』（昭和五九年一月、風間書房）
48 井爪康之編『一葉抄』（昭和五九年三月、桜楓社　源氏物語古注集成9）
49 伊井春樹編『源氏綱目　付源氏絵詞』（昭和五九年五月、桜楓社　源氏物語古注集成10）
50 伊井春樹編『万水一露　一～五』（昭和六三年二月～平成四年二月、桜楓社　源氏物語古注集成）
51 池田利夫『源氏物語の文献学的研究序説』（昭和六三年一二月、笠間書院）
52『日本大学蔵　源氏物語　三条西家証本』（平成六年九月、八木書店）
53 井爪康之『源氏物語注釈史の研究』（平成五年一〇月、新典社）
54 岩坪健『源氏物語古注釈の研究』（平成一一年二月、和泉書院）
55 中根勝『日本印刷技術史』（平成一一年一二月、八木書店）
56 伊井春樹『源氏物語注釈書・享受史辞典』（平成一三年九月、東京堂出版）
57 片桐洋一『源氏物語以前』（平成一三年一〇月、笠間書院）

〈挿絵関係〉

58 水谷不倒『古版小説挿画史』（昭和一〇年一〇月、中央公論社）
59 大阪女子大学所蔵『源氏物語絵詞』（昭和四二年一一月、「女子大文学　国文編」十九）
60『特別展覧会　源氏物語の美術』解説付総目録（昭和五〇年四月、京都国立博物館）

61 秋山光和『源氏絵』（昭和五一年五月、至文堂）
62 『図説日本の古典7源氏物語』（昭和五三年二月、集英社）
63 片桐洋一編『伊勢物語　慶長十三年刊嵯峨本第一種』（昭和五六年、和泉書院影印叢刊）
64 片桐洋一編『源氏物語絵詞—翻刻と解説—』（昭和五八年一月、大学堂書店）
65 藤岡作太郎『近世絵画史』（昭和五八年七月、ぺりかん社）
66 清水好子『源氏物語五十四帖』（昭和六一年一〇月、平凡社）
67 『源氏物語の絵画』図録（昭和六一年一〇月、堺市博物館）
68 実用特選シリーズ『見ながら読む日本のこころ　源氏物語』（昭和六三年四月、学習研究社）
69 『豪華［源氏絵］の世界　源氏物語』（昭和六三年六月　学習研究社）
70 『日本の絵巻18伊勢物語絵巻・狭衣物語絵巻・駒競行幸絵巻・源氏物語絵巻』（昭和六三年九月、中央公論社）
71 京都国立博物館蔵『源氏物語画帖』（平成九年四月、勉誠社）
72 『国文学解釈と鑑賞　特集　文学と絵画』（平成一〇年八月、至文堂）「『文学と絵画』研究文献目録抄」

初出一覧

※章および節の題と初出稿の題とは必ずしも一致しない。また、すべて大幅に加筆・訂正をした。

序章　総　論

第一節　一　源氏物語の版本（平成一一年三月、岩波書店『日本古典籍書誌学辞典』）　他は、書き下ろし

二　源氏物語版本の本文（平成一二年五月、風間書房『源氏物語研究集成13』）

第二節　一　源氏物語の大衆化と絵入り版本（平成七年一二月、岩波新日本古典文学大系月報63）

二　絵入源氏物語（平成四年一二月、勉誠社『源氏物語講座7』）　他は、書き下ろし

三　書き下ろし

第一章

第一節　版本「絵入源氏物語」の諸本（上）（平成元年一二月、「青須我波良」38）

第二節　版本「絵入源氏物語」の諸本（下）（平成二年六月、「青須我波良」39）

第二章

第一節　『源氏引歌』の成立（平成一四年九月、おうふう『絵入源氏　若紫巻』解説）

第二節　『源氏目案』注釈の性格（同右）

以上は、『源氏目案』『源氏引歌』の成立について—版本「絵入源氏物語」別巻の性格—

（平成一一年一〇月、中古文学会秋季大会口頭発表　奈良女子大学）による

【翻刻資料】『源氏目案』序（翻刻）（平成五年二月、桜楓社『絵入源氏　桐壺巻』）
第三節　書き下ろし
第四節　書き下ろし
第三章
第一節　『首書源氏物語』の本文（平成三年一〇月、和泉書院、片桐洋一編『王朝の文学とその系譜』）
第二節　『湖月抄』の底本（平成三年六月、「青須我波良」41）
第三節　版本『万水一露』の本文と無刊記本『源氏物語』（平成九年一二月、「青須我波良」51）
第四節　『絵入源氏』三巻（平成五年二月・平成七年二月・平成一四年九月）を基に、書き下ろし
第五節　一　「絵入源氏」によって桐壺巻を音読する（『絵入源氏　桐壺巻』解説）
二・三　書き下ろし
第四章
第一節　版本『首書源氏物語』の成立と出版（上）（平成一一年一二月、「青須我波良」55）
第二節　版本『首書源氏物語』の成立と出版（中）―異文注記より―（平成一三年三月、「青須我波良」56）
第三節　『首書源氏物語　絵合・松風』（平成元年五月、和泉書院）解説を基に、書き下ろし
第四節　版本『首書源氏物語』の成立と出版（下）―成立と編者―（平成一四年三月、「青須我波良」57）
第五章
第一節　近世源氏物語版本の挿絵（平成四年五月、風間書房『講座平安文学論究　八』）
第二節　書き下ろし
第三節　江戸時代の『源氏物語』版本の挿絵（平成六年五月、和泉書院『首書源氏物語　須磨』）

第六章

第一節　版本『絵入源氏物語』の挿絵と和歌表現（平成一三年四月、新典社『源氏物語絵巻とその周辺』）

第二節　一「絵入源氏」挿絵における「桐壺」（『絵入源氏　桐壺巻』解説）

二　源氏物語の和歌的世界—歌語と巻名—（平成一二年九月、風間書房『源氏物語研究集成9』）の一部

三　須磨巻『からくにに名を残しける』歌について（平成一二年一二月、武蔵野書院『むらさき』37輯）

四　書き下ろし

第三節　書き下ろし

図版一覧

＊（　）は所蔵者、算用数字は図版の通し番号を示す。

第一章1〜49、第二章50〜65、第三章66〜109、第四章110〜114、第五章115〜206、第六章207〜226

十一編⑳183

『光源氏系図』（帝塚山大学短期大学部）

【本文】系譜部分59

『源氏遠鏡』（京都大学文学部）

【本文】刊記13

『古今類句』（架蔵）

【本文】巻頭55

『北野拾葉』（大阪府立図書館）

【本文・挿絵】十六ウ117・十七ウ113

諸本の調査および図版の撮影などにおいて、多大な援助をいただいた大学・図書館に厚く御礼申し上げます。

あとがき

本書は、平成元年以降に発表した論文・解説を基に、全面的に書き直し、大幅に加筆したものである。特に序章は、源氏物語版本の入門書としてもお読みいただけるように書き下ろし、先学のご研究に対する拙論の位置づけと、全体と各論との関係を示した。各論では、「源氏物語版本の研究」という大きな題に合わせて各論の相互関係を密にすることと、私自身の最新の考えをお示ししたつもりである。その考えから、先学のご論を引用する場合にも、御著書に収められたものがあれば、それを最終稿と見なし、初出によらず著書から引用した。

私の版本研究は、昭和五十五年、恩師の片桐洋一先生が企画・編集された影印本『首書源氏物語』とともに始まった。『首書源氏』原本の点検や版下の修正という編集準備と、巻末付録の挿絵解説を全巻担当させていただき、各巻の編者諸氏が次々と発表される最新のご研究を、もっとも間近で拝見する機会が得られた。挿絵解説をする中で、挿絵画面とそれぞれの版本の性格との間の密接な関係や、「絵入源氏」の卓越性を知った。また、『首書源氏』成立の謎が気にかかり、版本の中に手がかりを探そうと、同時代の版本との関係を考えるようになった。こうして研究課題は、第五章の絵入り版本の挿絵、第三章の版本の本文、第一章の「絵入源氏」諸本の成立、第四章の『首書源氏』の編者、という四つの方向へ発展していった。つまり、本書の課題はいずれも影印本『首書源氏物語』に発している。

本書の論のうち最後に書いたのは、第四章の論である。影印本の解説で、一竿斎を「松永貞徳またはその門人か」とする仮説を示したが、その後の調査から、『首書源氏』が二段階以上の過程を経て編集されたと確信し、また、日下幸男氏の「一竿斎能貨説」の存在を知った。ところが、能貨の活動時期と一竿斎とでは年代が合わない。この謎を解かない限り本書の完成はあり得ないと考えてきたのだが、能円・能貨について、『隔蓂記』や北野の記録から手がかりを探し、ようやく私なりの結論を得た。この問題については、引き続き考えてゆきたいが、出発点となった『首書源氏』の成立と出版に一つの見通しを持つことで、とりあえず区切りができた。

一方、作業自体にもっとも時間を費やしたのは、第三章の論であるが、その下地もまた片桐先生が与えてくださった陽明叢書『源氏物語』（昭和五十四〜五十七年）の本文翻刻の仕事にある。この経験が、一箇所の本文校異のために八〜十種の版本を繰って読む現在の作業に繋がっている。個々の校異の例から直ちに何かがわかるわけではなく、淡々と繰り返すうち、かすかな予想が確信に変わる瞬間がある。ただ、それぞれの版本の関係を確信していても、そのことを拙論で伝えることは難しい。一つの論としてまとまっていても、別の版本との関係を考えるために再調査が必要となる。どの版本を基準とするかで、同じ箇所の本文でも問題意識が変わる。個々の版本の成立が明確で扱いやすい反面、すべての本文を横並びにして考えると問題点が見えなくなるので注意した。

前著『源氏物語の風景と和歌』（平成九年）のあとがきでも述べたが、大学院以来続けていた作品研究に行き詰まっていた時期に、版本研究に出会った。初めは、版本の原本に直に触れて新しい発見をする喜びを得て、作品論とは別の楽しみと生き甲斐を覚えた。未熟な研究者生命は、版本を扱うことで生き延びたのであるが、「絵入源氏」が物語の歌とことばを重視していたこと、江戸時代の版本が、誰にでも読める源氏物語テキストを目指していたことによって、私自身、源氏物語を「読む」意味を改めて問いかけられた。第六章の論は、版本研究という分野を逸脱した内容であるが、いずれも「絵入源氏」を読むことから出てきた新しい源氏物語読解である。今、私が関心を抱いているのは、源氏物語の巻名と和歌との関わりである。

思えば、学部時代の恩師であった故玉上琢彌先生も、巻名と「絵入源氏」に関心を抱いておられた。「絵入源氏」の挿絵は、先生の『源氏物語評釈』（角川書店）の図版で知ったのだが、『評釈』には巻名が物語の構想に関わるとの考えも示されている。先生は、拙著『絵入源氏』をお送りすると、「良い本を作ってくれてありがとう」とお返事くださった。その理由をうかがう機会もないまま逝かれたが、先生もまた「絵入源氏」を源氏物語読解のヒントにされたのではなかっただろうか。「物語音読論」を提唱された先生は、「源氏物語はまず音読しなさい。意味を考えるのはそのあとで良いのです。」と常々言っておられた。「絵入源氏」はともかくも音読できる本文になっているので、口語訳以前に、ことばの美しさを素直に味わうことができる。

もうお一方、「絵入源氏」の力強いファンがいらっしゃる。吉田幸一氏である。本書における影響力という点では「先生」「恩師」とお呼びしたいが、面識はない。お手紙のみでの先生である。吉田氏は、若輩の異論に対して、「草場の陰で春正も喜んでいることでしょう」と、暖かく励ましてくださった。これには、本当に本を愛し「絵入源氏」を愛しておられるのだと感激した。その後の拙い仕事にも「同じファンとして」と喜んでくださった。私は、絵入り版本の歴史的意義を丁寧な解説とともに主張された『絵入本源氏物語考』を、繰り返し拝読した。結果として、そこに示された御説の一部に疑問を抱くことになったが、同書が、絵入り版本の基本的図書であることに変わりはない。吉田氏は、この書において版本の書誌情報を丁寧に検討し、多くの版の前後関係を詳細に考察された。私が学んだことは、まさにその手続きの方法である。慶安本としての「甲」の不自然さに気づいたのも、同書掲載の図版によってである。ここに、古典文庫としてご所蔵の貴重な資料を公開してこられた氏ならではの学問の姿勢がうかがえる。

この書に倣い、本書でも、「本」の姿・内容をできるだけ多くの情報とともに伝えようと心がけた。土佐派の絵や嵯峨本など、広く知られる名品の図は割愛したが、江戸時代の大衆が親しんだ（が、現在あまり顧みられない）整版本の内容を詳しく紹介することに努めた。ただ、紙幅の都合により図版を小さくせざるを得なかった。また、版下の状態によって、不鮮明な図も多いことと思う。この点はお許しいただきたい。ちなみに、本書掲載の図版の数が「絵入源氏」の挿絵と同じ二二六図で一致していたことに、たった今気づいた。その偶然には、非常に驚いている。図版のレイアウトと貼り込みに大いに手間取ったが、春正の苦労に比べると小さいものだったのだろう。

最後になったが、和泉書院の広橋研三氏には謝意を尽くしても足りない。影印本『首書源氏物語』でお世話になっただけではない。版本関係の拙稿の大半が勤務先の雑誌「青須我波良」に掲載されたものであるが、その編集・印刷を長年してくださっているのが和泉書院であり、日下氏の御説をご教示くださったのも広橋氏である。氏は、やはり和泉書院から出した前著に対する関根賞贈呈式において、和泉書院と私の拙い研究とが同じ時代を生きてきたという趣旨のありがたいご祝辞をくださった。国文学界で信頼される出版社に成長された和泉書院にかなうべくもないが、その歴史の一隅に本書のあることを喜びとし、あらためて和泉書院社長ご夫妻、そして、前著に引き続き煩雑な原稿を丁寧に編集して下さった社員諸氏に感謝したい。

なお、本書の刊行に際して、帝塚山学園より平成十四年度学術研究出版助成金の補助を受けた。

平成十四年十月

清水　婦久子

索　　引

読みによって五十音順に（清濁区別せず）配列し、該当頁を示した。

明治以後の人物および研究書については、参考文献一覧等に挙げたので、省略した。

人物名は、原則として姓名で一括して挙げ、名だけの例を含む場合は（　　）内に示した。

同じ語で別の書名や事柄を表す場合は、別項を立ててそれぞれの該当頁を示した。

書名に『　』、通称に「　」とするが、用例はその区別・有無に関わらず一括して挙げた。

書名は、本文中で用いた略称との区別をせず一括して挙げ、（　　）内にその略称を示した。

書名・用語に、別称や別の読みがある場合、その項目を挙げて〈「……」参照〉と指示した。

同じ読みで別の表記（漢字の相違など）がある場合は、（　　）内に併記した。

項目に関連して詳しく述べた箇所の最初の頁を、ゴシック体で示した。

［あ］

［い］

［う］

［え］

[お]

[か]

［き］

［く］

［け］

[こ]

[さ]

[し]

[す]

[せ]

［み］

［む］

［も］

［や］

［よ］

［り］

［る］

［ろ］

［わ］

■著者紹介
清水婦久子（しみず　ふくこ）
昭和二十九年生まれ
昭和五十五年　大阪女子大学大学院修士課程修了
現　在　帝塚山大学短期大学部教授
編著書
『源氏物語の風景と和歌』
（和泉書院、第五回関根賞受賞）
『首書源氏物語　絵合・松風』（和泉書院）
『絵入源氏　桐壺巻』・『絵入源氏　夕顔巻』・
『絵入源氏　若紫巻』（おうふう）
『帝塚山短期大学蔵「光源氏系図」
影印と翻刻』（和泉書院）
現住所　大津市仰木の里東五―一―四

研究叢書 292

源氏物語版本の研究

二〇〇三年三月三一日初版第一刷発行
（検印省略）

著　者　清水婦久子
発行者　廣橋研三
印刷所　亜細亜印刷
製本所　渋谷文泉閣
発行所　有限会社 和泉書院
大阪市天王寺区上汐五-三-八
〒五四三-〇〇〇二
電話　〇六-六七七一-一四六七
振込　〇〇九七〇-八-一五〇四三

ISBN 4-7576-0201-4 C3395

研究叢書

『金槐和歌集』の時空 定家所伝本の配列構成	今関敏子著	251	八〇〇〇円
源氏物語の表現と人物造型	森一郎著	252	一三〇〇〇円
乱世の知識人と文学	藤原正義著	253	六〇〇〇円
構文史論考	山口堯二著	254	八〇〇〇円
中世仏教文学の研究	廣田哲通著	255	一〇〇〇〇円
第三者待遇表現史の研究	永田高志著	256	一〇〇〇〇円
日本古典文学の仏教的研究	松本寧至著	257	一二〇〇〇円
倭姫命世記注釈	和田嘉寿男著	258	七〇〇〇円
説話と音楽伝承	磯水絵著	259	一五〇〇〇円
国語引用構文の研究	藤田保幸著	260	一八〇〇〇円

（価格は税別）

研究叢書

261	守覚法親王全歌注釈	小田　剛著	一二〇〇〇円
262	西鶴と出版メディアの研究	羽生紀子著	一二〇〇〇円
263	近世百人一首俗言解の研究	永田信也編著	一〇〇〇〇円
264	「仮名書き絵入り往生要集」の成立と展開　研究篇・資料篇	西田直樹編著	三〇〇〇〇円
265	続撰和漢朗詠集とその研究	柳澤良一編著	一五〇〇〇円
266	染田天神連歌　研究と資料	山内洋一郎編著	一〇〇〇〇円
267	百人一首の新研究　定家の再解釈論	吉海直人著	八五〇〇円
268	貫之から公任へ　三代集の表現	阪口和子著	九〇〇〇円
269	中世文学叢考	荒木　尚著	一〇〇〇〇円
270	日本語史論考	西田直敏著	一二〇〇〇円

（価格は税別）

──研究叢書──

増補改訂 小野篁集・篁物語の研究 影印 資料 翻刻 校本 対訳 研究 使用文字分析 総索引　平林文雄 財団法人水府明徳会 編著　271　一〇〇〇〇円

論集 説話と説話集　池上洵一 編　272　一二〇〇〇円

八雲御抄の研究 正義部・作法部　片桐洋一 編　273　三〇〇〇〇円

明治前期日本文典の研究　山東功 著　274　一〇〇〇〇円

近世中期の上方俳壇　深沢了子 著　275　一二〇〇〇円

王朝文学の本質と変容 韻文編　片桐洋一 編　276　一七〇〇〇円

王朝文学の本質と変容 散文編　片桐洋一 編　277　一七〇〇〇円

萬葉集栞抄 第五　森重敏 著　278　一三五〇〇円

敷田年治研究　管宗次 著　279　一〇〇〇〇円

王朝漢文学表現論考　本間洋一 著　280　一三〇〇〇円

（価格は税別）